MÉMOIRES
DE
LA LIGUE,

CONTENANT

LES ÉVENEMENS LES PLUS REMARQUABLES depuis 1576, jusqu'à la Paix accordée entre le ROI DE FRANCE & le ROI D'ESPAGNE, en 1598.

NOUVELLE ÉDITION,

Revue, corrigée, & augmentée de Notes critiques & historiques.

TOME SECOND.

A AMSTERDAM,
Chez ARKSTÉE & MERKUS.

M. DCC. LVIII.

PRÉFACE.

A TOUS VRAIS CHRETIENS Et Fideles François, paix & bénédiction Par Notre Seigneur Jesus-Christ.

POURCE QUE l'Histoire, entre beaucoup d'autres utilités, nous doit servir de miroir pour contempler les diverses actions du monde, & en faire notre profit ; ce Recueil, bref qu'il soit, sera aux Chrétiens, ou un miroir, ou un portrait, lequel leur représentera tant de diversités, que l'œil ne pourra être plus occupé à la lecture, que l'entendement ravi (s'il n'est passionné ou du tout stupide) en l'admiration des œuvres de Dieu, qui se voient en tant de jugemens & en tant de miracles advenus en France & lieux circonvoisins, seulement depuis cette derniere guerre, qu'on appelle de la Ligue (1).

Que si en le lisant, le Lecteur n'a but que se repaître de nouveauté, le profit y sera petit, mais si l'entendement veut pénétrer jusqu'où les admirables actions, remarquées en icelui, le meneront, l'utilité

(1) On sent trop en lisant cette Préface, qu'elle est d'un Religionnaire, plein de préventions favorables à son Parti, & trop ennemi du Pape, du Clergé Catholique & de la Religion qu'ils professent.

égalera le plaiſir, & l'étude en ſera louable. Louable alors ſera & bienheureuſe l'ame qui en fera ſon profit, obſervant comme Dieu viſite la Terre, d'un côté avec largeſſe de miſéricorde, quand il fait comme renaître la vérité en icelle pour s'oppoſer au menſonge, & objecte l'Evangile de Jeſus-Chriſt aux impoſtures du Diable, pour retirer de mort à vie ceux qui ſont ſiens; lequel auſſi, de l'autre côté, verſe ſur l'impiété des hommes, ſur leur orgueil, cruauté, inſolences & déteſtables vices, une ſi grande abondance de plaies, que Diable & non plus homme eſt celui qui n'en tremble, plus brutal que l'âne ou le bœuf, celui qui n'apprend à craindre Dieu, à convertir ſon cœur aux Cieux, & en ſi furieux orages ſe tenir comme muſſé (1) ſous la ſeule fidelle protection du Fils de Dieu, qui veut exercer juſtice contre tous ceux qui profanent ſon honneur.

Or, le premier Recueil a lié enſemble aucuns Diſcours imprimés contenans quelque partie des choſes qui paſſerent au commencement des Guerres ſuſcitées par ceux de la Ligue, en l'an 1585. Mais comme les actions humaines prennent naiſſance & cours ſelon l'occurrence & progrès des temps, il n'eſt auſſi poſſible qu'en peu de temps un Volume puiſſe repréſenter tout ce qu'on pourroit deſirer. Les lieux, où Dieu fait aujourd'hui tant de remuemens, ſont divers & de longue diſtance : recueillir en un jour tout ce qui s'y paſſe excede la faculté des Rois, beaucoup davantage de quelqu'homme ſolitaire, qui, deſireux

(1) *Muſſé*, c'eſt-à-dire, *caché*. On lit ce terme dans Joinville, & ailleurs en cette ſignification. Les Païſans appellent encore en divers lieux une *Muſſe*, un lieu propre à cacher quelque choſe. En Latin, *muſſo*, *muſſare*, de *μύσσω*. On écrit auſſi *Mucer*. Voïez le *Dictionnaire Etymologique* de Ménage.

de ſatisfaire à ſon eſprit, remarque ſeulement en gros ce qu'il connoît être le plus véritable, ſelon le moïen qu'il en a. Une Hiſtoire parfaite, & de longue-main digérée, à peine pourroit-elle ſatisfaire à l'exacte obſervation de toutes choſes, beaucoup moins l'auroit fait le premier Recueil, ou le feroit celui-ci, encore qu'il ſoit de beaucoup plus ample que l'autre, & de plus près obſervant l'ordre des temps, aïant même repris ce qui pouvoit être d'omiſſion en l'autre.

Ce premier Recueil a montré la Ligue, comme étant encore au maillot de ſon enfance, celui-ci produit aux yeux de tout le monde, préſent & à venir, un déja aggrandi & épouvantable monſtre, armé de rage & de fureur qu'il vomit contre les puiſſances & Rois Souverains, contre toutes les Loix juſqu'ici entieres & d'antiquité vénérable, contre toute police & louables mœurs, ne trainant après ſoi que dégâts & ruines.

Pluſieurs ſont en cette erreur, que la France ſeule ſoutient ces fardeaux monſtrueux ès perſonnes de ceux qui l'ont juſqu'ici déſolée, ſous ce titre maſqué de *ſainte Ligue*. Je confeſſe que ces gens ici ſont un des égouts qui bouillonnent de cet abîme; mais il s'en faut beaucoup qu'ils conſtituent le tout. Le myſtere d'iniquité par juſte jugement de Dieu, depuis pluſieurs années en ça, a vendangé & aſſoupi les eſprits des hommes, les captivans ſous les traditions de menſonge & d'abus, qui ont obſcurci la gloire du Créateur & la connoiſſance naïve du vrai Sauveur, pour faire adorer la créature, & ont diverti la parole de vérité (ſeule regle de ſalut) pour faire extravaguer, après, les inventions du cerveau corrompu des hommes.

Les Empereurs, Rois, Princes, Potentats, Peuples, Républiques, & en général tous petits & grands jusqu'à un (sauf quelques lumieres, que Dieu en tout âge de ce déluge spirituel a réservées en divers endroits du monde pour redarguer le Prince des ténebres) ont été séduits par l'Antechrist, auquel chacun a résigné sa puissance, son autorité & tout ce qu'il a pu. L'ont enrichi & exalté sur le haut dais du Temple de Dieu, l'ont là porté sur leurs épaules, & adoré en lui baisant les pieds, ont tremblé à l'éclat de sa foudre & de ses malédictions, comme à la colere de celui qu'ils ont cru être Dieu, ou pour le moins, je ne sais quoi (comme aucuns d'eux ont osé écrire) d'indicible, qui n'étant ni Dieu, ni homme, est quelque grand cas entre-deux, qu'il n'appartient à aucun de reprendre, encore qu'il traîne après soi à grands troupeaux les ames au Diable en la genne; parce, disent-ils, que celui qui doit juger tout le monde, n'est sujet au changement d'aucun.

En la glose du Poeme sur les Clémentines.

En l'Extravag. ad cond. Johan. de verb. sig. dist. 40. c. si Papa.

Apocal. 14. 3.

Dieu, voïant cette infernale audace, a relevé l'homme de péché & fils de perdition, & s'est armé pour le détruire. Il a fait sonner ses trompettes, a convoqué les Peuples, & leur a requis amendement de leurs idolâtries, empoisonnemens, blasphêmes & autres forfaits, les a menacés s'ils n'adoroient Dieu seul en pureté, laissant la Bête & renonçant à ses erreurs. Plusieurs qui étoient morts spirituellement, ont oui cette prédication, & en ont été comme ressuscités. Les yeux & entendemens de plusieurs séduits ont été illuminés, & aïant feuilleté les Ecritures, ont touché l'abus au doigt; & comme par les effets on monte à la cause, par les œuvres d'impiété de si longtemps souffertes au monde, sont parvenus jusqu'à la reconnoissance du faux visage de l'Ante-christ, qu'ils ont vu assis en la Chaire de

2. The. 2.

Jesus-Christ. Émerveillés, ils ont connu que c'est Apo. 13.
cette Bête dont parle l'Ecriture, qui a deux cornes verſ. 11.
comme l'Agneau, & parle comme le Dragon (qui est le Diable) par doctrine de mensonge & de vanité. Ils ont eu crainte, tant pour la difformité de cette Bête, que pour la menace de Dieu, prononçant par son Ange, que *si aucun adore la bête & son image, &* Apo. 14.
prend la marque d'icelle en son front ou en sa main, celui-là aussi boira du vin de l'ire de Dieu, & sera tourmenté de feu & de souffre devant les saints Anges & devant l'Agneau. Ils ont aussi connu que les Rois de la Apo. 17.
Terre, desquels les Prédécesseurs ont aggrandi & élevé cette Bête, le haïront, dépouilleront & brûleront au feu; & que telles menaces s'adressant à l'Etat qui devoit être bâti en la Cité, laquelle, du temps de Saint Jean l'Évangéliste (qui a écrit ces choses) avoit son regne & domination sur les Roïaumes de la Terre, elles ne peuvent être appliquées maintenant à autre Etat qu'à celui de Rome.

Connoissant cette vérité, ils sont sortis suivant le commandement de Dieu hors de Babylone spirituelle, Apo. 18.
pour suivre la voie de leur salut, en un seul Jesus- Jean 48. 20.
Christ. Ils ont tout quitté, cédant à cette spirituelle Jérém. 51. Jean 14. 6.
tyrannie, voire aucuns jusqu'à leur propre vie, contens d'avoir leurs ames pour dépouille, & estimans peu au regard d'icelles la perte de tout le reste. Encore leurs ames leur ont-elles été enuïées, en la terreur de l'Inquisition & de ses feux & massacres, qui ont fait oublier à beaucoup leur propre salut, & la vie éternelle, pour sauver la corporelle. Mais les supplices, couverts du manteau de justice, ne pouvans retarder, mais plutôt avançans le cours de la prédication de l'Evangile, la Bête a jetté le glaive en la Terre, pour

accélérer la tuerie, appercevant que ſon terme étoit court. Et pour mieux tyranniſer parmi la confuſion, a allumé par-tout le Monde chrétien le feu des guerres, tant civiles qu'externes, a auſſi avancé par menées, en chacun lieu, toutes eſpeces de confuſions & ſéditions propres à ſon deſſein, le tout ſous le maſque de l'Egliſe & de la Religion, a ému aucuns des Rois, & ſollicité les autres, par ſubtils artifices. Que ſi aucun s'eſt rendu difficile à ſon obéiſſance, il a été incontinent ſuſpect & tenu entre les criminels, voire, comme tel, deſtiné à la peine, n'a pas été longuement ſans en ſentir les effets. De-là ont pris naiſſance les troubles en pluſieurs Etats, du milieu deſquels cette bête a choiſi les cœurs plus ambitieux & remuans, qui de leur côté, bien-aiſes de l'occaſion, pour ſatisfaire à euxmêmes, n'ont rien trouvé impoſſible, ſous une ſi belle couleur, pour ôter les Rois de leur ſiege, & s'y planter. La France, entre les autres Roïaumes, lamente cette miſere.

En telle licence le Valet s'eſt élevé contre ſon Maître, & le Sujet contre ſon Roi Souverain. Il falloit en telles conjurations avoir un ſujet, & meilleur ne pouvoit-il être (recouvert du manteau de ſainteté) que d'extirper l'héréſie du monde, terme plauſible qu'ils n'ont point eu de honte d'attribuer à la pure doctrine de l'Evangile, trompans par ce moien beaucoup, tant des Rois, que des Peuples, leſquels préoccupés de paſſion, n'ont pû juſqu'ici reconnoître, que les ſcrupules religieux ont leur ſiege en l'ame, ſur laquelle les ſupplices n'ont pas pouvoir, la ſeule perſuaſion fondée ſur les Ecritures eſt l'unique moïen pour y pourvoir.

Mais pour faire trembler l'Univers (afin auſſi que les

les Ecritures fussent accomplies) il falloit composer cet épouvantable corps, nommé la Ligue, lequel (cachant ès diverses cavernes de son estomach, autant de particuliers & contraires desseins qu'il auroit de Partisans) fut singulierement le bras droit & la protection de cette Bête, pour, en un mot, empêcher la réformation des abus qui sont au monde, tant évidens que ceux-là même qui les commettent ne les pouvant plus déguiser, les veuillent maintenir par force, leur manquant la raison, avec résolution prise & jurée de ruiner les Rois, Roïaumes, Païs & Peuples, qui n'en voudront être, ou qui ne voudront fléchir, pour porter le joug de la Bête. De ce corps sont le Pape, & (peu exceptés) généralement tout son Clergé, depuis les Cardinaux jusqu'aux plus petits Ordres, soit d'hommes, soit de femmes (1). A iceux sont joints plusieurs Rois, Princes, Archiducs, Ducs, Seigneurs, Comtes, Barons, Nobles, Provinces, Républiques, Villes, Officiers d'icelles & jusques aux moindres Villages, selon le catalogue qu'ils en ont fait, par montre & ostentation, pour, sous l'aspect d'une invincible puissance, efaroucher les pusillanimes, & échaufer les téméraires.

Act. 4. vers. 25. Pseau. 2. Apoc. 11

La conspiration est si outrageuse, qu'on peut bien dire maintenant après David & les Apôtres : Pourquoi se mutinent les Nations, & les Peuples projettent choses vaines ? Pourquoi se trouvent en personne les Rois de la Terre, & les Princes consultent ensemble contre l'Eternel & contre son Oint ? Celui qui réside ès Cieux s'en

(1) Ces imputations faites au Pape, au Clergé & aux Ordres Religieux, sont trop vagues, & se sentent plus de la déclamation que de la vérité. Les fautes des Particuliers ne doivent être mises sur le compte de tout un Corps.

rira, le Seignenr se mocquera d'eux, il les froissera d'un Sceptre de fer, & les mettra en pieces comme un pot de potier, &c. Comme aussi Saint Jean dit ailleurs : Et les Nations se sont courroucées, & ton ire, Seigneur Dieu, est venue pour juger & donner salaire à tes serviteurs, &c. Les Chefs de cette Ligue, & ceux qui les suivent, devroient trembler à ces paroles & autres semblables qui se trouvent çà & là en l'Ecriture Sainte, quand principalement déja de toutes parts ils voient voler en divers endroits les éclats de ce grand Corps ligué, une partie étant donnée pour viande aux poissons de la Mer, par les naufrages & batailles navales, les autres passent par le glaive, tant ès batailles, rencontres & sieges de Places sur Terre, qu'ès exécutions qu'en font les Rois & Puissances sur lesquelles ils entreprennent.

Or, les divers discours de ce Recueil feront voir les œuvres admirables de Dieu en la conduite du monde, & spécialement de son Eglise, de laquelle il a toujours un soin singulier pour la garantir, tantôt par moïens ordinaires, tantôt extraordinaires. Quand il a été question des armes, il les a telle fois fait si magnifiquement valoir, opposant le nombre an nombre & la force à la force, qu'il a montré qu'il est le puissant Dieu qui ne manque pas de moïens de cette espece, quand il lui plaît s'en servir; à telle fois aussi pour rompre à l'homme la confiance qu'il a en sa puissance charnelle, il a tellement affoibli les armes des siens, & ébloui les yeux des Chefs & des Capitaines, autrement redoutables, que de leur trop de hardiesse il en a tiré le sujet de leur humilité, dissipant en un moment un grand appareil d'armes, châtiant les siens par tels effets & ravissant quant & quant aux adversaires l'argument de se vanter de leur prouesse, ou de triompher des siens.

Le Lecteur en verra les exemples en plusieurs endroits de ce Recueil, & notamment en la rupture de l'Armée, laquelle passa la Riviere de Loire pour aller à Angers, sous la conduite de feu Monseigneur le Prince de Condé ; comme aussi en la retraite de l'Armée des Allemands, Suisses & François, conduite en France, sans effet, pour le secours de ceux de la Religion contre la Ligue; & en divers autres lieux de semblable nature, où le Lecteur pourra observer les conseils admirables de Dieu.

Pareille observation se pourra faire en tant de signalés échecs que le même Dieu a faits sur les plus grands & plus renommés Chefs & Partisans bandés contre ceux de la Religion. Lesquels, sans autre guide que leur conseil, sans autre confiance que de leur bras charnel, sans juste cause, mus de leur propre passion, se promettoient d'ébranler tous les Cieux par le bruit de leurs armes, exterminer qui leur résisteroit, & se faire, par le fer de leurs lances, voie, ou à la domination qu'ils affectoient illégitimement, ou à la vaine gloire, qu'ils se vouloient acquérir, aux dépens du Peuple de Dieu. Lequel, juste Juge, a aussi plusieurs fois, en un tourne-main, froissé cette injuste violence, faisant trébucher de coups la multitude, aux pieds du petit nombre qu'ils méprisoient. Cela sera vu au peu d'effets de cette puissante Armée que Monsieur de Mayenne conduisit en Guyenne, pour prendre le Roi de Navarre, réduire ses hommes en foin, ses Places en poudre, & toutes les Provinces à rien. *Item*, en la guerre si cruelle, que les Ducs de Lorraine, de Guise & autres Chefs de la Ligue ont faite à une fille orpheline, Mademoiselle de Bouillon, & contre une poignée d'hommes, déja tant affoiblis par la longueur des persécutions souffertes pour la Religion, que le pic & le cercueil leur sembloient plus convenables, pour trouver repos au tombeau, que la lance & le harnois pour battre un si fier Ennemi, & triompher de ses Enseignes.

La Bataille de Coutras, que Dieu fit miraculeusement gagner au Roi de Navarre, en parlera encore plus hautement; car si jamais les effets ont prêché, que Dieu résiste aux orgueilleux, & donne grace aux humbles, le Lecteur l'apprendra en la diligente recherche de toutes les circonstances de cette journée, & bien autant en l'observation de plusieurs autres moindres effets de la Justice de Dieu, par l'exploit des armes du Roi de Navarre, & de ceux de son Parti,
Psa. 34. vrais témoins (& les déguise qui voudra) de la force
de Dieu, lequel ruine le coupable par son propre forfait & maintient l'innocent.

Ce Recueil enseignera que ce n'est pas fortune, mais
le Dieu vivant, qui gouverne le Monde, surprend les
Job. 5. méchans & les fins en leurs malices & finesses, & de
Psal. 37. leurs propres conseils sait bien extraire les moïens de
2. *Sam.* 15. leur ruine. Les conseils d'Absalon & d'Achitophel les
confondirent, & Dieu en tira leur juste ruine. Ceux qui de notre temps, ont tant entrepris que de cheminer sur leur pas, attentant contre l'Evangile du Fils de Dieu & contre les Personnes & Etats des Rois, se sont volontairement présentés à la rencontre de telle ma-
Ester. 1. lédiction. Nul ne lit l'Histoire d'Aman qu'il n'en tremble, qu'il ne déplore la misere humaine, & ne condamne l'orgueil & insolence démesurée des hommes, qui, quoiqu'ils soient élevés de la poudre, ne peuvent borner leur ambition, commander à l'envie qui les ronge, comme un cruel serpent; nul ne peut ouir

l'iſſue de cet enflé, qu'il ne ſoit tout tranſi, le voïant en un moment ſi ravalé ; qui de ſuperbe dominateur, fut vu le proſterné ſuppliant aux pieds de la fille du Peuple qu'il avoit déſigné au maſſacre ; qui ne vomiſſant que menaces de feu & de ſang, fut en ſi peu d'heures ſaiſi par les Eunuques du Roi, & fait priſonnier coupable de leze-Majeſté ; de compagnon des Rois, fut fait le jouet des Bourreaux, & l'héritier d'un gibet qu'il avoit fait élever pour y faire étrangler l'innocent, auquel il en vouloit ſeulement pource qu'il ne s'étoit pas, comme tous les autres, courbé devant lui ; qui ne ſe vantoit que de ſa gloire, de ſon crédit & de la magnificence de ſa maiſon, qu'il voit en un inſtant détruite, & dix de ſes enfans pendus avec lui.

Quiconque auſſi lira, en ce préſent Recueil, l'exécution faite à Blois au mois de Décembre 1588, s'il n'eſt bien endurci, tremblera & croira que Dieu eſt ennemi des ſuperbes, des amateurs de nouveautés pernicieuſes, des outrageux pertubateurs de la paix des Roïaumes & polices, des flambeaux de la guerre civile ; ennemi des hypocrites, abuſans à méchanceté du nom de Religion ; ennemi des ennemis des Rois qu'il a établis ; ennemi des envieux des légitimes droits des Princes, qui tiennent leur rang de par lui ; ennemi des prodigues du ſang qui ne leur a fait faute, & vengeur des cruautés qui n'ont pardonné ni aux vivans ni aux morts ; ennemi des ennemis de ſon Peuple, & qui le ſont auſſi légerement qu'Aman étoit des Juifs : bref, qu'il en veut à ceux qui, pour ſervir à leur ambition, ſe déclarent protecteurs des abus, de la ſimonie & de l'horrible confuſion qui ont effacé toute la vérité & le luſtre de la Religion Chrétienne, & en

Apoc. 15. vers. 6.
veulent empêcher la réformation. Et bien occupé de passion particuliere sera celui qui ne reconnoîtra la juste rétribution de Dieu, qui donne du sang à boire à qui répandent le sang injustement, ôte la tête & consume les corps de ceux qui ont allumé tant de feux & inventé tant de supplices, contre tout droit divin, & toute charité chrétienne, pour exterminer tout sexe & toutes qualités de personnes, pour la Religion, laquelle veut être persuadée, & non gravée en l'ame par le feu brûlant cruellement le corps ; qui donne au vent, aux Fleuves & aux Mers, pour tout tombeau, les cendres de ceux qui les avoient auparavant rougis du sang des Martyrs pour l'Evangile de Jesus-Christ, repu les poissons de leur chair, & dénié le sépulcre à leurs os.

Où a le monde l'entendement ? quel zele sans science le transporte ? D'où pensons-nous que vienne tout ceci ? Blâmerons-nous les hommes exécuteurs des vengeances de Dieu ? Mordrons-nous la pierre que Dieu jette ? Contre qui regimberons-nous ? car contre l'éguillon, c'est chose dure. Nous nous mocquons de la maison d'Aman & de ses Partisans, qui blasphêment contre Assuerus, le dénigrent & dégradent, & voudroient volontiers soulever contre lui les Peuples en rébellion, pour venger leur passion, faute d'appercevoir que c'étoit la justice de Dieu qui avoit attrapé le cœur enflé, qui, pour plus facilement regner, avoit pris le Ciel à partie. Nous exaltons, en cette tragédie, le jugement de Dieu, ne craignons-nous point qu'en pareille folie & semblables murmures que ceux de la maison d'Aman, Dieu ne s'embrase en fureur contre nous, quand sans aucun respect, ni de lui ni de de ses Loix, nous franchissons toute borne ? C'est user de fraude contre soi-même, que d'ajouter au péché, au lieu de pénitence, la prévarication.

Il y a au surplus, en ce recueil, quelques particularités, sur lesquelles il n'est hors de propos de donner avis aux Lecteurs. Souvent, en parlant de la derniere Assemblée tenue à Blois, il use de cette circonlocution : *De l'Assemblée qu'on appelloit les Etats.* Cela est dit expressément, parceque si tous les déportemens d'icelle sont duement considérés, on ne trouvera pas que le titre d'Etats de France lui puisse aucunement compéter. Nous ne voulons pas en ce lieu produire toutes les justes causes de nullité qu'on en pourroit déduire, c'est l'office d'un livre à part ; & puis Sa Majesté, par ses diverses Déclarations, en dit assez pour satisfaire à ceux où il reste encore quelque docilité. Seulement le Lecteur se souviendra, en lisant ce Recueil, de quelques points notables, observés en cette Assemblée par aucuns qui y étoient, qui pourront montrer aux plus ombrageux, & qui s'escarmouchent étrangement quand on leur corne qu'on a violé la liberté sacrée des Etats, quelle opinion on en doit avoir.

Le Roi eut bien desiré, par les légitimes Etats, remédier aux maux qui ruinent la France, ouir les plaintes de son Peuple, & le justement contenter ; chasser la guerre & rétablir la paix, unique soutien de la Couronne & de sa prospérité ; mais comme les choses sacrées sont profanes aux souillés, & les bons remedes mortels aux désespérés qui ne veulent plus vivre, ainsi en est-il advenu, que ceux de la Ligue, ne redoutant rien tant que le rétablissement des affaires en mieux, ont renversé le légitime usage des Etats, pour le changer en une lamentable conjuration contre l'Evangile de

Dieu, contre le Roi, les Princes principaux de ſon Sang, & contre la tranquillité publique. Car on y a vu extorquer par violence un Edit en titre de Loi fondamentale du Roïaume, conſacré par un nouveau ſerment de perpétuelle guerre civile contre ceux de la Religion, qui ne demandent que de vivre ſelon la pureté de la doctrine de l'Evangile, & ont tant de fois proteſté que ſi par la parole de Dieu on leur montre qu'ils errent, ils ſont prêts d'acquieſcer à la vérité. On y a vu entreprendre, contre l'autorité ſouveraine du Roi, pour lui anéantir le regne, & faire tomber (contre la fin principale, pour laquelle les Etats ont toujours été ſi ſoigneuſement convoqués) une légitime Monarchie en la main de plus de trente cruels Tyrans, ou, au moins en un Etat démocratique, c'eſt-à-dire populaire, & par conſéquent (aux termes où eſt aujourd'hui la France réduite) plus que rats en paille confus. En quoi pluſieurs, même de cette Aſſemblée, remarquerent l'effet des propos du Duc de Guiſe, répondant à aucun des ſiens, qui lui conſeilloient de remuer en France, pendant que feu Monſeigneur étoit en Flandre : *Non, non,* diſoit-il, *je n'ai garde tant que le Roi aura encore un frere, d'ouvertement rien entreprendre, mais ſi je puis un jour voir au thrône le dernier de la Race de Valois, je me promets bien de mettre ſi ſûrement la main à la beſogne, que ſi je n'emporte le tout, je me ferai bonne part au gâteau.*

Il penſoit que la ſaiſon en fût venue, & qu'en la corruption de cette Aſſemblée portant titre d'Etats, l'occaſion lui en étoit offerte. Lui & ſes Partiſans y devoient à bon droit répondre, tant pour les armes deux fois par eux levées contre le Roi, ſans aucun valable ſujet, que pour beaucoup d'autres raiſons qui

ſeroient

ſeroient longues à déduire, & tout au rebours, ils y commandoient comme à baguette & y avoient les principales charges. Quant aux monopoles & brigues univerſelles faites par chacun Bailliage & Sénéchauſſée, c'eſt choſe que les louches même ont clairement apperçue. Une ſeule Ville d'Angers en peut faire le procès, diſant ce qui en eſt à tout le reſte. Si en quelques endroits les bons François prévaloient, & éliſoient hommes de leur humeur, contraires aux deſſeins de la Ligue & de ſon Chef en France, autres étoient élus, contre toute juridique forme, pour leur ſervir de contrebride. Les Provinces de Normandie & du bas Limouſin en rendront témoignage, eſquelles, par violence, trois de la Ligue furent choiſis pour être oppoſés à deux légitimement élus, & que la Ligue ne pouvoit corrompre.

Convenus à Blois, la préſence ou reſpect du Roi ne les modéra pas qu'ils ne ſe rendiſſent comme Juges en cette Aſſemblée, avec un ſi impudent mépris de Sa Majeſté (à laquelle ne pardonnoient pas leurs furies & arrogantes paroles) qu'ils montroient évidemment ne le plus tenir que pour le contemptible miniſtre & couverture de leurs deſſeins; par leſquels, en le diminuant peu à peu, ils montoient au trône. Ils en vinrent juſques-là d'impudence, que de le vouloir contraindre à rétracter quelques termes, dont Sa Majeſté avoit uſé, en la premiere Harangue qu'elle fit à l'ouverture de cette Aſſemblée, par leſquels ceux de Guiſe ſe ſentoient trop vivement picqués.

L'audace eſt quaſi incroïable, par laquelle ils forcerent Sa Majeſté, ſur le jurement qu'en leurs monopoles ils avoient réſolu de lui faire faire, ſur l'Edit plein de guerre & ſédition qu'ils vouloient établir pour

Loi fondamentale, non du Roïaume, comme dit le texte, mais de leurs propres desseins (comme doit chanter la glose), quand par ce moïen ils faisoient pour jamais conjurer la guerre civile, sans qu'il restât en la puissance ni du Roi ni des Etats, de faire jamais paix ou treve. Et sur l'assurance qu'ils se donnoient que le Roi mourroit bientôt, pour avoir au moins l'ombre de son suffrage, en la rejection du légitime héritier de la Couronne, quelle force lui firent-ils pour en nommer un à leur fantaisie ? oublieux, ou plutôt contempteurs des Loix & Droits du Roïaume, qui enseignent que jamais les Rois n'y meurent, & que le mort saisit le vif de tout droit au Roïaume, depuis le premier jusqu'au dernier Prince du Sang. Les principaux desquels, sous autant de frivoles prétextes que tout le reste, ils ont exclus de cette convocation, voire que s'y étant trouvé Monseigneur le Comte de Soissons (peu auparavant parti d'avec le Roi de Navarre pour aller trouver Sa Majesté) encore que, cédant au temps, par le conseil d'aucuns, ses plus proches amis il eût satisfait à leurs impudentes requisitions, ils furent néanmoins si outrageux, que pour avoir été près du Roi de Navarre, ils lui dresserent la partie notoire à tous, mettant en avant qu'il lui falloit faire faire son procès par les Etats, & disant, *Que les absolutions satisfaisoient au Roi & au Pape, mais nonpas au Peuple offensé*; par cet arrogant, discours témoignant que ne pardonnant pas à Sa propre Majesté, qui en dissimuloit beaucoup, ils ne vouloient non plus épargner les fideles Princes de son Sang qui faisoient nuisance à leurs mauvais desseins.

Les brigues de ceux de la Ligue ont toujours renversé, par leur pluralité de voix mandiées, les plus salutaires avis, comme il parut en l'élection des Préſidens, Scribes & Syndics, qui furent (pour la plupart) de ceux qui commandoient au Parti de la Ligue. Pour à quoi parvenir plus facilement, ils exclurent de leur Conclave tous ceux qu'ils connoiſſoient être zélés au repos de la France, & entre les autres deux Evêques des plus dévotionnés à la Religion Romaine, à ſavoir, celui du Mans & du Puy, contre leſquels aucuns prononcerent fierement & hautement : *Ce ſont de nos Politiques & Régaliſtes.*

Peu de ceux qui y étoient, ignorent par quels propos M. de Guiſe rabroua le Sieur de Villemareul, député par la Nobleſſe de Brie, lui diſant qu'il avoit des cahiers hérétiques, mais qu'il ſauroit bien un jour châtier ceux qui les avoient faits. Hérétiques étoient-ils appellés, pourcequ'ils parloient honorablement des Princes du Sang, & ſupplioient Sa Majeſté de les faire approcher & de les reconnoître ſelon leurs mérites. Si aucun ne fléchiſſoit, ſelon leurs volontés, à leurs corruptions, ils avoient ceci pour barriere, qu'on n'oſoit plus franchir : *Si cela ne ſe fait ainſi, nous ne paſſerons outre, nous ſavons le moïen de retourner en nos Provinces, d'y reporter nos cahiers, & les y faire obſerver.* Par ce moïen, leurs délibérations demeuroient réſolutives, & non déprécatives, tranchant, en ce faiſant, des ſouverains. Les Prélats y cornoient la guerre contre le dû de leur vocation, & entreprenoient de contrôler & remuer le Gouvernement des Provinces du Roïaume, juſqu'à vouloir faire révoquer M. le Maréchal de Matignon de la Guyenne (car ils craignoient qu'il ne gardât fidelement au Roi la Ville de Bourdeaux, comme depuis il a fait contre la Ligue), & y faire envoïer un Prince non ſuſpect, c'eſt-à-dire, de la Maiſon de Lorraine. L'Evêque qui porte la parole pour le Clergé, osa bien dire au Roi, que pourvu qu'il leur donnât des Capitaines à leur dévotion, les moïens ne manqueroient de leur part, à bien faire la guerre.

Un notable Personnage, qui ne tenoit le dernier rang en cette Assemblée, remontroit à deux Evêques des moins turbulens, l'énormité des Brigues & l'iniquité de toutes leurs procédures : Que voulez-vous, lui répondirent-ils, que nous fassions en nos Assemblées, ainsi qu'elles sont composées, de sept de la Ligue contre un de nous ? S'il y a quelqu'un de nous qui ouvre la bouche pour y représenter la raison & le droit, on ne lui répond qu'anathême. Car nous avons affaire à gens qui ne veulent ni écouter raison, ni en donner : vous avez d'eux pour tout, *voilà nos cahiers, ce sont nos demandes, nous ne voulons ni rien plus, ni autrement.*

Par tout ce que dessus & autres infinies particularités qu'on peut recueillir d'ailleurs, tout le monde, auquel restera quelque santé d'entendement, jugera si telle Assemblée, & en laquelle encore n'y a eu commencement ni fin, pourroit justement être honorée du titre d'Etats de France.

Il est souvent parlé en ce Recueil de ceux de la Religion, sous le mot trop odieux d'Hérétiques ou d'Hérésie, & même Sa Majesté souvent en use en ses Harangues & Déclarations ; ceux de la Religion ne la peuvent pas empêcher de les appeller ainsi qu'il lui plaira ; les épithetes non convenables, non pas même les persécutions indignes, ne peuvent altérer, non plus pour l'avenir que par le passé, leur sincere fidélité, ni envers Dieu, ni envers lui qu'ils savent être l'image de Dieu pour régner en justice. Si croient néanmoins lesdits de la Religion, que Sa Majesté dit en cela plus d'eux qu'elle n'a occasion d'en croire. Etant de la recommandation d'un ſage Roi de ne condamner aucun du crime dont il ne l'auroit convaincu, ſuivant le conſeil du Sage : Ne blâme perſonne devant que de t'en être enquis, connois, & alors reprens. Le procès pend encore chez le Juge, juſte argument au ſage de ſuſpendre ſon jugement juſqu'à une légitime vuidange. Ils eſtiment auſſi que Sa Majeſté eſt plus accoûtumée à les qualifier de tels titres par les importunes clameurs de ceux qui ne les en ſauroient convaincre, que perſuadée qu'ils ſoient tels, par valable raiſon. Qu'il plût à Dieu que Sa Majeſté en voulût prendre connoiſſance! tous ceux de la Religion s'aſſurent (moïennant l'aide de Dieu) qu'elle reconnoîtroit que ces noms d'invective leur conviennent auſſi peu, que jadis au Fils de Dieu ce qu'on diſoit, qu'il étoit ſéducteur & annonciateur de doctrine diabolique ; ou aux Apôtres, qu'ils ſéduiſoient le Peuple, débauchant de l'obéiſſance de Céſar, précheurs de nouvelle doctrine, babillards, ennemis de Moïſe & de la Loi, ſéditieux : bref, l'héréſie leur convient auſſi peu, que jadis aux Chrétiens de la primitive Egliſe, ſous l'Empire de Neron, Dioclétian & autres Empereurs ; à ſavoir, que *leur Religion étoit exécrable & malheureuſe, pleine d'impiété & de ſacrilege, rejettant toute divinité, ſe mocquant de toute ſainteté ; que leur ſociété étoit en impudicité & inceſtes ; qu'ils adoroient la tête d'un âne ; mactoient les enfans, buvoient leur ſang & en mangeoient entr'eux les pieces ; qu'aſſemblés de nuit, ils attachoient des chiens aux chandeliers, leſquels, ſur la fin des cérémonies, étant chaſſés, entrainoient chandeliers & chandelles, les ténebres cachoient exécrables impudicités entre tout ſexe.* C'étoit la vraie Egliſe Chrétienne qu'on découpoit ainſi. C'eſt le même Diable qui la calomnie encore au-

Eccleſ. 11. verſ. 7.

Jean 7. & 8.

Actes 17 & 18, &c.

Arnobius adverſus Gentes.

jourd'hui & la fait nommer Hérétique, ne pouvant tantôt pis.

Le Lecteur donc croira que ceux de la Religion maintiennent fort & ferme, que telles injures ne les competent point, & appellent devant Dieu & la sainte Ecriture du vieux & nouveau Testament (seul examen de l'hérésie) des préjugés que l'on fait d'eux & de leur profession. Prêts à prouver que leur Religion est la vraie, l'ancienne, la Catholique, la Chrétienne, & telle qu'étoit la Romaine du temps de Saint Paul, pleine de foi, & non contaminée d'aucun abus ni en doctrine ni en police, qui l'empêchât d'être la vraie Eglise.

Pour la fin, ce Recueil contentera les Lecteurs en ce point pour le moins (s'ils veulent prendre pour raison le véritable serment que nous leur en faisons), qu'il est fait, sans animosité, ou affection d'offenser aucun, d'ôter à autrui ce qui lui est justement dû, d'attribuer à personne ce qu'il n'auroit mérité. Quand nous avons parlé, ou de la Ligue en général, ou de la Maison de Guise en particulier, & usé des mots de Rebelles, Conjurés & autres, qui volontiers se prennent en mauvaise part, nous n'avons pas estimé faillir, imitant le style dont Sa Majesté a usé en plusieurs Edits & Déclarations faites contre eux ; n'étant probable qu'elle voulût ainsi parler sans cause des Villes qu'elle a plus aimées qu'autres de son Roïaume, & de la Maison qu'elle a plus exaltée que nul autre de ses Sujets. Et puis nous sommes vrais François, aimant la vie & l'honneur de nos Rois, si ardemment, qu'y allant du leur, nous passons facilement, disant la vérité, pardessus tout autre respect, contristés de voir la France réduite en si piteux état. Joint qu'on ne peut mieux parler de la nature des choses que par leurs effets.

L'amertume des fruits que produit la Ligue est si angoisseuse, que menteur seroit celui qui les déguiseroit. Reste encore cette raison, qu'il y a occasion à ceux qu'on a injustement depuis tant d'années chargés du crime de rebellion & félonie contre le Roi, de desirer que tout le monde sache, qu'autant qu'ils en ont été éloignés, autant évidemment, & avec autant juste occasion en sont atteints & convaincus, ceux qui les en accusoient.

Tout ce qui s'est passé n'a pas été recueilli ; aussi sont-ce mémoires qui attendent leur lieu au corps d'une parfaite Histoire. Si pouvons-nous assurer qu'avons rejetté tout ce qui nous a semblé être, ou fabuleux, ou seulement peu vrai-semblable, faisant choix de la vérité, le plus exactement qu'il nous a été possible, pour ne repaître les Lecteurs de vanités. Ce que nous avons vu & oui, & à quoi nous sommes entrevenus (comme sont aucunes des plus remarquables parties de ce Recueil), nous l'avons simplement & véritablement écrit sans fard, flatterie ou déguisement. Que si pour n'avoir pu ou voir, ou ouir toutes choses, & avoir été par ce moïen contraint de dépendre de l'aide ou du rapport d'autrui, il y étoit coulé quelque chose ou peu solide, ou, en quelque maniere, variant de la naive vérité (chose que n'avons apperçue) que les Lecteurs se souviennent qu'il ne fut donné à Ulysse, en tant de diverses navigations, d'exactement toujours tenir la droite route. Il doit suffire qu'il n'a ni malicieusement erré, ni à son escient quitté le droit chemin. Ce qui est récité de bouche à bouche n'est volontiers gueres exempt de plus ou moins. L'esprit charitable juge de tout en bonne part. Ceux ne sont pas à craindre à une bonne conscience, lesquels, transportés ou de malice, ou d'ignorance, en feront autrement. Quant au profit qu'un chacun devra faire en lisant tant de divers évenemens, le Lecteur le pourra voir en une brieve exhortation qu'avons faite & adressée aux Rois & Etats qui sont en la Chrétienté, mais principalement aux François.

Si nous reconnoissons que la simplicité de ce labeur ait profité (car de complaire, principalement à tant de têtes, qui ont chacune leur sens particulier, il ne nous en chaut, que nous soïons utiles, il nous suffit), il reste encore assez de champ pour espérer le contentement d'une plus abondante moisson, en l'Histoire parfaite, reprise de plus haut, & qui pourra représenter avec le discours, les plans & vifs portraits des Armées, rencontres & batailles données, des Villes, Châteaux, Isles & Forts assiégés, des Logis, Salles & autres lieux, ou d'Assemblées célebres, ou d'actions mémorables, qu'avons déja pour la plus grande part recueillis, & que (pour ne rendre ce Recueil de grosseur importune) nous avons réservés pour un plus grand Volume. Dieu tout bon fléchisse nos cœurs à vraie repentance & détourne par ce moïen les maux, qui autrement nous menacent, à ce que soïons réservés pour voir sa grande gloire en la destruction de l'Antechrist, & amplification du regne de son Fils, notre Sauveur Jesus-Christ. *Amen.*

Ce 16 Mai 1589.

D. H. B. C.

MÉMOIRES

MEMOIRES DE LA LIGUE.

DISCOURS*

DU PREMIER PASSAGE DE MONSIEUR LE DUC DE MERCŒUR au bas Poitou. De sa déroute & fuite. Du siege de Brouage par Monseigneur le Prince de Condé, & de son voïage d'Angers.

AU mois de Juillet 1585 l'Edit étant publié contre ceux de la Religion ; & sous ce prétexte ceux de la Ligue ayant résolu de rallier de toutes parts leurs forces tant Etrangeres que Françoises, pour leur courir sus de toutes parts, plusieurs Gentilshommes & autres de la Religion, qui s'estoient mis ès Troupes du Roi & même avec Monsieur de Montpensier, se retirerent, les uns en leurs maisons, les autres à Saint Jean, près Monsieur le Prince de Condé ; les autres passant plus outre, allerent trouver le Roi de Navarre, comme entr'autres M. de Montpensier.

1585. PASSAGE, DE'ROUTE ET FUITE DU D. DE MERCŒUR.

Lesdits Sieurs Roi de Navarre & le Prince de Condé, voïant que cet orage menaçoit ceux de la Religion, après avoir lon-

(*) Une partie considérable des faits rapportés dans ce discours se lit dans l'histoire de M. de Thou, livre 82.

1585.

PASSAGE, DÉROUTE ET FUITE DU D. DE MERCŒUR.

guement patienté & s'être tenus coits, furent enfin contraints de se résoudre à la défensive.

Le Duc de Mercœur (1) l'un des principaux Chefs de la Ligue, voulant des premiers faire preuve de sa valeur, passe de Bretagne en Poitou avec plus de deux mille hommes, en intention de tout ravager, & faire un mauvais parti à ceux de la Religion. De fait il sembloit que ses Troupes dussent être la terreur de toute la France.

Monsieur le Prince de Condé qui étoit à Saint Jean, aïant rallié la plupart de ses amis, tant de Saintonge, Poitou, qu'autres divers lieux, se vit en peu de jours une gaillarde troupe, tant de gentilshommes que d'arquebusiers à cheval; & avec cette force, attendant le reste, s'achemine le plus diligemment qu'il peut, au devant dudit sieur de Mercœur, tellement qu'étant vers Chandenier (2), il entendit que ledit sieur de Mercœur & ses troupes étoient vers Fontenay (3), occasion qu'il se résolut de lui aller au-devant, & le combattre. Ce qu'ayant entendu ledit sieur de Mercœur, ensemble combien étoient disposées & promptes au combat les troupes dudit sieur Prince, il fut fort étonné; car on lui avoit persuadé que facilement il dompteroit le Poitou, & que lui étant en Campagne un seul Huguenot ne leveroit la tête. Ce qui l'étonna davantage, fut qu'il n'eût pas plutôt entendu que le Prince de Condé & ses troupes étoient en campagne, qu'aussitôt on lui apporta nouvelles, que ledit sieur Prince marchoit droit à lui, avec résolution de le combattre: occasion, que sans plus longuement consulter, il résolut sa retraite. Mais étant de près serré par ledit sieur Prince, il fut contraint de se jetter dans le fauxbourg de Fontenay, appellé les Loges, où il se logea avec toutes ses troupes.

Le Gouverneur pour le Roi à Fontenay, n'étant volontiers encore bien informé comme les choses alloient entre le Roi & ceux de la Ligue, ne voulut onc permettre audit Duc, ni à ses troupes l'entrée dedans la Ville, bien les favorisa-t-il de tout ce qu'il pût.

(1) Philippe-Emmanuel de Lorraine, Duc de Mercœur, Chevalier des Ordres du Roi, Gouverneur de Bretagne, né le 9 Septembre 1558, mort à Nuremberg le 19 Février 1602. Il avoit épousé Marie de Luxembourg, Duchesse de Penthievre, Vicomtesse de Martigues &c., Fille unique & héritiere de Sébastien de Luxembourg, Duc de Penthievre & de Marie de Beaucaire.

(2) Ville & Marquisat en Poitou. D'autres écrivent Champdenier.

(3) Fontenay-le-Comte, Ville Capitale du bas Poitou.

Monsieur le Prince desireux de voir de plus près ledit Duc, s'avança vers les Loges, & là, mit ses trouppes en bataille, pour tâcher d'attirer son ennemi au combat : mais ne se présentant personne, s'avança encore davantage, pour presser ceux de dedans à l'escarmouche : mais ils ne se voulurent pourtant échauffer, il s'y passa seulement quelques legeres escarmouches, & rien de plus. Ledit Sieur Prince ayant tenu ledit Sieur de Mercœur quelques jours comme assiegé en ce fauxbourg; soit que ledit Duc craignît d'être finalement forcé, ou que ledit Sieur Prince lui coupât le chemin de sa retraite vers Nantes, ou bien qu'il eût faute de vivres ou de commodités, sans autrement s'arrêter à ce qu'on en pourroit dire, fait sonner la sourdine, & fort secretement & de nuit il déloge, tire au grand trot, en grand effroi & avec plusieurs allarmes qu'il se donne à lui-même, vers Nantes, qu'il gagna sans prendre le loisir de repaître, laissant la plûpart de ses troupes derriere lui en grand désordre & mécontentement. De fait, la plûpart le maudissoient & détestoient sa mauvaise conduite, disant qu'il les avoit mis à la boucherie. Aucuns des troupes de M. le Prince suivirent cette deroute, & donnant sur le bagage prirent beaucoup de butin & amenerent plusieurs prisonniers. Ainsi le Duc de Mercœur, & ceux de la Ligue qui l'accompagnoient, en peu de tems resserrerent leurs cornes, & alentirent leur feu, ayant connu par effet que ce n'est proie de facile conquête que les Huguenots de Poitou & lieux circonvoisins.

1585.

PASS. DEROUTE ET FUITE DU D. DE MERCŒUR.

M. le Prince fut en cette expédition environ quinze jours ou trois semaines, puis passa par Melle (1), où se sépara d'avec lui M. le Comte de la Rochefoucaut (2) qui de n'agueres l'étoit venu trouver, tire à Jarnac (3) à cause de la peste qui étoit déja fort grande à Saint Jean. M. de la Montguion (4) son Lieutenant, & autres Gentilshommes, se retirent aussi en leurs maisons.

Durant le séjour à Jarnac, le Sieur de S. Gelays (5), accompagné du Sieur d'Aubigny (6), & quelques autres, s'achemine-

(1) Dans le haut Poitou. D'autres nomment ce lieu *Mellé*.

(2) François IV du nom, Comte de la Rochefoucault, Prince de Marillac, tué par les Ligueurs à S. Yrier-la-Perche, le 15 Mars 1591.

(3) Bourg en Angoulmois, sur la Charante.

(4) François de la Rochefoucault de Monguion ou Montguyon.

(5) Louis de S. Gelais de Lansac, Maréchal de Camp.

(6) C'est Théodore-Agrippa d'Aubigné, si connu par l'Histoire de son tems qu'il a donnée au Public; par les Avantures du Baron de Fœneste, &c. Il faut lire d'Aubigné dans tout ce volume au lieu de *d'Aubigny*.

1585. PASS. DÉROUTE ET FUITE DU D. DE MERCŒUR.

rent vers Melle pour quelques affaires importantes. Le second jour de leur arrivée, ils reçoivent avertissement que quelques troupes de gens de pied & arquebusiers à cheval de la Ligue les environnent pour les prendre; ce fut le soir. Ils les envoient reconnoître, & trouvant l'avertissement véritable, toute nuit ledit Sieur de Saint Gelays, qui étoit Maréchal de Camp des troupes dudit Sieur Prince, envoya vers le Sieur de Charbonniere (1), qui étoit à deux lieues de-là avec son régiment, manda aussi quelques Gentilshommes de la Religion de cet environ, lesquels avec bonne diligence vinrent toute nuit, & au point du jour joignirent ledit Sieur de Saint Gelays. Les troupes de la Ligue étoient conduites par le Capitaine Sainte Catherine, & autres, lesquels se voyant serrés de près & inopinément investis, s'étonnerent; envoient parlementer avec ledit Sieur de Saint Gelays, se rendent & promettent d'abjurer la Ligue, & la faire abjurer à leurs compagnons, & que jamais ils ne porteroient les armes contre ceux de la Religion. La capitulation faite & signée, l'exécution s'en suivit aussitôt. Plusieurs desdites troupes allerent trouver mondit Sieur le Prince. Ceux qui ne voulurent signer la capitulation, furent dévalisés, & envoyés sans autre mal.

Durant le séjour de M. le Prince à Pons (2), le Sieur de Clermont (3) entreprend de passer Loire, & tirer en Anjou avec peu d'hommes, entre lesquels étoit le Capitaine Rochemorte (4), pour rallier quelques troupes d'Anjou, du Maine & de Normandie, & cette entreprise fut suivie de celle qui fut faite sur le château d'Angers, dont il sera ci-après parlé.

SIEGE DE BROUAGE ET VOYAGE D'ANGERS.

Cependant M. le Prince, pour ne laisser ces troupes inutiles, résolut, avec M. de Rohan, & les Seigneurs qui lors l'accompagnoient, de faire acheminer l'armée vers les Isles de Saintonge, pour seulement recouvrer Soubize & le château de Saint Jean d'Angle (5), que le Sieur de Saint Luc (6), qui étoit Gouverneur de Jacopoli, dit Brouage (7), avoit pris,

(1) Gabriel Prevôt de Charbonnieres.

(2) Ville & Seigneurie en Saintonge.

(3) Clermont d'Amboise selon M. de Thou: ainsi ce devroit être Georges de Clermont d'Amboise, Baron de Bussy, Fils de Jacques de Clermont d'Amboise.

(4) Louis Bouchereau sieur de Rochemorte, originaire du Bourg de Beaufort-en-Vallée.

(5) C'est S. Jean d'Angeli.

(6) François d'Espinay, sieur de S. Luc, dit *le Brave de S. Luc*, Chevalier des Ordres du Roi, Gouverneur de Saintonge, depuis Grand-Maître de l'Artillerie de France, &c. Voïez son éloge par Scevole de Sainte-Marthe. Il fut tué au Siege d'Amiens le 8 Septembre 1597. On a de lui des Discours Militaires & quelques Poésies.

(7) Ville en Saintonge, avec Port de Mer. Cette Ville fut nommée d'abord Jacqueville (en Latin *Jacopolis*) parcequ'elle fut bâtie par Jacques de Pons.

& y avoit mis garnison. C'étoit aussi pour se saisir des sels qui étoient esdites Isles, desquels on pouvoit faire un grand denier. L'entreprise n'étoit pas faite pour passer outre, ni pour entreprendre sur Brouage.

1585. SIEGE DE BROUAGE ET VOYAGE D'ANGERS.

Pour mieux faciliter cette entreprise, & avoir les munitions nécessaires d'artillerie & autre équipage, ledit Sieur Prince s'achemina, avec quelque nombre de cavalerie, à la Rochelle, encore que la peste y fût fort âpre. Il obtint de Messieurs de la Rochelle la provision nécessaire d'artillerie & de munitions, vaisseaux & escorte pour le tout surement conduire ès environs de Brouage, Oleron & autres lieux qui leur seroient commandés.

Durant ce voyage, ceux de la Religion prirent sur la Ligue la Tour de Fourras sur la Charente.

Le Mercredi dix-huitieme de Septembre, partie des troupes s'acheminerent droit à Saint Jean d'Angle, pour assiéger le château dans lequel le Sieur de Saint Luc avoit mis le Capitaine Villetar, avec nombre de soldats, lesquels mal résolus, encore que le château & basse-cour d'icelui fussent fort bons, s'étonnerent, & craignant d'être investis, le quitterent de nuit sans coup frapper, aïant laissé force bagages & quelques chevaux.

Le lendemain, M. le Prince, & toutes les troupes tant de pied que de cheval, se rendirent ès Isles dans le bourg de Saint Gêmes (1). Au même tems Messieurs de S. Mesmes (2), de Lorge (3) & de Ranques, se rangerent à Tonné-Charente (4) avec leurs troupes. Ce qu'entendant la garnison que M. de Saint Luc avoit à Soubize, qui étoit de deux cens hommes, prirent l'effroi, & brûlant le pont & la porte de Soubize, firent état de se retirer; ce qu'ayant entendu lesdits Sieurs de Saint Mesme, Ranques (5) & Lorges, résolurent de les suivre. Ce que s'ils eussent fait dès l'heure de l'avertissement, comme vouloit ledit Sieur de Ranques, ils eussent dès lors pris le Sieur de Saint Luc, qui étoit passé l'eau, & eussent défait lesdites troupes. Mais ayant par l'avis d'aucuns, différé jusques au Dimanche suivant, ils poursuivirent ladite garnison & la chargerent au bourg de Moyse & à Saint Frou, & les presserent jusques à la côte vis-à-vis de Brouage, en un lieu appellé Grand-garçon, où après

(1) C'est Sainte-Gemme.

(2) Jean de la Rochebeaucour de Sainte-Mesme.

(3) M. de Montgommeri, Comte de Lorges.

(4) Tonnay-Charente, Ville en Saintonge.

(5) Antoine de Ranques.

1585. SIEGE DE BROUAGE ET VOÏAGE D'ANGERS.

quelques escarmouches ils les rangerent jusques sur le bras de mer & canal, où est le port de Brouage, s'étant là jettés afin que de Brouage on les vît, & qu'on leur amenât des bateaux pour passer; mais ils furent là réduits en basse marée, qui fut cause que ne leur pouvant le Sieur de Saint Luc donner aucun secours ni envoïer bateaux, lesdits soldats qui étoient les plus braves qu'eut Saint Luc, étant fatigués & harassés, désesperés, se jetterent dans les vases, où la plûpart furent tués, les autres ne se pouvant tirer desdites vases furent noïés à la venue de la marée, les autres, jusqu'au nombre de soixante, furent pris prisonniers. Le tout se passa à la vue de Saint Luc, qui étoit sur l'autre bord en grande angoisse de voir ainsi mal mener ses gens, sans leur pouvoir donner autre secours que quelques canonades qui furent tirées de Brouage. Cette défaite fut de grande conséquence audit Sieur de Saint Luc; car c'étoit le plus beau de sa garnison. Qui fut la premiere occasion que M. le Prince prit d'étendre son dessein plus avant que les Isles. Mais Monsieur de Lorges remit aucunement le désespoir du Sieur de Saint Luc, aïant renvoïé par courtoisie les prisonniers, & entr'autres les Capitaines Luchet & Millaubourg (1), outre un Capitaine nommé Sauvage, qui, contre sa foi promise, se sauva la nuit. Cela se fit au mécontentement de Monsieur le Prince, tant pour que ç'avoit été sans son su, que pour ce aussi que ce reste de soldats fut en partie ce qui défendit le mieux Brouage, quand depuis on s'en approcha de plus près.

De Gemmes, Monsieur le Prince s'achemina à Saint Just, & là auprès avec ses Capitaines avisa & prit résolution de ce qui étoit à faire. Au départir ledit Sieur Prince vint descendre à côté de Marenne, en une métairie assise vis-à-vis du Pas d'Hiers, qui est le passage d'une cheneau fâcheuse à passer; car elle ne se peut gayer, sinon la marée étant fort basse. Ce passage est prochain du bourg d'Hiers (2), lequel comme étant le plus prochain de Brouage, le Sieur de Saint Luc vouloit défendre, & pour ce faire, avoit résolu de garder le Pas d'Hiers qu'il estimoit être la principale avenue pour entrer dans le bourg d'Hiers. Il étoit sorti de Brouage avec environ trois cens arquebusiers, & peu de chevaux, & avoit fait faire au Pas d'Hiers

(1) M. de Thou le nomme Millanbourg.

(2) Hiers, dit M. de Thou, est un Bourg voisin de Brouage, dont il n'est séparé que par un Canal, qui dans le tems du reflux, reste tellement à sec, que le passage en est très dangereux, à cause des trous remplis de sable mouvant dont il est plein.

une barricade gardée par quelque nombre d'arquebusiers. Lui demeura au bourg d'Hiers pour pourvoir aux autres avenues.

1585. SIEGE DE BROUAGE ET VOÏAGE D'ANGERS.

Cependant Monsieur le Prince aïant distribué ses commandemens sur les trois heures après midi, la marée s'en allant basse, monta à cheval. Les gardes dudit Sieur Prince, avec plusieurs soldats, (auxquels se joignirent plusieurs Gentilshommes à pied) furent commandés de donner à la barricade du Pas d'Hiers, à laquelle ils trouverent quelque résistance, & y fut blessé le Capitaine Vignoles (1), Capitaine des gardes, & quelques autres, & un Gentilhomme tué. Pendant qu'ils sont aux mains de ce côté-là, M. de la Boulaye (2), qui étoit commandé de charger d'un autre côté avec sa compagnie de gens-d'armes & nombre d'arquebusiers, se fit conduire de Saint Just à travers les marais par un chemin non usité, tellement que donnant à toute bride dans le bourg d'Hiers, Saint Luc l'eut plutôt sur les bras qu'il ne l'eut découvert, occasion que se sentant foible, & que s'il perdoit ce qu'il avoit avec lui, il perdoit la défense de Brouage, il se retira fort à la hâte. Ce qu'appercevant ceux qui étoient à la barricade du Pas d'Hiers, ils s'étonnerent & s'enfuirent. Saint Luc & les siens furent poursuivis jusques près des portes de Brouage, qui favorisa la retraite de Saint Luc à coups de canon, qui battoit jusques au-dessus de la garenne, toutefois avec peu d'effet; car ils tiroient le plus souvent à coup perdu. Ainsi en moins d'une heure & demie, sans autre perte ni résistance, ce passage fut pris, contre l'attente de tous. Et furent logés les régimens dans le bourg d'Hiers prochain de Brouage de la portée du canon. M. le Prince, la nuit venue, se retira à Marenne, distant d'Hiers d'une bien petite demie lieue. Ce fut le Jeudi 19 Septembre.

Cette facilité & succès inopiné, fut cause que M. le Prince commença à entrer en opinion de serrer Brouage de plus près, persuadé par plusieurs, qu'étant de toutes parts investi, mal garni d'hommes (car Saint Luc avoit été surpris), de vivres, munitions, & de choses nécessaires à un siege (car ils n'avoient pas même de chandelles, médicamens pour les blessés, & peu d'eau), il étoit facile d'en avoir quelque raison : quand principalement l'artillerie & le secours qu'on attendoit de la Rochelle par mer, seroit arrivé : Car sans cela il n'étoit aisé de beaucoup faire.

(1) M. de Thou le nomme *Vignelles*.
(2) Charles d'Echalard, sieur de la Boulaye.

1585. Le Mercredi suivant se passa en continuelles escarmouches de part & d'autres ; car les assiégeans souvent donnoient jusqu'à la justice & sur le fossé, pour attirer au combat ceux de dedans, qui quelquefois sortoient assez avant. En ces escarmouches furent blessés trois des assiégeans, plusieurs des assiegés tués & blessés, & entr'autres le principal des Capitaines que Monsieur de Lorges avoit licentié, fut blessé d'une arquebusade à la cheville du pied, qui le rendit inutile durant tout le siege, qui fâcha grandemeut le Sieur de Saint Luc ; car il étoit estimé homme de valeur.

SIEGE DE BROUAGE ET VOÏAGE D'ANGERS.

Ce même jour, la Tour de Mornak, vers les Isles d'Alvert (1), où le Sieur de Saint Luc avoit garnison, fut assiegée par quelques compagnies que M. le Prince y envoïa. Ceux de la garnison se défendirent quelques jours ; mais se voïant sans espoir de secours, & en hasard d'être forcés, se rendirent à composition. Là dedans fut pris le Capitaine Jean Pierre, qui étoit fort favori du Sieur de Saint Luc, & avoit beaucoup de réputation.

Le Dimanche 22, M. de la Trimoille (2), qui de long-tems auparavant étoit entré en communication avec M. le Prince, pour se joindre avec lui à cette juste défense contre la Ligue, arriva à Marenne (3) avec quelque nombre de Gentilshommes. M. le Prince le reçut avec beaucoup de bonne chere & gratification, & se joignirent lors d'amitié particuliere, qui fut un grand contentement à tous ceux du parti de la Religion, pour l'espérance bonne que tous concevoient de ce jeune Seigneur, & qu'il se rangeroit de la Religion, comme il a depuis fait, s'étant d'ailleurs acquis entre tous beaucoup de réputation pour sa valeur & sa modestie.

Ce même jour arriverent aussi les navires de guerre qu'on attendoit de la Rochelle. Tellement que par ce moïen la mer fut fermée, & le passage empêché à ceux de Brouage, qui dès-lors redoublerent leur crainte, n'ayant pas estimé qu'on les dût presser de si près.

M. le Prince voyant ce succès plus heureux qu'il n'avoit esperé, commence aussi à entreprendre plus qu'il n'avoit au commencement déliberé, la guerre se faisant au doigt & à l'œil.

(1) La Tour de Mornac est située dans l'Isle d'Alvert.

(2) Claude la Trimoille, Duc de Thouars, jeune Seigneur, qui ne se distinguoit pas moins par son esprit & par ses bravoures que par sa naissance. Il fit peu de tems après profession publique de la Religion protestante.

(3) Bourg en Saintonge, proche de l'embouchure de la Seudre.

1585.
SIEGE DE BROUAGE ET VOÏAGE D'ANGERS.

Il se résolut donc à tenir Brouage fermé de toutes parts, tant par mer que par terre. Sachant certainement que Saint Luc n'avoit pas leans plus de quatre cens hommes, desquels plusieurs étoient blessés. Ceux qui sortoient de Brouage assuroient qu'ils avoient grande disette d'eau, peu de vin, & encore presque tous gâtés; de bleds, ils en avoient raisonnablement, mais d'autres menus vivres, grande rareté, n'ayant aucun magasin; mais seulement quelque bétail, que deux jours seulement auparavant l'arrivée de M. le Prince ils avoient ravi des prochains villages, & jetté là-dedans.

Le sieur de Saint Gelays étoit logé en la maison de la Blanchardiere, hors du bourg d'Hiers, sur le bord du côteau regardant dans Brouage, & de là pourvoyoit aux choses nécessaires pour les vivres & munitions des soldats: comme aussi le Sieur de Boisdulie, qui de ce faire fut commandé par M. le Prince. Ils y faisoient ce qu'ils pouvoient, mais non pas ce qu'ils eussent bien voulu; car les soldats voïant qu'on vouloit faire là séjour, commencerent à entrer en mécontentement, & à demander argent pour acheter les vivres & autres choses nécessaires qu'on apportoit de divers endroits. Plusieurs commencerent à laisser leurs enseignes & se dérober, jusqu'à tems qu'on eût recouvert quelques deniers, tant de ceux des Isles que de quelques Gentilshommes qui en prêterent; au moïen de quoi on fit faire montre & toucher la solde aux soldats, qui les contenta, & les fit reprendre courage aux combats & escarmouches ordinaires, qui se faisoient en divers endroits des marais devant la Ville.

Environ le vingt-cinquieme, pour réprimer les courses des assiegés du côté de la justice, où est le grand chemin, on commença à fortifier une maison qui est au-dessus de la garenne, près la justice, à l'embouchure du grand chemin qui mene dans la porte de Brouage de côté d'Hiers; mais pour ce qu'on n'y avoit point laissé de gardes, & que les soldats s'étoient tous retirés en leur retranchement du bourg d'Hiers, ceux de Brouage sortirent de nuit, & rompirent les barricades, comblerent les retranchemens encommencés, & mirent le feu en la maison. Toutefois le lendemain on la fortifia, & y mit-on forte garde, tellement qu'on s'en servit toujours depuis.

En ce même tems, M. de Ranques, qui commandoit en Oleron, prit sur la côte un Mestre de Camp du Maréchal de Matignon, nommé Beaumont, accompagné du premier Ca-

1585. SIEGE DE BROUAGE ET VOÏAGE D'ANGERS.

pitaine de Brouage, nommé Thiebert (1), qui avoit sa compagnie dans la Ville, & autres Gentilshommes & soldats jusques au nombre de vingt-deux, qui venoient de la part de M. de Matignon pour négocier avec Saint Luc touchant son secours. Ils étoient dans un traversier (2), où ledit Sieur de Ranques les attaqua avec trois chaloupes; & les ayant forcés au combat, les contraignit de se jetter en mer, & gagner terre en Oleron, où ils se sauverent en une maison que ledit Sieur de Ranques assiegea, & les contraignit de se rendre. Le Capitaine Thiebert étant estimé homme de menée & facticux (qu'on disoit même avoir négocié en Espagne pour la Ligue) fut avec d'autres prisonniers de guerre, pour plus grande sureté, emmené à la Rochelle.

En ce même tems, le château d'Angers (Place des plus fortes de France) fut surpris & saisi par quelques-uns, dont l'alarme fut grande en France. Il a été mal aisé jusqu'ici d'en éclaircir toutes les circonstances, parceque la plûpart de ceux qui avoient conduit & mené cette entreprise, moururent peu après. J'en dirai toutefois sommairement tout ce que j'en ai appris & vu, en attendant l'histoire entiere.

Il a ci-dessus été dit que M. de Clermont étoit parti de Pons, avant l'entreprise de Brouage, pour s'en aller, avec peu des siens (entre lesquels étoit le Capitaine Rochemorte), en Anjou, soit qu'il voulût rallier quelques troupes, soit qu'il eût déja quelque opinion de ce dessein du château d'Angers. Il passa la riviere aux Rosiers, & passant par la Clouserie des Moutils se dit être Secretaire du Roi de Navarre, de peur d'être reconnu. De là se fait conduire à Baugé. Le Capitaine Rochemorte se sépare d'avec lui, & s'en va à Beaufort en Vallée, voir un frere qu'il y avoit & ses parens (car il étoit de là), en intention d'y rallier ce qu'il pourroit d'hommes.

Beaufort est une petite Ville entre Angers & les Rosiers, qui est commandée d'un beau château & fort pour coups de main, lequel château tenoit pour le Roi, & y commandoit un Capitaine nommé de Broc (3).

Rochemorte étant là arrivé, visite les Principaux du lieu, qui étoient ses amis, & entre autres le Capitaine Broc; il n'a

(1) Ce Thiébert étoit Sergent-Major de la Garnison de Brouage : on disoit qu'il avoit fait un voïage en Espagne, pour communiquer avec Sa Majesté Catholique au sujet des desseins secrets de la Ligue.

(2) Petit Bâtiment de Mer, qui sert pour de petites traverses. C'est ce qu'on nomme *Tartanne* sur la Mer du Levant.

(3) D'Aubigné le nomme *Brac*, d'autres l'appellent *Brioc*.

1585. SIEGE DE BROUAGE ET VOÏAGE D'ANGERS.

pas si-tôt pris langue entre eux, qu'il sait des nouvelles d'Angers, & des partialités qui y sont pour le regard du château: la somme de ces partialités est telle.

Un nommé du Halot (1), qui étoit Capitaine du château d'Angers du vivant du Sieur de Bussy d'Amboise, (qui en avoit le gouvernement & de tout le pays, du vivant de feu Monsieur Frere du Roi) mal content de ce que le Sieur de Brissac (2) qui succéda à Bussy l'avoit ôté de la Capitainerie, tâche par toutes trames de se remettre dans le château. Pour ce faire, gagna le Capitaine Fresne, qui avoit commandé à une compagnie des troupes dudit Brissac au commencement de cette guerre, étant ledit Brissac du parti de la Ligue. Ce Capitaine Fresne étoit mécontent du Sieur de Brissac, qui l'avoit cassé lorsqu'il licencia ses troupes, après que le Roi eut traité de la paix avec ceux de la Ligue.

Le Capitaine Fresne s'accordant aux conceptions de du Halot, pour l'entreprise sur ce château, & fréquentant avec le Capitaine Broc pour avoir quelques hommes par son moyen, rencontra à Beaufort Rochemorte, & après quelque propos lui communiqua cette entreprise, à la charge de lui fournir quelques hommes. Ce que promit Rochemorte, & de fait il en avertit M. de Clermont, & qu'il lui envoya quelques hommes; ce qu'il fit jusqu'au nombre de quatre des siens.

Cette entreprise étoit merveilleusement bigarrée; comme aussi les effets en furent étranges & tragiques. Du Halot vouloit (ce disoit-il) recouvrir ce château pour le Roi, duquel il assuroit avoir lettres, pour l'enlever des mains du Sieur de Brissac, qui étoit de la Ligue; mais en effet il regardoit à lui-même, fût pour l'avoir du Roi comme auparavant, s'il le prenoit, fût pour sous ce gage avoir faveur & appui du Roi de Navarre. Le Fresne se vouloit venger de Brissac, & à quelque prix que ce fût, rentrer en quelque grade.

Ceux-ci pour l'exécution de leur dessein s'étoient assurés d'hommes, lesquels pour la plûpart étoient Papistes.

Rochemorte se promettoit, que s'il entroit là dedans, il trouveroit bien moyen de le faire tomber ès mains du Roi de Navarre. Le Fresne & du Halot d'autre côté, s'assurent que Rochemorte étant là dedans le plus foible, s'il veut rien innover à leur préjudice, (étant Huguenot) ils s'en défairoient ai-

(1) Michel de Bourrouge, Sieur du Halot.
(2) Charles de Cossé, Comte de Brissac.

1585. sément. Ainsi sous l'apparence d'un simple dessein, chacun a sa corde à part au désus l'un de l'autre. L'entreprise se conclut, jour est assigné, les uns se trouvent au tems préfix au Fauxbourg de Bresigny, les autres au Faubourg des Lices.

SIEGE DE BROUAGE ET VOÏAGE D'ANGERS.

Le Fresne coutumier d'entrer facilement au château, & connu des soldats, le jour préfix va visiter le Capitaine Grec (1) son ami, qui commandoit lors audit château en l'absence dudit Sieur de Brissac avec dix ou douze soldats. Le Capitaine Grec prie à l'avanture le Fresne de dîner avec lui. Le Fresne, de prime face refuse, s'excusant sur quelques compagnons avec lesquels il vouloit dîner. Le Capitaine Grec le presse & le prie d'amener sa compagnie. Le Fresne prend cette opportunité. Or avoit-il gagné de longue main aucuns des soldats de la garde, qui étoient de l'entreprise. Le Fresne retournant, il prie ceux de la seconde garde, qui n'étoient gagnés; de laisser entrer ceux qui étoient avec lui, lesquels il assuroit être de sa connoissance, ce que voyant les soldats de cette seconde garde s'émûrent, & voulant fermer les portes, Rochemorte & ceux qui étoient avec lui les empêchent, & les armes mises à la main les tuent.

Le Capitaine Fresne monte droit à la chambre du Capitaine Grec, qui oyant le tumulte veut sortir; mais il rencontra le Fresne, qui le tue. Du Halot, qui étoit à la premiere pointe, au lieu d'entrer au château, voyant cette exécution, donne en la Ville, & sur le bruit qui vole que le château est pris, dit qu'on ne s'en doit émouvoir, & avoue qu'il l'a fait prendre pour le Roi. Mais nonobstant tout cela, il fut par ceux de la Ville saisi, & constitué prisonnier.

Le Fresne & Rochemorte s'étant faits maîtres du château, l'alarme est chaude en la Ville. Avertissemens en sont donnés de toutes parts pour venir au secours, comme on fit diligemment, tant la Noblesse du pays que de la Cour. Rochemorte ne s'oublie de mander à M. de Clermont qu'il est dans le château, à ce que de son côté il rallie des troupes, & que de l'autre il en tienne M. le Prince averti.

Pendant que ces dépêches courent, divers événemens se passent, qui tromperent & les uns & les autres. Ceux de la Ville, effraïés de cette épine en leur pied, ne dorment pas; mais prennent les armes, investissent le château, & sont tantôt secourus par

(1) Ce Capitaine est ainsi nommé, parcequ'il étoit Grec, Originaire d'Angouri, qui est l'*Ancyra* des Anciens.

1585.

SIEGE DE BROUAGE ET VOÏAGE D'ANGERS.

la Noblesse, & autres du pays, qui y fluent peu à peu.

Le soir venu, ceux de la Ville tâchent de parler au Fresne, & se servent de du Halot pour l'attirer dehors, ayant en l'obscurité de la nuit attiré près la grille trente ou quarante arquebusiers, ou pour le prendre, ou pour saisir la Place quand il en sortiroit. Le Fresne voulant sortir, & étant encore sur la planche abaissée, quelqu'un de ces arquebusiers s'avance (mal-à-propos) de tirer. Le Fresne veut rentrer; Rochemorte & les siens, voyant ce péril, levent la planche. Le Fresne ne pouvant à l'heure rentrer, se prend aux chaînes de la planche: ceux de la Ville lui coupent les mains; il tombe dans le fossé & se tue: car le fossé est creux, taillé dans le roc, son manteau demeure suspendu à la planche. Il y avoit un cerf qu'on nourrissoit dans le fond de ce fossé, qui le déchira de ses cornes. Ceux de la Ville tâchent (par la concession de ceux du château) de le retirer avec des cordes, ce qu'ils faillirent pour la premiere fois: car la corde rompant, il retomba. A la seconde fois ils le tirerent, sous promesse qu'ils firent à ceux du château de l'enterrer; ce qu'ils firent en une petite Chapelle près du château.

Du Halot incontinent après fut condamné à la mort & exécuté par ceux de la Ville (1). Ces deux morts,

Voilà Rochemorte (Huguenot) seul Commandant au château, de quoi il donne avertissement au Sieur de Clermont, lequel tout aussi-tôt dépêcha pour cette occasion vers M. le Prince, qui tenoit Brouage assiégé, comme il sera dit ci-après.

Les habitans qui auparavant se consoloient sur ce que le Fresne étoit Papiste & disoit tenir pour le Roi, demandent à Rochemorte pour qui il tient. Sa réponse fut, que c'étoit pour le Roi de Navarre. Cette nouvelle les émût grandement, & tellement qu'ils se renforcent, commencent à faire tranchées tant contre le château, que pour empêcher le secours qui pouvoit venir de dehors dans le château. Troupes y arriverent de toutes parts) & finalement M. du Bouchage (2), avec commandement du Roi de bien faire défendre les tranchées sans autrement rien entreprendre, sinon de tâcher de recouvrer le châ-

(1) Il s'adressa à la Cour, supplia Sa Majesté de le reclamer: ses instances furent inutiles. Il prétendoit justifier son entreprise sur les ordres qu'il disoit avoir reçus de la Cour, mais ne pouvant les représenter, & aïant été désavoué du Roi même, il fut rompu vif, & son corps exposé sur la roue, à la vue du Château.

(2) Henri de Joyeuse, Comte du Bouchage, Gouverneur de la Province.

1585. teau, attendant M. de Joyeuse (1), qui y arriva peu après avec M. de la Chastre (2).

SIEGE DE BROUAGE ET VOÏAGE D'ANGERS.

Cependant Rochemorte & ses compagnons revisitent les coffres & trésors de M. de Brissac & autres qui avoient retiré tout leur bien en cette forteresse. Il s'y pilla de grandes richesses en bagues & joyaux, & ne fut-on oncques savoir pour lors, ce que Rochemorte avoit fait de la grande corne de licorne qui d'ancienneté étoit en ce château (3).

Quelques jours se passerent jusques à tant qu'un après-dîné Rochemorte étant appuyé & sommeillant sur l'une de ses fenêtres du château, il reçut une arquebusade, où il y avoit deux balles; l'une lui coupa la gorge, & l'autre la langue; & mourut sans parler. Ce château lors demeure sans conduite. Il y avoit neuf Papistes, & cinq de la Religion qui ne s'accorderent jamais; mais furent toujours divisés & en grand désordre & confusion; qui fut cause que M. du Bouchage étant arrivé, & après lui M. de Joyeuse, ceux du château commencerent à parlementer, & traîna ce parlement plusieurs jours pour (comme aucuns disoient) attirer le secours qui pouvoit être donné au château, & par quelque stratagême le combattre.

Pendant que toutes ces choses se passent à Angers, M. de Clermont ignorant tout ce ménage, & principalement la mort de Rochemorte, qui étoit tout le fondement de son dessein, rallie des troupes en Normandie, au Perche, & par-tout ailleurs en ce quartier-là, & envoie vers M. le Prince devant Brouage.

De fait, le trentieme de Septembre 1585, M. le Prince étant à Marennes reçut nouvelles de la prise du château d'Angers, avec assurance que le Capitaine Rochemorte est dedans. Ce que de prime face il ne voulut pas croire, parcequ'il n'en avoit reçu aucunes lettres dudit Clermont. Mais trois jours après nouvelles certaines lui en furent apportées par homme exprès, qui lui fit aussi entendre comme ceux de la Ville tenoient le château investi avec plusieurs forces, qui y avoient été amenées par les Sieurs de Brissac, Comte de la Suze (4), & depuis par le Sieur du Bouchage que le Roi y envoïa. Cette nouvelle fit résoudre M. le Prince de laisser son Infanterie devant

(1) Anne de Joyeuse, frere du Comte du Bouchage.

(2) Claude de la Chastre. Louis de Champagne, Comte de la Suze, y vint aussi avec le Comte de Brissac.

(3) On dit que le pere du Comte de Brissac l'avoit eue à la prise de Verceil.

(4) Louis de Champagne.

Brouage, & de passer Loire avec sa Cavalerie, & quelque nombre d'arquebusiers à cheval, pour aller secourir ceux qu'il croïoit être vivans audit château, & le garder pour le Roi de Navarre, comme on l'avoit averti y étant accouragé par la considération de la conséquence de cette prise, qui étoit grande en apparence pour l'avancement des affaires de ceux de la Religion; joint que le sieur de Brissac qui, auparavant cette prise, tenoit ce château, étoit de la Ligue. Il contrepesoit bien à cette résolution, l'incertitude des évenemens, les difficultés & périls de passer & repasser Loire, s'il en étoit besoin; qu'il auroit toutes les forces du Roi & de la Ligue sur les bras; qu'il laissoit Brouage en une saison où il ne battoit que d'une aîle; que ce qu'il laissoit de forces devant cette Place, si son voïage ne prospéroit, étoit comme en danger d'être défait par le Maréchal de Matignon (1), qui, pourroit joindre ses forces avec M. de Bellegarde (2), Gouverneur de Saintonge, & autres du pays, pour secourir Brouage. Mais il esperoit si bien pourvoir au passage de la riviere, par l'assurance qu'il avoit de la faveur de quelques châteaux, qu'il n'en adviendroit aucun inconvénient, joint que les troupes qu'avoit ralliées M. de Clermont par-delà, qui étoient de cinq ou six cens hommes (comme on disoit) lui faciliteroient le passage, & qu'au pis aller, quand il ne feroit que joindre lesdites troupes pour les ramener devant Brouage, ce ne seroit perdre sa peine. Dieu avoit resolu de faire paroître ses merveilles en cette entreprise, car nulle considération ne la put dissuader.

1585.

Siege de Brouage et Voïage d'Angers.

Ce même jour arriverent de la Rochelle devant Brouage six pieces d'artillerie, conduites par le sieur de la Personne (3), qui avoit suivi les navires de guerre, qui peu de jours auparavant étoient arrivés.

Le Samedi dixieme Octobre il y eut beaucoup de difficultés à cause du départ de M. le Prince: car ledit sieur Prince vouloit résolument s'acheminer à Angers. Il n'y avoit de l'autre part peu de difficulté d'assurer l'être des Isles, & de ce qui demeureroit devant Brouage; car les habitans du pays voyoient un péril éminent pour eux, qui faisoient résoudre la plus grande part de quitter tout & se retirer à la Rochelle. Ce qu'advenant, les soldats ordonnés pour demeurer perdoient courage. Enfin,

(1) Jacques Goion de Matignon. Il mourut d'apoplexie à Bourdeaux en 1597.

(2) Roger Sanlari de Bellegarde, qui avoit été un des Confidens de Henri III, & qui fut depuis Maréchal de France. M. de Thou parle souvent de lui dans son Histoire, T. 7 & 8 de la Traduct. Franc. in-4°.

(3) Il se nommoit François de la Personne.

1585. SIEGE DE BROUAGE ET VOÏAGE D'ANGERS.

M. de Sainte Mesme (1), Gouverneur de Saint Jean, vieux Gentilhomme notable & d'ancienne expérience, autorisé & aimé au pays, fut prié de prendre la conduite des troupes qui étoient laissées pour ce siege; ce qu'après plusieurs remontrances sages qu'il fit des évenemens qu'il prévoyoit, il accepta au contentement de tous. M. de la Personne fut ordonné pour la conduite de l'armée navale. M. de Ranques demeura Gouverneur de l'Isle d'Oleron. Le Capitaine Belon fut ordonné pour rallier ceux des Isles, & leur commander. Les principaux régimens qui demeuroient pour ce siege, étoient celui du sieur de Lorges, celui de Saint Surin, & celui de Boisrond, entre lesquels y avoit plusieurs autres soldats volontaires, sans ceux des Isles, & les deux cens arquebusiers que les Rochellois promirent envoyer audit siege.

Ce reglement avoit été conclu le Samedi au soir bien tard. Mais le lendemain quelques Capitaines firent difficulté de demeurer, alleguant les inconvéniens qu'ils pouvoient prévoir, pour l'absence de M. le Prince; tellement que les affaires furent par ce moyen remises en plus grand trouble & perplexité qu'auparavant. M. le Prince y remedia le plus qu'il put, ayant (comme on disoit) envoyé vers M. de Turenne, qui pour lors étoit ès environs de Limosin avec de belles forces, pour le prier de s'approcher pour favoriser ce siege, toutefois il ne le put faire.

Toutes difficultés mises à part, le Lundi, huitieme jour d'Octobre, M. le Prince (ayant au mieux qu'il pût pourvu aux affaires pour la continuation du Siege) partit avec sa Cornette seulement pour aller à Taillebourg, & donna le rendez-vous à toutes ses Troupes, à un certain lieu près Saint-Jean d'Angely. Sesdites Troupes étoient composées des Compagnies de Gens d'Armes de Messieurs de Rohan, qui étoient de plus de six-vingts braves Gentilshommes. Les Compagnies de Messieurs de Nemours (2), de Laval (3), qui avoit beaucoup de noblesse, de la Trimoille, de la Boulaye, & quelques autres Compagnies de Gens d'Armes, sans sa Cornette, qui surmontoit chacune des autres en nombre de noblesse. Les Compagnies & Regimens d'Arquebusiers à cheval étoient celles des Gardes dudit sieur Prince,

(1) C'est de Sainte-Memme. On lui laissa les Régimens de Lorge, de Saint-Surin & de Boisrond.

(2) Henri de Savoie qui prenoit & à qui on donnoit dans le Parti Protestant la qualité de Duc de Nemours.

(3) Gui, Comte de Laval.

Prince, les Regimens des ſieurs d'Aubigny (1), des Ouſches, de Campoys, de la Touſche, de la Fleche, & autres. Tout ce que deſſus (non compris beaucoup de Gentilshommes de Saintonge & Poitou, que ledit ſieur Prince avoit mandés, partie deſquels ſe rangerent ſous ſa Cornette, autres ſous les autres Cornettes, comme il leur plut) pouvoit faire nombre de ſept à huit cens Chevaux, & mille ou douze cens Arquebuſiers à cheval. Il y avoit du bagage beaucoup, & (au jugement de pluſieurs) trop pour un voïage qu'on vouloit faire en diligence, & legerement (2).

1585. SIEGE DE BROUAGE ET VOÏAGE D'ANGERS.

Le Mardi, neuvieme, avant que ledit ſieur Prince fut départi de Taillebourg (3), y arriva ſur la Charante l'artillerie que ceux de la Rochelle avoient prêtée pour Brouage, conduite par le Capitaine Bordeaux. Car paravant que partir de Marennes, ledit ſieur Prince avoit réſolu de faire retirer ladite artillerie, pour obvier aux inconvéniens, attendu qu'on n'en avoit que faire devant Brouage, qu'on tenoit ſeulement bloqué.

Ce jour, M. le Prince alla loger à Villeneuve-la-Comteſſe, où il fut averti que Madame de la Trimouïlle (4) étoit à Saint-Etienne, diſtant une lieue de-là, qui l'occaſionna de paſſer par-là pour la voir. Ils eurent là pluſieurs propos que je laiſſe à part. Je dirai ſeulement que ladite Dame s'efforça fort de faire rompre, à M. de la Trimouïlle ſon fils, la réſolution de laquelle elle le voïoit s'embarquer en ce parti, le menaçant de ſa malédiction s'il paſſoit outre. Mais ledit ſieur de la Trimouïlle lui remontra, avec beaucoup de reſpect & d'honneur, que, quand elle peſeroit les cauſes qui le mouvoient à ce faire, qui n'étoient fondées que ſur le droit & ſon honneur, & au contraire l'injuſte cauſe de la Ligue, il s'aſſuroit que finalement elle changeroit ſa malédiction en bénédiction. Tellement qu'il demeura réſolu de ſuivre ce parti, & n'abandonner en ce voïage M. le Prince.

Toutes les Troupes s'acheminerent à Niort (5), à Breſviere, Argenton (6), & de-là à Viers, d'où le ſieur de Saint-Gelays, Maréchal de Camp, partit avec la Compagnie du ſieur de la

(1) C'eſt d'Aubigné.

(2) La Fleche avoit arrêté trois grands Bateaux chargés de vin, qui ſervirent à paſſer les Troupes.

(3) Ville ſituée ſur la Charente. Voïez M. de Thou, Hiſtoire, L. 82. ann. 1585.

(4) Jeanne de Montmorenci, Veuve de Louis de la Trimouïlle, tué au Siege de Melle, Mere de Claude & de Charlotte-Catherine de la Trimouïlle.

(5) Ville du Poitou, avec Juſtice Roïale.

(6) Ville du Haut-Poitou, aux Confins de l'Anjou. Il y a Argenton-le-Château, & deux lieues au-deſſous Argenton-l'Egliſe, ſelon Duval dans ſon *Alphabet de la Fran-*

1585.

SIEGE DE BROUAGE ET VOYAGE D'ANGERS.

Boulaye, & quelques Arquebusiers à cheval, pour aller gagner Loire, &, côtoïant le rivage montant vers les Rosiers (1), rechercher l'occasion de quelque passage, soit en surprise de bateaux, moulins, ou autre. Battant ainsi cette Côte, ils rencontrerent quelques Gentilshommes, qui étoient de la Ligue, en fort bon équipage d'armes & chevaux, & alloient au secours de ceux d'Angers; ils les prirent & emmenerent. Peu après, passant à Saint-Maur (qui est une grosse & assez forte Abbaye sur le bord de la riviere, & où il y avoit Garnison) la trouverent prise par les Capitaines d'Aubigny (2) & Bonnet, qui ne firent aucune violence à ceux qui étoient dedans, non pas même aux Moines, qui se retirerent où bon leur sembla. Aucuns avoient pris le Prieur; mais M. le Prince ne voulut qu'il fût retenu; ains, l'aïant tenu & nourri quelques jours en son Logis à Gênes, le renvoïa à Angers surement.

Les sieurs de Saint-Gelais & de la Boulaye, arrivans au Bourg de Gênes sur le bord de Loire & vis-à-vis des Rosiers rencontrerent M. le Prince qui y arrivoit avec toutes les Troupes, qui y furent logées à l'environ.

Le Capitaine la Fleche, auparavant & dès le Dimanche 13 du mois, étant du Païs & s'étant avancé, avoit commencé à passer la riviere aux Rosiers, car il n'y avoit nulles gardes ou Troupes des ennemis, pour ce que ce leur étoit comme chose incroïable, que sans autre intelligence les Huguenots dussent prendre la hardiesse de passer un si grand Fleuve à la barbe de deux puissantes Villes, Saumur au-dessus, où étoient retirés quasi tous les bateaux, & Angers au-dessous, où il y avoit plus de forces, & de pied & de cheval, que n'en avoit avec soi Monsieur le Prince. Tellement que plusieurs voïant un si grand silence, croïoient fermement qu'il y avoit des embuscades. Car de M. de Clermont & ses Troupes, il n'en étoit non plus de mention que s'il n'eût été au monde; de fait il étoit à plus de trente lieues de la riviere. Quoi que ce fut, le Capitaine la Fleche se saisit de trois bateaux, chargés de vin, qui baissoient, & aïant déchargé le vin sur le rivage, fit accommoder les bateaux pour faire entrer les chevaux. Il passa le premier, & se logea aux Rosiers, après lui passerent M. d'Aubigny avec son Régiment & autres Capitaines & Soldats jusqu'au nombre de cinq cens Arquebusiers à cheval.

(1) Bourg en Anjou sur la Loire.
(2) C'est d'Aubigné.

1585. SIEGE DE BROUAGE ET VOYAGE D'ANGERS.

Le Mardi feixieme toute l'Armée commença à paffer, mais ce fut fort incommodement, car au milieu de la riviere il y y avoit une Ifle. Pour paffer du Bourg de Gênes en cette Ifle on n'avoit que trois moïens bateaux & fort peu de bateliers, & encore Papiftes, qu'il falloit garder de peur qu'ils ne s'enfuiffent; de l'autre côté de l'Ifle on paffoit jufqu'aux Rofiers avec deux bateaux feulement, conduits comme les autres & par d'auffi bons bateliers, qui faifoient du pis qu'ils pouvoient. Toutes ces circonftances engendrerent grande confufion à ce paffage, à quoi ne duifoit pas une infinité de bagage & hariage, qui étoit une fuite totalemens inutile.

Prefque tous indifféremment préfageoient la mauvaife iffue de ce paffage; & combien qu'il y eût de la hardieffe en tous, néanmoins il s'y appercevoit je ne fais quelle trifteffe inufitée, qui faifoit dire à plufieurs, *allons & mourons auffi.* Car cela étoit réfolu entre tous de vaincre ou de mourir. Mais Dieu en difpofa autrement, car [chofe certes miraculeufe entre celles de notre tems] on ne vainquit pas, on ne mourut pas auffi, mais tous burent affez raifonnable portion de ce hanap où il y eut bien de l'amertume.

Sur ce paffage il furvint une grande diverfité d'avis entre les Chefs. Car nul des Capitaines n'étoit d'avis que M. le Prince paffât, pour le foin qu'ils avoient de fa confervation. Leurs raifons étoient; qu'il étoit vraifemblable, que les ennemis ne s'oppoferoient point au paffer, mais conniveroient, pour puis après faire diligemment couler toutes leurs forces, & avec bateaux qu'ils pourroient arriver à Saumur empêcher le retour. Car on avoit ja eu avis que le fieur de Joyeufe s'y acheminoit avec fes Troupes [pour gagner Angers & pourvoir à tout] lefquelles on difoit être de trois cens chevaux, douze cens Suiffes, & quelques Régimens François; ils difoient davantage, qu'on n'avoit rien d'affuré au Château d'Angers, & qu'il étoit à craindre qu'avant qu'on y arrivât il fût rendu; tellement que pour chofe incertaine il n'étoit raifonnable de hafarder une Armée, & avec elle tout l'Etat. Et ce qui donnoit couleur à ces raifons, fut la nouvelle [fauffe toutefois] qu'on apporta que le fieur de Briffac s'étoit faifi de Beaufort (1), où M. le Prince penfoit aller loger. Qui fut caufe que dès le foir on retira M. d'Aubigny, qui s'étoit avancé & déja logé au Château de la Menetriere, non fort, fitué entre les Rofiers & Beaufort,

(1) Ville & Forêt en Anjou. On dit Beaufort-en-Vallée.

1585. craignant qu'il n'y fût engagé. Mais le lendemain M. le Prince passa aux Rosiers avec quelques Seigneurs & Capitaines, où il fit prendre environ trente Gentilshommes de la Compagnie du sieur de la Boulaye qui étoit déja passé avec quelques arquebusiers & commanda auxdits arquebusiers de se loger en embuscade dans un bois prochain de Beaufort, & donna commandement au sieur de la Valliere qui étoit avec lesdits Gentilshommes, de donner jusqu'aux portes de Beaufort, & attirer à l'embuscade des arquebusiers ceux qui seroient dans Beaufort, aux portes duquel quand ils furent venus ils ne trouverent que les Habitans, qui offrirent leur Ville à M. le Prince, ajoutant qu'il n'y étoit venu personne, fors quelques Troupes du Comte Caravaz, auxquelles ils avoient refusé l'entrée.

Siege de Brouage et voyage d'Angers.

Ce rapport fait, M. le Prince se résolut de faire passer le reste de son armée, fondé sur plusieurs apparentes raisons, qui sont de plus longue déduction que ne requiert ce sommaire; & lesquelles encore il fortifioit de la nouvelle qu'il avoit reçue, que M. de Clermont étoit vers Angers avec sept ou huit cens hommes, qui toutesfois n'étoit d'avis que M. le Prince passât, & s'enfermât dans cette manche.

Cependant M. de Rohan (1) avec sa Compagnie battoit l'estrade vers Saumur pour prendre langue; M. de Laval semblablement vers Angers; car ils n'étoient pas encore passés.

M. le Prince aussi dépêcha à Angers son Trompette, sous le prétexte de quelque prisonnier, pour apprendre ce qu'il pourroit; mais ce fut sans grand fruit, car ceux d'Angers ne permirent au Trompette de passer les Fauxbourgs; seulement disoit-il que ceux, qui gardoient les tranchées, étoient fort résolus de les bien défendre.

Peu auparavant M. de Montpensier étoit allé à Angers, pour y apporter ce qu'il pourroit du sien; mais il en retourna fort mal content, pour ce que ceux d'Angers avoient préféré à lui M. du Bouchage: qui fit avoir opinion à quelques-uns, que ledit sieur de Montpensier se joindroit avec M. le Prince (attendu principalement que cette guerre étoit contre la Ligue); mais il n'en voulut pourtant rien faire, encore que pour cet effet le sieur d'Avantigny fût allé vers lui de la part de M. le Prince.

Le Vendredi, dix-huitieme, M. le Prince commanda que toutes les Troupes passassent la Riviere; ce qui fut fait avec assez

(1) René de Rohan, Seigneur de Pontivi, Général de l'Armée Protestante en Angoumois & Saintonges.

1585.

SIEGE DE BROUAGE ET VOÏAGE D'ANGERS.

de loisir, toutesfois avec beaucoup d'incommodité pour les grandes & continuelles pluies.

Le Samedi, dix-neuvieme, la Cavalerie legere partit des Rosiers & Lieux circonvoisins, pour aller passer la riviere de Lotion (1), qui est entre Loire & Beaufort, riviere étroite, mais creuse, & fort fâcheuse à passer, parcequ'en hyver elle est totalement inguéable. Elle coule en l'endroit où on la passoit à l'orée (2) d'un Bois fort fâcheux & fort commode aux embuscades. Et certes, si ceux d'Angers y eussent mis quelques forces, ils eussent bien donné de la peine à ce passage, qui étoit plus difficile que celui de la grande Riviere; car ce ne sont que bois & marêts tout à l'environ, & païs couvert, qui est fort fâcheux à la Cavalerie.

Ceux de Beaufort étant sommés d'ouvrir les portes, ils le firent sans difficulté; & aïant levé leurs Corps-de-Gardes, reçurent les Gardes qu'on mit à leur place. M. le Prince y arriva sur le soir avec toute l'armée, sauf M. de Laval, qui étoit demeuré derriere pour faciliter le passage des rivieres, lequel n'arriva avec ses troupes que le lendemain. Ce même jour arriva sur le midi à Beaufort M. de Clermont avec vingt-cinq ou trente Chevaux: le reste de ses troupes étoient logées ès Villages qui sont entre Beaufort & Angers; lesquelles étoient environ quatre cens Cuirasses & de cinq à six cens Arquebusiers à cheval.

On séjourna le Dimanche à Beaufort. La nuit suivante les troupes commencerent à marcher droit à Angers, & fut donné le rendez-vous de toutes les troupes à une lieue de la Ville. D'où elles commencerent à filer par un chemin étroit, vers la Justice prochaine du Fauxbourg. Et là, par les Coureurs, furent pris trois Soldats, qui fraîchement étoient sortis des tranchées pour picourer, ne pensant l'Ennemi si près. Ils représentoient les tranchées fortes, & qu'on avoit résolu de les bien garder. Là aussi seulement apprit-on de quelques Païsans, qui sortoient de la Ville (car c'étoit sur le midi) que le Capitaine Rochemorte étoit mort, & que ceux du Château se rendoient, mais on ne le vouloit pas croire.

On envoïa nombre d'Arquebusiers vers le pont de Sel, où ceux d'Angers avoient mis grosse Garnison, de peur de la surprise: on fit le même sur toutes les autres avenues.

A la découverte des troupes, qui étoient au carrefour de la Justice, à la vue de ceux de la Ville & du Château aussi, encore qu'il en fût bien éloigné, l'alarme se donne en la Ville, si chau-

(1) C'est le Lauthion.
(2) A l'entrée.

1585.

SIEGE DE BROUAGE ET VOYAGE D'ANGERS.

dement, que toutes les cloches sonnent le Tocsin; celles du grand Temple Saint Maurice s'en émeurent aussi, & en parlerent. C'est chose étrange, que d'une si grande Ville & peuplée, en laquelle y avoit plus de troupes & gens de guerre étrangers, que n'en avoit en son Armée M. le Prince, il ne se fît aucune sortie ne découverte, non plus que s'il n'y eût eu personne dedans; encore que le lieu où étoit l'Armée leur fût le plus favorable du monde; car il n'y avoit qu'un chemin assez large où pouvoit subsister la Cavalerie, tout le reste à l'environ n'étoit que vignes & bois taillis; ce qu'il y avoit d'avenues étoient de fort petites rues creuses & étroites.

En ce large chemin se mirent en bataille tous les Arquebusiers, pour donner dans le Fauxbourg qui étoit tout joignant; ce qui fut fait après la priere que fit M. B. Ministre, à la tête de toutes les Troupes

Sur cet appareil, on reçut la confirmation de la reddition du Château, & on disoit qu'elle étoit faite dès le Dimanche pour une bonne somme d'argent. Ce qui faisoit croire qu'il en fut quelque chose, étoit qu'à l'arrivée de l'Armée, ceux du Château n'avoient ne tiré, ne fait aucun signal, encore qu'ils eussent oui l'alarme, & plusieurs arquebusades qui avoient été tirées. Ceux qui combattoient cette opinion, disoient qu'il ne se falloit étonner s'ils ne tiroient le canon, pour ce qu'ils n'étoient assez dans le Château pour le remuer, & ajoûtoient pour confirmation, que le feu, que ceux de la Ville mirent en quelque maison entre l'Armée & le Château, qui dura tout le jour, étoit afin que la fumée empêchât ceux du Château de voir les troupes qui venoient les secourir. Sur cette variété & conjectures incertaines, les Capitaines, chacun selon le commandement qu'ils avoient reçu, donnent dans les Fauxbourgs de Presigny & de la Madeleine, & enfoncerent jusques tout-contre les barricades que ceux de la Ville avoient faites près des portes dans les Fauxbourgs, qui étoient tous abandonnés. Il y eut là quelques escarmouches, & y fut blessé le Capitaine la Fleche d'un coup de Mousquet, duquel il mourut quelques jours après. Il avoit peu auparavant protesté, ou qu'il mourroit, ou qu'il entreroit dans les tranchées, ne se souciant de mourir, puisque c'étoit en son païs. Car il étoit de la Flêche en Anjou.

Tout ce jour se passa en escarmouches, & arquebusades tirées de part & d'autre aux barricades. Car les Assaillans s'étoient aussi barricadés dans les Fauxbourgs contre ceux de la Ville. Toute

1585. SIEGE DE BROUAGE ET VOYAGE D'ANGERS.

la Cavalerie fut en bataille tout le reste du jour jusques à la nuit devant le Fauxbourg de Presigni, pendant que les Arquebusiers gagnoient pied à pied les barricades de ceux de la Ville, perçant les maisons pour s'avancer jusques aux Portes.

Le Trompette de M. le Prince fut envoïé pour faire quelques chamades en un pré, au-dessous du Château à la vue de ceux de dedans ; mais pour tout cela ils ne lui firent aucun signal, qui augmenta fort le soupçon qu'il y avoit de la fraude, & qu'ils étoient rendus.

La nuit venue, on fut d'avis de la retraite ; & on jugea pour le meilleur, que les Soldats quitassent leurs barricades & les maisons qu'ils avoient gagnées, de peur que la nuit ceux de la Ville ne sortissent sur eux ; car ils étoient en petit nombre au regard de ceux de dedans, qui eussent pû faire sortir de trois à quatre mille hommes, & encore à la faveur de leurs pieces.

Messieurs de la Trimouille & de la Boulaye, avec le sieur d'Avantigny & leurs compagnies firent la retraite, laquelle ne fut plus loin qu'aux plus prochaines maisons du bout du Fauxbourg de Presigni vers la Justice : la Cavalerie se logea, pour repaître, ès plus prochaines Paroisses ; M. le Prince avec sa Compagnie, & M. de Rohan avec la sienne, logerent au port de Sorges, non sans confusion pour le peu de logis & commodité qu'il y avoit.

La nuit ceux de la Ville sortirent, renverserent & brûlerent les barricades qu'on avoit faites le jour précédent ; & mieux avisés qu'auparavant, se logerent en plusieurs maisons, même en la maladerie du Fauxbourg de Presigni, d'où on ne les pût chasser le lendemain.

La même nuit, la Garnison du Pont de Sel sortit, & chargea les Soldats que M. le Prince avoit envoïés à S. Aubin pour garder l'avenue, & en fut tant tué que blessé une douzaine. Ils prirent aussi un Trompette, & quelques Soldats & bagages, qui s'étoient écartés & logés en une maison trop prochaine de la Ville.

Il y avoit une assez belle maison près la Justice, où étoient logés les principaux Capitaines des Arquebusiers à cheval, laquelle appartenoit à un d'Angers ; sur le matin on mit le feu dedans, & en quelques autres circonvoisines.

Le Mardi, 22, sur les huit heures, Messieurs de la Trimouille, d'Avantigny, S. Gelays, avec peu de suite, se trouverent au carrefour de la Justice, où on avoit fait avertir toutes les Compagnies de se représenter. Ce fut alors que ceux de la Ville firent le plus de contenance de vouloir sortir, & se donna une alarme

1585. assez chaude, aïant paru dans le Fauxbourg de Presigny quelques Lanciers. Occasion que toutes les Compagnies se hâterent, & se représenterent en bataille au même lieu du jour précédent. On commanda l'Infanterie de donner dans les Fauxbourgs, ce qu'ils firent; mais il s'en falloit beaucoup que ce fût avec le courage & allégresse qu'il avoient montrée le jour auparavant. Car les uns n'avoient pas repû, les autres avoient perdu leurs chevaux & bagage, qu'ils avoient le Lundi quittés pour combattre à pied ès tranchées du Château; plusieurs se déroboient & se retiroient à Beaufort. Les Capitaines avoient quelque mécontentement de ce qu'on leur avoit fait quitter ce qu'ils avoient gagné d'avantage dans les Fauxbourgs, qu'ils eussent bien, ce disoient-ils, gardés, & qu'ils ne pouvoient regagner sans grande perte. Toute l'Armée étoit éparse çà & là, & étoient les Champs & Chemins couverts de bagage, charrettes, mulets & valets qui s'étoient égarés la nuit, sans savoir où se rendre. Bref les choses étoient bien confuses au prix du Lundi; car il se peut dire avec vérité, qu'il ne se pouvoit voir chose plus remarquable, que l'allégresse des Soldats à aller ce jour-là au Combat. C'étoit d'autre part, chose épouvantable & furieuse à voir, que la Gendarmerie qui s'étoit tout le jour tenue en bataille l'épée en la main, & avec très bon ordre & grande patience; & n'eût pas fait bon les prendre en cette ferveur, laquelle sembloit le lendemain aucunement alentie.

SIEGE DE BROUAGE ET VOÏAGE D'ANGERS.

Toutesfois on ne laissa pas de regagner ce qu'on put d'avantage dans les Fauxbourgs, mais non sans hasard, & beaucoup de difficulté.

M. le Prince, étant arrivé, donna dans le Fauxbourg de Presigny, où il reconnut facilement, à la contenance des Soldats, qu'ils commençoient à s'étonner, & au contraire ceux de la Ville à se rassurer. Chacun alors rapporta comme au bureau, ce qu'il pouvoit avoir appris de ceux du Château, aucuns opiniâtrément maintenoient qu'ils avoient tiré la nuit; les autres assuroient le contraire. M. le Prince assembla au carrefour de la Justice tous les Chefs & Capitaines, sauf ceux qui étoient aux mains dans les Fauxbourgs; & là tout à cheval, & l'armet en tête, on met en délibération si on donnera dans les tranchées: plusieurs étoient d'avis qu'on y donnât, disant être une honte d'être venus de si loin, & si près de l'exécution, sans coup frapper; qu'il falloit pour le moins voir l'Ennemi, puisqu'il ne sortoit point. Ils ajoûtoient que ceux du Château ne pouvoient autrement voir leur secours, s'il ne se présentoit aux tranchées. Les autres disputoient

le

1585. SIEGE DE VOUAGE ET OÏAGE D'ANGERS.

le contraire ; & entre autres, M. de Rohan résistoit fort & ferme à cet avis, & alléguoit beaucoup d'apparentes raisons, entre lesquelles étoient celles-ci ; qu'il étoit tout évident que ceux du Château étoient rendus, n'aïant été tiré du Château un seul coup, ne fait aucun signal ; qu'il n'y avoit apparence de dire qu'ils n'eussent eu connoissance du secours, vu tant de témoignages que déja depuis deux jours, quasi passés, on leur en avoit donnés ; que ce seroit une témérité de hasarder à un péril éminent de si belles forces, & un si notable nombre de noblesse, qu'on devoit conserver à meilleure occasion ; que l'Ennemi étoit aussi fort dans ses tranchées, que l'Armée étoit dehors ; qu'on prendroit aussitôt la Ville que les tranchées, qui étoient bien flanquées & barricadées ; qu'il n'y avoit nulle confidence en aucuns qu'on esperoit y devoir apporter de la faveur, encore moins en ceux du Château, lesquels, ou étoient rendus, comme c'étoit le bruit tout commun, ou jouoient le double pour attrapper l'Armée, & la précipiter ; qu'on étoit en Païs étranger & d'Ennemis, embarrassés entre deux fâcheuses rivieres qu'il falloit repasser, en un Païs couvert, ennemi de la Cavallerie, en laquelle consistoit la plus grande force de l'Armée ; qu'il ne falloit douter que le Roi de son côté, la Ligue de l'autre, ne fissent tout devoir de rallier troupes de toutes parts, pour saisir les Passages, & s'armer sur la riviere de Loire ; que l'on avoit en dos les forces qui étoient dans Angers, lesquelles égaloient celles de l'Armée, tout le païs leur étoit favorable ; pourtant concluoit à la retraite, & que le delai apporteroit dommage, étant d'avis qu'on contremandât M. de Laval, qui étoit demeuré à Beaufort, faisant l'arriere-garde, à ce qu'il ne s'acheminât plus outre, comme déjà il faisoit. Le plus grand nombre suivoit cet avis. Il fâchoit fort à M. le Prince de conclurre à la retraite ; &, comme il disoit, parlant à M. de Clermont, de démordre, toutesfois vaincu par la raison & avis de ses Chefs & Capitaines, il conclut qu'on se retireroit, & que la retraite se feroit par les sieurs de la Trimouille, d'Avantigny & de la Boulaye, qui retirerent des Fauxbourgs tous les Arquebusiers ; tellement que, sur les deux heures après midi, chacun commença de s'acheminer à Beaufort.

Les premiers qui se retiroient, rencontrerent M. de Laval avec près de deux cens Gentilshommes, qui au grand trot donnoit vers Angers ; mais il fut à une lieue près averti de la retraite. Toutesfois il passa outre nonobstant, & alla trouver M. le Prince.

1585. SIEGE DE BROUAGE ET VOÏAGE D'ANGERS.

Il y eut bien de la confusion à l'arrivée à Beaufort, car on n'y sut être qu'à plus de deux heures de nuit, & y en eut de mal soupés.

Le Mercredi vingt-deuxieme, on séjourna à Beaufort pour aviser aux moïens de repasser Loire, le sieur du Plessis Geté (1) fut commis pour chercher des bateaux & des hommes pour les conduire, afin d'obvier au désordre du premier passage, & pour ce faire lui fut délivré argent.

Le Vendredi vingt-quatrieme on s'occupa à cela même, & à la réconciliation d'un différend survenu entre quelques Gentils-hommes. Ce séjour si long fut cause du désordre qui suivit par après : car si on eut passé dès le Mercredi de nuit & le Jeudi suivant, tout alloit bien; mais Dieu en avoit ordonné autrement.

Ce même jour arriverent au Quartier de M. de Clermont, les hommes qu'il avoit envoyés au Capitaine Rochemorte, & qui étoient avec lui entrés au château d'Angers, & y avoient toujours été jusqu'au jour de la reddition d'icelui. Ils rapporterent comment il avoit été rendu à composition entre les mains de M. de Joyeuse à ces conditions : Que les Papistes qui étoient audit chateau, au nombre de neuf, y pourroient (si bon leur sembloit) demeurer. Que ceux de la Religion, qui n'étoient que sept, seroient sûrement conduits au camp de M. le Prince (ce qu'ils firent par le Comte de la Suze). Que tous lesdits soldats ne seroient aucunement fouillés, & emporteroient tout ce qu'ils pourroient. Que lorsqu'ils sortiroient du château, tous ceux qui là étoient de la Ligue se retireroient, & que chacun desdits soldats auroit mille écus & un cheval. Ce qui leur fut donné, avec pardon du Roi & assurance de n'en être jamais recherchés. Lesdits soldats distribuerent, avant que sortir, tous les meubles du Comte de Brissac, tapisseries, vaisselle d'argent, & autres précieux meubles qu'ils ne pouvoient emporter. Ils se chargerent des bagues, argent monnoyé, & autres choses de prix qu'ils pûrent emporter; on leur tint promesse, & on ne les fouilla aucunement. L'un des soldats de M. de Clermont montra le soir de son arrivée une grande croix composée sur une plaque d'or, de trente-deux gros diamans, & un gros saphir, duquel la tête du crucifix étoit faite; l'échelle & tout le reste accoutumé d'être peint en l'histoire de la passion étoit

(1) Du Plessis Gesté de la Brunetiere.

1585.

SIEGE DE BROUAGE ET VOÏAGE D'ANGERS.

de diamans, le tout non moins artificiellement fait, qu'il étoit précieux; on lui en voulut donner quinze cens écus. Ces mêmes soldats rapporterent qu'ils avoient fort bien vu le secours qu'on leur vouloit donner. Qu'ils n'avoient garde de faire aucun signal; au contraire eux qui étoient de la Religion, prioient ordinairement Dieu qu'il détournât M. le Prince de donner aux tranchées, que s'il eut fait il étoit perdu. Pource que quand encore il eût forcé les tranchées, il ne fût pourtant entré dans le château, y étant les plus foibles ceux de la religion; mais les tranchées étoient si fortes & eussent été si bien défendues, qu'il n'y avoit moïen de les forcer.

Le sieur de Brissac vit ainsi dissiper devant ses yeux tous ses précieux meubles, & ne lui fut seulement permis d'entrer audit château; car il étoit de la Ligue & des plus passionnés. Son Gouvernement lui fut ôté, & donné au sieur du Bouchage.

Plusieurs s'étonnoient que M. le Prince séjournât si longuement à Beaufort, préjugeant que ses ennemis ne dormiroient pas; joint qu'on lui avoit apporté avis, que M. de Joyeuse faisoit accommoder & armer quelques bateaux à Saumur pour les faire baisser & mettre à l'ancre sur le lieu du passage, avec plusieurs petites pieces.

L'on avoit envoyé dès le mardi la compagnie d'arquebusiers à cheval du feu Capitaine la Fleche, commandée par son Lieutenant pour gagner le bac, & passage de la riviere de Lotion. Et depuis on dépêcha M. de Campoix avec sa compagnie de Chevaux-legers, pour saisir quelques maisons qui étoient sur la levée de Loire vis-à-vis l'abbaye de saint Maur mentionnée cidessus (où on avoit mis garnison dès le commencement), & fut envoyé là le sieur de Campoix, à cause qu'on eut avertissement que le sieur de Joyeuse faisoit descendre les Suisses le long de l'eau pour saisir le passage, & que du côté d'Angers montoient aussi le long de la levée deux ou trois régimens de François.

Le Samedi vingt-cinquieme, toute l'armée s'achemina de bon matin au passage de la riviere de Lotion, pour gagner le passage de Loire. Il n'y avoit audit Lotion que deux petits bateaux; mais la confusion & foule étoit telle, que pour en avoir par trop chargé un, il coula à fond, sans perte d'hommes toutefois, parcequ'il n'étoit éloigné du rivage, sur lequel il y avoit plus de cinq ou six cens chevaux tant de bagage, que d'autres, qui se battoient à passer.

1585.

SIEGE DE BROUAGE ET VOYAGE D'ANGERS.

Dès le Jeudi après dîné M. de Laval avoit repassé Loire avec ses troupes de Gens-d'armes & ses Chevaux-legers, pour tenir ferme à Saint Maur, & favoriser le passage.

Les compagnies de Messieurs de la Trimouille & de la Boulaye, étoient dès le Vendredi de grand matin passées la riviere de Lotion, & étoient en bataille en des communaux assez près de la levée de Loire, à l'endroit où on vouloit passer, attendant M. le Prince, & le reste de l'armée qui passoit Lotion à la file.

Sur les neuf heures du matin, on ouit inopinément comme une salve de plusieurs pieces d'artillerie, & autres petites pieces; ce bruit mit l'armée en grande rumeur, aucuns jugeoient que c'étoit au château d'Angers, & comme une espece de réjouissance pour la reddition d'icelui. Mais aussitôt parurent au-dessus de Saint Maur, à la portée de l'arquebuse, deux grands bateaux (couverts & armés de plusieurs pieces & gens de guerre) qui mouillerent l'ancre un bien peu au-dessus du lieu où on avoit résolu de passer. De ces bateaux étoit sorti cette scopeterie, & à l'instant même commencerent à battre des deux côtés de l'eau, tirant tant contre ceux qui étoient ja passés à Saint Maur, que contre ceux qui vouloient passer.

Dès le soir précédent, ledit sieur de Laval étoit allé à la guerre vers Saumur, & avoit pris les mulets & bagages du sieur de Joyeuse, lequel le soir même étoit remonté en diligence d'Angers à Saumur avec le sieur de la Chastre, & autres Capitaines, faisant nombre de cent-cinquante chevaux ou environ.

La nouvelle desdits bateaux fut incontinent portée à M. le Prince, avec amplification des grandes difficultés qu'il y avoit au passage de Loire. De fait, elles étoient aussi grandes qu'eût été facile ce passage, si l'on eut eu seulement deux fauconneaux pour percer les bateaux, qu'il eût été aisé à enfoncer; mais on n'en avoit point porté, combien qu'on l'eût résolu avant que de passer.

Cette nouvelle étonna toute l'armée, comme si d'un seul coup du Ciel on l'eût frappée, & de tant plus, que forces de toutes parts montoient & descendoient pour lui courir sus.

Cette armée étoit pour lors divisée en divers lieux, sans se pouvoir secourir les uns les autres. Le sieur de Laval étoit ja passé de-là Loire, comme il a été dit. M. de la Boulaye & sa compagnie se hasarda aussi ce jour même de passer & aller joindre M. de Laval; mais non sans grand danger, toutefois sans perte. Une partie de l'armée, qui avoit passé Lotion, étoit-là entre ces deux rivieres en lieu très desavantageux ; car ce ne sont que bois & marais, dans lesquels les chevaux étoient quasi toujours jusqu'aux sangles. Les troupes de M. de Clermont, avec le reste de l'armée, & le bagage étoient encore à Beaufort, & ès environs. Il faut que ceux de la Religion confessent que si en ce désordre & dispersion, leur Ennemi eut tant soit peu fait mine de quelque côté que c'eût été de les charger, il en eut eu très bon marché; mais il eut de mauvais espions.

1585.

SIEGE DE BROUAGE ET VOÏAGE D'ANGERS.

Le sieur d'Avantigny, en ce désordre, demeura avec le sieur de Campoix pour quelque tems, à la barricade que ledit Campoix avoit faite sur la levée, pour assurer les soldats qui la vouloient quitter, comme aussi déja plusieurs s'étoient dérobés. Cependant il manda à M. le Prince, qui faisoit passer son armée à la file à Lotion par le sieur du Chesne, qu'il fît une prompte résolution, ou de passer en combattant, ou de prendre le large. Que s'il tiroit la chose en longueur, sans doute il étoit défait; ayant l'ennemi sur les bras, qui n'étoit qu'à une petite lieue françoise au-dessus & dessous, lequel d'heure à autre se renforçoit; qu'on avoit ja découvert d'autres bateaux armés, qui suivoient les deux premiers qui étoient à l'ancre, & combattoient, pourtant qu'il prît promptement avis, & s'en tînt averti, afin que selon l'occasion on fît repasser M. de Laval & autres qui ja étoient passés, & qu'il se pourroit encore aucunement bien faire, quoique non sans péril.

M. le Prince à cette nouvelle assembla tous ses Chefs & Capitaines dans le bois sur le bord du passage de Lotion. Ils furent là plus de deux heures à disputer de part & d'autre sur les expédiens nécessaires à cette traverse qui n'étoit pas petite. Aucuns amplifioient fort l'expédient de prendre le large vers la Beauce pour aller le haut de Loire; qu'on avoit des forces assez pour passer tout hasard, & combattre s'il étoit besoin. Les autres infirmoient cette opinion à cause du passage de M. de Laval, & autres ja séparés du corps de l'armée, & qui l'affoiblissoit beaucoup. Il y en avoit qui conseilloient de descendre en Bretagne, où il y auroit moyen de subsister, en attendant quelques navires qu'on pourroit faire venir de la Rochelle, & qui feroient escorte aux bateaux, dans lesquels on pourroit passer au-dessous de Nantes; & qu'au pis, laissant les chevaux, les personnes se sauveroient. Sur cette diversité on ne sut rien conclure, sinon, vu que la nuit s'approchoit, de retourner

1585. couchcr à Beaufort, & là en résoudre plus amplement.

SIEGE DE BROUAGE ET VOÏAGE D'ANGERS.

Cette résolution augmenta l'étonnement, lequel M. le Prince & les Seigneurs qui l'accompagnoient, affermissoient par la résolution qu'ils firent de combattre, quoi qu'il se présentât. Nonobstant chacun regardoit son compagnon, comme il advient en péril, où on voit peu de remede, comme étoit celui-là. Les plaintes étoient diverses, un chacun parloit ou selon son appréhension, ou selon sa passion. On oyoit en plusieurs ces voix : *Saltem olim si meminisse juvaret* (c'est-à-dire) *Au moins, si nous avons un jour ce bien de nous en souvenir.* Les autres répondoient : *Una salus victis nullam sperare salutem* ; c'est-à-dire, *il reste pour salut aux vaincus de n'espérer aucun salut.* Le désespoir en la plûpart égaloit étonnement, & peu pensoient que ce coup venoit du Ciel, pour punition des vices, & principalement des grands juremens & blasphêmes qui n'étoiens punis en cette armée, en laquelle y avoit plusieurs soldats de la Ligue qui émorçoient les autres à leurs vices & licence désordonnée.

Il y eut un grand désordre à repasser la riviere de Lotion avec un seul bac, lequel ne passoit plus de dix chevaux à la fois, & encore avec péril Ce qui causoit ce désordre étoit, que chacun vouloit passer devant, personne ne vouloit rester derriere. La gendarmerie & les soldats étoient tellement embarrassés dans les bagages, & les valets qui se fouroient partout, que les plus courageux & mieux armés étoient du tout inutiles, si l'occasion du combat se fût présentée.

On remarqua pour lors en M. le Prince une contenance digne de lui : car il ne représentoit un seul trait d'étonnement, & comme dès auparavant que passer Loire, il avoit toujours répondu à ceux qui lui représentoieut le péril : *Il faut combattre*, aussi tenoit-il alors ce même langage : Et pourceque la confusion s'augmentoit au passage, ayant premierement envoyé sur toutes les avenues nombre suffisant de cavalerie & arquebusiers, lui-même mit pied à terre, & se tenant sur le bord du passage fit passer quelques Gens d'armes, puis le bagage, & finalement passa avec le reste en bon ordre, encore qu'il fût plus d'une heure de nuit : occasion que tous ne passerent pas ce soir, mais en demeura plusieurs dans le marais.

Le sieur d'Avantigny aussi demeura en la maison de la Menetriere, près la levée pour faire la retraite, & n'arriva à Beaufort que le lendemain environ huit heures du matin.

1585.

SIEGE DE BROUAGE ET VOÏAGE D'ANGERS.

Ce même soir résolution fut prise de prendre le large vers l'Anjou & la Beauce, & de côtoïer Loire le plus qu'on pourroit, pour essaïer de recouvrer quelque passage vers Blois, Baugency, ou Sancerre, & au pis de gagner la source de Loire à longues traites, avec délibération de combattre ce qui se pourroit présenter.

Le Roi étant averti de ce qui s'étoit passé à Angers, fit de toutes parts préparer ses forces, pour courir sus à Monsieur le Prince. M. de Mayenne (1) avec les Reistres (2), & autres forces de la Ligue, n'oublierent rien de leur côté. M. de Joyeuse, que M. le Prince avoit à dos, faisoit de son côté toute diligence. Tous néanmoins ne sachant pas bien au vrai tout ce qui se passoit en cette armée, & l'estimant beaucoup plus serrée qu'elle n'étoit, en redoutoient l'abord.

Il y eut la nuit une rude escarmouche entre ceux qui étoient descendus de Saumur dans les bateaux, & ceux qui étoient à S. Maur; car tout le long de la nuit, ils ne se donnerent aucun repos les uns aux autres.

Messieurs de Laval & de la Boulaye aïant entendu que M. le Prince étoit retourné à Beaufort, & déliberoit tirer de long vers la Beauce, jugerent être nécessaire de tirer en diligence en Poitou, tant pour s'opposer aux forces ennemies qui y pourroient naître, en ralliant la noblesse & le reste des soldats qui étoient demeurés, que pour favoriser les troupes qui étoient devant Brouage, & assurer les Places. De fait, Dieu leur aida bien d'être passés; car leur présence servit de beaucoup à tous les effets que dessus.

Il y eut lors un Gentilhomme, un vieux guerrier, Sieur de Dovault, qui, depuis peu de jours avant le passage de Loire, s'étoit volontairement mis de la troupe de M. de Laval, lequel fit un trait qui fut grandement estimé de tous. M. le Prince l'estimoit beaucoup. Ce Gentilhomme ayant entendu que ledit Sieur n'avoit su repasser, & avoit résolu de prendre le large, ce qu'il jugeoit n'être sans grand hasard, se résolut aussi de laisser M. de Laval, qui s'acheminoit en Poitou, & repasser Loire, quoiqu'avec grand danger, disant qu'il vouloit mourir si l'occasion se présentoit avec M. le Prince. De fait, il repassa & le vint joindre; ce qui plut grandement audit Sieur, & retourna au Gentilhomme à grand louange.

(1) Charles de Lorraine, Duc de Maïenne.
(2) On explique ce mot ci-après.

1585.

SIEGE DE BROUAGE ET VOÏAGE D'ANGERS.

L'armée délogea de Beaufort le Samedi vingt-sixieme, en l'intention d'aller loger à Luché, qui est un gros Bourg en Anjou près du Lude, avec opinion de passer la riviere du Loire sur les ponts qui y sont. Mais les Maréchaux de Camp à leur arrivée à ce pont, trouverent la riviere en un moment extraordinairement débordée, (comme si les élémens aussi se fussent opposés à cette armée) qu'elle couvroit la moitié du pont, tellement qu'il étoit totalement impossible d'y passer. M. de Clermont lui-même, à qui ce Bourg appartient, sonda le gué. Cette difficulté ne diminua pas l'étonnement : car on fut averti que l'ennemi suivoit : & de fait il s'étoit peu après le départ de M. le Prince avancé à Beaufort. D'autre côté, le pays qui auparavant trembloit sur cette retraite commença à se soulever : car ce jour même ceux de la ville de la Flesche sortirent & prirent quelque bagage & soldats de l'armée. En cette difficulté on résolut d'aller au Lude, où les Ponts étoient plus hauts, mais on craignoit la résistance du Château, qui pouvoit battre sur les Ponts & empêcher le passage, toutefois ils l'accorderent.

On contremanda M. le Prince, & toutes les Compagnies qui s'acheminoient à Luché, tellement qu'on logea au Lude.

Le Dimanche vingt-septieme on voulut passer la riviere, la grande eau se passoit aisément sur le Pont; mais elle étoit si fort débordée, qu'à l'issue du Pont il y avoit une seconde riviere qu'il falloit passer à nage, n'y aïant qu'une bien petite toue, où à peine deux ou trois hommes pouvoient-ils passer sans faire naufrage.

La cavalerie passa & se rangea en la plaine, ceux seulement qui avoient les plus grands chevaux ne mirent point d'eau en leurs bottes. Elle fit en cette plaine halte, après s'être mise en bataille, attendant que tout fût passé à la file. Dès-lors plusieurs quitterent leur bagage, & ceux qui avoient des amis au païs leur envoïerent le leur.

Pendant qu'on faisoit halte dans cette plaine, il advint une chose assez suffisante pour envelopper en diverses pensées une ame superstitieuse. Car il se leva de la plaine un lievre, & après le lievre un grand bruit de voix qui crioient après : ce cri donna l'alarme, & se mit chacun en bataille. Mais enfin le lievre fut vu presque de tous, plus de deux cens chevaux de divers endroits débanderent après, & deux ou trois chiens s'y trouverent aussi. Ce pauvre lievre passant & repassant au travers des pieds des chevaux, reçut mille bourrades, & toutefois jamais

1585.

SIEGE DE BROUAGE ET VOÏAGE D'ANGERS.

jamais on ne le sut prendre, & se sauva, quoiqu'aucuns le poursuivissent près d'un quart de lieue. Aucuns prenoient cela à mauvais augure; les autres à bon, disant que si Dieu avoit soin de la conservation de cet animal foible & timide, au milieu de tant d'armes & de poursuivans, à plus forte raison l'auroit-il de cette troupe, autrement étonnée, laquelle quoiqu'elle fût abayée & poursuivie de toutes les forces de France, néanmoins échapperoit saine & sauve, n'en aïant que la peur sans grand dommage; comme aussi il advint.

Du Lude l'Armée s'achemina à Prullai sous Luché (1), où elle arriva à deux heurs de nuit. C'est un Bourg appartenant à M. le Prince de Conti. Il y eut à cette arrivée une telle confusion & embarassement de chevaux & bagages dans la rue dudit Bourg longue & étroite, que l'on fût là plus d'une grosse heure, sans pouvoir aller avant ni arriere, non pas même M. le Prince, jusqu'à tant que quelques portes des maisons du Bourg aïant été rompues, il y eut élargissement.

De-là, le lendemain, l'Armée tira vers le Vau de Loire & vint à Saint-Ernoul & ès Hameaux à l'environ, non loin de Laverdin. Saint-Ernoul (2) est un petit & pauvre Village où on ne trouva rien, & fort peu de couvert. Tellement qu'il sembloit, que plus on alloit en avant, plus on s'approchoit de sa misere, avec laquelle croissoit aussi l'étonnement. Car on reçut là avertissement, que l'ennemi suivoit autant courageusement & diligemmment, qu'on tâchoit de l'éloigner à longues traites. Que MM. d'Epernon, de Biron, & toute la Noblesse de la Cour étoient vers Bonneval en Beauce, lesquels avec Troupes venoient au-devant de cette Armée étonnée. M. du Maine, d'autre côté, avoit passé Loire à Orléans, aïant avec lui huit cens Reistres & beaucoup de forces Françoises, pour couper le chemin de la Loire, si à l'avanture on la repassoit. M. de la Chastre avoit envoïé depuis la Saulogne tirant contremont Loire, pour border la riviere & faire retirer aux Villes tous les bateaux, moulins & autres moïens dont on eut pû se servir pour passer. Toutes les communes étoient au guet, prêtes à s'élever au premier son de tocsin. Les Troupes de M. le Prince étoient si harrassées, qu'elles n'en pouvoient plus, les hommes étoient lassés des corvées & veilles. Les chevaux encore plus, qui marchoient quasi jour & nuit, & ne repaissoient point,

(1) Bourg du Maine, sur Loire, proche de l'Anjou.
(2) Il faut Saint Arnoul dans le Vendômois.

1585.

SIEGE DE BROUAGE ET VOYAGE D'ANGERS.

Deux ou trois moïens de passer la riviere, qu'on pensoit avoir entre Blois & Amboise manquerent. Les choses étant connues de tous, furent cause que peu de-là en avant, espererent bien des affaires. Je ne doute pas que, si de quelque côté encore à cette heure là l'ennemi eut paru, la nécessité n'eut augmenté l'effort & donné cœur de le combattre, mais il sembloit qu'expressément ils voulussent laisser dissiper cette Armée d'elle-même par la fatigue. Ce fut toutefois une œuvre de Dieu, qui la vouloit dissiper & rompre de sa propre main, sans en laisser occuper la louange à l'ennemi, & toutefois sans l'exterminer. Etant au reste chose très certaine & confessée des principaux qui étoient ès Troupes du Roi, de M. de Joyeuse & de la Ligue, que cette poignée d'hommes, qui étoit lassée, dissipée, étonnée, & déja comme vaincue, étoit à toutes les autres Troupes, qui la vouloient envahir, en tel épouvantement, que si on fut allé droit à eux la tête baissée, on les eut mis dans un grand accessoire, car ils croïoient que M. le Prince n'avoit entrepris de tirer un tel chemin & si hazardeux, qu'il ne se sentît suffisamment fort, pour battre tout ce qui lui iroit au devant pour l'empêcher de passer.

En cet état qu'étoit l'Armée de M. le Prince, Messieurs de Boisdulie & d'Aubigny furent dépêchés avec cinq ou six hommes seulement, pour donner jusques vers Baugenci & lieux circonvoisins, pour rechercher l'occasion d'avoir des bateaux, ou de Mer ou de Saint-Dié (1), ou d'ailleurs, avec assurance qu'infailliblement la nuit du Mardi au Mercredi suivant on seroit à eux, avec bon nombre d'hommes pour les seconder, & que ce secours se rangeroit à la Chapelle de Saint-Martin & à Lorges.

Nonobstant cette dépeche, l'étonnement croissoit tellement que toute la nuit qu'on séjourna à ce Saint-Ernoul, il y eut de grandes difficultés sur les résolutions de ce qu'on auroit à faire. M. de Rohan entre les autres, avec plusieurs Seigneurs qui étoient de sa troupe, disoient que plus on iroit en avant, plus on s'enfonceroit au peril. Que l'Armée se dissipoit à vue d'œil, quasi les meilleures forces étoient repassées delà Loire avec & après M. de Laval: ceux qui avoient des amis en Beauce, Vendômois, le Perche & le Maine, se déroboient; de cent hommes, qui étoient sous une Cornette, telle y avoit qui n'en

(1) Ces deux endroits sont près de Blois.

1585.

SIEGE DE BROUAGE ET VOYAGE D'ANGERS.

avoit pas vingt. L'ennemi frais & fort venoit au-devant d'une Troupe foible & harrassée, plus on s'avançoit à mont, plus on s'approchoit d'eux, comme si on les vouloit garder de peine, & chercher son malheur. Portera, disoit-il, qui voudra sa tête à Paris, je porterai la mienne en Bretagne, & combattrai quiconque m'en voudra empêcher; & sur ce propos, ne trouvant les raisons qu'on lui alléguoit valables, prit congé de M. le Prince, & tourna bride vers la Bretagne, où il courut de grands dangers, mais néanmoins avec le tems, nonobstant tous les efforts de M. de Mercœur, il repassa avec beaucoup d'assurance la riviere de Loire, & se rendit à la Rochelle, à la grande joie & merveilleux contentement de tous.

Cette séparation fut le second éclat du Ciel sur cette Armée qu'il ne faut plus appeller Armée, mais petite troupe; car il n'y avoit plus que la Cornette de M. le Prince, la Compagnie de M. de la Trimouille de laquelle plusieurs s'étoient ja débandez, & quelques Compagnies de Chevaux-légers & arquebusiers à cheval des Troupes de M. de Clermont : plusieurs avoient ja repris le chemin de leurs maisons. Ce fut alors que chacun commença à regarder tristement son compagnon, & hausser les épaules, Tous croïoient que le salut, s'il en survenoit en ces restes de Troupes, viendroit miraculeusement du Ciel. Et tel en matiere de conscience & de priere s'étoit auparavant donné de grandes licences, qui commença à entrer en soi-même & devenir aucunement plus réformé.

M. le Prince demeurant ainsi avec ce reste de Troupes & force bagage, dequoi on ne se pouvoit défaire, tellement qu'en la campagne, il se voïoit telle piste, qu'on l'eut jugée de trois ou quatre cens hommes de combat, & néanmoins il n'y en avoit quelquefois pas cinquante, envoïa le sieur de Saint-Gelais, avec quelques Gentilshommes de Poitou, le tout en nombre de vingt-cinq ou trente chevaux, pour tirer vers Vendôme, & prendre langue & logis, selon la commodité, pour le reste des Troupes qui suivoit. Par le chemin on reçut nouvelles, que le sieur de Laverdin (1) avec quelque nombre d'hommes étoit entré dans Vendôme pour couper chemin à M. le Prince : Toutefois on ne s'en apperçut point, encore que la nuit précédente, quelques soldats des Troupes de M. de Clermont, eussent pris quelques-uns des gens de M. de Bennchar, Gou-

(1) Jean de Beaumanoir de Lavardin.

1585. verneur de Vendôme, avec des armes qu'ils portoient à leur maître.

SIEGE DE BROUAGE ET VOYAGE D'ANGERS.

Ce même jour, Mardi vingt-neuvieme d'Octobre, tout le reste des troupes arriva à Sainte-Anne, près Vendôme, & là pensoit-on faire quelque département des Logis; mais pour la pauvreté du Village on ne mit pied à terre. En cette traverse & pleine Beauce, quelques-uns de la Compagnie du Capitaine Bonnet prirent le sieur de Rosnis, lequel venoit de Paris, & avoit un Passeport du Roi qu'il leur montra, n'estimant pas qu'ils fussent Huguenots; car il alloit, comme il dit depuis, trouver le Roi de Navarre. Ce Monsieur avoit trois ou quatre pieces de grands chevaux fort beaux; les Dragons, ainsi nommoient-ils les Arquebusiers à cheval, lassés du trot de leurs bidets recrûs, en furent bien-tôt accommodés, & à grande joie amenoient Rosnis en la troupe, pour en avoir le reste; mais il fut aussitôt reconnu par le sieur de S. Gelays, duquel l'embrassade lui fût autant agréable, que déplaisante aux Dragons, qui furent contraints de rechanger avec Rosnis, qui reprit ces grands chevaux, & leur rendit les bidets.

Il alla trouver M. le Prince, & lui confirma la fureur de laquelle on se préparoit pour l'enclorre, il lui dit beaucoup de choses suffisantes pour lui faire prompte résolution; mais tout cela ne fut rien au prix de plusieurs autres bons & certains avis, qui de divers endroits lui furent ce soir apportés de bonne part; qu'il étoit de tous côtés investi, & que bien-tôt, s'il n'y pourvoïoit, il auroit l'Ennemi sur les bras, avec forces auxquelles il étoit du tout inégal; s'il aimoit son salut, qu'il étoit temps de le bien ménager, sans remettre au lendemain. D'autre part, on l'avertit qu'il n'y avoit moïen de passer l'eau vers Blois, comme on lui en avoit fait ouverture, à cause de l'ordre que les Ennemis, qui n'étoient qu'à trois & quatre lieues de-là, y avoient donné.

Sur ces avis, il tint conseil étant arrivé au bourg de Seloumé (1), une lieue par-delà Sainte-Anne; & toutes raisons pesées de part & d'autre, fut prié de tous ceux qui lui assistoient, de regarder à la conservation de sa Personne, laquelle mise en sureté, le reste, moïennant l'aide de Dieu, se retrouveroit aisément en son temps: que faire cette retraite étoit à lui plus honorable, & plus honteux pour l'Ennemi, que de se hasarder, comme par désespoir, à un combat, duquel l'issue ne pouvoit être que très

(1) Ou Selomme.

1585. SIEGE DE BROUAGE ET VOÏAGE D'ANGERS.

périlleuse, & pour sa Personne, & pour tout l'Etat. C'étoit en cette défaveur & affliction remporter assez d'honneur, d'éviter, par une singuliere grace divine, la fureur de tant de troupes d'Ennemis, qui le tenoient comme de toutes parts enclos, & leur ravir le trophée qu'ils se promettoient déja de lui, sans qu'ils eussent encore osé le voir en face, sinon qu'ils fussent six contre un, & avec trop de désavantage en toute sorte : que la valeur d'un généreux courage se montroit autant, en la prudence d'éviter un dommage présent, qu'en l'exploit du combat. Outre tout cela, que les Passages n'étoient tellement clos, qu'il n'y eût moïen de tirer de quelque côté salutaire, qui lui seroit plus particuliérement représenté. Il fut fort mal-aisé de le faire condescendre à cette retraite; toutesfois, vaincu par la raison, & pressé de la nécessité, il la conclut.

Mais auparavant, dès le soir, avec sa constance & façon accoutumée, sans aucun changement, il pourvut au département des Compagnies pour leurs retraites, jusques à celles de ses Domestiques & Serviteurs. Et pour ce qu'il étoit conseillé de se retirer en petite troupe, il avisa que M. de Clermont feroit la retraite des troupes qu'il avoit amenées; que M. de S. Gelais, avec aucunes des autres Compagnies, & ses Gardes monteroient vers Mer, pour aller trouver les sieurs d'Aubigny & de Boisdulie (1), qui étoient auparavant partis pour aller chercher quelques bateaux. A ceux de ses Domestiques, qui ne voudroient, ou ne pourroient suivre ledit sieur de S. Gelais, il donna avis de se retirer en diverses maisons de ses amis, où il les adressa.

Sur les onze heures du soir il partit avec petite troupe, composée de Messieurs de la Trimoille, d'Avantigny & quelques Gentilshommes, avec peu de ses principaux Domestiques : les routes qu'il prit; les risques qu'il courut; les grands dangers qu'il échappa pour gagner les Isles de Greneze (2), en la manche d'Angleterre; les grandes humanités & courtoisies qu'il reçut de la Reine d'Angleterre, & comment avec un beau nombre de noblesse & Gens de guerre il retourna à la Rochelle, accompagné d'un bon nombre de Vaisseaux de Guerre, ensemble de la joie & grande allégresse de laquelle les Rochellois le recueillirent, c'est le sujet d'un discours à part, que le temps produira. Tant y a que, comme Dieu fit en ce coup paroître combien est mal assuré quiconque se confie au bras & aux armes charnelles, aussi fit-il reconnoître

(1) D'Aubigné & Bois-du-Lys.
(2) Guernezey ou Garnesey, Isle sur la Côte de Normandie, qui appartenoit aux Anglois.

1585. à vue d'œil, que celui chemine furement qui eſt ſous l'ombre de ſon aîle.

SIEGE DE BROUAGE ET VOYAGE D'ANGERS.

Le Chef ſéparé, tout le réſte peu après ſe diſparut, comme ſi on avoit ſoufflé la pouſſiere de l'aire, &, qui eſt choſe miraculeuſe, ſans perte d'un ſeul homme de marque, ni autre avec qui ſoit venu en compte. Chacun emporta ſa vie pour dépouille : ce qui a rendu ridicule la vanité des Ecrits, depuis divulgués en divers lieux, même à Paris, de l'effroïable, ſe diſoient-ils, & épouvantable défaite du Prince de Condé, où il y a mille fauſſetés. Ce ſommaire diſcours en parle ſimplement, & repréſente à la vérité comme les choſes ont paſſées: car certes il ne faut point attribuer cette défaite d'Armée, ni à ceux qui ſortirent de Paris, ni au Duc de Joyeuſe, encore moins au Duc de Mayenne ou autre de ce parti ; étant très vrai que jamais un ſeul de ceux-là n'approcherent le Prince de Condé ni ſes troupes, depuis le départ du Lude (1), de cinq ou ſix lieues, ni ne tirerent l'épée contre eux, excepté ce qui ſera dit ci-après, qui avint le lendemain de la retraite de M. le Prince. Bien peut-on dire que l'empêchement, qui fut donné au paſſage de la riviere, fut la premiere occaſion du déſordre qui ſurvint après, & de la retraite de cette Armée.

La réſolution qui fut priſe, que le ſieur de S. Gelais donneroit avec ce peu de troupes qui reſtoient juſques à Mer, pour certain trompa les Ennemis, & apporta grand avantage à M. le Prince ; car le but des Ennemis étoit plus ſa Perſonne que tout le reſte ; & ne leur chaloit, ſi vif, ou ſi mort ils le pouvoient attrapper, tant ils lui en vouloient. Or les Compagnies étant départies en diverſes troupes, deſquelles les unes montoient vers Orléans, les autres tendoient en Normandie & au Mayne, on ne pouvoit ſavoir en laquelle étoit M. le Prince, & par conſéquent le gros des Ennemis ne ſavoit où viſer pour l'attrapper, pendant que lui, avec petite troupe, ſe gliſſa juſques en Bretagne, & paſſa la Mer.

Ce qui ſuivit : M. de S. Gelais s'expoſa pour ſauver le reſte, & fut fait comme la proie de la fureur des ennemis, ſans toutesfois qu'il y eut perte d'un ſeul homme, non plus que des autres. Ils en furent quittes pour avoir beaucoup de travail & la perte du bagage ; car étant le ſieur de S. Gelais parti de Seloumé (2) ſur le minuit, avec les Gardes de M. le Prince, qui étoient quelques 60 bons arque-

(1) Ville & Comté en Anjou ſur Loir. Il y a auſſi le Lude entre Orléans & Romorantin.
(2) Selomme,

1585.

Siege de Brouage et Voyage d'Angers.

bufiers, il s'achemina par Ville-luisant où étoient logées les autres Compagnies, lesquelles, le voïant tirer païs vers la Chapelle Saint Martin, ne se firent prier de déloger, & de le suivre; tellement qu'arrivant à la Chapelle, environ une heure devant jour, il se trouva à sa suite près de quatre à cinq cens, tant chevaux que jumens; mais à la vérité, il n'y en avoit pas deux cens qui eussent su rendre combat, & encore ceux qui ne l'eussent pu faire, eussent été contraints de combattre à pied; car leurs chevaux tomboient sur les dents, & leurs personnes ne valoient guéres mieux.

On fit lever plus matin les Habitans de la Chapelle qu'ils ne vouloient. Car pour ce qu'on avoit donné là le rendez-vous, & aussi que les hommes & chevaux étoient recrûs, on y voulu repaître, tellement que tel des Habitans vit sa porte rompue, qui n'étoit qu'à demi éveillé.

En ce Village le sieur de S. Gelais apprit que, le soir auparavant, y étoient passés deux hommes de cheval, qui avoient dit que, s'il y arrivoit de la Gendarmerie, elle ne s'y arrêtât point, mais passât outre jusques à L'Orge (1). Cela fut cause qu'une heure après on remonta à cheval pour aller droit à L'Orge (2), qui n'étoit qu'à une lieue de-là. Et comme le jour commençoit à paroître, le sieur de S. Gelais reçut un Messager avec lettre du sieur d'Aubigné, qui mandoit qu'on s'acheminât vers Talsi, où il se devoit trouver. Parvenus à Talsi, le sieur d'Aubigné rapporte qu'il n'y avoit aucuns bateaux pour passer la riviere, que huit cens chevaux Reistres de la Ligue, étoient logés au lieu où on avoit eu espérance de pouvoir passer, à savoir à S. Dié, qui est un Bourg fermé, sur le bord de Loire, à quatre lieues au-dessus de Blois, sur le grand chemin d'Orléans. Il y en avoit aussi tout le long de la riviere, à savoir, à Muide, Nouan, S. Laurent, & divers autres Villages, & avec eux trois ou quatre Regimens de gens de pied.

Les sieurs de Boisdulie & d'Aubigny (3), avoient bien trouvé l'invention, étant à Mer, d'avoir assez bon nombre de bateaux; car ils en pouvoient saisir aucuns, qui étoient chargés de vin, & d'autres qui avoient été retirés à Baugency, qu'on eût aisément fait dévaler en coupant de nuit les cables qui les retenoient, & y eût eu moïen avec de surprendre Saint-Dié, voir encore qu'il y eût des Reistres, qui ne sont volontiers propres à défendre une Place surprise par des Arquebusiers; mais aïant avec eux de l'In-

(1) Lorges.

(2) Lorges.

(3) Bois-du-Lis & d'Aubigné.

1585. fanterie Françoise, la chose leur sembla totalement impossible: occasion qu'ils s'acheminerent vers Lorges, où ils avoient donné le rendez-vous, sans rien faire.

SIEGE DE BROUAGE ET VOÏAGE D'ANGERS.

Le sieur de S. Gelais, sur cette nouvelle, aïant consulté avec le sieur de la Tifardiere (1) & autres, furent d'avis d'aller repaître à Lorges & à quelques Hameaux à l'environ, avec avertissement à chacun de ne faire séjour plus d'une heure & demie. Il y eut au Château de Lorges un vieux Gentilhomme Papiste, qui, aïant oui parler que le sieur de S. Gelais étoit en cette troupe, fit tout devoir de le voir & parler à lui, tellement que l'aïant tiré à part, tant par braverie, que par courtoisie, car il étoit enflé de savoir que les troupes, tant du Roi, que de la Ligue, étoient à l'environ, & reconnoissoit bien que ce qui étoit là arrivé, étoit harassé & demi battu, lui demanda où il alloit? ce qu'il pensoit faire avec ses Compagnies? &, en jurant le Nom de Dieu, affermoit qu'il étoit perdu, & que, quand il auroit trois fois autant d'hommes qu'il en avoit, dans une heure, s'il séjournoit là autant, il seroit, avec ses troupes, taillé en pieces: partant qu'il délogeât le plutôt qu'il pourroit; lui figurant au reste toutes les troupes qui l'environnoient, n'être, tant du côté de Baugency & de la riviere, que du côté de la Beauce, au plus loin, qu'à demie lieue de lui; ce qui étoit vrai. Car lors les Reistres étoient remontés à Baugency pour repasser l'eau, & charger ce reste de Compagnies: trois ou quatre Cornettes d'Albanois & autres Gens d'Armes, venant de devers Châteaudun, à cette même intention, n'étoient qu'à une petite lieue du côté de la Forêt de Marchesnoir. Toutes les Communes avoient le mot du guet, & n'attendoient que le signal. Il n'y avoit nulle espérance d'échapper, pour être trop peu, sans attente de secours, & trop battus, lassés & fatigués.

Le sieur de Boisdulie rencontra près Talsi, deux Gentilshommes Papistes de sa connoissance, qui lui représentent tous ces mêmes périls, & encore davantage; que lui & tous ceux qui étoient avec lui, n'étoient pas loin de fort orage. Ce qu'entendant ledit sieur de Boisdulie, & appercevant que le sieur de la Motte, auquel il avoit plus de confidence, reconnoissoit bien que cette troupe étoit étonnée, après avoir tiré assurance d'amitié de lui, il lui avoua que les affaires de la troupe qu'il voïoit, alloient encore plus mal qu'il ne disoit: Que M. le Prince, voïant qu'il avoit tant

(1) Jean Chevalleau de la Tifardiere.

de

1585. SIEGE DE BROUAGE ET VOYAGE D'ANGERS.

de troupes sur les bras, avoit résolu de rompre son Armée, que sa Personne étoit déja en sureté, & presque toute l'Armée : n'en restoit plus que ce qu'il voïoit avec le sieur de S. Gelais, qui, comme enfans perdus, s'étoient avancés pour sauver le reste. La Motte alors lui offrit office d'amitié, & sa maison pour retraite, avec tel de ses amis qu'il voudroit; sa maison étoit à huit grandes lieues de-là; ce que ledit sieur de Boisdulie accepta, tant pour lui, que pour le sieur de S. Gelais, lequel il disoit s'être engagé si avant pour le venir désengager, lui qui s'étoit avancé il y avoit trois ou quatre jours, comme il a été dit.

Sur ces effrois toute la troupe, étant à cheval, se rangea en champ spacieux assez prochain du Château de Lorges, & non loin de l'entrée de la Forêt de Marchesnoir (1) sans que personne sut de quel côté tourner, pour ce que de tous côtés le péril se présentoit. Le sieur de S. Gelais & les Gentilshommes, & autres Capitaines, qui s'étoient ralliés avec lui, furent assez long-temps sans se pouvoir résoudre; l'Ennemi cependant de tous côtés s'approchoit, & quasi tenoit cette troupe à la vue. De quoi avertis, on fut d'avis de marcher dans la Forêt, pour là résoudre de la retraite, & rompre cette troupe. Etant parvenus assez avant en la Forêt, dans un grand chemin qui tendoit à Châteaudun, le sieur de S. Gelais représenta le péril inévitable où étoit toute la troupe, en laquelle y avoit plus de bagages que d'hommes de combat; qu'il falloit tromper l'Ennemi qui venoit droit à ce gros; & pour ce faire, se séparer à petites troupes, & tirer chacune chemin divers; que Dieu conduiroit les divisés aussi bien que le total où bon lui sembleroit : les Gardes de M. le Prince prirent un chemin à part : le sieur d'Aubigné entreprit d'en conduire une troupe par un autre chemin; le Capitaine du Rieux tira d'une autre part : plusieurs prirent le chemin d'Orléans; autres, celui de Paris. Un Gentilhomme Papiste, qui étoit avec la Motte, emmena d'un autre côté le sieur de la Tifardiere & les autres Gentilshommes de Poitou, auxquels il fit beaucoup de courtoisie : chacun bref se résolut de prendre parti selon son jugement. Le sieur de S. Gelais avec les sieurs de Boisdulie, de Campois, du Chesne & autres, jusques au nombre de dix ou douze, tirerent, sous l'assurance du sieur de la Motte, le grand chemin de Châteaudun en pleine Beauce. Ce fût chose amere de voir cette séparation; car chacun laissoit son Compagnon, & l'embrassoit

(1) Marchenoir est une Ville du Blaisois entre Blois & Chasteaudun.

1585.

SIEGE DE BROUAGE ET VOYAGE D'ANGERS.

comme allant à une mort certaine. Les Soldats, congédiés de leurs Capitaines, avec larmes leur disoient à-dieu. Les Capitaines ne pouvoient qu'à regret abandonner leurs Soldats. Les Maîtres donnoient congé à leurs Valets, & leur abandonnoient leur Equipage pour le sauver, ou en faire ce qu'ils pourroient. La plûpart des Valets jettoient les armes & bagages de leurs Maîtres, pour se plus aisément sauver sur les chevaux qui les portoient. Les chemins étoient semés de bagages, d'armes, paniers, malles, habits & autres choses de prix; & ce qu'avec trop de cupidité, chacun soldat avoit auparavant butiné, il le jettoit plus volontairement & diligemment qu'il ne l'avoit pris. Tel compte Dieu demanda lors à plusieurs désordonnés, en la main desquels alors pourrit la manne qu'ils avoient excessivement recueillie. Cette déconfiture, sans perte d'un homme, sans sang, sans seulement voir l'Ennemi, ne fut moins lamentable, qu'admirable. Et faut avouer que Dieu lors, comme auparavant, témoigna du Ciel, qu'il vouloit avancer son œuvre par autre moïen que par telles armes, lesquelles, en une bonne partie de ses troupes, n'étoient accompagnées de la piété & modestie que requiert la réformation chrétienne. Cependant Dieu, par ce même coup, ôta toute occasion de vanterie & de gloire au parti contraire, étant chose étrange, que vu la proximité des lieux où étoient cette petite troupe & celle du parti contraire, vu aussi la grande multitude qu'ils avoient, le frais & orné équipage auquel ils étoient, aïant à plus de soixante ou quatre-vingts lieues à l'environ, les Villes & tout le Païs favorable & en armes; néanmoins jamais un seul, avant cette séparation, ne parut pour combattre, au contraire redoutoient & craignoient d'aborder des hommes vaincus, comme l'autre la peau d'un Lion mort. Il est encore plus remarquable que, quoique les Villes prochaines d'Orléans, Blois, Amboise, Tours & autres, fussent étroitement gardées, néanmoins plusieurs, voire avec leurs armes, passerent la riviere sur les ponts d'icelles, prenant chacun d'eux tel prétexte qu'il vouloit.

Le sieur de S. Gelays avec ceux de sa suite, n'avoient qu'à peine exploité le chemin d'une lieue en pleine Beauce, qu'ils découvrirent trois Cornettes de Lanciers, entre lesquels y avoient plusieurs Italiens & Albanois, lesquels fort serrés & en bataille, marchoient au grand trot, droit au bout de la Forêt, où s'étoit faite la séparation. La Motte, qui conduisoit ledit sieur de S. Gelais & sa Compagnie, eut peur; & lui-même se sentoit, comme

1585.

SIEGE DE BROUAGE ET VOYAGE D'ANGERS.

il disoit mal assuré avec telle suite de Huguenots; occasion que, feignant d'aller découvrir, il quitta là sa suite, & gagna un Village fort loin devant eux. Le sieur de S. Gelays & sa Compagnie, pour certain croyoient que ces Cornettes de Gens d'Armes venoient à eux, & s'estimoient comme perdus, vu qu'ils n'étoient éloignés les uns des autres, de la portée de deux arquebusades.

Les yeux de cette Gendarmerie furent toutesfois tellement bandés que, sans appercevoir ledit sieur de S. Gelays, ni aucun de sa suite, ils passerent à côté d'eux à leur main droite, sans qu'il y eût plus de distance entr'eux qu'environ cinquante pas, & néanmoins c'étoit en pleine Beauce & découverte. Il y avoit seulement une grange de métairie entre les uns & les autres. Le sieur de S. Gelays & sa suite tinrent ferme sur le devant de la grange, dans le grand chemin, & cette Gendarmerie passa derriere la grange en l'étendue du champ. Ce fût chose étrange que ce petit nombre fût ainsi ravi des yeux de cette multitude, & qu'il n'en passât un tout seul dans le grand chemin, qu'ils n'éloignoient pas de gueres plus de quarante ou cinquante pas.

Cette grande troupe, ainsi en bataille, alla donner dans un Hameau de maisons, non gueres loin de-là, où ils apperçurent quelques chevaux & arquebusiers : ils assiegerent, en une petite maison de ce Village, le sieur d'Aubigné & quelques autres qui étoient avec lui, lesquels toutesfois remonterent à cheval, & se sauverent sans dommage. Cette gendarmerie rencontra du butin beaucoup, mais sans personne pour l'avouer.

Le sieur de S. Gelays, tirant avant avec sa suite, entra incontinent en défiance du sieur de la Motte, qui étoit Papiste, occasion qu'aïant tiré vers le païs Chartrain, aïant longuement chevauché ensemble, environ vers la minuit, en pleine campagne, où ils s'étoient jettés, sans tenir aucun chemin, le temps étant fort pluvieux & obscur, ils se séparerent, & s'en retourna seul ledit sieur de la Motte, en cette opinion que le sieur de Saint Gelays alloit à Chauverolles (1) vers Orléans, & toutesfois il prit tout contraire chemin; & aïant traversé près Janville (2) le grand chemin de Paris, passant au travers de plusieurs Compagnies de Gens d'Armes, qui étoient logées par toute la Beauce, se jetta en la Forêt d'Orléans, où après avoir long-temps tracassé avec grandes peines, il gagna enfin près de Gien (3), le bord de

(1) Chamerolles, selon M. de Thou.
(2) Ville en Beauce, avec Justice roïale.
(3) Ville & Comté sur Loire, au-dessus d'Orleans.

1585. Loire environ la minuit. Le sieur de la Motte eut pour ses peines plusieurs chevaux, & entre autres un qu'il demanda, qui étoit estimé quatre cens écus, n'aïant su dissimuler qu'il avoit espéré du sieur de S. Gelays quinze mille écus de rançon, & qu'à son occasion il avoit laissé la poursuite des autres Huguenots, où il eût eu moïen de se faire riche : de fait, s'étant apperçu du trait qu'on lui avoit joué, il poursuivit à la piste le sieur de S. Gelays avec trente chevaux, jusques par-delà Janville.

SIEGE DE BROUAGE ET VOYAGE D'ANGERS.

Or avoit le sieur de Boisdulie opinion de pouvoir passer l'eau à la faveur de quelques siens amis ; mais ils tromperent son espérance, qui les mit tous au désespoir de pouvoir passer, & encore plus de leurs vies ; car la riviere étoit de tous côtés bordée : il y avoit à Sueilly (1), près duquel lieu ils étoient, une grosse garnison que le sieur d'Antragues y avoit envoïée pour garder toute cette Côte. Tous les bateaux étoient retirés, ou dans les Villes, ou à tout le moins à l'autre bord ; & encore ce même jour avoit été fait commandement à tous Bateliers & Pêcheurs, sur peine de la vie, de mettre leurs bateaux à fond, ou de les mener à Sueilly. Le sieur de la Chastre, Gouverneur de Berry, avoit mandé qu'on fît le même vers Sancerre, & le long de toute cette Côte. Les Prévôts des Maréchaux de Bourges, Bourbonnois & autres Lieux, avec suite de soldats, battoient le long de la Côte, cherchant des Huguenots égarés, & faisant mettre à fond tous les bateaux, & ôter tous les moulins. Les chevaux de ce petit nombre, qui vouloient passer, ne pouvoient plus aller que le petit pas, & tomboient de lassitude ; tout sembloit leur être contraire, tellement qu'ils avoient résolu de s'exposer à la merci du hasard, & suivre le grand chemin de Gien & de Briare, où indubitablement ils eussent été pris, car il étoit plein de gendarmerie descendant à Orléans, & leur étoit mal-aisé d'assurer tellement leur contenance, qu'ils ne fussent aisément reconnus pour les derniers restes de cette Armée rompue.

Mais en un moment étant parvenus au bourg d'Ourouer, où ils furent guidés par un petit garçon païsan, leur fut présentée une commodité inespérée : ce petit garçon les mena en une taverne où ils disoient vouloir repaître, s'avouant au sieur d'Antragues, & qu'ils suivoient des Huguenots qui avoient passé l'eau : un païsan à cet aveu, fort desireux qu'ils fissent quelque bon exploit, se trouva là ; & il y avoit, dit-il, encore arsoir (2) un bac de-là l'eau, qu'on doit demain matin baisser à Sueilly,

(1) C'est Sully, Ville & Duché dans l'Orléanois. (2) Hier au soir.

1585.

SIEGE DE BROUAGE ET VOYAGE D'ANGERS.

il eſt encore là (car c'étoit ſur une heure après minuit), qui le pourroit faire venir, vous paſſeriez en diligence. Enquis du moïen de l'avoir, il le trouvoit fort difficile; car la riviere eſt fort large, le vent étoit grand, le Maître du bac au lit, la clameur ne ſervoit de rien; mais il y avoit, dit-il, encore arſoir à un quart de lieue d'ici un moulin à bateau, qui tire avec ſoi une ſentine, qui la pourroit avoir pour paſſer deux ou trois de vous autres, vous iriez prendre le bac, & l'ameneriez deçà pour paſſer vos chevaux. Sans barguigner on quitta la répue, & prit-on l'expédient. Le païſan ſervit de guide, mena au moulin; la ſentine fut trouvée à bord, avec laquelle deux ou trois paſſerent dans le moulin, qui étoit avant en la riviere; on ſurprit le Meunier, lequel en ſon corps défendant (car il diſoit qu'il ſeroit pendu) en paſſa cinq dans la ſentine; leſquels avec l'épée & piſtolet en la main, penſant bien trouver réſiſtance, car on leur avoit dit que quelques ſoldats gardoient ce bac, paſſerent, & trouverent le bac ſans garde, prirent au lit le Batelier, qui fit beaucoup de réſiſtance, car il y alloit, diſoit-il, de ſa vie; contraint néanmoins, paſſa le bac, & alla querir les chevaux & tout le reſte qui attendoit ſur l'autre bord. Cette facilité de paſſage ſi inopinée remit la vie au cœur & des hommes & des chevaux, car ni les uns ni les autres n'étoient plus las; tellement que ſans ſéjourner, ils tirerent en la Saulongne, & rencontrant à travers champs, à deux lieues par-delà la riviere, une groſſe Métairie, ils y ſéjournerent le reſte de la nuit pour repaître. C'eſt choſe quaſi incroïable, combien ce reſte d'Armée fût couru à la piſte de lieu en lieu par toute la Beauce, juſques à la Forêt d'Orléans; & encore plus, qu'ils s'échappaſſent de la façon, ſans y laiſſer du poil.

Plus avancés vers Bourges, ils ſe ſéparerent chacun à ſa commodité. Le ſieur de S. Gelays, après quelque ſéjour qu'il fit en Berry, repaſſant la Creuſe, la Vienne & le Clin, ſe rendit à Saint-Jean d'Angely & à la Rochelle, où auſſi s'étoient retrouvés M. le Prince, Meſſieurs de Laval, de Rohan, de Clermont, de la Boulaye, & tous les autres Chefs & Capitaines de l'Armée, ſans qu'il s'en fût perdu un ſeul.

RETRAITE DE M. DE S. MESME.

Reſte d'expédier ſommairement ce que devint le ſiege de Brouage. M. le Prince avoit laiſſé le ſieur de S. Meſmes pour y commander, comme il a été dit, avec les Regimens des ſieurs de Sorlus, de Boiſrond, Lorges, & autres forces, avec eſpe-

1585. rance de son retour quinze jours après, durant lesquels il espe-roit avoir fait ou failli l'entreprise d'Angers. Ledit sieur Prince avoit aussi promis d'envoïer audit sieur de S. Mesmes la Compagnie de M. de Nemours, avec quelqu'autre nombre de Cuirasses pour le fortifier davantage; mais cela ne fut exécuté, ce fut le Lundi.

RETRAITE DE M. DE S. MESME.

Le Jeudi suivant le sieur de S. Mesmes reçut, comme on disoit, avertissement que les Gouverneurs de Xainctes, Coignac, Angoulêmes, & autres forces du Païs s'assembloient pour le venir charger au bourg d'Hiers; occasion que ne se sentant assez fort pour résister, manquant principalement de Cavalerie, retira du bourg d'Hiers ses Regimens, & se rangea à Marennes, ce qui émut & étonna grandement tout le païs. Il envoïa aussi à Saint Juste le sieur de la Haye, lors Commissaire général des vivres de l'Armée, pour s'acheminer à la retraite.

Sur les quatre heures après midi arriverent à Saint-Just, le sieur de Saint-Disan (1), avec deux Compagnies de gens de pied, & le Capitaine Bordeaux (2) avec la sienne. Lesquels voïant les habitans des Isles, s'enfuit & entendant ce qui s'étoit passé à Hiers, avec beaucoup d'affection s'acheminerent vers le Bourg d'Hiers, où ils arriverent sur les deux heures après minuit, & là trouverent plusieurs soldats que le sieur de Saint-Luc avoit fait sortir de Brouage, qui aïant mis le feu en quelques maisons, s'amusoient à piller & ravager les autres. Ils furent si vivement chargés par les sieurs de Saint-Disan & Bordeaux, que plusieurs furent tués, les autres pris prisonniers.

Le Sieur de Saint-Mesmes, averti de cet exploit & enfort, qui lui étoit venu, fort aise, retourna à Hiers avec le reste des Compagnies. Et tous ensemble, reprenant courage, continuerent ce Siege l'espace de vingt-un jour, durant lequel tems se donnerent plusieurs escarmouches, en fut tué beaucoup, & plusieurs Capitaines & soldats pris prisonniers de part & d'autre.

Mais sachant ledit Sieur de Saint-Mesmes que M. le Prince étoit passé Loire, n'espérant de long-tems aucun secours, plusieurs sinistres rumeurs courant déja de part & d'autre de la défaveur dudit sieur Prince, fut par conjecture ou autrement, & voïant que plusieurs de ses soldats se retiroient, les autres alentissoient fort leur courage, sur les bruits qui se renforçoient d'heure à autre du secours que les Gouverneurs susdits vou-

(1) Saint-Disant.

(2) M. de Thou, livre 82, le nomme Bourdet.

loient donner au sieur de Saint-Luc, & investir en cette Isle les troupes des Assiegeans, comme il leur étoit fort facile; après avoir pris sur ce l'avis des Capitaines, résolut de se retirer.

1585.

RETRAITE DE M. DE S. MESME.

Il envoïa aussi querir le sieur de Ranques, Gouverneur en l'Isle d'Oleron, & lui aïant communiqué la retraite qu'il étoit pressé de faire, ledit sieur de Ranques eût bien voulu qu'il lui eût laissé quelques forces pour les jetter dans Oleron, & là subsister, attendant nouvelles de M. le Prince, toutefois cela ne se put faire, soit que les soldats fussent ja découragés, soit qu'on jugeât être pour le meilleur de se retirer en troupe pour obvier à quelque plus grande défaveur.

Ainsi commencerent à s'acheminer les troupes (aïant le siege été levé) & tirer vers la Charente, au passage de laquelle il y eut beaucoup de desordre, (comme volontiers il avient en telles retraites) & sur tout en un lieu appellé Loupin, près Soubise, où la plupart du bagage fut pris par l'ennemi, avec plusieurs soldats qui furent emmenés prisonniers.

Le sieur de Ranques nonobstant entretint l'armée de mer l'espace de huit jours, durant lequel tems il écrivit plusieurs fois à la Rochelle pour avoir quelque secours, tant pour l'Isle que pour la conservation de l'armée de mer, qui étoit à la côte d'Oleron, mais n'en pouvant obtenir, & ceux de l'Isle cuidans que tout fut perdu, (car aussi Saint Luc affermoit la défaite de M. le Prince, fut par conjecture, pour ce qu'il le désiroit, ou autrement) remontrerent audit sieur de Ranques, que leur coutume étoit de céder au plus fort; ce qui fit résoudre ledit sieur de Ranques de se retirer avec l'armée navale, y étant principalement incité, pour avoir découvert & pris quatre de l'Isle, entre lesquels étoit un nommé le Comte & un Cordelier, qui avoit toujours été caché en l'Isle durant le siege de Brouage, lesquels étoient députés vers le sieur de Saint Luc, pour négocier avec lui contre ledit sieur de Ranques. De quoi les voulant faire punir, la plûpart des Insulaires lui furent contraires, tellement que craignant pire, il fut contraint de se retiter, non sans péril de sa personne.

1585.

PRISES ET REPRISES DE MARAN.

DISCOURS SOMMAIRE

Des choses les plus mémorables qui se sont passées, ès Sieges, Surprises & Reprises de l'Isle de Marans en Onix (*), ès années 1585, 86, 87 & 88.

LE troisieme de Fevrier 1585, le Ministre de l'Eglise de Marans étant à la Rochelle, reçut par un sien ami avertissement que la guerre contre ceux de la Religion se préparoit plus cruellement que jamais, & qu'il y avoit entreprise certaine pour se saisir de l'Isle de Marans, du château, & autres places d'icelle, si on n'y prenoit garde de bien près.

Et de fait, le 15 de Mars ensuivant, la Ligue aïant levé les armes, le sieur des Roches envoïa à Marans un des siens nommé la Garenne, qui autrefois y avoit commandé sous lui, afin de se saisir du château à la faveur de quatre ou cinq soldats déguisés en marchands, qu'il avoit amenés avec lui, & de quelques Papistes du Bourg, & même de celui qui pour lors avoit le château en garde, nommé le Pignart, l'un des soldats Papistes qui autrefois tenoit garnison, & qui s'étoit marié audit Bourg. Mais la vigilance, diligence & hardiesse des habitans de la Religion fut telle, qu'ils le découvrirent dès le soir qu'il fut arrivé, & lui donnerent la chasse avec ses marchands.

Depuis le sieur de Saint Luc envoïa un Capitaine, sous prétexte de vouloir acheter de l'avoine pour la provision de Brouage; mais celui-ci fut tellement acosté & si rudement coudoïé, qu'il fut contraint de se retirer sans rien faire. Cependant de peur que les Papistes ne fissent entrer de nuit quelqu'un dedans ledit château; tous les soirs sept ou huit des plus résolus de la Religion, se rendant au logis du Ministre qui étoit proche du château, avec arquebuses à rouet & poitrinals, se couloient tout coiement jusques sous le portail du château, & s'y tenoient jusqu'au jour.

Ce qu'aiant été découvert par les Papistes du Bourg, & étant menacés par ceux de la Religion, que si aucuns Ligueurs entroient dedans le château, & qu'à cette occasion ils fussent contraints de quitter la place, ou ils les ruineroienr & brûle-

(*) Marans Ville du Païs d'Aunis, proche de la Mer, sur les marches du Poitou.

roient

roient leurs maisons, devant que s'en aller. Lesdits Papistes, qui avoient le château à leur dévotion, offrirent de recevoir ceux de la Religion dudit Bourg pour aider à le garder, pourvu qu'il n'y en entrât que quatre, lesquels ils choisissoient les moins aguerris ; ce que toutefois accepterent ceux de la Religion. Mais depuis les Franchards & autres Fermiers, étant tous de la Religion, y voulurent aussi entrer, & par ce moïen le parti de la Religion fut aussi fort que l'autre. Finalement s'accorderent par ensemble qu'ils le garderoient par escouade ; en quoi les Papistes surmontoient en nombre des deux tiers ; mais non en force & hardiesse. Toutefois ils se comporterent en cet état jusques vers le 15 de Juillet, que M. de Rohan (1), étant demeuré en Poitou & lieux circonvoisins, en l'absence de M. le Prince de Condé (qui s'en étoit allé trouvé le Roi de Navarre, pour aviser à la conservation commune de toutes les Eglises de France), partit de la Rochelle accompagné d'environ soixante ou quatre-vingts chevaux, & se transporta à Marans.

1585.

PRISES ET REPRISES DE MARAN.

Or combien que les habitans eussent déja saisi le Fort de la Brune, par où il devoit passer, néanmoins personne ne l'osa empêcher ; ceux de la Religion ayant dit, que leurs arquebusiers ne tireroient point contre ceux de leur parti, & spécialement contre M. de Rohan. Ledit Seigneur étant arrivé au bourg & logé sans autre contredit, envoïa querir les habitans d'une & d'autre Religion, & leur dit : que résolument il vouloit mettre un Gentilhomme dedans ce château pour le garder pour le Roi, sous l'autorité du Roi de Navarre, Gouverneur pour Sa Majesté en Guyenne ; que s'ils en faisoient refus, qu'ils mettroient toutes leurs maisons en cendre, & pourtant que promptement ils eussent à choisir des Gentilshommes qui l'accompagnoient celui qu'ils voudroient pour leur commander ; à quoi tous obéirent, les uns de bon cœur, les autres à regret. Cependant dès le soir auparavant un certain Notaire aïant jusques alors fait telle quelle profession de la Religion, étant averti que le lendemain ledit sieur de Rohan devoit entrer à Marans, alla de maison en maison avertir les Papistes afin de se tenir sur leurs armes, & d'entrer les plus forts dans le château, pour empêcher qu'aucun n'y entrât ; & de fait s'y rangea beaucoup desdits Papistes, & des plus aguerris, avec leurs armes, & entre iceux ledit Notaire qui n'y avoit encore point entré, & lequel

(1) Hercule de Rohan, Duc de Montbazon, Pair & Grand-Veneur de France, &c.

1585.

PRISES ET REPRISES DE MARAN.

faisoit lors comme office de Chef, les exhortant tous à tenir bon, & empêcher l'entrée à quiconque y voudroit venir; mais trois ou quatre jeunes Gentilshommes de la Religion monterent sur la tour du Portail, laquelle commande par tout le Château, & commencerent à dire qu'ils tireroient sur tous ceux qui voudroient empêcher M. de Rohan d'y entrer, ou celui qu'il y voudroit envoïer: ainsi les Papistes avec leur Capitaine Notaire commencerent à filer doux, & ouvrir les Portes au sieur de la Sausaye Beauregard, que les Habitans avoient demandé pour leur commander, lequel y entra avec son frere le sieur de Mortaigne. Et aïant pris le serment de tous, qu'ils garderoient la Place pour le Roi, sous l'autorité du Roi de Navarre, Gouverneur de Guyenne, & de M. le Prince, il se retira aussitôt, & y laissa sondit frere, qui y coucha en qualité de Lieutenant dudit sieur de la Sausaye.

Le lendemain Maître Loys Briant, Procureur de la Comtesse de Sancerre, Dame de Marans, duquel les Papistes dépendoient entierement, leur défendit d'aller plus faire la garde au Château, pour le garder au Prince de Condé, à quoi ils obéirent; tellement qu'étant sommés par ceux de la Religion, ils n'y voulurent plus rentrer. Quelques jours après, M. le Prince étant venu à la Rochelle, remit la garde du Château entre les mains des Habitans, les prenant uns & autres en sa sauvegarde, pourvu qu'ils empêchassent les Ligueurs d'y entrer; & de-là en avant ceux de la Religion le garderent tous seuls, au refus des Papistes.

Pendant que les Papistes gardoient avec ceux de la Religion ledit Château, le sieur de la Jousseliniere, autrement S. Hermine, aïant amassé pour la Ligue, en Poitou, quelques deux ou trois cens hommes, vouloit passer par Marans, pour aller, ainsi qu'il disoit, en Brouage trouver le sieur de S. Luc. Mais ceux de la Religion s'y opposerent fort & ferme, & commencerent à redresser le Fort de l'Alouette du côté du Langon; tellement qu'il fut contraint de prendre un autre chemin, & s'en alla passer par Maillezaiz & la Ronde, & furent ses troupes défaites pour la plûpart vers Muron, par ceux de Saint-Jean. Or, comme ainsi soit que la nuit pour cette occasion, il y eut grosse alarme au Bourg, les Papistes, qui étoient dedans le Château, cuidans que S. Hermine & ses Compagnies de la Ligue fussent dans le Bourg, commencerent à se réjouir, à chanter & danser au son d'une Cornemuse quils firent sonner presque toute la nuit, &

1585.

PRISES ET REPRISES DE MARAN.

menaçoient ceux de la Religion, qui pour lors n'étoient que quatre, ce qu'iceux aïant entendu, se tinrent sur leurs armes, avec menaces contre ceux qui voudroient remuer ou innover quelque chose à la faveur des Ligués; & se montrerent si résolus, qu'encore que lesdits Papistes fussent plus de vingt-cinq, si est ce pourtant qu'ils n'oserent branler, au contraire firent taire leur Cornemuse avec étonnement; car aussi y avoit-il entre eux peu d'hommes de fait.

Or aucuns des principaux de la Religion voïant le mauvais ordre qu'il y avoit en la garde de ce Château, & sachant que M. le Prince étoit résolu d'y mettre un Gouverneur avec nombre de soldats, & que plusieurs briguoient pour en être pourvus, aviserent de choisir & demander à M. le Prince quelques Gentilshommes du Gouvernement de la Rochelle, qui eût moïen de les maintenir sans fouler ni les uns ni les autres, ce qui leur fut accordé. Et prierent le sieur des Essars de Montalambert, reputé vaillant & expérimenté Capitaine, lequel avoit fait un merveilleux devoir au siege de Saint-Jean d'Angely, l'an 1569, & depuis au siege de la Rochelle, l'an 1572 & 73, d'en vouloir prendre la charge. Icelui, l'aïant acceptée sous l'autorité de M. le Prince, avec appointement de vingt soldats qu'il paioit par ses mains, sur la recette du sol pour livre de toutes sortes de marchandises qui passoient par Marans, & outre promesse d'emploïer mille écus selon qu'il aviseroit pour la fortification dudit château, entra en possession de son Gouvernement, le premier de Décembre de ladite année 1585, lorsque ledit Seigneur Prince s'acheminoit au voïage d'Angers.

Mais peu de jours après, le sieur des Essars entra en quelque différend avec les Habitans de la Religion (qui sont les principaux & les plus riches du Bourg), d'autant que ledit sieur des Essars aïant trouvé le Château du tout dégarni de meubles & de toutes commodités, n'y aïant que les murailles toutes nues, il requit lesdits Habitans qu'ils l'accommodassent lui & ses soldats, non seulement de meubles nécessaires, mais aussi d'autres choses propres pour la fortification & munition d'icelui, même qu'ils lui promissent & jurassent, qu'advenant un siege, ou qu'il fut attaqué par l'Ennemi, ils se rangeroient avec lui dans le Château pour le défendre, & même vouloit & entendoit qu'ils y retirassent leurs meubles, & de ce les sollicita plusieurs fois; mais les Habitans n'y voulurent entendre,

1586. disant que des meubles, chacun d'eux en avoit fourni ce qu'il pouvoit, aïant envoïé les meilleurs à la Rochelle, & quant à se retirer dedans le Château, ils n'en étoient nullement d'avis, advenant que l'Ennemi y vint en résolution de l'assieger & le battre avec le canon, d'autant qu'ils savoient bien par plusieurs expériences, que la place n'étoit nullement tenable, & quelle composition on fait coûtumierement à des Habitans; que ne s'y voulant retirer, aussi n'y vouloient-ils retirer leurs meubles, sinon ce qu'ils s'attendoient de perdre. Davantage remontrerent que pour la fortification & munition du Château, Monsieur le Prince y avoit pourvu (considérant leur impuissance) en lui ordonnant la somme de mille écus pour cet effet, & que ja son Receveur avoit reçu quelques deniers: laquelle réponse le sieur des Essars trouva assez mauvaise. Delà en avant il y eut toujours quelque discorde entr'eux, jusqu'à tant que finalement M. le Prince étant retourné d'Angleterre à la Rochelle, averti du désordre qui étoit au maniement de cette place, y envoïa le sieur des Bessons & un autre, pour être par eux pleinement informé du tout: ce qu'étant fait, fut trouvé meilleur par ledit sieur Prince, pour obvier à tout désordre, qui venoit en telle Saison & en Place si importante mal-à-propos, que le sieur des Essars remît le Gouvernement de l'Isle & du Château entre les mains du sieur de la Jarrie près les sables d'Ollone, qui y entra en cette qualité le dixieme d'Avril 1586, & y demeura presque deux ans entiers à savoir depuis ledit jour jusqu'au 25 Mars, en l'an 1588 qu'il fut contraint avec le sieur de Boisdulie de rendre la Place au sieur de Laverdin.

PRISES ET REPRISES DE MARAN.

Pendant que ces choses passent ainsi à Marans, le Roi & ceux de la Ligue résolurent d'envoïer une Armée en Poitou, pour fatiguer la Rochelle & avoir moïen de faire le dégât, à quoi ne nuisoient pas les principaux de Niort qui le désiroient infiniment. Le sieur de Biron (1) fut ordonné Chef de cette Armée, qui étoit d'environ mille ou douze cens chevaux, & de trois à quatre mille hommes de pied, avec l'équipage convenable; & s'y acheminoit cette Armée de tant plus diligemment, qu'ils avoient entendu que le Roi de Navarre, parti de Gascogne, s'acheminoit aussi en Poitou.

De fait environ le premier de Juin 1586, le Roi de Navarre

(1) Armand de Gontault, Seigneur & Baron de Biron, Chevalier des Ordres du Roi, Maréchal de France, tué au Siege d'Epernay en Champagne le 26 Juillet 1592, âgé de soixante-cinq ans ou de soixante-huit.

PRISES ET REPRISES DE MARAN.

étant venu de Gascogne, & aïant traversé le Périgord, l'Angoumois & le Poitou jusque vers Loudun, s'achemina à la Rochelle & de là à Marans pour considérer la Place, s'il y auroit moïen d'y faire tête à l'Armée de Biron, qui s'avançoit, à laquelle avoit ja cédé Lusignen (1), Melle & Chisay (2), comme n'étant nullement tenables contre une telle Armée; & aïant considéré diligemment toutes les avenues de l'Isle, il se délibéra dès-lors de la débattre contre cette Armée.

Or le Dimanche suivant se présenterent à lui deux manieres de Députés, le requérant de chose du tout contraire, à savoir les Députés de la Rochelle le suppliant de faire raser le Château, pour les raisons qu'ils lui alléguerent; d'autre part les Gentilshommes d'Aunis le requerant de ne le faire raser, d'autant que les Papistes perdroient occasion d'en faire autant à leurs maisons: aux uns & aux autres le Roi de Navarre répondit seulement, qu'il y aviseroit, sans leur déclarer sa résolution.

Mais en ces entrefaites étant averti que le Duc de Mayenne avoit assiégé Castillon, il assembla le plus de gens de cheval qu'il put, & avec M. le Prince fit entreprise de donner quelque secours à cette Place; ce qui ne se put toutefois faire selon son intention.

Cependant l'Armée de M. de Biron s'avançant étoit déja ès environs de Niort, & n'aïant autre Place en tête plus proche que Marans, faisoit état non pas de l'assieger, mais seulement d'épouvanter les Habitans & quelque cinquante soldats qui étoient dispersés par les Forts, aux plus grands desquels n'y en avoit que neuf ou dix, & lesdits Forts étant mal accommodés & garnis. Qui leur faisoit croire, que les soldats les quitteroient aisément.

De fait l'épouvante fut grande entre plusieurs, aucuns desquels s'étoient ja retirés à la Rochelle; mais le Gouverneur avec ses soldats & quelques Habitans tenans bon, les autres prirent courage. Il n'y en avoit pas peu qui désesperoient du secours du Roi de Navarre, estimant qu'il fût passé jusques en Gascogne. On ne laissa pourtant de se résoudre à tenir bon; & dès le Lundi au soir, premier de Juin, fut avisé d'envoïer à la Rochelle demander secours d'hommes & de munitions de guerre, même de quelques pieces. Ceux de la Rochelle répondirent qu'ils ne se pourroient commodément défaire d'hommes, mais

(1) Lusignan, Ville & Seigneurie dans le Haut-Poitou.
(2) C'est Chizey, Ville du Haut-Poitou.

1586.

PRISES ET REPRISES DE MARAN.

quant aux munitions & pieces, qu'ils en donneroient volontiers, avec quelque fureté de les rembourser du prix à quoi elles monteroient. Ce refus d'hommes épouvanta les Habitans; de sorte que la plupart dès la nuit commencerent à se retirer, & emporter le reste de leurs meubles & hardes; mais le Mercredi matin sur les quatre heures arriverent deux Gentilshommes de la part du Roi de Navarre; à savoir les sieurs de Fouquerolles & de la Valliere, lesquels il avoit envoïés en très grande diligence. Iceux, aïant appellé le Gouverneur & le Ministre, & quelques-uns des Habitans, les assurerent que le Roi venoit en grande diligence pour les secourir, & qu'il arriveroit dès ce jour même. Et incontinent (après avoir un peu reposé) firent les susdits reconnoître tous les Forts & avenues de l'Isle, & encore le lendemain: finalement le Roi de Navarre y arriva le Vendredi, cinquieme de Juin, fort peu accompagné, ses troupes le suivoient à la file. Le Samedi, Dimanche & Lundi y entrerent de fort belles & braves Compagnies, comme celles du sieur des Peuilhes, de la Grandville, Dracville & Saintefoi, Normans; item de Barache, le Regiment de Sorlus sous quatre Enseignes, & quelque temps après le Regiment de Neufvi, sous cinq Enseignes, presque tous Périgourdins ou Limousins, toutefois assez bien disciplinés pour le tems. Toutes lesquelles Compagnies furent par le Roi de Navarre départies par les Forts; à savoir, des Peuilhes à la Bastille; Dracville, à Beauregard; Barache, à Bernay; la Grandville avec Saintefoi, fut mis à la Brune, & Repentie, sur le chemin de la Rochelle. La Plaine, qui dressa sa Compagnie de Poitevins, fut à Poineuf; le Capitaine Saint Jean au Clousy, & la Treille au Braut. Il y avoit aussi une Compagnie de Rochellois sous le Capitaine Lamet, peu en nombre, mais résolus, auxquels fut attribuée l'avenue du moulin des marais à garder.

Quant à la Paulée & l'Alouette avec le Fort des Bots-blancs, le Capitaine la Jarrie, Gouverneur, promet de la garder avec ses soldats & quelques habitans; à tous lesquels Capitaines le Roi commande d'obéir au sieur de Fouquerolle, qui fit un très grand devoir en tout le Siege.

Le Mercredi, dixieme de Juillet, le sieur de Biron avec quelque Cavalerie vint lui-même reconnoître le Fort de la Bastille; mais s'approchant un peu trop près, il fut salué de quelques petits Forts que le sieur des Peuilhes avoit avancés sur le chemin, & eut le pouce & un des doigts endommagés d'une arquebusade, qui, à ce qu'on disoit, blessa fort un gentilhomme qui étoit près de lui.

1586. Prises et reprises de Maran.

Toute cette Semaine-là passa sans que l'Ennemi fit aucun effort, seulement faisoit ses approches vers la Bastille, dressoit des gabions près la Métairie de l'Angle, comme pour placer trois pieces de canon pour battre le Fort de la Bastille.

Cependant le Roi de Navarre faisoit une diligence admirable, tant pour fortifier l'Isle, que pour y faire entrer des Compagnies, afin de faire tête à l'Ennemi à toutes les avenues, de quelque côté qu'il se pût présenter; pareillement aussi pour y faire venir des vivres & munitions de guerre, tant de la Rochelle, que de l'Isle de Rhé, & même de Lusson, d'où il fit venir nombre de bleds, de farines & de vin, fit venir une patache de Rhé bien équipée, aïant deux petites pieces vertes sur le devant, pour défendre le Fort de la Paulée, fit venir aussi de la Rochelle sept pieces de gros vertœil, lesquelles furent distribuées par les Forts; à savoir, une à la Brune, deux à la Bastille, une à Beauregard, deux à la Paulée, & l'autre demeura dans le Bourg.

Le vingt-deux de Juillet on découvrit que l'Ennemi donnoit au travers de Marans, de Beauregard, & sortant d'une Isle nommée Cigogne, commença à dresser un Fort au milieu du marais, distant de la terre-ferme d'environ cinq cens pas. Et les nôtres au contraire firent une tranchée & levée de terre sur le bord du marais, de la longueur de plus de cinq cens pas, la flanquant de petits Forts & Bastions.

D'autre côté l'Ennemi dressa encore quatre autres Forts un peu plus avancés que le premier; & d'iceux tiroient incessamment par-dessus les rouches à coups perdus, sans autre dommage, sinon que le troisieme jour ils blesserent un soldat sur le col du pied, ainsi qu'il descendoit pour venir aux tranchées; & le lendemain ils tuerent un autre, qui, sur le bord de la tranchée, jouoit aux cartes, lequel aïant été repris par le Ministre, & averti de s'en venir à la priere qu'il alloit faire au Fort de Dracville, n'en tint compte: tellement que lorsque le Ministre remontoit pour s'en retourner après la priere faite, icelui fut transpercé d'un plomb de mousquet, & trépassa tout à l'instant, devant que le Ministre eût moïen de l'admonester & consoler.

Le vingt-six de Juillet, l'Ennemi (avec beaucoup de diligence) dressa un grand Fort à quelques six vingts pas de nos retranchemens; ce Fort étoit composé de grandes pieces de bois, de

1586.

Prises et reprises de Maran.

fagots avec terre entremêlée, & de pipes pleines de terre, qu'ils arrangeoient jusques à sept, bout à bout; tellement qu'il pouvoit être de trente pieds en quarré, & élevé de quinze pieds & davantage.

Et pour y amener plus aisément avec bateaux toutes ces matieres qu'ils préparoient en l'Isle de Cigogne, ils firent croître l'eau du marais de la hauteur de plus d'un pied, par le moïen de certaines écluses & chaussées des moulins, qu'ils ouvrirent vers Niort & Fontenay. Et pour mieux leur aider, il advint le jour auparavant; que les nôtres voïant que l'eau décroissoit par trop dedans ce marais, à cause de la grande chaleur qu'il faisoit pour lors, & craignant que cela ne donnât par trop facile accès à l'Ennemi, ils firent étoupper les chaussées & écluses des moulins des marais, & autres lieux par lesquels l'eau s'écouloit en bas; qui fût occasion que l'eau s'enfla en peu de temps fort grande, étant lâchée par en haut & retenue par en bas. De maniere qu'ils eurent moïen d'y amener une fort grande coulevrine avec quelques autres petites pieces, desquelles ils commencerent à tirer sur les nôtres & contre la maison de Beauregard, le dernier de Juillet sur les trois heures après midi, sans toutefois blesser aucun.

Cette batterie néanmoins en étonna plusieurs, tant parcequ'on n'eût jamais pensé qu'ils y eussent pû amener telles pieces, que d'autant qu'il avoit couru un bruit tout commun que l'Ennemi décampoit, même que plusieurs Papistes en avoient donné avertissement & assurance; mais on connut bien alors qu'ils en vouloient manger à bon escient.

Or, faut noter quelque diligence que fît le Roi de Navarre, il y avoit tant de bouches qui vivoient du magasin, que souvent ceux, qui faisoient les meilleures factions, étoient mal dînés; voir l'espace de huit ou dix jours, n'aïant par jour qu'un, ou quelquefois deux petits pains d'orge, les bleds n'étant encore bons à couper, qui étoit l'occasion de cette nécessité. Entre autres incommodités il faisoit une chaleur extrême, qui dura six semaines & plus: l'occasion que la nuit les cousins, qu'ils appellent cheussons, étoient si importuns & ennuïeux, de nuit principalement, que plusieurs en étoient piqués jusqu'au sang, voire au milieu du visage, & par toutes les parties du corps qu'ils trouvoient découvertes, sans que les chausses de toile, ou les bas d'estamme les empêchassent. Ce qui fatiguoit grandement les soldats.

Quelques jours auparavant le Roi de Navarre avoit donné ordre

ordre qu'une des Galiottes de la Rochelle vînt dedans le Port de Marans, avec une longue coulevrine portant les armoiries de Bretagne, autrefois gagnée par les Rochelois à la prise du Château de Marans, & qui depuis fut appellée Chasscbiron. Dès le soir elle fut déchargée de la Galiote à force de chevaux & d'hommes, jusqu'à mi-chemin de Beauregard, où elle renversa, & se rompit une des roues de l'affût, & demeura là deux jours, pendant qu'on tâchoit de racoûtrer cette roue, qui enfin ne put servir, mais bien se servit-on des deux rouleaux sur lesquels elle étoit montée en la Galiote, & se trouverent beaucoup plus propres que les roues; car l'aïant braquée, & fort dextrement accommodée à la descente de Beauregard, elle avoit belle mire sur le Fort de l'ennemi, sans pouvoir être découverte ni endommagée, & fit un grand effet; car le Samedi 2 d'Août sur les six heures du matin, l'Ennemi outre les pieces qu'il avoit placées sur son grand Fort contre Beauregard, fit descendre de Niort par la riviere, un gros canon sur deux grands bateaux joints ensemble, & deux moïens sur deux autres grands bateaux, & d'icelles commencerent à tirer contre le Fort de la Paulée, où ils ne firent autre mal, sinon qu'ils donnerent dedans la bouche d'une des pieces de fer, qu'ils briserent la longueur d'un pied, & des éclats emporterent le bras du Canonier & blesserent deux soldats, blesserent aussi d'une arquebusade un des soldats de la Patache, laquelle faisoit un grand devoir de tirer sur eux, chargeant ses pieces de nombre de balles d'arquebuses & mousquets; & de dessus le Fort de la Paulée, où l'Ennemi étoit fort molesté par les Arquebusiers du sieur de la Jarrie, & spécialement par les longues arquebuses de chasse d'aucuns de Marans, qui tiroient sans intervalle, tant dedans les susdits bateaux, que dedans un petit Bois taillis qui étoit sur la levée de la riviere, voire tellement que sur les neuf heures, ils leur firent abandonner leurs bateaux & leur canon, qui demeurera là au milieu de la riviere, jusqu'à ce qu'aïant les Assiegeans attaché des cordes à leurs bateaux, ils les retirerent par derriere contremont la riviere, & ne firent autre exploit; car aussi à la vérité, encore qu'ils pussent beaucoup endommager le Fort par une longue batterie, si est-ce qu'il n'y avoit moïen d'y aborder pour s'en saisir: car la riviere étoit paulée à trois rangs de paux qu'il n'étoit aisé d'arracher, vu la grêle des arquebusades, qui tomboit fort dru sur ceux qui se découvroient tant peu que ce fut.

1586.

PRISES ET REPRISES DE MARAN.

1586.

PRISES ET REPRISES DE MARAN.

Il y eut un hardi téméraire du côté des Ennemis, qui pendant qu'on retiroit les bateaux, pour amuser nos Arquebusiers à tirer contre lui, se montra long-tems à découvert tout armé & depuis encore désarmé, se maniant & bravant avec son coutelas, & combien qu'on tirât une infinité d'arquebusades sur lui, néanmoins il ne fut atteint que de deux, & fut fort peu blessé, ainsi qu'il fut rapporté depuis.

Environ la minuit du Dimanche troisieme d'Août, y eut grande alarme aux tranchées de Beauregard, d'autant que l'Ennemi faisoit mine de se vouloir avancer sur les nôtres, mais chacun demeura dedans ses Forts.

Le Lundi 4, vint avertissement de la part du Roi de Navarre étant à la Rochelle, que l'Ennemi devoit en ce jour-là, ou le lendemain, faire tous ses efforts, & pourtant qu'on se tînt sur ses gardes : ce qui fut fait diligemment.

Sur la minuit nous élevâmes sur les tours du Château deux grandes lanternes à feu, qui étoit un signal, d'autant que l'Ennemi pareillement fit de grands feux par tous ses corps de gardes, & un très grand sur la voûte du Temple de S. Jean de Liversoy, près du logis du Sr. de Biron, à un quart de lieue de la Bastille, & néanmoins personne ne bougea ; car ce pendant les accords se moïennerent entre le Roi de Navarre & le sieur de Biron, Général de l'armée Papistique, lesquels furent conclus & accordés dès le Mardi. Tellement que la nuit l'Ennemi commença à retirer ses pieces de son grand Fort, & au point du jour il mit le feu, qui s'y garda plus de six mois durant, s'étant glissé & comme enterré dedans ses grosses traverses & autre bois, desquels le Fort étoit composé dès le fondement.

La composition fut fort honorable & avantageuse pour le Roi de Navarre ; elle portoit entre autres choses, que le sieur de Biron retireroit son armée & lui feroit passer la Charente sans attaquer Tonnay-Charente, place bien foible que tenoit le Roi de Navarre, & que Marans demeureroit libre pour le trafic ; cependant que le Roi de Navarre auroit un Gentilhomme de sa part au Château, avec nombre de soldats, pour maintenir les habitans tant de l'une que de l'autre Religion en la liberté du commencement. Lequel accord puis après ceux de Niort & Fontenay ne voulurent entretenir & ne cesserent de faire la guerre, dont malheur en est depuis pris.

Le Jeudi 7 d'Août, le Roi de Navarre venant de la Rochelle, qu'il étoit déja fort tard, passa par le Fort de la Brune, & de ce pas s'en alla à la Bastille, visita tous les Forts & retranchemens de ces deux côtes-là, & sur les dix heures de nuit soupa au Croissant. Le lendemain il départit toutes ses compagnies, envoïant les unes en Poitou, les autres en Onis (1) pour se rafraîchir, pendant que le sieur de Biron faisoit passer les siennes en Saintonge. Et ainsi se rompit la force de cette belle armée contre les rouches de Marans, sans faire depuis chose aucune, car peu à peu elle se dissipa du tout. Les Papistes en parloient diversement, selon leur passion, comme si cette armée n'eût fait tel effort qu'elle eût pû.

1586.

PRISES ET REPRISES DE MARAN.

Mais toutefois il se peut assurer & dire avec vérité, que le Roi de Navarre avoit donné si bon ordre dedans l'Isle, & qu'il y avoit si bon nombre de gens de bien & de valeur, que le sieur de Biron ne pouvoit faire autre chose que ce qu'il fit, sinon qu'il eût voulu expôser beaucoup de ses gens à la tuerie, sans pouvoir gueres endommager ses Ennemis.

Car, en premier lieu, les marais qui ont toujours accoutumé de s'assécher entierement en ce tems-là, étoient encore tous pleins d'eau par-tout, voir de la hauteur d'un pied, & deux échenaux tous pleins; joint qu'à toutes les avenues les gens de guerre, avec grand travail & diligence, avoient dressé de bons Forts & bien fossoïés, environnés & garnis de bons hommes & bien résolus, avec l'arquebuse & la pique; d'autre part y avoit quelque cent ou soixante braves & vaillans Gentilshommes, faisant quelque deux cens bons chevaux, qui étoient prêts à toutes heures de recevoir ceux qui se présenteroient, mêmement au retranchement de Beauregard, là où l'Ennemi faisoit mine de vouloir venir en gros.

Ce que toutefois lui étoit très difficile, aïant premierement à passer au travers d'un marais, large de plus de quinze cens pas. Et combien qu'ils eussent fait un chemin, & qu'ils eussent des Forts au milieu, si est-ce qu'ils n'y eussent su venir que deux ou trois en rang, & ne se pouvoient ranger en bataille à la faveur de leur grand Fort, à cause qu'ils étoient découvert tout à l'entour des Arquébusiers de l'Isle qui étoient en leurs Forts & tranchées. Davantage depuis leur Fort jusqu'auxdites tranchées, il y avoit quelque soixante pas, le tout plein d'eau jusqu'aux genoux, avec infinité de clots (qu'ils appellent) qui sont de petites fosses creuses quelquefois de plus d'un pied & demi, faites par les pieds des vaches & des jumens qui y paiss-

(1) Il faut Aunis.

1586. ſent; auſſi qu'il leur convenoit rompre les rouches, qui pour lors étoient fort épaiſſes & bien fortes. Pour la troiſieme, on leur avoit dreſſé tant de cercles entrelacés les uns dans les autres, que difficilement ſe fuſſent pû dépétrer ſans pluſieurs trébuchets, repouſſeaux, & autres engins qu'on leur avoit dreſſés. Outre cela, près des retranchemens y avoit un grand large foſſé tout plein de chauſſetrappes. Et tel étoit le pas où il falloit paſſer avant que de venir aux mains avec les ſoldats de l'Iſle, leſquels ce pendant les euſſent ſalués de plus de cinq cens arquebuſades tout à la fois, après l'eſcopetterie des Arquebuſiers, pendant qu'ils rechargeroient, la cavalerie étoit toute prête pour ſe jetter par petits eſcadrons ſur les premiers rangs: car il faut entendre que par-delà nos retranchemens, entre le foſſé ſuſdit & le marais, il y avoit quelque vingt pas de terre ferme, par où la cavalerie pouvoit galopper à plaiſir, & ſe retirer par certains endroits derriere les retranchemens, pour laiſſer faire le devoir aux Arquebuſiers; par ce moïen ſe pouvoient entre-ſecourir les uns les autres, & recharger à leur aiſe & loiſir. Que ſi l'opiniâtreté des ennemis eut été telle qu'ils fuſſent venus juſqu'aux retranchemens, ils étoient reçus à coups de piques que chaque ſoldat avoit près de ſoi: quand à leur cavalerie, ils n'avoient aucun moïen de s'en ſervir pour l'aſſaut, à cauſe de la largeur & difficulté du marais, & ſpécialement à cauſe de ces clots dont j'ai parlé, où les chevaux ſe fuſſent enfondrés d'un pied juſques à l'épaule, l'autre pied demeurant ſur une motte haut élevée; je vous laiſſe à penſer comment un homme d'armes eût été bien à cheval.

PRISES ET REPRISES DE MARAN.

Voilà en quel état étoit Marans lorſque la compoſition fut faite.

Le Roi de Navarre laiſſe le ſieur de la Jarrie Gouverneur comme paravant, avec commandement de ne faire point la guerre ſi on ne la lui faiſoit.

Le ſieur de Nemours, que la Roi de Navarre avoit envoïé en titre de Chef pour commander aux gens de guerre qui y étoient, y demeura fort peu, & fut incontinent commandé par le Roi de Navarre de ſe retirer en Poitou, & depuis alla à Vouvant.

Quelques jours après que les compagnies furent retirées (comme dit a été), le Capitaine Lommeau découvrit l'argent des tailles du bas Poitou, étant conduit par les Albanois & quelques Gentilshommes & ſoldats Papiſtes du païs, leſquels il attaqua;

mais ils se sauverent dedans un Prieuré prochain de-là, où aussitôt il les environna & en donna avertissement audit sieur de Nemours, qui s'approcha incontinent avec quelques troupes.

1587.

PRISES DE PLUSIEURS PLACES.

Et par même moïen le Roi de Navarre en aïant été averti à la Rochelle, partit en diligence, & aïant fait mener la coulevrine de la galiotte de Marans, la fit incontinent braquer devant ledit Prieuré, qui étoit Fort sans canon. Ceux du dedans se rendirent à composition, qui fut de se retirer en délaissant cinq ou six mille écus qu'ils conduisoient. Or comme le Roi de Navarre avoit usé d'extrême diligence pour y aller, aussi ne la fit-il moindre à se retirer, & commanda à toutes les compagnies de faire de même, sachant bien que l'Ennemi, qui étoit encore vers Mori & Fontenay avec son armée, ne faudroit de le venir trouver, ce qu'il fit; mais ledit Sieur Roi avoit déja passé le Brault, ce que ne firent toutes ses compagnies; mais plusieurs étant demeurés à Lusson pour se rafraichir & coucher à la Françoise, furent chargés & mis en route, quelques-uns tués ou pris, la plupart se sauva y laissant leurs bagages, & entre autres le Capitaine Lommeau.

Depuis ce tems-la jusqu'au mois de Mai de l'année 1587, Marans demeura en état assez paisible, néanmoins que les Marchands & voïageurs étoient volés, & souvent tués sur les rivieres par certains garnemens sortant de Fontenay, Maillezais & Niort, desquels étoient comme le Chef un certain Prêtre nommé Messire Mery, Curé de la Ronde. Aussi que les Albanois de Niort faisoient ordinaires courses sur les chemins de Marans à la Rochelle, & en détroussoient & prenoient prisonniers plusieurs.

Le 20 de Fevrier de ladite année 1587, le Roi de Navarre vint à Marans, étant fort bien accompagné de plusieurs Gentilshommes & d'une compagnie de Rochelois d'environ trois cens hommes, conduits par le sieur Gargouilleau & autres Capitaines. Or, étoit-ce pour le parlement qui se devoit faire entre lui & la Reine-mere; ce qui toutefois ne s'accomplit, combien qu'elle fût à Fontenay bien accompagnée; mais d'autant que l'entrevue se devoit faire premierement en l'Isle d'Elle, & depuis (pour sa commodité) au Gué de Velluire (les sieurs de Biron, de Sansac, & plusieurs autres, étant venus trouver le Roi de Navarre à Marans pour accorder du lieu), ladite Dame finalement ne s'y voulut trouver, redoutant (comme disoient quelques-uns) les Rochelois, qui avoient dressé de fort bon-

1587.

Prises de plusieurs Places.

nes barrieres pour la sureté du Roi de Navarre. Les autres disoient qu'elle voïoit bien qu'il n'y avoit aucun moïen d'exécuter ce qu'elle prétendoit. De maniere qu'après plusieurs allées & venues de part & d'autre, elle se retire de Fontenay à Niort, & de là finalement elle se retire à la Cour du Roi, où elle entendit qu'il y avoit quelque conspiration des Ligueurs contre la personne du Roi son fils.

Vers la fin d'Avril l'an 1587, le Roi de Navarre étant parti de la Rochelle avec quelques pieces de canon, prit Chisay (1) par composition, & Sasay d'assaut, où il fit pendre quelques voleurs de Niort qui s'y étoient opiniâtrés; puis s'en alla à Saint Mexent, qui se rendit par composition aïant vû le canon. Et de-là, faisant semblant de vouloir aller ailleurs, partit sur le soir, & au matin fut devant Fontenay, & d'emblée, sans beaucoup de résistance, pris le Fauxbourg des Loges, & à l'instant même fit environner la Ville de tous côtés, de peur que secours n'y entrât. Mais voïant qu'il lui falloit davantage de canon qu'il n'avoit, il part en diligence pour aller à la Rochelle afin d'en faire préparer. Ce que firent les Rochellois fort promptement; tellement qu'en moins de cinq jours le Roi de Navarre retourné commença à battre Fontenay de neuf pieces de canon: M. le Prince y aïant aussi amené les pieces qui étoient à Saint Jean d'Angely. Ainsi la Roussiere qui y commandoit avec les Albanois & les habitans furent contraints de se rendre presque à la discrétion d'icelui Seigneur Roi de Navarre, qui leur fit à tous humains & gracieux traitemens, leur gardant inviolablement ce qu'il leur avoit promis.

De-là il envoïa M. le Prince avec trois canons à Mauleon, petite Ville, qui toutefois fut prise par escalade avant que le canon eût joué, dès le lendemain que le Roi de Navarre y fut arrivé, lequel s'étoit retiré à Lusson après la reddition de Fontenay, feignant se vouloir retirer à la Rochelle.

Armée du D. de Joïeuse en Poitou.

Et lorsque lesdits Seigneurs étoient en ces quartiers du bas Poitou avec leurs troupes fort gaillardes, mais petites, le Duc de Joyeuse (2), beau-frere du Roi, s'avança pour passer la riviere de Loire avec une forte armée. Le Roi de Navarre,

(1) Chizey, Ville du haut Poitou sur Boutonne.

(2) Anne de Joyeuse, Duc & Pair & Amiral de France, Chevalier des Ordres du Roi, Premier Gentilhomme de sa Chambre, &c. Il avoit épousé Marguerite de Lorraine, sœur puînée de la Reine Louise. Il fut tué à la bataille de Coutras, le 20 octobre 1587.

après avoir défait quelques compagnies de celles qui s'avançoient par trop sur ses gens, fait retirer ses troupes les unes vers Saint Mexent, les autres en Saintonge, pour s'en servir selon les occasions à la ruine de cette armée nouvelle. Mais il advint par je ne sais quelle faute, que deux Régimens (à savoir celui de Charbonniere, & celui de Debory (1), aïant été laissés dedans le Bourg de la Motte Saint Eloi, près Saint Mexent, sans qu'ils fussent assurés du Château, sinon que de promesse de ceux qui le tenoient, lesquels voiant l'ennemi les assaillir, non seulement ne les favoriserent, mais tirerent sur eux, & qui plus est, fournirent de deux petites pieces aux Ennemis, desquels ils rompirent les barricades des nôtres), furent défaits par ladite armée de Joyeuse, & fut Debory, l'un des Chefs, pris prisonnier, Charbonniere étant pour lors à Saint Mexent, qui servit bien au siege que l'Ennemi y planta bien-tôt après.

1587.

Armée du D. de Joïeuse en Poitou.

Saint Mexent aïant été assiegé par le Duc de Joyeuse, & aïant résisté à toute la furie de son armée & de ses canons, finalement au bout de quinze jours se rendit à composition : que le Roi de Navarre trouva fort mauvaise, & spécialement parceque le sieur de la Jarriette, Ministre dudit lieu, n'y avoit été compris. Ledit sieur de la Jarriette aïant été reconnu & arrêté à la porte comme il sortoit, fut mené au Duc de Joyeuse qui le mit ès mains du grand Prevôt, avec commandement de le faire ignominieusement mourir. Il avoit fidelement & vertueusement exercé son ministere en cette Ville-là, & confirma la doctrine qu'il avoit annoncée par une autant constante & chrétienne mort, qu'elle fut malencontreuse à ceux qui le firent sans cause mourir : Car aucun de ceux mêmes qui executerent son commandement inique, ne se surent garder de dire (oyant la belle confession de foi & prieres qu'il fit à sa fin) que Dieu vengeroit la mort d'un si homme de bien, & auquel ils n'avoient trouvé aucune cause de tel supplice. De fait, le Duc de Joyeuse ne le survécut de gueres.

Après la prise de Saint Mexent, le Duc de Joyeuse vint à Niort, avec apparence qu'il se vouloit saisir de Marans, tant pour couper le chemin de Poitou au Roi de Navarre, que pour le resserrer en la Rochelle, & par ce moïen assiéger plus à son aise Fontenay, qui n'étoit encore gueres fortifiée, & se saisir de Talmont, aïant tout le reste à sa dévotion ; ce qui sembloit lui

(1) M. de Thou, livre 87, écrit *Desborys*.

1587. ARMÉE DU D. DE JOÏEUSE EN POITOU.

être fort aisé à faire. Car combien que le Roi de Navarre fit mine de vouloir débattre Marans comme l'année passée, en même tems, si est-ce qu'il n'avoit délibéré de ce faire, comme aussi c'étoit une chose pour lors impossible; car les marais, fossés & eschenaux étoient tellement asséchés, & la terre tellement endurcie, que les gens de pied pouvoient aisément passer par tout. Il y avoit plus de difficulté pour la cavalerie à cause des clots, desquels j'ai parlé ci-dessus; mais cependant le chemin étoit aisé à faire par tous endroits.

Cependant le Roi y fit entrer le régiment de Preau avec quelques autres compagnies, qui firent fort grande diligence à renforcer les Forts, spécialement ceux de la Bastille, de la Brune, de Poineuf & du Clousy. Quant à celui du Braut, le Roi le fit dresser en forme de tenaille, du côté de la terre, & étoit délibéré de débattre celui-là seul avec le Château; car quand aux autres, c'étoit seulement pour y amuser l'ennemi & voir sa résolution, les Chefs aïant commandement de se retirer au Bourg sans s'opiniâtrer à la défense. Puis le Château étant garni pour la nécessité, du Preau se devoit retirer à Fontenay: le Capitaine Jarri, avec nombre de soldats, se ranger au Château lorsqu'il seroit contraint de quitter le Bourg, & là soutenir l'effort de l'Ennemi pour le moins huit jours, ce qui se pouvoit honnêtement faire; dedans lequel tems le Roi de Navarre, avec M. le Prince, aiant assemblé toutes leurs forces, eussent donné tant de traverses au Duc de Joyeuse, que peut-être il n'eut pas eu la peine d'aller jusqu'à Coutras.

Néanmoins, soit pour ces considérations, ou autres, le Duc de Joyeuse n'attaqua point Marans, mais à la sollicitation du sieur de Saint Luc & autres, partant de Niort & traversant le païs d'Aunis par Surgeres, s'en alla battre Tonnay-Charente, qu'il prit à composition. Et de là entendant que la Compagnie du sieur des Peuilhes, qui ne s'étoit voulu tenir à Marans, étoit à Croixchappeau environ demi-chemin dudit Tonnay-Charente & la Rochelle, s'en alla avec l'élite de toute son Armée la charger sur la Diane. Cette Compagnie, lors commandée & conduite par quelques membres d'icelle, car le sieur des Peuilhes étoit à la Rochelle, fit un merveilleux devoir de se bien défendre; mais l'incommodité du lieu étoit telle, que l'Ennemi eut moïen de les envelopper de tous côtés, de gagner le haut des maisons par derriere & de les en chasser à force du feu qu'ils mirent esdites maisons, de maniere qu'une bonne

1587.

ARMÉE DU D. DE JOÏEUSE EN POITOU.

bonne partie fut tué en combattant, les autres s'étant rendus sous la foi promise, les autres cachés par les caves, presque tous furent tués de sang froid avec beaucoup de barbarie & cruauté; car ils les faisoient dépouiller tout nus, & sans pitié essaïoient la force de leurs bras, & la taille de leurs épées sur les corps dénués de toute défense. Cette cruauté étoit coutumiere aux Troupes du Duc de Joyeuse, qui en avoit aussi fait faire autant aux soldats de Debori & Charbonnieres à la Motte S. Eloy, contre sa foi. Il y avoit en cette Compagnie de fort braves hommes & plusieurs enfans de bonne maison, tant de la Noblesse que du Tiers-Etat. Ce fait, ledit sieur de Joyeuse se retira à Tonnay-Charente, entendant que le Roi de Navarre étoit parti de la Rochelle pour le charger; & de-là reprit le chemin de Niort. Ce fut alors principalement que ceux qui étoient à Marans s'attendoient qu'il les viendroit attaquer. Mais aïant entendu que quelque Compagnie de M. le Prince avoit repris Tonnay-Charente sur la Garnison qu'il y avoit laissée, rebroussa chemin avec son canon; & l'aïant battue, la reprit sur un Sergent accompagné de quelque quinze soldats; qui s'y opiniâtra par trop.

En ce même lieu il fut averti de la mauvaise garde qui se faisoit, & du peu d'hommes qui étoient en garnison en l'Abbaye de Maillezay (1), forte Place, s'y achemina avec diligence; & avec le sieur de Malicorne (2), Gouverneur de Poitou, l'investit de telle maniere qu'il ne fut possible d'y mettre nouvelles forces. Tellement que le quatrieme jour après, elle lui fut rendue par composition.

Après la prise de Maillezay, on estimoit que le Duc de Joyeuse attaqueroit Marans; mais il n'osa, craignant le Roi de Navarre & M. le Prince, qui étoient en campagne, & cherchoient l'occasion.

Quelques jours après, Joyeuse fit mine de vouloir attaquer Talmont; mais le sieur de S. Etienne s'étant jetté dedans, il en perdit l'envie. Ainsi que son Armée se dissipoit de jour à autre, étant fort travaillée par la peste, le Roi de Navarre se renforçoit.

Par ainsi aïant demeuré quelques trois mois en Poitou, envi-

(1) Maillezais, sur l'Autise, Ville de France dans le bas Poitou. L'Abbaïe dont on parle ici fut fondée sous le regne du Roi Robert, par Guillaume V, Comte de Poitou & Duc de Guienne. Le Pape Jean XXII érigea cette Abbaïe en Evêché, l'an 1317. En 1648 le Siege Episcopal a été transferé à la Rochelle.

(2) Jean de Chourses, sieur de Malicorne.

1587. ron le quinze d'Août il se retira en poste à Paris vers le sieur de Guise, Chef de la Ligue, pour l'informer de ses exploits; il fut reçu avec très grande joie des Parisiens : or avoit-il laissé ses troupes au sieur de Laverdin (1), lequel les reconduisoit tout à leur aise.

RETRAITE ET DÉFAITE DU DUC DE JOYEUSE.

Mais le Roi de Navarre, qui ne dormoit pas, partit de la Rochelle en extrême diligence; & passant par Marans avec quelque Cavalerie, poursuivit si vivement les restes de cette Armée (quoiqu'avec peu d'hommes) qu'il défit trois Compagnies de Gens d'armes, prit tous leurs drapeaux & plusieurs des Chefs prisonniers, avec nombre d'autres Gentilshommes.

Cela fait il poursuivit Lavardin, qui conduisoit l'Infanterie, avec deux coulevrines, lequel à la faveur des passages se sauva en diligence dedans la Haye en Touraine, où le Roi de Navarre l'assiégea; mais, n'aïant ni canon ni infanterie, il le quitta pour passer la riviere de Loire, où il fit faire un Fort près Monsoreau, pour attendre les troupes qui lui furent amenées de la France par M. le Comte de Soissons, & de la Normandie, par le sieur de Coulombieres. Lesquelles aïant reçues, après la défaite des troupes de la Ligue de Bretagne, que le Duc de Mercœur envoïoit au Duc de Guise, sous la charge du sieur de Haut-Bois, se retira à la Rochelle, pour recevoir le Duc de Joyeuse qui avoit redressé son Armée plus forte qu'auparavant, & s'étoit ja avancé jusques vers S. Maixent, quand le Roi de Navarre, environ le dix d'Octobre, partit de la Rochelle, & passant par Taillebourg, s'en vint à Pons; où aïant assemblé toutes ses forces, s'achemine pour gagner le haut des rivieres, afin de joindre son Armée étrangere, qui étoit ja bien avant en la Bourgogne; & toutefois en intention de combattre Joyeuse, si l'occasion s'offroit, comme elle fit à Coutras. Car Joyeuse, voïant le dessein dudit sieur Roi, voulut lui couper chemin; & à grandes journées aïant passé le Poitou & Angoumois, vint jusques à la Roche-chalais en Perigort. Et voulant gagner Coutras pour lui empêcher le passage de la riviere de Drongne (2), ou lui donner bataille, fut prévenu par la diligence du Roi, qui le premier se saisit de Coutras (3), près duquel le sieur de

(1) Jean de Beaumanoir do Lavardin, Maréchal de Camp.

(2) C'est la Dronne.

(3) Bourg situé sur la riviere d'Isle, où le fameux Odet de Foix, sieur de Lautrec, avoit fait bâtir autrefois un Château magnifique.

1587.

RETRAITE ET DÉFAITE DU DUC DE JOYEUSE.

Joyeuſe dès le matin ſe préſenta en bataille, & peu après fut combattu, ſon Armée défaite, & y mourut, avec grand nombre de Nobleſſe, le vingtieme d'Octobre l'an 1587. Lavardin ſe ſauva de cette défaite ſans aucunes troupes, & ſe retira à Niort. Cependant Marans demeuroit en ſon état accoutumé, ſous le gouvernement du ſieur de la Jarrie; & nonobſtant la déroute de l'Armée étrangere, & l'abſence loingtaine du Roi de Navarre, duquel les Ennemis faiſoient fauſſement courir la mort, il tint toujours ferme, juſqu'au quinze de Mars 1588, que le ſieur Lavardin, Lieutenant du ſieur de Malicorne, ſon oncle, Gouverneur de Poitou, aïant reçu huit ou neuf régimens conduits par le ſieur de la Courbe, fit entrepriſe de ſe ſaiſir de Marans, avec ce qu'il pût raſſembler de forces dedans le Poitou. De ſorte que le Mercredi, ſeize dudit mois, environ deux heures après minuit, il fait deſcente en l'Iſle de Marans, avec bateaux au travers des marais de Beauregard; & avec cinq ou ſix cens hommes de pied, ſe ſaiſit de la maiſon & métairie de Beauregard, n'aïant eu en tête que deux Habitans de Marans, qui ſur un petit bateau étoient allés découvrir vers l'Iſle de Cigogne, leſquels voïant l'Ennemi, tirerent chacun une arquebuſade, puis ſe retirerent aux retranchemens de Beauregard: là ils ne trouverent que cinq ou ſix ſoldats, tant habitans qu'autres, leſquels tirerent auſſi quelques arquebuſades ſur l'Ennemi, qui nonobſtant s'avança & prit terre.

Il eſt bien certain que, ſi le Gouverneur & ſes ſoldats avec les habitans, euſſent bien fait leur devoir, chacun ſelon ſon pouvoir, ou Lavardin n'y eût entré à ſon aiſe, ou en eût été chaſſé à ſa honte & grande perte: car le Gouverneur aïant été ſuffiſamment averti trois jours auparavant de l'entrepriſe de Lavardin, pouvoit mettre en l'Iſle des forces baſtantes, pour réſiſter à l'Ennemi. Car les Compagnies de M. de la Trimouille, conduites par le ſieur de Boiſdulie, revenant de la Contaudiere, étoient fort proches de-là; à ſavoir à Champagné, Sainte-Radegonde & Puyreneau, qui ne demandoient que d'entrer dedans Marans; mais le Gouverneur & quelques-uns des Habitans craignant la foule des ſoldats, qui à la vérité étoit exceſſive, ne firent état de les admettre; ains envoïerent à la Rochelle le Capitaine la Plante, Lieutenant dudit Gouverneur, pour prier Meſſieurs de la Rochelle de leur envoïer quelques cinquante ſoldats, leſquels ils entretiendroient juſques à ce qu'on eût vu ce que voudroit entreprendre l'Ennemi; ce que ceux de la Ro-

1587. RETRAITE ET DÉFAITE DU DUC DE JOYEUSE.

chelle ne purent faire pour lors. Nonobstant ce refus, & que le Gouverneur fût bien averti que l'Ennemi s'approchoit, & qu'il n'avoit forces bastantes pour lui empêcher la descente, si est ce que le Mardi, les susdites Compagnies de Boisdulie, aïant passé le Brault, furent envoïées tout outre jusques à Esnande, par chemins fort fâcheux au travers des marais, au lieu de faire demeurer chacun pour s'en servir à propos, selon la nécessité qui se présentoit, qui fut occasion du désordre qui suivit peu après. On ne laissa toutefois dès le Mardi au soir, d'envoïer exprès en toute diligence vers ledit sieur de Boisdulie; mais n'aïant pu arriver que sur les dix ou onze heures de nuit, cela fut en partie cause que le secours n'y pût être à temps, combien que la diligence dudit sieur de Boisdulie & de ses troupes fût merveilleuse. Car sans avoir eu loisir de se loger, & sans avoir égard à l'indignité qu'il avoit reçue, & ses troupes aussi le jour précédent, ils partirent subitement, & se rendirent devant le Fort de la Brune, plus d'une heure & demie auparavant que l'Ennemi fit descente à Beauregard. Mais pendant que le Gouverneur & quelques Habitans faisoient encore difficulté d'y laisser entrer toutes les troupes, n'en voulant recevoir que cinquante ou soixante, l'Ennemi d'autre côté entroit par Beauregard, comme dit a été; tellement que le passage de la Brune ne fut ouvert audit sieur de Boisdulie & à ses troupes, que l'Ennemi n'eût ja gagné la métairie de Beauregard, Lavardin en personne y étant entré des premiers. Il y eut toutefois eu moïen de l'en chasser, si promptement les troupes, qui étoient entrées par la Brune sur les trois heures après minuit, le fussent allé trouver, comme quelques-uns étoient d'avis (car il étoit encore fort mal accompagné, & étoit bien aisé de couper chemin au reste de ses troupes, qui venoient à la file en de petits bateaux), mais outre ce que les soldats, étant fort fatigués, prirent incontinent logis, les Capitaines ne furent d'avis d'assaillir l'Ennemi de nuit sans l'avoir reconnu. Par ainsi Lavardin reçut tout à loisir ses gens de pied, jusques au nombre de cinq à six cens (sans aucun cheval), lesquels il rangea dedans Beauregard, & en jetta quelques quatre-vingt en la métairie prochaine de Lommeau. Le jour venu, le sieur de Boisdulie avec le sieur de la Jarrie & autres Capitaines, faisant nombre d'environ trois cens hommes de pied & quelque soixante chevaux, furent trouver l'Ennemi qui se mit en bataille à la faveur de la maison de Beauregard, sans s'oser avancer sur les nôtres, craignant leur cavalerie, jaçoit qu'ils fussent deux fois plus forts en Infanterie; les nôtres, d'autre côté ne les osoient attaquer, couverts comme ils étoient; mais pour lors se contenterent de chasser ceux qui étoient dedans Lommeau, lesquels se retirerent au gros Fort résolument & en bon ordre. Ce fait, les nôtres se retirerent au bourg, là où chacun s'accommoda, en intention de retourner voir l'Ennemi sur le soir : combien qu'à la vérité l'on remarquoit beaucoup de confusion & peu de résolution. Cependant sur les quatre heures après midi arriva de la Rochelle le sieur de Noisé, avec une vingtaine de fort braves & résolus soldats, sous la charge du Capitaine Ozanneau. Il est tout certain que s'ils fussent arrivés le jour auparavant, & eussent été mis à Beauregard avec quelque renfort qu'on leur pouvoit donner tant des habitans, que des Soldats du Gouverneur, que Lavardin n'eût su mettre pied à terre, & qu'on eût eu assez de temps & de moïens de l'empêcher de faire ce qu'il fit tant à son aise.

1587.

Retraite et défaite du Duc de Joyeuse.

Encore que Lavardin & ses troupes eussent, comme il a été dit, gagné beaucoup, il eut néanmoins été contraint se retirer dès la nuit suivante, n'eût été la lâcheté qui se commit en la Bastille, où commandoit le Capitaine, Enseigne du Gouverneur & quelques autres, qui furent tellement intimidés par un Païsan, que la Pierriere leur envoïa par forme d'avertissement, avec menaces que, s'ils se laissoient assieger, ils seroient pendus, comme ceux de la Contaudiere, qu'ils n'attendirent pas l'Ennemi; mais abandonnant leur fort, leurs armes & munitions, ils se sauverent par les marais. Ce que Lavardin aïant découvert, il manda en toute diligence sa Cavalerie, laquelle étoit à plus de trois lieues de-là; laquelle arrivée sur les quatre ou cinq heures, il rangea tous ses gens en bataille, & s'achemina vers le bourg de Marans.

Le sieur de Boisdulie, avec le Gouverneur & autres Gentilshommes & soldats, se disposoient à l'heure même pour aller trouver l'Ennemi, quand sur les six heures on le découvrit avec sa Cavalerie: laquelle fit conclure à ceux de dedans, que la Bastille infailliblement étoit à leur dévotion, d'autant qu'il étoit impossible qu'elle fût entrée par ailleurs.

Ce nonobstant, ceux de dedans furent attendre l'Ennemi jusques aux plus prochaines maisons du haut bourg, où il y eut quelque escarmouche, en laquelle les sieurs de Boisdulie, de Noisé, & quelques autres de leur suite, avec aucuns soldats de la Rochelle, firent ce qu'ils purent; mais enfin chargés par

1587. la Cavalerie de l'Ennemi, ils furent contraints de ceder à la force, & se retirer diligemment au Château; tellement que l'ennemi se saisit du haut bourg, & peu après demeura Maître de tout le reste.

RETRAITE ET DÉFAITE DU DUC DE JOYEUSE.

Tous les Gentilshommes & soldats avec leurs chevaux, & aucuns des Habitans se retirerent dans le Château, jusques au nombre de trois ou quatre cens. Il n'y avoit en cette Place aucunes provisions de bouche, fors quelque peu de farines, avec ce que les soldats, se retirant, en purent emporter. Encore moins y avoit-il de palles, hottes, pics ou tranches pour remuer la terre à la nécessité; pour les chevaux, fort peu de vivres; il y avoit assez bon nombre de poudre. Ce nonobstant le sieur de la Boisdulie, avec le Gouverneur & autres Gentilshommes, se résolurent de tenir quelques jours, en espérance qu'ils seroient secourus, ou par la venue du Roi de Navarre, qui n'étoit encore de retour de Gascogne, ou par ceux de la Rochelle : au pis aller, ils feroient quelque honnête composition. Ils se préparent en cette résolution à garder la basse-cour du Château, qui est aucunement retranchée, & le dongeon, & tâcherent de retirer à eux une piece qui étoit dans la basse-cour, qui néanmoins ne leur servit gueres.

Ils furent aussi-tôt investis par l'Ennemi, qui se saisit de tous les lieux avantageux qui étoient au-tour du Château, & commandoient en la basse-cour; se retrancherent & barricaderent où il leur étoit utile. Ceux de dedans faisoient le même à leur possible; tellement que sans perte d'hommes, ils tuerent beaucoup des Assiégeans. Le sieur de la Jarrie, Gouverneur fut blessé à un pied, qui rendit sa Personne du depuis inutile.

L'Ennemi serra de si près ceux de dedans, qu'il n'y eût moïen de leur faire entendre aucunes nouvelles durant tout le siege, quelque devoir qu'on en fît.

Le lendemain, qui fut le Vendredi dix-septieme de Mars, le Roi de Navarre, aïant dévancé ses troupes qui le suivoient, contre l'opinion de plusieurs, arriva à la Rochelle, avec M. le Comte de Soissons (1), & quelque noblesse, en bonne délibération de secourir Marans.

Auparavant son arrivée, ceux de la Rochelle avoient fait sortir un bon nombre d'Arquebusiers, sous la conduite du sieur de Gargouleau & autres Capitaines, pour se jetter dans Marans; mais ils furent par le chemin, que l'Ennemi possédoit l'Isle,

(1) Charles de Bourbon, Comte de Soissons, frere du Prince de Condé.

1587.

RETRAITE ET DÉFAITE DU DUC DE JOYEUSE.

avec les principaux Forts, & tenoit le Château assiegé, qui fut cause qu'ils s'en retournerent. Lesdits de la Rochelle aussi avoient envoïés deux Galiottes avec la barque du Capitaine Courtaut, & quelques coulevrines, sous la conduite du Capitaine Boisseau & autres Capitaines & soldats de la Rochelle. Ils entrerent en la riviere, & fort dextrement se saisirent des Forts du Braut & de Clousy, à la vue de l'Ennemi, qu'ils prévinrent & devancerent.

Le Roi de Navarre, informé de ce qui s'étoit passé, dès le grand matin suivant s'achemina à Charon, & de-là auxdits Forts, où il mit des hommes & munitions, selon le moïen & l'occasion. Il fit aussi approcher lesdites Galiottes, en chacune desquelles y avoit une coulevrine. Elles battoient jusques dedans les prochaines maisons du Bourg, qu'on appelle les maisons du Bateau.

L'Ennemi, s'étant saisi de tout le bourg & barricade sous la halle, voïant aussi l'appareil des Galiottes, se présenta pour empêcher la descente des Rochelois ; & avec deux pieces de Campagne, contraignit les galiottes de se retirer plus bas. Là furent tués quelques Rochellois.

Le Roi de Navarre fit dès-lors tout effort de faire entendre sa venue aux Assiégés avec plusieurs signals, chamades de trompettes, espions (l'un desquels fut pendu), & autres moïens ; mais ceux de dedans n'en surent jamais rien appercevoir, seulement eurent-ils quelque connoissance de l'arrivée des galiotes : mais estimant que c'étoit seulement de la part des Rochelois, & que cela n'étoit suffisant pour les secourir, ils n'en conçurent gueres meilleure espérance.

L'Ennemi cependant s'augmentoit en forces qui filoient de toutes parts en l'Isle, & eurent loisir de faire des Forts & retranchemens en diverses advenues, pour empêcher le secours & ne laissoit cependant de serrer de fort près le Château.

Le Roi de Navarre de l'autre côté reçut quelques forces, tant celles qui le suivoient de Gascogne, que celles qui se rallierent à lui de Saintonges & Poitou. Toutes ces troupes ramassées étoient belles & disposées de bien faire, & quoique celles de l'ennemi ne fussent moindres dedans, il se résolut néanmoins de faire un effort pour entrer en l'Isle. Mais il se trouva qu'à l'endroit qu'il estimoit le plus facile, & qu'auparavant il avoit sondé lui-même, l'Ennemi s'y étoit tellement retranché & barricadé, qu'il étoit impossible de le forcer là dedans sans

1587. une grandissime perte d'hommes, attendu principalement qu'en la meilleure partie du chemin qu'il falloit faire pour venir à ce retranchement, les soldats étoient toujours en l'eau jusques à la ceinture, & les chevaux jusqu'à la selle; l'Ennemi aussi avoit braqué des pieces sur le bord du marais, par le moïen desquelles il pouvoit grandement endommager ceux qui passeroient; car aussi avoient-ils rompu quelques ponts qu'on avoit faits pour faciliter le passage. Toutes ces raisons firent résoudre le Roi de Navarre à plutôt conserver ses hommes que de hasarder le tout, sans pour cela aider davantage ceux du Château, qui se pourroient conserver par autre voie. Tellement qu'il retira ses forces du fort du Clousy, & le quitta, il réserva seulement le fort du Braut, passage du bas Poitou, lequel néanmoins deux ou trois jours après fut saisi par l'Ennemi.

RETRAITE ET DÉFAITE DU DUC DE JOYEUSE.

Car il se renforçoit de jour à autre; & pourceque ceux du Château refusant tous parlemens, n'entendoient qu'à se résolument défendre, ne voïant aucun canon Lavardin fit tant qu'il tira quatre pieces de Niort, lesquelles il mit en batterie contre le Château dès le Jeudi 24 de Mars. La premiere batterie fut à une Tour ronde, qui fait une des encognures du Château, vers le Bourg, & à coups de canon élargit tellement une fenêtre grillée, qu'il contraignit les Rochellois de la quitter. Ils tirerent aussi quelques canonades contre la Tour du portail, & en autres divers endroits par-ci par-là, sans toutefois endommager personne, encore que cette Place soit fort meurtriere, quand principalement il y a du canon, joint qu'il n'y avoit nulles barricades sur les Tours, pour seulement mettre à couvert les arquebusiers.

Ceux qui commandoient en ce Château, & plusieurs des soldats, n'avoient faute de courage (encore que beaucoup de choses manquassent, qui autrement sont nécessaires pour opiniâtrer une mauvaise place, comme celle-là). Mais comme les affections des hommes sont diverses, principalement en troupe ramassée, comme celle qui s'étoit jettée dans ce Château, les uns étoient d'avis d'un, les autres d'autre; & enfin tous en revinrent bien à ce but qu'il se falloit rendre; mais en bien ménageant cette affaire pour ne recevoir point d'escorne, les raisons de cette résolution étoient, qu'ils avoient promis & mandé à ceux de la Rochelle qu'ils pourroient tenir huit jours, mais non davantage s'ils n'étoient secourus. Le terme étoit passé, ils n'avoient plus de pain que pour deux jours au plus,

encore

encore tous n'en eussent pas mangé ; plusieurs de leurs chevaux étoient ja morts de faim, qui les empuantissoient ; même quelques chevaux, faute d'autres vivres, s'entremangerent le crin & la queue jusques aux os, qui est chose notable. Ils n'avoient nul moïen de panser les blessés ; nuls instrumens pour se munir, ou faire aucun retranchement, ne s'étant là trouvé que deux hottes & une tranche. Le Dongeon étant fort petit, les ruines de la muraille les accabloient ; & qui étoit le pis, ils n'avoient aucunes nouvelles du Roi de Navarre, sinon ce que leur en disoit Laverdin, qui leur faisoit accroire qu'il étoit encore en Gascogne, & combien qu'ils ne crussent aux paroles de leur ennemi, ils ne voïoient néanmoins rien qui leur persuadât le contraire. L'Ennemi de l'autre part craignant être forcé, leur faisoit d'honnêtes offres & sûreté pour l'exécution d'icelles ; occasion qu'ils aimerent mieux le prendre en cette trempe, puisque toujours il se falloit rendre, que d'attendre plus grande extrêmité, qui pouvoit rendre leur condition pire, aïant déja fait ce que soldats & gens de bien pouvoient faire. Ils se rendirent donc à cette composition, qu'ils sortiroient tous, Gentilshommes, Soldats & Habitans avec leurs armes, chevaux & bagage, & seroient sûrement menés & conduits là part qu'ils voudroient, ce qui leur fut soigneusement gardé par Laverdin : en derriere duquel néanmoins quelques-uns des soldats furent dévalisés, mais peu.

1585.

RETRAITE ET DÉFAITE DU DUC DE JOYEUSE.

Le sieur des Cluseaux, dit Blanchard, obtint le Gouvernement de cette Place, en laquelle, après plusieurs extorsions & ruines, saccagemens & pillages faits durant & depuis ce siege à ceux de la Religion, qui avoient tout laissé à l'abandon, pour sauver leurs personnes à la Rochelle, il vouloit faire état de bien établir son être ; se promit de le bien garder & fortifier avec espérance d'occuper en peu de tems tout le Gouvernement d'Aunis, & mâter ceux de la Rochelle. Il envoia commissaires par les paroisses circonvoisines, voire jusqu'aux plus prochaines de la Rochelle, pour avoir nombre de pionniers, lever les tailles & les faire venir à jubé à Marans : il fit préparer nombre de barques & bateaux pour tenir la côte de la Mer & s'assujettir l'Isle de Rhé, par l'intelligence qu'il avoit avec Saint-Luc en Brouage. Il faisoit enlever les bleds & vins par les métairies & borderies du Gouvernement de la Rochelle, & en faisoit prendre plusieurs prisonniers : bref parlant fort gros, il n'omettoit rien d'hostilité, qu'il ne l'exerçât & encore

1586. moins des actions d'un Seigneur propriétaire de Marans, comme aussi il espéroit être, & en faire un second Brouage, qui de ce côté seroit un bon bloc pour affamer la Rochelle.

RETRAITE ET DÉFAITE DU DUC DE JOYEUSE.

Mais le Roi de Navarre en peu de tems renversa bien ses desseins; car aïant temporisé environ deux mois & demi seulement, & laissé le sieur Blanchard enfiler ses conseils, en un moment aïant rallié quelques forces de pied & de cheval, reprit Marans, défit les Régimens que Blanchard avoit logés dedans, lesquels (par leur rapport même) s'étant préparés à la résistance, & voïant les Troupes du Roi de Navarre qui faisoient la pointe, s'être mises le genouil en terre, pour (à leur coutume) faire leur priere avant que d'aller au combat, se ressouvenant des prieres qui avoient aussi été faites à Coutras, entrerent en tel effroi qu'ils ne rendirent quasi aucun combat, seulement aviserent au moïen de se sauver: aucuns furent tués en l'ardeur de la charge, plusieurs se sauverent par les marais. Le sieur Blanchard & nombre de Capitaines & soldats eurent à peine loisir de gagner le Château; & quasi aussi-tôt sans résistance, ni attendre le canon se rendit à la discrétion du Roi de Navarre, lequel renvoïa tous les Capitaines & soldats & retint Blanchard prisonnier, avec assurance de sa vie. Il fut mené en grande solemnité à la Rochelle, où il fut long-tems prisonnier, libre toutefois d'aller & de venir, sous la garde de quelques soldats; tellement qu'il reçut plus benin & honorable traitement que plusieurs n'avoient attendu. Le Roi de Navarre fit emporter à la Rochelle les drapeaux avec un grand nombre d'armes, & entr'autres des corcelets blancs & quantité de belles piques que Blanchard avoit fraîchement fait venir de Paris, pour en accommoder & armer sa garnison. Il y fut pris aussi quelque nombre de fort beaux chevaux. Par ce moïen, l'Isle de Marans avec tous les Forts & le Château, retournerent en peu de tems en la possession du Roi de Navarre & les entreprises & desseins du sieur Blanchard s'en allerent en vent. Il a toutefois été liberé, à condition (entr'autres choses) de n'être jamais plus de la Ligue.

Avertissement au Lecteur.

POUR CE, Ami Lecteur, que les troubles ressuscités en cette France, en l'année 1585, par le sieur de Guise, Chef de la Ligue de France & tous ses partisans, ont été reconnus, de tous indifféremment, pour les plus dangereux, & qui devoient surmonter en plus tristes & lamentables effets, tous ceux qui ont battu ce Royaume depuis tantôt trente ans : plusieurs bons François doués d'entendement & poussés de charité envers leur Patrie, non seulement les ont lamentés sur leur naissance, mais aussi ont toujours depuis tâché de divertir cet orage & adoucir l'aigreur des courages envenimés, par la raison, par le discours & les exemples des tems passés imitables en tel tems & troubles si misérables que sont ceux-ci; pour à quoi parvenir plus aisément, ont été de divers endroits mis en lumiere plusieurs Discours & petits Traités, lesquels n'étant proprement l'histoire des choses advenues, servent néanmoins d'une grande lumiere, pour beaucoup illustrer l'intelligence de l'Histoire. Tellement que les supprimer, est, non seulement priver le Lecteur de chose digne de mémoire, mais aussi suffoquer beaucoup de pregnans argumens par lesquels on peut juger de la juste cause d'un parti, & de l'iniquité de l'autre : défaut qui cause bien souvent, entre les Grands & entre le Vulgaire, beaucoup de folles opinions & préjugés obliques.

C'est la raison pourquoi j'ai bien voulu en ce brief Recueil entrelacer avec l'histoire, aucuns des plus graves, plus notables & moins passionnés discours qui se sont, selon la suite des années & les occasions, divulgués par cette France, ainsi qu'ils m'ont été mis en main, & communiqués par ceux qui en ont eu plus particuliere & véritable connoissance.

Et à cette intention pourront servir, la Lettre contenant le Discours du voïage de la Reine, Mere du Roi, en Poitou, vers le Roi de Navarre ; l'Avertissement à la République, sur le Concile National demandé par le Roi de Navarre, & autres qui ensuivent, comme tu le pourras voir en l'ordre & lieu qu'un chacun tient en ce Recueil. A quoi tend aussi ce qui y est en son rang ajouté des prodigieux évenemens, qui se sont remarqués en divers lieux, témoignages infaillibles de l'ire de Dieu épouvantable à l'encontre du monde réfractaire & impénitent, aveugle & téméraire, qui voit tant de miseres, les ressent, s'en plaint & s'en tourmente, & néanmoins ne s'en amende pas, mais plutôt roidit le col, & se nourrissant en son vice, veut périr en son malheur, sans se convertir au Dieu vivant, lequel seul peut par sa bonté miséricordieuse, & son invincible puissance, assoupir ces tempêtes & nous faire voir, avec la clarté de sa face, l'état du monde, ores tant perturbé, en un moment changé & mis en repos souhaitable.

Au discours précédent, des armes maniées à Marans & ès environs, il a été fait mention en passant, de l'acheminement de la Reine-Mere en Poitou & de l'affection qu'elle montroit avoir d'aboucher pour la seconde fois le Roi de Navarre : ce qui t'en a là été légerement touché, se pourra beaucoup mieux reconnoître par la Lettre qui ensuit. Et pource qu'il est souvent fait mention, tant au premier volume de ce Recueil, qu'en ce second, de la réquisition souventesfois répetée par le Roi de Navarre d'un Concile National : un petit Traité, contenant les raisons de la nécessité de ce Concile fut en ce même tems mis en lumiere, lequel je t'ai ajouté, après la susdite Lettre.

LETTRE

D'UN GENTILHOMME FRANÇOIS,

A un sien Ami étant à Rome. Contenant le Discours du Voïage de la Reine, Mere du Roi. *

1586. VOUS m'aviez prié par plusieurs fois, de vous faire part de l'espérance que je prenois, du voïage de la Reine-Mere, notre Maîtresse. Toutes vos Lettres me reprochent d'avoir été trop brief sur ce sujet. Il faut que je vous contente à ce coup : je l'eusse fait plutôt, si je me fusse contenté moi-même; car, pour vous dire le vrai, j'ai toujours fort peu espéré de cette négociation : j'ai eu crainte de vous en mander mon avis, pour ce qu'il vous eût déplu; & n'ai pu approuver le vôtre, pour beaucoup de raisons que j'ai reconnues très fortes, vu qu'elles ont tenu bon contre votre authorité. Croïez-moi, Monsieur, vous ne pouvez bien juger de notre inquiétude en un lieu de repos; il est impossible de bien juger à Rome les différends qui sont en France. Vous jugeriez autrement, si au lieu d'un magnifique porche, vous faisiez vos promenades dans un païs ruiné; au lieu de votre marbre poli, vous trouviez sous les pieds les corps de vos amis & concitoïens; & au lieu de vos belles fontaines, vous voyiez ruisseler le sang à vos côtés. Vous trouveriez nos maux plus grands, si vous voyiez à l'œil ce que le papier ni l'oreille

(1) Ce Voïage se fit en 1586. La Reine se rendit à Poitiers avec un grand équipage. Elle étoit, dit M. de Thou, livre 86, accompagnée de François de Bourbon-Montpensier, de Catherine de Bourbon, Abbesse de Soissons, Tante du Roi de Navarre, de Louis de Gonzague, Duc de Nevers, de Biron, de Lansac, de Nicolas d'Angennes, Seigneur de Rambouillet, & de quelques autres Seigneurs qu'on croïoit être ennemis de la Ligue. L'Abbé de Guadagne portoit les paroles de l'un à l'autre Parti. Le Roi de Navarre se rendit à Jarnac le 11 Décembre : Deux jours après la Reine s'aboucha avec lui à Saint-Bris près de Cognac en Angoumois. La Lettre qui est ici contient le récit de la Conférence qu'ils eurent ensemble. On peut en voir aussi le même détail très circonstancié dans l'endroit cité de M. de Thou.

ne peuvent recevoir ; & les reconnoissant tels, vous trouveriez le remede plus difficile. Il me souvient que, quand la Reine commença son voïage, vous ne trouviez rien impossible, pourvu qu'elle l'entreprît ; & teniez la paix pour arrêtée, pourvu qu'elle eût volonté d'en parler. Quant à moi j'ai toujours cru que, si elle y failloit, un autre ne pouvoit l'entreprendre après Elle. J'ai toujours cru que sa personne étoit dextrement choisie ; encore ai-je trouvé à cette commodité, beaucoup d'incommodités, & en ce qui sembloit le plus parfait, beaucoup de défauts. Je savois bien qu'elle avoit grandement obligé ceux de Guise, & par conséquent qu'elle pouvoit beaucoup sur eux ; mais aussi avoit-elle fort irrité ceux de Bourbon, lesquels lui pouvoient reprocher leur derniere Guerre, comme les autres tenoient d'Elle leur derniere Paix. Je voïois qu'elle prenoit des Conseillers propres à ôter la jalousie que la Ligue pourroit prendre de ses actions, mais aussi fort propres à garder que le parti de la Religion ne prît confiance d'Elle. Ce n'est pas tout, si je trouvois quelques personnes mal propres à ce traité, encore plus le temps me sembloit-il pris mal à propos. Je voïois en même heure, & dresser l'équipage de la Reine, & l'état de trois ou quatre armées. Je trouvois difficile que ceux qu'on faisoit résoudre à la Guerre, se pussent d'eux-mêmes bien disposer à la Paix. Et certes la Reine me trompa ; car elle partit plutôt que je ne pus connoître par raison qu'elle le dût faire. Vous aurez à ce coup tout le discours de notre voïage, duquel j'ai recherché soigneusement les particularités, & pour satisfaire à votre curiosité, & pour répondre à l'opinion que vous avez de ma diligence. Que plût à Dieu, qu'il nous fût aussi facile de corriger les fautes que nos grands Conseillers d'Etat y ont faites, comme il vous sera facile de les connoître. Vous savez comme en même temps elle avertit le Roi de Navarre de son départ, & Messieurs de Montpensier & de Mommorency de son dessein, priant l'un & l'autre de disposer le Roi de Navarre à la Paix. Cette premiere action fut jugée de plusieurs diversement ; les uns disoient qu'elle confessoit trop ouvertement au Roi de Navarre, de l'avoir offensé, qu'elle, qui étoit sa Mere, choisissoit des Entremetteurs pour parler à lui. Ceux de la Ligue craignoient ce commencement, & ceux de la Religion l'avoient pour suspect : les uns craignoient l'autorité du Duc de Montpensier, les autres sa facilité : ceux de la Ligue disoient que la Reine l'unissoit avec le Chef de sa Maison : ceux de la Religion, que le Conseil

1586.

Voyage de la Reine-Mere en Poitou.

1586.

VOYAGE DE LA REINE-MERE EN POITOU.

de la Reine le rendoit Médiateur de la Paix envers le Roi de Navarre, pour le détourner d'être son Compagnon à la guerre. Voilà comment tous les deux Partis prennent défiance, & se résoudent, l'un à se défendre, l'autre à plus vivement assaillir. Et de fait, à mesure que la Reine s'avançoit, le Duc de Mayenne se hâtoit pour retourner à Paris; & dès que la négociation de Paix commença, les menées de la Ligue continuerent. L'Abbé de Gadaigne (1) fut envoïé le premier vers le Roi de Navarre; aïant été fort bien reçu, chacun se promit le bien qu'il desiroit. Cette espérance passa comme un éclair; car dès le second voïage qu'il fit, tandis que la Reine fut à Chenonceau, nous découvrîmes l'aigreur que les honnêtetés & les premieres offres de service avoient jusqu'alors couverte & adoucie. Le chemin de Brouage, que Gadaigne tenoit, étoit suspect aux Rochellois: le ravitaillement, qui se fit de Brouage, étoit tenu pour un magasin contre leur Ville: Néanmoins la Reine s'approchoit pour hâter l'entrevue: le Roi de Navarre s'y vouloit avancer avec sureté & réputation: la Reine vouloit qu'il se fiât en elle: le Roi de Navarre, qu'elle se fiât en lui. Elle alléguoit sa bonne volonté; & lui faisoit état de sa foi & de son innocence: elle lui reprochoit qu'il ne tenoit qu'à lui que l'entrevue ne se fît; il répondoit qu'il ne tiendroit qu'à elle que la France ne fût en repos, qu'il étoit prêt à la voir, pourvu que ce fût en lieu sûr, & qu'il eût le chemin libre. Pour le lieu il s'offrit d'aller à Champigny, pourvu que les troupes du Maréchal de Biron passassent la riviere de Loire; ce qu'il montra de demander, tant pour sa sureté, que pour donner quelque bonne espérance à ceux de son parti; desquels les uns l'exhortoient de secourir Castillon; les autres de ne s'attendre point à des paroles, & d'attendre le même traitement pour l'avenir, qu'il avoit eu par le passé. Il ne faut point mentir, le Roi de Navarre montra de son côté beaucoup d'affection au bien de ce Roïaume; & si la Reine me trompa l'allant trouver, il me trompa encore plus en l'attendant. Mais voici que comme on s'accordoit du lieu, & de la forme de l'entrevue, tout à coup on vit devant la Rochelle une Armée navale: pensez, je vous prie, comme ceux qui s'opposoient à l'entrevue, avoient beau sujet de déclamer; tout fut sur le point d'être rompu; le Roi de Navarre ne pouvoit comprendre que ceux qui le poursuivoient par mer & par terre, eussent quelque envie de lui faire du bien. La Reine étoit conseillée

(1) C'est l'Abbé Jean-Baptiste de Guadagne, qui avoit été envoïé en Pologne.

1586.

VOYAGE DE LA REINE-MERE EN POITOU.

de le harasser par la guerre, pour avoir meilleur marché de la paix; mais cependant ne voïoit pas que ses Conseillers se servoient de sa bonne volonté, pour réduire le Roi de Navarre au désespoir, lequel s'en plaignit au Roi par le sieur de Reaux, & supplia Leurs Majestés de faire retirer ladite Armée; remontrant qu'il ne pouvoit laisser une Ville de telle importance que la Rochelle, en cet état. Et si nous en jugeons sans passion, je trouve qu'il avoit raison; néanmoins l'armée ne bougea, tandis qu'elle eût des vivres, quelqu'instances qu'en fît le Roi de Navarre; la famine lui fit hausser les voiles, & non pas le commandement du Roi. Au contraire le même jour qu'elle leva l'ancre, le Capitaine Arman fut pris chargé de lettres de la Reine, au Commandeur de la Chatte, par lesquelles il lui étoit enjoint de ne bouger, ou ne s'éloigner pas beaucoup. Les lettres tomberent entre les mains du Roi de Navarre; & passant par-dessus toutes appréhensions qu'il pouvoit justement prendre, il s'offrit néanmoins de voir la Reine, aux conditions susdites, demandant que ce pendant d'une part & d'autre, il ne se commît nul acte d'hostilité. La Reine demanda la publication d'une treve, ce qu'il dit ne pouvoir accorder, pourcequ'il avoit été contraint de promettre à ceux de son parti de n'entrer en traité de paix ni de treve, sans leur avis & consentement. Elle trouva fort étrange cette réponse, & la goûta mieux que lorsquelle fut prédite à Messieurs de Lenoncourt & de Poigni. Cela me fit souvenir des Carthaginois, qui pleuroient quand il fallut païer le tribut aux Romains, & ne s'étoient point émus se rendant leurs Tributaires. Quand le Roi de Navarre dit à ces Messieurs qu'il attendroit encore six mois le secours du Roi, avant qu'emploïer celui de ses amis, qu'il vouloit plutôt être refusé de la paix, que se résoudre à la guerre; alors on ne fit que rire de sa patience; & maintenant que nous trouvons qu'il a donné sa parole, on pleure; & c'est véritablement pour n'avoir point pleuré lors que nous rompions les Edits, que les innocens étoient réputés coupables, les obéissans rébelles & les justes criminels. Après beaucoup de difficultés & après plusieurs allées & venues, la Reine envoïa quelques passeports que le Roi de Navarre demanda pour avertir ses amis, & en même-tems fit publier la treve. Ce qui cuida encore tout gâter, pour ce que le Roi de Navarre soupçonna qu'on se vouloit prévaloir de cette publication pour arrêter la levée qu'il faisoit en Allemagne, & remontrant à Sa Majesté, que vu que cet acte regardoit une

1586.

VOYAGE DE LA REINE-MERE EN POITOU.

sûreté commune, il devoit être fait d'un commun accord, la publication fut rompue, & comme on traitoit de la réitérer solemnellement, quelques troupes du Régiment de Neufvy furent chargées : dequoi le Roi de Navarre s'offensa merveilleusement. L'indiscrétion de nos Capitaines faisoit croire qu'il y eût parmi nous beaucoup d'animosité. Enfin le petit la Roche alla & revint si souvent, que le lieu de l'entrevue fut arrêté, & la treve publiée. Le Roi de Navarre se trouva le 11 de Décembre à Jarnac, & vit le 14 dudit mois Sa Majesté au lieu de Saint-Bris, y étant venu très bien accompagné. Je vous laisse à penser s'il y eut des plaintes de tous côtés. La Reine lui reprochoit sa désobéissance, & passant par-dessus les actions précédentes s'arrêtoit principalement sur les malheurs présens. Elle lui fit entendre que le Roi avoit été contraint de faire la Paix avec la Ligue, pour sauver son Etat : que sans cet expédient tout étoit perdu; qu'il falloit ôter le prétexte de la Religion pour ôter la guerre de ce Roïaume. Le Roi de Navarre au contraire se plaignoit de ce qu'il n'avoit eu mal que pour avoir obéi à Leurs Majestés. Que la Ligue s'étoit rendue seulement forte, pource qu'il étoit demeuré foible; qu'il avoit hasardé sa vie pour garder sa foi, & ramenant les malheurs présens à leur source, il rapportoit à la Paix faite avec la Ligue la misere de ce Royaume. Il disoit que le Roi avoit été plutôt mal conseillé que contraint ; que la conservation de l'Etat dépendoit de la conservation de ses Edits ; que ceux-ci étoient véritablement ses Edits qu'il avoit jurés volontairement : que ceux-là étoient Edits de Paix, qui chassoient la guerre, & non pas ceux qui pour contenter quelques séditieux élevés en une Province, remplissoient tout le Royaume de sédition. Madame, dit-il, vous ne me pouvez accuser que de trop de fidélité. Je ne me plains point de votre foi, mais je me plains de votre âge, qui faisant tort à votre mémoire, vous fit facilement oublier ce que vous m'aviez promis. Ce fut la fin de la seconde entrevue & presque les dernieres paroles. L'on commença à espérer quelque douceur de la troisieme, pource que l'amertume des reproches s'étoit écoulée aux deux premieres. Le Vicomte de Turenne vint à Cognac pour s'accorder sur quelques particularités touchant la treve. Toutefois la Reine lui fit entendre, que pour avoir paix il falloit que le Roi de Navarre se fît Catholique, & qu'il fît cesser l'exercice de la Religion aux Villes qu'il tenoit. Et lui donna charge particuliere de lui dire que c'étoit la volonté du Roi & la sienne. J'ai su que le Roi de Navarre étoit en chemin pour venir trouver la Reine, sur lequel le Vicomte de Turenne lui vint au-devant & lui fit entendre sa Charge. Il fut sur le point de rebrousser chemin, mais se persuadant que la Reine avoit parlé selon l'humeur de son Conseil, il se délibéra de la voir, de se contenter l'esprit, & de lui répondre. Dès qu'il eut baisé les mains de Sa Majesté, portant un visage fort triste, elle lui demanda si le Vicomte de Turenne avoit parlé à lui, & assura que c'étoit la derniere résolution du Roi. A quoi il répondit qu'il s'étonnoit qu'elle eût pris tant de peine, pour lui dire ce, dequoi il avoit les oreilles rompues ; qu'il s'étonnoit qu'elle, qui étoit de si bon jugement, s'amusoit à vouloir soudre la difficulté par la même difficulté. Qu'elle proposoit une chose qu'il ne pouvoit faire sans forfaire à sa conscience & à son honneur, & qu'elle ne pouvoit demander sans faire tort au Service du Roi. Pour le tort qu'il feroit à sa conscience, qu'il n'avoit que Dieu & sa conscience pour Juge : pour son honneur qu'il la supplioit de considérer l'injure qu'il se feroit, d'avoir plus déféré aux armes de ses Ennemis qu'aux commandemens de son Roi : Que quand il se seroit tant oublié, qu'il ne retireroit pas pour cela avec soi tous ceux de la Religion ; que le prétexte de ceux de Guise augmenteroit, à mesure qu'ils perdroient l'espérance de lui pouvoir ôter le droit qui lui appartient : qu'en l'augmentation de leur prétexte consistoit la force de leurs armes, & en la force de de leurs armes la ruine de cet Etat. Je ferois, dit-il, Madame, seulement cela pour mon contentement. C'est qu'étant catholique & approchant de moi les bonnes graces du Roi, mon Seigneur, j'approcherois de sa personne & aurois ce bien & honneur de lui rendre le service que je lui dois : Mais je ferois davantage pour eux, c'est que demeurant seul je leur donnerois la commodité de vous ôter le plus fidele serviteur que vous aurez jamais. Ils ne veulent point de ceux-là près de vous, Madame, car ils en seroient misérables, vous mieux servie, & tous vos bons Sujets plus heureux. La Reine ne répondit point à cela. Aussi certes étoit-il difficile d'y répondre. Mais elle s'amusa à lui faire sentir les incommodités qu'il souffroit durant la guerre. Je les porte patiemment, dit-il, puisque vous m'en avez chargé pour vous en décharger. Elle continua ce discours jusqu'à tant qu'elle vint à lui reprocher qu'il ne faisoit pas ce qu'il vouloit dans la Rochelle. A quoi il répondit, par-

1586.

Voyage de la Reine-Mere en Poitou.

1586.

VOYAGE DE LA REINE-MERE EN POITOU.

donnez-moi, Madame, car je n'y veux que ce que je dois. M. de Nevers prit la parole & lui dit qu'il n'y sauroit pas faire un impôt. Il est vrai, dit-il, aussi n'avons-nous point d'Italiens parmi nous. Peu après la Reine lui fit ouverture d'une treve générale pour un an, à la charge qu'il n'y eût nul exercice de Religion en ce Royaume, durant laquelle on feroit convoquer les Etats. A quoi il répondit que si ceux de la Religion avoient quitté si légerement leurs retraites, la Ligue se trouveroit la plus forte, & par conséquent les Etats les plus foibles : qu'il tenoit impossible de faire cesser l'exercice de la Religion en France, si ce n'étoit par un bon Concile; & le Roi étant pour encore le plus foible, qu'il tenoit la convocation des Etats inutile : que l'exemple des Etats de Blois faisoit foi de l'un, & le vain effort des Rois prédécesseurs de l'autre. Et prenant congé de la Reine, elle lui répéta par plusieurs fois les mêmes discours qu'elle avoit tenus au Vicomte de Turenne, & le chargea de les faire entendre à la Noblesse qui le suivoit. Ce que le lendemain il fit, & comme j'ai bien su avec beaucoup de regret, craignant d'altérer quelque chose en la volonté qu'un chacun avoit d'entendre à la paix; & de fait il choisit encore des ames les plus douces de sa troupe, les sieurs de Monguyon (1) & de la Force (2), pour témoigner à Sa Majesté le regret qu'un chacun avoit de se voir réduit à une extrême nécessité par cette extrême résolution, & pour savoir s'il ne leur falloit point attendre autre chose du pouvoir que le Roi lui avoit donné : la Reine se voïant sur le point de rompre ou d'engager sa parole, dit qu'elle enverroit le sieur de Rambouillet vers le Roi, pour lui demander sa derniere volonté, laquelle elle voulut, je ne sais à quel dessein, rendre incertaine, tant par cela, que parcequ'elle dit au Duc de Montpensier, que tout ce qu'elle avoit dit au Vicomte de Turenne, n'étoit que par forme de discours, dissimulant d'en avoir parlé en termes exprès au Roi de Navarre : & lui fit même connoître d'avoir beaucoup de désir de le revoir, & le chargea de parler de quelque prolongation de treves. Ce qu'il fit étant allé sur son chemin pour lui dire adieu. Parmi ces contrariétés on ne savoit que penser, ni moi que vous écrire. Les uns pensoient que pour contenter la Ligue elle ne vouloit pas ouvrir les moïens de la Paix, que se montrant forcée par la nécessité ; les autres

(1) François de la Rochefoucauld de Monguion.
(2) Nompar de Caumont sieur de la Force.

1586.

VOYAGE DE LA REINE MÈRE EN POITOU.

que ceux de son Conseil la repaissoient d'espérances nouvelles, fondées sur le mauvais état des affaires de ceux de la Religion; & lui promettant d'obtenir une paix agréable au Roi, ils la conduisoient couvertement à une guerre profitable à la Ligue. Le sieur de Rambouillet étant de retour, & rapportant le serment que le Roi avoit fait aux solemnités de l'Ordre du Saint-Esprit de ne consentir jamais à l'exercice de la Religion, la Reine fit parler au Roi de Navarre d'une seconde entrevue, lui donnant dextrement occasion de croire que le retour du sieur de Rambouillet lui seroit agréable; à quoi néanmoins il y eut une extrême peine de le faire condescendre: l'espérance qu'il avoit conçue de la vue de la Reine, étant si non perdue, pour le moins fort égarée. Ceux de son parti l'en détournoient, craignant qu'elle eût seulement volonté de continuer le propos qu'elle avoit commencé; & lui craignoit de réitérer plusieurs fois une treve, aïant été averti que la publication de la premiere avoit été imprimée & portée en Suisse & Allemagne. Les uns lui remontroient qu'elle l'amusoit d'un Traité de Paix, attendant le temps qu'on lui pût faire la Guerre: qu'elle lui proposoit des conditions fâcheuses, pour l'induire à la rompre, & le rendre par ce moïen odieux à toute la France. Les autres l'avertissoient qu'elle exhortoit les Villes circonvoisines à l'exécution du dernier Édit; & que feignant de chercher le bien de l'Etat, elle faisoit beaucoup de mal au Particulier de la Rochelle. Cette passion prit le titre de raison, depuis que Vouvans (1) & la Fay-Monjau (2) furent surpris par les Catholiques; car, quoique ce fussent Places de nulle importance, toutefois le temps du Traité faisoit qu'on y soupçonnoit quelque dessein. Le Roi de Navarre n'attendoit plus qu'on lui donnât grande chose, depuis qu'on prenoit tant de peine à lui ôter si peu. Néanmoins la Reine le pressa avec telle affection, qu'il accorda la seconde entrevue, ou pour faire connoître qu'il n'avoit point tenu à lui qu'on n'eût traité des moïens de faire une Paix, ou se persuadant que la Reine ne prendroit point cette peine, pour lui porter deux fois une mauvaise nouvelle: & elle s'étant acheminée à Fontenay, il vint à Marans; & comme la volonté de se voir leur crût, la défiance croissoit aussi dans leurs Conseils. La Reine, ou bien plutôt quelques-uns des siens appréhendoient d'aller en lieu où les Rochellois fussent les plus forts. Et pourceque le bruit étoit que

(1) C'est *Vouvant*, Ville du bas Poitou.

(2) D'autres nomment ce lieu, situé aussi en Poitou, Faye-la-Vineuse.

1586. l'Enseigne-Colonelle de la Rochelle étoit en garde au gué de Velvire, ils firent difficulté d'en approcher. Le Roi de Navarre craignoit les avenues & les détours de ces marais ; & de fait, le naturel du lieu est tel, qu'un homme seul y peut faire un bon coup sans courre fortune. Cependant la Reine fut avertie que la Ligue prenoit alarme de ses actions, qu'elle entreprenoit sur le Roi, & que sa présence étoit requise à Paris. Alors elle manda au Roi de Navarre que puisqu'elle ne le pouvoit voir, qu'il lui envoïât le Vicomte de Turenne, auquel elle s'offroit de parler avec toute liberté, à quoi il consentit facilement ; voila le nœud de la derniere négociation. La Reine montroit de vouloir traiter avec lui, étant bien informée de sa prudence ; le Roi de Navarre y consentoit, étant certain de sa fidélité ; les Particuliers le souhaitoient, pourcequ'il est reconnu aimant le bien & le repos de cet Etat ; & j'entens de ceux qui le connoissoient plus particulierement, que c'étoit un instrument fort propre, si les mains du Conseil de la Reine s'en fussent servies comme il falloit. Il vint donc à Fontenay ; & aïant fait entendre à la Reine qu'il étoit là pour recevoir ses commandemens, elle lui proposa qu'il falloit faire une treve générale, & que les affaires étoient telles qu'on ne pouvoit encore parler d'une Paix. A quoi il répondit que le Roi de Navarre s'accorderoit facilement à cela, & qu'il approuveroit toujours le nom de Treve, pourvu qu'elle produisît les effets d'une Paix ; mais, que jusques alors on avoit tellement bouché les oreilles à ses Requêtes, qu'il avoit été contraint d'emploïer ses Amis pour se faire ouir, & qu'il ne pouvoit traiter ni Paix ni Treve générale, qu'avec leur avis & consentement ; qu'il étoit Protecteur élû d'un Parti délaissé du Roi, composé de plusieurs Particuliers, qui avoient été particulierement offensés, & auxquels on ne pouvoit satisfaire sans ouir leurs plaintes. Que s'il plaisoit à Sa Majesté octroïer les passeports requis, & temps raisonnable pour les convoquer, qu'on y useroit de toute diligence ; & pour faciliter cette affaire, qu'il lui sembloit bon de faire une Treve de deux mois particuliere dans cette Province, pendant laquelle le Roi de Navarre la pourroit voir, & aviser avec elle des moïens de faire une Paix ; pour le Traité de laquelle les Députes des Provinces pourroient venir. La Reine trouva mauvaise cette treve, & commanda à ceux de son Conseil d'en dire la raison. L'un d'eux remontra qu'elle étoit préjudiciable au Roi, pourceque durant icelle, le Roi de Navarre auroit moïen de faire entrer les Etrangers ; que les Catholiques

Voyage de la Reine Mere en Poitou.

1586.

VOYAGE DE LA REINE-MERE EN POITOU.

se rendroient oisifs, & s'accoutumeroient au repos; que ceux de la Ligue prendroient cette treve pour ombre de paix, de laquelle craignant le corps, ils feroient encore une seconde saillie. A quoi le Vicomte répondit; que le lieu de l'entrée des Etrangers n'avoit nulle correspondance avec le bas & haut Poitou; que le Traité de Paix ou de Treve reculoit plutôt la levée qu'il ne l'avançoit: que la seconde raison étoit commune aux deux partis, & que les Huguenots abusoient plutôt du repos que les Catholiques, pour ce qu'ils l'avoient moins accoutumé: que pour la saillie de la Ligue, il n'y savoit point de remede, n'en aïant encore appréhendé le mal: que le Duc de Guise étoit fort mal accompagné: que le Duc de Mayenne avoit ruiné sa Compagnie, & qu'on ne faisoit jamais de petites ruines un grand bâtiment. Et pour ce que jusques alors il avoit parlé sans charge, n'étant venu que pour ouir, la Reine fut d'avis qu'il retourneroit trouver le Roi de Navarre, pour être particulierement instruit de sa volonté; ce qu'il fit; & l'aïant trouvé bien assuré de la levée de ses Reistres (1) par homme qui étoit arrivé ce même jour, il retourna vers la Reine promptement, & la trouva à Niort disposée à reprendre le chemin de Paris. Il eut audience, & discourut amplement devant Sa Majesté l'heureux état des affaires du Roi de Navarre: qu'il avoit soutenu le faix de cinq armées qui n'avoient de rien servi, que de faire connoître qu'il étoit à l'épreuve de forces de ses Ennemis.: qu'eux au contraire étoient ruinés, & de forces & de réputation: qu'ils avoient recours aux conspirations & séditions d'une Ville, ne pouvant faire guerre en la campagne. Qu'ils ne pouvoient plus attendre secours de l'Espagnol, lequel étoit si empêché à se défendre, qu'il ne pouvoit songer à leur donner moïen d'assaillir: que si le Roi de Navarre avoit perdu quelques bicoques, il avoit fortifié cinquante Places, & que s'il s'étoit tenu jusques ici sur la défensive, qu'il avoit à sa discrétion de faire prendre sa partie à ses Ennemis: qu'il avoit une Armée étrangere, grande & forte, que la nécessité de ses affaires ne lui contraignoit point d'appeller; qu'il ne pensoit point s'en servir pour faire la guerre, mais pour faire une bonne paix. Et quoiqu'il eût été extrêmement offensé, que néanmoins il ne lui étoit jamais venu au cœur de s'en servir, pour se venger de ceux qu'il reconnoissoit ser-

(1) Cavaliers Allemands. Ménage dit dans son Dictionnaire étymologique que Reitre vient de l'Allemand *Reutter*, qui signifie un Cavalier. Les Reitres vinrent en France durant la Régence de Catherine de Medicis.

1586.

VOYAGE DE LA REINE-MERE EN POITOU.

viteurs de cette Couronne. M. de Nevers lui demanda si le Roi de Navarre s'étoit point obligé au préjudice de l'Etat: & le Vicomte, continuant son discours, supplia très humblement la Reine de croire qu'il n'étoit ni téméraire ni menteur, qu'il ne s'avanceroit de dire rien, de quoi il ne fût bien assuré, & que le sachant, il ne déguiseroit point la vérité, qui étoit telle, que le Roi de Navarre n'avoit rien contracté avec les Etrangers que pour le bien & repos de l'Etat, & pour rendre au Roi & à ses fideles serviteurs, leur autorité. Et afin, dit-il, Madame, que vous jugiez de son intention, il vous proteste que, quand il plaira à Vos Majestés vous servir de ses forces, qu'il tournera toujours la tête où le bien de ce Roïaume & vos commandemens l'appelleront. Le Roi de Navarre a toujours cru que le Roi, s'étant mis à la guerre, pour être le plus foible, ne pouvoit remettre une paix, qu'étant le plus fort: qu'il feroit véritablement le plus fort, quand les Princes de son sang auroient en main les forces, pour lui faire rendre l'obéissance qui lui est due. C'est le dernier remede duquel, Madame, je souhaiterois qu'on se pût passer; & vous dis cela particulierement comme Serviteur de Votre Majesté, non pas comme Huguenot, pour lequel peut-être il est plus sûr d'attendre une armée qu'une négociation, & une bataille qu'un Edit. N'attendez point, Madame, que l'Etat sente l'incommodité de ses Amis. Il vous est utile & honorable de consentir volontairement à une Paix, & d'en élire de bonne-heure plutôt les moïens dans votre bonne affection, que d'être contrainte de les prendre plus tard pêle & mêle dans la nécessité. La Reine dit lors, qu'il falloit donc faire arrêter l'Armée étrangere, & contesta quelque temps sur la forme des passeports; qui fut cause que le Vicomte lui dit, Madame, si même vous craignez de nous donner de bonnes paroles, nous ne sommes pas encore sur le point d'attendre de bons effets: lesquels nous retarderions encore davantage, si nous retardions les forces qui vous y peuvent émouvoir. Il n'est plus tems, Madame, que nous puissions nous assurer d'une simple promesse, vu que les Edits solemnels nous ont failli. La Reine prêtoit tellement l'oreille à ces raisons, qu'elle montra d'avoir plus le cœur aux avertissemens qu'on lui donnoit de toutes parts. On lui représentoit l'apparence d'une grande sédition, le Roi mal accompagné, le Duc de Mayenne dans Paris, le Duc de Guise en état de s'y jetter: on lui représentoit l'occasion que les Chefs de la Ligue ont de tirer leur dernier coup de désespoir; que l'espérance qu'ils ont eue de jouir d'Angleterre est morte avec la Reine d'Ecosse ; que la dévotion de nos Ecclésiastiques refroidit à mesure que leur ambition s'échauffe ; que quatre Armées se sont ruinées à faute de moïens : que ceux de la Religion se renforcent, & qu'il n'y a plus d'apparence que ces Messieurs puissent bâtir de leurs ruines. Et elle a tellement appréhendé ce que nous craignons tous, qu'elle s'en retourne en hâte, comme il est vraisemblable, pour empêcher que ces séditieux, auxquels il ne reste plus rien à entreprendre, n'exécutent enfin sur la personne du Roi. Voilà l'état de nos affaires, voilà l'état de notre négociation, & voici la fin de ma Lettre, laquelle m'auroit lassé d'écrire, si je n'oubliois la peine de ma main dans le plaisir que je prends à vous entretenir. Je baise bien humblement vos mains, & suis,

1586. VOYAGE DE LA REINE-MERE EN POITOU.

Votre plus fidele serviteur, S. C. P.

AVERTISSEMENT

A LA REPUBLIQUE,

Sur le Concile National demandé par le Roi de Navarre. (*)

COMME en un grand péril de Mer, ou en un feu qui est embrasé au danger public, on ne rejette le service de personne, de quelque petite qualité qu'elle soit, aussi je pense que vous prendrez à la bonne part, République, si je, qui suis homme de peu de renommée, vous déclare les choses qui me semblent très utiles & propres pour appaiser les troubles qui sont aujourd'hui, & comme il y a apparence, pourront être ci-après en ce Royaume, si de bonne heure on n'y remédie; non que j'ignore que vous n'ayiez grande abondance de gens qui vous conseillent, car chacun s'efforce de vous mettre en avant ce qui fait pour son parti, ou pour le profit du Royaume : mais comme il convient à votre humanité de donner bénignement audience à chacun, principalement à ceux qui s'efforcent de profiter à l'Etat public, aussi appartient-il à votre prudence de discerner quel conseil est le meilleur, mettant plutôt les opinions à la balance, que les personnes d'où

(*) On sent bien en lisant cette Piece qu'elle est d'un Protestant.

1586. AVERTISS. A LA RÉPUBLIQUE.

elles sont procédées. Or, combien que je ne ne présume rien de moi, & que je ne me préfere à personne, toutefois j'espere & presque m'assure, que si vous apportez un jugement bien clair & non préoccupé d'opinion de soupçon, ou autre mauvaise affection, vous trouverez que j'ai fidelement touché en ce petit Traité ce qui étant suivi, sans nul doute, ce Royaume sera si bien uni, qu'il sera stable en soi & redoutable à tous ses ennemis. Vous aviserez donc, République, de bien considérer le tout.

Premierement, République, il faut ensuivre les bons médecins, qui avisent soigneusement les causes des maladies, puis y appliquent les remedes convenables, tellement qu'ils voient presque comme elles doivent terminer. Mais nous avons un avantage en cette matiere que n'ont pas les Médecins. Car quelquefois ils tuent les pauvres patiens devant qu'avoir connu d'où vient leur mal : ici nous pouvons voir sans difficulté les causes des troubles & séditions, même de tous les maux qui adviennent au monde. Or ceux qui les attribuent à l'inconstance de fortune, comme ils l'appellent, ou aux mouvemens des planettes, sont gens profanes. Il y en a d'autres qui blâment l'ambition de celui-ci, ou l'avarice de celui-là, ou la témérité ou déloyauté d'un autre, ou choses semblables, ce qui est quelque chose : tant y a que ce n'est pas bien connoître la source de toutes calamités, si on ne monte jusqu'à la justice & providence de Dieu. Car il nous enseigne en sa parole, que toutes ces choses sont en ses trésors & qu'il les tire de ses coffres quand il lui plaît pour les envoïer sur la terre, & punir les péchés des hommes. Puis donc que c'est le péché qui fait ouvrir les coffres de Dieu pour envoïer toutes miseres, il est certain que s'il y a pénitence & amendement de vie, tels Officiers de la justice de Dieu seront incontinent reserrés & enfermés, en sorte qu'ils ne pourront sortir pour nous travailler. Il n'y a personne aïant sentiment de Religion, qui ne confesse en général ce que je dis : mais quand ce vient à reconnoître nos fautes par le menu, nous ne parlons pas tous d'une même maniere : car le monde est tant aveuglé qu'il fait quelquefois grand scrupule de ce qui n'est rien, & à l'opposite il en fait peu de ce que Dieu expressément commande ou défend. Il y en a bien qui confesseront une bonne partie de leurs fautes, voire des plus légeres ; mais des plus grosses ils n'en parlent & n'en veulent ouïr parler : au contraire, qui les en voudra avertir il sera

1586.

AVERTISS. A LA RÉPUBLIQUE.

ſera leur ennemi mortel. Voilà comme le monde eſt plein d'endurciſſement & d'hypocriſie, & n'a point un cœur entier mais eſt double, ne faiſant difficulté de mentir, penſant par un ſemblant extérieur, décevoir celui qui a fait le cœur auſſi-bien que tout le reſte de l'homme. Toutefois de corriger toutes les fautes en particulier, cela paſſe votre faculté, République; mais de remédier aux péchés généraux, qui auſſi provoquent l'ire générale de Dieu ſur les Peuples & Nations, je penſe que ſi vous mettez votre étude, vous pourrez donner un tel ordre qu'en peu de tems vous rendrez France la plus heureuſe Monarchie qui ſoit ſous le Ciel. Combien qu'en corrigeant les vices généraux, les particuliers ſeront beaucoup reſtraints & diminués. Je ne veux pas dire que la choſe ſoit ſans difficulté, vu le grand nombre de gens mal vivans, & des vices auxquels les François ſont endurcis : car outre ceux qui ſont de notre cru, il n'y a Nation que nous n'ayions voulu enſuivre en toutes choſes, excepté en bien faiſant. Toutefois ſi vous appellez Dieu à votre conſeil & aide, comme c'eſt de lui que toute bonne conduite & proſpérité deſcend, il ſurmontera par ſa libéralité tout ce que vous ſauriez ſouhaiter.

Il nous faut donc venir aux péchés généraux, & regarder comment on les reprimera. Or nous les pouvons en brief diviſer en deux eſpeces; car les uns ſont quant au ſervice ſpirituel de Dieu, & attouchent la Religion, les autres attouchent la police civile. Il nous faut donc commencer par la correction de la premiere eſpece; car c'eſt bien raiſon que le ſervice de Dieu ait le premier lieu, puiſqu'il ne nous a mis au monde, principalement que pour être glorifié en nous. Quant au devoir des hommes les uns envers les autres, il les faut mettre au ſecond rang, autrement il n'y aura que confuſion, comme l'expérience le montre. On voit que les hommes politiques ſe ſont efforcés en manieres infinies, d'entretenir le peuple en paix, & le mettre d'accord. On a fait tant de Loix & Edits, tant d'Ordonnances, tant de punitions pour amoindrir la multitude des procès, & pour réprimer les circonventions, extorſions, violences & meurtres; mais d'autant qu'on a bâti ſans fondement, c'eſt-à-dire, ſans la crainte de Dieu, toute la peine, qu'on y a priſe, a été perdue; & même il ſemble que les choſes ſoient allées de mal en pis. C'eſt la crainte de Dieu, République, voire elle ſeule, qui fait rompre les épées pour les tourner en hoiaux, & les lances pour en faire des gois, comme en parlent Iſaïe & Michée; c'eſt-

1586. à-dire, qui engendre humanité & douceur, qui attrempe les esprits, & qui les duit à souffrir beaucoup pour éviter noises & débats, finalement, qui peut unir les Etrangers & Barbares du monde avec nous. Voilà, République, par où il faut commencer, pour avoir un Peuple bien arrêté & paisible. Parquoi vous devez fuir comme pestes mortelles, & comme ennemis de l'Etat sacré, ceux qui vous conseilleront de ne rien remuer en cette partie; car bons & mauvais confessent, & vous-même connoissez qu'il y a de l'abus. Quel mépris de Dieu seroit-ce donc de n'en faire compte? Aussi se trouvera-t-il peu de gens qui n'estiment que c'est une chose nécessaire, & qui ne desirent qu'on y mette la main à bon escient. Il est vrai qu'il y en a qui sont en partie ignorans, en partie addonnés à leur profit ou ambition, qui ne veulent pas mieux que ce qu'ils ont en cette grande corruption. Quant aux ignorans, ils ne méritent d'être ouis en ce qu'ils n'entendent. Quant aux autres, qui sont incités par leurs cupidités sans raison, mais plutôt par malice, il n'y auroit aussi ordre de s'en arrêter à leur avis; car ils ne veulent pêcher qu'en eau trouble, & leur est la lumiere odieuse, pourcequ'en ces ténebres d'ignorance ils abusent du monde à leur plaisir. Il y a beaucoup d'Ecclésiastiques qui sont entachés de cette maladie, qui n'ont d'autre Dieu que leur ventre. Or vous savez, République, que le ventre n'a point d'oreilles pour entendre raison; mais quoiqu'il y ait, il veut toujours avoir gagné sa cause. Il y a aussi des Practiciens & Gens de Justice, qui penseroient être détruits, si la bêtise & la folie des hommes étoient corrigées; car de-là vient leur pratique. Il y en a bien d'autres qui couvertement & sous nom emprunté, sucent le revenu des Eglises, & se font gras de ce qu'ils butinent sur les pauvres, qui s'opposent aussi de tout leur pouvoir à une bonne réformation. Mais quoi? faut-il qu'à l'appétit de telles gens, le monde soit toujours en telle confusion? Faut-il que Dieu soit tant deshonoré? Faut-il que tant de pauvres ames aillent à perdition?

Avertiss. à la République.

Toutefois, afin que le monde aveuglé ne pense que ce soit sans cause qu'ils ne veulent accorder aucun changement, ils mettent en avant en premier lieu, que nous ne saurions mieux faire que nos Prédécesseurs, qui ont vécu; que les Nations se sont accordées à tenir la Religion Romaine de long-temps; que les Rois de France l'ont défendue contre tous, dont ils ont acquis le nom de Très-Chrétien, lequel ils perdroient allant au contraire; que ce Roïaume a fleuri servant Dieu en cette maniere;

que cette Doctrine, qu'ils appellent Nouvelle, n'apporte que troubles, & qu'elle fait division entre ceux qui auparavant étoient fort bien unis; que les Sujets ne rendent plus obéissance à leurs Princes comme ils souloient; que les Roïaumes sont changés & transportés par ce moïen. La-dessus ils concluent qu'il n'est licite de rien changer, au contraire, qu'il faut punir, pour irreligieux, mutins, séditieux & ennemis des Roïaumes, ceux qui parlent de rien changer; singulierement les Prêcheurs de l'Evangile. Voilà par quelles raisons ont été incités les Rois & Gens de Justice, & autres plusieurs, voire & le sont encore, contre la Doctrine de salut: de façon que, sans écouter, ne faire semblant de rien qu'on dise, il n'est question que de persécuter, piller maisons, confisquer, emprisonner, & torturer hommes & femmes, même les petits enfans, & d'exécuter toutes les cruautés desquelles on peut s'aviser, à l'encontre des vrais Serviteurs de Dieu. Tellement qu'il y a ja tant de sang innocent répandu, que c'est horreur seulement d'y penser: voire que toutes Nations sont émerveillées que la France, qui de long-temps avoit acquis le bruit d'humanité, soit devenue maintenant la plus têtue, & la plus sanguinaire & enragée qui soit sous le Ciel. Mais, pour le moins à cette heure, donnez audience à cette petite réponse, & qu'après qu'une petite partie aura parlé, vous ne lui donniez gain de cause sans ouir l'autre.

1586.

AVERTISS. A LA RÉPUBLIQUE.

D'alléguer la prospérité, comme provenant de ce qu'on a maintenu cette Religion jusqu'à cette heure, ce n'est rien dire, sinon ce que les Idolâtres ont anciennement prétendu contre les Prophetes qui les reprenoient, comme on peut voir en Jeremie 44. & Osée 2. Voila-pas une vilaine ingratitude, quand Dieu nous veut attirer par bénéfices à soi, & nous faire abannotre mauvais train, de nous endurcir davantage, & prendre le bien qu'il nous a fait, comme le salaire de nos méchancetés? Davantage, si nous en venons là, que dira le Turc de son erreur? Ne pourra-t-il pas alléguer la prospérité qu'il a eue par si long-temps, qui lui a donné la possession & Seigneurie de tant de grands païs? Qui ne voit aussi que Dieu laisse souvent fleurir les méchans & même les incorrigibles, afin qu'ils soient tant aveuglés de leur prospérité, qu'ils ne puissent rien voir ne sentir des jugemens de Dieu, jusqu'à ce qu'ils en soient surpris sans y pouvoir remedier? Or ceux qui ne regardent que la félicité temporelle, telles gens, dis-je, ont leur sentence donnée par Jesus-Christ, parlant au mauvais Riche: fils, aies souvenance

1586. que tu as reçu tes biens en ta vie. Si est-ce que cette prospérité n'a point été tant générale, que Dieu n'ait montré en ce temps beaucoup d'échantillons & comme avant-montres de ses Jugemens contre les Persécuteurs. Et, sans parler de ce qui est avenu aux autres Païs, je conterai quelques exemples tout notoires en ce Roïaume. On sait que le Chancelier & Legat du Prat (1) fut le premier qui déféra au Parlement la connoissance des Hérésies, d'autant qu'il y a, comme il disoit, du blasphême mêlé, & qui donna les premieres commissions pour faire mourir les fideles (2), après s'être ennuïé des longues procédures tenues au procès de Berquin (3).

AVERTISS. A LA RÉPUBLIQUE.

Venons maintenant à la calomnie qu'on impose à l'Evangile(4), disant qu'elle est cause de troubles infinis, & de division entre ceux qui auparavant étoient bien unis. Or, comme faussement ce reproche a été fait à l'ancienne Eglise, aussi est-il à nous au temps présent; car on voit bien que nous sommes de bon accord avec tous ceux qui entendent raison. La modestie & douceur des nôtres est tant connue, que pour ce seul regard, ils sont bien souvent exposés en proie. Car les bons Catholiques, voïant un homme débonnaire, qui ne blasphême, ne jure, qui ne parle de paillardise ne de querelles, qui ne sera impétueux ne noiseux, mais voudra tenir quelqu'honnête propos, soudain décocheront avec leur *sang* & *mort*, disant que voilà un Luthérien ou un Huguenot. Je vous supplie, République, quelle Religion, vu que pour s'approuver bon Catholique selon icelle, il faut être débordé en toute dissolution, jurer, blasphêmer, renier & faire du mauvais ? Par-là ne voit-on pas évidemment qu'on

(1) Antoine Duprat, Premier-Président au Parlement de Paris, puis Chancelier de France, de Bretagne & de Milan, Cardinal, Légat *à Latere*, Archevêque de Sens. &c., mort le 9 Juillet 1535.

(2) Les *Fideles*, dans le langage de l'Auteur, sont ceux qui avoient quitté la Religion catholique pour embrasser les nouvelles erreurs.

(3) Louis Berquin, Gentilhomme du Païs d'Artois, sous François Premier, déclama contre les Moines, traduisit quelques Ouvrages d'Erasme, qu'il gâta par ses Additions. Il parla avec tant de liberté sur plusieurs points importans de la Religion, que ses livres furent dénoncés & censurés par la Faculté de Théologie de Paris, & que lui-même fut mis en justice. Le Roi le sauva pour la premiere fois; mais aïant été accusé de nouveau & refusant de se rétracter il fut étranglé & brulé à Paris, âgé d'environ quarante ans, l'an 1529. Voïez l'Ouvrage de M. d'Argentré, Evêque de Tulle intitulé : *Collectio judiciorum de novis erroribus*, in-fol. T. 2. p. 40 & suiv.

(4) C'est-à-dire, dans le sens de notre Auteur, les nouvelles opinions contraires à ce qu'a toujours enseigné l'Eglise Catholique, Apostolique & Romaine. Il suffit d'en avertir pour entendre toutes les autres expressions à peu près semblables de cet écrit si opposé à la vérité, si rempli de faux préjugés & de calomnies contre l'Eglise & sa doctrine, & dans lequel l'Auteur fait l'abus le plus étrange de quantité d'endroits des Livres saints, tant de l'Ancien que du Nouveau Testament.

n'en veut pas aux hommes, mais à Dieu; puisqu'on ne veut reconnoître pour amis & bons fideles, que ceux qui le renoncent & dépitent plus audacieusement?

1586.

Avertiss. a la République.

Si donc on vouloit avoir paix avec telles gens, quelle en seroit la condition, sinon de quitter toute honnêteté, humanité, & de faire la guerre ouverte à Dieu? Or puisqu'il est question de la gloire de Dieu, il vaudroit mieux que le Ciel s'assemblât avec la Terre, & que tout fût en confus, que si l'on faisoit appointement à tel si. Aussi Notre Seigneur nous montre bien qu'il ne l'approuve pas: car combien qu'il exhorte à amitié en tant de sortes, toutefois quand il est question de son honneur, il veut qu'il soit préféré à toutes les plus étroites conjonctions du monde; voire qu'on laisse pere & mere, femme & enfans pour le suivre, & prédit qu'il n'est pas venu en tel cas mettre la paix en la terre, mais le glaive, disant qu'il y aura division entre le pere & le fils, entre la mere & la fille, la belle-fille & la belle-mere, & que l'homme aura ses domestiques pour adversaires. Par ci-devant quand le Fort armé qui est aussi appellé le Prince du monde, régnoit sans contredit, il ne faisoit la guerre à personne; mais depuis qu'on l'est venu assaillir en son Fort, & qu'on le veut jetter hors de sa possession pour y faire regner Jesus-Christ, d'autant qu'il ne veut volontairemeut ceder, il faut qu'il y ait de la violence, qu'il y ait des tonnerres & éclairs, & qu'on voie de grands & horribles orages. A bien le prendre donc, ce ne sont pas les gens de bien qui font la noise; car ils ne demandent rien qui ne soit raisonnable, c'est que Jesus-Christ regne. Ce qui est aussi tant nécessaire, que sans cela le monde est en perdition toute certaine. Qui fait donc la noise? sinon ceux qui ne lui veulent obéir par leur obstination rébelle, & qui même ne lui veulent faire honneur de lui donner audience.

Or, quand en tel cas on s'assemble, pour prendre instruction de la parole de Dieu, pour l'invoquer purement & faire profession de Chrétienté en Assemblée chrétienne, vu que Dieu veut que le ministere de sa parole & de ses Sacremens demeure inviolable jusqu'à la fin du monde, & qu'il faut tenir pour rébelles à Sa Majesté ceux qui n'y obéissent: lors, dis-je, il s'en faut tant qu'on doive reprendre telles assemblées, qu'au contraire, elles méritent une singuliere louange. Témoins les bons Fideles qui étoient du tems des Machabées, qui se retiroient aux cavernes & aux montagnes au tems de persécution,

1586. AVERTISS. A LA RÉPUBLIQUE.

pour célébrer le Sabbat & la Fête des Tabernacles : témoin Jesus-Christ, lequel dépité de la malice des Scribes & des Pharisiens & de leurs suppôts, & pour éviter leurs embûches, prêchoit souvent aux champs & par les maisons particulieres, & même y célébra la sainte Céne : témoin les Apôtres, qui s'assembloient aussi en la maison de Marie Mere de Jean, surnommé Marc, voire de nuit lorsque Saint Pierre étoit prisonnier : témoin Saint Paul qui ressuscita un enfant nommé Eutyches, lequel, tombant du tiers étage d'une maison en laquelle se faisoit le prêche, s'étoit tué : témoin lui-même qui prêcha en une maison à louage fort long-tems, étant prisonnier à Rome ; témoin toute l'antique Eglise, qui étoit contrainte de s'assembler, ont fait sur cela plusieurs apologies qui se trouvent encore ès livres des Auteurs anciens.

Reste à parler de ce qu'on dit que l'Evangile emporte avec soi un changement de Roïaume. Mais si la faute étoit en l'Evangile, par tout où il seroit prêché, on verroit un tel changement : ce qu'on trouve autrement en plusieurs Rois, Princes & communautés, qui regnent aujourd'hui fort heureusement sous la réformation de l'Evangile de Jesus-Christ. Il est bien vrai que plusieurs Princes, à qui Dieu a fait cet honneur de leur envoïer l'ambassade de salut, & auxquels il a voulu ouvrir les yeux pour leur faire connoître le droit chemin pour obtenir toute bénédiction, se sont trouvés empêchés à cause de l'Evangile ; mais ç'a été par leur ingratitude & par leur orgueil nompareil, accompagné d'une inhumanité plus que brutale, qui leur a fait mépriser la grace de Dieu & persécuter ses Serviteurs à feu & à sang. Or d'autant qu'ils ne veulent reconnoître le Fils de Dieu pour leur Roi, & ne lui veulent rendre l'hommage qui lui est dû ; ne méritent-ils pas bien d'être cassés de son service ? ne méritent-ils pas d'être punis en toute sévérité ? Parquoi ceux qu'il n'a encore châtiés fassent leur compte comme ils voudront : mais si ne pourront-ils tant faire par leurs complots & machinations, ni par toute la tyrannie qu'ils exercent, que ce qui est écrit ne soit à la parfin vérifié : voici, les yeux du Seigneur sont sur tout le Royaume péchant, & l'abolira de dessus la terre. Item l'Agent & le Royaume qui ne te serviront, parlant de l'Eglise des Fideles, périront, voire les gens seront du tout rasés. Au second Pseaume il est dit que Dieu a donné à son Christ un barreau de fer pour briser ses ennemis comme des vaisseaux de terre ; puis il y a une exhortation ajoutée: Parquoi vous Rois, entendez maintenant, & vous Juges de la terre, prenez instruction. Servez au Seigneur en crainte, & vous éjouissez en tremblant. Baisez le fils, de peur qu'il ne se courrouce, & que périssiez de la voie, quand son ire s'embrasera tant peu que ce soit.

1586.

AVERTISS. A LA RÉPUBLIQUE.

De ces paroles nous recueillons que ceux qui feront hommage au Fils de Dieu, & s'emploieront pour les Fideles qui lui servent seront conservés & maintenus en leur Royaume & Etat, & que ceux qui feront le contraire, ne pourront échapper qu'ils ne soient enfin ruinés. Voilà, République, ce que nous répondons aux raisons qu'alléguent ceux qui voudroient empêcher une bonne réformation.

Par cette allégation vous pouvez aussi voir, République, que vous avez des Conseillers de Roboam auprès de vous; voire de tels flambeaux de tyrannie, qui s'efforcent de vous persuader que encore qu'il y eût toutes les raisons du monde en ce que nous disons, que toutefois il ne faut y entendre. Car par ainsi les Sujets donneroient Loi à leur Prince, disent-ils. Mais est-ce donner Loi à son Prince, quand les Sujets remontrent simplement ce que Dieu ordonne & commande? Ce seroit donner Loi à son Prince, quand on feroit des articles à plaisir, & qu'on le voudroit contraindre à les accorder: mais quand les Sujets produisent de mot à mot ce qui a été prononcé par la bouche de Dieu, duquel les Rois tiennent tout, & auquel ils doivent rendre compte, aussi bien que les plus petits; qui sera si pervers de dire que ce soit imposer Loi à son Prince? Car si les Rois ne veulent obéir à Dieu, pourquoi est-ce qu'ils disent, Par la grace de Dieu, Roi, &c. ne devroient-ils pas plutôt dire, Roi de moi-même & par ma vertu, veuille Dieu ou non? Savez-vous, République, qui imposent Loi au Roi? ce sont ceux qui abusent du nom du Roi & de son autorité.

Il est temps maintenant de parler de la maniere qu'on doit tenir pour faire une bonne réformation, puisqu'il est nécessaire qu'on y mette la main, ainsi que nous l'avons montré. Or nous avons l'exemple des Apôtres, qui nous doit servir de regle en telles choses; qui est que les Chefs de la Religion, & les Gens savans & de bonne vie s'assemblent, & qu'ils connoissent bien ce qui est en controverse; & puis qu'ils en diffinissent par la parole de Dieu. Ainsi en firent-ils touchant les cérémonies de la Loi, qu'aucuns vouloient introduire comme nécessaires à salut, après que Jesus-Christ les avoit accomplies; lequel ordre a été prati-

1586. AVERTISS. A LA RÉPUBLIQUE.

qué de tout temps en l'Eglise. Et même il y a des Conciles, auxquels fût ordonné qu'on s'assemblât deux fois l'an, pour vuider tous différends ; comme celui de Calcedoine chap. 19. & celui d'Antioche chap. 20.

Qui fait qu'aucuns Conciles sont reçus, & les autres rejettés; sinon que les uns ont leur fondement sur la parole de Dieu, & les autres sur les opinions & fantaisies des hommes? Mais prenons le cas que le tout ait été bien diffini, il le sera encore mieux, si derechef on s'assemble ainsi qu'il faut. Quoi qu'il en soit, on ne peut imputer à aucun vice, de dire qu'il faut assembler Concile, puisque par les Conciles mêmes cela a été ordonné. Mais le bruit est, que ceux de la Ligue ont changé de propos, car ils parlent d'en faire tenir un : de l'attendre général, ce seroit en vain, vu l'iniquité des malins qui y saura bien toujours donner empêchement. Il faudra donc qu'il soit des Provinces de ce Roïaume.

Le Roi peut faire que les plus savans & de meilleure vie d'une part & d'autre soient ouis, & qu'on ne s'amuse ni à la robe ni au bonnet ni à l'Etat; car il se trouvera des Gens de Justice aussi bien exercés en Théologie, que aucuns Docteurs, & même plusieurs Gentilshommes de Robe-courte, comme on les nomme; voire des Marchands & Artisans bien expérimentés, comme ils le montreront; qui en voudra faire l'essai. Anciennement aussi on ne rejettoit point telles gens des Conciles, comme il appert par les plus antiques. Parquoi, revenant à ce que j'ai dit devant, il faudra tenir la foi aux gens savans qui se trouveront au Concile Provincial ou National, sous la parole du Roi.

Or il n'y a doute que si les gens doctes & de bonne vie ont audience comme il faut, & qu'on veuille acquiescer à la vérité, que beaucoup de choses ne soient corrigées & changées en France.

Outre plus, République, il faut entendre que les biens Ecclésiastiques ne sont point d'une même espece. Car les uns ont été ordonnés pour les pauvres; les autres pour l'entretenement des Pasteurs & des Temples; les autres pour l'entretenement des Ecoles; les autres ont été donnés pour des Services; les autres ont été même acquis par les Ecclésiastiques. Quant aux biens des Pauvres, ce seroit un Sacrilege d'y toucher, car il faut que cela demeure; mais il seroit nécessaire qu'on choisît des gens de bien pour les distribuer, & qu'ils rendissent publiquement compte d'an en an, pour le moins. Quant aux revenus & ren-

tes,

tes, qui ont été données pour l'entretenement des Pasteurs, il faut regarder ce qui pourra suffire, selon le lieu & charge qu'ils auront ; qu'on ait souvenance que les grands Bénéfices ont amené avec l'avarice & l'ambition, une infinité d'autres maux; & d'autre part, qu'on considere que l'indigence pourroit beaucoup distraire un Pasteur, & le rendre contemptible, quand il seroit contraint de mendier ou gagner sa vie avec grande difficulté, & qu'il ne pourroit avoir livres, ne les choses nécessaires à son état. Pourtant il faudroit pourvoir aux Pasteurs, en telle sorte qu'ils ne fussent, ne trop riches, ni indigens aussi ; que les Temples, qui seront commodes à prêcher & assembler le Peuple, soient entretenus avec les maisons des Pasteurs, & que ce soit sans trop grande somptuosité. Il faut aussi que les revenus, qui sont ordonnés pour entretenir des Ecoliers qui servent après au Ministere & à la République, avec leurs Docteurs, soient restitués ; comme les plus anciennes Abbayes, qui n'étoient anciennement qu'Ecoles, ainsi que les gens savans le savent. Or, quand on aura extrait pour les choses susdites une partie des biens ecclésiastiques, combien pensez-vous, République, qu'il en restera encore? Il y a des Duchés, des Comtés, des Baronnies, & tant de belles Seigneuries & Rentes, qui pourroient être appliquées comme il s'ensuit : que le Roi les donnât à gens de vertu, ou qui auroient fait service à la République, ou desquels on auroit bonne espérance. Comme il y a tant d'honnêtes Gentilshommes & Soldats, qui ont fait beaucoup de services au Roi, & n'en ont eu grande récompense; il y a aussi d'honnêtes gens de Justice, qui ont bien fait leur devoir, & ne se sont point enrichis à cause de leur intégrité ; d'autres qui ont fait particulierement service à la personne du Roi, ou du Roïaume. Ainsi que le Roi se montrât libéral envers telles gens ; en condition toutefois d'entretenir tant de gens de cheval ou de pied qu'il seroit avisé, toujours prêts pour son service, ou de se tenir en tel équipage pour le même fait. Il ne faudroit aussi que le Roi leur donnât ces revenus, sinon pour leur vie durante : car il pourroit avenir beaucoup d'inconvéniens, s'il les donnoit pour eux & les leurs. Je vous puis dire, République, qu'outre ce que le Roi auroit une force incroïable toujours prête, il ne fût jamais mieux servi : car vous savez trop mieux que l'honneur & le profit nourrissent les arts & sciences, & aguisent la vertu. Quant aux Evêques, Abbés, & autres qui tiennent les Bénéfices ; qu'on leur laissât de leurs revenus,

1586.

AVERTISS. A LA RÉPUBLIQUE.

ce qui seroit pour les entretenir honnêtement, enseignant toutefois une sainte & catholique Confession qu'on leur présenteroit. Il y a une infinité de pauvres Gentilshommes, qui ne peuvent partir de leur maison par faute de moïen, qui pourroient être avancés & entretenus. Et les enfans de ceux qui auroient joui des bénéfices du Roi, s'efforceroient d'ensuivre la vertu de leurs peres, afin que le Roi eût occasion de les faire succéder aux Bénéfices de leurs peres. Davantage, beaucoup de puînés, par la jouissance de ces Bénéfices, épargneroient les maisons dont ils sont issus; en sorte qu'ils ne seroient point lopinées, mais plutôt soulagées & secourues: en outre, le Peuple par ce moïen pourroit être grandement soulagé d'impositions, d'autant que le Roi auroit toujours force gens de cheval & de pied, prêts à marcher, sans qu'il lui coûtât rien. J'ose bien dire qu'en suivant cet ordre, il n'y auroit Prince, qui qu'il soit, qui ne craignît autant de quereler un Roi de France, que Roi qui soit au monde. Finalement une infinité de deniers, qui sort du Roïaume, & qui sert bien souvent à nos Adversaires pour nous faire la guerre, demeureroit au Roi & à ses Sujets. Or il n'y a doute, République, que cela ne se puisse faire légitimement. Et quand tout sera bien avisé, si cela ne se fait, il y aura danger que ceux qui en auront été cause n'en maudissent l'heure quelquefois, quand Dieu les punira d'une telle sorte, qu'il ne leur laissera rien de tout ce qu'ils vouloient retenir en mauvaise conscience, & comme en le dépitant.

Après avoir avisé à la Doctrine, aux Ecclésiastiques & aux biens qu'ils tiennent, il faudroit tout ensemble donner ordre à ce que tous blasphêmes, parjures, & propos irrévérens de Dieu & de sa parole, fussent châtiés séverement. Item tous Epicuriens & Contempteurs de Dieu, dont les Cours des Princes sont ordinairement bien meublées, & tous Magiciens & Divinateurs, qui se mêlent de diviner toutes choses par les Astres (car Dieu veut que telles gens soient exterminées, déclarant que, pour telles abominations, son ire est enflammée contre les Peuples & Nations, & que la Terre, ne les pouvant porter, est contrainte de les vomir : ainsi furent vomis les Cananéens, & tout de même les Israélites, quand ils ensuivirent les façons des Cananéens); pareillement que les Sodomites, qui regnent aussi communément aujourd'hui, comme faisoit la simple paillardise il y a cinquante ans, soient exemplairement punis avec les adulteres & femblables vices. Voilà, quand au fait de la Religion, combien que la punition de ces ces crimes appartienne à l'Office du Magiſtrat & à la Police civile.

Je ne parlerai pas de beaucoup d'autres choſes qu'on pourroit pourſuivre ſur cette matiere, mais en un mot vous devez être aſſuré, République, que ſi gens ſavans & de bonne conſcience, aïant bon témoignage de prud'homie, manient les affaires de la Juſtice, vous verrez en un moment une infinité de procès & ſcandales éteints, de ſorte que votre Peuple demeurera en bonne Paix.

Quant à la Nobleſſe, elle ſera encore plus aiſée à réformer & toutes gens de guerre, quand ils entendront leur devoir par la parole de Dieu.

Touchant les Marchands & Laboureurs, ils ſe porteront plus obéiſſans envers le Roi, & plus loyaux & entiers les uns envers les autres, quand ils ſeront adreſſés par l'Evangile, & qu'une bonne Juſtice y tiendra la main. Il eſt vrai qu'avec tout cela il ne les faudroit pas traiter en chevaux & ânes, leur impoſant charges exceſſives, mais que le Roi les traitât de telle ſorte, qu'ils euſſent plus d'occaſion de l'aimer que de le craindre, de lui ſouhaiter tout bien que de le déteſter. Pour le faire court, République, comme d'une Religion corrompue, toute corruption découle en tous Etats; auſſi quand la Religion chrétienne ſera réformée à la regle qui nous eſt donnée ès Prophètes & Apôtres, toutes les parties de la République ſe porteront ſi bien, qu'il y aura une très bonne harmonie entre le Prince & les Sujets auſſi. Autrement, République, n'attendez pas mieux que ce que vous voïez; mais vous préparez à voir encore pis. Car eſt-ce raiſon, que ceux qui rejettent la grace de Dieu quand elle leur eſt préſentée, même qui combattent obſtinément contre lui: eſt-ce raiſon qu'ils jouiſſent d'aucune paix? De laquelle Dieu nous la doint ſi bonne, que ce ſoit à ſon honneur.

Si nous n'amendons notre vie, Dieu ſuſcitera les autres Nations à nous punir. Or le Dieu de toute bonté & clémence nous en veuille garder, & enſemble vous donner la grace, Sire, de bien aviſer à cette remontrance, & ſi en icelle vous trouvez quelque choſe qui vous ſemble trop rude; eſtimez, République, qu'aux maladies âpres & dangereuſes, les médecines douçâtres ne ſont point ſi utiles, que celles qui ont de l'amertume.

1586.

Avertissement au Lecteur.

Il fut aussi, sur le commencement de ces dernieres émotions, fait une remontrance au Roi, par laquelle on lui représentoit au vif l'intention & but principal de ceux de la Ligue & Maison de Lorraine; qui étoit, sous prétexte de la Religion, d'entreprendre directement & contre la personne du Roi & contre son Etat en général, sans pardonner aux plus proches Princes du Sang. Et pource que ce discours & remontrance semble être une prophétie des choses lesquelles le tems depuis a produites en évidence, comme si Dieu eût par ce moïen voulu réveiller le Roi pour prendre diligemment garde & à soi & aux siens, ce m'a semblé chose digne de la te représenter en son ordre; afin que par-là se reconnoisse combien est admirable la providence de Dieu, & grande sa bonté, qui souvent nous avertit des périls que sur le champ nous jugeons dignes de mépris, & desquels néanmoins nous expérimentons les effets n'être que trop véritables pour notre profit.

AU ROI,

MON SOUVERAIN SEIGNEUR.

Sur les miseres du temps présent & de la conspiration des Ennemis de Sa Majesté.

Par un Gentilhomme de l'Eglise. *

Les anciennes sectes des Philosophes, Grecs & Romains, Sire, & les Historiens des siecles passés, ont souvent déploré la calamité de leurs tems, comme l'on voit par la mémoire de leurs livres, afin de ramener chacun à soi, & à la considération des choses pour lors présentes que le vulgaire ne pouvoit voir, & découvrir aussi la maniere d'y remédier, ou pour le moins remontrer à leur postérité qu'ils avoient connu telles choses, & que le mal leur avoit déplu.

Mais si jamais condition de Royaume ou Province, de tems ou de regne, fut étrange & calamiteuse, l'état où je vois pour le jourd'hui votre France est extrêmement dangereux & lamen-

(*) Ce Discours paroît être d'un Sujet fidele au Roi & à l'Etat, & qui s'intéressoit vivement aux maux que souffroient l'un & l'autre.

table ; & semble à tout homme de bon esprit & jugement, que la ruine de ce beau Royaume soit à la porte, & que vous, Sire, (parlant sous votre correction toutefois, & du zele & cœur que je dois, avec ceux de votre Conseil) au lieu d'éviter le danger & mal tant apparent, courez à votre perdition & ruine, & de tous les vôtres, à belle bride avallée, qui est l'extrême condition des malheureux. Que plût à mon Dieu que je ne visse point telles choses advenir de mon tems, lesquelles je ne puis regarder qu'avec pleurs & larmes & de tel œil que l'amour entier & parfait de ma Patrie, & l'obéissance & sujetion que je dois à vous, Sire, me commandent & contraignent. Car qui vit jamais un Peuple si éperdu, si confus & tant désolé au milieu de tant de Loix & jugemens : desquels l'autorité est si petite que l'on peut dire sans mentir que votre Royaume est presque sans justice, sans ordre & sans police aujourd'hui : & cependant les injustices, oppressions, meurtres, séditions & voies de fait ont la vogue. Mais ce n'est encore rien au prix d'avoir ses ennemis mortels & capitaux dans les entrailles, commençant déja la ruine proposée & conjurée. Et non seulement dedans, mais élevés par dessus tout. Et toutefois vous ne le voïez point. Regardez comme ils y sont venus. N'ont-ils pas, d'entrée, saccagé, meurtri & tué vos pauvres Sujets sans forme ni figure de justice, pour venger leurs injures privées sous ombre de la Religion, si c'est injure faite à eux quand on se tient des vôtres & de votre obéissance : regardez comme ils ont bonne envie d'étendre & amplifier les fins & limites de votre Royaume. Car qui ne sait que ce meurtrier n'a jamais voulu mal à ceux de la Religion pour autre chose, que de ce qu'ils ne se sont jamais voulu avouer à lui : mais se sont fort & ferme défendus pour demeurer en votre obéissance ; pour être François & non point Lorrains ; pour se maintenir sous votre protection. Mais quelle protection, Seigeur Dieu ! Vous détournez vos oreilles & vos yeux de la querelle & plainte tant juste d'une grande troupe de veuves & d'orphelins : & non seulement cela, mais tenez les coupables auprès de Votre Majesté comme en sauvegarde, contre Dieu, contre les saintes Loix, & la justice, qui lui crient vengeance. Et ce grand Dieu de qui vous tenez tout ce que vous avez, maintiendra-t-il votre domination en si grande injustice ? Mais ce n'est pas encore tout ; car j'ai déliberé, Sire, vous dire en ce petit avertissement ce que tout le monde présume

1586. de la fin de ceci, & ce que moi-même, à mon grand regret
AVERTISS. & douleur, vois venir de loin, sans avoir égard à forme ou
AU ROI. Loi de Rhétorique quelconque ; mais seulement je vous veux faire entendre l'état où vous êtes, & la fin où ces bonnes gens qui ébranlent aujourd'hui votre regne, qui troublent votre Royaume, & lesquels vous honorez tant, vous meneront ; & sans faute vous y meneront si vous n'y donnez remede prompt. Regardez, Sire, & vous proposez devant les yeux l'état & de votre Cour & de tout le Royaume, comme il étoit devant que ces remuemens fussent en France, & comme le tout s'y porte maintenant. Il ne se parloit lors, que d'acquitter le Roi, que de paix, tranquillité & justice : maintenant on parle de proscriptions, bannissemens & pillages de Villes & Pays. Les meilleures & plus nobles familles sont désignées & notées déja comme proscrites à la mort & au sac, pour remplir les tanieres de ces gouffres d'avarice, pour assouvir leur tyrannie & ambition insatiable. Et ont obtenu à leur entrée une chose incroïable : c'est de s'approcher ainsi de votre personne ou plutôt de s'en emparer, d'en éloigner & chasser les plus braves & meilleurs hommes de votre Royaume. Et qu'est-ce, sinon abbattre les défenses d'une Forteresse, pour puis après faire la breche mieux à son aise ; entrer dedans & mettre tout au fil de l'épée. Et nonobstant cela, se vantent d'être venus pour appaiser & pacifier les troubles. Mais quel trouble y avoit-il quand ils sont venus ? chacun se contenoit modestement dans sa Religion. Maintenant à grande peine voit-on trois ou quatre personnes ensemble qu'avec tel bruit & tumulte, qu'on diroit que le feu tient aux quatre coins du Royaume. Et c'est depuis que ce brave Sulla les a ainsi attisés, pour pêcher en eau trouble comme l'on dit. Il vous propose des contes frivoles, qui n'ont raison ni apparence du monde, pour vous intimider. Tout cela vous a été tant débatu que je m'émerveille comme vous vous y pouvez arrêter tant soit peu. Oh que l'on avoit bien fait de s'en développer ! Nous étions sauvés, si la France eut vomi ce venin mortel, pour jamais ne le reprendre : si vous, Sire, eussiez eu patience avec le bon Gouvernement que vous faisiez des affaires, duquel le Peuple étoit si content, sans y appeller ces monstres qui vous défairont à la fin. Et ne voïez-vous pas à quoi tend toute cette procédure ? C'est à vous démettre petit à petit de toute Puissance, Gouvernement & autorité. Et quelque belle mine qu'ils fassent au Roi de Navarre,

1586. AVERTISS. AU ROI.

autant en pensent-ils de lui, qui devoit regarder le naturel de cette race de tygres : pour le moins lui devoit-il souvenir des plaies fraîches qui ne sont point encore consolidées. N'a-t-il point de mémoire, que sans l'ombre des enfans de Dieu, sous l'aîle desquels il s'est sauvé comme par les marais, & par la seule force desquels il consiste, ils l'eussent dernierement défait & exterminé. Il sait bien les conclusions qu'ils avoient prises contre lui, & le logis qu'ils lui avoient préparé pour le reste de sa vie. Que Dieu te doint, ô Prince vraiement Chrétien, voir avec triomphes & victoires la fin de tes entreprises tant justes & raisonnables. Que le Seigneur Dieu conserve ceux qui sont autour de ta personne, afin que je puisse voir par ton moïen mon Roi & Seigneur délivré de ses ennemis : la muraille de Jerusalem réédifiée, & le pur service de Dieu rétabli. Et quant à vous, Sire, prenez garde que ce pendant que l'on vous amuse à faire la guerre à vos parens & bons serviteurs & à tout votre Peuple, & qu'à ces fins on emploie vos forces, que ce pendant, dis-je, que vous combattez pour le bois & la pierre, qu'eux, par la permission de Dieu, ou vos flatteurs même les premiers, ne s'emparent de la Couronne, du Sceptre & du Royaume, pour lequel défendre, & non point mettre ainsi en route, la force se devoit réserver. C'est que sous ombre de le conserver, vous-mêmes l'aurez perdu. Tout le monde voit ceci; vos bons Serviteurs le protestent ; & la plupart de ceux de votre Maison lamentent votre condition, & vous le voudroient bien dire si l'on pouvoit parler librement. On voit que vos Ennemis, après vous avoir fait la révérence par maniere d'acquit, en derriere, se rient & moquent de vous & de ce pauvre homme aveugle, & en bavent & dégorgent tous les brocards qu'il est possible. Voilà ce que vous avez gagné à les rappeller ; ils vous font haïr & persécuter les meilleurs & plus humbles Serviteurs que vous ayiez, de la patience desquels ils abusent jusques à maintenant. Mais c'est trop endurer d'un Tyran étranger, je ne pense point que Dieu souffre plus longuement ceci. Le Seigneur verra du Ciel cette cruauté & oppression intolérable. Il descendra pour faire la guerre lui-même, & rachetera son Peuple. L'Ange de Sennacherib vit encore, & le Destructeur de Sodome n'est point mort. Pourquoi donc ne tremblent ceux qui l'ont connu, & de propos délibéré lui font la guerre aujourd'hui, & savent bien la forte résistance que leur peut faire ce grand Prince du Ciel & Seigneur de toute la Terre.

1586.

AVERTISS. AU ROI.

O Synderèse, ô remord intérieur, Juges Criminels & Bourreaux coutumiers des ames perdues & débordées des hommes effrontés & contempteurs diaboliques de la Majesté de Dieu, rongez, tourmentez & déchirez ces méchantes consciences noires & obscures, & ne les laissez reposer quelque part qu'elles se retirent. Et toi, Seigneur Jesus, éternel & perpétuel Sauveur, sauve ton Eglise, fais justice à ton pauvre Peuple; car il n'y en a gueres pour le présent en la Terre pour lui. Reconnois ta cause, Seigneur, prend les armes; Seigneur des batailles descends du Ciel, & viens combattre çà-bas, à ce que les Ennemis de ta Majesté connoissent que tu batailles pour nous. Un Empereur Romain fut requis, hors jugement, & en passant, par une pauvre femme de basse & vile condition, de lire quelque requête, & faire justice: l'Empereur, oubliant son devoir, s'excusoit, encore assez modestement, sur l'incommodité du lieu & la hâte qu'il avoit. Elle lui répond qu'il n'étoit donc pas digne de commander ou regner. Adrian, considérant l'importance & conséquence de cette reponse, lui fit justice, bien honteux d'avoir reçu ce coup de bâton d'une pauvre femme. Car cela lui faisoit entendre qu'où la personne du Prince est, là même est son premier & principal Thrône de Justice. Et notez, Sire, qu'autant durera la Couronne Roïale sur votre tête, comme les Jugemens auront lieu en France; j'entens la vraie Justice: mais vous souffrez en votre présence massacrer & déchirer ainsi votre pauvre Peuple. Et ce mal n'a pas été seul, ou pour un coup, mais en a engendré plusieurs autres, selon que la nature du péché porte. Car déja les Malfaiteurs ont pris telle audace & licence, que toute maniere de crime leur est, non seulement licite, mais louable, pourvu que ce soit en la personne des Serviteurs de Dieu. Voilà comme l'on vous obéit, & la révérence qu'on porte à vos Loix, Sire; de façon que, si vous dissimulez plus telles choses, & permettez que ce feu s'enflamme plus avant, il y a danger qu'il ne vous brule vous même à la fin; car c'est le droit chemin pour se perdre, & tacitement renoncer à la juste Couronne & droite administration du Roïaume, & se déclarer Tyran tout outre. Cependant les Ennemis anciens de ce Roïaume sont au guet: je passe l'intelligence que je crois certainement qu'ils ont avec ceux qui nous ont amené ces troubles; de sorte que, le tout bien considéré, je ne trouve, ni l'état de votre regne, ni la paix publique en gueres grande sûreté. Le Peuple petit à petit connoît ceci; la patience des enfans de deDieu se pourroit bien convertir en fureur. Et si Dieu même dresse la corne, il consommera tout. Plût à Dieu que vous eussiez l'intelligence de ceci, vous connoîtriez les ennemis de l'Evangile être les vôtres. Ils se veulent faire Rois; ils vous veulent jetter dehors : voilà leur intention : voilà leur but : voilà la somme de leurs entreprises. C'est-là qu'ils attachent leur espérance; ils aspirent à la Domination universelle de tout le Roïaume. Chassez donc ces pestes, & vous repousserez du col de votre Peuple le couteau, & de vos belles Villes, les larmes & les désolations que cette malheureuse race nous apporte. C'est maintenant le besoin, si jamais besoin fut. La plûpart de la Chrétienté attend à cette heure quelle sera votre constance, & comme vous userez de votre prudence & vertu coutumiere en cet endroit. Montrez une procédure virile, car l'extrêmité le requiert. Beaucoup de prieres sont tous les jours devant Dieu pour vous, qui ne seront point vaines. Usez de l'occasion que Dieu vous présente de lui faire service; vous êtes à présent le seul bâton, ou pour le moins principal appui de son Peuple, & d'un nombre infini de bons & loïaux Serviteurs. Si vous ne vous éveillez de ce sommeil, il vous sera mortel; & dressez par votre tolérance un théâtre en France, pour y voir de vos propres yeux jouer la plus triste & lamentable Tragédie, dont on ait jamais fait mention, en laquelle Dieu veuille que vous ne soiez point le principal Personnage; que Dieu, dis-je, ne le permette point; que je ne vous sois si véritable augure, comme Cassandre aux Troïens (1), de laquelle ils faisoient si peu de compte : qu'il me fasse plutôt la grace de voir ce que j'ai eu tant fréquent & familier en mes prieres touchant vous, c'est de vous voir regner, Sire, par-dessus vos Ennemis, à laquelle ce grand Seigneur des armes corrobore & fortifie le bras pour trancher la tête au vieil Holopherne, tellement qu'elle ne revienne jamais pour molester son Peuple. Or ce même Dieu, qui nous a manifesté sa majesté & grandeur en Jesus-Christ, Notre-Seigneur & Roi Eternel, veuille conserver & maintenir votre Regne & Domination en paix, & votre Siege & Sceptre en toute droiture & équité, à la gloire de son Nom. Par icelui Jesus-Christ Notre-Seigneur. Ainsi soit-il,

(*) Cassandre, Fille de Priam, Roi de Troyes, & d'Hécube. Selon la Fable, elle fut aimée d'Apollon, qui lui donna le don de Prophétie en échange de ce qu'elle avoit consenti en apparence à satisfaire ses desirs; Mais aïant refusé de tenir sa parole, Apollon irrité & ne pouvant plus lui ôter le don de Prophétie, voulut qu'on n'ajoutât point de foi à tout ce qu'elle pourroit prédire. Ainsi on se mocqua de ses oracles, lorsqu'elle annonça par avance les malheurs de Troyes. Voïez Virgile, au second livre de l'Enéide.

1586.

LES DANGERS

Et inconvéniens que la Paix faite avec ceux de la Ligue apporte au Roi & à son Etat. *

LA Paix est très desirable, mais une vraie Paix, & non qui enveloppe en une nouvelle Guerre, plus dangereuse que celle dont on veut sortir. Or est-il que par cette Paix la Guerre se conclut contre le Roi de Navarre, premier Prince du Sang, & ceux de la Religion Prétendue Réformée. Ceux de la Ligue en sont constitués Chefs, qui useront en tant qu'ils pourront des armes, pour ruiner la Maison de France. Ceux en outre que le Roi a déclarés Rebelles, qu'il a reconnus très manifestement attenter à son Etat, auront les armes en main, pour en abuser contre le Roi & son Autorité, si les affaires leur viennent à succéder. Chacun doit & peut juger laquelle des deux est plus dangereuse; celle qu'on veut éviter par cette Paix, ou celle qu'on introduit.

Celle-là bien considérée en elle-même, étoit si aisée à éteindre par la force, que, si le Roi eût été bien servi, elle se rendoit dans trois mois. Plusieurs y avoient été amenés sous le nom du Roi, qui, voïant qu'ils avoient été trompés, étoient prêts à s'en dédire. Les partisans n'y étoient retenus d'aucune nécessité, car ils avoient en ce Roïaume tout le bon traitement qu'ils vouloient, & la moindre incommodité qu'ils eussent soufferte, contrepesée avec leurs fantaisies ou prétendus mécontemens, les eût ramenés à leur devoir: le seul temps suffisoit pour la plupart à les ruiner & dissiper. Leurs effets avoient été fort petits, vu l'autorité qu'ils avoient longuement possédée en ce Roïaume, aïant eu les Chefs même bien de la peine à se saisir de quelques Villes en leurs propres Gouvernemens, & n'aïant rien fait de remarquable. Au reste, par-tout où ils ont comparu, ils ont été battus; tellement qu'ils perdirent, & la réputation & les armes tout ensemble. D'argent, leur prétendue source, du côté d'Espagne, étoit tarie, & ne pouvoient plus que lever sur le Peuple, c'est-à-dire, attirer sur eux sa haine & sa malediction, qui les eût poursui-

(*) Philippe du Plessis-Mornay est auteur de cet Ecrit. On le trouve dans le Tome premier de ses Mémoires.

vis avec telle rigueur, qu'on faisoit ceux de la Religion contraire. Ils eussent abjuré la Ligue en peu de temps, & n'eût pu fournir le Roi ni son Sceau aux Lettres de pardon qu'on lui eût demandées.

1586.

DANGERS DE LA PAIX AVEC LES LIGUÉS.

La Guerre au contraire, en laquelle on fait entrer le Roi, est bien d'autre nature. On a assez éprouvé qu'il y va du fait de la conscience : car ceux de la Religion ont souffert toutes calamités plutôt que d'y renoncer; ont abandonné aussi tous les avantages qu'ils pouvoient avoir acquis, toutes les fois qu'il a plû au Roi donner contentement à leur conscience. Et cela se vit nommément ès premiers & seconds troubles, quand sous la parole de Sa Majesté, leur accordant les exercices de la Religion, ils laisserent un bon nombre des Villes qu'ils tenoient, des plus grandes, fortes, riches, & renommées de ce Roiaume. Or sait-on ce que peut la conscience en l'homme, & à quelles extrêmités elle le fait résoudre. Et non sans doute n'ont tant pâti jusques ici ceux de ladite Religion, pour se rendre maintenant au nom de la Ligue : ains seront d'autant plus résolus, qu'ils voient qu'on s'est résolu à leur ruine, & qu'ils ont reconnu évidemment que le Roi n'a condescendu à ce traité, que par la force imaginaire de ceux de ladite Ligue, qui lui a été représentée par la malice & lâcheté de quelques mauvais Conseillers.

Ils savent très bien considérer que le Roi n'apportera jamais tant d'affection aux desseins d'autrui, comme aux siens propres : & pourtant, quelque animés que puissent être les instrumens de la Guerre, que les coups seront toujours plus mols, leurs effets plus lents, retenans, quoiqu'il en soit, de la disposition & de l'humeur du Roi, qui évidemment a été forcé à cette Guerre, & avant ces remuemens ne travailloit qu'à la Paix.

Savent qu'il est impossible que la conspiration de ceux de Guise soit effacée de son cœur, vu les biens qu'ils ont reçus de lui, vu les maux qu'ils lui ont procurés, vu les propos effrénés qui sont sortis de leur bouche, tels que l'insolence & la jeunesse jettent, qui sont parvenus à ses oreilles : & vu leurs intentions hautaines, & leurs pratiques énormes qui ont pénetré jusqu'au fond : concluent donc que cette plaie ne se peut fermer sans cicatrice; qu'il demeurera toujours un mal au fond, qui ne se pourra pas curer; que la défiance, le soupçon, la jalousie y resteront de part & d'autre en telle sorte que leurs actions ou affections, ou s'entrenuiront, ou n'avanceront au moins les uns

1586. les autres : le Roi d'une part, aïant juste occasion d'être jaloux de leurs forces, quand il considerera, que sans nécessité, sans Religion qui les emeut, ont pris les armes contre lui, qui ne prenoit autre but que son Etat, iceux se proposant les remedes pratiqués par le Roi Charles, contre ceux de ladite Religion, & ressentant en leurs consciences qu'ils seroient à meilleur droit pratiquables contre eux-mêmes.

Dangers de la Paix avec les Ligués.

Se proposent que le Roi est si prudent, qu'il ne lâchera pas la bride si longue à ceux de la Ligue, qu'il ne la leur puisse retirer quand il voudra; qu'il ne se dépouillera de ses meilleures forces, & ne se dessaisira pas aussi de ses deniers, pour regner après à leur discrétion, & comme il leur plaira. Au contraire, qu'à toutes leurs volontés il leur donnera un contrepoids, en toutes leurs Charges un Contrôleur qui les surveille. Delà naissent les inimitiés entre les Chefs, les disputes ès Conseils, les factions ès Armées : & le moindre inconvénient qu'elles puissent apporter, c'est de retarder les affaires de la Guerre, & de refroidir les volontés des personnes qui la menent. Très grand inconvénient en une action, qui plus que toute autre dépend de l'affection qui engendre la célérité.

Disent que s'il advient qu'il succede mal à ceux de la Ligue en cette Guerre, le Roi leur reprochera ce mauvais conseil, auquel ils l'auront forcé, leur imputera sa perte & celle de ses Sujets, à bien meilleur droit, que l'Empereur Auguste ne redemandoit ses Legions à Quintilius Varus, qui n'étoit Auteur mais Exécuteur de l'entreprise : & ne cherchera peut-être, pour se démêler du labyrinthe où ils l'ont mis, que de leur y faire écorne. Au contraire s'il advient qu'un siege ou un combat leur succede mal, il estimera pour son regard, les victoires, défaites & les triomphes des funérailles, les voïant croître par là d'autorité & de réputation à ses dépens, & pourtant leur retranchera, entant qu'en lui sera, tout moïen de continuer leurs coups, leurs Compagnies, les vivres & les nerfs lui-même, sans qu'il soit besoin d'autre Ennemi que lui pour les défaire.

Ne pensent que la Noblesse & les Gens de Guerre pour la plupart, marchent de fort bon courage en leur armée, ne pouvant douter qu'il n'y a que trois jours que le Roi les a déclarés rebelles, & mandé de courir sus à tous ceux qui les accompagnoient : que la confiance & l'amitié n'y peuvent être rentrées si-tôt. Par ainsi que le Roi n'aura pas fort agréable le ſervice qu'ils feront ſous les Chefs de la Ligue, qui auront auſſi peu de crédit pour leur faire donner récompenſe ou de leur mérite ou de leurs pertes : & qu'il leur ſera plus à propos ou de ſe repoſer chez eux, ou de ſe tenir près de la perſonne de Sa Majeſté.

1586.

Dangers de la Paix avec les Ligués.

Se ramentoinent là-deſſus leſdits de la Religion, & ce leur eſt une leçon commune, qu'ils ont ſurvaincu les feux, les eaux & les glaives, les Guerres, les défaites, & le jour de Saint Barthelemy, plus dangereux que tout cela : qu'ils ont porté longues années deſſus leur dos les forces de ce Royaume & de ſes Alliés, bien unis & animées à leur ruïne : que les plus grands Capitaines & les meilleurs Conſeillers auroient enfin reconnu que cette ruine ne ſe pouvoit acquérir à meilleur marché, que par la ruine entiere de l'Etat.

Conſiderent que la Ligue n'a point créé nouveaux hommes ni nouveaux ſoldats, ni nouveaux Capitaines : au contraire diviſé & affoibli les vieux qui reſtoient. Concluent donc que ceux qu'ils ont portés entiers, ils les peuvent porter diviſés : bien plus, le Roi retirant ſa main, comme ils s'aſſurent qu'il n'y apporte point ſa volonté, s'eſtiment forts & ſuffiſans pour les défaire.

Ce ſont les conſidérations & réſolutions de ceux de ladite Religion, auxquelles Sa Majeſté doit penſer, pour ne tomber d'un gouffre en un autre, ſans s'arrêter à la facilité de les ruiner, qui peut être propoſée par ceux de la Ligue, & qu'ils ne la croient pas telle & ne veulent qu'être armés ſous prétexte d'exterminer l'héréſie ; mais partie pour lui donner la Loi tant qu'il vivra, & partie pour tirer après ſa mort une partie de l'Etat vers eux, étant tous perſuadés & aſſurés de le ſurvivre.

Le Roi de Navarre, qui fait profeſſion de la ſuſdite Religion comme il a même conſidération, auſſi s'émeut-il fort peu des deſſeins de ceux qui ſe promettent ſa ruine : mais en outre il en a quelques particulieres, qui lui ſemblent affoiblir à bon eſcient ſes Ennemis & ſe renforcer d'amis.

Ne doute ledit Seigneur Roi de Navarre que tous les bons Sujets du Roi n'aient évidemment connu le but & intention des Chefs de la Ligue en cette Guerre, à ſavoir la diſſipation totale de l'Etat, pour en tirer à eux quelque piece. Que ce qu'ils l'ont maintenant convertie contre ceux de ladite Religion, n'a point auſſi eu de changement de deſſein, mais changement de façons pour y parvenir, à ſavoir en demeurant armés,

1586.

DANGERS DE LA PAIX AVEC LES LIGUÉS.

pour donner la Loi au Roi, la mort duquel ils attendent, & exterminant ou affoiblissant sous ombre de Religion la maison de France en la race de Bourbon; de laquelle aïant abbatu les Chefs, ils feroient état d'avoir bientôt raison des autres Membres. Et pourtant s'assure qu'ils reconnoîtront qu'en cette Guerre il s'agit de la liberté & autorité du Roi, de la conservation de l'Etat & de toute la maison de France, qu'il importe à l'honneur de tous bons François de défendre & conserver contre l'usurpation & invasion des Etrangers.

S'assure donc ledit sieur Roi de Navarre, qu'il ne peut avoir contre lui les Princes du Sang & Maison de France, ni les vrais Officiers de cette Couronne, ni les Cours de Parlement, & autres Membres principaux, ni les forces des Amis & Alliés de cet Etat; même aïant vu comme il s'est demis au-dessous de la raison & de son dégré, pour acheter la paix & repos de cet Etat au prix de son sang, ainsi qu'il leur est apparu en la Déclaration qu'il a envoïée au Roi, écrite & signée de sa main.

Se confie au contraire que le Roi, forcé par ses Ennemis, leur imputera les travaux & traverses qu'il aura à supporter aux services très nécessaires & très agréables; que tous les Princes du Sang reconnoîtront leur intérêt au sien; les principaux Officiers de cette Couronne, leur devoir par le sien; & que tous autres bons Sujets du Roi, zélateurs du Public, favoriseront ses justes Armes, de leurs vœux & de leurs larmes, pour la conservation de cet Etat.

Le Roi de Navarre en somme, & ceux de semblable Religion, ne prétendent point être ruinés par cette Guerre, ne virent onc au contraire plus d'occasions de bien esperer de leurs affaires, & de craindre peu leurs Ennemis. Ajoutez qu'on peut prendre quatre Places en un jour, qui vaudront la Guerre d'une bonne année & plus, comme encore il s'est vu en l'an mil cinq cent quatre-vingt. Ajoutez encore qu'au bout des six mois au plus, l'Armée étrangere ne manquera point, qui dérogera, si besoin est, à toute Loi close & dérogatoire de ceux de la Ligue, & qu'entre ci & là on gagne beaucoup sur eux : l'Hyver qui s'approche, & la revolte ja faite, ne permettent de le croire.

Le danger donc & inconvénient de cette Paix, ou plutôt de cette misérable Guerre, enfantée par une bâtarde Paix, n'appartient en particulier audit sieur Roi de Navarre, qui ne semble être ruiné qu'en la ruine du Roi & du Roïaume. Il est propre au Roi, il appartient proprement à son Etat,

DANGERS DE LA PAIX AVEC LES LIGUÉS.

En ce que de cette Paix s'ensuit une Guerre infaillible, étant tout certain que ceux de ladite Religion ne peuvent durer sans l'exercice d'icelle, ni être opprimés sans la ruine du Peuple, & sans la subversion de cet Etat.

En ce que le Roi arme ses mauvais Sujets contre les bons, soi-même contre soi-même; & donne moïen à ceux qui se sont élevés contre lui, d'accroître de force & de réputation & de créance, pour lui faire puis après la Loi, si Dieu ne détrempe leur insolence & ambition en traverses & adversités.

En ce qu'il réduit les meilleurs en désespoir, quand ils voient que les Rebelles sont recompensés, & eux reculés; que les Princes étrangers obtiennent les Gouvernemens à vive force, qui ne sont dûs qu'aux Enfans de la Maison ou à ceux qui ont bien mérité de l'Etat; que les biens & dignités se donnent à ceux qui font mal, & que qui pis fait, en a le plus: au lieu qu'anciennement ils étoient gardés comme en réserve, non pour ceux simplement qui ne faisoient point de mal, mais pour ceux particulierement qui faisoient mieux que les autres.

En ce que le Roi de Navarre, & ceux de ladite Religion en particulier y sont enseignés à n'esperer plus rien, ni de la bonne grace du Roi, ni de leurs bons comportemens; étant d'une part, la bonne grace du Roi sujette à la force, ou à la discretion des mauvais Sujets; étant aussi leurs meilleurs comportemens, leur obéissance & patience, rémunérés d'une révocation d'Edit, d'une infraction de foi publique, d'un exil, d'un bannissement, d'une extermination totale, si en eux étoit. Tellement que contre ce ils ne trouveront autre remede, que de demeurer en armes tout le reste de leur vie, & tant qu'ils aient pleinement assuré leurs affaires; puisque nuls contrats ne leur peuvent servir; puisqu'on fait le serment de ne tenir plus serment avec eux; puis même que leurs Ennemis demeurent armés, affermis en leurs Gouvernemens, & renforcés de sûretés: contre lesquels, puisqu'ils ont forcé un Roi, contre sa foi & la Loi du Roïaume, ils ne peuvent s'assurer dorénavant qu'aux armes, & par les armes. Par ainsi le Roi s'oblige à une Guerre perpétuelle, & son Etat sans doute, s'il n'y remédie bien promptement, à une manifeste ruine.

Il est tout certain que ceux de la Ligue (& ils ne le nient point) ont été aidés en cette Guerre des deniers d'Espagne; & que le Roi d'Espagne n'a eu autre but, que la confusion de cet Etat, qui lui empêche la Monarchie, pour en tirer profit. Or est-il que contre ses desseins, il n'y avoit plus surs Amis &

1586. Alliés, que les Etats d'Angleterre, d'Allemagne & de Suisse, que le Roi irrite, & desquels il perd l'amitié, en se déclarant Ennemi formel de la Religion Prétendue Réformée: tellement qu'étant délaissé d'iceux, il se trouvera sans Alliés ès Nations étranges, ne lui demeurant presque que ceux qui ont comploté avec ceux de la Ligue, desquels l'amitié lui doit être suspecte, l'inimitié certaine.

DANGERS DE LA PAIX AVEC LES LIGUÉS.

Ajoutons qu'à un Prince Très Chrétien, qui même entre les Chrétiens a montré un zèle spécial de sa Religion, c'est un contre-cœur & un reproche de se voir réduit à la dévotion par une force, de se voir forcé à forcer autrui en sa Religion: certes par ceux qui ne forceroient personne, s'ils n'avoient dessein que la Religion, & qui n'attendroient la force pour abandonner la leur, s'ils en pouvoient esperer quelque meilleure ressource.

Avertissement au Lecteur.

QUELQUE tems auparavant les dernieres armes levées par la Ligue en France, quelques bons François (prévoïant par un sage jugement les horribles calamités qui acheveroient de ruiner cet Etat, si on rompoit la Paix que le Roi avoit murement accordée à ceux de la Religion) mirent en lumiere une Remontrance notable, tant au Roi, qu'à tous les François, pour les induire à détourner la Guerre, que la Ligue tâchoit par tous moïens de r'enflammer. Et pour représenter plus clairement la conspiration de cette Ligue être directement contre l'Etat & la personne du Roi & des Princes du Sang, fut ajouté à cette Remontrance un abregé Discours fait au Pape, contenant les moïens de renverser l'Etat, & établir un nouveau Roi en France, qui seroit son Vassal. Et d'autant que cette Remontrance & Discours qui la suit, sont comme le texte, duquel les évenemens qui ont suivi ès années subséquentes (& mêmes aux derniers Etats tenus à Blois sur la fin de l'an 1568) sont fort véritables & amples commentaires, montrant à tout le monde la vérité de cette sanglante conjuration, sans qu'on la puisse contredire, il a semblé nécessaire, ami Lecteur, de te représenter le tout pour davantage te faciliter l'intelligence des choses qui sont advenues sur les pernicieux desseins de cette Ligue, & contenues au présent Recueil.

EXHORTATION

1586-87.

EXHORTATION & REMONTRANCE

Faite d'un commun accord par les François Catholiques & Pacifiques pour la Paix: Contenant les commodités de la Paix & les incommodités de la Guerre; où est aussi parlé des causes des Troubles de ce Royaume & du moïen de les pacifier. *

C'EST une maxime toute certaine & approuvée dès long-tems par l'expérience, que l'union & la concorde entretient & conserve les Monarchies en leur être: comme au contraire la division & la discorde est l'instrument de leur ruine.

Chacun voit aujourd'hui les tempêtes & orages qui menacent cette Monarchie; le trouble & la confusion qui y entre; les divisions que l'on y a semées; l'Etranger de toutes parts qui met le pied dedans, outre ceux qui y sont déja logés pour nous courir sus les premiers; bref, une ruine prochaine de l'Etat, si on ne lui donne un état & appui ferme pour le soutenir.

Et néanmoins (chose du tout étrange) comme si la passion ou l'ignorance nous tenoit encore les yeux bandés, nous ne pensons point aux remedes, ou n'y voulons point penser, ou bien nous nous plaisons en notre mal, & nous contentons du présent tel quel, sans craindre ou appréhender l'avenir. Qui plus est (ce qui n'est moins étrange) tel qui se pense bien prudent & avisé, cherche le remede de la maladie en ce qui cause la mort, l'union en ce qui engendre & nourrit la désunion, l'ordre en ce qui apporte le désordre & la confusion. Plusieurs d'entre nous ont démandé la Guerre (& nous l'eussions déja bien forte, sans la prudence de notre Roi.)

Or voici ce qu'elle nous a apporté, ou apportera si elle continue. Le Tiers-Etat, reduit pour la plupart à extrême pauvreté & indigence, demande d'être soulagé; c'est le cri commun. Il sera mal aisé de le soulager, tant que le Roi soit acquitté. Or tant s'en faut que le Roi s'acquitte par la Guerre, qu'il lui faudra créer tous les jours nouvelles dettes, lever à cette

(*) Ce Discours est presque mot à mot le même que la Remontrance faite pour les Etats de Blois en 1576, par Philippe du Plessis-Mornay, laquelle est au Tome premier de ses Mémoires. Cette exhortation est d'un Protestant fort emporté, déguisé sous le masque d'un Catholique.

1586-87. EXHORT. A LA PAIX.

occasion nouvelles tailles, doubler ou tripler les impôts & subsides : & le pauvre Laboureur souffre plus en un jour par la violence, & par les excès de la Gendarmerie qui fourrage tout pendant la Guerre, que par la taille & les taillons de toute une année ; comme l'expérience, qui est la maîtresse des fols, leur a fait assez savoir depuis huit ou neuf mois de fraîche mémoire, sans parler de ce qui s'est passé les années précédentes. Le Gentilhomme desire que le Tiers-Etat, en la personne duquel il paie l'impôt & la taille, soit soulagé ; que son sang propre, dont depuis vingt-cinq ans en ça on a été par trop prodigue en ce Royaume, soit épargné ; que ses honneurs & prérogatives lui soient rendues & conservées. Or est-il certain que la Guerre, qui ne se peut faire sans hommes ni sans argent, ruinera ses Fermiers & pillera ses Sujets de plus en plus, & qu'elle épuisera jusqu'à la derniere goutte le suc & le sang de la Noblesse : bref que comme mere de désordre & de confusion, elle transferera toujours ailleurs, & le plus souvent aux plus indignes, l'honneur & la prérogative qui lui est due. Le Clergé se plaint que ses Biens sont ruinés par ses Ennemis, mangés par ceux qui s'en disent amis, vendus tous les jours par le Roi même. Tous d'un commun accord requierent la réformation de la Justice, de la vente des Offices. Or est-il que la vente des Offices a été ordonnée & entretenue jusqu'à présent pour la nécessité des Guerres, & par tant durera autant que celle nécessité : outre plus il est certain que les injustices dont on se plaint (& non sans cause) proviennent pour la plupart de là. Bref c'est un proverbe ancien assez approuvé & vérifié par ces derniers temps, qu'entre les armes & parmi les bruits des trompettes, la voix des bonnes Loix ne peut pas bien être entendue. Ce sont tous maux procédans de la Guerre, laquelle coutumierement se fait païer, voire bien cherement, des maux mêmes qu'elle fait, & qui s'augmenteront tant plus elle continuera : sans toucher encore ceux qui importent plus au Roi même & à son Etat, & que les conducteurs de la Guerre, que nous avons demandés, nous gardent pour l'issue, si Dieu ne dérompt leurs desseins, & dissipe leurs entreprises, comme il y a déja bien commencé par sa grace, au grand contentement des vrais & naturels François. Concluons donc suivant notre maxime susdite (voire si nous sommes enfans légitimes de la France qui nous a nourris, & non bâtards espagnolisés) que le seul remede qui nous peut garantir contre tous ces maux, est la Paix ; le ſeul moïen de conſerver cet Etat & maintenir la Monarchie en laquelle nous vivons, voire de nous aggrandir & fortifier contre les Ennemis de cette Couronne, tant ceux de dehors, que ceux qui ſe nourriſſent au milieu de nous (en habit & apparence d'amis, vrais ennemis) eſt la Paix & l'union : comme au contraire, le ſeul moïen de nous ruiner & de nous perdre en la ruine de l'Etat & de la Monarchie, c'eſt la Guerre, mere & nourrice de diſcorde & de diviſion.

En ce point, y en aura peut-être qui diront qu'ils deſirent bien la paix, mais non ſelon les articles qui avoient été accordés par le dernier Edit : telles gens ſe pourroient païer en un mot, qu'il n'y a paix quelle qu'elle ſoit qui ne vaille mieux que la meilleure Guerre du monde : que celle-là avoit été exaucée & obtenue par les larmes de tout ce pauvre Royaume, & reçue avec un ſingulier applaudiſſement de tous ceux qui portoient les armes de part & d'autre : bref, que comme il y a certaines guerres qui ſont juſtes en tant qu'elles ſont néceſſaires ; auſſi que par le contraire cette Paix ſe pouvoit appeller très juſte, n'y eût-il même que ce ſeul point, qu'elle étoit très néceſſaire à tout ce Royaume. Mais il eſt beſoin que ceux qui l'ont moins approuvée entrent en conſidération de pluſieurs choſes que peut-être, ou le zele ou la paſſion, ou le peu qu'ils ont pâti de la guerrre, ou le peu de compaſſion qu'ils ont de ceux qui en pâtiſſoient, ne leur a encore pu laiſſer bien conſidérer. Il eſt meshuy temps que nous quittions nos paſſions, qui aveuglent & étouffent le plus ſouvent ce qu'il y a de raiſon en nous, & que mus de compaſſion pour un diſcord de tant d'années, nous revenions à notre naturel & jugions de droit jugement. Ils ne peuvent, diſent-ils, endurer, ni approuver qu'on laiſſe vivre enſemble deux Religions en France. Le deſir eſt bon qu'il n'y en ait qu'une, ſelon laquelle Dieu ſoit ſervi en tout & par-tout comme il appartient, & n'y a bon Chrétien & Catholique qui ne deſire ou doive deſirer le même.

Mais puiſque ſouhaits n'ont point lieu, il faut vouloir tout ce qu'on peut, ſi on ne peut tout ce qu'on veut. Nous ne ſommes pas les premiers qui ont eu cette querelle à débattre ; nos voiſins preſque tous y ont été devant nous, & ſpécialement les Allemands. Ils avoient un Empereur, Charles cinquieme, ſage & puiſſant, qui entreprit de ruiner cette Religion en Allemagne lorſqu'elle n'étoit encore à demi déchauſſée. Il emploïa l'Allemagne, l'Italie & l'Eſpagne, il gagna batailles, il eut

1586-87.

EXHORT. À LA PAIX.

les Chefs prisonniers en ses mains, il réduisit tout à tel point qu'il voulut, réservé une seule Ville de Magdebourg. Finalement ceux même qui l'avoient aidé à la ruiner, conjurerent contre lui, tellement que ne voïant nulle fin à son dessein, ains d'une Guerre naître l'autre, & du serpent le basilic, il aima mieux & trouva plus sûr de permettre la liberté à cette Religion, que de voir l'Empire empirer d'heure à autre, & prêt à tomber sur sa tête en ruine. Depuis celle Paix qu'il leur accorda & entretint (de laquelle le feu Roi Henri fut en partie cause) l'Allemagne est paisible & tranquille par-tout, & regarde à son aise la ruine de ses voisins, voire leur fournit de maçons pour se démolir, au lieu que sans icelle Paix elle s'en alloit en ruine.

Peu de temps après, notre tour est venu comme des autres. Si nous considerons comme nous nous sommes gouvernés envers ces gens-ci, nous trouverons qu'il ne nous reste plus autre chose, ou que de nous ruiner & périr tous ensemble, sans que l'un ait à se mocquer de son compagnon, ou de laisser vivre les uns & les autres en paix & liberté de conscienee.

Au commencement nous les avons brûlés tous vifs, à petit feu, sans distinction de sexe ni qualité: tant s'en faut que nous les ayions consumés par-là, qu'ils ont éteint nos feux de leur sang, & se sont nourris & multipliés au milieu des flammes. Depuis nous les avons noïés, & semble qu'ils aient fraïé dedans les eaux. Comme le nombre s'est accru, nous les avons combattus & battus en diverses batailles. Nous les avons défaits quelquefois à plate couture, si ne les avons-nous jamais pu abbattre. Nous les avons enivrés de vin aux nôces, nous leur avons coupé les têtes en dormant, tenu & retenu leurs Chefs, & à peu de jours de-là, nous les avons vus de nos yeux ressusciter aussi forts, & avec autant de bonne conduite qu'auparavant, avec têtes plus dures & plus fortes que jamais. Reste donc, puisque nous ne les avons pu faire mourir, que nous les laissions vivre; puisque par force nous n'avons rien profité, que par amour nous essayions; puisque la Guerre n'a de rien servi (en laquelle toutefois nous n'avons épargné ni nos biens, ni nos vies, ni notre honneur même) que maintenant nous les laissions vivre en paix au milieu de nous.

Et ne trouvons cette mutation ou changement en rien étrange, ès maladies ou inconnues ou difficiles: il en prend ordinairement ainsi; on éprouve la recette bonne ou mauvaise du premier venu. S'il n'amende, on n'a point de honte pour sa santé de se repentir & de changer de façon de faire. Ainsi nous en est-il advenu. Quand premierement ces pauvres gens apparurent en ce Royaume, on nous dit qu'on les avoit brûlés chez nos Voisins, nous fîmes de même : qu'on leur avoit fait la guerre à toute outrance, nous avons fait encore pis qu'eux. Puis donc que nos cauteres, que tous nos remedes corrosifs au lieu de réduire la plaie à cicatrice, n'ont fait qu'aggrandir l'escarre, que reste-t-il plus, sinon à l'exemple de nos Voisins y appliquer de bonnes huiles & de bons lénitifs ? Si à notre grand malheur nous avons suivi leur premier avis, aurons-nous honte de suivre à notre salut leur repentance ?

Autres (possible) le trouveront mauvais, les uns pour la conscience, les autres pour l'Etat : les uns, par un zèle moins que prudent, un zèle indiscret & sans raison : les autres, par une fausse ombre de prudence : les uns estimant qu'il n'est pas loisible de laisser vivre les Hérétiques entre les Catholiques : les autres, qu'il n'est pas expédient d'avoir deux Religions en un Etat. Quant aux premiers ils seront suppliés de se défaire, entant qu'en eux est, des passions ou illusions qui leur ont jusqu'ici fait voir une chose pour l'autre. Le point de la Foi envers Dieu, & le point de l'Etat, ne sont semblables. Au premier il faut croire ceux qui lisent les Ecritures, & auxquels la charge est donnée d'enseigner au Peuple ce qui concerne la Religion. En l'autre il faut suivre les maximes de l'Etat; en quoi le Théologien n'est pas ordinairement versé, ou pourcequ'il applique son étude à chose meilleure, à la contemplation des choses divines & célestes, ou d'autant que l'ardeur de son zèle le transporte, & ainsi l'empêche de penser les raisons contraires à ce que son zèle, le plus souvent inconsidéré, lui met devant les yeux. Beaucoup de choses se tolerent en un Etat pour un temps, parceque l'on n'y peut promptement remédier, sans inconvénient & ruine inévitable. Si vous en demandez conseil au Théologien, il vous dira tout net qu'il le faut ôter soudain, sans considérer ce qui peut advenir de plus dangereux en l'ôtant : ne plus ne moins que le Médecin ignare, ou l'empirique qui, pour détourner une fiévre tierce, & accélérer & hâter la guérison, ordonnera une prise d'antimoine, qui causera quelquefois la mort au Malade, ou une perclusion de membres. Si nous voulons suivre le zèle de nos Prêcheurs, la plupart gens passionnés pour leur intérêt particulier, comme chacun fait, ou si nous voulons croire le conseil

1586-87.

EXHORT. A LA PAIX.

de nos Jesuites, ennemis jurés de notre France, & vrais boutefeux, comme chacun peut voir, il est certain que nous nous ruinerons nous-mêmes en la ruine de nos Compatriotes & Concitoïens. Ils nous ont fait accroire au commencement que ces ces gens-ci, dont nous avons parlé, étoient monstres. Ils nous ont haré après eux comme après des chiens. Si nous les regardons, ce sont hommes de même nature & condition que nous, & peut-être plus hommes que nous, parceque moins vicieux. On nous a défendu leur communication comme d'Infideles : or ils sont Chrétiens, adorant un seul & même Dieu que nous, le Pere, le Fils, & le Saint-Esprit, cherchant salut en un même Christ, croïant une même Bible & un même Symbole, enfans d'un même Pere, comme baptisés tous au nom de la Sainte-Trinité, demandant part à même héritage & par même Testament que nous. On nous a voulu faire accroire qu'ils ne sont pas vrais François: leur Langue, leur propos, leur amour envers la Patrie, leur haine envers les Etrangers qui en pourchassent la ruine, nous montrent assez qu'ils le sont à aussi juste titre que nous (qui la plupart nous laissons gourmander par les Etrangers, & outre cela leur faisons caresse, & leur applaudissons) : toute la différence qui est entre nous, git en ce seul point, qu'eux trouvant infinis abus en notre Eglise, (dont nous-mêmes par leur moïen, & quasi tous aujourd'hui en découvrons & avouons une bonne partie, si ne sont ceux qui les entretiennent pour vivre plus à leur aise, en amusant les simples & les ignorans) ils en ont requis la réformation par douces remontrances; & au refus d'icelle, pour la crainte de leur ame, & le desir de leur salut, s'en sont promptement retirés, avec protestation toutefois d'y rentrer, quand les abus en seront dehors : & nous voïant ces abus étouffer quasi la bonne semence, aussi bien qu'eux, attendant la réformation d'iceux, que l'on nous promet, sans l'effectuer, depuis vingt-cinq ans, avons pensé que, sauf notre conscience, nous y pouvions cependant demeurer. Tous deux cherchons notre salut, tous deux craignons d'offenser Dieu, tous deux tendons à un même Christ. Or sera-il dit que, pour tenir divers chemins, nous devions couper la gorge les uns aux autres? La mémoire de notre âge, & la renommée de notre Nation, sera-t-elle notée à jamais d'une telle tache ; à savoir, ou de cruauté extrême, ou d'enragée malveillance, sans grain de charité, contre nous-mêmes & les membres de notre propre corps? Si quelqu'un est en ténebres, on lui éclaire, mais on ne le brûle pas : s'il est infecté, on le lave, mais on ne le noie pas : s'il est malade, on le panse, mais on ne l'acheve pas : s'il est dévoïé, on le redresse, mais on ne l'égorge pas. Nous disons qu'ils sont en ténebres, infects, malades, & dévoïés ; & sommes toutefois, ou si fort ignorans, ou si peu charitables, que nous les voulons barbarement brûler, tuer, noïer & brigander : & qui pis est, desirions leur salut de si sauvage sorte, qu'entant qu'en nous étoit, nous avons perdu le corps & l'ame de tels, que par amour & par douceur nous pouvions aisément regagner, & rattirer à notre compagnie. La Guerre ni la rigueur, en matiere de Religion & de Conscience, ne furent jamais moïens propres pour parvenir à union. Celui qui veut ramener à l'Eglise, tend à y ramener ceux qui s'en sont détournés, à rappeller au troupeau ceux qui s'en sont égarés : la Guerre au contraire & les rigueurs tendent à les ruiner & exterminer, non à ce qu'ils reviennent, mais à ce qu'ils ne soient plus. C'est un remede pire que la maladie. C'est proprement au lieu d'accorder deux cordes ensemble, & les remettre en ton, en couper & rompre l'une par fureur & impatience, & gâter tout l'instrument. Que ferons-nous donc ? Comme hommes capables de raison, il les nous faut gagner par raison. Sur la tête & sur le cerveau, il n'y a prise que par les oreilles. On la leur pourroit rompre à tous, que leur opinion toutefois y demeureroit entiere. Comme François il les faut pratiquer par douce & amiable conversation : accordant les personnes, les procès tôt après se verront éteints & assoupis. Comme Chrétiens, il les faut prêcher, il leur faut interpréter les Ecritures, il les faut appeller à un Concile libre, pour y déclarer leurs raisons. Ainsi en ont fait les Apôtres, ainsi aussi en a fait la Primitive Eglise contre tous les Hérétiques du temps passé, qu'ils ont par ce moïen convaincus. Ainsi les anciens Empereurs, qui en ont desiré l'union, lesquels aussi en ont toujours eu bonne issue : au lieu que par toutes ces voies rigoureuses, la plaie s'élargit tant qu'elle ne se peut plus refermer, ni consolider après.

L'Empereur Constantin le Grand, premier Empereur Chrétien, après qu'il eut embrassé le Christianisme, sortant tout fraîchement du Paganisme, à son entrée en l'Eglise, il la trouva infectée de l'erreur des Ariens, qui nioient la Divinité, & conséquemment l'Eternité du Fils de Dieu, le disant créé en temps, & dénioient malheureusement sa Génération éternelle, & son Essence divine. Cette Hérésie damnable étoit coulée en l'Eglise

1586-87. trois cens ans après la venue de Notre-Seigneur, lorsque l'Eglise étoit encore comme en son premier âge, partant devoit avoir plus de pureté & moins d'erreur; Hérésie qui impugnoit directement les points & articles principaux de notre Foi, contre toute apparence de raison, contre les passages formels & exprès de l'Ecriture, qui prouvent évidemment la Divinité & Eternité du Fils, en tout & par tout égal au Pere selon sa Nature Divine, de même Essence, de même Substance avec le Pere & le Saint-Esprit. Ce néanmoins, ce bon Empereur, plus pour contenter (comme remarque l'Histoire) Arius & ses semblables, que pour aucune nécessité qui fût de disputer de chose si certaine, assembla un Concile (1) en la Ville de Nicée, où il fit trouver trois cens dix-huit Evêques, Gens de piété, & bien versés aux Ecritures, Lui y présidant: en cette Assemblée Arius fut reçu à proposer toutes ses raisons. Il fut amplement oui, & lui fut aussi répondu par la parole de Dieu. Enfin, parties ouies, par Jugement contradictoire il fut convaincu, & déclaré Hérétique par le Concile, après la détermination du Concile & non plutôt, banni par l'Empereur, tant lui que ceux de sa Secte. Or aujourd'hui, graces à Dieu, nous n'avons point à disputer avec des Ariens; ceux de cette Religion, dont nous avons parlé, ont une même créance avec nous touchant le point de la Sainte-Trinité. Et n'y a celui des nôtres, voire des plus passionnés, qui leur voulût imposer qu'ils tiennent tant peu que ce soit de l'erreur des Ariens, ni pareillement des autres Hérétiques condamnés par les anciens Conciles: nul ne le peut dire, si ce n'est quelque impudent & effronté Calomniateur, quelque mutin, ou ignorant, ou hors du sens. Au contraire ils sont d'accord avec nous aux points principaux du salut. Leur Confession de Foi, qu'ils nous ont tant de fois fait entendre & de bouche, & par écrit, nous apprend assez ce qu'ils croient & prêchent tous les jours, si nous ne sommes, ou sourds, ou aveugles à notre escient. En cela sont-ils différens d'avec nous, qu'ils n'ajoutent ni diminuent tant peu que ce soit à l'Ecriture Sainte, laquelle ils tiennent pour regle infaillible de leur Foi; & nous,

Exhort. a la Paix.

(1) Ce Concile est de l'an 325. C'est le premier Concile général: il fut tenu par l'ordre de l'Empereur Constantin. Osius y présida au nom du Pape Sylvestre, qui y avoit envoïé deux de ses Prêtres, avec ordre de consentir à tout ce qui s'y décideroit. La Foi de la Consubstantialité du Fils de Dieu avec son Pere y fut définie, & signée par les Eusebiens mêmes, fauteurs d'Arius. Osius y dressa le Symbole, que nous appellons encore aujourd'hui de Nicée, & tout le monde l'approuva, excepté Arius, & peu de ses Disciples déclarés. La plupart des Méléciens se réunirent à l'Eglise.

avec

avec notre parole non écrite, & nos Traditions, nous faisons accroire beaucoup de choses qui n'ont aucun fondement en l'Ecriture. L'Eglise est aujourd'hui comme en son déclin & dernier âge, conséquemment plus sujette à enfanter & nourrir de de la fausse Doctrine (1). Ils crient après un Concile, il y a tant d'années : là ils se soumettent à recevoir instruction par la parole de Dieu : là ils consentent leur Doctrine être mise à l'examen de cette Parole. Si nous prétendons qu'ils errent aux points de la Foi, Arius & les siens y erroient encore davantage & plus lourdement ; & non quinze cens ans après l'Incarnation de Notre-Seigneur, mais trois cens tant-seulement.

Quoi donc ? serons-nous, ou si cruels, ou si peu charitables de leur refuser chose si juste ? de laisser périr, comme nous pensons, tant de pauvres Ames, qui cherchent & demandent instruction ? & jamais nous ne la leur avons donnée que par le glaive & par les feux. Pourquoi seront-ils en pire condition, que n'ont été les Ariens sous Constantin ? Les chasserons-nous comme Barbares du milieu de nous, sans avoir oui leurs raisons ? Les condamnerons-nous sur un préjugé fait en nos Maisons, sans qu'ils aient eu aucune audience, comme ont accoutumé de faire en une partie les Juges corrompus & gagnés par argent à la dévotion de l'autre (2) ? Certes il n'y a apparence, si nous ne voulons encourir le Jugement de Dieu horrible, qui tombera sur nos têtes si nous sommes si pervers. Encore ès Causes Civiles, le plus souvent un Juge, bien que corrompu, ne laissera pas d'ouir une Partie, jaçoit qu'il la veuille condamner, de peur d'encourir reproche. Et nous, en une Cause si importante, où il s'agit de la perte, non d'un fonds ou d'une succession, mais d'infinies ames, ores que nous eussions volonté de les condamner, leur refuserons-nous une seule audience ? Si notre Cause est bonne & juste, avec cela assistée de toute force, que craignons-nous ? Que la vérité, qu'ils iront remontrant,

(1) Ces idées sont fausses. 1°. C'est ajouter ou diminuer à l'Ecriture que de s'en servir pour enseigner l'erreur, & de prétendre s'appuier sur elle en l'interprétant selon sa fantaisie ou ses préjugés, pour enseigner une doctrine qui y est contraire : ce que les Hérétiques ont fait dans tous les tems. 2°. Il n'est pas vrai que l'Eglise, qui est infaillible dans ses décisions, ait jamais enseigné ni pu enseigner une autre doctrine que celle qu'elle tient de Jesus-Christ & des Apôtres inspirés du saint Esprit, & jamais elle n'en enseignera d'autre. 3°. La Tradition constante & suivie, où l'on reconnoît ces caracteres donnés par Vincent de Lerins, *quod ubique*, *quod ab omnibus*, *quod semper traditum est*, est aussi infaillible que l'Ecriture.

(2) Pure déclamation. On n'a jamais condamné les Hérétiques qu'après qu'ils ont été convaincus d'errer dans la Foi, & de persister opiniâtrement dans leurs erreurs. Ce n'est pas le préjugé que l'on suit, c'est la vérité.

1856-87. n'emporte contre notre mensonge ? nous ne le voudrions dire, ni moins penser ; car nous pensons être bien assurés que la vérité est de notre côté.

EXHORT. A LA PAIX.

Et ne disons plus qu'ils sont pertinaces, qu'ils s'opiniâtrent en un erreur dont ils sont piéça convaincus; & que partant il y faut procéder par le glaive, sans plus parler de Concile. Ce sont les belles raisons de nos Evêques, qui ont perdu, pour la plupart, le glaive spirituel de Saint-Pierre (1), & veulent maintenant avoir recours à celui qu'il tira contre le Serviteur du Sacrificateur : il est tout certain que, depuis que ces pauvres gens sont apparus entre nous, il ne s'est tenu Concile où ils eussent pû sûrement comparoître; jamais nous ne les avons convaincus par la raison en disputant avec eux, il ne se peut dire. Nous savons tous comme les Papes, & avec eux les Prélats de notre temps plus desireux de gain & d'honneur mondain, que du Salut des Ames, craignant qu'on ne procédât à leur réformation même, s'en sont toujours su défaire, & par brigues & pratiques honteuses à réciter. Ce qui a donné à ces gens-ci autant d'occasion de scandale, & autant d'argument & de sujet de persévérer, & être plus fermes en leur opinion. On fait un Concile (disent-ils, & possible avec vérité), & ceux le fuient qui tiennent le premier lieu en l'Eglise Catholique. Un Concile où est permis à chacun de comparoître, mais où l'on envoie de Rome un préjugé de la décision qui s'y doit faire, & par gens qui sont du tout à la dévotion de l'auteur du préjugé, comme la pratique en est toute notoire. Et si quelqu'un se leve pour dire franchement son opinion au contraire, aussi-tôt il est jetté au feu; comme on fit à Constance de Jean Hus, & Hierome de Prague, y a deux cens ans, & plus, lorsque le Concile (2) y étoit assemblé. Ils ont donc peur de la dispute, ils craignent d'être convaincus, ils ne se sentent pas bien fondés en droit; puisqu'au lieu de plaider, ils ont recours à la force : au lieu d'examiner la Doctrine, ils ont recours au feu & aux fagots. Voilà ce qu'ils disent ordinairement : or, à entende-

(1) Les Evêques n'ont jamais perdu le glaive spirituel dont on parle ici. Plusieurs ont pu en abuser, & en abusent en effet ; mais l'abus ne prescrit point ni contre le droit ni contre la vérité. Jesus-Christ a promis d'être toujours avec son Eglise jusqu'à la consommation des siecles, & la vérité se trouvera toujours dans son sein. Les sectes qui s'en sont séparées ne sont plus ses enfans, parcequ'ils n'écoutent point son enseignement.

(2) Ce ne fut point le Concile de Constance qui ordonna le dernier supplice de Jean Hus & de Jérôme de Prague ; il se contenta de condamner leurs erreurs. Leur témérité & leur obstination les firent tomber entre les mains des Juges séculiers qui les condamnerent au feu.

mens ja préoccupés d'une opinion, ces circonstances ne sont pas de peu d'effet.

Et quant à l'opiniâtreté, anciennement s'est-il bien trouvé des Sophistes, & des Sectes de Philosophes qui, de gaieté de cœur, ont soutenu à pleine tête des opinions absurdes & du tout contre raison (1); mais c'étoit en un pré, en une belle galerie, en une Ecole, où les uns leur applaudissoient, les autres prenoient pour le moins plaisir à leurs fantaisies : bref, en lieu où n'y avoit que craindre. Mais qui, à l'exemple de Moyse, aient abandonné les Cours des Princes, où ils pouvoient être favorisés; qui aient, à l'exemple d'Abraham, laissé leur maison, leur famille, & moïens, le Païs de leur naissance, pour habiter une Terre étrange : bref, qui aient épousé une haire de malheurs pour toute leur vie, délaissés de leurs plus proches, haïs & rebutés de tout le monde, en opprobre & en sifflement à leurs voisins & concitoïens; qui se soient laissés bruler vifs, massacrer cruellement par une simple opiniâtreté, jamais ne s'en vit. Il ne se peut faire, disoit un ancien Romain, que quelqu'un estime & prise tant la foi & l'équité, que pour la maintenir, il ne refuse aucun supplice, si ce n'est qu'il croie & soit persuadé de choses qui ne peuvent être fausses. Pourtant faut-il croire que ce que ces gens ici, qu'en autres choses nous connoissons prudens & avisés, élisent de vivre, & mourir si misérablement, n'est point par un esprit de contradiction, par une désobéissance à leur Prince, de qui autrement ils recevroient toute faveur; mais pour le salut de leurs Ames, qu'ils préferent à toutes choses mondaines. Ce que nous devons d'autant plus supporter, que nous tenons vulgairement contre eux en notre Religion, que toutes choses qui se font en bonne intention, sont bien faites & bonnes. Or est-il certain que toutes gens de bien approuveront cette voie du Concile, comme la plus propre pour les réduire. Car de fait, en toutes les cruautés qui se sont exercées contre eux, il ne se trouvera que des malotrus attirés par le pillage, ou des gens sanguinaires & meurtriers, à l'Italienne, ou des François Espagnolisés, sans ame & sans conscience, qui en aient souillé leurs mains, comme on les sait bien remarquer & montrer au doigt par toutes les Villes de ce Roïaume (2).

(1) L'Hérésie & le Fanatisme ont eu en tout tems & dans tout Pays leurs Martyrs de même que la Religion Orthodoxe. Mais on ne reconnoît pour vrais Martyrs que ceux qui le sont pour la défense de la vérité *Non pæna sed causa Martyrem facit.*

(2) Il est injuste de mettre sur le compte de l'Eglise des violences qu'elle a toujours

1586-87.

EXHORT. A LA PAIX.

Mais peut-être quelques-uns peu avisés auront trouvé dur de leur accorder l'exercice libre & public de leur Religion, comme il a plû au Roi leur accorder par la derniere paix, & penseroient que l'on feroit assez pour eux de ne les forcer point en leur conscience, les laissant vivre parmi nous sans exercice de leur Religion. Premierement, que ceux-là considerent que ceci leur a été accordé, non du premier coup, mais après avoir en vain éprouvé les feux & les eaux, & toutes especes de tourmens contre eux: non légerement, mais par une mûre délibération des Etats tenus solemnellement à Orléans sous le feu Roi Charles (1), non pour mettre division en l'Eglise, mais pour prévenir la ruine & division de l'Etat, qui étoit autrement prochaine: que depuis que par un zele imprudent & inconsidéré on le leur a voulu ôter, nous n'avons vu que troubles, que guerres, que malheurs, que ruines: & que, pour prévenir la totale & inévitable ruine de la Monarchie, il ne s'est trouvé autre moïen, après avoir longuement marchandé, que d'en venir à ce point. Et partant, comme nous avons ja dit, que la Paix est juste entant que nécessaire, que cet article aussi de l'Edit de Paix étoit juste, entant que cette Paix nécessaire ne pouvoit être, ni durer sans cet Article; en après, lequel aimons-nous mieux, ou que ces gens deviennent Athéistes, ou bien qu'ils demeurent tels qu'ils sont? Si Athéistes, ils en seroient pires pour eux, en ce que ne croïant du tout rien, on n'en pourroit esperer d'amendement en eux: pires pour nous, en ce que ne craignant ni révérant rien, nous ne pourrions avoir aucune fiance en chose qu'eussions à traiter avec eux: pires aussi pour l'Etat, en ce que n'attendant Dieu pour Juge, ils se soucieroient bien peu des Juges & Magistrats qu'il a ordonnés en terre. Au milieu de tous ces maux nous n'en aurions autre bien que d'avoir contenté une aveugle & immodérée passion qui est en nous. Or qui doute qu'une partie n'en retombe là, si nous les laissons comme bêtes sans nulle forme de Religion? On répondra qu'ils auront la Catholique. Mais s'ils n'y

désaprouvées. Au reste tout cet écrit est si plein de déclamations outrées & contraires au vrai, qu'il nous paroît inutile de nous arrêter à le contredire. Il faudroit un commentaire plus long que le texte.

(1) Les Etats d'Orléans se tinrent sous Charles IX. L'ouverture s'en fit le 13 Décembre 1560. Ils furent depuis remis à Pontoise. Les Députés des trois Etats aïant representé que leurs pouvoirs étoient expirés à la mort du Roi (François II, qui venoit d'arriver) & qu'il falloit les renouveller, il fut arrêté que les Députés continueroient d'agir en vertu de leurs Commissions. Les Etats d'Orléans ne produisirent aucun bien.

vont point, il ne leur sert de rien. S'ils y vont par la force ou autrement, de gens de bien en leur Religion, ils deviendront non Catholiques, mais Hypocrites, non Fideles, mais Infideles en l'une & en l'autre; & tant s'accoutumeront à tromper le Dieu qu'ils servent, & à forcer leur propre conscience, qu'ils ne feront plus de conscience de tromper ceux qui auront affaire avec eux. Davantage, les estimons-nous, je vous prie, pires que les Juifs, ou nous pensons-nous plus saints que le Pape, & notre Païs plus privilégié que la Ville de Rome? Les Juifs blasphêment désespérement le Christ, ceux-ci l'adorent avec le Pere & le Saint-Esprit, & n'esperent salut qu'en lui seul, ne s'appuient sur autre mérite que sur le mérite de sa Mort. Les Juifs lisent l'Evangile comme une fable, ceux-ci, comme la seule assurance & base de leur Foi. Les Juifs cherchent à se justifier par les œuvres de la Loi, ceux-ci ne cherchent autre Justice que la Justice de Jesus-Christ, qu'ils appréhendent par la Foi en icelui, ouvrante par charité & dilection. Les Juifs s'arrêtent aux cérémonies de la Loi, ceux-ci, à la vérité qui est en Christ, fin de la Loi. Les Juifs souhaitent la ruine de notre Eglise, & de toute la Chrétienté, ceux-ci en requierent la réformation, gémissent & soupirent, ne la pouvant obtenir. Il y a quinze cens ans, & plus, que les Juifs s'opiniâtrent contre toute espérance de raison; ceux-ci au contraire depuis quelques années ne demandent que lieu & temps pour débattre librement leurs raisons. En somme, toutes différences y sont, & en la doctrine, & ès mœurs, & en la commune conversation. Or voïons nous comme le Pape en use, le Pape que nous tenons pour Chef de l'Eglise, & nous n'en sommes que les membres : pour Docteur, & nous n'en sommes qu'auditeurs : nous tenons bref ses Décrets pour Oracles, son exemple pour regle infaillible (1). Il permet des Synagogues publiques des Juifs au milieu de sa Ville de Rome, & pareillement en toutes les Terres de son Patrimoine : comme aussi tous les Princes d'Italie les permettent à son exemple : qui plus est, pour un certain nombre de ducats il donne licence à qui le veut, d'en ériger de particulieres. Or ce que ce Pere saint permet à ces Ennemis de Christ & de l'Eglise, Etrangers du Pays, pour gagner quelque peu de ducats, pour un profit de néant, le dénierons-nous, nous qui faisons état de le suivre & de le croire en tout & par-tout, à ces pauvres Chrétiens, à nos Freres & Concitoyens, pour notre repos,

(1) Il est faux que nous attribuïons en France aucune infaillibilité au Pape.

1586-87. EXHORT. A LA PAIX.

pour la nécessité publique, pour racheter ce pauvre Royaume de ruine & de confusion ? Ne faisons point de difficulté sur ce qu'ils veulent prêcher publiquement & au vu d'un chacun (1). Ce qui est tolérable aux maisons particulieres & en secret, c'est aussi aux lieux publics & découverts : pour cela ne sera ni notre Religion plus reculée, ni la leur plus avancée. Ce que Jesus-Christ avoit dit en l'oreille, a été prêché sur les toîts, & à peu de tems de-là a retenti par toute la Terre. Au contraire les vaines fantaisies que les Pharisiens & Scribes prêchoient au Temple en la Chaire de Moïse, se sont trouvées ensevelies. En cela leur devons-nous savoir bon gré, & reconnoître qu'ils n'ont point intention de tromper personne à leur escient, quand ils desirent faire profession de leur doctrine publiquement & devant tous. Ceux qui vendent leurs hapelourdes, les montrent par-dessous le manteau, ils retirent les gens en quelque coin bien obscur : ceux qui veulent exposer la fausse monnoie ne la baillent qu'à la chandelle. Les bons & loyaux Marchands au contraire mettent leur marchandise en vue, & la déploient en pleine halle au milieu des revisiteurs : ceux qui ont de bon argent, le mettent à toute heure entre toutes gens, & ne craignent ni touche ni couppelle. Si ces gens-ci ont de la fausse monnoie, si quelque mauvaise denrée, pour le moins en ce qu'ils desirent la mettre en vue, montrent-ils assez qu'il n'y a point de dol en eux, ains qu'ils en sont circonvenus les premiers. Or s'ils sont trompeurs, c'est le moïen de les découvrir ; si trompez simplement, ils méritent qu'on ait pitié d'eux, & mieux ne sauroit-on faire que les délivrer d'abus au milieu d'une belle & grande assemblée. Il nous peut souvenir que lors qu'ils s'assembloient la nuit pour prêcher ès cavernes & lieux plus secrets, nous prenions de-là occasion de les calomnier, ou de paillardise ou de quelqu'autre vice aussi énorme : nous disions : s'ils s'assemblent pour bien faire, que ne le font-ils en plein jour ? que ne nous viennent-ils prêcher en nos Eglises ? Les portes en sont ouvertes à tout le monde : ce qu'ils prêchoient en secret & de nuit, cela nous faisoit détester. Combien qu'à la vérité le fait de la doctrine, ou fausse ou vraie, ne dépende point de cela. Comme les Pharisiens de la maison d'Oraison faisoient une caverne de brigands : d'une caverne

(1) Il n'a jamais été permis de laisser enseigner publiquement une doctrine fausse, erronée, contraire à l'Ecriture & à la Tradition. L'Eglise s'est toujours opposée à cette dangereuse liberté. Mais elle a toléré ce qu'elle n'a pu empêcher.

aussi les Chrétiens anciens de la primitive Eglise sous & durant les persécutions de Neron, Domitian, Trajan, Dioclétian & autres Empereurs Païens, ont bien su faire une Maison d'Oraison, sans respect ni d'heure ni de lieu. Le temps & le lieu n'y font rien, pourvu que ce qui s'y fait soit bien fait. Mais en ce point toutefois avions-nous raison, que pour connoître la vérité de ce qui s'y faisoit & disoit, nous voulions qu'il se fît publiquement & à notre vue. Or ce que lors nous réquérions en eux, est ce qu'ils desirent aujourd'hui leur être permis entre nous, que peut-être nous ne devrions pas moins souhaiter qu'eux. Car s'ils prêchent vérité, c'est le moïen, en la prêchant publiquement, de la publier par-tout. Or est-ce, ou doit-ce être le but & souverain desir de nous tous qu'elle soit connue entre tous. Que s'ils prêchent & annoncent le mensonge, comme nos Docteurs le maintiennent, c'est le plus court chemin & le plus expédient pour l'abolir.

Encore devrions-nous desirer & souhaiter qu'ils fissent leurs Prédications ès bonnes Villes & lieux plus remarqués, plutôt qu'aux Bourgs ou aux Villages. Es Villages un Bateleur vend son triacle; un Empirique fait miracles; un Imposteur fait voir & croire au Peuple ignorant tout ce qu'il veut: il n'y a valet de mule qui n'y puisse jouer le Docteur en Médecine. Laissez-les pratiquer ès bonnes & notables Villes, où il y a des gens de savoir, des Docteurs, des Universités, les petits enfans s'en moquent, les femmes les renvoient à l'Ecole; & les plus rusés d'entre eux, de peur d'être surpris par les Revisiteurs, ou attrappés en un examen, ferment tout doucement boutique. Faisons-en de même en cet endroit; c'est aux bonnes Villes; c'est-là qu'il nous les faut convier: les ames des Païsans ne sont pas moins cheres à celui qui les a rachetées, que celles des Citoïens; ains peut-être d'autant plus qu'elles sont simples & plus éloignées de la contagion du monde: pour le moins elles sont toutes à un prix, tant plus simples elles sont, & plus doivent-elles être contregardées. Aux champs, ces gens-ci s'adresseront à Prêtres, en un pauvre Village où n'y aura qu'un Curé fait à la hâte, comme nous n'en avons que trop, le bon homme s'étonnera par avanture au premier mot de latin qu'il n'entendra: c'est pour ébranler toute la Paroisse, le Pasteur sera frappé, & les Brebis seront dissipées. Au contraire, il n'y a bonne Ville où il n'y ait quelques Docteurs capables & suffisans. Quand ces Ministres prêcheront, ils les iront ouir, s'ils disent rien de tra-

1586-87. vers, dès le lendemain il les convaincront publiquement en leur Sermon. Et par ce moïen voilà les uns confirmés, & les autres ébranlés en leur Doctrine. Sous la Primitive Eglise il se nourrit une espace de temps une infinité d'Hérésies étranges & insupportables. Nous en trouvons la cause en l'Histoire Ecclésiastique, parce, dit-elle, que sous la grande & longue persécution des Empereurs, s'étoient faits plusieurs conventicules & de diverses sortes de gens. Mais, quand Constantin le Grand, venant à regner, eut donné liberté à tous ceux qui s'attribuoient, soit à tort, soit à droit, le nom de Chrétiens, on vit en un instant, par la force de la vérité que Constantin faisoit prêcher, toutes ces Sectes abolies & fondues, comme la nége qui a été long-temps cachée au fond d'une caverne, se fond au Soleil. Or n'avons-nous pas moins de quoi nous confier que les Chrétiens de ce temps-là. Si nous avons la vérité pour nous & de notre côté, comme nous la croïons avoir, la voix de la vérité, dit l'Ecriture, est plus forte que les Rois mêmes, & d'abondant encore nous avons les Rois, & les plus grands du monde avec nous. Jesus-Christ, qui est la vérité même, sur laquelle l'Eglise est fondée, venant au monde pour convaincre les Ministres du mensonge, n'alla point requerir César ne ses Lieutenans, de chasser les Scribes & Pharisiens du Temple; ains il les alloit par la force de vérité convaincre en pleine chaire, il leur faisoit peser les Ecritures qu'eux-mêmes prêchoient sans les entendre; ses Apôtres faisoient le même, dont le Peuple s'en alloit converti par millions. Or avons-nous cet avantage de plus, qu'outre la parole, nous avons le bras séculier, qui nous assiste pour nous défendre si on nous veut offenser, que Jesus-Christ au contraire avoit bandé contre lui & les siens. Ne disons plus pour notre honneur, que l'affetterie & le beau parler de ces gens nouveau venus, subornera notre Peuple: cette réplique n'a point de grace en la bouche de personnes qui s'assurent de la vérité. Ciceron ne Demosthenes, qui étoient deux grands Orateurs, avec toute leur éloquence, n'ont pu presque jamais gagner une mauvaise cause. Davantage nous en pensons avoir d'aussi éloquens pour le moins entre nous, qu'il y a entr'eux, & vingt des nôtres contre un de leurs Ministres. Et quant aux persuasions ou dissuasions extérieures, considérons, je vous prie, de quel côté elles sont plus fortes. Un Evêque, ou un Docteur fameux prêchera d'une part, de l'autre un pauvre homme inconnu, de nulle estime ou réputation. Or est-il que la personne & l'autorité

Exhort. à la Paix.

rité persuade bien souvent autant le Peuple, que la parole. L'un annoncera une Doctrine née, nourrie, imprimée & enracinée au cœur du Peuple, l'autre tâchera de la lui arracher, ou plutôt de lui arracher, par maniere de dire, son cœur même. Or savons-nous tous combien nous plaît notre style accoutumé, & combien il nous est fâcheux de le laisser. L'un sera en possession de son Peuple, l'autre en procès pour y rentrer. Si est-il certain que le Possesseur a l'avantage par tout : le Peuple verra d'une part de l'aise, de la prospérité, des faveurs, des bénédictions, des Rois, des Princes, des Grandeurs ; de l'autre ne verra que des croix, des tourmens, des disgraces, des pauvres gens, combattus & battus de toutes sortes d'afflictions. Or est-il que chacun aime son aise, que nul ne veut perdre, que tous hommes de leur naturel sont convoiteux de biens & d'honneurs. Bref, toutes les promesses de ces Ministres seront menaces, toutes leurs persuasions pleines de dissuasion aux hommes qui ne verront à leur suite qu'une suite de malheurs, au lieu que les Rois, les Magistrats, les Voisins, les maisons, le temps, les commodités qui se présenteront de l'autre part, seront autant de Prêcheurs pour reprêcher ce que nos Docteurs auront prêché au Peuple, & pour leur faire savourer & aimer davantage. Conclusion : semble, si nous ne nous défions grandement de notre cause, que nous devons entrer très volontiers en cette lice (où Dieu & les hommes semblent du tout être pour nous) pour l'instruction de notre Peuple, & à la destruction totale de l'Hérésie. Car ou notre doctrine est foible & nous pusillanimes, si elle se laisse vaincre, & si nous craignons d'être vaincus au milieu de tant d'avantages : ou faudra nécessairement dire, & à notre honte & confusion, que l'autre soit ou se sente bien forte, qui ose combatre & espérer victoire en lieux, temps, & toutes circonstances si désavantageuses pour elles, que nous pouvons tous juger. S'ensuit donc en un mot, pour ceux qui font conscience de leur endurer leur Religion & l'exercice d'icelle, que la conscience ne nous permet point de les forcer en leur conscience. Que le bien & repos de ce Royaume, vu la nécessité qui y est, veut qu'on les laisse exercer leur Religion : & de plus, que l'avancement de notre Eglise même requiert qu'ils l'exercent partout, & plutôt ès Villes qu'ès Villages : d'autant que prêchant publiquement par-tout, ils seront découverts par-tout, s'ils prêchent mensonges ; & prêchans par les Villes, ils seront

1586-87. convaincus par les Docteurs des Villes ; au lieu qu'ils pourroient convaincre les Curés de nos Villages.

Exhort. à la Paix.

Reste à répondre à ceux qui en font difficulté pour le fait de l'Etat, & proposent que deux Religions n'y peuvent demeurer ensemble sans le diviser. Axiome, à la vérité, qui nous a plus divisés, que la diversité de Religion même (1). Mais, ou il faut par l'expérience qui s'en voit ailleurs, que nous confessions qu'il est faux, ou que nous sommes plus incompatibles que gens du monde. Les Allemands, Peuple autrement rude & mal accordant, comme chacun sait, ont les deux Religions ensemble en mêmes Villes, & vivent selon icelles sous mêmes Loix & mêmes toîts, sous même Empereur, sans querelle ni trouble quelconque. Il faut donc dire que ce ne sont nos Religions, ains nos passions qui nous troublent, & nos passions provenantes pour la plupart de celles de quelques Grands, qui n'ont amour de Religion quelconque. Avant que les Allemands permissent l'exercice de ces deux Religions, ils ont été quelques années en Guerre, n'ont jamais pu voir paix assurée, quelques batailles qu'ils eussent gagnées contre ceux qu'on appelle Protestans. Au contraire, depuis que les deux Religions ont été permises, ils ont toujours vécu en paix. S'ensuit donc que la diversité permise pacifie le Pays, comme la résistance qui sous un bon zele s'y faisoit, troubloit la Paix. Les Polonnois ont eu de tout temps la Grecque & la Romaine ensemble, divers Evêques & divers Synodes, & des différends sur articles de grande importance : si ne sont-ils jamais venus des disputes à la guerre. De notre temps ils souffrent les deux Religions qui sont entre nous, & plusieurs autres Sectes, & ne laissent pour cela d'obéir unanimement à leurs Rois, & de contribuer également contre les Ennemis du Païs. S'ensuit par-là que ces Religions d'elles-mêmes ne troublent point l'Etat. Finalement on leur a voulu troubler cette liberté, dont ils sont entrés en trouble & division : s'ensuit donc que la liberté, des diverses Religions n'a point troublé d'elle-même l'Etat, mais

(1) Cette question paroît bien traitée dans un Ecrit moderne, intitulé : » Lettre d'un » Patriote sur la Tolérance civile des Pro- » testans de France, & sur les avantages qui » en résulteroient pour le Roïaume. 1756. in-8°. Il faut y joindre un autre Ecrit, qui avoit paru peu de tems auparavant, sous le titre de » Mémoire Théologique & Poli- » tique au sujet des Mariages clandestins » des Protestans de France, où l'on fait voir » qu'il est de l'intérêt de l'Eglise & de l'E- » tat de faire cesser ces sortes de Mariages, » en établissant pour les Protestans une nou- » velle forme de se marier, qui ne blesse » point leur conscience, & qui n'intéresse » point celle des Evêques & des Curés, in-8. 1755.

EXHORT. A LA PAIX.

la licence & insolence de ceux qui ont voulu troubler cette liberté permise par le commun consentement des Etats.

Quant ès Etats d'Orléans & Pontoise, à la requête du Tiers-Etat & de la Noblesse, la liberté fut permise à cette Religion dont est à présent question, nous vivions tous en paix, chacun tâchoit d'attirer son voisin à soi, nul de le fâcher ni inquiéter en rien. La France étoit autant heureuse qu'elle est maintenant misérable : au contraire on ne l'eut pas si-tôt voulu troubler commençant par le massacre horrible de Vassi (1), que le Royaume ne fut troublé : dont depuis, un trouble a tellement suivi l'autre, que la semence n'en peut presque faillir. Si-tôt que la Paix étoit faite, nous nous entrevoyions, nous passions le tems ensemble, amis comme paravant la Guerre, nous trafiquions les uns avec les autres : & plus, au milieu des escarmouches mêmes, nous parlementions ensemble, comme si nous n'eussions été ennemis, que lorsque nous avions la visiere baissée. Encore de présent, n'y a-t-il de Catholique qui n'ait un Huguenot Parent, Allié, on bon ami : Huguenot, qui n'ait un Catholique pour qui il mourroit au besoin. Or qui nous gardera de faire tous pour tous, ce que chacun fera pour son ami particulier ? Quelle conscience ferons-nous de souffrir pour l'amitié des deux parts de ce Royaume, ce que pour l'amitié de deux personnes nous ne faisons difficulté de souffrir ? Ce n'est point donc la Religion, mais les passions d'autrui, auxquelles par trop nous nous conformons, qui troublent notre repos. De fait, nous avons vu ès Guerres passées, qu'en Languedoc, Guienne, Dauphiné & autres Provinces de delà Loire, ils ont vécu en mêmes Villes, combattu sous mêmes Enseignes, marché sous mêmes commandemens, maintenu les Religions les uns des autres, en liberté, sans Schismes ne divisions, (encore que nous aïons tâché par tout moïen d'en souffler parmi eux) tous prêts & résolus de faire le semblable, si la Guerre continue. Et en ces dernieres émeutes on a vu pareille union. Quant à l'obéissance due aux Supérieurs, l'Empereur est obéi, révéré & secouru également en Allemagne. En ce Roïaume chacun a vu le semblable depuis que nous avons la Paix, même quand il a fallu faire Guerre contre l'Etranger

(1) Ville de Champagne, proche de la Lorraine : c'est la principale Ville du Vallage au Diocèse de Châlons. Elle est devenue célebre par le massacre des Calvinistes, dont on parle ici ; François Duc de Guise y fut blessé. Ce massacre fut l'occasion de la premiere Guerre Civile, 1562.

1586-87. sous la conduite de feu Monsieur, Frere du Roi. Le Turc qui ne sait que trop bien dominer, est obéi des Juifs & des Chrétiens, Grecs & Latins, mieux que de ses Turcs mêmes. Les Romains anciens sous divers Dieux & mêmes Loix, touvoient les Sujets d'une façon. Et les Empereurs Payens même ont eu des Légions toutes Chrétiennes qui leur ont gagné des Batailles miraculeuses. Sans partir de chez nous, nous vîmes de quelle affection s'emploïerent ceux de cette Religion au recouvrement du Havre sur les Anglois : depuis à Mons en Hainaut, & à la Conquête prétendue des Païs-Bas, pensant faire un service au feu Roi. Pourvu qu'on les laisse vivre en leur liberté de conscience, ils ne savent que faire pour faire paroître à leur Prince, qu'après le service qu'ils veulent faire à Dieu premier, ils n'affectionnent rien plus que le sien.

EXHORT. A LA PAIX.

Ils l'ont montré par le passé, mais aujourd'hui plus clairement. Quand cette Ligue s'est élevée, ils avoient juste occasion de s'élever. Le Roi a trouvé bon qu'ils ne bougeassent; les voilà arrêtés. Le Roi a voulu user de douceur : les voila adoucis. Voilà les Ligueurs qui font leur levée dans le Gouvernement du Roi de Navarre; ils passent devant les portes de Saint-Jean d'Angely; ils battent le Tabourin sans être battus ni combattus; ils étoient déclarés Ennemis de l'Etat, Perturbateurs du repos public, Crimineux de Leze-Majesté : le Roi de Navarre devoit & pouvoit leur courre sus; il les a laissés en repos, parceque Sa Majesté le vouloit ainsi : il a même offert de quitter les sûretés parmi les plus grandes défiances; les sûretés, dis-je, qu'il tenoit par la volonté du Roi, pourvu qu'ils quittassent les Villes qu'ils avoient surprises. Tandis que la paix a duré, ces pauvres gens n'ont jamais pensé à faire la guerre. On les a pris à partie, le Roi a trouvé bon qu'ils se tussent : ils n'ont point répondu. On les a recherchés jusques dans leurs maisons : ils n'ont point bougé. On a pris leurs Villes : ils se sont contentés de les recouvrer. On les a assaillis : ils se sont contentés de se défendre. L'Edit a-t-il été rompu : les voilà à cheval. Leur conscience peut plus sur eux que la violence & importunité de leurs Ennemis. Ils ont bien pu dissimuler envers eux : ils ne peuvent se feindre envers elle. Tandis qu'ils ont eu l'ame libre, vous avez fait du corps ce qu'il vous a plu. Pressez-la le moins du monde, ils hasardent tout pour la mettre en liberté.

Nous ne nions pas pourtant qu'il ne fût plus à desirer qu'il n'y eût qu'une Religion en un Etat. Telle union ne se peut assez souhaiter. Et qui auroit opinion de pouvoir faire qu'il n'y en eût qu'une bonne, elle seroit trop plus séante que plusieurs. Mais puisqu'ou le destin de ce Roïaume, ou le désordre & la confusion de notre Eglise, ont fait que nous en aïons eu deux (deux, dis-je, & non cinq ou six, comme quelques-uns de nos Voisins, qui les tolerent toutes pour vivre en paix), mieux vaut à la vérité, à l'exemple de ceux-là les souffrir, que se ruiner, comme nous avons fait jusqu'ici, pour tâcher à en ôter l'une. Ce n'est chose qui n'advienne quelquefois au corps humain. Il y a des maladies qu'il faut bien souvent entretenir pour sa santé, parcequ'elles servent de remede contre une plus grande & plus dangereuse. Il y a au contraire des remedes qu'il faut fuir, comme plus dangereux que la maladie même. C'est une sujettion bien grande, que d'avoir en quelque part du corps une fontaine qui coule toujours: il vaudroit mieux n'en point avoir, qui pourroit; mais elle a été ouverte pour divertir un plus grand cathare, qui menaçoit ou l'estomach, ou le poulmon: elle ne se peut refermer sans danger tout apparent de mort: mieux vaut donc la tenir ouverte, qu'en mourir. C'est un mal nécessaire, pour en éviter un plus grand. Il se voit de fâcheux catharres, dont il seroit bon de se délivrer; mais si violens sont-ils bien souvent, qu'en les pensant purger, ils nous pourroient étrangler & suffoquer: Le bon Medecin aura patience, il les divertira petit-à-petit, parceque telle purgation seroit plus pernicieuse que le catharre: nous en sommes aujourd'hui de même. Refermez cette plaie de notre Eglise, sans que le dedans soit bien repurgé; la mort est prochaine. Tenez-la ouverte, vous vivrez; & aurez peut-être & le loisir, & le moïen de la purger & nettoïer de telle façon, qu'avec succession de temps elle se refermera d'elle-même. Emouvez ce catharre par une purgation violente, il vous étouffera le cœur ou le poulmon. Donnez-lui cours petit-à-petit, il s'écoulera finalement de soi-même. L'intemperie de toute la Chrétienté est aujourd'hui telle, qu'il n'y a Roïaume ni Etat qui s'y puisse maintenir en paix, sans la liberté des deux Religions, voire qui ne se ruine si on s'opiniâtre contre l'une.

Ceux qui disent qu'attendant la determination du Concile, il ne faut permettre exercice que d'une Religion, s'abusent grandement. Premierement, c'est contre ce qui leur avoit été accordé par la derniere Paix, & par toutes les précédentes, en faisant lesquelles on a toujours permis l'exercice des deux Religions, tant que par un libre Concile Général ou National,

1586-87. EXHORT. A LA PAIX.

tous soient réunis en une Religion ; & par conséquent, c'est se résoudre à rentrer en la Guerre, qui est la source de tous nos maux. Secondement, c'est contre raison & forme de Justice ; car nous attendons par un Concile d'être réunis, & non d'être divisés ; de cicatriser notre plaie, non de l'entretenir ; d'accorder les Parties, non de les mettre en procès. C'est comme qui diroit, il n'y aura exercice que d'une Religion, tant que le Concile ait déterminé qu'il n'y en ait qu'une. S'ensuit donc que nous ne devons rien entreprendre les uns sur les autres, tant que les arbitres nous aient accordés : & tout ainsi qu'attendant la décision des arbitres, les parties demeurent en leur état, les armes suspendues sans entreprendre l'un sur l'autre ; aussi est-il raisonnable attendant la détermination d'un saint & libre Concile, auquel, comme arbitre de nos différends, nous compromettons tous que les parties demeurent en la liberté, de laquelle par la derniere Paix ils sont en possession. Et devons considerer que, si nous étions en leur place, nous ne voudrions pas que la Messe nous fût interdite jusqu'à telle détermination, encore que nous fussions tous assurés qu'elle y dût être confirmée.

En troisieme lieu, c'est le vrai moïen de n'en tenir point, & vaudroit autant dire tout en un mot que nous ne voulons, ni leur liberté, ni détermination de Concile. Car c'est troubler le compromis, c'est un cas de nouvelleté, c'est revenir aux animosités, durant lesquelles ne se peut, ni tenir, ni esperer un bon Concile ; lequel certes nous-mêmes devrions pourchasser, quand il ne seroit point question de ces gens-ci. Pour le moins n'y a-t-il homme de bien & craignant Dieu, qui ne le souhaite aujourd'hui en la confusion de notre Eglise, que les seuls ignorans & hebétés ne voient pas : faut donc, si nous voulons, & vivre en paix, & aspirer à un Concile, demeurer ès termes du dernier Edit de Pacification, (composé pour notre repos & selon toute regle de Justice, par lequel, attendant le Concile, auquel on nous remet pour la décision de nos différends, la liberté est permise aux deux Religions ; c'est-à-dire, attendant le remede, la maladie tolerée) & non pas aigrir la maladie, à ce que le remede ne trouve plus de lieu.

Mais on demande à cet homme d'Etat qui ne ne veut point endurer les deux Religions en ce Roïaume, ce qu'il prétendra faire maintenant pour en abolir l'une, à savoir celle qu'il juge la plus foible, & que l'on appelle Prétendue & Réformée ; il

EXHORT. A LA PAIX.

se voit trop clairement que vous n'en pouvez abolir l'exercice sans rentrer en la Guerre, puisque, sans l'octroïer, vous n'avez pu obtenir la Paix: nous voilà donc revenus aux armes civiles. Or par la Guerre, qu'il nous enseigne un peu ce que nous ferons. Nous l'avons déja éprouvé par quatre ou cinq fois; & pour la fin de toutes, après beaucoup de ruines, avons été contraints de permettre cette Religion. Nous les avons réduits par moïens plus qu'extraordinaires, dedans les murailles d'une Ville; encore avons-nous été réduits nous-mêmes, après un long & ruineux Siege, à les laisser; & n'ont voulu accepter la Paix, si tous ceux du Roïaume de leur Religion n'avoient liberté de conscience. Si nous mettons une Armée en Campagne, ils se retireront sur la défensive. Si nous les assaillons sur la la défensive, autant de pieges pour nous, autant de bonnes Armées perdues & ruinées. Nous devons avoir connu, tant d'une part que d'autre, que c'est aujourd'hui d'assieger Places. Les Défendeurs s'opiniâtrent jusqu'au bout, & n'est tantôt plus de gens d'assaut pour les forcer: ainsi avons-nous vu ruiner l'Armée de Saint-Jean, & de la Rochelle, & de Livron (1), & autres toutes grandes & roïales, avec grand'perte de deniers, d'hommes, & de réputation, dont la plupart de nos Soldats qui restent, sont aujourd'hui rebutés des Sieges. La moindre Place barrant sa porte sur elle, est presque suffisante d'attendre la plus belle Armée qu'on puisse mettre ensemble. Et quand nous en aurons pris deux ou trois des plus foibles, tant de force, que de composition, nous aurons gagné des murailles, & perdu un monde d'hommes; reçouvré des ruines, & épreint au contraire tout ce qui peut rester de suc & de sang à la Noblesse: bref, achevé de ruiner tout ce pauvre Roïaume. Ce qu'ils peuvent défendre en Languedoc, en Guyenne, ou même en Dauphiné, est suffisant tout seul pour avoir le bout de tout ce qui reste de deniers, d'hommes, & de moïens en toute la France, & outre cela pour nous tenir plus de dix ans en Guerre: encore aujourd'hui qu'ils ont les têtes plus dures en ce Païs-là, qu'ils n'eurent onc; plus de Chefs, plus d'appui, plus de support, & de ceux du Païs, & des Etrangers, qui ne leur manqueront de secours: les Catholiques unis & ligués avec eux pour vivre & mourir avec eux, s'il faut continuer la Guerre; & qui ne peuvent être ruinés les uns sans les autres, le courage doublé, & pour les espérances qu'ils ne conçoivent pas petites, & pour l'assurance qu'ils auront

(1) Bourg en Dauphiné sur la Droume.

1586-87.

EXHORT. A LA PAIX.

de n'être point rebelles au Roi, en se défendant contre les Ennemis du Roi même, de l'Etat, & d'eux tout ensemble: reposés de longue main, & néanmoins exercés aux armes, & meilleurs Guerriers qu'en nulles autres Provinces de ce Roïaume. Nous conseille donc cet homme d'Etat ce que nous ferons; car n'abusons point le Roi de vaines offres; ou plutôt ne nous abusons point nous-mêmes en les lui faisant. Que nous reste-il, je vous prie, à lui offrir, que nous n'aïons ja baillé? Que peut-il requerir de nous, qu'il n'ait ja obtenu en vain? Nous offrirons nos bourses, regardons si elles sont mieux garnies que paravant. Nous offrirons notre sang, jugeons si nous en avons autant refait que nous en avons épandu par ci-devant, s'il est accru quelque chose à nos possessions, s'il s'est rien ajouté à nos forces. Au contraire nous n'avons maisons qui ne s'en sente, nerf qui n'en soit foulé, & nous reste toutefois plus long & plus cher chemin à passer que celui que nous avons fait. Nous lisons ès Histoires, qu'un grand Capitaine Romain, Paul Emile, quand il eut à plate couture défait le Roi de Macédoine (1), comme il enclinât à faire la paix avec lui, ses amis le trouvoient fort mauvais, disant qu'il en pouvoit fort aisément avoir le bout par la Guerre: il est aisé (leur dit-il lors) de ruiner un Prince ou un Etat jusqu'à la moitié, mais de cette moitié le ruiner jusqu'au bout, c'est chose longue & plus difficile que vous ne pensez. La raison en est toute claire. Celui qui se sent fort, donne une bataille, & couche la moitié de son vaillant au hasard du dé, mais quand il l'a perdue, il se retire sur l'autre moitié s'il est sage, il la ménage & la défend pied à pied, il ne veut plus jouer si gros jeu, & souvent le reste du vaincu suffit à ruiner le victorieux. Vous lui présenterez la bataille, il quitte la main, il se retire sur la défensive, il la vous fait perdre devant une Ville. La réponse de Paul Emile étoit vraie dès-lors, mais plus vraie est-elle encore en notre endroit: là le Pays étoit presque plat, tellement qu'une bataille gagnée, gagnoit tout un Royaume. Aujourd'hui comme le nôtre est fortifié, on ne combat que quand on veut, & se perd le plus souvent le gain d'une bataille devant une bicoque: l'expérience ne nous l'a que trop appris depuis vingt-quatre ans: en l'exemple de

(1) Persée, Roi de Macédoine. Paul Emile réduisit l'Etat de ce Roi en Province & démolit soixante-dix Places qui avoient favorisé les Ennemis. Cette Victoire qui est de l'an de Rome 586, mérita à Paul Emile le surnom de *Macédonique*. Ce Victorieux étoit Consul & Général Romain, Fils de Lucius-Paulus, qui fut tué à la déroute de Cannes. Voïez Tite-Live, & les autres Ecrivains de l'Histoire Romaine.

Paul

1586-87. EXHORT. A LA PAIX.

Paul Emile ce qui étoit ôté à l'Ennemi étoit autant d'acquis au Romain : en nos Guerres Civiles ce que nous gagnons, est autant de perdu ; ce que nous ruinons, nous ruine nous même & notre propre Pays. Paul Emile de la moitié qu'il avoit gagnée, pouvoit faire guerre à l'autre. Nous au contraire jouons à bander & à racler où tous deux perdent, & nul ne gagne. Et notre pauvre Roi, à qui gagne, il perd, qui de quelque côté que le toît tombe, perd ses Sujets, & ruine ses Villes : & au lieu des Triomphes Romains, ne doit célébrer qu'exeques & funérailles. A plus forte raison donc, devons-nous conclure avec Paul Emile, qu'il vaut trop mieux entretenir la Paix avec eux, que de nous ruiner à la poursuite d'une Guerre hasardeuse, ruineuse, longue & difficile, ou plutôt perpétuelle & impossible. Nous avons en somme, de ces deux, à choisir l'un ; ou de les laisser vivre paisiblement avec nous en l'exercice de leur Religion, ou de mourir tous ensemble ; ou de les laisser debout, ou d'être, en les voulant ruiner, accablés de leurs ruines. Samson à la vérité en usa comme il semble que nous en voulions user, mais en cas trop dissemblable. Il étoit assiduellement recherché des Philistins. Ces gens-ci au contraire battus & rebattus tant de fois, pourvu qu'on ne les recherche point, ne demandent que le repos, tant s'en faut qu'ils nous courent sus ou nous troublent. Samson étoit seul contre plusieurs, & ne pouvoit espérer que par désespoir : nous plusieurs contre un, qu'avons prou dequoi nous conserver, sans nous perdre de gaieté de cœur pour les passions d'une ambition ou d'une haine mal réglée.

Bref à ces pauvres gens-ci, quand on les poursuit à mort, de toît en toît, il seroit aucunement supportable de mettre le feu en leur propre maison pour éteindre la fureur de leurs Ennemis, ou embraser avec eux toute la Ville. A eux, dis-je, appartiendroit en cette extrêmité de se résoudre à la Saguntine (1). A nous, nullement, qui ne sommes pressés qu'autant que bon nous semble, qui avons la plus grande part à la mai-

(1) C'est-à-dire, de se désespérer & de porter tout aux dernieres extrêmités. Sagunte, grande & ancienne Ville d'Espagne, avoit fait alliance avec les Romains. Ses Habitans soutinrent le parti de leurs Alliés contre les Carthaginois. Mais Annibal Général des derniers, aïant assiégé leur Ville, & les Saguntins aïant soutenu ce Siege durant sept ou huit mois, pressés de la Famine, ils allumerent au milieu de la Ville un grand feu, dans lequel la plupart se précipiterent avec leurs femmes, leurs enfans & tout ce qu'ils avoient de plus précieux. Cet évenement arriva l'an 538 de la Fondation de Rome, 218 ans avant Jesus-Christ.

1586 87. son, qui devons conserver le Royaume, dont nous faisons presque tout le corps; ains plutôt seroit faire aussi mal à propos que celui qui pensant brûler une araignée ou une poignée de mouches, mit le feu à son plancher, & brûla le dedans de sa maison. Puis donc qu'on ne peut ôter à ces gens l'exercice de leur Religion sans rentrer en Guerre, ni les ruiner par la Guerre sans être accablés de leur ruine même, concluons contre cet homme d'Etat, qu'il les faut laisser vivre en paix, & pour ce faire leur entretenir la liberté selon l'Edit, puisque sans cet article nous avons tant de fois éprouvé que ne la pouvons avoir.

EXHORT. A LA PAIX

Mais il y a certes grand danger que ces raisonneurs, qui nous tranchent tantôt de la conscience, & tantôt de la police, si nous regardons leur intention de plus près, si nous levons le voile qui couvre leur hypocrisie, n'aient égard ni à l'Eglise ni à la Patrie, encore moins à l'Etat, mais veuillent seulement faire leur profit particulier aux dépens de l'un & de l'autre. Voïons ce qu'ils ont fait jusqu'ici, & jugeons du présent par la suite de leurs déportemens passés, répétant seulement ce que nous-mêmes avons vu, & n'y a pas long-temps. En l'année mil cinq cens soixante-seize, ils voïoient la paix assurée en ce Roïaume, ce qui les grevoit fort: chacun crioit après l'Assemblée des Etats, comme après l'unique remede de tous nos maux. Ils les voïoient accordés par la Paix, convoqués à briefs jours, de sorte qu'on ne pouvoit plus reculer à les tenir: ils pensoient qu'on leur voulût faire rendre compte de la substance du Peuple qu'ils ont de pieça dévorée, qu'on les voulût ôter d'un lieu & rang qu'ils occupent indignement & illégitimement, comme de fait le dessein en étoit pris. A ces inconvéniens qui les menacoient, ils n'appercevoient que deux remedes, ou de ne les tenir point; ou d'en faire changer le dessein & troubler l'exécution. De ne les tenir point, y avoit peu de moïen; ils avoient été long-temps differés, lors étoient-ils accordés, convoqués, preparés, le Peuple en avoit fait les frais. Si on l'eût abusé, il y eût eu danger d'une révolte telle qu'en Flandres, ou que pour même occasion, elle s'est vue autrefois en France. Leur restoit donc ce seul moïen d'en faire changer le dessein & la résolution, d'en empêcher l'exécution. Or la Paix durant, ils ne pouvoient. Quoi donc? il les faut (aviserent-ils) empêtrer par la Guerre, & y traiter ce seul sujet. Et le moïen? c'étoit de bailler le change, c'étoit de renverser tout sur ces

1586-87. EXHORT. A LA PAIX.

pauvres gens, c'étoit de crier au Huguenot, de peur qu'on ne criât au larron contre eux. C'étoit de se venger par les Etats sur eux, de ce qu'ils avoient à leur sueur & travail procuré les Etats. Ainsi furent rompus les Etats promis il y a quelque temps à Compiegne. Ainsi fut troublée l'exécution des Etats d'Orléans par ces comptables, qui ne plus ne moins que la Seiche quand on la veut prendre (1), savent très bien jetter leur encre, & troubler l'eau tout à l'entour. Voïons & considerons le présent. Gens désespérés, endettés de tous côtés, qui pour assouvir leur ambition, ont mis en combustion tout le Roïaume, sollicité toutes les Provinces à une révolte, à prendre parti, à entrer en Ligue avec eux contre le Roi, arrêté les deniers du Roi en plusieurs lieux; trompés cependant & frustrés de leurs espérances, comme chacun voit & s'en réjouit; pris au piege tendu par eux & contraints de demander pardon; haïs & maudits du Peuple, qu'ils ont ruiné, ou été occasion qu'il est ruiné en diverses Provinces, (& ils disoient le vouloir soulager): haïs & délaissés de la Noblesse qui les avoit suivis, qu'ils ont abusée par belles promesses, par vaines espérances, mise au hasard de se faire bien-tôt trancher la tête sur un échafaud, (sans la douceur & clémence de notre Roi) comme enveloppée en même crime qu'eux, & ils la vouloient remettre en son ancienne dignité & splendeur premiere : haïs pareillement par le Clergé duquel ils ont pris l'argent, fait vendre le bien, comme il leur est ordinaire, & puis s'en sont moqués, (& ils le vouloient assurer en ses possessions, lui ôter les Charges qu'on lui fait porter, & faire abolir les décimes): suspects au Roi qui ne se fiera jamais à eux, & avec très juste occasion (sans spécifier les particularités de leur conjuration, qui n'est que trop notoire pour leur honneur), & ils se disoient armés pour son service: bref rebutés & détestés de tous les gens de bien, & tous bons François, comme pertubateurs de la Paix publique & Ligués avec les Etrangers, Ennemis jurés de cette Couronne.

Recueillis seulement par quelques garnemens séditieux & mutins, ou par quelques mécontens comme eux, Que leur est-il donc de faire aujourd'hui? A quoi auront-ils recours? Autre-

(1) La Seche, Poisson de Mer, long d'environ deux coudées. On assure qu'il amasse dans une vessie une liqueur noire qui lui sert à se cacher & à se sauver des mains des Pêcheurs, ou de la gueule des grands Poissons qui le poursuivent. Une goutte de cette liqueur suffit, dit-on, pour noircir toute l'eau d'un seau & la rendre opaque.

1586-87. fois ils ont crié au Huguenot, de peur qu'on ne criât au Larron contre eux. Aujourd'hui il faut faire le même, de peur qu'on ne crie au Voleur, & au Rebelle sur eux. Et ce pendant qu'on courra après le Huguenot, ils se tireront de la mêlée. En la paix ils savent qu'ils ne peuvent avoir paix. Il faut donc émouvoir la guerre, il faut remuer & ressusciter cette vieille querelle de Religion : pensent-ils, dont y a tant d'années qu'ils amusent & abusent le Peuple, ce pendant qu'ils auront les armes en la main, on ne criera pas harault sur eux ; & les occupations de la Guerre distrairont & empêcheront notre Roi de faire faire le procès, tant à eux, qu'à leurs complices. Nous cependant, qui suivons pour la plupart leurs passions, & servons d'instrument à leur cautelle & ruse, ce pendant qu'ils abusent de notre zele & de la dévotion que nous avons à notre Religion, dissimulons, & ne voulons pas voir que, si nous continuons la Guerre, ce pauvre Roïaume, qui n'a pas plein poing de vie, & qui à peine peut-il respirer, s'en va tomber en une ruine inévitable. Or y en a-t-il peut-être qui ne pense, ni le malade si bas, ni la maladie de soi si dangereuse : je veux dire, ce Roïaume si proche de sa ruine, ni ces guerres si dangereuses pour l'y précipiter. Premierement, que ceux-là considerent sans passion, que la maladie, qui depuis quelques années nous tourmente, est celle même qui a porté en terre tous les grands Empires qui ont jamais été au monde, & le Romain notamment, qui aïant échappé dès son enfance, & par tout le cours de sa vie, toutes sortes de plaies, de calamités, d'injures du temps, auxquelles il s'étoit endurci au croître, ne put jamais échapper la troisieme rechûte de cette maladie, ores qu'il fût trop plus puissant que le nôtre, & qu'il n'y eût voisin qui s'osât presque arrêter à regarder sa ruine. En après que c'est celle-même, ou à-peu-près, qui nous pensa accabler sous les Rois Jean, Charles cinquieme, sixieme & septieme, lorsque ce Roïaume vint si bas, qu'il n'en méritoit presque plus de nom. Celle qui a mis la Hongrie & l'Empire de Grece entre les mains du Turc, & lui livrera, si nous n'y donnons ordre bientôt, encore une bonne partie de la Chrétienté. Celle même qui trouble & renverse aujourd'hui les Païs-Bas : celle bref, dont la fin finale a toujours été, ou de bailler l'Etat à un tiers, ou s'il n'y en avoit point, de le partir & déchirer en pieces. Et quant au Patient, auquel toutes les guerres étrangeres & externes avoient été plûtôt exercices que

EXHORT. A LA PAIX

travaux, qu'il regarde combien il est empiré en celles-ci. Les Rois bien souvent, & leurs Favoris ne s'en apperçoivent pas, parcequ'ils ne voient que des pompes, que des bravades, que des danses & des festins : & ce pendant il leur en advient comme aux Philistins, qui banquetoient & faisoient grand chere au temps que Samson écrouloit les Colonnes du Bâtiment qui les ruina, & trébucha sur leurs têtes. Mais c'est à nous, si nous sommes fideles Sujets, de leur en découvrir la vérité, nous qui voïons saper par l'Enemni le fondement de l'Edifice, & qui pâtirons de la chûte. Qui verra le Patient que nous avons en cure, si havé, décharné, pâle, hideux comme il est, en aura horreur, & ses Ennemis presque pitié; mais ce n'est rien au prix du dedans, dont les parties vitales sont si viciées & corrompues, qu'il n'y reste plus espérance de santé. De Pieté & de Justice, qui sont les appuis plus fermes de la Monarchie, il n'en faut tantôt plus parler : ce ne sont plus entre nous que prétextes & couvertures de révolte & d'ambition. Et cependant voilà le Sage qui dit que, pour impiété & injustice, Dieu transfere les Roïaumes de Famille en Famille, de Nation en Nation. Et quant au Prince & au Souverain, voïez comme on lui ébranle les colonnes qui soutiennent sa Maison. Plus n'ont les Sujets d'amour envers lui pour lui obéir, plus n'a-t-il de forces pour se faire craindre & obéir par contrainte : or ôtez aux Rois l'amour, & aux Tyrans la crainte de leur Peuple, leur Principauté est du tout ruinée : les Grands en ce Roïaume sont aux Petits exemple de désobéissance : les Petits aux Grands sont aides & instrumens de révolte. Les soldats prennent par-tout où y a dequoi gagner, & c'est à qui leur donnera plus de licence pour en avoir le plus. Ce sont maladies que la grande maladie des Guerres civiles a amenées avec elle : & quels accidens s'en ensuivent? Que les Grands, qui pour la plupart ne le sont jamais assez à leur gré, voïant leur Souverain dénué de forces, & les volontés des Sujets aliénées de lui par les maux qu'ils ont soufferts, (dont ils accusent toujours la tête & non le temps); & les soldats au commandement de qui plus leur donne & plus leur lâche la bride, entreprennent tant plus hardiment d'assouvir leur ambition, qu'ils ont de quoi esperer d'en venir à bout, & faute d'y parvenir, ne voient rien à craindre; ains s'assurent qu'au pis aller on sera toujours bien aise de les pouvoir appaiser. Dont s'ensuivent finalement, après beaucoup de ruines du Peuple, mutations d'Etat, dissipation de Monarchie, ou changement de Monarque. Sans spécifier les noms des lieux & des personnes, qui se sont assez fait connoître depuis huit mois, les plus prudens voient cela comme tout présent, si nous rentrons une seule fois en ces miseres civiles.

Ceux que l'ignorance ou la passion aveugle encore, ou ceux mêmes qui en ce cas sont contens de faire les aveugles, diront qu'il y a long-temps qu'on tient ces propos-là ; que ce sont fables & discours en l'air ; que toujours au pis aller en pourra-t-on sortir par la porte accoutumée. Mais on leur répondra que les Etats, comme les corps, tant plus grands sont-ils, & tant plus tardifs ont-ils leurs mouvemens : il ne faut qu'un vent pour abbattre une petite maison ; pour un bâtiment massif, bien cimenté, & de bonne matiere, il faut une longue batterie, une forte mine ; encore quand il renverse, les pans de muraille tombent-ils tous entiers : ainsi en est-il du nôtre. Quelque petit Etat bâti sur quatre fourches, du moindre coup de vent que nous aïons eu, en fut pieça par terre, quelque tiers l'eût emporté tout incontinent. Le nôtre, qui est trop grand & trop pesant pour la férie de nos voisins (outre ce qu'ils ont été troublés en même temps que nous) ne se peut pas ruiner de cette façon, il faut qu'il se ruine de soi-même ; & qui veut voir comme il s'approche de sa ruine, considere seulement combien il s'est crévacé & ébranlé, depuis la journée S. Barthelemy (1) : depuis, dis-je, que la foi du Prince envers le Sujet, & du Sujet envers le Prince (qui est le seul ciment qui joint & entretient les Etats en un) s'est si outrageusement démentie. Il n'étoit paravant question que de la Religion de ces gens-ci ; la leur permettant, on étoit assuré d'avoir la paix. Depuis ce jour-là, qui coûte si cher à la France, & dont le sang, qui coule encore, va tous les jours criant vengeance contre les auteurs d'une telle cruauté, on a commencé à parler de l'Etat, à rechercher les actions du Gouvernement, & s'en est trouvé qui se sont bien su servir du désespoir, auquel par tant de cruautés nous les avons réduits. Il n'étoit auparavant question que de Huguenots ; depuis il s'est élevé des malcon-

(1) L'Auteur veut parler du Massacre des Huguenots qui se fit le jour de Saint Barthelemi, en 1572. Cette Fête arrivoit cette année un Dimanche. Le Massacre se fit la nuit du Samedi à ce Dimanche, & s'étendit par tout le Royaume, si l'on en excepte quelques Provinces qui en furent garanties par la probité & le courage de ceux qui y commandoient. » Charles IX, depuis ce jour, dit Brantome, » parut tout changé, & disoit-on, qu'on ne lui voïoit plus au visage cette douceur qu'on avoit accoutumé » de lui voir. » Cette funeste exécution a deshonoré à jamais le regne de ce Prince,

tens, race très dangereuse en un Etat, & la plupart qui ne sauroient dire dequoi ni pourquoi. Ce sont tous symptômes procédans de la maladie que nous avons ci-devant remarquée, en celle partie vitale du Roïaume, qui est l'amour des Sujets envers le Prince. A la vérité, quand le Huguenot prend les armes, il se peut aucunement excuser, il craint d'offenser Dieu, Dieu qui est le Roi de tous les Rois, & auquel il desire d'obéir premier, il craint de perdre son ame, qu'il a plus chere que cette vie. Son desir est bon, son intention n'a rien d'énorme. Le malcontent au contraire ne se peut excuser; car il n'est poussé que de convoitise de gain & de vain honneur, & se révolte quand on ne lui donne non autant qu'il en mérite, mais qu'il en cuide mériter, & que son ambition lui fait souhaiter. L'un est poussé de l'amour de Dieu, l'autre d'un fol amour de soi-même : l'un veut obéir au Roi en tout ce en quoi il ne pense désobéir à Dieu, l'autre autant seulement qu'il est expédient pour son avantage : l'un préfere le Supérieur à l'Inférieur; à savoir selon son opinion (& selon la vérité) Dieu au Roi, ce qui est selon l'ordre de nature : l'autre, contre tout ordre de Police, préfere l'Inférieur au Supérieur, suivant pour sa convoitise un Prince ou Seigneur subalterne, ou Etranger contre son Roi & Souverain Seigneur. L'un prend les armes après qu'on l'a réduit au désespoir : l'autre de gaieté de cœur, parcequ'on n'a pas répondu à toutes ses vaines espérances. Voilà donc comme Dieu a puni notre déloïauté, quand, nous voulant défaire illicitement de ces pauvres gens qui font tout à bonne intention, il nous a suscité cette espece de gens qui n'ont aucune intention de bien faire : quand, dis-je, voulant réunir tout par voies si détestables, par les mêmes il nous a ruinés. En somme, c'est grand pitié qu'il s'est vu jadis qu'un Connétable de France, Prince du Sang, quittant le service du Roi (1), ne put jamais faire parti en France; ains fut contraint de se retirer vers l'Ennemi avec deux ou trois des siens; & que maintenant au contraire, par le changement des cœurs qui y est, un Etranger, voire le moindre Seigneur de ce Roïaume, puisse trouver de qui s'accompagner, & de qui faire parti contre le Roi, même en France. Or qui doute que cette disposition

(1) Charles III Duc de Bourbon, fait Connétable en 1515 par François I, à son Avenement à la Couronne. Il sortit en effet du Roïaume, & fut tué au Siege de Rome le 6 Mai 1527. La Charge de Connétable avoit vaqué avant lui vingt-quatre ans; & Anne de Montmorenci ne lui succéda qu'en 1538 le 10 de Février.

1586-87. EXHORT. A LA PAIX.

d'esprits, qui n'ont ni Roi, ni Loi que leur fantaisie & leur avantage, ne soit un préparatif à la dissipation totale d'un Etat? Mais c'est ce que demandent les Ennemis de cet Etat; c'est ce que plus ils desirent & mettent peine d'avancer par leurs armes; à savoir, d'introduire une division, qui se résolve en dissipation, pour en ravir une partie, s'ils ne peuvent le total. Et nous fermons les yeux à cela, stupides que nous sommes. Qui doute, si nous avons à continuer en la Guerre, que tous les jours nous n'aïons quelque nouvel ordre de malcontens, ès Champs, ès Villes, ès Cours & Maisons des Princes; voire d'autant plus que chacun redoute moins que jamais les forces & moïens du Roi, voïant les courages des Sujets, disposés comme ils sont aujourd'hui, plus prompts à se remuer & soulever, qu'ils ne furent onc, à se cantonner & se liguer (si on les veut presser) pour sécouer le joug de la Monarchie? On dira que nonobstant tout cela, la Paix s'est faite ès annés passées, vrai: mais impossible qu'elle se puisse refaire de même si nous la rompons: elle s'est faite voirement; mais on sait avec quelles difficultés on y est parvenu: quelles sûretés il leur a fallu donner davantage: ils se sont fiés en la parole de notre Roi, en la foi duquel ils ont quelque reste d'espérance, comme ne leur aïant oncques été faussée depuis que notre Roi à atteint l'âge de majorité. Ce lien qui restoit a pu tenir l'Etat en un, & le tiendra tant qu'il demeurera inviolable. Mais si nous permettons une fois que cette foi promise soit rompue; que tout à bon, & d'une volonté arrêtée on leur ôte l'exercice de leur Religion, les voilà tous & pour jamais en défiance de notre Roi, comme du feu Roi Charles son Frere. La défiance les mettra au désespoir, le désespoir aux armes, qui leur fera faire tout le pis qu'ils pourront comme le meilleur pour leur conservation. Les Provinces qui ont pâti de la Guerre, & qui savent combien elle leur coûte, comme celles qui sont delà la riviere de Loire, feront ligues & associations ensemble pour se conserver les unes les autres, tant d'une que d'autre Religion, en paix & en repos, & petit à petit s'accoutumeront à ne dépendre que de leur propre autorité: les Villes capitales ne recevront forces ni de l'un ni de l'autre, tant pour n'offenser personne, que pour n'être offensées par l'insolence de la Gendarmerie de ce temps. De neutres, par succession & progrès de temps, elles voudront être libres, & ne le penseront jamais être, tant qu'elles aient secoué le joug du Prince. Les Seigneurs principaux du Païs se donneront

1586-87.

Exhort. a la Paix.

donneront la main les uns aux autres de ne plus faire les fols à l'appetit d'autrui, conservant le plat Païs sous eux, duquel ils seront plus reconnus & obéis que le Souverain. Par ainsi, au lieu d'une prétendue union de Religion, voilà un grand avancement de division d'Etat; voilà la riviere de Loire pour borne de l'autorité du Roi, de ce côté: au lieu que conservant ses Sujets également en paix, il peut tenir tout l'Etat uni en sa main, & par les occasions qui le convient présentement, auxquelles moïennant la paix, tous à l'envie desirent s'emploïer à étendre ses limites plus loin d'une moitié. Aucunes Provinces de deça la riviere, plus proches de Paris, comme elles n'ont pas tant, ni si long-temps souffert de la guerre, peut-être aussi ne desirent pas tant la Paix, elles se voient maîtresses par toutes leurs Villes: les Villes mêlées de peu de Huguenots; ce qui leur fait peut-être encore demanger les doigts pour revenir aux armes; mais qu'elles considerent, que s'il faut faire la guerre à ceux de la Religion qui sont delà Loire, d'autant que le Roi n'en pourra tirer aucuns moïens, que le tout se fera aux dépens de leur vie & de leur bourse, leurs champs gâtés, leur possessions fouragées, leur commerce arrêté. Et ils sentiront alors que leur vaudra la guerre, qui a si cher coûté à leurs voisins. Que si les Allemands reviennent en France pour le secours de ceux de cette Religion (comme tôt ou tard ils ne leur manquent jamais, & plutôt en cette guerre que jamais, pour avoir eu plus de loisir pour s'apprêter, la levée ja faite, grand nombre de Reistres & Lansquenets,) qu'elles considerent aussi que c'est par-dessus leur ventre, & dessus leurs Terres qu'ils ont à passer: que quand au milieu d'elles, elles auront éteint ceux de ladite Religion, que par cela ils n'auront fait que la réveiller & relever ailleurs: qu'ils ne soient pas ou si peu charitables, ou si peu prudens, de dire qu'il ne leur en chaut, pourvu que cette Religion ne soit point exercée au milieu d'elles. Ce n'est parler ni en bons Sujets du Roi, ni en vrais amateurs de la Patrie, dont ce Royaume n'est qu'une Cité, qu'une Maison, qu'un Corps, qui n'a qu'un Roi, un Pere de famille, un Chef qui se ruine, se brûle & meurt tout ensemble. Par une brêche toute une Ville se prend, par un coin toute une maison s'embrase autant le haut que le bas étage. Par le talon quelquefois tout le corps meurt, encore que les bras soient biens sains, bien refaits, bien entiers, l'estiomene monte tant qu'elle saisit universellement tout le corps. Aussi faut-il

1586-87. s'assurer que si nous endurons que le moindre coin de cet Etat commence à s'écorner petit à petit, l'ambition des Grands, qui est en la division comme le feu en une plaie, trouvant le mécontentement des Sujets pour matiere propre à se nourrir, gagnera finalement tant, que l'Etat en sera totalement enflambé. Vous mêmes qui aurez conseillé la guerre, quand vous l'aurez portée, quand elle vous aura vuidé vos bourses, quand vous y aurez perdu vos plus Proches, en vain vous en prendrez-vous au Roi, que vous y aurez par votre opiniâtreté à demi contraint, & ferez peut-être encore pis que les autres. Ne disons point comme aucuns, que le Païs se gâte, mais qu'il ne se perd point : le Païs sont les hommes : qui perd le cœur, perd le Païs aussi, encore que le fonds en demeure. Rien en ce monde ne se perd, mais il est bien perdu pour quelqu'un quand il change de Maître. La France demeurera, mais le Roïaume de France tel qu'on l'a vu, ne sera plus ; la matiere y sera, mais la forme en sera changée. Cet Etat se résoudra, comme un corps mort en serpens, en vers, en crapauds, en un million de bêtes sans raison, qui s'entremangeront les unes les autres, & feront trop plus de mal au Peuple que ne font tous ceux dont il se plaint.

EXHORT. A LA PAIX.

Durant ces calamités & miseres publiques, dont les Perturbateurs & Ennemis de notre repos savent bien faire leur profit, il s'en levera encore quelqu'un (comme par ci-devant nous l'avons vu avec moindre sujet) qui se dira Protecteur de la liberté, lequel néanmoins accablera le Peuple de plus dure servitude qu'il ne porte : Protecteur de l'Eglise, qui n'aura ame ni conscience ; & sous ombre de piété & de zèle, commettra, & fera commettre mille impiétés, infinies cruautés, infinis brigandages ; sous ombre de sainteté, attentera à une Couronne, tâchera à se faire Roi ; & sous prétexte de réformation, mettra tout en confusion. Les Seigneurs des Païs qui, pour n'avoir plus Maître, se seront un temps accordés ensemble, débattront à peu de temps à qui sera le Maître l'un de l'autre. Les Villes qui de neutralité seront venues à liberté, de cette liberté viendront en une licence populaire, de licence retomberont à la Tyrannie de quelqu'un ; & toutes les Semaines par sédition auront nouvelles révolutions. Le pauvre Peuple pâtira de toutes ces folies : enfin, du milieu d'icelui s'élevera un Ordre de las d'endurer, qui n'aura point faute de Fondateur & de Chef contre la Noblesse. Ils l'accoustreront à la Suisse, comme les menaces s'en font déja en beaucoup de lieux, au vu & su de notre Nobleſſe. Et comme de toutes Nations nous ſommes les plus legers & précipités en nos paſſions, auſſi pâtirons & ferons-nous les énormes actes qui s'ouirent jamais entre les hommes. Lors verrons-nous (puiſque nous ne le voulons prévoir, & en le prévoïant y remédier) en quel labyrinthe de malheurs notre opiniâtreté nous aura conduits, il n'y ſera plus alors queſtion de Religion; les ſoldats ne catéchiſeront plus les hommes que par la bourſe, & autant le Gentilhomme & l'homme d'Egliſe & de Juſtice, que le ſimple Peuple; car tout ſera à l'abandon: l'Etranger mêlé parmi nous, & y accourant de toutes parts. Qui aura de l'argent, il ſera Huguenot, ſera Catholique, tel qu'il plaira à celui qui le voudra brigander, ou tuer pour avoir ſes biens. Celui qui étoit, ne ſera plus: celui qui n'étoit rien, ſera en ſa place: grand crime, & irrémiſſible ſera d'avoir du bien: grand malheur d'être ou paroître homme de bien: d'un mal nous ſerons tombés en infinis: d'un petit en pluſieurs grands. Et lors, mais trop tard, repentirons-nous d'avoir été ſi mal conſeillés, de n'avoir vécu enſemble, comme nous pouvions en paix & en union. Telles grandes mutations ne ſe firent jamais ſans grands déſordres; & devant que revenir à l'ordre, il ſe paſſe des ans, des ſiecles, des révolutions entieres; les plus notables familles ſont éteintes; les plus maſſives maiſons ruinées, avant que d'en pouvoir voir le bout. Et c'eſt le point toutefois où les Ennemis de la France, ces bons Protecteurs de levres, nous veulent amener, & (comme ſi nous étions du tout hebétés & ſans ſentiment, ainſi qu'ils le ſavent bien dire) ſe ſervir à cet effet de nos perſonnes, & de nos moïens, ſous couleur de nous vouloir ſoulager. Ils nous veulent faire oublier notre naturel de François, & nous rendre Italiens & Eſpagnols, c'eſt-à-dire déloyaux, traîtres & ſanguinaires, pour tant plus aiſément nous faire ploïer ſous leur Inquiſition tyrannique, qu'ils veulent établir & mettre en ce Royaume, pour nous géhenner à la façon d'Eſpagne, quand ils ſe ſeront rendus les Maîtres, comme ils prétendent, & ſe font accroire. Or ne ſont-ce point choſes lointaines, ce ſont choſes que nous prévoïons, que nous voïons, qui ſont conçues, qui ſont prêtes à naître, qui en quelques lieux ſont ja nées; choſes avenues en tous Païs gouvernés comme eſt maintenant le nôtre, & qui ſont prêtes à ſe montrer, ſi nous n'amendons par une paix, tant publique que domeſtique, tant avec Dieu qu'avec les hommes, notre façon de vivre.

1586-87.

EXHORT. A LA PAIX.

1586-87.

EXHORT. A LA PAIX.

Quand, par la foibleſſe & mépris des Empereurs, l'Empire Romain s'aboloit en Allemagne, les Villes qu'on appelle libres & impériales, ſe mirent en liberté; les Capitaines & Seigneurs, les Evêques même, qui avoient autorité en aucunes Villes, ſe firent Princes; les Juges des Bailliages, Comtes de l'Empire. Devant que de les ramener aux Empereurs, ſelon l'ordre qui y eſt maintenant, il ſe paſſa un long-temps. Et voit-on aujourd'hui qu'au partage qui ſe fit du gâteau, l'Empereur, quoiqu'en honneur le premier, a eu la derniere part. En Italie les Villes uſurperent leur liberté, les Gouverneurs des Provinces en demeurerent Princes, les Capitaines des Villes s'en firent Seigneurs, dont eſt aujourd'hui l'origine de tous les Princes d'Italie: l'autorité de l'Empereur, ruiné de Guerres, tant civiles qu'étrangeres, y fut aſſez-tôt abolie, reſtant lui délaiſſé du Peuple, & l'ambition allumée au cœur des plus grands. Mais fut-ce pourtant la fin des maux du Peuple? ains à peine le commencement. Les Seigneurs eurent des Guerres entr'eux qui y attirerent les Barbares de tous côtés, qui mirent le feu par-tout; ils en eurent après contre les Villes plus notables, ſur la liberté deſquelles ils vouloient enjamber; tantôt l'un s'y portoit pour Vice-Roi; tantôt l'autre, pour Protecteur de la liberté. Puis vinrent les Guelphes (1) & Gibelins, impériaux contre Papiſtes: puis en chacune Ville, factions contraires; la haute Ville contre la baſſe; ceux de deça, contre ceux de delà l'eau. D'une guerre univerſelle, ils furent réduits à mille guerres particulieres; d'un grand Tyran, à infinis petits, qui l'étoient d'autant plus grands, qu'ils avoient moins de terre pour étendre leur tyrannie. On n'y oïoit parler que de proſcriptions, de banniſſemens, d'aſſaſſinats, de trahiſons. Une Famille faiſoit guerre moleſte à l'autre, le Gouvernement s'y changeoit toutes les ſemaines. Et dura cette calamité ſi longuement par le moïen des querelles teſtamentaires & héréditaires qu'ils laiſſoient de pere en fils, que nagueres encore, c'eſt-à-dire, plus de cinq

(1) Guelfes & Gibelins. Noms qu'on donna dans le douzieme ſiecle à ces deux grandes Factions qui partagerent toute l'Italie entre les Papes & les Empereurs. Ceux qui tenoient pour l'Empereur étoient appellés *Gibelins* du nom de la Maiſon d'où étoient ſortis les Empereurs Ducs de Suabe. Ceux qui ſuivoient le Parti du Pape prenoient le nom de *Guelfes* ou *Guelphes*, qui étoit celui des ennemis déclarés de cette Maiſon. Ces deux Factions contribuerent beaucoup à déſoler l'Italie durant deux ou trois ſiecles. Dante dans ſon Poëme en parle ſouvent. On fait venir ce nom de deux mots Allemands, dont le premier, celui de Guelfe, ſignifie *porter la Foi*, & l'autre *porter la Guerre*: ou de deux freres, *Guelphe* & *Gibel*, qui combattirent à Piſtoie, l'aîné, pour le Pape Gregoire IX, & le plus jeune pour l'Empereur Frédéric II.

1586-87.

Exhort. a la Paix.

cens ans après la totale ruine de l'Empire d'Italie, elles duroient, & durent encore à la mémoire de ceux qui vivent. En somme, telle dissipation d'Etat ne se peut faire sans la ruine du Prince, mais aussi peu, sans la ruine du Peuple & des Particuliers; étant tout certain que la maison ne peut ruiner, ni le navire périr, sans accabler ou submerger ceux qui sont dedans. Or vaut-il trop mieux laisser vivre les uns & les autres en liberté de Religion, telle que la Paix derniere l'ordonne, sous l'autorité du Roi qu'il a plu à Dieu nous donner, que sous une vaine espérance de la réunir, ruiner ce pauvre Etat ja branlant & croulant, & qui panche de toutes parts sur nos têtes.

Considerons donc que nous sommes tous Hommes, tous Chrétiens, tous François, tous amateurs de nous-mêmes, de l'Eglise, de la Patrie, croïant en un Dieu, confessant un Christ, desirant une réformation, & non une dissipation. Comme Hommes aimons, comme Chrétiens enseignons, comme François supportons les uns les autres, & ne ruinons nos maisons par la guerre; comme amateurs de nous-mêmes, & de ce qui nous touche, demandons la paix. Nous nous disons amateurs de l'Eglise; or l'Eglise se ruine, quand de Chrétiens nous devenons parmi les armes contempteurs de toute Religion. Laissons donc là les armes, & recourons avec larmes à Dieu, le suppliant qu'il rétablisse son Eglise à sa gloire, au milieu de nous, & qu'il y remette un bon ordre pour le salut de nos ames. L'Etat est composé de deux Religions. Si on ne les permet toutes deux libres, il nous faut par nécessité rentrer en la guerre: si on y rentre, il est dissipé, & en cette dissipation nous nous perdons tous. Vivons donc amiablement les uns avec les autres; entr'aidons-nous à l'étançonner contre la ruine, & nous entr'approchons si près l'un de l'autre, que la division ne se puisse jamais fourrer à travers de nous. Le Clergé, la Noblesse, & le Tiers-Etat sont déja las & recrûs de si peu de guerre qu'on leur a fait sentir, & desirent tous chacun endroit soi d'être soulagés. Ce soulagement ne se peut esperer, si cette derniere paix, de laquelle nous avons joui avec tant d'heur depuis huit ans, ne se garde, & n'est observée de point en point: ains mille autres maux sont à craindre, si la Guerre va revenir. Accordons-nous donc tous Gentilshommes, Ecclésiastiques, Marchands, Laboureurs, en ce point-ci, de faire, entant qu'en nous sera, continuer cette Paix, sans laquelle nous ne serons jamais à repos & à notre aise: car quoi que l'on nous octroie sans icelle, nous

1586-87. n'en pouvons attendre que confusion, désolation, & ruine totale.

Pour la fin, prions Dieu, qui est le Roi des Rois, & qui dispose des Royaumes selon son bon plaisir, qui lui plaise nous conserver, & confirmer notre Roi en ce Royaume, regner avec lui, établir son Regne au milieu du sien, & lui donner si bon avis & conseil, que son Eglise en soit de plus en plus établie, ce Sceptre affermi, & tout le Peuple remis & réuni en bon repos & tranquillité. Amen.

Avertissement.

ON trouvera au commencement du premier Volume l'abregé d'un discours fait à Sa Sainteté par aucuns de ses Confidens, aprés le département de M. l'Evêque de Paris, de Rome, pour ruiner la Maison de France par elle-même & rendre un nouveau Roi Vassal du Pape, trouvé és papiers & Mémoires de l'Avocat David.

Partant ne l'ai ici voulu insérer de rechef comme chose superflue.

ÉPITRE CONTREFAITE

Et ridicule du Pape Etienne, ſur laquelle eſt fondée la Bénédiction Papale (mentionnée en l'extrait d'un Conſeil ſecret tenu à Rome, qui eſt au commencement du premier Recueil) fidelement extraite & traduite en François des Chroniques de Rheginon, Moine de Saint Benoît & Abbé de Prumay. *

ETIENNE, Evêque, Serviteur des Serviteurs de Dieu. Ainſi, comme nul ne ſe doit vanter de ſes mérites, ainſi ne doivent les œuvres de Dieu, qui ſe font en quelqu'un par le moïen de ſes Saints, ſans ſes mérites, être tues & enſevelies ſous ſilence, ains plutôt être publiées, ainſi que l'Ange admoneſte Tobie. Par ainſi, moi contraint par l'oppreſſion de la Sainte Egliſe perſécutée par Haiſtolphe (2), Roi très cruel, blaſphêmateur, & indigne d'être nommé, je me retirai en France, vers le Roi Très Chrétien & fidele Serviteur de Saint Pierre, le Roi Pepin, là où je fus malade juſqu'à la mort, & demeurai quel-temps près de Paris, en la vénérable Abbaye du Martyr Saint Denis. Et ainſi, comme les Médecins déſeſpéroient déja de ma vie, je fus en l'Egliſe dudit benoît Martyr, au-deſſous des cloches, comme en oraiſon; & je vis devant l'Autel le Seigneur Pierre, & le Maître des Gentils, le Seigneur Paul, & les reconnus viſiblement à leurs ſurplis; & au même inſtant je vis auſſi à la main droite du Seigneur Pierre, le benoît Seigneur Denis, qui étoit plus greſle & plus grand que les autres. Et lors ſe prit à dire le bon Paſteur le Seigneur Pierre; celui-ci, notre

(*) Abbé de *Prum*, de l'Ordre de Saint Benoît dans le Diocèſe de Treves. Il vivoit ſur la fin du neuvieme & au commencement du dixieme ſiecle. Sa Chronique s'étendoit depuis la Naiſſance de Jeſus-Chriſt juſque vers l'an 908 : elle a été continuée juſqu'en 967 ou 972. Elle ne va que juſqu'en 967 dans l'édition de Straſbourg, en 1609 in-fol. à la ſuite de la Chronique de Conrard Liechtenaw, Moine d'Urſperg, Ordre de Prémontré. La Lettre rapportée ici eſt du Pape Etienne III & de l'an ſept cens cinquante-trois, ſelon ladite Chronique. C'eſt ſans raiſon, que le Traducteur de cette Lettre la dit *contrefaite* & la traite de ridicule. Elle eſt réellement du Pape dont elle porte le nom & elle n'a pas été oubliée dans la Collection des Conciles. Les faits qu'elle contient ſont vrais, & nos meilleurs Hiſtoriens Eccléſiaſtiques n'en ont révoqué aucun en doute. Le ridicule que le Traducteur y ſuppoſe eſt ſans fondement. Etienne III eſt mort en 772 au commencement.

(2) Aſtolphe, Roi des Lombards, qui ſe tua d'une chûte de cheval à la chaſſe, l'an 756.

Frere, demande santé ; & le Seigneur Paul dit, il sera tantôt guéri ; & s'approchant du Seigneur Denis, lui mis la main sur l'estomach fort amiablement ; & le Seigneur Pierre dit au Seigneur Denis joïeusement, ta grace est sa santé. Et sur le champ, le Seigneur Denis prenant un encensoir & une branche de palme en sa main, s'en vint vers moi avec un Prêtre & un Diacre, qui étoient là auprès, & me dit, paix te soit frere, ne crains point ; tu ne mourras point jusqu'à ce que tu sois retourné en ton Siege en bonne prospérité : leve-toi sain, & dédie cet Autel ici en l'honneur de Dieu & des Apôtres Pierre & Paul, que tu vois, y célébrant Messes d'actions de graces. Et tout soudain je recouvrai ma santé, & voulois mettre à exécution ce qui m'avoit été commandé ; mais ceux qui étoient là me disoient que je rêvois. Partant je contai au Roi de point en point comment j'avois été guéri, & j'accomplis tout ce qui m'avoit été présenté en vision. Ceci advint l'an de l'Incarnation du Seigneur 753, le treizieme jour du mois d'Août, auquel étant fortifié par la vertu de Jesus-Christ, entre la célébration de la Dédicace du susdit Autel & l'oblation du sacrifice, j'oignis & sacrai pour Rois, Pepin, Roi de France, & ses deux fils Charles & Carloman. Je consacrai au nom de Dieu, Berthe, la femme de Pepin, ornée & parée des accoutremens Roïaux, & par la Bénédiction Apostolique il bénit & sanctifia tous les Princes & Barons ; en les obligeant & adjurant par l'autorité de Saint Pierre, à lui donnée par Jesus-Christ, qu'ils ne présumassent jamais ni eux, ni les leurs après eux au temps à venir, d'établir Roi sur eux d'autre Race que de celle de Pepin.

AVERTISSEMENT

1586.

AVERTISSEMENT

A tous vrais François des légitimes occasions qu'ils ont de pourvoir à leur juste défense contre les Ennemis du repos de la France. *

TOUS ceux qui sont, ou qui ont fait par ci-devant profession de la Religion Réformée en ce Royaume, ou qui sont tombés en soupçon de les vouloir favoriser, ou maintenir l'Etat en paix, peuvent aisément juger que les Ecclésiastiques, & autres leurs adhérans, ont conspiré leur entiere ruine. Car ne se contentant point de ce que sous le nom du Roi, abusant de sa douceur & facilité en leur endroit, ils ont rompu & violé autant d'Edits que Sa Majesté a faits : premierement à la réquisition des Etats de son Royaume tenus à Orléans, & par l'avis de la Reine sa Mere, de Messieurs les Princes du Sang, Officiers de la Couronne & autres notables Personnages, pour cet effet souvent & dûement assemblés : & depuis plusieurs autres en conséquence des premiers réitérés pour faire cesser les troubles suscités par les ennemis de ladite Religion : maintenant que la France pensoit jouir de la Paix établie par le dernier desdits Edits solemnellement fait, publié & juré, & qui doit être comme une Loi fondamentale de l'Etat, ils font de plus grandes menées & pratiques qu'ils n'ont fait par ci-devant. A cette fin tendent les Ligues & associations commencées en Normandie, & depuis suivies en autres Provinces entre les Gentilshommes par secretes instructions & avertissemens, & entre le Peuple par confrairies, sous prétexte de dévotion ; aïant fait & dressé entr'eux rôle & dénombrement d'hommes & armes, & établi l'ordre qu'ils entendent tenir pour une prompte & soudaine exécution, qui est plus à craindre que la passée, d'autant qu'elle est générale, & les moïens pour la faire épandre par tous les lieux & endroits de ce Royaume. Et d'autant que les conspirateurs ont craint que la liberté des Etats pourroit rompre le fil de leurs pernicieux desseins, ils ont empêché ladite liberté par une générale reprise d'armes en la plupart des Villes : n'ont appellé aux particulieres convo-

(*) Cet Avertissement paroît être l'Ecrit d'un François sensé & ami de l'Etat.

1586. cations que ceux que bon leur a semblé, & fait leurs cahiers secrétement & sans les communiquer au Corps des Villes & Communautés, tant de la Noblesse que du Peuple: ils ont aussi fait imprimer & présenter auxdites convocations des livres scandaleux, contenant ouverte dénonciation de guerre, non seulement à ceux de ladite Religion, qu'ils appellent Hérétiques, & qu'ils ramenent aux feux & inquisitions des consciences; mais aussi à ceux qui les ont aidés, ou qui ne voudront consentir à leur entiere & finale extermination, jusqu'à n'épargner Messieurs les Princes du Sang de France. Passant plus outre & découvrant le venin qu'ils ont si long-temps couvé au dedans de leurs cœurs, dont toutefois ils ont donné assez de sentimens; s'attachent ouvertement au Sang de nos Rois, impugnant leur sainte & légitime vocation pour transferer la Couronne en autre famille, ou introduire une autre façon de gouvernement, que celle sous laquelle nous & nos peres avons vécu depuis douze cens ans, & pour le soutien & continuation de laquelle nous ne devons épargner vies ne biens, que notre Patrie & le juste gouvernement de nos Princes requierent de nous à ce grand & extrême besoin, surpassant tous ceux qui se sont présentés depuis l'établissement de cette Monarchie; il est certain que non seulement tous les bons Catholiques François, mais aussi tous les Potentats voisins & confédérés de cette Couronne (excepté ceux qui par nos divisions ont tâché de s'en emparer, desquels la puissance est affoiblie) entreront en cette juste défense, qui n'est particuliere à ceux de la Religion Réformée, ains commune à tous les François indifféremment, & à tous ceux qui aiment la conservation des Etats & Gouvernemens legitimement établis, mêmement à ceux qui sont intervenus en la Paix, & qui nous doivent assistance pour la maintenir. Mais d'autant que la premiere pointe s'adresse à ceux de ladite Religion, c'est aussi à eux à de penser de plus près à leurs affaires; leurs conjurés ennemis leur en montrent l'exemple par le reglement qu'ils donnent aux Evêques, Archidiacres & Curés, de faire description des exécuteurs, & de ceux qu'ils veulent exécuter, donnant force & courage à ceux-là par le grand nombre, & voulant intimider ceux-ci par l'apparence de leur foiblesse. Ce que lesdits de la Religion n'entreprendront, comme eux qui ne desseignent que violence, sang, cruauté & subversion d'Etat: mais par bons & justes moïens, sous l'autorité du Roi notre Souverain Prince, pour sa conservation, pour la défense de nos Loix, vies & biens, de nous, de nos femmes, enfans & concitoïens, & spécialement pour la gloire de Dieu, auquel toutes nos intentions doivent être dirigées, & qui nous redemandera le talent qu'il nous a baillé par l'universel consentement de toute la France.

1586.

Avertiss. aux vrais François.

Pour à quoi parvenir toutes les Eglises de ce Royaume doivent en premier lieu invoquer le nom de Dieu, vaquer à ferventes prieres & oraisons, accompagnées de jeûnes & amendement de vie, pour appaiser son ire justement enflambé pour notre châtiment, & conséquemment doivent aussi établir un bon ordre entr'elles, par le moïen duquel les desseins de leurs ennemis puissent plutôt être rompus qu'exécutés, faisant paroître que leurs moïens, sous l'autorité du Roi, ne sont si petits que leurs adversaires les font, & que s'ils sont surmontés en nombre, ils ne le sont point en bonne volonté : sages conseils & braves résolutions. S'il n'étoit question que de leur vie seulement ils auroient à craindre que tant pour le commandement qui nous est fait en la parole de Dieu de souffrir plutôt que résister, & aussi pour le déplaisir que le Roi en pourroit recevoir, les susdits moïens ne seroient trouvés légitimes : mais puisque leurs ennemis ne se prennent pas seulement à eux, ains se disposent de toutes leurs forces à heurter la Personne du Roi, les Princes de son Sang, son Etat & ses Loix, & généralement à subvertir toute cette Monarchie, leur devoir est d'apporter à une si juste cause, & présenter à Dieu & à leur Prince naturel leurs cœurs & leurs volontés, pour les emploïer avec les autres bons & fideles Sujets de cette Couronne, ensemble leurs vies & biens à la conservation d'icelle.

1586.

AVERTISSEMENT AU LECTEUR,

Par lequel est sommairement discouru ce qui se passa en divers lieux de France, après la rupture de l'Armée de M. le Prince de Condé delà Loire, à la fin de l'an 1585 & en l'an suivant 1586.

TU as entendu, ami Lecteur, quelle fut l'issue du Voïage de M. le Prince de Condé delà Loire : & par occasion t'a été représentée la meilleure part des choses remarquables, lesquelles se sont passées à Marans (1) qui est du Gouvernement de la Rochelle, tant en l'an 1585, qu'és subséquentes années; & ce tout d'un même fil, aïant égard que ce sont ici Mémoires sommaires, & non histoire entiere. Reste de dire en passant quelle utilité Dieu tira du passage de Monsieur de Laval, & de M. de la Boulaye avec leurs compagnies de Gens-d'Armes & d'Arquebusiers à cheval, & de leur retour en Poitou.

PLUSIEURS, par ignorance volontiers, plus que par malice, discouroient sinistrement du passage desdits Seigneurs, & estimoient que ce avoit été le commencement du désordre en l'Armée dudit sieur Prince, d'autant que si leurs Compagnies ne se fussent disjointes de l'Armée, elle en eût été bien plus forte, & eût eu moïen de passer par la France & combattre. Joint que ceux qui depuis leur séparation se débanderent, ne l'eussent fait si aisément.

Il est mal aisé en telles affaires de complaire à tout le monde: mais il est très vrai que M. de Laval (2), & les susdites Compagnies passerent par l'avis & commandement de Monsieur le Prince, pour favoriser le passage : ce qu'il eut fort bien fait si on se fut présenté pour repasser Loire de meilleure heure. Et sur ce retardement, il étoit impossible aux susdits sieurs &

(1) Ville du Païs d'Aunis, proche de la Mer, sur les Marches du Poitou. On prétend que son nom vient des Marais qui en sont proches.

(2) Urbain de Laval, Marquis de Sablé Comte de Bresteau, Seigneur de Précigné, Bois-Dauphin, &c. Maréchal de France, Chevalier de l'Ordre du Saint Esprit, Gouverneur d'Anjou, Fils de René de Laval II du nom, Seigneur de Bois Dauphin. Il n'est mort qu'en 1629. Il avoit commencé à se faire connoître à la Bataille de Livron en 1575.

à leurs Compagnies de repasser (le passage étant clos) sans une extrême ruine. 1586.

Mais l'utilité qui ensuivit le passage des susdits Seigneurs (vu le coup que reçut l'Armée de-là Loire, qui n'eut pas, quoi qu'on en dise, été moindre, quand toutes les Compagnies fussent demeurées jointes ensemble) devroit contenter ceux qui s'y voudroient montrer trop scrupuleux. Car ils assurerent, & les Villes & tout le Païs par leur retour, empêcherent les révoltes, rallierent les troupes & soldats égarés & battus de cette rupture d'Armée, firent ferme, & tinrent à l'environ l'ennemi en cervelle, qui n'osa, ou rien du tout, ou fort peu entreprendre. Non pas même le Duc de Mayenne, lequel avec toute son Armée, puissante qu'elle fût, passant aux portes de Saint-Jean d'Angely (de si long-temps déserte par le fleau de la peste) n'osa jamais s'y arrêter, encore qu'il n'ignorât combien elle étoit mal garnie, & le désordre qui y étoit. Je veux que son dessein s'étendît en Guyenne : S. Jean étoit de Guyenne : l'occasion est chauve. Et puis la guerre se fait coutumierement au doigt & à l'œil. Il eût bien autant gagné prenant Saint-Jean que Castillon. Qui fait conclure que la présence dudit sieur de Laval, & des autres Seigneurs & Compagnies qu'il avoit avec lui, non seulement ne fut pas inutile, mais très profitable.

Avertiss. au Lecteur, sur divers évenemens.

La rupture de l'Armée de M. le Prince étant portée & divulguée par toute la France, il tomba un merveilleux étonnement sur tous ceux de la Religion en général, mais principalement sur ceux lesquels jusques-là étoient demeurés sans fléchir, & étoient écartés çà & là par la France, attendant meilleure saison. Plusieurs aussi de contraire Religion (qui néanmoins amateurs du bien de l'Etat, & vuides de passion, souhaitoient bon succès aux affaires de la Maison de Bourbon & à ce parti) commencerent de branler au manche, &, sinon de cœur, de mine pour le moins, laisserent autant loin derriere, leur premiere bonne volonté, que la prospérité sembloit loin reculée.

La fureur se renflamma par-tout universellement contre ceux de la Religion ; car ceux du parti contraire, estimant M. le Prince perdu, pourcequ'on fut fort long-temps sans savoir qu'il étoit devenu, jugeoient que la foi & espérance de tous ceux de la Religion, étoit aussi avec lui ensevelie. Et de fait, la pusillanimité & lâcheté de plusieurs, voire presque de tous ceux qui n'avoient quitté le Païs & gagné les retraites, fut trop exorbitante, les ébranlant à préférer les commodités de leur mai-

1586.

AVERTISS. AU LECTEUR., SUR DIVERS ÉVENEMENS.

son, & delices du païs, à la religieuse conservation du repos de leurs consciences, & observation des premieres regles qu'ils avoient apprises, de plutôt mourir sous la croix, que de vivre en idolâtrant.

Le parti contraire n'oublia rien pour précipiter ceux qui étoient déja en lieu glissant. Le Roi fit publier son Edit de réunion; & aïant abrégé le terme qu'il avoit donné pour se retirer (en cas qu'on n'obtempérât à son Edit, & qu'on ne voulût abjurer la Religion) le réduisit à quinze jours, avec grandes menaces, ce temps expiré, sur les Délinquans.

Les Jésuites, Prêtres, Curés, & autres Administrateurs de la Religion Romaine, foudroïoient contre ceux qu'ils appelloient Hérétiques: & s'ils ne les dissuadoient de leur Religion, pour la leur faire abjurer, ou ils excitoient le Peuple contre eux, ou les poursuivoient par la rigueur du Magistrat, pour lors âprement échauffé à telles poursuites, nommément ceux qui avoient été de la Religion, ou étoient soupçonnés de leur favoriser, afin que leur plus violente poursuite leur fût pour témoignage & acquit qu'ils n'y avoient jamais touché. Les parens & amis d'autre côté, n'avoient pas peu de pouvoir d'ébranler ces pauvres ames, qui n'avoient auparavant que trop attaché leur salut à l'ancre des forces humaines. Il y en eut toutefois plusieurs qui firent plaisir à aucuns de leurs parens & amis, en leur obtenant en Cour des prorogations de terme, pour avoir moïen de donner ordre à leurs affaires, & se retirer.

Plusieurs qui avoient plus de zèle à leur Religion (prévoïant encore plus rude tempête que par le passé) sans barguigner, quitterent tout, & se retirerent, les uns à Sedan, les autres en Allemagne & à Genêve, grand nombre à Saint-Jean d'Angely, la Rochelle & Angleterre. C'étoit chose misérable à voir, qu'une si triste dissipation des Familles, & exil de leur Païs. Les plus zélés ne vouloient laisser leurs enfans derriere eux, en danger d'être plongés au bourbier qu'ils détestoient, faisant de la conscience de leurs enfans (quoiqu'en bas-âge) comme de la leur même, & jugeant qu'ils en répondroient devant Dieu: cela fut cause que plusieurs (faute d'autre moïen) les emportoient à leur col. Dieu montra en telle tempête, qu'il a toujours des Ports de salut, appareillés pour ceux qui sont agités, & en l'âpreté de la croix jettent (comme les enfans sur leur pere) leurs yeux sur lui: c'est chose admirable, il y avoit trois ans entiers que la peste battoit âprement les quatre coins & le milieu de la Rochelle : elle étoit à Sain-Jean d'Angely (lorsque cette persécution se renforça) si très âpre que la Ville étoit presque toute déserte d'habitans & de soldats (encore que le Gouverneur M. de S. Mesmes ne la voulût jamais abandonner, ni les Ministres de ce peu d'Eglise qui y restoit) : l'étendue des champs à l'environ étoit pleine de tentes & pavillons, logetes & cabanes pleines de malades & pestiférés ; tous les Villages ès entours de ces Villes en étoient infectés & déserts. Les pauvres exilés, fluant de tous les endroits de la France, fuïant la peste de leurs ames, estimoient moins que rien la peste & maladie corporelle ; vu que la mort du corps (plutôt que de damner leurs ames en niant Jesus-Christ) leur étoit souhaitable. Mais Dieu leur garda l'un & l'autre (selon sa vérité) ; car dès-lors la peste se retira de toutes ces Places-là, comme si Dieu lui eût commandé de faire place à ceux qui étoient chassés & bannis pour son nom. Et depuis ne s'y en est vu qui soit digne d'en parler.

1586.

Avertiss. au Lecteur, sur divers évenemens.

Il en fut beaucoup tué de la Religion en ces retraites, principalement ès Provinces où les Gouverneurs étoient plus passionnés, & plus âpres ennemis de la Religion, de la permission ou connivence desquels le Peuple cruel prenoit beaucoup de licence. Il en fut beaucoup, par la France universelle, pris & mis en prison. Plusieurs qui renierent leur Religion, & allerent à la Messe, furent relâchés en leurs maisons. Mais par certain jugement divin, la plupart mouroient, ou de déplaisir, ou de peste : aucuns qui avoient eu charge en l'Eglise Reformée, moururent de morts signalées. Les uns allant par païs pour faire leurs affaires, tomberent de dessus leurs chevaux, & se rompirent le col ; les autres autrement ; vérifiant ce qui est écrit, qui voudra sauver sa vie, la perdra. Ceux qui n'avoient moïen de gagner les retraites, & perseveroient en la pureté de leur Religion, trempoient ès prisons & cachots, où ils recevoient de grands combats.

Le Roi semblablement, en confirmation de son Edit de Juillet, fit publier un autre Edit du seizieme Octobre 1585, par lequel il déclare criminels de Leze-Majesté tous ceux qui n'abjureroient leur Religion, confisque tous & chacuns leurs biens meubles & immeubles, avec injonction aux Juges de faire & parfaire leurs procès criminels. Et fut par ce nouvel Edit le terme de six mois (qui étoit donné à ceux de la Religion pour se retirer hors du Royaume) rétracté, & réduit à quinze jours après la publication du second ; sauf aux femmes, filles & veu-

1586.

AVERTISS. AU LECTEUR, SUR DIVERS ÉVENEMENS

ves, qui jouirent des six mois tout du long. Ce nouvel Edit augmenta la crainte des timides, & apporta avec soi une grande désolation & confusion par les Familles de ceux de la Religion, lesquelles par ce moïen étoient entierement dissipées.

Armées furent dressées, & envoïées en divers endroits du Royaume, en Dauphiné, Languedoc & Guyenne : les Gouverneurs des Provinces, avec les forces qu'ils pouvoient ramasser, entreprenoient, chacun selon l'occasion, sur les personnes ou Places de ceux de la Religion.

Entre les autres Gouverneurs, M. le Maréchal de Matignon (1), qui commandoit pour le Roi en Guyenne (cuidant attrapper devant Brouage le sieur de Saint-Mesmes (2), & les troupes que M. le Prince y avoit laissées, comme il a été dit ci-dessus) dressa une Armée d'environ huit cens chevaux, & quatre mille hommes de pied, avec quatre pieces de canon; mais, aïant entendu que ceux qui étoient devant Brouage, s'étoient retirés premierement vers la Rochelle, & puis à Saint-Jean d'Angely, il tint ferme en Saintonge, & y séjourna quelque temps, comme il sera touché ci-après.

Il a été dit ci-dessus que Dieu se servit du passage de M. de Laval, pour assurer les Places que tenoient ceux de la Religion, tant en Poitou, qu'en Saintonge. Pour le mieux représenter, ami Lecteur, il semble nécessaire de reprendre le propos de plus haut, & n'obmettre ce qui se peut dire de ce Seigneur, duquel la mort (au jugement humain bien hastive) ravit à ceux de la Religion beaucoup d'espérance, que tous indifféremment avoient conçue de sa valeur. Car Dieu avoit logé en ce corps de peu d'apparence, & une ame pleine de piété, avec une maturité d'entendement, & générosité de courage, qui ne le rendoient pas moins aimable & honorable à tous les gens de bien & bons François, que redoutable à tous les méchans & perturbateurs du repos de la France.

Ce Seigneur, desireux de joindre les troupes de M. le Prince, étoit parti de Vitré en Bretagne le huitieme de Septembre 1585, accompagné d'environ cent cinquante Maîtres, & trois cens Arquebusiers à cheval. Il étoit aussi accompagné, outre ce que dessus, des sieurs de Rieux, de Tanlay, & de Sailly ses freres.

Avec cette troupe il passa la riviere de Loire à Mauves, trois

(1) Jacques Goyon de Matignon.

(2) C'est de Sainte-Memme.

lieues

lieues au-dessus de Nantes, en partie à gué, en partie par bateaux. Et lui fut le passage facilité par le sieur de Cargrois, lequel depuis fut Lieutenant de sa Compagnie.

1586.

Avertiss. au Lecteur, sur divers évenemens.

Il s'achemina par le haut Poitou droit à Saint-Jean d'Angely (où il n'entra à cause de la peste qui étoit fort violente en cette Ville-là, comme il a été dit) de-là, passant par Taillebourg, il se rendit à Marennes, où étoit M. le Prince, pour le siege de Brouage. Il séjourna avec ledit sieur Prince jusqu'à son acheminement à Angers (dont l'histoire est ci-devant écrite), & parvenus jusqu'à Loire, fit ledit sieur de Laval l'arriere-garde, passant le dernier la riviere.

M. le Prince aïant conclu la retraite de devant Angers, ledit sieur de Laval fut par lui envoïé pour repasser le premier Loire; ce qu'il fit le Jeudi au soir de cette retraite, & toute la nuit suivante, sans aucun empêchement. Le matin suivant, les bateaux armés, qui descendirent de Saumur, fermerent ce passage, qui étoit vis-à-vis de Saint-Maur: mais ce passage-là fut aussitôt fermé par les bateaux armés qui dévalerent jusques-là, aussi bien que celui de Saint-Maur.

M. le Prince avoit laissé en garnison à Saint-Maur, le Capitaine la Serpente, avec nombre d'Arquebusiers à cheval, pour garder le passage; mais voïant que M. le Prince ne repassoit si-tôt, & l'ennemi armé sur la riviere, il quitta Saint-Maur. L'ennemi au contraire s'y logea; tellement que les passages de tous côtés furent fermés. M. de Laval néanmoins ne laissa pas le matin de s'acheminer vers le passage, pour tâcher d'entendre nouvelles de M. le Prince; mais reconnoissant l'impossibilité qui étoit de repasser de part & d'autre; & prévoïant que M. le Prince prendroit le large de son côté; que si lui du sien temporisoit gueres sans résolution, il seroit investi, & défait par les troupes, qui de toutes parts s'assembloient vers le haut & bas Poitou pour lui courir sus, il se résolut de reprendre son chemin à Saint-Jean.

Le sieur de la Boulaye, & ceux qui étoient repassés avec lui, acconsuivirent M. de Laval, & le joignirent qu'il étoit ja éloigné du passage environ deux lieues.

Ces deux Compagnies, jointes ensemble, pouvoient faire de reste (car plusieurs étoient demeurés de-là l'eau, les autres s'écartoient, & prenoient parti selon leur commodité) environ cent trente bons chevaux & trois cens Arquebusiers à cheval. Ils tirerent serrés à journées raisonnables jusqu'au haut Poitou,

1586. Avertiss. au Lecteur, sur divers évenemens.

vers Niort & Saint-Jean d'Angely, sans trouver aucune résistance.

Parvenus au pont Saint-Maſſire, au-deſſus de Niort, ils trouverent le Pont, par-deſſus lequel il falloit paſſer, rompu. Les pluies continuelles avoient enflé les plus petits ruiſſeaux en groſſes rivieres; tellement que la riviere coulant par Saint-Maſſire, ne ſe pouvoit aucunement gaïer; & n'y aïant autre paſſage que par-deſſus ce pont, ils furent contraints de le refaire avec charettes, & autres moïens qui leur vinrent à main.

De-là Mr de Laval alla loger à Fors (1), & ſes troupes ès environs, d'où partant le lendemain pour aller vers Saint-Jean, ainſi que ledit ſieur vouloit monter à cheval, parurent quelques Lanciers de l'ennemi, conduits (comme il fut ſu depuis) par le Capitaine Mercure Albanois (2), ſortis de Niort. M. de Laval ne laiſſa pourtant de marcher en bataille le chemin de Saint-Jean, ſeulement les envoïa-t-il reconnoître; ce que voïant Mercure, il ſe retira ſans autre effet.

Le ſieur de Laval parvint à Saint-Jean environ le ſecond jour de Novembre (3); & là ſe rompit la Compagnie de M. de la Boulaye.

C'eſt choſe notable que la peſte fût ſi âpre à Saint-Jean, lorſque ledit ſieur de Laval y arriva avec ſes troupes, & néanmoins jamais il n'en mourut un ſeul, ni même des autres qui étoient en la Ville, depuis ſon entrée en icelle.

M. de Matignon ce pendant étoit en Saintonge avec ſon Armée, cherchant l'occaſion d'exploiter quelque choſe; & faiſoient les ſiens courſes ordinaires ès environs de Saint-Jean & Taillebourg (4). Le ſieur de Laval de ſon côté ne dormoit pas; tellement qu'aïant donné à ſes troupes quelques jours de rafraîchiſſemens, & étant renforcé de ceux qui depuis ſon arrivée s'étoient retirés à Saint-Jean:

Aïant un certain jour eu avis que M. de Matignon étoit en Campagne avec toute ſa Cavalerie, il ſortit de Saint-Jean avec quelques forces, tant de pied que de cheval; & à deux lieues près de Saint-Jean rencontra ledit ſieur de Matignon. Ils ſe virent là de ſi près, que le ſieur de Cargrois, qui menoit les

(1) Seigneurie près Niort en Poitou.

(2) Il commandoit quelques Cavaliers Albanois.

(3) M. de Thou, livre 82, dit que ce fut le 2 de Septembre que le Comte de Laval ſe rendit à Saint-Jean d'Angeli.

(4) Taillebourg, Ville ſituée ſur la Charante, qui appartenoit à la Maiſon de la Trimouille: elle étoit fortifiée d'un bon Château, où Jeanne de Montmorenci, Veuve de Louis de la Trimouille tué au Siege de Melle, huit ans auparavant, s'étoit retirée.

1586.

AVERTISS. AU LECTEUR, SUR DIVERS EVENEMENS.

Coureurs de M. de Laval, étoit sur le point de charger l'ennemi, lorsqu'il eut avis que le gros des troupes de M. de Matignon étoit là, qui étoit trois fois autant que ce qu'avoit avec lui le sieur de Laval, qui fut cause qu'il se retira vers Saint-Jean avec ses troupes en tel ordre, que jamais l'ennemi n'osa débander pour l'attaquer, combien qu'il le suivît jusqu'à un quart de lieue près Saint-Jean.

Madame de la Trimouille étoit pour lors à Taillebourg, avec Mademoise de la Trimouille sa fille, avec laquelle M. le Prince avoit eu quelques paroles de mariage; voire, comme on disoit, étoit déja promis (1).

Monsieur le Prince passant par Taillebourg pour aller à Angers, y avoit laissé plusieurs meubles, bagues & escurie: comme aussi quelques pieces d'artillerie, avec beaucoup de bagage des Seigneurs qui l'avoient accompagné en son voïage. Le Château de Taillebourg est un Château de nature fort, & de divers endroits inaccessible, assis sur roc, & environné de la Ville non forte, les Maisons de laquelle, pour la plupart en circuit sont assises au pied du roc sur lequel le Château est édifié, avec de grandes terrasses naturelles, qui commandent de tous côtés tant en la Ville, qu'en la Campagne; la Charente lave quasi le pied du Château d'un côté, & y a là un beau pont fort commode pour le passage de cette riviere. Toutes ces circonstances, avec la défaveur du temps, donnoient beaucoup d'envie à M. de Matignon de saisir cette Place, & (comme on disoit) encore plus l'en sollicitoit le commandement qu'il avoit de se saisir (avec la Place) de la mere & de la fille, pour empêcher le mariage commencé.

Il advint toutefois que M. de Matignon fut pressé de se retirer en Guienne, fut pour joindre ses forces avec l'Armée de M. de Mayenne, fut pour rompre les desseins de M. de Turenne (lequel aïant en ce temps rallié trois ou quatre mille Arquebusiers battoit le Limosin & y avoit pris l'Evêché de Tulles), ou pour autre occasion. Ce ne fut toutefois sans pourvoir au ménage de Taillebourg. Car il trouva moïen de jetter dans la Ville le Capitaine Beaumont, avec quatre Compa-

(1) Le Prince de Condé avoit fait paroître, il est vrai, quelqu'envie d'épouser Charlotte-Catherine de la Trimouille; & il en avoit déja touché quelque chose. Mais Madame de la Trimouille n'étoit point portée pour ce mariage; & il n'étoit souhaité que par Claude de la Trimouille, & sa sœur Charlotte-Catherine.

1586.

AVERTISS. AU LECTEUR, SUR DIVERS EVENEMENS.

gnies, prenant prétexte de ce faire sur la garde du passage de la Charente. Car autrement ledit sieur de Matignon promettoit à son départ à Madame de la Trimouille toute faveur & sûreté, mais ce fut sans effet. Pource qu'aïant ceux qu'il laissa fait tout devoir de surprendre le Château, & ne réussissant la finesse, leur recours fut à la force. Ils plantent de fortes barricades à la porte du Château, ils y posent Corps-de-garde, bloquent l'issue de ce Château & en barrent l'entrée, estimant qu'aïant intimidé par ce moïen Madame de la Trimouille, ils la réduiroient à condition de se rendre, attendu principalement qu'il y avoit peu d'hommes pour la défense du Château.

Les Assiégeans aïant levé le masque tirerent incessamment arquebusades à ceux du Château; & pour plus commodément le faire, se logent ès maisons plus prochaines d'icelui, les percent & s'en servent de gabions.

Les Assiégés résistent à cette force à coups de canons & de grosses pierres qu'ils jettent sur les maisons pour les accravanter. Les escarmouches durent environ cinq jours de part & d'autre.

Madame de la Trimouille en cette nécessité trouve moïen d'avertir M. de Laval & le prier de la secourir. L'invention par l'artifice de la mere ou de la fille, ou de toutes deux ensemble fut, que ladite Dame feignit de chasser du Château quelques Pages de M. le Prince, que le sieur Frideric son Ecuïer avoit avec lui; iceux Pages donnerent cet avertissement audit sieur de Laval, qui étoit à Saint-Jean, & apprit aussi le moïen d'entrer dans le Château (1).

Le sieur de Laval aïant avisé des expédiens avec les sieurs de Sainte-Memme, Gouverneur de Saint-Jean, de la Boulaye & autres, résolut d'y aller.

Il avoit environ cent Cuirassiers, & trois à quatre cens Arquebusiers, tant de ses Gardes, de ceux de Saint-Jean, que autres.

Arrivés près de Taillebourg sur l'après-dînée, les sieurs de la Boulaye, de Lorges, Montgommeri le jeune & autres, jusqu'au nombre de vingt cuirasses mirent pied à terre & donnant du côté de la Garenne, entrerent dans le fossé qui est entre le Château & la Ville. Suivis de quelque nombre d'Arquebu-

(1) M. de Thou dit que ce fut Mademoiselle de la Trimouille qui trouva cette invention; & il rapporte plusieurs circonstances qui ne sont point ici, & qu'on peut voir dans son Histoire, liv. 82, ann. 1585.

1586.

Avertiss. au Lecteur, sur divers evenemens.

ſiers ils chargerent furieuſement l'Ennemi par divers endroits. Pour le commencement il reſiſta réſolument, ſe défendant tant des maiſons, où les ſoldats s'étoient retirés, que de la baricade qui étoit devant le Château.

Ceux du Château prirent courage à ce ſecours & pointerent leur artillerie, tant contre la barricade que contre les maiſons de la Ville, entre leſquelles fut abbatue celle du Bourdet.

Ces diverſes charges étonnerent l'Ennemi, qui du depuis ne fit pas grande réſiſtance, & dès-lors chacun d'eux commença à ménager ſa vie par la fuite & autrement.

Le Capitaine Picart y étoit entré la nuit précédente, parti de Xaintes, avec environ ſix vingts hommes qu'il avoit amenés de renfort. Beaucoup furent pris, les autres mis en fuite, de laquelle la nuit couvrit la honte. Les marais & la riviere en ſauverent pluſieurs. Peu y moururent; car il ne s'en trouva de morts du côté de l'Ennemi qu'environ ſoixante, des autres cinq ou ſix ſeulement. Les bleſſés furent humainement traités, comme auſſi les priſonniers, pluſieurs deſquels furent renvoïés ſans rançon, entr'autres le Colonel Beaumont & le Capitaine la Roque, avec quelques autres de commandement.

Durant le combat du dedans, le ſieur de Laval demeura en bataille hors la Ville, ſur l'avenue de Xaintes, delà il en découvrit quelques-uns de l'Ennemi, qui ſortis par la porte de Saint-Jean, ſe ſauvoient avec un drapeau. Il commanda au ſieur de Rieux de les charger, ce qu'il fit avec dix ou douze chevaux, tellement que mêlés parmi eux, aucuns furent tués, pluſieurs bleſſés & pris. Le drapeau fut pris: ſi furent bien trois autres drapeaux.

Madame de la Trimouille gratifia fort ledit ſieur de Laval, & les autres Seigneurs qui l'accompagnoient, pour l'aſſiſtance qu'ils lui avoient donnée ſi à propos. Et combien qu'auparavant elle ne voulut laiſſer entrer au Château plus de forces que ce qu'elle y en avoit, toutefois les ſuſdits Seigneurs y entrerent, & aviſerent, avant que d'en partir, que pour obvier à pareil inconvénient que le paſſé il étoit meilleur que cette Place fût dorénavant gardée par ceux de la Religion: à quoi toutefois ladite Dame ſembloit ne prendre pas plaiſir. Toutefois le Capitaine Bourſier, Lieutenant des Gardes de M. le Prince, y demeura avec quelque nombre d'Arquebuſiers; & depuis y fut ordonné Gouverneur le ſieur de la Boulaye.

1586.

AVERTISS. AU LECTEUR, SUR DIVERS ÉVENEMENS.

Nous avons ci-dessus parlé de l'Armée de M. de Mayenne, qui passa en ce même temps pour aller en Guienne. Et pource que ledit sieur de Mayenne passa près Saint-Jean, où étoit déja M. de Laval, j'en dirai un mot en passant.

Cette Armée étoit composée de cinq cens hommes d'armes François, huit cens Reistres, quatre cens lanciers Albanois, & environ cinq mille hommes de pied (1), avec plusieurs pieces d'artillerie, & force munitions de guerre, pioniers, & autres choses nécessaires. Il ne fit rien de plus mémorable en Poitou, qu'en passant, environ la mi-Décembre, près Saint-Jean, il fit donner quelque petit nombre de Cavalerie outre le pont Saint-Julian, à la vue de Saint-Jean, en intention d'attirer, par ce petit nombre, M. de Laval au combat, qu'il estimoit devoir sortir, & poursuivre ces Coureurs. Il croïoit aussi que le sieur de Laval passeroit à la file ce pont Saint-Julian (car autrement ne le pouvoit-il faire) & que passé, il le prendroit ès embuscades du gros de sa Cavalerie, qui étoit aux relais dans les bois & en un vallon par-delà le pont, lequel le sieur de Laval n'eût su repasser, sans s'engager au combat, & au hasard d'être défait. Le sieur de Laval, les Coureurs découverts, sortit bien, mais non selon l'intention du sieur de Mayenne; car, aïant mis une grosse garde sur le pont Saint-Julian, il fit passer le pont à quelques Chevaux-legers, seulement pour reconnoître l'Ennemi, & mit le reste de sa Gendarmerie & Arquebuserie en bataille sur le bord de la riviere, à la vue de l'ennemi; lequel, voïant que le sieur de Laval ne se hasardoit témérairement, se retira.

Quelques jours après, le sieur de Mayenne étant encore logé près Saint-Jean, le sieur de Chassegay (2), Enseigne de la Compagnie de M. de Laval, sortit avec le sieur de Lorges, & quelques vingt-cinq chevaux, pour aller courir vers l'Armée du sieur de Mayenne. Ils rencontrerent près le bourg de Varezes vingt Coureurs lanciers de l'ennemi, suivis d'assez près d'environ cent Gendarmes François & Albanois : il fut chargé de cette troupe, & poursuivi jusqu'au pont de Saint-Julian, ou faisant tête, pour favoriser la retraite des siens, il fut porté par terre d'un coup de lance, & pris prisonnier avec quelques autres. Ceux qui se sauverent, donnerent l'alarme à Saint-Jean, d'où on sortit, mais sans effet; car l'ennemi s'étoit ja retiré. Tels furent les

(1) Ceux-ci étoient commandés par les Capitaines Sacremore, Birague, Nicolas Tiercelin, Dominique de Vic, & par quelques autres.

(2) Jacques Carbonel, sieur de Chassegucy,

principaux effets de cette Armée ès environ de Saint-Jean. Et par iceux peut-on juger combien fut grande l'utilité du retour dudit ſieur de Laval en Poitou ; étant certain que, ſi ſa préſence n'eût ſervi de bride au Duc de Mayenne (vu l'étonnement qui étoit par-tout) il n'eût pas ſi peu entrepris.

1586.

Avertiss. au Lecteur, sur divers évenemens.

Quant aux autres exploits de cette Armée, & de ce qu'elle fit en Guyenne, comment auſſi Caſtillon fut aſſiégé, & finalement, de ſa diſſipation & du retour peu heureux du Duc de Mayenne, enſemble de l'acheminement du Roi de Navarre à la Rochelle, en fort petit nombre d'hommes, à la vue dudit ſieur de Mayenne, qui ne l'en ſut, avec ſon Armée, jamais empêcher, le tout eſt amplement déduit en autre lieu, d'où le Lecteur pourra le reprendre, outre ce qui en pourra encore ci-après être touché, autant que ce petit Recueil le permettra.

Peu de temps après que le ſieur de Mayenne fut avec ſon Armée paſſé en Guyenne, M. le Prince retourna des Iſles (où il s'étoit retiré après la rupture de ſon Armée en Vendoſmois) à la Rochelle, où il arriva le Vendredi, trois de Janvier 1586, à huit heures du ſoir. Il étoit accompagné de pluſieurs Vaiſſeaux de guerre, dont la Reine d'Angleterre l'avoit accommodé. Il ramena auſſi avec lui bon nombre de Gentilshommes, leſquels, après la rupture de ſon Armée, étoient paſſés la mer pour l'aller reprendre, & entre autres le ſieur de Clermont, comme le tout eſt plus amplement déduit au traité de ſa retraite, & des grands dangers qu'il échappa. Quelques vaiſſeaux armés partirent de la Rochelle pour aller au-devant de lui ; entre leſquels il y en avoit deux conduits par le ſieur du Pleſſis-Gettay, lequel pour lors étoit Gouverneur en l'Iſle de Rhé.

Ce retour ne fut moins admirable qu'agréable, tant aux Seigneurs qui s'étoient ja ralliés & retirés à la Rochelle & Saint-Jean, qu'aux Habitans des Villes & de tout le Païs, qui en demenerent une grande réjouiſſance, comme aïant de nouveau don de Dieu ce Prince qu'ils avoient lamenté, & du ſalut & conſervation duquel ils avoient long-temps douté.

Ainſi retourné heureuſement, il ne ſéjourna longuement à la Rochelle, mais s'achemina à Saint-Jean, pour y pourvoir aux affaires, & reconnoître toutes les troupes qu'il pouvoit rallier.

Quelques jours auparavant M. de Laval étoit ſorti de Saint-Jean avec quelques Compagnies, pour aſſiéger le Château de Tours ; mais ceux qui étoient dedans, n'attendirent le canon

1586. qu'on avoit sorti pour cet effet; ains sans le voir se rendirent, & fut le Château remis entre les mains du sieur de la Caze, auquel il appartenoit.

Avertiss. au Lecteur, sur divers événemens.

En ce même temps commencerent tous les Chefs, Capitaines & Compagnies, de se rallier sous ledit Seigneur Prince, après son arrivée à Saint-Jean, en corps d'armée, avec laquelle il assiégea, battit, & prit par composition le Château de Dompierre, prochain de la Ville de Saint-Jean, appartenant au Maréchal de Retz, & dans lequel y avoit garnison Papiste, qui attira cet orage sur sa tête par l'insolence & courses ordinaires qu'ils faisoient sur ceux de la Religion. Il se trouva en ce Château quantité de bleds & autres meubles, que ceux du Païs à l'environ y avoient retirés, & fut fort malaisé d'empêcher le soldat de prendre sa curée, vu qu'il avoit long-temps pâti, après un si fâcheux exercice qu'il avoit eu en la rupture de l'Armée en Vendosmois. Car ce qui avoit été rallié en Poitou, s'étoit toujours captivé & tenu à l'étroit dans le Gouvernement de la Rochelle, & à la faveur des Villes, comme Saint-Jean & autres, qui tenoient pour ceux de la Religon.

M. de Plassac (1), Gouverneur sous l'autorité du Roi de Navarre en la Ville de Pons (2), après avoir de longue main pratiqué & fait entreprise sur la Ville de Royan, petite Ville maritime, forte d'assiette, & commode pour le trafic, étant située sur le cours de la riviere de Gironde, finalement en tenta la prise avec heureux effet : car aïant surpris la garnison, il prit la Ville par escalade la nuit du Dimanche au Lundi, vingt-troisieme de Février mil cinq cent quatre vingt-six. Et par l'endroit qui sembloit inaccessible; car les échelles furent plantées du côté de la mer en basse marée, contre les roches qui sont de fort difficile accès. Cette prise, sans perte d'hommes fut honorable au sieur de Plassac, & non moins utile & agréable au parti de ceux de la Religion, que dommageable & ennuïeuse aux Papistes, & nommément au sieur de Saint-Luc, Gouverneur de Brouage, qui a toujours depuis fort mal patiemment enduré cette épine en son pied; car cette Place voisine de Brouage l'incommode beaucoup, & s'assujetit le trafic & navigation en la riviere de Bordeaux.

* Au mois de Mars 1586, Mademoiselle de la Trimouille,

(1) Pons de Plassac, Capitaine expérimenté, de l'illustre famille qui porte ce nom.
(2) Ville & Seigneurie en Saintonge sur la Seugne.

qui

qui s'étoit auparavant retirée à la Rochelle, & y avoit fait solemnelle protestation de vivre selon la Religion Réformée, dès le dix-neuvieme de Janvier 1586, en partit pour s'acheminer à Saint-Jean, & de-là à Taillebourg, où ledit sieur Prince l'épousa, le Dimanche, seizieme jour de Mars en la même année.

1586.

AVERTISS. AU LECTEUR, SUR DIVERS ÉVENEMENS.

M. de Laval ce pendant, accompagné de ses freres & autres Seigneurs, avec les Régimens de Sorlus, de Lorges (1), d'Aubigny (2), & bon nombre de Cavalerie, s'achemina à Soubize sur la Charente, où le sieur de Saint-Luc, après la retraite du Siege de Brouage, avoit mis garnison, à laquelle commandoit le sieur de Symandiere. Et pour ce que la Ville ne sembloit audit sieur de Symandiere d'aisée défense, craignant les inconvéniens qui étoient advenus à la garnison qui y étoit auparavant le siege de Brouage, il fortifia le Temple, tant pour la retraite, que pour plus facilement garder l'embouchure de la riviere de Charente, & retirer tribut des marchandises, barques, & autres vaisseaux qui passoient; ce qui incommodoit grandement les Places circonvoisines tenans pour la Religion, & entre autres, ceux de la Rochelle qui avoient rareté de bois & autres commodités, que cette Ville tire par la Charente.

La Ville, d'intrade, fut prise sans résistance; car la garnison n'eut plutôt l'alarme, qu'elle se retira dans le Fort, devant lequel, au même instant, furent plantées les barricades. Les Assiégés avoient trois ou quatre petites pieces de vertœil, desquelles ils tirerent plusieurs coups, mais sans aucun effet. Auparavant que de les investir, pour éviter la longueur & perte de temps, on avoit donné ordre d'avoir du canon de la Rochelle, lequel fut amené par eau, & rendu jusqu'au Port.

Ce qu'aïant entendu les Assiégés, ils commencerent à parler bas; & craindre d'être forcés, ils entrent en parlement: & sur la menace du canon, afin d'être résolus qu'il y en avoit, firent sortir un nommé le Sauvage pour le voir, & leur en donner assurance. L'aïant vu, & son rapport fait, ils capitulerent, se rendirent, sortirent avec leurs armes, & se retirerent surement en Brouage, & autres lieux où ils voulurent.

Soubize pris, les troupes marcherent à Mornak (3) en Alvert près Roïan. Il y a une Tour en laquelle le sieur de Saint-Luc avoit mis garnison, qui y fut assiégée; & après quelque résistance, se rendit.

(1) Montgommeri, Comte de Lorges.
(2) D'Aubigné.
(3) Mornac, Château situé dans l'Isle d'Alvert.

1586.

AVERTISS. AU LECTEUR, SUR DIVERS ÉVENEMENS.

En ce même temps furent réduits en l'obéissance de M. le Prince, les Places, outre Dompiere (1), d'Aunay, Mondevis, & Chizay (2) sur la Boutonne, par l'exploit de S. Gelays.

Semblablement le sieur de Ranques entreprit sur le Château de Salai, & l'enleva des mains des Albanois, que le sieur de Malicorne (3) avoit mis dedans en garnison. Ce Château est fort d'assiette & nature du lieu; la garnison incommodoit beaucoup ceux de la Religion ès environs de la Rochelle, Marans, Saint-Jean, & autres lieux & grands chemins circonvoisins, pour les courses ordinaires que faisoient ceux qui étoient en garnison. Le sieur de Ranques, connoissant la nature du lieu, pratiqua les moïens de s'en saisir. Il s'accompagna de neuf ou dix Gentilshommes avec quelques soldats résolus, jusqu'au nombre de vingt-deux. Il fit traîner dans les marais, par quatre bœufs, un petit bateau, avec lequel il se fit conduire jusques dans une eschenau (4), qui arrose le jardin du Château. Sur ce jardin répond une porte dudit Château, par laquelle il avoit délibéré de le surprendere. Toutefois le jour de devant la prise, ceux de la garnison avoient été avertis de ce qu'entreprenoit ledit sieur de Ranques, par un de la Religion, lequel se maintenoit & connivoit avec ceux de la garnison; occasion qu'ils remparerent cette porte, de briques, fumier, & autres matieres qui leur vinrent à main, redoublerent leurs sentinelles, & pensoient avoir assez bien pourvu à leur fait pour empêcher la surprise. Toutefois leur penser les trompa; car ledit sieur de Ranques, poursuivant son entreprise, appliqua à cette porte, du côté du jardin, un pétart, qui eut beaucoup d'effet; car il ouvrit la porte, & enleva son rempart avec impétuosité, qui donna l'alarme aux Assiégés; partie desquels se jetterent dans le pavillon du portail; les autres, surpris dans le Château, furent tués; plusieurs se jetterent par-dessus les murailles. Ceux qui s'étoient retirés dans le portail se rendirent au sieur de Ranques avec assurance de leur vie, laquelle aussi leur fut conservée. La Place fut par ledit sieur de Ranques mise en la garde & conduite du Capitaine Faverau, & du sieur de Vaneau, lesquels peu de temps après étant sommés par le Capitaine Mercure de la rendre, & au

(1) C'est Dampierre, Bourg du Poitou, sur Boutonne, près de la Saintonge. Aunay est aussi un Bourg du Poitou.

(2) Chizay, Ville du Haut-Poitou.

(3) Jean de Chourses, sieur de Malicorne, Gouverneur de Poitou.

(4) On dit aussi *Eschenal* & *Eschenez*. C'est une goutiere de bois de chêne, pour recevoir l'eau qui découle de dessus les toîts, & empêcher qu'elle ne tombe au pied du mur, ou sur le Fonds des Voisins.

faute de ce faire, menacés du canon, la remirent en l'obéissance du sieur de Malicorne Gouverneur de Niort.

1586.

Avertiss. au Lecteur, sur divers évenemens.

Environ le commencement d'Avril, le sieur de Saint-Luc entreprit sur l'Isle d'Oleron, où étoient en garnison quelques Compagnies de la Religion auxquelles commandoit M. d'Aubigné & le Capitaine la Limaille son Lieutenant. Pour faciliter l'exécution de son entreprise il fit passer en l'Isle quelques Compagnies, impatienté de ce voisinage. Entre ces Compagnies étoit le Régiment de Tiercelin composé d'environ quatre cens Arquebusiers, cinquante Mousquetaires & bien deux cens Piquiers, soldats résolus, n'aïant pour tout drapeau que leur Enseigne-Colonelle.

M. le Prince étant averti que ce Régiment de Tiercelin, étoit aussi passé en l'Isle, résolut d'aller à Marennes près Brouage, où il pensoit qu'il fût de retour. Ce fut le Vendredi avant Pâque. Il s'y achemina la nuit, & tout d'une traite, pour plus aisément les surprendre. Mais ne les trouvant retournés il se retira à Taillebourg avec les sieurs de Laval, de la Boulaye & les autres Seigneurs & Capitaines qui l'avoient accompagné.

Le Dimanche au matin, jour de Pâque, ledit sieur Prince reçut avertissement que Tiercelin, avec son Régiment, étoit repassé d'Oleron à Marennes, pour reprendre son chemin à Saintes; sur cet avertissement il part en intention de leur barrer le passage, en un lieu assez près de Saintes. A son arrivée sortirent de la Ville environ quinze ou vingt Gens-d'armes, lesquels furent chargés par le sieur de Cargrois, qui conduisoit les coureurs du sieur de Laval. Il les serra de si près qu'ils ne se purent retirer à la faveur de leurs Arquebusiers, sans qu'il en demeurât un sur la place avec plusieurs blessés. Après cette escarmouche, voïant M. le Prince que Tiercelin ne bougeoit ce jour-là de Marennes (fût à l'occasion de la Fête ou autrement) il se retira pour la seconde fois à Taillebourg, sans autre exécution.

Tiercelin eut bien avertissement que son retour étoit épié, mais il n'en tint compte, se confiant en la force de son Régiment, & résolut (comme il disoit) de combattre tout Ennemi qui l'attaqueroit, fût en Campagne ou en Païs fort.

De fait, le Lundi septieme d'Avril parti de Marennes, il prit son chemin vers Saintes, gagnant Païs & marchant en bon ordre, & avec contenance de gens résolus au combat. Dequoi étant M. le Prince averti, environ les deux heures après midi,

1586. monta en diligence à cheval, accompagné des sieurs de la Trimouille son beau-frere, de la Boulaye, d'Avantigny & autres en nombre seulement de trente chevaux, & environ d'autant d'Arquebusiers tant de ses gardes, qu'autres qui se trouveverent à propos. Avec ce nombre d'hommes, il tira droit sur le chemin de Saintes, où il trouva l'Ennemi au même lieu qu'il l'avoit attendu le jour précédent (qui n'étoit qu'à gueres plus de mille pas du fauxbourg): d'abordée il le chargea; mais ce fut sur la queue de leur bataillon, pour les avoir ja trop avancés vers la Ville, & couverts des hayes & fossés. A cette charge il en fut défait trente ou quarante, le reste du Régiment se rangea en bataille à la faveur des haies & du grand chemin. En cette premiere rencontre, le cheval de M. de la Trimouille (qui menoit les coureurs) fut abbatu d'une mousquetade, & lui dessous, qui sans un prompt secours, n'étoit en moindre péril de la vie que le sieur de la Batarderaye, Enseigne du sieur de la Boulaye, lequel aïant été porté par terre d'une arquebusade en l'épaule, fut achevé par l'Ennemi. Le sieur de Chanterelles y fut aussi blessé, & mourut peu après. Comme aussi le Capitaine Navarre, lequel blessé à la tête mourut peu après. Le sieur d'Avantigny fut blessé à la main & au genouil.

Avertiss. au Lecteur, sur divers évenemens.

M. de Laval qui étoit allé en diligence quérir sa Compagnie (laquelle étoit au port d'Annaux, & logée fort à l'écart) approchant du lieu de ce combat, pour y être à heure, se met au galop, tellement que peu des siens (que il avoit difficilement ralliés, à cause des logis écartés) le pûent suivre, & n'avoit quand il arriva au lieu du combat, qu'environ trentecinq chevaux près de lui, avec lesquels, par le commandement de M. le Prince, il donna droit à l'Ennemi, franchissant les haies & fossés, & tirant toujours à l'Enseigne-Colonelle, laquelle étoit environnée & couverte d'un Bataillon de Piquiers lesquelles il rompit, après avoir essüié toute leur arquebuserie. Il combattit de sa main le Capitaine-Enseigne, lequel finalement lui quitta son drapeau, pour essaïer de se sauver. L'Enseigne prise, les soldats furent tantôt dissipés & défaits; & encore qu'ils eussent été soutenus, & plusieurs fois rafraîchis par ceux de la Ville, il en demeura de l'Ennemi plus de soixante sur la place, sans les blessés: peu furent pris, mais singulierement un Capitaine nommé Peschais. Le Colonel fut blessé au bras, & se sauva. En cette charge fut blessé d'une arquebusade à la tête, le sieur de Sailly, autrement nommé de Tanlay (à cause

1586.

AVERTISS. AU LECTEUR, SUR DIVERS ÉVENEMENS.

que son frere appellé de ce nom étoit mort de maladie, peu auparavant à saint Jean) frere dudit sieur de Laval, il en mourut le lendemain. Le sieur de Rieux, aussi frere dudit sieur de Laval, reçut un coup de pique dans le petit ventre, dont semblablement, il mourut deux jours après. Le sieur de Cargrois-Lieutenant dudit sieur de Laval, fut blessé d'une arquebusade dans le genouil, le sieur de la Mousche en reçut une autre en la jambe, quelques soldats de ses gardes blessés, fort peu de tués.

Pendant ce combat M. le Prince (aïant rallié les siens) fit de rechef une charge sur ce qui se vouloit rallier, & fit tête à leur cavalerie, qui faisoit montre de se vouloir avancer. La nuit rompit le combat, couvrit la fuite des défaits; & occasionna M. le Prince de se retirer, qui remporta les armes & dépouilles de ce Régiment avec l'Enseigne-Colonelle: la victoire étoit belle, mais elle fut sanglante, par la mort des Seigneurs susdits. Le sieur de Rieux, aïant parlé jusqu'au dernier soupir, rendit un notable témoignage à tous les assistans de sa générosité, ensemble de sa foi, & de la bonne nourriture qu'il avoit reçue en l'école de piété, tellement qu'on peut dire avec vérité qu'il mourut en vrai Chevalier Chrétien.

M. le Prince porta un merveilleux deuil de la mort de ces Seigneurs: mais encore plus, M. de Laval, leur frere, lequel en conçut une telle mélancolie qu'il en tomba malade, & mourut huit jours après: il fut ouvert après sa mort, on lui trouva en la tête une apostême pleine d'eau rousse & puante. Ainsi en peu de temps moururent fort chrétiennement ces quatre Seigneurs au grand regret & déplaisir de tous les gens de bien, & furent ensemble inhumés dans le Temple du Château de Taillebourg (1).

Il a ci-dessus été fait mention de M. le Vicomte de Turenne, & des troupes qu'il avoit ralliées lorsque Brouage fut assiégé, & au temps que l'Armée de M. de Mayenne passa pour aller en Gascogne: l'ordre du temps requiert qu'il en soit dit quelque chose en passant.

Au même temps que M. le Prince étoit devant Brouage,

(1) Ils étoient Fils de François de Coligny sieur d'Andelot, Fils de Gaspard de Coligny, Maréchal de France. Ces quatre Freres, Gui de Laval, François de Rieux, François de Sailly, & Benjamin de Tanlay, toujours très unis pendant le peu de tems qu'ils vécurent, eurent à leur mort, un même tombeau dans la Chapelle de Taillebourg. Ils étoient de deux meres; les deux premiers étoient de Claude de Rieux, Héritiere de la Maison de Laval; & les deux autres d'Anne de Salms, seconde Femme de François de Coligny.

1586.

AVERTISS. AU LECTEUR, SUR DIVERS ÉVENEMENS.

M. de Turenne avoit de son côté rallié quelques forces, tant de ses terres, que des autres lieux circonvoisins; & s'étoient de divers endroits rangés à lui plusieurs Capitaines, entre lesquels étoit le sieur de la Morie avec son Régiment. Les persécutions, qui s'augmentoient de jour à autre par la France contre ceux de la Religion, en avoient aussi contraint plusieurs, tant de la Noblesse, qu'autres, d'abandonner leurs maisons, & prenant les armes, tirer ès Provinces qui leur étoient de sûr accès: cela fut cause que plusieurs Gentilshommes, tant de devers Paris, que de Gastinois, Nivernois, Bourbonnois & Berri, accompagnés de plusieurs de diverses qualités se mirent en campagne, & assignerent le rendez-vous en Berry, en intention d'aller joindre le Roi de Navarre en Gascogne; ils se trouverent au rendez-vous environ cinquante Gentilshommes, & de deux à trois cens Arquebusiers. Les signalés de cette troupe étoient les sieurs des Pueilles, du Fort, de la Borde, des Landes, Tauvenay, & autres.

Il s'en étoit peu auparavant rallié en Berry une autre troupe, tant de Gentilshommes, que de soldats, conduits par les sieurs de Douault, Boisdulie, la Saniere, Campois & plusieurs autres; mais ceux-là tirerent en Poitou, & joignirent M. le Prince, lequel pour lors étoit à Ponts.

Ces troupes de France, tirant en Gascogne, se rallierent avec M. de Turenne & ses troupes, lesquelles en peu de temps accrurent jusqu'au nombre de cinq ou six mille hommes.

Le sieur de Turenne avec telles forces tint quelque temps la campagne en Périgort, Limosin & Quercy; fit aussi quelques entreprises sur la Ville de Liborne, Ville forte & de grande importance; mais elles ne réussirent pas. Comme il étoit occupé en telles entreprises, il fut averti de ce qui se passoit en Brouage, & desiroient tous ceux qui y étoient demeurés, sa présence & de ses troupes, pour avancer l'exécution de ce Siege (comme aussi M. le Prince en avoit donné quelque espérance à son départ, & promis de lui en écrire)

Sur cet avertissement M. de Turenne, aïant assemblé son Conseil, mit en délibération ce qui seroit de faire. Il se trouva pour lors beaucoup d'occasions concurrentes: car comme d'un côté il avoit avertissement de la nécessité de sa présence en Brouage, aussi fut-il averti de l'autre, que l'Armée du Duc de Mayenne qui s'acheminoit en Guyenne, étoit en belle batterie, distante de lui & de ses troupes, d'une journée seulement, mal reglée, écar-

1586.

AVERTISS. AU LECTEUR, SUR DIVERS ÉVENEMENS.

tée, battue de maladies, & entre autres, les Suisses; qui faisoit conclure qu'on pourroit prendre l'occasion, sinon de la combattre, pour le moins de l'endommager bien fort. Il reçut d'une autre part nouvelles du Roi de Navarre; lequel, étant sur son partement pour s'acheminer de Bearn vers Bergerac, & autres lieux de cet environ, lui mandoit de se tenir prêt, à ce que, s'il en étoit besoin, il le pût joindre, pour pourvoir aux affaires nécessaires. Finalement, il avoit comme en sa main une belle occasion d'entreprendre sur la Ville de Thules, Brives la gaillarde, & autres Places de ce quartier-là.

La résolution fut d'entreprendre sur les Villes circonvoisines, en attendant nouvelles du Roi de Navarre. Et de fait, environ le mois de Novembre 1585, ledit sieur de Turenne s'achemina avec son Armée à Tulles, sans canon toutefois, seulement avoit quelques petites pieces de campagne.

Tulles est une petite Ville Episcopale, assise en un fond, environnée tout-à-l'entour de hautes montagnes qui lui commandent, revêtues de trois beaux Fauxbourgs. En ce fond y a une petite riviere, laquelle, lavant le pied de la muraille, passe le long du plus grand Fauxbourg, qui est meilleur & plus grand que la Ville; c'est le Fauxbourg d'en-bas, dans lequel est le Couvent des Cordeliers, lequel est renfermé; & à cette occasion, les Habitans de ce Fauxbourg y avoient retiré le meilleur de leur bien, dont mal leur prit. Le Fauxbourg d'en-haut suit ce premier en grandeur. L'autre est médiocre.

Le sieur de Chouppes, avec nombre de Gentilshommes & soldats, donna dans le Fauxbourg d'en-bas. Le Capitaine Tauvenay, qui commandoit aux Arquebusiers venus de France, s'arrêtant au Couvent des Cordeliers, qui est à l'entrée du Fauxbourg, mit le feu à la porte; mais, l'occasion le requerant, il enfonça plus avant dans le Fauxbourg, & donnant droit aux barricades, que ceux de la Ville y avoient faites, les emporta, après assez longue résistance, & perte de quelques hommes de part & d'autre. Le Fauxbourg d'en-haut fut au même-temps assailli par les autres troupes, selon qu'un chacun étoit commandé. Ceux de dedans resisterent aussi aux barricades; mais, enfin, forcés, se retirerent en la Ville, à laquelle ce fut alors de se défendre; car elle fut aussi-tôt de tous côtés investie, & se passerent cinq ou six jours en escarmouches de part & d'autre, encore que ceux de la Ville ne fissent aucune sortie, mais seulement se défendoient de la muraille.

1586.

AVERTISS. AU LECTEUR, SUR DIVERS ÉVENEMENS.

Finalement furent appliqués deux pétards à la porte du Fauxbourg d'en-haut, desquels l'effet fut quelque ouverture à la porte, & rupture de la muraille qui étoit derriere. Mais ceux de la Ville sortant, se mirent en devoir de défendre cette brêche, laquelle n'étoit aucunement raisonnable; occasion qu'on ne s'y opiniâtra pas.

Le Siege se continuant, plusieurs de la Ville furent tués; qui fut cause que ceux qui restoient, craignant d'être forcés, ne dédaignerent les persuasions du Capitaine la Maury (1), qui les induisit à capituler. Otages furent donnés de part & d'autre: le Lieutenant, avec aucuns des principaux de la Ville, sortirent pour aller trouver M. de Turenne en son logis, qui étoit aux Cordeliers. La capitulation fut là assez longuement disputée, mais enfin conclue: ceux de la Ville racheterent le pillage de leurs maisons de quelque somme de deniers; firent sortir un Capitaine étranger qui étoit en la Ville, avec ce qui lui restoit de sa Compagnie (car plusieurs avoient été tués) & reçurent pour Gouverneur le Capitaine Lamaury, encore que ce fut celui de toute l'Armée qu'auparavant ils redoutoient le plus, mais ils le voulurent: de fait il y demeura Gouverneur, jusqu'à la venue du Duc de Mayenne. Car alors n'étant la Place tenable conte une Armée Roïale, il la quitta & laissa entre les mains des Habitans, & peu après fut tué.

Peu de temps après cette prise, l'Armée de M. de Turenne se retira, pource qu'il fallut distribuer les Compagnies ès Garnisons, & Places plus importantes, pour faire tête aux efforts de l'Armée de la Ligue.

Il a ci-dessus été fait mention du Roi de Navarre, & que le Duc de Mayenne, ne le sut onc empêcher de passer en Poitou. Voici sommairement comme la chose alla (pour amplifier & confirmer ce qui en est écrit en l'autre volume de ce Recueil.)

Le sieur de Matignon avoit au mois de Février 1586 assiégé Castelz (2), Château appartenant au sieur de Favas. Le Roi de Navarre accompagné de deux à trois cens chevaux & environ dix-huit cens Arquebusiers, en fit lever le siege, & voulut dîner dedans en témoignage qu'il avoit exécuté son entreprise pour ce coup-là.

(1) C'est Lamaury, le même qu'on nomme p. 174 *la* Morie.
(2) C'est Castel.

Au

1586.

AVERTISS. AU LECTEUR, SUR DIVERS ÉVENEMENS.

Au retour de là, toutes les troupes furent renvoïées en leurs Garnisons; & s'achemina le Roi de Navarre en Bearn, pour voir Madame sa sœur, & donner ordre à tout ce qui étoit nécessaire pour la fureté & conservation des Villes du Païs. Cela fait il s'achemina à Nerac, & passant par la Ville d'Eause, qui lui appartient, pourvût à la conservation d'icelle fort à propos (car autrement elle étoit en danger d'être perdue), pour ce faire il y séjourna un jour.

On lui apporta en ce lieu-là avis, que le Duc de Mayenne s'acheminoit pour l'empêcher de passer la Garonne. Ce nonobstant parti d'Eause, il s'achemina à Nerac, où il séjourna encore un jour entier, pour mettre ordre & pourvoir à la sûreté de cette Ville-là. En laquelle d'abondant lui fut donné avis, que ledit sieur de Mayenne étoit à la Ville neuve d'Agenois, en intention de lui empêcher le passage. Il y avoit en apparence assez de sujet de persuader audit sieur Roi de s'avancer & précipiter extraordinairement son voïage; mais néanmoins méprisant tous les efforts que faisoit le Duc de Mayenne de lui barrer le passage, il ne voulut rien changer de son dessein, mais au contraire, aïant à loisir fait tout ce qu'il vouloit faire à Nérac, n'en partit qu'il ne fût déja bien tard & le Soleil fort haut.

Il prit son chemin droit à Barbaste, & le continua tirant comme à Castel-Jaloux. Plusieurs s'émoïoient le jour auparavant quel chemin il prendroit, incertains si ce seroit par Caumont & sainte Basile, ou bien par le Mas de Verdun; mais on n'en put rien du tout savoir, sinon étant à deux lieues près de Castel-Jaloux: car alors étant au milieu des bandes, il déclara le chemin & ordre qu'il vouloit tenir pour son passage de la riviere. Il sépara les gens de guerre qui l'accompagnoient, & retint près de sa personne environ vingt Gentilshommes bien montés & dix soldats de ses Gardes, avec lesquels il tira à Caumont: il ordonna le sieur de la Roque pour la conduite du reste, qui étoit de deux à trois cens chevaux, entre lesquels n'y en avoit que quinze ou seize de bien armés & montés, environ quinze Arquebusiers des gardes: il commanda audit sieur de la Roque d'aller passer à Sainte Basile. Ce qu'il fit sans empêchement, encore que l'Armée du Maréchal de Matignon ne fût qu'à trois lieues de là.

Le Roi de Navarre étant arrivé à Caumont, encore qu'il sût que le Duc de Mayenne ne fut qu'à deux lieues de son passage, néamoins il y dîna avec autant de loisir qu'on pourroit faire

1586. en la plus grande & assurée paix, & après le dîner passa la riviere sans aucun empêchement ou dommage d'un seul des siens.

AVERTISS. AU LECTEUR, SUR DIVERS ÉVENEMENS.

Ledit sieur Roi arriva le lendemain à Sainte-Foy, & le sieur de la Roque aussi avec ce qui l'avoit suivi, environ deux heures après. Sa Majesté séjourna à Sainte-Foy environ trois semaines, exprès pour voir la contenance des Ennemis : mais jamais n'en osa paroître un seul, & se retournerent toutes leurs braves paroles en vent, & leurs vanteries (par lesquelles ils assuroient que s'il s'approchoit d'eux de dix lieues près, infailblement ils le prendroient) à leur honte & deshonneur ; car ils n'étoient en tout ce séjour qu'environ trois lieues de lui, sans que pourtant il laissât d'aller souvent à la chasse. Ce qui témoignoit que le Duc de Mayenne n'avoit assez de valeur pour l'empêcher seulement de prendre ses plaisirs, quand il en avoit envie, beaucoup moins d'exécuter ses desseins & pourvoir aux choses plus sérieuses & nécessaires.

Aïant ledit sieur Roi entendu que l'Armée du Maréchal de Biron fraîche & gaillarde s'approchoit de Poitou, il aima mieux faire preuve de sa valeur en s'opposant à ce vieux Capitaine, que s'arrêter à cette Armée, aux efforts de laquelle les moindres bicoques étoient pour suffisamment répondre. Aïant au reste tellement pourvu à tout, avant son partement, qu'il en attendoit, voire sans sa présence (qui étoit bien plus nécessaire ailleurs), l'infaillible ruine, comme il advint incontinent après.

Etant donc parvenu en Poitou, & aïant visité les Païs & Places à loisir, il s'achemina à la Rochelle, où il entra le Dimanche premier jour de Juin, avec une merveilleuse allegresse & réjouissance de tous, qui reçurent beaucoup d'utilité de sa présence. Laquelle s'est toujours non moins vertueusement qu'heureusement opposée à tous les efforts des Armées qui y ont été envoïées. Comme il appert par les discours qui en sont recueillis d'ailleurs.

Peu auparavant son arrivée à la Rochelle, pour les incommodités que le trafic en Mer recevoit par les courses des Pirates de Brouage, on se resolut de faire une pallissade à l'embouchure du Havre de Brouage, avec nombre de vieux Vaisseaux, lesquels on remplit de grosses pierres, pour plus aisément les faire couler à fond.

Pour ce faire, les Rochellois mirent sus une Armée navale,

compoſée d'environ vingt Vaiſſeaux bien armés, trois Galiotes, avec pluſieurs, tant pataches, qu'autres petits Vaiſſeaux; le tout pouvoit faire trente-cinq ou quarante Voiles. A cette Armée commandoit le ſieur de Saint-Gelais, aſſiſté du ſieur Gargouileau avec un nombre de Gentilshommes & Capitaines, tant Etrangers qu'Habitans de la Rochelle.

1586.

AVERTISS. AU LECTEUR, SUR DIVERS ÉVENEMENS.

Le ſieur de Saint-Luc, ſur l'avertiſſement qu'il reçut de cette entrepriſe, fit tout devoir de ſe préparer, & tâcha fort de retenir toutes les Galeres qu'il avoit auparavant reçues de Bordeaux; mais comme il ne le fit comme deſiroit, ce qui lui reſta de moïen fut bien petit. Néanmoins il fit bâtir un Fort ſur le rivage, près le lieu où on vouloit faire la paliſſade, qui ne lui ſervit de gueres, & ſi pour le garder il perdit nombre d'hommes.

Il arriva auſſi quelques Vaiſſeaux, avec leſquels il tâchoit de réſiſter à cette entrepriſe, mais ce fut envain. Tellement que ſans grande incommodité & perte, tous les Vaiſſeaux deſtinés à cet effet furent approchés & coulés à fond ſelon la délibération qu'en avoit été priſe, & fut le Canal par ce moïen barré, de mode que le Port en a toujours depuis été incommodé & rendu quaſi inutile, quelque devoir qu'ait depuis fait le ſieur de Saint-Luc de l'élargir (car aux dépens des Habitans des Iſles il en a tiré quatre ou cinq Vaiſſeaux.) Mais il eſt pourtant fort ſuſpect aux Navires, ſi ce n'eſt en bien haute marée, encore faut-il planter des ſignals aux Vaiſſeaux qui veulent entrer, de peur qu'ils ne s'offenſent.

Le Roi de Navarre étant arrivé à la Rochelle, s'embarqua tout auſſi-tôt pour aller viſiter l'Armée de Mer, où il ſéjourna quelques jours.

L'Armée après cette exécution retourna à la Rochelle, ſans aucune perte, ſinon d'un Capitaine nommé Mineur, & quelques ſoldats, qui furent pris aux eſcarmouches qui ſe faiſoient au Fort ci-deſſus mentionné.

1586.

Avertissement au Lecteur.

CE ne sera hors de propos, ami Lecteur, de sortir pour un peu de France, & passer jusqu'en Angleterre, pour reconnoître que là aussi la conjuration sanglante de la Ligue avoit ses Partisans, pour non seulement y semer par tous moïens la zizanie de discorde, mais aussi pour ravir la vie à la Reine, & à tous les plus grands & vertueux de son Roïaume, pour exterminer la Religion, renverser l'Etat, abolir la liberté, teindre les rivieres de sang, allumer les feux par-tout, & bref opprimer la terre d'un fardeau lamentable, de miseres inusitées. Afin qu'il soit notoire à la Posterité combien terribles & cruels ont été les efforts que l'Antechrist a faits pour blasphêmer contre le Ciel, & détruire la terre qui refuseroit le joug de son horrible tyrannie.

CE fut donc en ce même temps & année, qu'outre la conspiration faite par Guillaume Parry, Anglois, contre la Reine d'Angleterre, dont le discours vous est représenté au premier volume de ce Recueil, cette Princesse fut d'abondant avertie d'une nouvelle conjuration contre sa personne & son Etat, par aucuns siens Vassaux, qu'elle appelloit lors endiablés & mal entalentés, immoderés Sectateurs d'une Religion Romanesque, comblés de superstitions, vuides d'une vraie connoissance de Dieu, inventeurs de tout meschef, trompettes de séditions tumultuaires, ne se réjouissant qu'en tout mauvais évenement, rébellion, mépris, meurtre & occision des Puissances Supérieures, & n'affectant rien tant que la ruine & subversion des Etats & Roïaumes : fruits & propres effets de leur Religion Romaine qui leur servoit de prétexte pour couvrir leurs attentats.

Cette conjuration (1) fut découverte au mois d'Août 1586, & au même-temps signifiée à la Reine; laquelle y pourvut, & fit prendre un grand nombre des Conjurateurs, entre lesquels y avoit quelques Gentilshommes, quelques Jésuites, & autres de diverse condition & qualité.

Cette découverte n'apporta pas plus de salut & de bien à la Reine & à son Etat, que de joie & contentement à tous ses fideles Sujets, qui en firent une signalée démonstration, pour laquelle aussi elle les gratifia beaucoup, mais entre autres ses

(1) On peut lire sur cette conspiration l'Histoire d'Angleterre par Rapin-Thoyras, Tome VII de la derniere édition.

Sujets & Habitans de la Ville de Londres, auxquels elle signifia par lettres signées de sa main, & par paroles de créance, que la conservation de sa vie ne lui avoit tant apporté de plaisir & contentement, que la reconnoissance qu'elle avoit (en la liesse qu'ils avoient demenée pour l'emprisonnement de tels Conjurateurs) de leur fidélité & amour singulier qu'ils lui portoient; vrais effets, comme elle disoit, d'une vraie & bonne Religion & connoissance de Dieu, qui enseigne les Sujets du devoir envers leurs Souverains, & les rendoit si obéissans & serviables envers elle; trait, certes, remarquable, tant aux Rois, auxquels on a voulu jusqu'ici persuader que la Religion Réformée n'introduit avec soi que mépris & rébellions contre les Souverains & autres Magistrats, qu'aux Peuples, grandes Villes & Communautés, lesquels, sans aucun prétexte, mais comme de gaieté de cœur, & pour seulement satisfaire à leur ambition, passions particulieres, & appétits de vengeance désordonnés, se rebellent, se soûlevent, & s'arment contre leur Roi; & ne lui pouvant faire pis, le dechirent d'injures; & comme bêtes enragées, ne le pouvant en sa Personne, exercent leur félonie sur ses armes & portraits. Témoignage que la Religion, qui a enfanté & nourri tels Sujets, est très suspecte, & formellement contraire à celle que Jesus-Christ & ses sacrés Apôtres ont exercée, & laissée par écrit. Et plut à Dieu que ceux de la Ligue en France, que Paris, que Thoulouse, qu'Orléans, & autres Villes & Places du Royaume, eussent au cœur quelque étincelle de la vérité, & lumiere de la vraie Religion, ils se repentiroient, avec le sac, de leur trop inique & insolente rebellion, qui les menace d'une ruine extrême; & lamenteroient à jamais leur malheur & leur honte, de s'être ainsi, sans légitime occasion, spoliés du plus magnifique titre d'honneur, que Peuple de la terre eût jamais porté sur son front, de Très fideles à leur Roi. Duquel titre ils ont pour leur particulier (car leur forfait ne peut pas maculer tout le reste des vrais François) non moins imprudemment que proditoirement quitté la palme à leurs voisins.

Pour donc revenir à la conjuration des Légats de la Ligue en Angleterre, ils ne furent plutôt éventés que pris, ni plutôt pris que repris par l'examen, procès & exécutions, qui tôt après s'en ensuivirent. Mais afin que le Lecteur ne s'imagine quelque affectation, ou passion particuliere, amplifiant à son plaisir ce qui ne seroit pas (outre que la chose a parlé, & parle encore, pour convaincre la fiction, si aucune en avoit), j'aime mieux te

1586. représenter le tout, par la lecture d'une lettre écrite de Londres, le deux de Septembre 1586, par un Seigneur notable, & non suspect, contenant en peu de mots (mais qui égalent en substance un gros volume), tout ce qui se passa de cette conjuration premiere, & qui fut suivie d'une autre encore plus dangereuse, & sortant de même boutique, qui ne sera obmise en son lieu. Voici donc le contenu de cette Lettre.

CONJUR. DES LIG. CONTRE LA REINE D'ANGLETER.

» Pour le présent vous entendrez que, si pour les lamentables » calamités qui agitent toute la terre, mais ces quartiers occi- » dentaux particulierement, il nous est souvent advenu de lever » les mains au Ciel, pour obtenir misericorde, & échapper les » dents sanglantes des Lions enragés, il le nous a fallu encore » depuis quinze jours plus ardemment pratiquer. Car ces bêtes » furieuses ont aussi étendu leurs pattes jusqu'en ce Royaume » d'Angleterre, machiné la mort de la Reine, & de tous ceux, » tant naturels qu'étrangers, qui sous son autorité y vivent en » la crainte de Dieu. Cette conjuration est grande, menaçant » outre la mort des personnes, d'une horrible éversion de » l'Etat.

» Il y en a déja trente de prisonniers qui, touchés du sen- » timent de leur malice, & pressés de leur conscience, confes- » sent de grandes choses. Le mal n'est pas dérivé d'une simple » cervelle, c'est une trahison universelle; ce sont effets de la » subversion de la vraie piété & Religion, que l'Idolâtrie & la » Superstition ont dès piéça presque éteinte & chassée du mon- » de; lequel aussi est menacé par tels évenemens, de grandes » & foudroïantes tempetes, Dieu ne voulant plus souffrir, ni » le mépris de sa divinité, ni les outrages faits à la pureté » de l'Evangile de son Fils, par l'Antechrist.

» Tous les bons ont par-deçà demené extraordinaire réjouis- » sance, en louanges & actions de graces à Dieu, lequel a » manifesté cette trahison cachée, & esperons que plus à plein » nous le ferons, quand il lui aura plu continuer son œuvre, » faisant tomber ces sanguinaires idolâtres, aux mêmes pieges » qu'ils nous avoient tendus.

» Ce sont les menées de la Ligue, comme il se découvre ici » de jour en jour, par la diligente recherche qui s'en fait, & » ne se passe jour qu'il ne se fasse capture de quelqu'un. Ils » sont gardés soigneusement, pour l'espérance qu'on a de beau- » coup apprendre par leurs dépositions. Je ne faudrai de vous

1586.

CONJUR. DES LIG. CONTRE LA REINE D'ANGLETER.

» tenir averti de la vérité de ce qui se passera : je dis de la vérité, sachant qu'en êtes desireux, & que ne prenez plaisir à la lecture des nouvelles controuvées, & moi encore moins à les écrire. A Londres, ce 2 de Septembre 1586.

Autres Lettres de pareil sujet.

» Vous avez bien su la conjuration faite par la Ligue contre la Reine d'Angleterre, contre l'Etat de son Royaume, & tous les gens de bien & amateurs de vertu qui y sont, laquelle fut découverte il y a environ six semaines; je vous éclaircirai ce qu'en est, & que j'en ai pris au vrai, tant par la déposition des Prisonniers, que par la particuliere vue & connoissance qu'en ai eue.

» Ils se sont trouvés environ quarante jeunes Gentilshommes de cette nation, lesquels, aïant voïagé, ont appris des Jesuites d'Espagne, & d'ailleurs, comme aussi d'autres de cette superstition, que pour gagner Paradis, tant pour eux, que pour cent des parens d'iceux, ils ne le pouvoient faire par meilleure & plus légitime voie, que d'attenter premierement à la vie de leur Reine souveraine ; secondement aux personnes de Messieurs du Conseil & principaux Seigneurs de ce Royaume; troisiemement, de mettre le feu en plusieurs endroits du Royaume; & imputant cela aux Etrangers qui y sont refugiés, crier & faire crier contre eux, aux boutefeux, pour émouvoir le Peuple contre eux, & les faire tuer.

» Il y en avoit d'entre ces Conjurateurs qui avoient charge de pourvoir au soutenement des armes, & lever gens de guerre par les Provinces & d'entre leurs Sujets : pour aussi se saisir de quelques Ports, & Havres propres pour la descente de ceux qui de pays étranger devoient venir en armes, pour favoriser cette conjuration, de laquelle le premier fondement fut projetté en France, aux Jesuites à Reims en Champagne. Ils ont tellement induit ces jeunes Gentilshommes, par leurs fardées dévotions, qu'ils ont cru devoir faire œuvre méritoire envers Dieu, en tuant cette Reine. A quoi aussi il se trouve avoir adhéré plusieurs Papistes, qui sont encore en ce Royaume, sans la faveur desquels telle exécution ne sembloit pas facile. Et pour ce que les massacres faits à Paris l'an 1572, sur ceux de la Religion, avoient à leur gré réussi le jour S. Barthelemi, esperant que ce jour ne seroit moins favorable à leur inten-

1586.
CONJUR. DES LIG. CONTRE LA REINE D'ANGLETER.

» tion, qu'il fut pour faire lors, ils avoient assigné leur exécution à même jour, pour faire à ce Royaume une si sanglante plaie, que l'Univers s'en étonneroit.

» Mais Dieu (duquel ne trompent les yeux les plus fins & cachés conseils) a découvert cette conjuration, & en est enfin tombé le sort sur la Reine d'Ecosse prisonniere, laquelle, par l'aide de ses Partisans, tant ici, qu'en France, a été l'une des causes premieres de ce remuement, sous le prétexte du mariage qu'elle promettoit à un nommé Babyngton (1), l'un des principaux Entrepreneurs de cette conjuration. Aïant aussi fait promesse à un autre de l'état de Chancelier, & à un autre promis l'Archevêché de Cantorbery.

» Tellement qu'aujourd'hui ont été exécutés à mort, le Roi d'Angleterre, par fantaisie, son Chancelier, & son principal Archevêque (2). Tous lesquels & autres de leur troupe ne sauroient excéder l'âge de vingt-cinq à trente ans.

» Mercredi dernier nous observâmes une maniere de procéder en Justice contre les Criminels, de laquelle j'estime que le récit ne vous sera ennuïeux. On leur avoit auparavant baillé seize Juges, pour les examiner, ouir leurs témoins, & faire leur procès, comme l'on fait en France: cela étant fait, on a élu autres Juges, jusqu'au nombre de douze, lesquels ne sont Magistrats, ni Juges ordinaires, mais choisis indifféremment: à ceux-ci on bailla tout le procès. Le jour susdit de Mercredi, ces Juges se représenterent en une grande place publique, en la présence de tout le Peuple qui y voulut aller. Là furent menés sept Criminels à chacun d'eux, & par ordre fut lu le procès. Après cette lecture on les avertit de choisir Avocat, Procureur, ou autre indifféremment, pour plaider leur cause, ou parler pour eux, dire & alléguer tout ce qu'ils pourront, ou voudront pour leur défense ou justification: s'ils demeurent sans réplique suffisante, comme firent ces Conjurateurs ici, les douze Juges, qu'on appelle seulement

(1) Antoine Babington, jeune homme de très bonne Maison, bien fait & plein d'esprit, zelé Catholique & non moins zelé pour Marie Stuart. Il avoit été gagné par l'Evêque de Glasgow, Ambassadeur de cette infortunée Princesse, & par le sieur de Morgan. Babington fut exécuté à mort, comme on le dit ci-après. Le plan, si la conjuration réussissoit, étoit de tirer Marie de prison, de la mettre aussi-tôt à la tête d'une Armée de Catholiques, qu'on avoit levée secretement dans les Provinces occidentales du Roïaume, & de l'y proclamer Reine d'Angleterre.

(2) On assure que Babington, comptant sur la parole de Ballard, se flattoit d'épouser Marie, & que se croïant déja Roi, il avoit résolu de donner à ce Jésuite l'Archevêché de Cantorberi, & à Barnwelt la charge de Chancelier d'Angleterre.

les

1586.

CONJUR. DES LIG. CONTRE LA REINE D'ANGLETER.

» les douze Hommes, prononcent la Sentence devant un chacun, avec remontrance au Peuple, de l'énormité de la faute des Criminels, & de l'équité de la Sentence. Afin que comme le Peuple est spectateur de l'espece du supplice, il soit aussi édifié en la justice & équité de l'exécution. Laquelle néanmoins est différée jusqu'à tel temps que la nécessité & exigence de l'affaire le pourroit requerir. Ce qui sert d'une merveilleuse torture aux coupables, qui ont aussi par tel répit, moïen de découvrir leurs complices, & requerir quelque remission ou modération des peines qui leur sont imposées : ce delai sert aussi quelquefois à induire & fléchir au sentiment du péché commis les cœurs plus endurcis, pour s'humilier sous le Jugement de Dieu.

» On en fit de même à sept autres Gentilshommes Vendredi dernier, & à une femme qui avoit emploïé ses deux enfans en cette conjuration, l'un desquels s'est crevé le ventre avec les fers de sa ceinture, depuis trois semaines, & puis s'est pendu.

» Hier, qui étoit le dernier jour de Septembre, selon la supputation de France, on exécuta à la mort sept Gentilshommes : aujourd'hui, premier d'Octobre, autres sept. Entre les premiers étoit celui que nous avons dit avoir espéré d'être Roi, épousant la Reine d'Ecosse, nommé Babynghon (1). Le second, Ballard, Prêtre Jesuite (2). Le troisieme, Saurage (3), qui avoit servi le Prince de Parme.

» Le quatrieme, Barvoye (4), Hollandois Jurisconsulte : le cinquieme, Tiburce (5), Gentilhomme : le sixieme, Tineler (6), un des cinquante Gentilshommes pensionnaires de la Reine : le septieme, Balbynthon (7), aussi Gentilhomme fort accort. Tous ont découvert de grandes affaires.

(1) Babington; le même qu'on a nommé ci-devant.

(2) Les Historiens d'Angleterre disent seulement que c'étoit un Prêtre Anglois du Séminaire de Reims; mais M. de Thou le dit Jesuite. C'étoit un homme très remuant & fort intriguant. Il étoit passé de France en Angleterre, pour presser Babington, qui tardoit trop à son gré.

(3) C'est Sauvage, Anglois : On assure que Gilbert *Gifford*, Docteur en Theologie dans le Séminaire de Reims, Robert *Gifford* & *Hogdeson*, Prêtres Anglois, lui avoient persuadé que c'étoit une action méritoire de tuer la Reine Elisabeth, & qu'ils lui en avoient fait faire le vœu à Paque de l'an 1586. Sauvage avoit servi dans l'Armée du Prince de Parme.

(4) Barvoie; M. de Thou le nomme *Barnwelt*, Ce Jurisconsulte étoit d'une bonne Famille d'Irlande, & non Hollandois, selon Cambden.

(5) M. de Thou (Hist. L. 86) le nomme Tickburn.

(6) Tilney, selon M. de Thou, ibid.

(7) C'est Babington, de la même maison que celui qu'on a nommé ci-dessus.

1586.

CONJUR. DES LIG. CONTRE LA REINE D'ANGLETER.

» Ces misérables s'étoient de longue main tellement persua-» dé quelques effets heureux de leur conjuration, que même » sur l'échafaud, entre le feu & le glaive, ils menaçoient ce » Roïaume d'une horrible vengeance, que devoient prendre » & bientôt faire de leur mort, ceux de leurs complices qui » viendroient après eux : laquelle ils figuroient devoir être si » étrange, que les rues de cette Cité & de toutes les autres Vil-» les ruisselleroient de sang. Mais Dieu fera que ce qu'ils pro-» jettoient sur nous, leur adviendra.

» L'espece de mort à laquelle ils ont été condamnés a été » telle. On faisoit semblant de les pendre, mais la corde qu'ils » avoient au col, n'étoit attachée à la potence, ains tout vifs, » tomboient à bas, ils étoient alors reçus par quatre Exécu-» teurs, qui les jettoient sur un établi, leur coupoient les gé-» nitoires & les jettoient au même instant dans un grand feu. » Le cœur leur étoit arraché, & leur en battoit-on les joues » avec prononciation de ces mots ; voilà le cœur d'un traitre.

» Le dernier de ces sept étant au suplice, usa de grandes » menaces envers le Peuple, disant que ce seroit chose horri-» ble du sang qui seroit bientôt épandu en ce Païs. Mais inter-» rogé pourquoi ? & de qui il vouloit parler, ne voulut rien ré-» pondre. Telle fut l'exécution & la fin des conjurateurs (pour » lors condamnés) contre leur Reine ointe de Dieu, contre » leur Patrie, & contre un nombre infini d'ames innocentes, » desquelles ils avoient, sans cause, résolu la perdition. L'ire » de Dieu marche lentement, mais enfin elle surprend les cau-» teleux en leurs astuces.

VOYAGE ET RETOUR DE FR. DRAKE.

Puisque nous sommes sur l'Angleterre & qu'en cette même Saison ce grand Capitaine Drake (1) retourna des Indes, avec de grandes dépouilles qu'il avoit conquises sur les Espagnols, il est bon d'en dire en passant un petit mot.

Il étoit parti d'Angleterre avec un bon nombre de Vaisseaux, l'an 1585, à la fin du mois d'Août. Il retourna à la fin de Juillet en l'an 1586. Il fit pour aller au Perou plus de deux mille cinq cens lieues de Mer. Il passa, en allant, par les Isles du Cap Vert. De là il aborda à l'Isle Saint-Jacques où il se remboursa & récompensa d'autant que pouvoient monter les frais qu'il avoit faits pour dresser son équipage de Mer. De cette Isle il détourna son chemin & fit voile droit en même éléva-

(1) Voïez la fin du Tome I, où l'on a déja parlé de Drake.

tion vers l'Occident, & arrivant à l'Isle Espagnole, d'abordée il prit Saint-Domingo, où il fit très bien ses affaires. Aïant fait cet exploit, il tourna droit au midi, & prit au Continent des grandes terres d'Amérique.

1586.

VOYAGE ET RETOUR DE FR. DRAKE.

Ceux de la Ville de Carthagène (Ville très forte, bien peuplée & pleine de toutes sortes d'armes) aïant déja oui le vent des exécutions & inopinées courses & invasions de Drake, prennent l'allarme, & avec beaucoup d'appareil de guerre, se disposent d'arrêter ses courses & le défaire. Mais ce Capitaine assisté de plusieurs Anglois de valeur fut si heureux, & conduisit son entreprise si dextrement & à propos, qu'étant aussi-tôt abordé qu'étoient arrivées les nouvelles de lui, les Espagnols l'eurent sur les bras, avant qu'avoir bien avisé du moïen de lui résister, beaucoup moins de le combattre. Toutefois étant de longue main munis, agueris & bien armés, s'ils furent furieusement assaillis, ils ne se défendirent moins courageusement. Le combat dura longuement : mais il fallut enfin que la multitude cédât à la valeur du petit nombre, lequel combattoit tellement pour la conquête & le butin, que c'étoit principalement pour le salut & pour la vie, car la retraite étoit longue, & n'y avoit nulle espérance de rafraîchissement, outre la cruauté de cette Nation en ses victoires, de laquelle l'Anglois (auquel les Espagnols portent une haine mortelle) n'eût pas reçu petite part. Dieu y pourvût pour ce coup, & favorisa tellement les Anglois, que ce fut aux Espagnols de quitter les trésors qu'ils avoient amassés, avec le sang & la vie des pauvres Insulaires, & racheter la leur par la fuite aux plus prochaines Montagnes.

La Ville, ainsi abandonnée par les gens de guerre, demeura en la puissance du Capitaine Drake, d'où il retira grande quantité de pauvres François esclaves, que les Espagnols avoient pris en divers endroits, & lesquels ils traitoient avec cruauté étrange, les asservissant non comme esclaves, mais plus inhumainement que bêtes brutes. Le Turc n'eût usé envers eux de telle cruauté. Il y en avoit aussi d'autres de diverses Nations, même des Turcs.

Il se trouva en cette Ville-là un trésor incroïable de marchandises de toute espece, grande quantité d'artilleries, poudres & autres munitions de guerre. Plusieurs Vaisseaux, & quantité d'or & d'argent.

Le Capitaine Drake, aïant pourvu à sa sûreté & de sa troupe,

1586.

VOYAGE ET RETOUR DE FR. DRAKE.

fit charger dans les Vaisseaux qu'il voulut ramener, en nombre de vingt-cinq ou trente, le plus beau & le meilleur des marchandises, ensemble tout ce qu'il voulut choisir de munitions, de poudres & vivres, qui étoient en si grande quantité, que, ne pouvant tout emporter, il fit mettre le feu ès poudres, & brûla toutes les marchandises, vivres & autres choses, dont les Espagnols, retournant après son départ, se fussent pu accommoder. Il fit aussi charger grande quantité de fort belle artillerie de fonte, qui étoit dessus les fusts ès Places susdites. Il y en avoit plus de trois cens pieces, tant petites, que grosses. Il en fut compté, lorsqu'il arriva en la riviere de Londres, à son retour, trente-deux pieces très grosses & belles, & y en avoit plusieurs, lesquelles avoient été aussi au feu Duc de Saxe (1), qui fut Prisonnier de l'Empereur Charles V.

Il n'oublia pas l'image du Crucifix tout massif d'or, lequel il avoit conquis à Saint-Domingo.

Après une si merveilleuse & inopinée expédition, & quelque séjour, s'étant rembarqué à loisir, sans perte d'hommes, qui soit digne de remarque, il prit pour son retour, une toute contraire route à celle par laquelle il étoit allé. Car, étant passé par la Côte d'Espagne, par les Canaries, & le long de l'Afrique, il retourna par la Côte de la Floride & de Norumbega, montant vers notre Pôle jusqu'à quarante-cinq & cinquante dégrés, pour éviter le passage des Isles des Essores (2), où les Espagnols & autres le vouloient charger à leur avantage.

Sa route de retour par ce moïen fut heureuse, & arriva sur la fin de Juillet en la riviere de Londres, chargé des dépouilles & richesses Espagnoles, avec un notable exemple de la vangeance que Dieu prend, quand il lui plait, des cœurs hautains & enflés d'arrogance, par une main abjette, & en apparence contemptible. Car si l'Espagnol, qui se fait croire le plus grand Monarque de la Chrétienté, a eu à contre-cœur, & mal en gré le chatiment que Dieu a commencé sur sa fierté & hautesse cruelle; je le laisse à penser à ceux qui ont quelque peu de connoissance de l'humeur de cette Nation.

La Reine d'Angleterre eut pitié des pauvres Esclaves que Drake avoit ramenés, qu'elle mit en liberté, & principalement les

(1) C'est Jean Frideric, Electeur de Saxe, surnommé le *Magnanime*; il se fit Chef de la Ligue de Smalcade en 1536, ce qui lui attira la haine de l'Empereur Charles V. Il soutint plusieurs guerres contre cet Empereur. Mais aïant perdu la Bataille de Mulberg, il fut fait prisonnier le 24 Avril 1547, & dépouillé de son Electorat & de la plupart de ses biens. Il mourut le 3 Mars 1554.

(2) Ce sont les Açores.

François, aucuns desquels elle donna au sieur de Châteauneuf Ambassadeur pour le Roi de France en Angleterre. 1586.

En ce même-temps prospéroient aussi les affaires de la Reine d'Angleterre ès païs de Flandres & Zelande, ès Villes qui s'étoient mises en sa protection, & s'y fortifioit de jour en jour le Comte de Lestre, Chef de son Armée.

L'Espagnol semblablement avoit de grands succès sur les Villes, lesquelles étoient en ce même Païs demeurées neutres. Il prit quelques Places au païs de Gueldres, & en l'Archevêché de Cologne, comme aussi la Ville de Neus (1), Place forte. Il assiégea au même-temps Berck, du côté de Westphalie : toutefois ses grands efforts peu après s'alentirent, à cause, comme on estimoit, des grands préparatifs de l'Armée épouvantable d'Espagne, laquelle depuis, étant la terreur de la Terre, vint périr malheureusement ès Côtes d'Angleterre & d'Ecosse, comme il sera vu en son lieu.

Ce qui est accordé entre la Reine-Mere du Roi, & le Roi de Navarre (*).

Il a été parlé ci-dessus de l'entrevue de la Reine-Mere, & du Roi de Navarre à Saint-Bris prés Jarnac, environ le 22 Décembre, ensemble des divers discours & propos qui se passerent de part & d'autre, & comment finalement (aprés plusieurs délais & remises) une treve fut conclue. Or afin de ne te celer rien de ce qui en est parvenu à ma connoissance, il m'a semblé bon insérer en ce petit Recueil, ce qui fut lors accordé par cette treve, comme il s'ensuit.

Que la treve soit continuée jusqu'au sixieme de Janvier, afin que ladite Dame puisse envoïer devers le Roi, pour savoir sa volonté sur ce qui a été proposé. Et lors, si on ne s'accorde, ladite treve sera prolongée de quinze jours, pour se retirer, ou bien de plus long terme, s'il est avisé, pour envoïer querir lesdits Députés. En laquelle treve seront dorenavant compris, le Loudunois & Mirebalois.

Que ce pendant, & pour empêcher les désordres qui pourront advenir pour la levée des tailles & contributions, elles

(1) C'est Nuys, Ville d'Allemagne en l'Archevêché de Cologne, proche du Rhin.

(*) Voïez l'Histoire de M. de Thou liv. 86. ann. 1586.

1586. Entrevue de S. Bris.

cesseront pour le soulagement du Peuple. Et pour l'entretenement des garnisons ès Places que tiennent ceux de la Religion Prétendue Réformée, leur sera baillé dans le premier jour de Janvier, la somme de quinze mille écus comptant, ou leur seront délaissés des Villages ou Paroisses, pour lever la somme de quinze mille écus, dont leur sera donné rôle & état, duquel ils conviendront. Et au cas que la condition de païer lesdits quinze mille écus comptant audit premier de Janvier, pour tout le quartier, ne soit acceptée par ladite Dame, sera aussi en même-temps laissé fonds en autres Paroisses & Villages, dont pareillement ils conviendront, de la somme de huit mille cinq cens écus, pour le mois de Mars, & parfait paiement dudit quartier. Et moïennant ce, seront levées les tailles par les Officiers du Roi, pour le quartier de Janvier, Février & Mars. Et quant à ce qui en est dû du passé ès lieux où les mandats de ceux de ladite Religion ont été reçus, demeurera en surséance jusqu'après ladite treve.

Pareille surséance est aussi accordée pour les décimes, biens, rentes & revenus Ecclésiastiques, non levés par les Receveurs ou Fermiers desdits de la Religion, ès lieux où ils les ont ci-devant levés; & semblablement pour les biens, revenus, & meubles saisis & inventoriés, tant des Catholiques, que de ceux de ladite Religion, non vendus, ès Provinces comprises en ladite treve, à quoi ne sera touché d'une part ne-d'autre.

Demeureront auxdits de la Religion les tailles des Villes & Fauxbourgs qu'ils tiennent, ensemble les péages vieux & nouveaux ci-devant imposés en icelles.

Jouiront lesdits de la Religion, des sels imposés sur eux, selon le contenu des Lettres Patentes du Roi, envoïées au sieur Coinard. En païant, dans dix jours après la publication d'icelles, par les Propriétaires, deux écus pour muid; ou baillant caution pour les païer dans deux mois. Et moïennant ce, pourront vendre & disposer desdits sels, soit paix ou guerre, à leur volonté.

Les gens de guerre, de part & d'autre, se contiendront dans leurs garnisons, sans faire aucunes courses, foule, ni oppression, aux Bourgs, Villages, ne plats-païs, des Provinces comprises en ladite treve, sur peine de rigoureuse punition.

Et pour avertir de ce que dessus les Parens, Alliés, Amis & Serviteurs du Roi de Navarre, seront baillés par ladite Dame les passeports dont elle sera requise & suppliée; afin aussi que ledit Seigneur Roi de Navarre puisse faire entendre au Roi le devoir auquel il s'est mis, pour acheminer les choses à une bonne paix, desirant lui envoïer un Gentilhomme exprès, qu'il plaise à ladite Dame lui bailler un Passeport.

1586. ENTREVUE DE S. BRIS.

Fait à Tors, les dix-neuvieme de Décembre 1586.

Ainsi signé, HENRI.

Et au-dessous, BERZIAU.

INSTRUCT. DU ROI DE NAV. A SES AMIS.

SUIVANT ce que dessus, le Roi de Navarre, pour ne rien obmettre du desir qu'il a toujours eu à la pacification des misérables troubles de ce Royaume, & pour y disposer, tant ceux des Eglises de France, que tous ses Amis, Alliés & Serviteurs, dépêcha Gentilshommes notables en divers endroits, tant de ce Royaume, que hors d'icelui, avec Lettres de Créance, & Mémoires assez amples pour les informer de tout ce qui s'étoit passé en cette entrevue: afin aussi que rien ne leur en fût déguisé ou falsifié, comme il est souvent advenu en ces guerres intestines, par ceux qui n'épient rien tant que le moïen de déjoindre les cœurs unis en un bon & saint œuvre, comme est la querelle de si long-temps en tant de sortes débattue contre la Ligue Romaine, ennemie de tout repos, la somme des Lettres de Créance en revenoit là; qu'il envoïoit vers ceux auxquels il adressoit les Lettres, le Gentilhomme Porteur, pour les visiter, & leur faire entendre l'état des affaires communes, & comme toutes choses étoient passées à l'entrevue de la Reine & de lui; qu'il les prioit de croire le Porteur, tant des particularités de cette entrevue, que de tout ce qu'il leur diroit de sa part. Les prioit aussi avoir toujours bon courage, & ne s'ennuïer point, pour l'espérance qu'il avoit de l'heureuse issue de tant de travaux. Que de sa part il n'obmettroit rien de ce qui seroit de son devoir, & de la commune conservation de tous. Quant aux Mémoires, l'écrit, qui ensuit, en contient la somme.

Le Roi de Navarre, Protecteur des Eglises Réformées de France, estimant être de sa charge & de son devoir, après tant d'orages qui ont passé, de visiter & confirmer en bonne espérance ce qui reste de la dissipation, a bien voulu dépêcher le sieur de N., pour représenter à tous ceux qu'il trouvera de la Religion en la Province de N., ce qui est de l'état des affaires communes d'icelle.

1586.

INSTRUCT. DU ROI DE NAV. A SES AMIS.

Et à cet effet ledit sieur de N. se transportera par devers les Seigneurs Gentilshommes, & autres personnes de moïen & de qualité, qui sont retirées en leur maison ou en autres lieux de ladite Province, pour la rigueur des Edits (si faire se peut qu'il les puisse trouver) & leur dira, comme aïant finalement, après tant d'empêchemens & remises que la défiance apporte, vu la Reine-Mere du Roi, près Cognac, il n'a voulu entrer en aucun traité de paix, mais seulement écouter tout ce qu'on lui devoit proposer pour y parvenir, aïant promis de ne rien faire de telle importance, sans l'avis des Eglises, de ses Parens, Amis, Alliés & Serviteurs.

Que reconnoissant l'honneur que ladite Dame lui faisoit, en la peine qu'elle avoit prise en cet âge, & en ce temps, de le venir trouver de si loin, il auroit, après plusieurs discours, qu'elle lui auroit faits, de son desir & inclination à la paix, consenti une treve de deux mois ès Provinces circonvoisines, à savoir, haut & bas Poitou, Loudunois & Mirebalois, Angoumois & Saintonge, tant deçà, que de-là la riviere de Charente, Ville & Gouvernement de Brouage, Païs d'Aunis, Ville & Gouvernement de la Rochelle, pour ce pendant envoïer querir les Députés, tant desdites Eglises de France, que des Alliés & Confédérés dehors du Royaume, pour traiter de ladite paix.

Mais qu'aïant député & envoïé M. de Turenne, & six personnes d'honneur à Cognac, pour accorder des conditions nécessaires à l'entretenement de ladite treve, icelle Dame (entre autres discours) lui auroit déclaré que le Roi ne vouloit souffrir qu'une seule Religion, à savoir la sienne, ce qu'elle auroit bien voulu lui déclarer franchement, pour ne tromper personne lui commandant de le dire audit Seigneur Roi de Navarre, & à ceux de son parti.

Ce qu'aïant ledit sieur rapporté, comme le Seigneur retournoit pour la troisieme fois au lieu de l'entrevue, ladite Dame lui en auroit aussi pour la troisieme fois fait plus particuliere déclaration, & commandé de le faire entendre aux Seigneurs & Gentilshommes étant avec lui, & rapporter le lendemain la réponse à ladite Dame. Ce que lui remontrant ledit Seigneur Roi être impossible d'accorder, après avoir supporté tant d'années la pesanteur des armes pour conserver ce point, & que si ainsi étoit, il n'eût été besoin qu'elle eût pris tant de peine pour la perdre; ele insista néanmoins de telle sorte, que ledit sieur Roi prit congé d'elle. Et aïant le soir même

à

à Jarnac fait entendre à toute l'assistance ce qu'elle lui auroit dit, tous aïant unanimement répondu qu'il étoit impossible, d'un commun avis il dépêcha le lendemain matin devers elle les sieurs de Montguion & de la Force, pour la supplier très humblement leur déclarer derechef si telle étoit la derniere résolution du Roi, parcequ'ils étoient aussi tous résolus, après avoir épandu leur sang & combattu pour une si juste querelle, de vivre & mourir encore pour la manutention d'icelle, & sur ce finir la treve, qui expiroit six jours après.

1586.

INSTRUCT. DU ROI DE NAV. A SES AMIS.

Sur quoi elle renvoïa Monseigneur de Montpensier & M. le Maréchal de Biron pour s'excuser, qu'elle n'avoit ainsi cruellement parlé, & que ce discours étoit d'avis & non de résolution, demandant toutefois délai jusqu'au sixieme du mois prochain, pour envoïer M. de Rambouillet devers le Roi savoir sa réponse. Attendant laquelle ladite treve a été continuée, selon les articles qui en ont été accordés.

Depuis ledit Seigneur Roi est revenu en la Rochelle, d'où il a pareillement dépêché un Gentilhomme vers Sa Majesté pour lui faire entendre comme le tout s'est passé, à celle fin qu'Elle connoisse en quel devoir ledit Seigneur Roi de Navarre s'est mis.

Ce que semblablement il a voulu faire auxdites Eglises & aux Principaux faisant profession de la Religion, pour les rendre capables, de la façon qu'on y a procedé : afin que nos adversaires ne donnent point à entendre les choses autrement qu'elles ne sont à leur accoutumée, pour nous rendre odieux les uns aux autres, étant leurs ordinaires artifices pour nous diviser.

Semblable dépêche fait ledit Seigneur Roi de Navarre aux autres Provinces & Seigneurs Etrangers, qui tiennent notre parti & desquels on espere le secours.

Maintenant qu'ils sauront l'état auquel nous en sommes, ledit sieur Roi les prie de lui donner leur avis sur ce qui est à faire, desirant en ce qui concerne principalement le service de Dieu & le repos commun de toute son Eglise, y marcher, comme il a fait ci-devant, non de son opinion seule, mais par le conseil & consentement de tous.

Leur faire entendre que compatissant à la misere, aux peines & vexations que tant de personnes souffrent en leurs ames, corps & biens : aux gémissemens de tant de pauvres familles écartées & privées de leurs commodités, il a toujours desiré

1586. INSTRUCT. DU ROI DE NAV. A SES AMIS.

pour leur délivrance qu'il plût à Dieu nous donner une bonne paix : mais que voïant les ruses & artifices de nos adversaires, & leur dureté, il a patienté, aïant trouvé les peines & fatigues légeres, quelles qu'elles fussent, pour une si juste querelle.

En quoi il a senti une très grande faveur & assistance de Dieu ; aïant vu ce qu'il n'eût osé penser, & fait ce qu'il n'eût jamais cru. Sur quoi il exhorte ceux qui sont demeurés fermes, attendant la volonté de Dieu, de persévérer & espérer bientôt une bonne issue.

Et ceux qui par infirmité ou une infinité de maux ont été contraints de succomber, qu'ils gardent leurs cœurs à Dieu & ne laissent éteindre le zele dont ils sentent encore le feu, espérant leur délivrance, afin que moïennant icelle & la grace de Dieu, ils puissent se réunir & joindre au corps dont ils sont parties.

Qu'ils s'assurent & les uns & les autres, qu'il ne fera jamais paix, que les choses ne soient rétablies autant deça, que delà Loire : & que ledit Seigneur Roi pourvoira à toutes sûretés nécessaires pour la retraite, en cas d'inconvénient : autrement ne se fera rien.

Que comme le Roi de Navarre leur porte, & à tout ce qui les concerne, une singuliere affection, qu'ils lui rendent aussi le réciproque, afin que Dieu bénissant une telle correspondance nous puissions tous sentir à son honneur & gloire, le fruit qu'une telle union & concorde apporte à la confusion des Ennemis.

Toutes autres particularités nécessaires à ce sujet représenter, a ledit sieur de N. auxdits de la Religion, selon ce qu'il a vu & entendu par le cours des affaires, étant impossible de le réduire entierement par écrit.

Et sur toutes choses les assurera de la ferme & constante résolution dudit Seigneur Roi, & de ceux qui l'assistent, d'emploïer leurs vies & moïens pour la gloire de Dieu & délivrance de son Eglise.

A la Rochelle, le 29 jour de Decembre 1586.

Ainsi signé, HENRI.

Et au-dessous, BERZIAU.

Cette treve fut sans effet par l'artifice de ceux de la Ligue, qui ne redoutoient rien tant que la paix, & ne tâchoient que d'amuser le Roi de Navarre, pour le surprendre s'ils pouvoient. Tellement que la Reine s'en retourna sans rien faire. Joint qu'en ce même temps s'augmenterent les défiances à la Cour, & les diverses factions, chacun des Chefs de la Ligue voulant sous l'apparence du maintien de la Religion Romaine, bâtir les fondemens de sa grandeur. Ce qui donna l'argument de quelques Carmes François (1), lesquels en peu de mots représentent l'horrible confusion où étoit réduit l'Etat de la pauvre France. 1586.

Les Carmes sont tels :

LE ROI.

Je desire la Paix, & la Guerre je jure.

GUISE.

Mais si la Paix se fait, notre espoir n'est plus rien.

DUC DE MAYENNE.

Par la Guerre nous croît le crédit & le bien.

CARD. DE GUISE.

Le temps s'offre pour nous, avec la couverture.

LE ROI DE NAVARRE.

Qui comptera sans moi, pensant que je l'endure,
Il comptera deux fois, je m'en assure bien.

LE CARDINAL DE BOURBON.

Chacun peut bien compter cela qu'il prétend sien.

LA REINE-MERE.

La dispute ne vaut, tandis que mon Fils dure.

LE PAPE.

Nénnmoins poursuivons la Ligue en ses projets.

L'EMPEREUR.

Le Roi doncques perdra la France & ses Sujets.

LE ROI D'ESPAGNE.

Si la France se perd, je l'aurai tôt trouvée.

LA FRANCE.

Tout beau, il ne faut pas tant de chiens pour un os.
Et ceux-là n'ont pas bien ma puissance éprouvée,
Qui, pour l'ambition, me troublent le repos.

(1) C'est-à-dire, Vers. En Latin *Carmina*.

1587.

Avertissement.

AU commencement de l'année 1587, les bruits s'épandirent par la France du remuement qui étoit en Allemagne, & des préparatifs de l'Armée qui devoit venir en France pour le secours du Roi de Navarre & des Eglises réformées. Ces bruits augmenterent la crainte de plusieurs, & réveillerent ceux qui s'attendoient bien de l'empêcher. Pour pourvoir à leur fait, ceux de la Ligue faisoient de toutes parts leurs préparatifs, tant en deniers qu'en hommes. Le Roi de son côté n'omettoit rien pour préparer son Armée. Et de fait il fit, au mois de Juin, publier un Edit pour la convocation de sa Gendarmerie, duquel la teneur ensuit.

EDIT DU ROI.

Pour assembler son Armée, pour aller au devant des Allemands.

DE PAR LE ROI.

NOTRE amé & féal, c'est maintenant chose très certaine que les Allemands sont à cheval, & marchent en grand nombre pour venir en notre Royaume, au secours de ceux qui se sont opposés par armes à l'exécution de l'Edit que nous avons fait, pour réunir tous nos Sujets à la Religion Catholique, Apostolique & Romaine, & qu'il est temps que ceux qui sont affectionnés à l'honneur de Dieu & à la conservation de notredit Royaume en son entier, nous aident à défendre l'un & l'autre. Etant bien résolus d'y mettre tous les moïens qui nous restent, jusqu'à y exposer notre propre vie, laquelle nous tiendrons très bien emploïée en cette occasion, quand il plairoit à Dieu d'en disposer. Esperant qu'il nous fera la grace de faire paroître aux yeux de tout le monde, par effets dignes d'un Roi Très-Chrétien, & vrai Protecteur de ses Sujets, que nous avons toujours eu la volonté très droite à la vraie restauration de sa sainte Eglise Catholique, & à leur bien & conservation. A cette fin nous avons délibéré de mettre sus, & assembler le plus diligemment qu'il nous sera possible, une bonne & forte Armée, & de marcher en personne en icelle. Laquelle desirant composer d'un bon nombre des Compagnies de nos Ordonnances, qui a toujours été la principale force de notredit Royaume, Nous vous mandons & enjoignons par ces présentes, soudain que vous les aurez reçues, faire publier à son de trompe & cri public, par tous les lieux & endroits de votre Ressort & Jurisdiction accoutumés à ce faire, que tous Capitaines, Membres, Hommes d'armes, & Archers des Compagnies ci-après nommées, aient à monter à cheval, pourvus d'armes & en équipage requis & ordonné par nosdites Ordonnances, pour s'acheminer & rendre aux lieux & endroits désignés & spécifiés par la présente. C'est à savoir, en notre Ville de Chaumont en Bassigny, le vingtieme jour du prochain mois de Juillet, les Compagnies qui sont sous la charge de nos très chers & amés Neveux, le Marquis du Pont-à-Mousson, & François M. de Lorraine; de nos très chers & amés Cousins, le Duc de Guise, Prince de Joinville, Ducs de Mayenne, & Nemours; de nos très chers & amés Beau-freres, les Marquis de Chaussin, & Comte de Challigny; de nos très chers & amés Cousins, les Ducs d'Aumalle & d'Elbeuf, Marquis de S. Sourlin, de Henri Monsieur de Lorraine, sieur de S. Vallier, Duc de Piney, & Comte de Charny, Grand Ecuïer de France; des sieurs de Biron, de Torcy, Comte de Cerni, de Brissac, de la Chastre, de Brosse, de Chaulnes, de Tavanes l'aîné, Vicomte de Tavanes, de Moy, de Pont Saint Pierre, Huqueville, de Sagonne, d'Amblise, de Saultour, de Rosni, & Baron de Luz. En la Ville de Saint-Florentin, située sur le chemin d'entre celles de Troïes & Auxerre, le premier jour du mois d'Août; celles de nos très chers & très amés Cousins, les Duc de Savoie, Comte de Soissons; de notre très cher & amé Beau-frere, le Duc de Mercœur; de nos très chers & amés Cousins, les Ducs de Nevers & de Longueville, Comte de S. Pol, Comte de Rhetelois, Ducs d'Espernon, de Rets, & de Piennes, des sieurs de la Chapelle aux Ursins, de Crevecœur, de la Guische, d'O, de Pierrecourt, de Meru, de Thoré, de Thevalle, des sieurs de Suze, pere & fils, de Rostaing, de Maintenon, de Poigny, Charles de Birague, Comte de Maulevrier, Marquis de Nesle, la Vieuville, de Randan, Desarpentis, d'Inteville, Comte de Torigny, Marquis de Curton, Marquis d'Allegre, de Givry, de Chanplemis, de Rothelin, de Riberpré, de Humieres, de Bacqueville, de Fours, de Mauvissiere, Comte de S. Triviers, des sieurs de Palaiseau, Vicomte d'Auchy, de Meillau, de Leissins, de Montcassin, de Saint Falle, Comte de Lamirande, de Breaulté, de S. Forgeul, Comte de

1587. Grandpré, de Lieudieu, de l'Archam le jeune, Delbeine, & Dorgerus. Et en notre Ville de Gyen, sur la riviere de Loire, ledit premier jour d'Août, celles qui sont sous la charge de nos très chers & amés Cousins, les Princes de Conty, Duc de Montpensier, Princes de Dombes, sieurs de Biron & Daumont, Maréchaux de France, & Comte de Montbazon, des sieurs de Villequier, Descars, de le Vauguyon, & de Villequiere l'aîné, des Marquis de la Chambre & de Belisle, des sieurs d'Antragues, Vicomte de la Guierche, Comte de la Suze, de Sanssac, de Chasteauneuf, de Coasquin, de Chemeraut, Marquis de Canillac, de la Rochepot, de Rochefort, la Croisette, Comte de Créance, Comte de Bouchage, Baron de Biron, de la Coste de Maiziere, de Sourdis, de Montluc, Daubijoux, d'Ampierre, de Saint Sulpice, de Racan, de Termes, de Boisdauphin, Comte d'Aubijoux, d'Abin, du Fargis, de Narmonstier, de Pompadour, de Vallance, de Montsoreau, de Crissey, Comte de Chemillé, de Noailles, de Roillac, de la Roche de Bretagne, Baron Dupont, de la Fretté, de Chazeron, de Charlus, d'Aubeterre, Dachon, Dasserac, de la Bourdaisiere & de Montigny. A tous lesquels Capitaines, Membres, Hommes d'armes & Archers desdites Compagnies, nous mandons & ordonnons de partir incontinent de leurs maisons au susdit équipage, & s'acheminer auxdits lieux, par les plus droits & courts chemins que faire se pourra, pour s'y rendre & trouver audit temps, sans y faire faute; pour nous servir & accompagner en notredite Armée contre lesdites forces étrangeres, & autres qui les guideront & accompagneront, donnant chacun d'eux un rendez-vous à leursdits Membres, Hommes d'armes & Archers, le plus à propos & commode qu'ils pourront choisir, eu égard à leurs demeurances, pour s'y assembler. Afin que chacune Compagnie marche, & s'il est possible, arrive ensemble au rendez-vous avec sa Cornette, pour obvier aux désordres que font ordinairement les gens de guerre qui s'écartent & marchent par Païs sans leurs Chefs. Et pareillement discerner & mieux reconnoître ceux qui marcheront pour notre service. Nous commandons & ordonnons aussi auxdits Capitaines & Membres desdites Compagnies, d'avertir par homme exprès les Maréchaux de Camp qui seront par nous envoïés auxdits lieux de Chaumont, Saint-Florentin & Gyen, pour recueillir & faire les départemens des Logis desdites Compagnies, de leur venue, & du nombre d'hommes qu'ils meneront avec eux, quatre ou cinq jours devant que d'ar-

EDIT DU ROI.

river auxdits lieux, pour savoir desdits Maréchaux de Camp ce qu'ils auront à faire, & où ils auront à loger, afin d'y aller droit, & n'approcher davantage lesdits rendez-vous, tant pour éviter la confusion, que pour soulager le Païs, tant que faire se pourra. Et quant aux autres Compagnies qui sont emploïées en nos autres Armées & Provinces, nous entendons qu'elles obéissent aux Commandemens que nous leur avons faits d'y servir par nos Lettres particulieres, & que les Capitaines, Membres, Hommes d'armes, & Archers de celles qui n'ont eu commandement particulier de marcher, & ne sont comprises en la présente publication, aient à se tenir prêts en leurs maisons pour monter à cheval, & nous faire service au premier mandement qui leur en sera fait. Et combien que, par les Ordonnances susdites des Rois nos Prédécesseurs & nôtres, il soit ordonné que lesdits Chefs, Hommes d'armes & Archers, ne seront païés qu'après être enrôlés, & avoir servi l'espace de trois mois entiers; néanmoins pour le desir que nous avons de favorablement traiter lesdites Compagnies, & les rendre plus fortes & complettes, nous voulons qu'à tous les Membres, Hommes d'armes & Archers desdites Compagnies, qui comparoîtront à la montre que nous leur feront faire, & y seront présentés par lesdits Capitaines, il leur soit ordonné paiement par les Commissaires & Contrôleurs, tout ainsi qu'aux vieux Enrôlés, nonobstant lesdites Ordonnances : auxquelles nous avons dérogé, & dérogeons par ces présentes pour les considérations dessus dites; pourvu que lesdits Membres, Hommes d'armes & Archers y comparoissent montés & équippés comme ils doivent être. Commandons auxdits Commissaires & Contrôleurs de suivre en cela notre intention. Et d'autant que nous avons sur toutes choses en singuliere recommandation, le soulagement de notre pauvre Peuple, qui est d'ailleurs par trop travaillé & affligé en toutes manieres, à notre très grand regret & déplaisir : Nous enjoignons très expressément auxdits Chefs, Membres, Hommes d'armes & Archers desdites Compagnies, s'acheminant auxdits rendez-vous, de vivre & se gouverner si modestement, que notredit Peuple n'en reçoive foule & oppression, ni nous aucune plainte, sur peine d'être punis selon la rigueur de nosdites Ordonnances.

1587.

EDIT DU ROI.

Donné à Meaux, le vingt-troisieme jour de Juin 1587.

signé, HENRI.

Et plus bas, DE NEUFVILLE.

1587.

Avertissement.

PENDANT que les préparatifs pour recevoir l'Armée Etrangere se font au cœur de la France & sur les avenues du chemin que cette Armée vouloit prendre, il se passoit beaucoup d'Exploits de Guerre en divers lieux & Provinces, mais singulierement en Dauphiné : comme il se peut voir par l'avertissement qui en fut donné au Roi de Navarre, duquel la teneur ensuit.

MEMOIRES

*De ce qui s'est passé en Dauphiné, depuis le mois d'Avril Jusqu'au vingtieme de Décembre 1587 *.*

APRÈS le Siege de Corges (1), dont Sa Majesté a su les particularités, le sieur des Diguieres (2) emploïa les trois premiers mois de l'année, tant à refaire l'Etat, qu'à visiter la Province, munir les Places, & réparer les ruines que les deux Armées y avoient apportées, s'attendant avoir sur le Printemps une nouvelle Armée ; ce qui n'est toutefois advenu.

Sur le commencement d'Avril, le sieur des Diguieres prit le Château de Champer, à deux lieues près de Grenoble, par le moïen d'un pétart qu'il appliqua, & fit jouer deux fois.

Deux jours après, la Cour de Parlement de Grenoble fit ouverture d'une treve, de laquelle on est encore en traité, comme Sa Majesté entendra ci-après. Ce qui n'a toutefois retardé les Exploits de la guerre ; d'autant qu'en même-temps ledit sieur des Diguieres, fit conduire trois pieces de batteric à Nions (3), pour battre Veuterol (4), Ville & Château, mais ils se ren-

(*) On voit dans les preuves de la Généalogie de la Maison de Coligny, un long fragment de ces Mémoires, depuis l'an 1572, jusqu'au 15 Novembre 1587. Guy Allard en en fait aussi mention dans sa Bibliotheque de Dauphiné, in-12, p. 165 : Jacques *Pape* de Saint Auban, dit-il, l'un des Successeurs de Guy Pape de Saint Auban, Conseiller au Parlement de Grenoble, lequel Jacques a eu de grands Emplois parmi ceux de la Religion, sous Charles IX & Henri III, a laissé des Mémoires curieux des désordres de son tems. Ce Jacques Pape a été Lieutenant du Comte de Chastillon.

(1) C'est Choiges, Ville de Dauphiné, près d'Embrun.

(2) De Lesdiguieres.

(3) Nyons, Ville en Dauphiné.

(4) C'est Venterol.

dirent

EXPLOITS EN DAUPHIN.

dirent audit sieur des Diguieres, avant que d'avoir vu le canon.

Le septieme de Mai, la Compagnie d'Hommes d'armes dudit sieur des Diguieres, conduite par le sieur de Poligni (1), son Lieutenant, & celle du sieur de Rosset Gentilhomme Papiste, conduite par lui-même, attirerent à l'escarmouche la la Garnison de Sault; tuerent six vingts hommes de pied sur la place, entre lesquels y en avoit une vingtaine de commandement, en prirent six prisonniers, & peu s'en fallut qu'ils n'entrassent pêle-mêle dans la Ville. Cette exécution fut faite sans perte que d'un seul homme de la Religion.

Le dernier jour du même mois, le pont de Coignet (2), (surpris quelques jours auparavant par M. de la Valette) fut rendu à discrétion audit sieur des Diguieres, aïant été assiégé & pétardé en plein jour, par un soldat qui porta le pétard sur le haut d'une échelle de six toises de longueur, & le fit jouer à la porte dudit Fort, à laquelle il n'y avoit accès que par la même échelle, laquelle ledit soldat y posa.

Le huitieme de Juin le Château du sieur de Menestrier très bon, à la main, & situé à la Mure à laquelle il avoit été rebâti aux dépens du Païs (pour tenir les Habitans de la Religion en servitude) fut rendu par composition, & rasé selon icelle, aïant été assiégé quatorze jours par le sieur des Diguieres, assisté des sieurs de Morges, Briquemault & autres. Le Quimsieur en Merindol (3), fut investi par le sieur de Gouvernet, & peu après ledit sieur des Diguieres (assisté des sieurs du Poet, de Blacons, de Montbrun, de Vacheres, Briquemault le jeune, & toutes les Troupes de la Province) y fit conduire trois pieces de batterie, à l'arrivée & vue desquelles la Ville se rendit, bagues sauves; & le Château à discrétion.

Le dix-huitieme Bevivay fut aussi rendu, comme semblablement le dix-neuvieme Pierre-Longue & Esgalieres. Le vingt-unieme, Jougnieres (Ville de la Principauté) fut investie & rendue le même jour, après avoir enduré une vingtaine de canonades. Gigondas (4) aussi se rendit à la nouvelle de cette prise.

Le vingt-troisieme le Poet de Laval (5) fut assiégé, & après avoir enduré cent cinquante coups de deux pieces de campa-

(1) M. de Thou écrit de Pouligny.
(2) C'est Cognet.
(3) Bourg en Provence.
(4) Ville en la Principauté d'Orange.
(5) Bourg en Dauphiné.

1587. EXPLOITS EN DAUPHIN.

gne, fut enfin rendu par composition le vingt-neuvieme, encore que la breche ne fût raisonnable, & que les Assiégeans aïant planté l'échelle contre icelle se fussent retirés sans donner.

Le treizieme de Juillet, M. de la Vallette reprit Pierrelongue par composition, après l'avoir battue de deux moïennes, & tiré six vingt coups de canon. Les Assiégés sortirent avec leurs armes, bagues sauves, enseigne déploïée, tambour battant & la méche allumée. Le dix-huitieme le sieur des Diguieres vint à à Oste (1), Ville démantelée; & emploïa tout le surplus du mois à fortifier la Place, où il emploïa le sieur de Vacheres, pour faire la guerre à la Ville de Cerf, voisine d'un quart de lieue de là.

Le premier jour d'Août, le sieur de Chastillon passa le Rhône avec ses troupes, & séjourna vingt-cinq jours en Dauphiné, à cause de l'opposition que lui fit le sieur de la Valette: la cause en étoit imputée à son séjour en Languedoc, où il fut contraint de demeurer jusqu'à la fin de Juillet, encore qu'il eût résolu & projetté son passage plutôt.

Toutes les troupes de la Religion du Païs de Dauphiné, l'attendirent le long du Rhône, environ douze ou treize jours.

Le sieur de la Valette (2) cependant se prépara, & disposa tellement ses affaires, qu'il se trouva sur le bord du Draq, & Lisere (3), pour empêcher le passage dudit sieur de Chastillon, avec six cens chevaux & environ quinze cens Arquebusiers, & combattit les Suisses.

Le Dimanche seizieme sur le matin, la Ville de Montelimar fut surprise par les Papistes, sauf le Château, lequel demeura sans pouvoir être surpris à ceux de la Religion. Le lendemain à neuf heures du matin le sieur des Diguieres reçut la nouvelle de cette prise, encore qu'il fût à vingt lieues de là avec ledit sieur de Chastillon. Ce qui lui donna occasion de dépêcher promptement les sieurs de Poet (4), de Blacons, de Salles & de Sousbrochet (5), avec leurs troupes. Ils prirent en chemin le sieur de Vacheres & quelques Compagnies. A leur arrivée, ils trouverent que le Château avoit déja été secouru

(1) Aoste.

(2) Bernard de Nogaret de la Valette.

(3) L'Isere

(4) Louis le Blain, sieur du Poet, Gouverneur de la Ville & du Château de Montelimart.

(5) M. de Thou le nomme de *Souberoche*.

par la diligence de ceux de Vivarets & dudit ſieur de Vacheres. Et aïant mis en délibération ce qui étoit de faire, ſe réſolurent promptement de donner ſur la Ville. Ce qu'ils firent le Mercredi dix-neuvieme à ſept heures du matin, s'étant ralliés environ deux cens Cuiraſſiers, & mille Arquebuſiers. Ce qui leur ſuccéda de ſorte, qu'aïant fauſſé les barricades de l'Ennemi, taillerent en pieces plus de deux mille hommes, entre leſquels furent le Comte de Suze, les ſieurs d'Ancone & de Logieres, du Teil le fils, & Dupuy Saint-Martin le jeune (1), avec un grand nombre d'autres Seigneurs Gentilshommes, Capitaines & ſoldats de marque. Les priſonniers de renom furent, le fils aîné du Comte de Suze, le Baron de la Garde, Chemlac (2), Gouverneur de Vivarets, l'Etrange, du Teil le pere, Pracontat (3), Ramefort (4), le jeune Coſſans, le jeune Vauterel, Belathy (5), chef & auteur de l'entrepriſe, & pluſieurs autres. Outre ce que deſſus il y en eut un fort grand nombre de bleſſés, entre leſquels furent Ancoſne, & Saint-Fereol qui commandoit à Caſtillon. De ceux de la Religion il n'en mourut gueres plus d'une vingtaine, entre leſquelles fut le ſieur de Teſſieres, & cent ou ſix vingts bleſſés.

1587. Exploits en Dauphin.

Mais d'autant que Sa Majeſté pourra plus particulierement entendre le ſuccès de cette affaire par le diſcours qui en a été publié, il ſuffira pour le préſent de lui rendre témoignage, que véritablement ce fut une œuvre de Dieu; & toutefois ne peut être dénié, à la valeur, diligence, & ſage conduite du ſieur du Poet Gouverneur de ladite Place (comme à l'inſtrument principal) cet heureux exploît: aïant avec ſi petit nombre de Gens de guerre, (à ſavoir environ douze cens hommes) forcé plus de trois mille hommes de combat, préparés & logés avantageuſement dedans leurs barricades, flanquées & défendues en front par trois pieces de canon. Semblablement auſſi la valeur des ſieurs de Blacons & de Vacheres, de Mirebel & d'Allart (6), Gentilshommes de Vivarets, y fut fort remarquable.

Quant aux Suiſſes, deſquels la défaite fut le même jour de la repriſe de Montelimar, ils étoient en nombre de deux mille Piques ſeiches, cinq cens Corſelets, trois cens Arquebuſiers,

(1) Surnommé *Portes*.

(2) M. de Thou le nomme Chenillac, & avec raiſon.

(3) De Prémontral, ſelon M. de Thou.

(4) Onufre d'Eſpagne de Ramefort, Officier également diſtingué par ſa naiſſance & par ſa valeur.

(5) De Venterol & Boulati, ſelon M. de Thou.

(6) C'eſt de Mirabel & d'Alard.

1587. EXPLOITS EN DAUPHIN.

deux cens Mousquetaires, outre deux Compagnies de François, ramassés sur la Frontiere de Suisse, chacune de deux cens hommes, la plupart Arquebusiers & mousquetaires : & toutefois cela fut rompu par moins de quatre cens Arquebusiers, & achevé de défaire par quatre Compagnies de Cavalerie en lieu très favorable à l'Infanterie, & où l'Ennemi n'eût su aller que pour les reconnoître. Dieu, fait comme il lui plaît, valoir le nombre & les armes.

Le trente-unieme de ce mois, le fils aîné du Comte de Brignan (1), à la sollicitation du sieur des Diguieres, prit le parti du Roi de Navarre, & se saisit de Clausures (2) & Montsegur, Ville de très belle assiette au Comté de Grignan, où ledit sieur de la Valette avoit mis garnison peu de jours auparavant.

Environ ce même temps, ledit sieur de Blascons prit la Ville de Suze, laquelle, après avoir été pillée, fut quittée, n'aïant pu le Château être forcé.

Le premier de Septembre, le sieur des Diguieres, accompagné des sieurs de Gouverner (3), de Briqmaut, & le jeune Morges, assiégea Guilhestre (4), & le battit de quatre moïennes & deux petites pieces de campagne; de sorte que l'Ennemi, après avoir enduré deux cens canonades, & vu la brêche raisonnable, quitta la Ville, & se retira au Château, lequel aussi, après quelques volées, se rendit le cinquieme Septembre par composition; par laquelle les Gascons se retirerent avec le bâton blanc, & ceux du Païs demeurerent à discrétion.

Le dixieme d'Octobre, le Château de Queyras (assiégé depuis le vingt-cinq de Septembre) se rendit au sieur des Diguieres, assisté des sieurs de Briqmaut & de Morges, où il ne passa rien de plus remarquable, que la hauteur & difficulté des chemins, par lesquels le canon passa contre l'attente & espérance de tous les Papistes de la Province, vu l'impossibilité qu'on estimoit y être, aïant demeuré ledit canon dix jours entiers à faire quatre lieues, encore qu'il y eût plus de six cens soldats & quinze cens pionniers, à le traîner & conduire sans intermission.

En ce même temps ledit sieur des Diguieres, sachant que l'Ennemi fortifioit un Temple au bourg de S. Pierre, lieu de Marquisat, y envoïa ledit sieur de Briqmaut avec quelques troupes, qui forcerent la Place en plein midi, le douzieme dudit

(1) C'est de *Grignan* : c'étoit Giraud Emar de Grignan.

(2) C'est Clansere.

(3) C'est de la Tour-Gouverner.

(4) Guillestre, Ville près d'Embrun en Dauphiné.

mois, prirent le Capitaine, & taillerent en pieces tout le reste. Et cet exploit a été le premier qui ait été fait de-là les monts. Le huitieme jour de Novembre, les sieurs de Ramefort, Mouschant (1), Esgarnaques (2) & Signac, étant entrés par intelligence dedans Jonquieres, & aïant saisi toute la Ville, excepté une Tour, la nouvelle en fut apportée à Oranges au sieur de Blascons, lequel (trois heures après la prise) parut avec trente chevaux devant la Ville. Ce qui effraïa de telle sorte les gens de pied qui étoient dedans (par la souvenance qu'ils eurent du traitement de Montlimar) qu'ils quitterent la Place, sans qu'il fût au pouvoir du Chef de les retenir, encore qu'ils fussent au nombre de quatre cens : & sans la Cavalerie de l'ennemi (qui n'étoit encore entrée, & qui pouvoit être en nombre d'environ six vingts chevaux) ledit sieur de Blascons (pour certain) les eût défait ; mais il se contenta pour lors, de rentrer dedans la Place, & châtier les Traîtres qui l'avoient livrée.

1587. EXPLOITS EN DAUPHINÉ.

Quant au fait de la treve, dont il est parlé ci-dessus, ce propos a traîné depuis le mois d'Avril : il n'y en a encore un seul Article résolu (afin qu'il ne soit ajouté foi à ce que, par l'artifice de ceux de la Ligue, ou autres nos ennemis, pourroit être dit au contraire pour quelque mauvaise fin) ni ne sera que sous le bon plaisir de Sa Majesté.

Le Peuple est très assurément persuadé que Sadite Majesté, & ceux qui dépendent de ses commandemens par-deçà, ne desirent rien plus que le bien & le repos, tant du général, que de la Province ; & que les Chefs du contraire parti ont empêché jusqu'à présent les effets de cette bonne volonté.

Les propositions de la treve ont été, que par Etats Provinciaux, protestation soit faite de l'obéissance qu'on doit au Roi & aux enfans mâles qu'il plaira à Dieu de lui donner.

A faute desquels, le Roi de Navarre soit reconnu Chef des Princes du Sang, & premier Successeur de cette Couronne : & après lui, les autres Princes, selon la prérogative de leur dégré. Avec détestation expresse des *Manifestes*, & autres Libelles de la Ligue, par lesquels on auroit voulu prépostérer cette succession.

Le second chef a été, que la Religion Réformée soit reçue par toute la Province indifféremment ; & moïennant cela, nous avons promis de n'empêcher la Romaine, & que les Ecclésias-

(1) C'est de Montaut.
(2) D'Escaravagnes, selon M. de Thou.

1587. Exploits en Dauphin.

tiques ne rentrent en leurs biens. Nous avons aussi promis de reconnoître la Cour de Parlement, obéir au sieur de Maugiron; & que, quelque mutation d'Etat qui puisse survenir, le Roi de Navarre emploiera son autorité future & présente, pour l'observation de ce traité. Nótamment en ce qui concerne la dignité de la Cour & du Lieutenant du Roi, ensemble les biens Ecclésiastiques.

Le troisieme point de la Proposition a été, qu'en attendant une Paix plus ample, chacun gardera ce qu'il tient, retranchant néanmoins les garnisons le plus que faire se pourra.

Il ne se pourroit au reste aisément dire combien tous les ordres de cette Province, sans distinction, ont de dévotion & de volonté à la Majesté du Roi de Navarre; assurés qu'il est fidele au Roi, aime le bien & la fleur du Royaume, comme vrai Prince du Sang de France, Prince véritable, & gardant sa parole, sans l'avoir jamais altérée à l'endroit de qui que ce soit, & duquel la singuliere valeur, douceur & humanité (quand il n'y auroit autre chose) doit assez émouvoir les Peuples, à l'honorer & reconnoître selon le rang & dégré qu'il tient en ce Royaume. C'est le langage ordinaire de tous, tant d'une, que d'autre Religion.

Avertissement.

Pour ce qui a été ci-dessus touché de la reprise de Montlimar & des Suisses, pourroit sembler être chose affectée ou déguisée par ceux de la Religion; il ne semble hors de propos d'ajouter ici sommairement ce qui en fut imprimé à Paris avec Privilege du Roi, par Guillaume Linocier, au Vase d'or, le vingt-un de Septembre 1587; afin que, par la conférence des deux Ecrits, la vérité soit confirmée. Voici donc ce qui en est là écrit.

Prises et rep. de Montelimart.

Le sieur de la Valette, desireux de reprendre la Ville de Montlimar en Dauphiné, qui importoit de beaucoup à la liberté du Païs, pratiquoit de long-temps l'exécution d'une secrete entreprise qu'il avoit dessus; mais, sur l'exécution, ceux de dedans, sentant approcher les forces dudit sieur de la Valette, entrerent en défiance; pour laquelle lever, ledit sieur de la Valette s'éloigna de ladite Ville.

Toutefois depuis étant averti que le sieur de Poet, Gouverneur de la Ville pour ceux de la Religion, étoit sorti, avec une bonne partie de ses gens, pour aller favoriser le passage aux Sei-

1587.

PRISES ET REP. DE MONTELIMART.

gneurs de Chaſtillon & des Diguieres, ledit ſieur de la Valette mit tel ordre, que l'on s'empara facilement de la Ville. Mais la Ville étant priſe, le malheur voulut qu'un Chevalier d'honorable réputation, ſoit que l'ambition le fit tellement forligner de ſon devoir, que de l'induire à voler ce point d'honneur audit ſieur de la Valette, ſeul auteur de l'Entrepriſe, ſoit que l'heureux ſuccès de l'exécution le fit entrer en téméraire préſomption de ſes forces, donna aſſurance & répondit audit ſieur de la Valette (voulant pourvoir à plus grande ſureté de la Ville, par nouveau ſecours de gens d'armes) qu'il ſe ſentoit aſſez fort pour la conſerver. Ce qui ne plut beaucoup audit ſieur de la Valette, qui craignoit la repriſe, laquelle auſſi advint auſſi-tôt après.

Car aïant tenu la Place quatre jours & demi après la priſe, ſans aucun alarme, du Poet, accompagné d'environ trois cens hommes & cinquante Chevaux-legers, étant introduit par le Château, que tenoient encore ceux de la Religion, deſcendit en la Ville avec tel effort, que les nouveaux Poſſeſſeurs d'icelle, effraïés de l'audace des Aſſaillans, ſe virent contraints de gagner les Portes, où ils furent ſi vivement pourſuivis, que le Comte de Suze & le ſieur d'Ancone y ont été tués, avec pluſieurs Gentilshommes & ſoldats. Le ſieur de Ramefort, qui étoit arrivé en ladite Ville quatre heures auparavant la repriſe, ne voulant fuir honteuſement, trouva moïen de gagner une Tour de Ville avec quelques ſoldats, où il ſe défendit l'eſpace de trois jours, mais voïant le canon, il ſe rendit à compoſition.

Ce pendant M. de la Valette s'acheminoit au-devant des Suiſſes pour les combattre : & de fait, les aïant rencontrés à ſon avantage, aſſiſté du ſieur Alphonſe de Corſe (1), quoiqu'ils fuſſent quatre mille Suiſſes, cinq cens Arquebuſiers François, & une Compagnie de Chevaux-legers, il les a vaincus & défaits, & envoïé au Roi onze Enſeignes des Suiſſes, & une de Chevaux-legers, par le ſieur de Crottes. Douze cens deſdits Suiſſes on été pris à Mercy, & envoïés à Valence, travailler aux Fortifications. Cette défaite fût à la vue des ſieurs de Chaſtillon & des Diguieres, qui furent empêchés de les ſecourir, par une petite riviere qui couloit entre deux.

La différence de ce diſcours eſt au nombre des Suiſſes & Ar-

(1) Alfonſe d'Ornano, Colonel des Corſes.

1587. quebusiers François, qui a ci-dessus été déclaré : à la vérité grand nombre desdits Suisses se sauverent en Dauphiné.

Les Prisonniers depuis furent rendus par échange de plusieurs, tant Gentilshommes qu'autres, qui étoient Prisonniers à Montlimar.

Avertissement au Lecteur.

EN ce même temps un personnage notable étant en Cour, donna avertissement des choses plus notables qui se passoient tant pour les préparatifs qui se faisoient de toutes parts, pour aller au-devant de l'Armée des Reistres, que d'autres particularités, desquelles la remarque peut beaucoup servir pour le fil de l'Histoire, quand on la voudra amplifier.

Voici le sommaire de cet Avertissement.

1587. EVENEMENS NOTABLES A LA COUR.

LE Roi est sans Finances, & les Partisans lui manquent. Les deniers que Sa Majesté a levés sur la Cour, ont été emploïés à la solde de quatre mille Suisses qui sont à Estampes, huit mille qui entrent en France, & quatre mille Reistres qu'on attend.

Sa Majesté devoit entrer en Parlement le 9 de Septembre, pour la vérification de quatorze ou quinze Edits, entre lesquels y en a trois signalés : la création de vingt-sept Sécrétaires : l'élection d'une sixieme Chambre des Enquêtes, composée de vingt Conseillers & deux Présidens : la création des Maîtres des Comptes & deux Présidens. On fait état de tirer environ deux millions de tous ces Edits.

On fait état que l'Armée de Sa Majesté sera composée de soixant-huit Compagnies de gens d'armes, dix mille hommes de pied, douze mille Suisses, quatre mille Reistres. Le Roi fait mener douze canons, desquels l'attirail est prêt avec les Officiers de l'Artillerie, poudres, boulets, chevaux, & deux mille pionniers. L'Armée s'achemine à Montercau-faut-Yonne, & pourra aller jusqu'à Sens, mais non pas outre. M. le Maréchal de Biron est arrivé de Montereau le quatrieme de Septembre, où le Roi l'avoit envoïé pour reconnoître la commodité & assiette du lieu où on camperoit. Car Sa Majesté a pris résolution de camper toujours; & pour cet effet tous les Seigneurs se sont pourvus

1587.

EVENEMENS NOTABLES A LA COUR.

pourvus de tentes. Sadite Majesté avoit délibéré de mener son Conseil, & vouloit aussi être de la partie la Reine sa Mere; mais depuis il a changé d'avis, & ne mene que les sieurs de Villeroi & Brussard; Messieurs d'Espernon, d'Anville, de Biron, de Rets & d'Aulmont seront près de la personne du Roi. On est incertain si Messieurs de Montpensier, de Conty & de Soissons s'y trouveront.

M. d'Aumalle est Colonel des Suisses: M. de Joyeuse est Lieutenant pour le Roi en l'Armée qui s'assemble à Gyen. On fait état que l'Armée des Reistres, Lansquenets & Suisses, est de vingt-cinq à vingt-six mille hommes: & depuis la conjonction de M. de Chastillon avec eux, on rapporte le tout à trente-deux ou trente-trois mille hommes, & ne sont qu'à trois ou quatre lieues de Nancy. Ils ont pris Blasmond (1).

Messieurs de Guise & de Lorraine sont à Nancy, avec toutes leurs forces, tant étrangeres, qu'autres, qu'on ne tient être moindres de vingt ou vingt-cinq mille hommes. Il y a beaucoup de Cavalerie. Ils ont reçu quatre cens lances du Duc de Parme, deux mille hommes de pied Italiens, & six ou sept cens Chevaux-legers. On ne fait pas grand état des forces d'Italie, mais on prise fort celles du Duc de Parme, étant presque tous vieux Gendarmes. Le fils du sieur d'Antragues s'achemine vers le sieur de Guise avec quelque nombre de Cavalerie, & cinq ou six cens hommes de pied, & étoient dès le quinzieme de Septembre avancés d'environ quinze ou dix-huit lieues par-delà Orléans.

Le cinquieme de Septembre arriverent à Paris nouvelles de la défaite d'un Régiment des troupes de Monsieur de Lorraine, & que sept Enseignes en ont été portées à Strasbourg.

On a fait échange des Suisses & autres qui ont été pris en Dauphiné, avec le sieur de Rochefort & autres, qui ont aussi été pris à la recourse de la Ville de Montelimart, par le sieur de Poet. Le reste desdits Suisses à été recueilli, & joint avec ceux qu'on a échangés, tellement qu'ainsi ralliés ils font encore nombre de deux mille cinq cens hommes ou trois mille hommes. On a fait courir le bruit à Paris de la défaite de trois Cornettes de Reistres, mais ils'est depuis trouvé, que c'est une bourde; étant la vérité que la charge, qu'on dit avoir été faite, n'a été que sur quelques Valets, lesquels, avec quelques chariots,

(1) Au lieu de Blasmond, il faut *Sarbruc*, Ville & Comté de l'Empire, entre la Lorraine & l'Allemagne.

1587.

Evenemens notables a la Cour.

alloient au fourage. Ils furent à la vérité chargés, mais aussitôt furent secourus, tellement que ceux qui les avoient chargés, & s'étoient déja saisis de quelques chariots, ont été menés battant jusques dans les portes de Nanci.

Le quatrieme de Septembre le Roi fut averti, qu'un certain Notaire de Paris faisoit assemblée d'armes & d'hommes pour empêcher que Sa Majesté ne fît saisir le Curé de Saint Severin, nommé Prevost, qui le jour auparavant avoit prêché très séditieusement, sans respect d'aucune dignité : à cause dequoi Sa Majesté commandoit à un Huissier de la Chambre, accompagné de deux Archers de ses Gardes, d'aller vers ledit Notaire, & lui faire commandement de venir parler à Sa Majesté. Ce fut sur les cinq heures du soir : mais ceux qui étoient assemblés chez ledit Notaire, voïant entrer lesdits Huissiers & Gardes, sortirent furieusement sur eux, & les contraignirent de se sauver à la fuite, criant aux armes, & mirent tout le quartier de l'Université en telle émeute, qu'on n'en pouvoit espérer qu'une issue tragique. Et depuis jusqu'au huit de Septembre, toute la Ville fut en cervelle, faisant corps de garde de nuit par les carrefours. Ce qui a fort épouvanté les Partisans.

Armée des Allemands et orages en France.

IL a ci-devant été fait mention de l'Armée des Reistres qui descendoit d'Allemagne pour le Roi de Navarre, Protecteur des Eglises Réformées, & des grands préparatifs qui se faisoient tant de la part de la Ligue que du Roi, sur la fin de l'année 1587, pour résister à cette Armée. Pour donc éclaircir ces particularités davantage, j'ajouterai en ce Recueil les avertissemens qui pour lors furent envoïés d'aucuns Commandans en ladite Armée, tant du nombre d'hommes, que de l'acheminement d'icelle. La France pour lors avoit occasion de plier & gémir sous le pesant fardeau des armes, qui de toutes parts s'élevoient & la grevoient. Et certes cet orage étoit épais, comme aussi peu après il en sortit de merveilleuses foudres.

Le Roi avoit une puissante Armée, qu'il tenoit près de lui : le sieur de Joyeuse en conduisoit une autre en Guyenne contre le Roi de Navarre : les Ducs de Lorraine & de Guise en avoient une autre sur la Frontiere : le Roi de Navarre accompagné de Messieurs les Princes de Condé, de Soissons, Messieurs le Vicomte de Turenne, la Rochefoucault, de la Trimouille & autres Seigneurs en avoient une autre en Poitou. M. le Prince de Conti rallioit tout ce qu'il pouvoit vers la Normandie, le Maine & l'Anjou pour aller joindre l'Armée des Reistres. Messieurs de Montmorenci, des Diguieres & autres en faisoient une autre en Languedoc & Dauphiné. Celle des Etrangers qui entroit en la France combloit le boisseau, sans compter les armes particulieres épandues çà & là, qui n'a pportoient pas moins d'oppression, que le passage & foule des grandes Armées. Tels fleaux témoignoient ouvertement l'ire de Dieu : mais le peuple François se roidissoit tant plus, & s'endurcissoit en son impénitence: aussi ne fut-ce pas la fin.

1587.

Armée des Allemands, et orages en France.

L'Armée étrangere, comme on mandoit, étoit composée de dix ou onze Cornettes de Lanciers François, & y avoit trois cens bons chevaux en la Cornette blanche portée par le sieur de Mosserin ; item de dix Compagnies d'Arquebusiers à cheval François ; vingt-neuf Cornettes de Reistres : cinquante-trois Enseignes de Suisses (1), à savoir seize du Régiment du Canton de Berne ; treize du Régiment du Canton de Basle ; seize du Régiment de Zurich ; six du Régiment des Grisons; cinq mille Lansquenets (2), armés de corselets & piques. Quatre mille Arquebusiers François, dont y en avoit deux mille conduits par le sieur de Mouy ; mille du Régiment de Villeneufve Cormon, & mille du Régiment de Lours. M. de Chastillon s'étant depuis joint à ladite Armée, y amena plus de quinze cens Arquebusiers François, & environ deux cens chevaux. Le tout pouvoit revenir à trente-cinq mille hommes (3). Outre lesquels y avoit dix-neuf pieces d'artillerie, à savoir quatre gros canon, quatre grosses coulevrines, huit pieces de campagne, & trois pieces qui furent prises à Salebrin. Le Lieutenant pour le Roi de Navarre en l'Armée, étoit M. le Duc de Bouillon, assisté d'un conseil composé, entr'autres de Messieurs de Guitri, Baron d'Onau, de Clervan, de Beauvais, la Nocles, de Vezines (4), du Baron de Digoine, de Montlouet, Rambouillet, de Chevrolles, de Laube, de la Huguerie, de Beaujeu. Cette Armée étoit en France la terreur des uns, & l'espoir des autres; toutefois & les uns & les autres furent trompés en leur

(1) Il n'y en avoit que vingt-une.

(2) C'est trop dire ; il n'y eut jamais que dix mille Suisses, & douze Enseignes de Lansquenets, faisant quatre cens hommes.

(3) C'est encore trop enfler ce nombre ; il n'y eut en tout que vingt-deux mille hommes.

(4) Guillaume Stuart de Vezins.

1587.

ARMÉE DES ALLEMANDS, ET ORAGES EN FRANCE.

attente. Dieu en fit montre, pour enseigner l'homme d'une part, qu'il a beaucoup de moïens pour le châtier quand il lui plaît, & de l'autre, que mal assuré est celui qui se confie en l'homme, & fait sa force du bras charnel. Quand elle partit d'Allemagne le nombre des François, ci-dessus récité, ne l'accompagnoit pas, car après avoir passé la Montagne de Saverne, elle n'étoit composée que d'environ cinq mille chevaux Reistres, cinq mille Lansquenets, seize mille Suisses, deux à trois cens chevaux François, & quelque deux mille Arquebusiers: mais toujours depuis tirant païs, elle alloit augmentant, jusqu'à tant que sa période fut venue, elle déclina. Parvenue en Lorraine, il y eut entre les François & les Allemands quelques contrariétés, qui troublerent plusieurs, faisant de là mauvaises conjectures d'une longue prospérité. Les François vouloient à bon escient faire la guerre en Lorraine & disoient être telle la volonté du Roi de Navarre, afin que ceux qui tant aisément allumoient la guerre en France, se ressentissent de la pesanteur de ce malheur, & principalement le Duc de Lorraine l'un des principaux Chefs de la Ligue. Les Allemands, fût pour le voisinage, ou autrement, vouloient passer comme amis, prenant une certaine somme de deniers que M. de Lorraine leur offroit: toutefois on conclud à la guerre, & s'y firent plusieurs actes d'hostilités, tels que la guerre traine d'ordinaire après soi.

L'Armée étant fraîche & gaillarde il s'écoula une fort belle occasion de combattre l'ennemi au Pont Saint-Vincent; pour quelle raison? il est incertain: entre tous néanmoins fut tenue pour chose vraie, que si on en fût ce jour-là venu aux mains, on eût plutôt vu la fin de la guerre, selon le jugement humain, que le commencement.

Quelques exploits de guerre s'étant passés en Lorraine, la rareté des vivres naissant, on avisa d'en sortir, mais sur la résolution du chemin qu'on prendroit, il y eut de la difficulté. Les Allemands desiroient de passer vers Sedan, puis prendre le la riviere de Seine, au-delà vers la Picardie.

Leurs raisons étoient, pour changer l'équipage de l'artillerie, pour ne s'éloigner de Sedan, d'où l'on pouvoit esperer beaucoup de commodités; & finalement, pour (à un besoin) avoir un nouveau secours d'Allemagne: ce qui n'adviendroit pas si on s'embarrassoit au milieu de tant de rivieres, qui se trouvent de l'autre côté. Quelques François, au contraire, disoient qu'il falloit droit viser à la riviere de Loire, pour joindre le Roi de Navarre. M. de Bouillon desiroit fort qu'on s'approchât de Sedan, comme on lui avoit (ainsi qu'il disoit) promis; & que sur cette espérance il avoit fait de grands préparatifs, tant de poudres, que d'artillerie qu'il avoit fait fondre exprès, joint qu'il avoit à pourvoir à la sûreté de ses Places, lesquelles pourroient encourir quelque danger, s'il n'y étoit pourvu.

1587.

Armée des Allemands, et orages en France.

Le tout débattu, & pesé de part & d'autre, la route de la riviere de Loire fut résolue.

Pendant que les choses passent ainsi, M. de Chastillon vint joindre l'Armée le Mardi vingt-deux de Septembre 1587, accompagné des troupes susdites. Il y avoit eu de grandes difficultés à passer, & même fut comme engagé & assiégé des troupes de M. de Guise à Gresille, où il fut secouru par M. le Comte de la Marche, frere de M. de Bouillon.

L'Armée approchant de Chaumont en Bassigny, on mit en délibération d'exécuter quelque entreprise que M. de Chastillon avoit dessus; mais il ne se put commodement faire, pour les raisons qui seront déduites en un plus ample traité de l'expédition de cette Armée.

L'Armée étant parvenue autour de Chasteauvilain, on fit là quelque séjour.

Il fut pris un Gentilhomme nommé de Villiers, venant de Rome, de la part du Duc de Lorraine. Il y étoit allé pour solliciter le Pape d'aider son Maître de quelque somme de deniers, pour faire la Guerre à ceux de la Religion; pour aussi prier le Pape de nommer le Roi Chef de la Ligue, s'assurant que cela émouveroit Sa Majesté à fournir argent pour faire la Guerre, & extirper ceux de la Religion, qu'il nommoit Hérétiques. La réponse que le Pape faisoit (au moins de ce qui parut par ce Gentilhomme) étoit, qu'il falloit vivre en paix avec ses voisins; qu'il ne pouvoit fournir deniers, ne voulant être instrument de faire la guerre à personne, lui qui desiroit la paix par tout le monde.

Mais de Villiers portoit une Lettre fort mal écrite, qu'il disoit être de la propre main de l'Altesse de Lorraine, Mere du Duc, contenant en substance ces mots: » je suis très aise d'entendre l'état de vos affaires, & suis d'avis que passiez outre; car » jamais ne se présenta une plus belle occasion de vous mettre le » Sceptre en la main & la Couronne sur la tête ». Cette Lettre occasionna tous ceux du Conseil, d'opiner que ce Gentilhomme devoit être soigneusement gardé, pour être représenté au Roi de Navarre.

1587.

ARMÉE DES ALLEMANDS, ET ORAGES EN FRANCE.

Durant ce séjour, le Baron d'Onau (1) fit mener l'artillerie à l'Abbaye de Clairvaux, laquelle fit composition avec lui de quelque somme de deniers, & quelque quantité de vin & de farines. Toutefois cette capitulation ne tint point, parceque ledit sieur d'Onau ne prit point d'ôtages, & se contenta de la foi du Capitaine qui étoit dedans; mais l'Armée marchant, il manqua à sa parole.

Au départir de-là, l'Armée fit quatre journées jusqu'à la riviere de Seine, laquelle riviere elle passa au-dessus de Chastillon sur-Seine, sans attaquer la Ville, parceque M. de Guise avoit mis dedans M. de la Chastre, avec nombre d'hommes, tant de pied, que de cheval, lesquels firent une sortie. M. de Chastillon fut commandé de faire la retraite avec trois Compagnies de Chevaux-legers, sept Cornettes de Reistres & quatre cens Arquebusiers. Le Colonel Berbistoph étoit demeuré un peu plus avancé vers la riviere, pour favoriser le sieur de Chastillon : ce que voïant le sieur de la Chastre, il s'avança avec sa Cavalerie (à la faveur de quelques Arquebusiers qu'il avoit mis en un vallon) pour charger Berbistoph, lequel en avertit aussi-tôt le sieur de Chastillon, afin que de son côté il coupât chemin à cette Cavalerie, ce qu'il fit. Les sept Cornettes qu'avoit ledit sieur de Chastillon, le suivoient avec démonstration de grande volonté de combattre; mais n'y pouvant être à temps, le sieur de Chastillon avec les François s'avança à la charge, seulement sur les Arquebusiers de la garde dudit sieur de la Chastre, qui furent taillés en pieces, & la Cavalerie chassée jusques dedans les portes de la Ville. Un des Reistres se débanda, & tua un Lancier François, qui étoit de l'Ennemi, d'un coup de pistolet.

On alla de-là loger à Leyne, où on séjourna deux jours. Les Allemands se plaignirent là fort des mauvais logis. Les Maréchaux de Camp avouoient qu'ils étoient souvent mal logés ; mais la faute principale en étoit rejettée sur la mavaise année ; comme pouvoient témoigner ceux d'entre les principaux Reistres, lesquels avoient, ès autres voïages des Reistres en France, été fort bien logés & accommodés ès mêmes logis dont ils se plaignoient (2).

(1) C'est le Baron d'Hona. Ce nom est souvent répété ici, toujours sous celui d'Onau, au lieu de d'Hona. Il se nommoit Fabien, Baron de d'Hona, d'une des plus illustres Maisons de la Prusse.

(2) L'Auteur a ajouté ce qui suit, dans ses corrections.

» Cependant les Allemands ne manquerent point à leur devoir, desquels le Régiment de Lansquenets fut avec le Duc de Bouillon & les François depuis cinq heures du matin jusqu'au soir, toujours ran-

1587.

ARMÉE DES ALLEMANDS, ETORAGES EN FRANCE.

En ce même lieu mourut de maladie M. le Comte de la Marche, frere de M. de Bouillon, qui avoit toujours jusques là conduit l'avant-garde de l'Armée.

L'Armée étant autour d'Ansi-le-Franc (1), & de Taulay (4), on eut nouvelle que M. de Mayenne étoit en quelque Château non loin de-là. Le Baron d'Onau, qui étoit logé près dudit Château, en écrivit aussi à M. de Chastillon, avec déclaration de la bonne envie qu'avoient les Reistres de l'attaquer, si on leur envoïoit de l'Infanterie. Que si M. de Guise s'approchoit de main droite, où étoit ledit sieur de Chastillon, ils monteroient à cheval aussi-tôt qu'il en seroit besoin. Il y avoit pour lors, en apparence, belle occasion d'obliger M. de Guise au combat, toutefois il s'y trouva des difficultés; car aucuns du Païs disoient que le Château étoit fort; les autres, que c'étoit un Païs de bois, propre & favorable pour l'arquebuserie de M. de Guise, & désavantageux pour la cavalerie de l'Armée; outre qu'il seroit très malaisé, campant là devant, de recouvrer les vivres nécessaires; occasion qu'on ne s'y arrêta pas.

D'Ansi-le-Franc, l'Armée pris son chemin vers la riviere d'Yonne, & y arriva le deuxieme jour d'après. Elle passa la riviere à Mailly-la-Ville, auquel lieu arriva aussi le sieur de Monglat, de la part du Roi de Navarre, avertissant, comme on disoit, de la part de Sa Majesté, qu'on fît tirer l'Armée droit à la source de Loire, où il délibéroit la recueillir. Plusieurs toutefois jugeoient que malaisément les Allemands prendroient cette route; & que, si on prenoit ce chemin, beaucoup de Suisses se débanderoient, approchant si près de leur maison; joint que malaisément l'artillerie passeroit par le Nivernois, sans les grandes difficultés qu'il y auroit de vivre, fut en Nivernois, fut en Morvan. Sur cette incertitude l'Armée marcha toujours, étant la résolution de ce propos remise sur les occasions. Ce qui occasionna les Allemands de se plaindre, & même requirent qu'on mît un nouveau reglement au marcher de l'Armée.

La forme de loger, qu'ils desiroient être gardée, tenoit du triangle, donnant une des aîles pour les Reistres; l'autre, qui seroit du côté de l'Ennemi, pour les Francois; le milieu, pour

» gés en Bataille, forçant le Moulin & passage de Modon. Et tant Reitres que Lansquenets se sont toujours montrés desireux du combat, encore qu'il n'y eût que la moitié de leurs forces; les Suisses n'arrivant que sur la retraite. »

(1) C'est Ancy-le Franq, Ville de Champagne sur Armançon, proche de la Bourgogne.

C'est Tanley en Champagne, près de Tonnerre.

1587. le général de l'artillerie & les Suisses; toutefois cela ne fut ainsi résolu. Alors commencerent à s'augmenter les incommodités de l'Armée.

ARMÉE DES ALLEMANDS, ET ORAGES EN FRANCE.

Sur ces entrefaites on voulut tenter le passage de la Charité; & furent pour cet effet, distribués hommes, tant de pied, que de cheval. Mais l'entreprise aïant été dilaïée d'un jour, pour quelque défaut, le Roi prit le loisir d'y envoïer des gens de guerre, lesquels y arriverent au même instant que ceux de l'Armée en approcherent, qui fut occasion qu'on se retira, sans rien faire.

Le sieur de Chastillon, avec le Maréchal de Camp des Reistres, & le Colonel Boc, & deux mille chevaux, s'approcherent de Cosnes, en partie pour favoriser la retraite de ceux qui étoient allés à la Charité, s'il en étoit besoin, en partie pour chercher l'occasion de voir l'Ennemi. Ils faillirent de bien peu M. d'Espernon, qui avoit passé la riviere près de Neufvi sur Loire.

Cette même nuit, ledit sieur d'Espernon donna sur le Camp, & se rencontra au quartier de l'Infanterie, de laquelle le sieur de Chastillon avoit tiré une partie pour l'entreprise de la Charité : l'effet toutefois fut fort petit, & s'en retourna à Cosnes, remmenant, entre les autres, le Capitaine Bonouvrier fort blessé.

Le Roi & son Armée étoit cependant de l'autre côté de la riviere, pour s'opposer au passage; tellement que le jour venu, les troupes de l'une & de l'autre Armée se pouvoient entrevoir. La personne du Roi étoit logée à Luzay.

Le soir toute l'Armée des Reistres arriva. La nuit suivante, le Roi fit faire de grands retranchemens au gué de Neufvy, les garnit de grand nombre d'Arquebusiers & Mousquetaires; & pour les favoriser, fit conduire trois Frégates armées & équippées. La riviere de Loire avoit été guéable par-tout jusques alors, & y avoit encore à cette heure-là quelques gués; mais pourtant nul moïen de passer, pourceque l'Armée du Roi bordoit la riviere en tous endroits. Si l'Armée eût marché un peu plus hâtivement, sans difficulté elle eût gueé cette riviere, prévenant le Roi & son Armée, qui étoit parti de Paris fort tard, pour s'être reposé sur l'assurance que M. de Guise lui avoit donnée, qu'il empêcheroit bien l'Armée de passer; ce qu'il n'eût su toutefois faire, si on se fût diligenté, ou si le Roi ne se fût opposé au passage.

1587.

ARMÉE DES ALLEMANDS, ET ORAGES EN FRANCE.

Le matin ſuivant, M. de Bouillon vint pour tenir Conſeil à Neufvy. Là le Baron d'Onau & la Huguerie (1) firent, au nom des Allemands, pluſieurs plaintes; de la quantité des ſauve-gardes que l'on donnoit, tant aux Gentilshommes Papiſtes, que de la Religion, en faveur deſquelles ils retiroient en leurs maiſons tout le bien des Villages où l'Armée étoit logée, ce qui l'affamoit; qu'il n'en falloit point du tout donner, ou ſi autrement, il les falloit taxer à argent pour l'Armée: requeroient qu'on réſolût d'achever aux Reiſtres la paie d'un mois qu'on leur avoit promiſe, à faute dequoi ils ne paſſeroient pas outre, ajoutant pluſieurs difficultés ſur le paſſer de Loire; & outre tout cela, que l'hyver s'approchoit, & qu'on n'avoit plus que deux mois de temps pour tenir la Campagne. On les pria de patienter un peu de temps, durant lequel on avertiroit le Roi de Navarre, pour ſavoir ſon intention. Que cependant on iroit faire ſéjour en Beauce, où il y avoit quantité de bleds & de fourrages, ſi bien que l'Armée s'y pourroit commodément rafraîchir. Quant à leur paie, il étoit impoſſible aux François de fournir préſentement aucuns deniers; que tirant vers la Beauce & le Vendoſmois, il s'en pourroit préſenter quelque moïen.

Les Allemands ſe contenterent de cela, pourvu que diligemment on dépêchât vers le Roi de Navarre, avec promeſſe de patienter juſqu'à ce qu'on eût eu de ſes nouvelles.

On fit les Quartiers ce ſoir-là pour le lendemain, & fut toute l'Armée logée ſur les Terres du ſieur de Chaſtillon, lequel l'offrit librement, pour montrer exemple aux autres, de préférer les commodités de l'Armée à celle des Particuliers. M. de Bouillon, & ceux du Conſeil logerent à Chaſtillon, pour aviſer aux affaires de l'Armée.

Quelques jours auparavant, Tilman, Colonel du Régiment de Berne, étant décédé, Bouſchet (2) ſon Lieutenant, écrivit une Lettre à M. de Clairvan (au nom de tous les trois Régimens) par laquelle il lui manda que les Suiſſes étoient réſolus de faire entendre au Roi les raiſons pour leſquelles ils étoient venus en France, & vouloient pour cet effet envoïer des Ambaſſadeurs vers Sa Majeſté. Cette propoſition ſembla à aucuns de dangereuſe conſéquence; toutefois ils paſſerent outre.

Ceux de Bleneau (3) avoient fait quelque réſiſtance au Baron

(1) Michel de la Huguerie, originaire du Païs Chartrain. Il avoit été autrefois précepteur à Paris. Du reſte, dit M. de Thou, liv. 87, il étoit vendu à la Ligue; & s'étoit, dit-on, laiſſé corrompre par le Duc de Lorraine pour trahir les Alliés.

(2) C'eſt Bonſtet.

(3) Ville en Puiſaye-ſur-Loin.

1587.

ARMÉE DES ALLEMANDS, ET ORAGES EN FRANCE.

d'Onau (1), qui fut cause qu'il les força; à l'occasion de quoi aussi l'Armée séjourna deux jours ès environs de Chastillon. Cependant les nouvelles furent apportées que M. de Guise s'approchoit avec ses forces, & se devoit venir loger à Château-Renard, distant de Chastillon de trois petites lieues. Le sieur de Chastillon fit pour lors quelque ouverture, du moïen qu'il y avoit d'investir là-dedans ledit sieur de Guise; mais plusieurs difficultés furent alléguées, qui empêcherent ce dessein. Toutefois ledit sieur de Chastillon, montant à cheval avec quinze ou vingt chevaux, donna jusques près des portes de Châteaurenard: & là, aïant pris quelques-uns du lieu, apprit que le sieur de Guise en étoit parti n'y avoit qu'une heure ou deux, au plus; qu'il avoit logé en la Ville, avec deux ou trois cens chevaux seulement; & paravant qu'en partir, avoit mis garnison au Château.

Ledit sieur de Chastillon retournant prit environ vingt-cinq Arquebusiers à cheval, qu'il mena à M. de Bouillon. Par eux il apprit que M. de Guise étoit reparti, pour aller joindre M. de Mayenne son frere: & que toutes les Compagnies tant de pied que de cheval, étoient écartées çà & là par les Villages. Aucuns étoient d'avis qu'on tournât la tête de l'Armée vers les sieurs de Guise & de Mayenne: qu'il étoit aisé d'enlever plusieurs logis, & les obliger au combat, avant qu'ils s'approchassent davantage de l'Armée du Roi, ou de Montargis, qui les pouvoit favoriser. Toutefois on opposa à cet avis, que cela ne se pouvoit faire, que lesdits sieurs de Guise n'en eussent avertissement, ce qu'étant, ils se retireroient en lieux assurés; quoi advenant, cette détorse apporteroit de grandes incommodités à l'Armée, laquelle par ce moïen s'embarrasseroit entre les rivieres de Loin & de Seine, esquelles on ne pourroit pas trouver faciles passages, quand l'occasion le requereroit que si sans rien faire on étoit contraint de retourner sur ses pas, on trouveroit tout mangé, qui seroit augmentantion de fatigue & de nouvelles plaintes qu'indubitablement les Etrangers feroient. Cette opinion l'emporta, & n'entreprit-on pas davantage.

L'Armée alla loger tout autour de Montargis prenant la main gauche de la riviere de Loin, pour le chemin de la Beauce. On logea à Landou (2), à Vimorri, & autres lieux des environs. C'étoit un chemin de marais, fort rompu,

(1) Lisez ici & ailleurs, de Dhona. (2) C'est Landon.

1587.

Armée des Allemands, et orages en France.

& plein de fanges & fondrieres, où s'embarrasserent les chariots des Allemands, & charrois des François de telle mode, qu'il fallut que les Reistres logeassent-là.

Le 2 d'Octobre Messieurs de Guise, de Mayenne, d'Elbœuf, d'Aumale, Chevalier de Bar, le Prince de Jinville, le frere du Duc de Mercure (1) & autres Chefs de la Ligue avec leurs forces, qui étoient plus de quinze cens chevaux, cinq mille Arquebusiers, se vinrent loger à Montargis, & ès environs, au-delà de la riviere de Loin, laquelle étant entre deux empêchoit l'Armée d'aller à eux, & au contraire donnoit commodité auxdits sieurs de Guise de passer à leur volonté vers l'Armée, parcequ'ils avoient à dévotion les passages & gués de cette riviere. Cette facilité de passage avec la faveur de la Ville, & du Païs, leur donna occasion de faire entreprise d'aller à Vimorri, où étoit logé le Baron d'Onau, avec sept ou huit Cornettes de Reistres; ce lieu n'étoit distant de Montargis que d'une petite lieu & demie.

Les Ennemis arriverent à Vimorri sur la fin du souper environ les sept heures du soir. Les Reistres, l'allarme donnée, se rallierent à leurs Cornettes fort diligemment, cependant que les gens de M. de Guise s'amusoient par les rues au pillage, car les Reistres laissant leur bagage n'avoient rien à cœur qu'à se rallier pour le combat. Le Baron d'Onau fit plusieurs charges, tant à l'Infanterie qu'à la Cavalerie. La premiere fut sur le Duc de Mayenne qui faisoit la pointe, avec une bonne troupe de Cavalerie. A cette charge les Reistres firent si bien que plusieurs Gentilshommes signalés, tant de la suite de M. de Guise, que de M. de Mayenne, y demeurerent morts sur la place, avec beaucoup d'Infanterie. La Cornette de M. de Mayenne y fut prise, & fut tué sur la place le Gentilhomme qui la portoit, nommé Rouvray, de Bourgogne. Il fut pris deux autres Cornettes, l'une desquelles étoit au sieur de la Bourdaisiere. Le Duc de Mayenne reçut deux coups de pistolet dans son casque, dont il fut si étourdi, qu'il ne se retrouva que le lendemain sur les huit heures. Ce Combat fut des plus beaux qui se puissent faire en tel temps & à telle heure. Et pour certain la Ligue eut eu fort affaire, sans une forte pluie, laquelle survint accompagnée de tonnerres, & fort grande obscurité qui rompit la ferveur du combat; toutefois l'échec ne fut pas petit: car ceux de la Ligue y perdirent plus de quarante

(1) Il faut de Mercœur.

1587.

ARMÉE DES ALLEMANDS, ET ORAGES EN FRANCE.

Gentilhommes signalés, entre lesquels étoient le Marquis d'Arques fils aîné du sieur de Listenay (1), & le sieur de Cigognes. Le fils de Madame de Mayenne, & plusieurs autres y furent blessés. M. de Guise sur le jour envoïa demander les morts, qui étoient en nombre de plus de deux cens. Quant aux Reistres, ils perdirent plus de cinquante bons hommes, environ cent Valets & quelque trois cens chevaux de chariot, & de leur bagage. Ils y perdirent aussi deux Cornettes de Valets, où étoient en peinture l'étoile, l'étrille, l'éponge & le peigne. Le Baron d'Onau (2) reçut un coup d'épée sur le front, mais il en fut incontinent guéri. Ledit sieur de Guise envoïa derechef demander aux Reistres s'ils vouloient qu'on rendît de part & d'autre les Cornettes & prisonniers. Les Reistres répondirent que quant aux prisonniers ls y aviseroient : quand aux Cornettes, qu'ils les vouloient envoïer au Roi.

Le jour venu, le Baron d'Onau, auquel le logis étoit demeuré, avec tout ce qui étoit demeuré à Vimorri, & le Régiment des Lansquenets, qu'il envoïa querir toute la nuit, s'alla présenter devant Montargis, pour attirer ceux de la Ligue au combat du jour, mais il ne parut personne, occasion qu'il se retira, après y avoir attendu plus d'une heure.

Encore que le sieur de Chastillon fût logé à trois lieues des Reistres, entendant néanmoins cette allarme, il monta à cheval : comme aussi fut fait ès autres quartiers où la rumeur en fut portée. Ledit sieur de Chastillon trouva à son arrivée, que les Reistres délogeoient. Il donna jusqu'au Village, où il trouva encore quelques-uns des Ennemis égarés qu'il prit. Il fut là par lui & les siens remarqué une grande quantité de morts, & plus beaucoup de François, que d'Allemands ; au partir de là il fit la retraite de ses sept Cornettes.

Ce même jour l'artillerie s'étant approchée, en tirant Païs à une petite lieue de Montargis, ne fut pas sans danger, pour être si prochaine de l'Ennemi, & mal accompagnée. Toutefois l'aïant en cet état ledit sieur de Chastillon rencontrée, il l'accompagna jusqu'à une ou deux heures de nuit, tellement que ne pouvant plus marcher, on fut contraint de la dételer au milieu des champs, pour envoïer les chevaux repaître aux plus prochains Villages. Ledit sieur laissa cinquante Arquebusiers à cheval pour la garder le long de la nuit.

(1) Anne de Vienne de Beaufremont, Fils unique d'Antoine Baron de Listenois dans le Duché de Bar. Cette action se passa le 28 Octobre.

(2) C'est de Dhona.

Armée des Allemands, et orages en France.

Ledit sieur de Chastillon arrivé en son logis, apprit par le retour d'un Trompette, qui avoit été envoïé en l'Armée du Roi, la défaite de M. de Joyeuse, & l'heureux succès que Dieu avoit donné au Roi de Navarre, en la Bataille de Coutras, à cause dequoi toute la Cour étoit en grand deuil. Mais le discours de cette victoire est réservé en son lieu.

Le trentieme d'Octobre, les Reistres se mutinerent fort, tant à l'occasion de la perte qu'ils avoient faite à Vimorri, de quelque bagage, que pourcequ'on leur avoit refusé l'entrée au logis qu'on leur avoit donné à Chasteaulandon. Le Baron d'Onau étoit fort empêché à les appaiser, lorsque le sieur de Chastillon arrivant, fut prié par le Baron d'aller investir ledit Château. Pour à quoi satisfaire, il envoïa querir son Infanterie; & cependant lui-même alla reconnoître l'assiette de ce Château.

Pendant cet exploit, arriverent M. de Bouillon accompagné de plusieurs autres Seigneurs, qui étoient venus vers les Reistres sur leur émeute. Ils disoient entre autres complaintes, ne vouloir passer outre, qu'on les menoit perdre, qu'on les logeoit à la tête de l'Ennemi, sans aucuns François pour les garder; qu'on leur avoit dit que le Roi de Navarre étoit mort, à la défaite de M. de Joyeuse: qu'ils avoient perdu une partie de leur bagage: que leurs Valets demandoient leurs gages, avec menace de les quitter, faute de leur bailler argent; somme, qu'ils n'avoient plus moïen de suivre, & demandoient leur congé. Les Suisses aiderent lors beaucoup à appaiser cette mutinerie, leur remontrant l'alliance qu'ils avoient faite ensemble près de Château-Vilain, qu'ils ne se pourroient séparer qu'à la fin de la guerre. Ce tumulte s'appaisa, par la promesse que firent les François de trouver une somme de deniers pour remettre en équipage ceux qui avoient été démontés à Vimorri.

Sur la fin du Conseil, qui fut pour lors assemblé, se présenta un jeune homme nommé le Pau (1) qui disoit vouloir parler au sieur de Clairvan, auquel il avoit quelque temps auparavant apporté Lettres du Roi de Navarre. Ce jeune homme étoit déja venu quatre ou cinq fois en l'Armée, disant y vouloir amener son Régiment qu'il avoit aux troupes du sieur de Guise; qu'il ne l'avoit dressé pour autre effet, que pour le service du Roi

(1) M. de Thou, livre 87, le nomme d'Espau, & dit que c'étoit un Gentilhomme de Normandie. Il en fait un portrait fort peu avantageux. C'étoit, dit-il, un fourbe, sans probité, que ses concussions avoient obligé de se retirer auprès du Roi de Navarre; qui s'étoit depuis insinué dans l'amitié du Duc de Guise, pour se mettre en état de faire plus de mal.

1587. de Navarre; qu'en prenant son parti, il vouloit lui faire de superabondant un signalé service, en se saisissant de quelque Place; qu'il en avoit eu le moïen en Bourgogne, mais que le passage de l'Armée ne l'avoit point favorisé; que maintenant il pouvoit prendre Montargis, ainsi qu'il l'avoit déja fait entendre, lorsqu'on étoit à Chastillon; qu'il avoit sa Compagnie dans le Château, laquelle M. de Guise y avoit mise pour son assurance, lorsqu'il étoit logé en la Ville; que maintenant que l'Armée marchoit, M. de Guise la côtoïant de-là la riviere de Loin, le pressoit de partir pour l'aller trouver avec sa Compagnie; qu'il ne se pouvoit plus excuser d'obéir à son commandement; par ainsi qu'on avisât, si on vouloit prendre cette occasion.

Armée des Allemands et orages en France.

Après quelqu'autre langage tenu de part & d'autre, le sieur de Chastillon (auquel aussi il s'adressa) lui dit, que tout ce qui venoit de la part de ceux qui hantoient M. de Guise, lui étoit fort suspect; que si toutefois il s'y vouloit gouverner en la maniere qu'il lui diroit, on y pourroit envoïer. Le Pau alors, je ne suis, dit-il, ici pour autre chose, que pour faire ce qu'on voudra.

L'affaire mise en délibération, on résolut d'y aller. M. de Clervan fut de la partie, & prit deux cens Arquebusiers & deux Cornettes de Reistres pour aller à cette exécution.

Parvenus au lieu, lesdits sieurs de Clervan, Chastillon, & autres qui les accompagnoient, font venir le sieur le Pau; puis après font visiter le Château; & finalement logerent cinquante Arquebusiers sur le Portail. Comme ils étoient sur le point de donner dedans, un de la suite du sieur de Chastillon l'avertit qu'il y avoit de la trahison, occasion qu'il retira promptement ses hommes.

Quoi voïant les Ennemis, & qu'ils étoient découverts, ils jouerent leur jeu, & firent sauter en l'air les portes & les ponts, par où il falloit que les Entreprenans entrassent, avec canonades & arquebusades sans nombre. Au retour de cette entreprise, ceux qui avoient échappé un grand péril (pour avoir cru un Traître & de la Ligue) en rendirent graces à Dieu.

Pendant que cela se passoit ainsi à Montargis, M. de Bouillon, avec Messieurs du Conseil s'étoient acheminés devant à Châteaulandon, & y avoient fait acheminer l'artillerie, aïant même avisé du lieu où on la devoit placer. Mais pourcequ'il n'y avoit ni Suisses ni Lansquenets pour la garder, cette charge fut laissée au sieur de Chastillon; à son arrivée de Montargis, la batterie fut commencée.

Sur les deux heures, les Chefs de l'Armée & Maréchaux de Camp arriverent; deux pieces d'artillerie s'éventerent en cette batterie. Sur le soir on fit contenance de vouloir donner l'assaut, ceux de dedans se rendent à composition, la vie sauve.

Pour conserver les logis des Reistres, & éviter à la confusion, le sieur de Chastillon ne voulut permettre aux Compagnies d'y entrer, & y mit quelques Gentilshommes pour cet effet; avertit le Baron d'Onau de s'y trouver de grand matin : ce qu'il ne fit point, ni M. de Bouillon non plus.

Occasion qu'aïant ledit sieur de Chastillon affaire aux François, Suisses, Reistres & Lansquenets, il ne put empêcher le pillage. Ce qui se put toutefois retirer d'argent des Prisonniers, il le bailla au Baron d'Onau. Il y eut en ce quartier-là de la désolation; car les Reistres mirent le feu quasi en tous les Villages où ils avoient logé.

De-là on alla loger le long de la riviere qui passe à Estampes, pour avoir la commodité des moulins, tant pour les Suisses, que pour les Reistres; & toutefois ils se trouverent rompus en ce logis-là.

Bouschet & les autres, qui avoient été députés vers le Roi, de la part des Suisses, retournerent en ce même-temps, qui étoit au commencement de Novembre. Leur rapport fut, que le Roi leur avoit commandé de parler à M. de Nevers, lequel leur avoit remontré le tort qu'ils faisoient à l'alliance ancienne qu'ils avoient avec le Roi, de porter ainsi les armes contre Sa Majesté; le danger auquel ils mettoient leur République d'être troublée, par les occasions qu'ils donnoient au Roi de se ressentir de leur entreprise; mais qu'ils pouvoient aisément remédier à cela, & se retirer de tant d'incommodités & nécessités, auxquelles ils savoient bien qu'ils étoient réduits.

Que s'ils vouloient prendre résolution de s'en retourner en leurs Païs, il moïenneroit pour eux envers le Roi, qui leur donneroit quelque argent avec toutes les sûretés qu'ils pourroient demander.

Qu'après leur avoir parlé de cette façon, ledit sieur de Nevers les présenta au Roi, lequel leur fit fort mauvais visage, les reprenant fort aigrement de l'offense qu'ils lui faisoient contre leur alliance & contre leur serment, d'ainsi s'armer contre lui. Que c'étoit lui qui étoit Roi de France; qu'il portoit la Couronne sur sa tête; qu'il n'étoit pas un fantôme.

C'étoit lui-même qui opposoit sa personne, & ses moïens

1587.

Armée des Allemands, et orages en France.

contre ceux qui les avoient emploïés. Qu'il pensoit bien qu'ils avoient été prévenus, sous un faux donné à entendre; mais puisqu'ils le voïoient, & parloit, ils ne pouvoient ignorer ce qui en étoit: & devoient s'assurer que Sa Majesté les feroit poursuivre en Justice devant leurs Seigneurs, desquels il esperoit plutôt occasion de contentement, que de guerre.

A ce que dessus les Députés disoient avoir répondu, qu'ils avoient pris les armes pour soutenir la Couronne de France, & pour s'opposer aux desseins pernicieux de ceux de la Ligue, lesquels Sa Majesté avoit ci-devant déclarés ses Ennemis, tant par ses Edits, que de bouche.

Qu'aïant été par toute voie duement informés & certiorés de cela, ils n'avoient pu moins faire, que de satisfaire à la semonce du Roi de Navarre, premier Prince du Sang, & qui lui étoit très fidele, l'accompagnant en une si juste querelle. Disoient davantage, avoir ajouté sur ce sujet tout ce qu'ils avoient pensé y pouvoir servir.

Mais néanmoins (soit qu'ils fussent étonnés des paroles du Roi, soit qu'ils eussent été ja gagnés par argent) ils changerent à leur arrivée le courage à leurs Compagnons, qui commencerent à se mutiner tout ouvertement, & demander deux ou trois mois de paie, ou congé.

Le Baron d'Onau, avec tous les Colonels s'emploïerent fort fidelement pour leur remontrer le tort qu'ils se faisoient, & à leur Nation, de chercher des querelles, pour se séparer, & d'eux, & des François; ce qu'ils ne pouvoient faire en bonne conscience.

Le lendemain M. de Bouillon, Messieurs du Conseil, & le Baron d'Onau se trouverent au quartier des Suisses, pour remédier à ce désordre. Cette affaire se traita avec beaucoup de paroles & altercations. Pour lors n'en fut tiré autre chose, sinon que tous les Colonels & Capitaines résolurent d'envoïer encore leurs Ambassadeurs vers le Roi, seulement pour lui demander des passeports pour aller trouver le Roi de Navarre, & savoir de lui s'il portoit les armes contre la Couronne de France; que s'il le nioit, ils lui feroient service, en païant; si au contraire, ils prendroient congé de lui, avec supplication de se contenter du passé.

On reçut cette réponse comme paroles; car eux-mêmes étoient assez informés de la saine & droite affection du Roi de Navarre envers le Roi & la Couronne; & quand ils ne l'eussent su, su, il n'étoit pas heure de s'en enquerir. Aussi ne fit-on pas état de cette réponse; mais bien qu'ils dressoient cette querelle, ébranlés d'ailleurs; car aussi faisoient-ils fort valoir les plaintes de leurs nécessités & mauvais équipage, & que sans argent ils ne pouvoient marcher davantage.

1587.

ARMÉE DES ALLEMANDS, ET ORAGES EN FRANCE.

Durant ces choses, ceux de la garnison d'Estampes firent quelque sortie de nuit au quartier des Suisses, mais sans effet remarquable.

Au même-temps les Ennemis firent quelque charge sur les gens de pied; mais étant secourus par le sieur de Chastillon, ils ne firent grande exécution. Seulement ils prirent le sieur de Cormont, lequel fut incontinent mené à M. d'Espernon, qui commandoit en la troupe. Ils se servirent de lui depuis, pour aider à négocier ce qui se passa lorsque l'Armée se débanda.

Le quinzieme de Novembre, l'Armée fit un logis approchant de Chartres; & là fut mis en délibération si on devoit passer outre, ou retourner en arriere. Il fut résolu de faire encore un logis plus avant, pour favoriser la venue de M. le Prince de Conti, duquel on avoit eu nouvelles par le sieur des Essars qui l'avoit vu, retournant de la part du Roi de Navarre.

Le prochain logis fut à deux petites lieues de Chartres. M. d'Espernon, avec l'avant-garde du Roi, se logea à Boncval (1), qui étoit le seul passage qui restoit à l'Armée, si elle eût eu volonté de descendre plus outre, le long de la riviere de Loire.

De-là partit le sieur de Chastillon, par commun avis, pour aller au-devant de M. le Prince de Conti, lequel arriva le vingtieme de Novembre à Prunay (2), où tous le vinrent trouver.

On lui représenta les grandes difficultés & contrariétés qui se présentoient, tant pour avoir l'Armée du Roi opposite, & sur le passage, que pour avoir M. de Guise sur la main droite. Que si l'Armée vouloit tourner tête, il falloit rebattre le chemin qu'on avoit déja fait; & combattant les forces de M. de Guise, avoir l'Armée du Roi en dos, ou passer par la Forêt d'Orleans, ce qui ne se pouvoit faire: le tout balancé, il fut résolu qu'on partiroit le plus soudainement qu'on pourroit, pour, à grandes journées, gagner le haut de Loire.

Aucuns des Allemands étoient d'avis qu'on partît sur le minuit ensuivant, & le firent proposer au Conseil, par la Hugue-

(1) Bourg en Beauce, sur Loire, aux Confins du Perche.
(2) Seigneurie au Païs Chartrain.

1587. Armée des Allemands, et orages en France.

rie; mais d'un côté, le chemin n'avoit encore été résolu, de l'autre, il n'y avoit temps pour avertir toute l'Armée. Et puis on trouvoit peu honorable de partir la nuit, comme si on eût été emporté d'effroi. Le partement fut donc différé jusqu'au vingt-quatrieme de Novembre, avec résolution de partir de plein jour.

Sur ces entrefaites, les Députés que les Suisses avoient renvoïés vers le Roi, étant retournés, firent entendre que cette derniere fois ils avoient trouvé du changement aux discours qu'on leur avoit tenus, parcequ'ils n'avoient point eu affaire avec M. de Nevers, & que le Roi leur avoit commandé de s'adresser à M. d'Espernon, ajoutant ces propres mots; nous n'avons point été maniés par ceux de la Ligue cette fois ici. De façon qu'il sembloit, & à leur contenance, & à leur discours, qu'ils avoient quasi honte d'être entrés si avant en négociation avec le Roi, & entra-t-on en quelque espérance de remparer cette brêche.

A cette même fin la Huguerie fut envoïé de la part du Baron d'Onau, pour proposer qu'il étoit nécessaire, pour le contentement des Allemands, d'essaïer par toutes voies d'arrêter les Suisses; & allégua pour principale raison, que ce grand corps s'en allant, emmeneroit avec soi quelque troupe de Reistres, lesquels pourroient ébranler les autres, & les rendre plus difficiles à faire ce qu'on voudroit.

L'affaire mise en délibération, aucuns ne trouvoient tant préjudiciable leur séparation, fondés sur ces raisons : que c'étoit un corps si pesant, & si mal aisé à remuer, que l'Ennemi pourroit à cette occasion obliger toute l'Armée à quelque désavantageux combat. Et que sans cette pesante troupe, on pourroit plus légerement gagner le haut de la riviere qui étoit le seul chemin assuré que pouvoit prendre l'Armée : les autres au contraire remontroient qu'une telle séparation ne se pouvoit faire sans une grande altération de tout le reste.

Que si on ne l'empêchoit, ce seroit un changement bien étrange, & commencement de dissipation qui ameneroit une mauvaise fin.

Que les Allemands feroient le même à la moindre occasion. Qu'avec les Suisses on pouvoit faire un bel effet, voire combattre toutes les forces des François, ce que difficilement on feroit sans leur épaule. Que le Roi de Navarre avoit montré quel conseil il falloit prendre en telle extrêmité.

1587.

ARMÉE DES ALLEMANDS, ET ORAGES EN FRANCE.

Qu'il falloit tourner la tête de l'Armée droit vers le sieur de Guise, le contraindre au combat, ou l'investir en quelque lieu qu'il fût. Ce qui ne sembloit tant difficile, vu qu'il n'avoit aucune bonne Ville, où il pût faire sa retraite.

Que les Suisses ne refuseroient point le combat contre ceux de la Ligue. Qu'à tout ce que dessus aidoit beaucoup l'heureuse victoire que Dieu avoit donnée au Roi de Navarre.

Le tout débatu & pesé, les difficultés qu'il y avoit de pouvoir retenir les Suisses, qui étoient entrés si avant en négociation avec le Roi, l'emporterent.

Sur la résolution que prirent les Suisses de se retirer, ils demandoient qu'on signât leurs rôles, afin que les corps se séparant, les affections demeurassent, & qu'en ce cas, ils jureroient & promettroient d'amener au Roi de Navarre deux ou trois Régimens de Suisses au temps & terme qui leur seroit ordonné. On s'arrêta sur une Lettre que le Baron d'Onau avoit écrite, par laquelle il mandoit, que si on donnoit assurance de la paie aux Suisses, qui quittoient contre leur devoir le service de leur Maître, on ne feroit point de distinction des bons serviteurs d'avec les mauvais. Nouvelles affaires étant survenues, l'occasion de satisfaire à cette demande s'écoula.

Le jour du partement de l'Armée, qui avoit été mis au vingt-quatre étant venu, M. de Guise, soit qu'il eût fait ce dessein de soi-même ou par avertissement, marcha toute la nuit, & jetta des Arquebusiers dans un Château qui étoit à Aulneau, où les Païsans s'étoient retirés, & avoient fait accord avec les Reistres de leur donner ce qu'ils auroient besoin. Les Gardes du Baron d'Onau, qui étoit logé en ce Bourg d'Aulneau renfermé, n'apperçurent point l'entrée de ces Arquebusiers.

M. de Guise avec le reste de ses Troupes attendit la pointe du jour, que les chariots des Reistres commencerent à sortir, & que les Gardes fussent levées pour déloger. Cette heure lui sembla la plus propre pour surprendre les Reistres, qu'autrement il n'osoit attaquer. Aïant donné le signal à ses Arquebusiers, ils entrerent par la porte du Bourg, qu'ils trouverent toute ouverte, & sans aucune résistance, pource que chacun étoit en son logis prêt à monter à cheval. Les Arquebusiers de l'Ennemi enfilant les rues donnent dans les premiers logis. Les Reistres prennent l'alarme, montent à cheval, trouvent la porte saisie, & les rues empêchées de leurs chariots, de sorte que

1587.

ARMÉE DES ALLEMANDS, ET ORAGES EN FRANCE.

pour être le Village fermé, ils ne purent jamais, ne se mettre ensemble, ne gagner la campagne (1).

Le Baron d'Onau suivi de sept ou huit, & se trouvant des premiers à la porte, perça ceux qui entroient. La porte fut aussi-tôt fermée. Ceux des Reistres, qui étoient montés à cheval, couroient autour des murailles pour trouver quelque passage, à faute de quoi, montoient sur la selle de leurs chevaux, & de-là sur la muraille, de laquelle ils se jettoient dedans le fossé, & ainsi échapperent quelques-uns: la *Rennefanne*, c'est-à-dire en François, la Cornette génerale, fut sauvée par ce moïen & une autre encore. Mais tous les Gentilshommes de ces deux Cornettes & de cinq autres, avec tous leurs gens, armes, chevaux & chariots, furent entierement pris ou tués.

Le Baron d'Onau se rallia avec le reste des Reistres, & firent alte à demie lieue du Bourg d'Onau. Les Suisses (2) se rendirent & mirent en bataille près de lui, où aussi se rangea le sieur de Chastillon. Là fut mis en avant d'envoïer querir le reste de l'Armée, faire venir l'artillerie, & investir à l'heure même le Village, où on trouveroit encore les soldats au pillage, mais il n'y eut ordre d'entendre à cette proposition. Monsieur de Bouillon venu, on résolut de poursuivre le chemin.

Messieurs de Clervan & de Chastillon furent envoïés au quartier des Reistres pour les consoler de leur perte, & les faire résoudre à suivre leur chemin. Mais le lendemain (3)

(1) L'Auteur a ajouté ce qui suit, dans ses additions.

» Le Colonel Schregel, selon le commandement général qui avoit été fait, » étant délogé, à l'aube du jour, de la » Chapelle située à une heure du chemin » d'Auneau, fut averti de la surprise dudit » Auneau. Il envoïa sur-le-champ trois cens » Arquebusiers, & bon nombre de *Corsolets* (*) au devant, & marcha incontinent » avec tout son Régiment au secours dudit lieu, semonçant en chemin le Capitaine Bouch à le seconder avec ses Cornettes. Et en tel ordre, approchant du » bois, il requit de même les Suisses, qui » avoient leur quartier gueres loin de la » porte, lorsque le commandement lui fut » fait de rebrousser chemin & rallier son » Regiment avec les Reistres.

(2) Addition de l'Auteur.

» Les Suisses de Zurich & Basle, qui s'accorderent: 1°. A la requête du Colonel » Schrégel de ranger leurs trois Régimens » en trois Bataillons, & attendre le commandement & la résolution de toute l'Armée. Ce que toutefois ils ne firent; ains, » sous prétexte de se ranger: 2°. avec » Bonstet, Colonel-Lieutenant du Régiment de Berne, logé plus avant, tirerent » païs, & se débandant, ce même jour » abandonnerent l'Armée,

(3) Addition de l'Auteur.

» Les Colonels qui resterent, savoir, » Donmartin, Bouch & Schrégel (car Cloth, » Wern, & le Felt-Maréchal Rumpf étoient » déja morts, & Bernstorff étoit prisonnier)

(*) *Il faut sans doute* Corselets. *Un Corselet étoit une petite Cuirasse que portoient les Picquiers dans les Régimens des Gardes*

1587.

ARMÉE DES ALLEMANDS, ET ORAGES EN FRANCE.

les Colonels aſſemblés ſe mutinerent, diſant vouloir aller trouver les Suiſſes, & ſe retirer avec eux en Allemagne: de fait ils firent détourner leurs chariots pour prendre cette route. Cette nouvelle fut portée à M. le Prince de Conti & à M. de Bouillon, toutefois à une heure de là le Baron d'Onau manda que les ſieurs de Clervan & de Chaſtillon retournaſſent vers eux, & qu'il avoit tant fait, qu'ils ſe trouveroient au rendez-vous. Il leur fut là repréſenté, qu'il ne leur ſeroit honorable d'ainſi ſe retirer ſur une perte ſi fraîche.

Qu'il n'y avoit aucune ſûreté pour eux en cette réſolution: qu'il leur valoit beaucoup mieux demeurer joints avec les François, avec leſquels ils étoient ſuffiſans pour combattre qui les attaqueroit.

Et finalement que le chemin qu'on vouloit prendre étoit le plus court, pour, au pis aller, ſe retirer en Allemagne.

Ils réſolurent de ſuivre juſqu'au rendez-vous du lendemain, où ils diſoient vouloir voir tous les François, & que là ils traiteroient avec eux de toutes choſes.

Quelqu'un des amis du ſieur de Chaſtillon lui avoit mandé de l'Armée du Roi avoir quelque choſe d'importance à lui dire. Il avoit communiqué la lettre à Meſſieurs de Bouillon, & du conſeil, qui avoient été d'avis qu'il y envoïât quelqu'un des ſiens fideles; ce qu'il fit.

Celui qui fut envoïé retourna avec M. de Cormont, apportant offres que le Roi faiſoit aux François de leur donner ſureté pour ſe retirer en Allemagne ou en leurs maiſons, avec pluſieurs raiſons, que les amis ſéparément alléguoient: mais d'autant que l'Armée marchoit, on ne put pas répondre à cela promptement.

Il y avoit apparence, & danger que l'Armée fût ſuivie de l'Armée du Roi & de celle de la Ligue: occaſion qu'on propoſa aux Reiſtres de brûler leurs chariots & mettre le plus d'hommes à cheval, qu'ils pourroient; que les François feroient de même.

Au rendez-vous du lendemain, on traita avec les Reiſtres, que dans vingt jours on leur feroit voir le Roi de Navarre,

» ne ſe mutinerent jamais: au contraire, » & devant & après la ſurpriſe d'Auneau, » ont toujours été réſolus, avec le Baron de » Dhona leur Chef, de joindre le Roi de » Navarre, à quelque prix que ce fût: mais » bien quelques Ritmeiſtres & Reiſtres, avec » leurs Enſeignes, ſe mutinant, accepterent » la capitulation du Duc d'Epernon, bon » gré malgré ledit Baron, Colonels & au- » tres affectionnés Serviteurs dudit Roi de » Navarre.

1587.

ARMÉE DES ALLEMANDS, ET ORAGES EN FRANCE.

ou on les mettroit en lieu de sûreté. Que Messieurs le Prince de Conti, de Bouillon, de Chastillon, ou tels autres qu'ils voudroient choisir leur répondroient de tout ce qui leur étoit dû. Et en cas que le Roi de Navarre ne les contentât tous, si-tôt qu'ils seroient arrivés vers ledit sieur Roi, ils se rendroient leurs prisonniers. Ce traité étoit verbal, & se devoit rédiger par écrit, & signer de part & d'autre, avec assurance & promesse qu'ils donneroient de leur part, d'aller trouver le Roi de Navarre.

Le rendez-vous du jour suivant fut à Landon, à quatre lieues de Montargis. Lieu incommode à cause d'un Pont qui est au milieu du Village, où il y eut une grande confusion.

Là le sieur de Chastillon fut commandé d'aller tenter la surprise du passage de Gien; mais divers inconvéniens survinrent, qui empêcherent ce dessein, encore qu'il s'y fût acheminé.

Ce pendant l'Ennemi s'avança de telle sorte que les coureurs chargerent les Lansquenets, & en désarmerent plus de mille ou douze cens, en blesserent beaucoup, prirent l'artillerie & les munitions; gueres plus de vingt-cinq Arquebusiers à cheval firent cet exploit. Les Lansquenets se retirerent de cette déroute à la file, & gagnerent la Buissiere, comme firent aussi les Chartiers avec leurs chevaux & tout l'équipage qu'ils purent sauver. Le sieur de Chastillon se trouva pour lors audit lieu de la Buissiere, lequel dépêcha incontinent par tous les quartiers de la Cavalerie, pour donner avis qu'il étoit nécessaire que tout se rangeât là, pour l'apparence qu'il y avoit qu'on auroit bien-tôt l'Ennemi sur les bras; mais les Compagnies tirerent au rendez-vous qui étoit à Bonni (1).

Ledit sieur de Chastillon, aïant longuement fait halte à la

(1) Ville sur la Loire.

Addition de l'Auteur.

» Ce jour-là du rendez-vous à Landon, » sept Enseignes du Régiment de Lansquenets étoient tous seuls à la retraite avec » les chariots. Sur lesquels sortirent » d'un Bourg environ trente chevaux des » Ennemis, & s'augmenta le nombre » d'heure à heure jusqu'à cent chevaux. » Ceux-ci talonnerent lesdits drapeaux jus» qu'au rendez-vous de Landon: mais fu» rent toujours ou par les Mousquetaires en » embuscades, ou à piques joints repoussés. » Vrai est que ces coureurs chargerent, dé» valiserent & blesserent plusieurs de ceux » qui, ou par maladie, ou par quelque » cause ou accident que ce fut, comme mê» me par la mutinerie du jour passé, de» meurerent derriere, tant Lansquenets, » Reistres, que Chartiers, Pionniers: com» me ils prirent aussi le reste de l'artillerie » restée à l'abandon. Mais desdites sept En» seignes, qui étoient ce jour-là rangées » aux drapeaux, il n'en fut rien perdu, & » se rendirent, combien que tard, à savoir » à deux heures après minuit, à leurs quar» tiers saufs & sains, éloignés des premiers » quasi deux lieues: qui fut aussi cause que » le lendemain, pour la fatigue du chemin » & longue traite, ils passerent à la Buis» siere par bandes, favorisés par le sieur » de Châtillon à sa retraite.

1587.

Armée des Allemands, et orages en France.

Buiſſiere, pour recueillir les Lanſquenets qui s'y rangeoient à la file, fit la retraite, n'aïant avec ſoi qu'environ ſoixante hommes armés, & ſix ou ſept vingt Arquebuſiers à cheval. Ce ſéjour que fit ledit ſieur de Chaſtillon à la Buiſſiere, donna loiſir à l'Ennemi de l'acconſuivre; tellement qu'en filant le grand chemin de Bonni, l'Ennemi lui parut, marchant le long du parc; à cette découverte, il mit ſa troupe en bataille, & pour le peu d'eſpace, les mit en ordre de quatre en quatre.

Les ſieurs de Mouvant, & S. Aubin menoient les coureurs; leſquels aïant découvert que la troupe de l'Ennemi étoit de plus de deux cens chevaux, le manderent au ſieur de Chaſtillon, qui les renforça de huit ou dix armés, qui étoient avec le ſieur de Lyramont, & leur manda qu'ils marchaſſent toujours le petit pas après la troupe.

Mais peu après l'Ennemi les preſſant, tournerent tête l'épée en la main vers l'Ennemi, qui s'arrêta alors, & depuis toujours, ſans s'avancer davantage, ſuivit ledit ſieur de Chaſtillon trois grandes lieues.

Ledit ſieur de Chaſtillon aïant fait entendre à M. le Prince de Conti qu'il avoit l'Ennemi ſur les bras, M. de Bouillon s'y achemina avec environ deux cens chevaux. Arrivé, & aïant entendu la contenance de l'Ennemi, par commun avis trouverent bon d'attendre l'Ennemi au paſſage d'un petit ruiſſeau, qu'ils avoient laiſſé derrriere eux.

Ils vouloient là attendre les Ennemis, mais le ſieur de Montluet (qui étoit toujours demeuré derriere) fit entendre au ſieur de Chaſtillon qu'il ſe doutoit de quelque choſe. Pour le mieux juger ils s'avancerent; & à la découverte de quelques-uns de l'Ennemi, commencerent à parler, ou pour les amuſer, ou pour les faire approcher; mais ils commencerent incontinent à ſe retirer. Sur cette retraite le ſieur de Montluet, avec les coureurs du ſieur de Chaſtillon, ſe mêla ſi avant avec eux, qu'il les mena battant juſqu'au ruiſſeau, & en demeura de morts ſur la place dix-ſept ou dix-huit.

Le ſieur de Chaſtillon, pourſuivant cette déroute, fut mandé & averti par M. de Bouillon que les Reiſtres étoient à plus de quatre lieues de-là, & tout le reſte des François: que ce qu'il vouloit pourſuivre, étoit le gros de l'Ennemi, où étoient les ſieurs de Nemours, Mercœur & Eſpernon: que la néceſſité requeroit de tirer Païs, ſans plus longuement s'arrêter. Ce qui fit faire ferme audit ſieur de Chaſtillon, lequel ſe trouva près d'un

1587. petit bois, dans lequel s'étoient jettés cinquante ou soixante Arquebusiers de l'Ennemi; lesquels aïant été découverts le sieur de Chastillon retira ses coureurs, les favorisant par la charge qu'il fit contenance de faire aux Arquebusieurs, pour les empêcher de couper chemin à ses coureurs, lesquels retournerent sans dommage. La vérité fut, qu'il n'y avoit en cette troupe de l'Ennemi, que les sieurs de Nemours & de Mercœur, qui avoient été fort ébranlés au retour de leurs coureurs, qui se jetterent sur leurs bras.

ARMÉE DES ALLEMANDS, ET ORAGES EN FRANCE.

Ce même soir l'Armée alla loger à cinq lieues de-là, & le jour suivant on commença d'entrer dans le Morvan, qui est un Païs de bois, & fort couvert, tellement peu fréquenté, qu'à peine pouvoit-on aller un à un par les chemins.

On fit un rendez-vous des Chefs de l'Armée, pour ouir la créance du sieur de Cormont, qui étoit, que le Roi donneroit telle sûreté qu'on voudroit, pour faire retirer les Reistres en Allemagne, & les François Papistes, ou qui voudroient vivre papistiquement en leurs maisons, avec main levée de leurs biens. Les autres de la Religion, qui se voudroient retirer hors de France, pourroient jouir de leurs biens, ne portant point les armes: Requerant au reste, pour témoignage de leur obéissance & de leurs intentions (par lesquelles ils avoient déclaré n'avoir but que son service) que tous les François lui rendissent leurs Cornettes & Enseignes.

Toutes choses débattues de part & d'autre, on avisa de ne mépriser telles offres, sauf de pourvoir aux sûretés & au fait des Enseignes plus mûrement.

Les raisons, qui induisoient & contraignoient à cet avis, étoient le grand effroi qui étoit en toute l'Armée; à quoi on conjoignoit une telle négligence, qu'il n'y avoit plus moïen de tenir ordre de gens de guerre, ni entre les Allemands, ni entre les François. Plusieurs Gentilshommes François s'étoient ja retirés, & se retiroient par chacun jour en leurs maisons: on n'avoit aucune assurance de plusieurs, parmi lesquels on étoit: il ne se voïoit aucune résolution pour le combat; les chemins étoient pleins de bagages & armes, tant des Allemands, que des François; les chevaux harrassés; il falloit faire de longues traites pour éloigner l'Ennemi, quand on arrivoit; on ne trouvoit aucune guide pour dresser les chemins & montrer les Villages; de sorte qu'on faisoit le plus souvent autant de temps pour trouver le logis après être arrivé au rendez-vous, qu'on eût fait à cheminer deux

1587. Armée des Allemands, et orages en France.

deux ou trois lieues. La plupart demeuroient, ou dans les Bois, ou aux premieres maisons qu'on rencontroit, sans pain pour les hommes, & sans fourrage pour les chevaux. Plusieurs montures demeuroient recrues, faute d'être ferrées. Il falloit passer quatre journées de Bois. Les Arquebusiers & gens de pied diminuoient de part & d'autre, & néanmoins il en falloit quantité pour fournir à la queue & à la tête de l'Armée. Tout le Régiment de Villeneufve s'étoit débandé n'y avoit pas plus de trois jours, parceque leur Maître de Camp étoit Prisonnier. Il n'y avoit quasi plus d'hommes en celui de M. de Mouy. Ceux que le sieur de Chastillon avoit amenés de Languedoc, pour n'être pas montés, ne pouvoient suivre, ou pour suivre, en si longues traites, étoient contraints de jetter leurs armes. La plupart n'avoient point de poudre, ni moïen d'en recouvrer. Les arquebuses étoient, ou rompues, ou inutiles, faute d'ouvriers pour les accommoder. Il ne restoit pas deux cens bons Arquebusiers. Ce qui restoit de Lansquenets (environ deux mille) étoient désarmés. Toutes ces raisons & plusieurs autres firent conclure, être meilleur de conserver les hommes, pour une autre fois faire service, que de les perdre, & de donner la gloire aux Ennemis d'avoir entierement défait cette Armée.

Sur ces délibérations on dépêcha M. de Cormont.

Cependant l'Armée avançoit toujours chemin, suivie néanmoins par M. d'Epernon, accompagné de sept ou huit cens chevaux, & autant d'Arquebusiers qu'il en avoit pu mettre à cheval, & n'avoit pour lors qu'une lieue devant lui, & sur la fin quatre ou cinq.

Depuis la résolution de rebrousser chemin, jusqu'à ce Conseil, il y eut d'intervalle huit jours entiers: depuis cette résolution jusqu'à Lency en Mâconnois (où l'Armée se débanda) on marcha cinq journées, à savoir jusqu'au sixieme de Décembre.

Le rendez-vous fut donné, & s'y trouverent ensemble tous les Reistres & les François. Le sieur de Cormont étoit retourné dès le soir; & environ une heure après lui, arriva le sieur de l'Isle-Marivaut, envoïé exprès de la part de M. d'Epernon. Les Chefs étant arrivés avant les troupes, ils confererent entre eux de ce qui se devoit traiter là, pourcequ'un chacun en avoit été averti.

Il fut là représenté un petit papier, où étoit la liste de plusieurs Compagnies de Gendarmes & Régimens de gens de pied, qui étoient, ce disoit-on, en forêt pour couper chemin à l'Armée; & ajoutoit-on à cela, qu'un homme revenant de Vivarets,

1587.

ARMÉE DES ALLEMANDS, ET ORAGES EN FRANCE.

avoit assuré que l'Armée de M. de Mandelot avoit été contrainte de se retirer à cause des grandes néges; de façon qu'il n'y avoit aucun moïen de passer. Cette nouvelle augmenta l'étonnement.

Sur les délibérations de ce qu'on auroit à faire, le sieur de Chastillon remontra que le plus malaisé & plus dangereux chemin des forêts étoit échappé; que les nécessités qui avoient contraint de prêter l'oreille aux offres du Roi, pour la plupart cessoient; que dans quatre jours on pouvoit être en lieu de sûreté: & montra à l'œil les montagnes de Vivarets, où dans vingt-quatre heures on pouvoit avoir le sieur de Chebault, avec quinze cens Arquebusiers; qu'il savoit les moïens du sieur de Mandelot, qu'il n'avoit moïen de mettre ensemble troupes valables pour empêcher le passage; qu'il se falloit garder diligemment des artifices & bruits qu'on pourroit faire semer pour effraïer; offrant au reste, sur sa vie, de conduire les troupes sans danger en Vivarets. Les moïens qu'il proposoit, étoient, qu'on séparât l'Armée en deux; qu'on mît la moitié des François & des Reistres à la tête, avec ce qui seroit nécessaire du bagage, & dont on ne se pourroit passer; retrancher tout le reste, & principalement les haridelles & chevaux recrus, qui ne servoient que d'empêchement, l'autre moitié de l'Armée marcheroit après; qu'on se résolût de charger tout ce qui se présenteroit, ou à la tête, ou à la queue: qu'ainsi faisant, il esperoit, moïennant l'aide de Dieu, qu'on combattroit tous les empêchemens qui se pourroient présenter, puisque Dieu avoit jusqu'alors tiré l'Armée, comme par la main, hors de tant de dangers, & plus grands que ceux qui restoient. Il ajoutoit à cela, que M. d'Epernon étoit à une grande journée derriere l'Armée, M. de Guise, à trois; le Roi étoit de-là la riviere; & que devant l'Armée il n'y avoit rien qui pût nuire. N'y aïant au reste apparence (voire étoit indigne de Chrétiens, faisant profession de la Religion Réformée) de recevoir les conditions désavantageuses & honteuses qu'on présentoit, tant qu'il resteroit la moindre espérance de passer.

Ce qui faisoit ainsi parler le sieur de Chastillon, étoit, qu'au commencement le Roi offroit sûreté pour la retraite où on voudroit, main levée du bien, tant de ceux qui se retireroient en leurs maisons, vivant selon la Religion Romaine, que de ceux qui se voudroient retirer hors de France, pour y vivre en liberté de conscience, sans porter les armes. Il offroit aussi sûreté pour la retraite des Etrangers en leur Païs, avec leurs Cornettes &

1587. Armée des Allemands, et orages en France.

Enseignes, demandant seulement celles des François : depuis changeant toutes conditions & offres, ne vouloit donner aucune sûreté de retraite, ni main levée des biens saisis, sinon à ceux qui vivroient papistiquement, ou promettroient de ne porter jamais les armes, que par son exprès commandement: & demandoit outre cela toutes les Cornettes & Enseignes indifféremment, tant des François que des Allemands. Ce changement le mettoit en défiance qu'il n'y eût de l'infidélité, en l'Armée même, qui donna occasion au Roi de rétracter ses offres, & en offrir de moindres, vu principalement qu'il étoit notoire que M. d'Epernon n'avoit pas alors avec lui cinq cens chevaux, & cinq cens Arquebusiers à cheval, que s'il attendoit à ceux qu'il avoit à pied, jamais il n'attraperoit l'Armée tirant pays. Que s'il y venoit avec ce qu'il avoit, il seroit toujours plus foible & quasi autant harassé que l'Armée, en danger d'être battu. N'y aïant, au reste, apparence qu'il le dût faire alors, vu que quand il avoit été plus prochain de l'Armée, avec plus de forces, & en Païs plus avantageux, il ne l'avoit pas fait. Qu'il ne restoit donc rien d'assuré pour l'Armée, que de passer la Loire, vu que pour se retirer en Allemagne il falloit passer la Saone, & sur des ponts seulement, parcequ'elle ne se guéoit nullement. Que les Villes & Ponts étoient occupés par le sieur de Mayenne, comme aussi tous les Bacs. Que si on se mettoit à la merci de ceux de la Ligue, le Roi même ne pourroit empêcher leur cruauté.

Plusieurs Allemands & autres ne se montroient aliénés de cet avis, comme le plus salutaire : mais il faut confesser, que Dieu ne se vouloit servir de cette Armée, & la vouloit totalement dissiper : car encore qu'on vît, qu'on goustât, qu'on approuvât mêmes les meilleurs expédiens, néanmoins on ne les pouvoit suivre. Les uns estimoient que ceux qui avoient volonté de se retirer en Languedoc se vouloient faire suivre, pour assurer leur chemin. Les autres alléguoient l'impossibilité à cause des néges : les autres mettoient en avant la stérilité du Païs, où on ne trouveroit rien pour la vie, ni des hommes, ni des chevaux. Quand aux Reistres, la perte de leurs chevaux venoit en considération, lorsqu'il faudroit passer les précipices des montagnes de Vivarais, où les païsans seuls étoient suffisans pour faire résistance, tellement que les Reistres furent aisément dissuadés du passage. Car alors le commun des Reistres, sans leurs Colonels, allerent pour ouir parler le sieur de

1587. l'Isle Mornault (1), lequel, persuadé de leur rabattre quelque chose des dernieres conditions, leur proposa, ou d'emporter leurs Cornettes, & jurer de ne retourner jamais en France que pour le service du Roi, ou de l'Empereur : ou de rendre leurs Cornettes, & s'en aller en liberté de retourner.

ARMÉE DES ALLEMANDS, ET ORAGES EN FRANCE.

Sur cette proposition le sieur de Chastillon, fendant la presse, remontra que le sieur de l'Isle-Mornault n'avoit point de pouvoir de traiter avec eux, ni aucun écrit, qui pût obliger le Roi à l'entretenement de ce qu'il proposoit, & n'y avoit en cela aucune sûreté. Qu'on ne pouvoit moins qu'offrir conditions telles que gens de guerre pouvoient recevoir, & non pas si honteuses, & qui forçoient la Religion & l'honneur. Le tumulte s'accroissant, comme il est accoutumé en telle presse & diversité d'opinions, les Allemands conclurent qu'ils recevroient l'une de ces deux conditions, & déclareroient laquelle, dans le soir suivant.

Sur cette résolution, M. le Prince de Conti avec sa Cornette blanche, se sépara & alla loger en un Château prochain de là.

On fit quelques offres au sieur de Chastillon pour le dissuader de passer, avec amplification des grands périls & dangers qui l'attendoient, s'il hasardoit le passage : ce nonobstant il alla trouver M. de Bouillon, & lui aïant tenu plusieurs propos du danger où il mettoit sa vie & son état, sur la crainte qu'il conçut, que la tardive résolution ne donnât loisir à l'Ennemi de barrer son passage, prit congé de lui, puis se séparant tira à la tête de sa troupe qui l'attendoit. Vingt-cinq ou trente Reistres se débanderent, qui le rappellerent, disant vouloir parler à lui. Il entra aussi-tôt en défiance qu'ils le vouloient arrêter : de fait étant au milieu d'eux, entendit bien qu'ils en parloient, disant n'avoir point d'assurance de leur paiement, & que les François leur en devoient donner.

Parvenu à la Troupe aucuns des Principaux lui dirent par deux fois, assez bas, *Allez-vous en, Monsieur*, craignant volontiers la mutinerie du commun. Le sieur de Chastillon alors parlant au commun des Reistres : il est raisonnable, dit-il, qu'on vous donne assurance de vos paiemens, je suis de ma part prêt à m'en obliger, & ferai tout ce qu'on voudra, mais il faut avoir M. de Bouillon, que je vais querir. Sur cela tournant bride, & la Troupe faisant jour, prit le galop, & gagna la tête de sa Troupe : laquelle, l'épée en la main, s'achemina au

(1) De l'Isle-Marivaut.

trot environ deux mille pas, & de-là gagna à l'aise S. Laurens, où étoit le rendez-vous. Cinq jours après ledit sieur de Chastillon & sa Troupe, non sans grands perils & dangers, arriverent en un Château en Vivarais, appellé Retourtou, où y avoit garnison pour ceux de la Religion. 1587.

Le sieur de Chastillon s'étant de cette façon rétiré, les Reistres & autres qui demeurerent avec eux, conclurent la capitulation avec M. d'Epernon, comme appert par les articles qui en furent portés au Roi, & depuis envoïés par le commandement de Sa Majesté, par les Provinces & Gouvernemens du Roïaume.

ARTICLES ET CAPITULATION,

Faite & arrêtée par M. d'Epernon, Pair & Colonel de France; avec Messieurs les Chefs & Conducteurs de l'Armée étrangere, Baron d'Onau (*), Colonel, Capitaines & Reitmeistres, Seigneurs Chevaliers, &c.

LES François, qui sont en l'Armée, rendront leurs Cornettes ès mains dudit sieur d'Espernon, pour être par lui envoïées à Sa Majesté.

Auxdits François qui sont en ladite Armée, Sa Majesté leur donne main levée de leurs biens, & sûreté en leurs maisons, pourvu qu'ils obéissent à l'Edit de Sadite Majesté. Lesquels aussi feront promesse à Sadite Majesté, signée de leurs mains, de ne prendre, ni porter jamais les armes, que pour son service, & par son exprès commandement, si ce n'est hors son Royaume.

Ceux de cesdits Sujets, qui se voudront retirer hors du Royaume, sans vouloir obéir à son Edit, & néanmoins faire la promesse que dessus, Sa Majesté leur accorde main levée de leurs biens, & sûreté pour s'en retourner avec les Etrangers hors du Royaume. Mais quant à ceux qui ne voudront rien du tout promettre, auront seulement sûreté de s'en retourner avec lesdits Etrangers, sans toutefois avoir main levée de leurs biens.

Et d'autant que lesdits Capitaines pourroient faire quelque difficulté à la reddition desdits Drapeaux & Cornettes, Sa Majesté veut & entend que ceux desdits Capitaines, qui ne baille-

(*) Le Baron de d'Hona.

1587. ront leurs Cornettes & Drapeaux, ne jouiront aucunement du bénéfice contenu èsdits articles.

CAPITUL. DE M. D'EPERNON AVEC DES LIGUÉS.

Quant aux Etrangers, Sadite Majesté leur accorde passeport jusques sur la frontiere de son Etat, du côté où ils sont maintenant le plus près : à la charge que les Colonels, Capitaines & Reitmeistres feront promesse à Sadite Majesté, signée de leurs mains, de ne porter jamais les armes en France, contre le Roi, y étant appellés par ses Sujets, sans le commandement exprès de Sadite Majesté. Et seront tenus de plier leurs Cornettes, & s'en retourner en leur Païs.

Ne pourront prendre ni emmener aucuns Prisonniers des Sujets de Sadite Majesté, & ne feront aucun acte d'hostilité en son Royaume : en quoi faisant, le Roi envoiera ce qui leur est nécessaire pour l'entretenement de ce que dessus.

Fait le huitieme jour de Décembre 1587.

Tels furent les exploits & l'issue de cette grande Armée, de laquelle peu parvinrent à la maison. Il en mourut beaucoup par les chemins; plusieurs se perdirent; plusieurs moururent; & des Chefs mêmes, étant arrivés en lieu de sûreté. Il en advint autant aux Suisses, desquels aucuns Colonels & Capitaines furent même châtiés par leurs Seigneurs, pour avoir été cause des parlemens & premieres capitulations. Dieu, en toutes ces choses, a apparemment montré aux siens, que c'est en lui seul sur lequel en leurs maux ils doivent avoir l'œil toujours fiché, sans abuser des moïens qui ne sont qu'accessoires, & desquels il tient le gouvernail en sa main, pour les faire valoir, ou quelque chose, ou du tout rien. Quoi qu'il en soit, en telle séparation d'Armée, il ôta aussi aux Ennemis de son Peuple, le sujet de s'enfler de leur victoire, qu'à juste raison ils n'ont pu attribuer à leur valeur, n'aïant jamais vu en face cette Armée pour lui présenter le combat; qui a rendu de tant plus ridicule la légereté de ceux qui firent imprimer & publier à Paris & par toute la France, l'invincible prouesse, ce disoient-ils, du Duc de Guise, en la défaite de l'Armée des Allemands & François : sinon qu'ils appellent défaite d'Armée, la surprise & enlevement du logis du Baron d'Onau, au Village d'Aulneau. Mais cette surprise ne pouvoit tirer après soi la ruine de l'Armée, s'il n'y eût eu cause d'ailleurs. Car, quant à ce que fit ledit sieur de Guise & ceux de la Ligue près Montargis, il n'y eût pas matiere de triomphe pour eux, qui en reçurent le principal dommage. Et reconnurent par effet qu'il n'y avoit en ceux qu'ils furprenoient la nuit, & qu'ils fuïoient de jour, faute de cœur ou de force pour leur répondre.

POUR reprendre l'ordre des chofes qui fe pafferent en même-temps, il faut fommairement parler de l'heureux fuccès que Dieu donna au Roi de Navarre étant accompagné de Meffieurs les Princes de Condé, de Soiffons, de Turenne, de la Trimouille & autres, au gain de la bataille de Coutras.

1587.

BATAILLE DE COUTRAS.

Sa Majefté, après les défaites des Compagnies de M. de Joyeufe & du Marquis de Renel (1), ainfi qu'ils fe retiroient de leur voïage de Poitou, s'achemina avec fon Armée à Monforeau (2) fur Loire, où Elle féjourna environ quinze jours. Durant ce féjour fut pris, par la conduite de M. de Turenne, le riche bagage de M. de Mercœur, près Saumur, lorfqu'il s'acheminoit de fon Gouvernement de Bretagne, pour joindre l'Armée dudit fieur de Joyeufe fon beau-frere, qui étoit encore pour lors en la Ville de Tours.

Là auffi le Roi de Navarre recueillit M. le Comte de Soiffons avec toutes fes troupes. Puis retournant, conduifit fon Armée en Saintonge: donna femblablement jufqu'à la Rochelle, prit là deux pieces de canon : & aïant réfolu de s'acheminer en Gafcogne, tant pour fe renforcer de troupes, que pour joindre fon Armée étrangere, paffant par les Provinces qui lui font favorables, partit de la Rochelle pour retourner à cette fin joindre fon Armée en Saintonge.

Pour exécuter ce deffein, il falloit, entre autres rivieres, paffer la Drogne & l'Ifle, qui étoient les plus prochaines. M. de Joyeufe le vouloit par toutes voies empêcher, avec charge (comme il difoit) de n'épargner (tout autre moïen lui manquant) l'extrêmité du combat, tirant en conféquence de la défaite du Roi de Navarre (dont il affuroit) que l'Armée étrangere infailliblement ne pourroit fubfifter.

Le fieur de Joyeufe reçoit pour cet effet renfort de plufieurs Compagnies de Gendarmes, & avec toute fon Armée, artillerie & autres munitions, fe met en campagne. Le principal fujet de cette entreprife confiftoit au paffage de ces rivieres avec

(1) Clermont d'Amboife de Rénel.
(2) Ville & Comté en Anjou.

1587. apparence que le premier passé, auroit sur le dernier grand avantage. Occasion aussi que le Roi de Navarre (usant de sa prévoïance & diligence accoutumée, & qui le rend admirable) accompagné des Princes & Seigneurs susdits avec toute son Armée, s'achemine droit à Coutras pour y passer la Drogne, à gué.

BATAILLE DE COUTRAS.

M. de Joyeuse aïant quelques jours côtoïé l'Armée du Roi de Navarre, sur l'avis qu'il reçoit de M. de Matignon de s'emparer de Coutras, bourg & Château (Place importante à cause de sa situation, à la facilité du passage) s'avance en diligence pour cet effet. Il prit son logis à Barbezieux, & de-là à la Rochechalais: le Roi de Navarre, à Archiac, Montlieu, & autres lieux circonvoisins. Le sieur de Joyeuse fit avancer nombre de Chevaux-legers, qui arriverent à Coutras une heure plutôt qu'il n'eût su faire; mais comme ils vouloient loger, ils y trouverent les troupes du Roi de Navarre, qui y arrivoient aussi, auxquelles ils firent diligemment place, pour n'être les plus forts. Ce fut le Lundi au soir, dix-neuvieme jour d'Octobre.

M. de Joyeuse aïant cette expédition à cœur, & estimant qu'étant le Roi de Navarre enclavé entre deux rivieres, il le pourroit aisément combattre, se résolut promptement à la bataille.

Et à cette fin donna le rendez-vous pour le Mardi suivant de grand matin, à toute son Armée, entre la Rochechalais & Coutras. Le jour venu il prend sa place de bataille au lieu le plus avantageux qu'il put choisir, à demie lieue de Coutras.

Le Roi de Navarre fut dès le grand matin averti de ce préparatif; mais ne s'en émouvant beaucoup, ni pour le second avis qu'il en reçut; sur le troisieme il fit paroître n'avoir pas moindre envie de combattre que l'Ennemi, auquel déja par deux fois auparavant il en avoit présenté les occasions; monte à cheval, part de Coutras, va au-devant de l'Ennemi, mande au sieur de Clermont, Maître de son artillerie, qu'en diligence il fasse que son canon passe la riviere (car il n'avoit su passer le soir auparavant) met son Armée en bataille, fait placer son artillerie à la tête, si commodément, que toutes les pieces servirent, n'incommoderent aucuns des siens, & endommagerent grandement l'Ennemi: au reste aïant résou les siens au combat, qu'il trouva pleins d'ardeur & de dévotion, fit faire la priere à Dieu, de troupe en troupe.

Environ les huit heures, l'artillerie commença à jouer de part &

1587.
BATAILLE DE COUTRAS.

& d'autre; celle du Roi de Navarre étoit placée si à propos, qu'elle incommodoit merveilleusement une partie de la Gendarmerie que le sieur de Joyeuse avoit à sa main, & les Régimens qui flanquoient cette Gendarmerie; occasion que plusieurs emportés, aucuns des Chefs prirent résolution leur être meilleur d'aller à la charge, que de mourir ainsi misérablement, sans rendre autre combat.

L'arquebuserie semblablement commença à s'attaquer, & n'y avoit personne qui ne montrât beaucoup d'affection de bien faire. L'artillerie du sieur de Joyeuse tira quelques coups vers la troupe de M. le Prince de Condé, mais sans grand effet, fors d'un cheval (sur lequel étoit monté un Page, près la troupe du Roi de Navarre) qui fut tué. La cause de ce peu d'effet fut une petite élevation de terre, qui empêchoit le libre aspect & visée de l'artillerie, tellement que plusieurs coups demeuroient en la terre.

Sur les neuf heures, la Cavalerie legere du sieur de Joyeuse (en nombre de quatre cens chevaux, conduits par le sieur de Laverdin & le Capitaine Mercure) donna en celle du Roi de Navarre; laquelle après quelque combat, fut enfin ébranlée, tellement que celle de l'Ennemi se fit jour.

Le reste de la Cavalerie dudit sieur Roi étoit distribué en quatre escadrons quarrés, distans les uns des autres; à savoir, celui du Roi & de M. le Prince de Condé, d'environ cent cinquante pas, celui de M. le Comte de Soissons, d'environ soixante pas de celui du Roi à sa main gauche; & celui de M. de Turenne distant d'autant de celui de M. le Prince à sa main droite. Laverdin, en la charge qu'il fit, rencontra aussi la troupe de M. de Turenne, mais toutefois sans l'endommager.

Les trois autres escadrons où étoient les trois Princes du Sang, virent tout ce choc de pied ferme, jusqu'à tant que M. de Joyeuse, suivi d'un gros de Cavalerie, & aïant à sa droite & à sa gauche, deux longues haies de Gendarmerie, s'avança pour furieusement venir à la charge pour la mêlée générale. Alors ces trois Princes, marchant chacun d'eux à la tête de son escadron, serrés, s'acheminerent premierement au pas, puis au trot, & finalement le signal donné à toute bride, & chargerent en même moment, séparément toutefois, & chacun selon sa route si brusquement & rudement cette multitude de Gendarmerie, que toutes les troupes furent aussi-tôt mêlées, & aux mains. Les lances, qui étoient en très grand nombre ès troupes du sieur de Joyeuse, eurent fort peu d'effet, car il fallut joindre de plus près,

1587.

BATAILLE DE COUTRAS.

C'eſt choſe étrange, qu'en un moment une ſi furieuſe troupe, comme étoit celle de M. de Joyeuſe (armée & équippée à l'avantage, flanquée à droite & à gauche de deux gros bataillons, compoſés de pluſieurs Régimens d'Infanterie) fut renverſée & vaincue par une troupe qui n'avoit, ni en nombre d'hommes, ni en armes ou équipages, ni en aſſiette d'armée, aucun avantage. Dieu, qui préſide ſur toutes choſes, & tient en ſa main la balance des victoires & des défaites, fit lors prévaloir le courage contre la multitude, & la juſte défenſe contre le grand & brave appareil d'armes: car, comme avant les neuf heures, ces deux Armées étoient venues aux mains, le combat fût ſitôt décidé, qu'à dix heures il ne ſe trouva un ſeul homme de l'Armée de M. de Joyeuſe qui rendît combat, qui même fut en vue ſinon par terre ou en fuite. Et comme la Gendarmerie fut tantôt renverſée, foulée, & miſe en route, en auſſi peu d'eſpace fut défaite l'Infanterie, attaquée par le Régiment du Roi de Navarre; où commandoient pour Maîtres de Camp les ſieurs de Caſtelnau, Parabiere, Salignac & autres, à la droite du Roi de Navarre, & à la gauche, les ſieurs de Charbonnieres, Preau, Lorges & autres; tous leſquels, chacun à ſon égard, ſuivant courageuſement l'occaſion de la victoire, taillerent en pieces tout ce qui leur voulut réſiſter, & mirent en route tout le reſte, tant du côté de la Garenne, qu'ils avoient à la droite, que du côté de la riviere, qu'ils avoient à la gauche.

Le Champ où fut faite la charge & principale mêlée, demeura couvert de Gendarmerie, chevaux & armes, & entre autres, de lances ſi épais jonchées, qu'elles empêchoient le chemin. Là demeura M. de Joyeuſe, comme auſſi ſon frere, & grand nombere de Chefs & ſignalés Seigneurs.

Pendant le Roi de Navarre, Meſſieurs les Princes de Condé & de Soiſſons, & le reſte de l'Armée, pourſuivoient la victoire. Là auſſi furent pris pluſieurs notables Gentilshommes, comme entr'autres le ſieur de Belle-garde, Saint-Luc & les ſieurs de Montigny, & de Berri, qui commandoit à une Compagnie de Gens-d'armes, lequel fut remarqué avoir en la mêlée percé à propos plus avant que nul autre de ſon parti, car il vint fondre juſqu'au côté des Gardes du Roi de Navarre, que ledit ſieur Roi avoit à ſa main droite, & là porté par terre, fut pris par aucuns des Gardes. Dieu donna cette ſignalée victoire au Roi de Navarre, & fit en cette journée reluire la valeur dont il l'a orné, en toutes les particularités qui peuvent illustrer un Prince généreux, & un grand Capitaine, non seulement pour le Conseil, résolution, diligence & sage conduite, mais aussi pour l'exploit des armes : car faisant office de Capitaine & de soldat, il y vint aux mains, & jusqu'à colleter. M. le Prince de Condé le seconda aussi heureusement, & lui fut son cheval tué. M. le Comte de Soissons y fit des prisonniers de sa main. Le cheval de M. de Turenne lui fut aussi tué. Dieu fit valoir chacun des autres Seigneurs, qui étoient en cette journée selon son rang pour en tirer l'exécution qui lui plût, tellement que chacun apporta du sien quelque chose à cette victoire, qui fut de tant plus signalée & honorable au Roi de Navarre, qu'elle ne lui fut sanglante, car en une si grande multitude de morts de l'Armée contraire, il y perdit fort petit nombre d'hommes, soit de pied soit de cheval : & en ce peu qui y demeura, ne s'en trouva un seul de marque ou de commandement.

1587.

BATAILLE DE COUTRAS.

De l'autre part tous les Chefs furent ou tués, ou blessés, ou pris ; sauf le sieur de Laverdin, qui se sauva à grande peine. Le Capitaine Mercure donna jusque dans le Bourg de Coutras, & étoit déja après le bagage, pensant que le Duc de Joyeuse eût gagné la Bataille, lorsqu'il ouit crier victoire pour le Roi de Navarre, qui l'occasionna de ressortir hativement & prenant le long de la riviere, vers la Roche-chalais, se sauva à la fuite.

La victoire fut poursuivie trois heures ou plus, & en cette poursuite en furent tant tués que pris, un grand nombre. Toutes les Cornettes furent prises, même la générale : le canon emmené, le bagage perdu, l'action de graces au retour de la poursuite, rendue à Dieu sur le champ de la Bataille. Les blessés enlevés, les morts enterrés, les logis de l'Ennemi brûlés : & ce qui combla l'honneur du Roi de Navarre, fut qu'il ne se montra moins humain & courtois envers les prisonniers & blessés, qu'il s'étoit montré fort en la ferveur du combat : le témoignage en soit rendu par ceux qui l'expérimenterent, & qui reconnurent en effet l'affection qu'il porte aux bons François, les distinguant par une sage prudence d'avec ceux de la Ligue conjurés, ennemis de l'Etat, & de tous les gens de bien. Il commanda que les blessés fussent soigneusement pensés, il licencia presque tous les prisonniers gratis, il gratifia plusieurs des Chefs, & à aucuns fit rendre leurs drapeaux, nommément au sieur de Montigny. Et s'il eût pu aussi facilement empêcher en la mêlée le sort des armes, plusieurs y demeu-

1587. BATAILLE DE COUTRAS. rerent auxquels il eut libéralement pardonné, car il ne se remarqua en lui pour ce succès, un seul trait, où d'insolence, ou de passion, qui est d'ordinaire la mere de cruauté.

Les plus signalés qui moururent en cette Bataille furent :

Monsieur de Joyeuse (1), Général de l'Armée.

Le sieur de Saint-Sauveur (2) son frere.

Le sieur de Bressay (3), qui portoit la Cornette blanche.

Le sieur de Roussay (4), puîné de Piennes, Guidon du sieur de Joyeuse.

Le Comte de la Suze (5).

Le Comte de Gauvelot (6).

Le Comte d'Aubijou (7).

Le sieur de Fumel (8).

Le sieur de Neufvi de Périgord, l'aîné (9).

Le fils du sieur de Rochefort Croisette (10).

Le sieur de Gurat, Cornette de Maumont.

Le sieur de Saint-Fort, Guidon du sieur de Saint-Luc.

Le sieur du Bourdet (11), son Enseigne.

Le sieur de Vaulx (12), Lieutenant du sieur de Bellegarde, Gouverneur de Saintonge.

L'Enseigne du sieur de Montigni.

Le sieur Tiercelin (13), Mestre de Camp.

Le sieur Chesnet, son premier Capitaine.

Le sieur de la Vallade, l'un de ses Capitaines.

Le Capitaine Bacullard.

Le sieur de Campels le jeune, qui portoit un drapeau.

(1) Anne de Joyeuse, Duc & Pair & Amiral de France, Chevalier des Ordres du Roi, &c. Il fut tué à la Bataille de Coutras le 20 Octobre 1587 de même que les suivans.

(2) Claude de Joyeuse, Seigneur de Saint Sauveur. Ils étoient, Anne & lui, fils de Guillaume de Joyeuse II du nom, Maréchal de France, &c.

(3) Claude de Maillé Brézé.

(4) Robert de Halwin, sieur du Roussoi, puîné du Marquis de Pienes.

(5) Louis de Champagne, Comte de la Suze.

(6) François de Bretagne, Comte de Goello fils d'Odet d'Avaugour ou de Bretagne, Comte de Vertus.

(7) Jacques d'Amboise, Comte d'Aubigeoux.

(8) Parent, ou peut-être fils de M. de Fumel, qui avoit été Ambassadeur à Constantinople, & dont M. de Thou parle au livre trente-deuxieme de son Histoire.

(9) C'étoit l'aîné de Bertrand de Neufvy, lequel servoit dans l'Armée du Roi de Navarre.

(10) C'est apparemment Réné de Rochefort, Seigneur de la Croisette, Baron de Frolois, &c., troisieme fils de Jean de Rochefort, Seigneur de Pleuvaut & d'Antoinette de Châteauneuf.

(11) M. de Thou dit de Bourdet.

(12) Jean de Montalambert sieur de Vaux.

(13) Tiercelin sieur de la Roche-du-Maine.

1587. BATAILLE DE COUTRAS.

Le sieur de Pluviault (1).

Le sieur de la Brangerie, Et plusieurs autres de marque & de nom.

Quant aux prisonniers & blessés, voici les noms des plus signalés.

M. de Bellegarde (2), Gouverneur de Saintonge & Angoumois, pris blessé, & depuis décédé.

Le sieur de Saint-Luc (3), Gouverneur de Brouage & des Isles de Saintonges, pris.

Le Marquis de Preuves (4).

Le Comte de Monsaureau pris & blessé (5).

Le sieur de Sansac pris (6).

Le sieur de Cypierre (7).

Le sieur de Saultray, de la Maison du Lude (8).

Le sieur de Montigny, Capitaine de-la-Porte du Roi.

Le sieur de Villecomblin (9), Lieutenant du sieur de Souvray.

Le sieur de Châteauregnauld, Guidon du sieur de Sansac.

Le sieur de Maumont, Capitaine des Chevaux-Legers.

Le sieur de la Patriere (10), Guidon du sieur de Laverdin.

Le sieur de Chasteauvieux.

Le sieur de Chastelu.

Le sieur de Lauverdiere, Guidon du sieur de la Suze.

Ceux-ci sont tous Chefs & gens de commandement. Entre lesquels n'est compris un grand nombre de Gentilshommes, Capitaines & autres personnes de qualité. Le corps du sieur de Joyeuse fut embaumé, & depuis emporté à Paris.

(1) N. de Rochefort, Marquis de Pleuvaut.

(2) Cesar de Bellegarde, Seigneur de S. Lari, fils du Maréchal de Bellegarde, & Gouverneur de Saintonge. Il avoit reçu plusieurs blessures dangereuses dont il mourut peu de temps après, à l'âge de vingt-cinq ans. Il avoit été Gouverneur du Marquisat de Saluces après son pere.

(3) François d'Epinay, sieur de Saint-Luc, Chevalier des Ordres du Roi, &c. Il désarçonna le Prince de Condé d'un coup de lance; mais aussi-tôt après il fut pris par le Prince, qui en usa très généreusement à son égard. M. de Saint-Luc fut tué au siege d'Amiens le 8 de Septembre 1597,

(4) C'est Florimond d'Halwin, Marquis de Pienne, Frere du sieur de Roussoi tué à cette action.

(5) Charles de Cambes Comte de Monsoreau.

(6) Prevôt de Sansac.

(7) Imbert de Marsilly de Cipierre. Il avoit été Gouverneur de Charles IX, lorsqu'il n'étoit encore que Duc d'Orléans. Quand il devint Roi, on joignit à M. de Cipierre le Prince de la Roche-sur-Yon.

(8) François de Daillon sieur de Saultray, Comte du Lude.

(9) François Racine, sieur de Villegomblain.

(10) Joachim de Ferrieres, sieur de la Patriere.

1587. BATAILLE DE COUTRAS.

Dieu en cette bataille a déploïé ses Jugemens, & fait sentir à ceux de la France, qui aiment le sang des Guerres Civiles, qu'enfin la perte est commune, & que telle peste détruit jusques aux auteurs d'icelle.

Le Roi, qui étoit à Gien avec son Armée (pour s'opposer à l'Armée des Allemands au passage de Loire) reçut nouvelles que les deux Armées s'étoient rencontrées, & disoit le bruit commun, qu'il n'y avoit eu qu'une petite rencontre, où le Roi de Navarre avoit eu du pire : mais la vérité ne se peut longuement cacher ; car enfin il fut notoire à tous, que le Roi de Navarre avoit gagné la plus signalée bataille qui se fût encore donnée en France, pour la défense de la Religion, avec une perte incroïable pour ceux qui la vouloient exterminer. La Cour en mena un merveilleux deuil, qui tempéra bien la réjouissance des succès qu'on s'y promettoit en la défaite de l'Armée des Allemands.

Il fut, après le gain de cette bataille, publié un Cantique, duquel la teneur ensuit.

CANTIQUE POUR LE ROI DE NAVARRE,

*Sur la signalée Victoire qu'il a obtenue de l'Armée de M. de Joyeuse.**

PUISQUE mes foibles mains au jour de ma victoire
N'étoient rien que l'outil de tes puissantes mains,
Seigneur, je veux qu'aussi ma bouche pour le moins
Me serve à te chanter un triomphe de gloire.

Ces Bataillons, fondus au feu de nos courages
Sans éteindre jamais nos ardeurs tant soit peu,
Montroient que nous étions embrasés de ton feu,
Et que la cire étoit le support de leurs rages.

Leur nombre devant nous ne fut que de la poudre,
Qui s'éparpille en l'air au tourbillon d'un vent.
Mais quoi ? ton Ange aussi qui leur vint au-devant
Souffloit sur eux les vents & les feux de ta foudre.

(*) On attribue ce Cantique au Ministre Chandieu.

1587.

Ainsi ceux qui dressoient leur honneur de ma honte.
Je les vis renversés dedans leur deshonneur.
Ces fronts, qu'on adoroit n'a guere en leur bonheur,
Je les vis malheureux, qu'on n'en tenoit plus compte.

Quand je repense encore à ce miracle étrange
D'avoir presque plutôt vaincu que combattu,
Je repense soudain, que toute ma vertu,
Sans ta vertu, Seigneur, n'étoit que de la fange.

Mais ainsi qu'au rocher l'orage se consume,
Mon cœur en ce péril par ta force affermi,
Soutint sans s'ébranler le flot de l'Ennemi,
Et tout soudain ce flot se rompit en écume.

Ces courages, enflés du vent de l'espérance,
Creverent à la fin, d'abondance de vent,
Et ce mont de l'orgueil qu'ils alloient relevant,
Heurta contre le Ciel & vint en décadence.

Cet œil ouvert au sang, au meurtre & à l'outrage,
Et d'outrage, & de meurtre, & de sang fut couvert,
Et ce gosier jadis aux blasphêmes ouvert
Etouffa du venin de sa derniere rage.

Seigneur, mon cœur s'enflamme au brasier de la joie
Quand de tes ennemis les brasiers sont éteints,
Et qu'aïant bien tendu les rets de leurs desseins
Ils sont enfin eux-même & leur chasse & leur proie.

Ceux-ci, sans cause, en moi, poursuivoient ta Justice,
Mais tu les as, Seigneur, justement attrapés,
Les nœuds de leur cordage ont été tous coupés:
Et leur crime à la fin a trouvé son supplice.

Ainsi pour bien vanger de pareilles injures,
Il n'est que d'avoir Dieu toujours de son côté,
N'entrez point en défi de sa fidélité,
Il paie tout à coup l'attente & les usures.

1587. Le temps, dont la longueur tant de bien nous apporte,
Las! pour notre mérite, encor n'eſt que trop court,
Et Dieu ne ſauroit être à nos cris aſſez ſourd,
Quand nous faiſons les ſourds s'il crie à notre porte.

Mais crie nonobſtant & me perce l'oreille,
A celle fin, Seigneur, que j'entende ta voix;
Et m'enſeignant toujours le bien que je te dois,
Seigneur, fais-le moi faire, & me rends la pareille.

Fais qu'en mêmes dangers jamais je ne m'étonne.
Et puis que tes bontés ce bien m'ont avancé,
Ne te contente point d'avoir bien commencé,
Il faut que de la fin l'ouvrage ſe couronne.

APRÈS cette victoire, le Roi de Navarre pourſuivit ſon chemin vers la Gaſcogne, pour les fins que deſſus. Il emmena avec lui une partie des meilleures troupes, accompagné de M. le Comte de Soiſſons. M. le Prince de Condé ſe retira en Saintonge avec l'autre partie, en intention de rallier encore ce qu'il pourroit, & ſe trouver au rendez-vous, quand il ſe faudroit acheminer vers l'Armée étrangere, de l'état de laquelle on avoit rares avertiſſemens.

Ledit ſieur Roi, tirant en Gaſcogne, prit & s'aſſujettit pluſieurs Places ſur la riviere de Liſle. Et depuis, voulant paſſer outre, pour avancer plus légerement & diligemment ce chemin, laiſſa le gros de ſes troupes à M. le Vicomte de Turenne, lequel, pour ne perdre l'occaſion, en tenta auſſi pluſieurs, tant ſur cette riviere, qu'autres lieux circonvoiſins, qu'il prit & mit en la diſpoſition du Roi de Navarre, comme il appert par le mémoire & dénombrement qui fut pour lors fait, duquel la teneur enſuit.

DENOMBREMENT

1587.

DENOMBREMENT DES PLACES

Qui ont été quittées, rendues ou prises, par force ou par composition sur la Riviere de l'Isle, depuis la Bataille de Coutras.

LA maison & moulin de Laubardemont, près Coutras, rendus après avoir été sommés: on y a mis garnison.

Le Moulin de Penot quitté & démoli.

Le Moulin de Caus quitté, & les fortifications démolies.

Le Château & moulin de S. Severin, quitté de nuit par ceux qui le tenoient, après avoir été sommés. Le Capitaine Roux commande dedans.

Le Moulin neuf, quitté & brûlé jusqu'aux fondemens, avec les vivres, meubles, & autres choses qui étoient dedans, dont plusieurs personnes demeurent ruinées à jamais, y aïant perdu tous leurs titres & documens.

Le Moulin de Coly mis sous la protection & sauvegarde du Roi de Navarre, à la charge de ne faire la guerre. M. le Vicomte de Meilles en répond.

Le Moulin de Menesplet a fait le même, à pareille condition. Comme aussi le Moulin de Vauclere.

La Maison du Capitaine la Faye.

L'Abbaye & Couvent de Vauclere (1).

Le Temple S. Laurent.

Le Bourg & Abbaye de Guistres (2) pris à force; on a mis garnison dedans.

Saint Donis quitté; on y a mis garnison.

Lapalais pris d'assaut après avoir enduré soixante-cinq coups de canon. Il y a eu de tués jusqu'au nombre de trente-un, & trente-deux de pendus pour les grands excès, outrages & violences qu'ils avoient commis, & plusieurs autres raisons, qui pour lors furent trouvées raisonnables & de justice. Le Fort, le Temple & le Bourg ont été entierement brûlés, avec tous

(1) C'est Vauclair, Abbaïe de l'Ordre de Citeaux, dans le Diocèse de Laon, aujourd'hui très célebre par sa régularité. On y reconnoît pour Fondateur l'Évêque Barthelemi qui y mit des Religieux de Clairvaux, l'an 1134.

(2) Abbaïe de l'Ordre de Saint Benoît; Diocèse de Bourdeaux, près de Libourne. On écrit *Guystres*.

1587. les fruits & meubles qui étoient dedans. C'étoit une vraie caverne de Brigands.

PLACES RENDUES OU PRISES.

Le Château du Vigneron rendu par composition, on a mis garnison dedans.

Le Bourg & Temple de Puyseguein a soutenu le siege un jour & demi, & s'est rendu à discrétion. Il y en a eu quelques-uns exécutés par Justice, pour leurs malversations & grandes plaintes formées contre eux.

Le sieur de Semens, qui souloit être un des piliers de la Ligue, a mené le reste au service du Roi de Navarre, & se montre plus affectionné à ce parti, qu'il n'y a été contraire.

Le Fort & Bourg de Lussac quitté & pris, après avoir attendu le canon: on le démolit.

Montagne quitté de nuit, saccagé & démoli.

La Maison de Mondesir rendue, & depuis mise entre les mains de M. de Meilles, qui en répond.

Monpaon quitté de nuit & démantelé, ou pour mieux dire déterrassé: on y travaille tous les jours, & n'y a ame vivante qui y habite.

Le Bourg & forte Abbaïe de Sorzac, rendu à composition, après avoir enduré le siege six jours, le canon ne pouvant y arriver plutôt, à cause de l'indisposition du temps, & difficulté des chemins: on y a mis garnison.

Le Château de Grimoux l'une des fortes Places du Païs, surpris: on y a mis Garnison.

La maison du sieur des Oulmes, quittée.

Le Château de Franc quitté, & les Forteresses démolies.

Le Château de Mucidan (1), Place forte, avec la Ville, mise sous la protection & sauvegarde du Roi de Navarre, en faveur de M. de Salignac, qui répond qu'on n'y fera point la guerre.

Les Maisons d'Erbasses, Gaudilhat, & Mazerolles mises sous la protection du Roi de Navarre. Comme aussi la Maison du sieur de Brouilhet, la Maison de la Vivant, & le noble Fort & antique Château de Marsilhac.

Le Château de S. Pardoux (2), qui souloit appartenir au feu sieur de Neuvi, rendu & mis entre les mains du sieur Fouilloux son frere.

L'Armée part ce jourd'hui dixieme de Décembre, de Sorzac pour aller assiéger la Ville de Saint-Astder (3), & le Château-L'Evêque, distant deux lieues de Périgueux.

(1) En Périgord sur la Riviere de Lille.

(2) En Auvergne, proche du Limousin.

(3) C'est Saint-Astier, Bourg en Périgord.

1587.

AVERTISSEMENT

Sur le renfort des cruautés de la Ligue, contre ceux de la Religion: Modération du Roi de Navarre.

IL y avoit apparence, que les divers évenemens déplorables & calamiteux, qui battoient l'un & l'autre parti en France, par le fléau de la guerre, & l'exécution des armes, tant aux pertes de bataille & mort d'hommes signalés, qu'au ravage & foule du passage des Armées, auroient ralenti la fureur & passion qui en transportoit plusieurs, & feroient cesser la rigueur des persécutions, contre ceux de la Religion, pour acheminer les affaires à quelqu'heureuse concorde: mais plus les miseres induisoient à une meilleure pensée, & plus, à l'importunité des Chefs de la Ligue, on s'avançoit à la ruine, entretenant la guerre, & pressant de plus fort en plus fort ceux de la Religion.

LE Roi de Navarre après la Bataille de Coutras, au lieu de s'enfler de cette Victoire, mu de compassion pour les miseres de la France, se soumit à rechercher tous les moïens de la pacification des troubles, & pour cet effet envoïa vers Sa Majesté. Mais il ne fut pas oui. Telles étoient les trames de ceux de la Ligue, qui rompant tout dessein à la paix, colloquoient tout leur bonheur à embraser la guerre, & les persécutions contre ceux de la Religion. Et combien qu'ils eussent eu assez de sujet en l'issue de la Bataille de Coutras, de reconnoître l'ire de Dieu, & méditer l'inconstance des entreprises humaines, & l'incertitude des évenemens; ce néanmoins ils s'enflerent tellement, & tous leurs partisans, à cause de la séparation & rupture de l'Armée étrangere, que pensant être à un échelon près de leurs desseins, couverts du prétexte de la Religion, ils redoublerent leur fureur contre ceux qui restoient en France: n'aïant obéi aux Edits précédens, animoient le Roi, à leur pouvoir, à l'encontre d'eux. Voire eux-mêmes, abusant de leur autorité, les faisoient de toutes parts rechercher, prendre & punir comme Ennemis publics.

1587.

CRUAUTÉ DES LIGUÉS.

ET comme en la rupture de l'Armée de M. le Prince de Condé, ils avoient estimé qu'étoit rompue toute l'espérance de ceux de la Religion, & alors redoublerent contre eux leur cruauté : ainsi en firent-ils, après la dissipation de cette Armée, estimant que c'en étoit fait, & en verroient bientôt la fin. De même parut aussi la crainte & lâcheté de plusieurs de la Religion, lesquels regardant plus aux évenemens & dangers présens qu'à la fin de tels combats (où il faut faire preuve de sa foi, & attendre par patience l'heureuse issue) se laissoient écouler, & emporter à des choses illicites contre leur propre conscience par la crainte qu'ils avoient d'endurer.

Dieu toutefois, non plus qu'autrefois, ne laissa sa vérité sans témoignage ; car plusieurs en divers endroits du Roïaume étant poursuivis, se montrerent constans à maintenir leur foi, & Religion, comme il se pourra voir ailleurs. Il me semble toutefois n'être aliéné de ce petit recueil de faire mention de la constance que Dieu donna à un homme de basse étoffe pour maintenir la Religion, lequel en cet endroit montra le chemin à plusieurs qui avoient en apparence plus de moïen de le faire que lui.

Il y avoit en la Ville de Marchenoir (1) un pauvre homme natif de Baugency-sur-Loire (2), nommé François Texier, Bourrelier, lequel à cause de la charge de sa famille, n'étoit délogé de France, selon les précédens Edits, n'avoit aussi obéi aux commandemens faits en iceux de vivre papistiquement, ains avoit toujours constamment persévéré en la sincere observation de sa Religion, priant Dieu en sa maison, & s'unissant quelquefois en secret avec d'autres pour ce même effet & chanter psalmes, comme il est usité entre ceux de la Religion. Visitoit aussi les malades & les fortifioit, & s'il y avoit quelqu'un en néceßité, par le moïen de quelques petites collectes qui se faisoient secrétement à cette seule fin, leur survenoit comme il avoit accoutumé de faire, lorsque l'Eglise de ce lieu-là qui s'assembloit à l'Orges étoit entiere, en laquelle il avoit Charge d'Ancien. Dieu bénissoit ce zele, en temps si difficile & épineux : car quelques-uns des Villages circonvoi-

(1) Ville du Blaisois entre Blois & Châteaudun.
(2) Ville entre Orléans & Blois sur la Loire.

ſins par le moïen de cet exercice, ſans crainte de la perſécution, ſe rangerent pour lors de la Religion, & quitterent l'Egliſe Romaine. Mais ce train ne fut gueres continué, que par les aguets & diligentes recherches de ceux qui n'avoient rien pu gagner ſur cet homme aux premieres & précédentes allarmes, il ne fut incontinent découvert, pourſuivi & décelé aux Magiſtrats. Tellement que le Roi paſſant par Marchenoir, les délateurs s'adreſſerent à l'un des Aumôniers de Sa Majeſté, & l'aïant inſtruit des accuſations qu'ils faiſoient contre cet homme de n'avoir obéi aux Edits, au contraire de perſévérer & dogmatiſer, l'animerent de telle ſorte, qu'ils firent enſemblement complot d'en faire plainte au Roi & pourſuivre ſa mort, qu'ils tenoient toute certaine. Ils firent auſſi un rôle des autres de la Religion, & le préſenterent à Sa Majeſté.

1587. Cruauté des Ligués.

Le Roi commanda qu'ils fuſſent pris priſonniers. Texier fut (comme le plus odieux) pris le premier, & en grande ſolemnité mené au Roi qui le voulut voir (car on lui avoit fait entendre qu'il étoit Miniſtre.)

Le Roi interrogea cet homme (qui comparut avec aſſurance) & lui demanda en ces mots: Venez-ça, êtes-vous Huguenot? La réponſe fut tardive; car, comme il l'a depuis déclaré, il faiſoit lors priere à Dieu, qu'il lui donnât eſprit & bouche pour ſelon ſa parole répondre au Roi; qui fut occaſion que le Roi ajouta, êtes-vous ſourd? n'entendez-vous point? êtes-vous Huguenot? Il fit lors réponſe: oui, Sire, je le ſuis. D. Venez-ça; y a-t-il un Miniſtre en cette Ville? R. Non, Sire, il n'y en a point. D. Y en a-t-il point quelqu'un ici près? R. Je n'en ſache point, Sire, en ces environs: le nôtre eſt paſſé en Angleterre. D. Vous êtes vous point mêlé d'enſeigner? R. Nenni, Sire, jamais, j'ai bien prié Dieu en ma maiſon, ſelon qu'il le veut & commande. D. Avez-vous obéi à mes Edits? R. Non, Sire. D. Les avez-vous point oui publier? R. Non, Sire. D. Vous ont-ils point été ſignifiés? R. Nenni, Sire, mais j'ai bien entendu dire qu'ils ont été publiés. D. Pourquoi n'y avez-vous pas obéi? R. Sire, je vous ai offenſé, il vous plaira me pardonner: je ſuis près d'y obéir & ſortir de votre Roïaume. D. Il n'eſt plus temps, que ne vous en alliez-vous? R. Sire, je devois beaucoup d'argent aux marchands, il me fâchoit, m'en allant ſans les païer, d'être en réputation d'un voleur. Je vous ſupplie, Sire, me vouloir pardonner. D. Ne voudriez-vous pas en être quitte pour aller deux ou trois fois à la Meſſe? R. Non,

1587. Sire, qu'il vous plaise me pardonner : je suis près de vous obéir, & sortir de votre Roïaume. R. Il n'est plus temps, vous vous en deviez aller plutôt. Lors le Roi adressant sa parole aux Seigneurs qui étoient là assistans, n'est-il pas, dit-il de ma Justice de Blois ? Oui, Sire, répondirent quelques-uns. Le Roi alors commanda qu'on l'y menât & qu'on en écrivit aux Juges, pour lui faire & parfaire son procès suivant la rigueur de ses Edits. Les Lettres furent faites à cette fin, signées de Sa Majesté & de Neufville.

CRUAUTÉ DES LIGUÉS.

Texier fut alors ôté de devant le Roi, qui interrogeoit le Baillif Norges, pourquoi il n'avoit continué à obéir à ses Edits. Mais peu après, Sa Majesté commanda qu'on lui ramenât encore Texier, lequel il interrogea de nouveau, commme s'ensuit. D. Venez-ça, pourquoi ne voulez-vous pas aller à la Messe ? R. Pourquoi ? Sire, c'est d'autant que Dieu me le défend. D. Je vois bien que vous vous êtes mêlé d'enseigner. R. Pardonnez-moi, Sire, j'ai seulement prié Dieu en ma maison comme je vous ai dit. Sur cette réponse s'éleva une voix de plusieurs des Seigneurs & Courtisans qui assistoient devant le Roi, qu'il le falloit pendre, & là-dessus fut emmené lié, & comme un chien, en lesse, aux prisons de Blois, avec beaucoup d'injures & opprobres.

Etant là rendu, suivant les Lettres du Roi pour lui faire son procès, il fut interrogé par le Juge-Criminel de Blois, comme il s'ensuit.

D. De quelle Religion êtes-vous ? De celle de laquelle on nous appelle aujourd'hui Huguenots. D. N'avez-vous point obéi aux Edits du Roi ? R. Non, Monsieur. D. Pourquoi ? R. Je n'ai pu vuider le Roïaume, pour beaucoup d'incommodités : je devois beaucoup aux Marchands, auxquels je voulois, auparavant que sortir, satisfaire : ma femme étoit malade & impotente des bras, les années ont été fort cheres, je desirois subvenir à ma famille. D. Qui vous a appris la Religion que vous tenez ? R. C'est Dieu. D. Votre pere & votre mere vous l'ont-ils enseignée ? R. Je la tiens de Dieu ; & néanmoins mon pere & ma mere m'y ont instruit, & n'en ai point connu d'autre. Aussi la garderai-je, Dieu aidant, toute ma vie, car je sais qu'elle est véritable.

D. Comment ? penseriez vous que nous fussions damnés ? R. Nenni, Monsieur, le jugement en appartient à Dieu. D. Ne vous voulez-vous pas reconnoître, & rentrer au giron de l'Eglise Romaine, ainsi que vous voïez que grands & petits font aujourd'hui? R. Monsieur, je crois l'Eglise Catholique, Apostolique, mais je ne connois point la Romaine, & n'y veux point entrer. D. Si vous voulez être si opiniâtre, je ne puis conclurre contre vous à autre fin, qu'à vous condamner à être pendu & étranglé. R. Je suis résolu, Monsieur, de vivre & mourir pour la Religion que je tiens. D. Avez-vous eu quelque charge en cette Eglise-là? R. J'ai été Ancien, Monsieur, ainsi qu'on appelle en notre Eglise. D. Avez-vous enseigné ou fait assemblées publiques? R. J'ai prié Dieu en ma maison, Monsieur, & ailleurs où je me suis trouvé.

Cinq témoins avoient témoigné contre lui qu'il avoit fait les prieres publiques: l'un desquels alors lui dit: regardez, François, de vous reconnoître à cette heure; il ne sera plus temps de vous repentir, quand la corde au col, vous vous verrez à une potence. R. Messieurs, je n'ai pas crainte de cela. J'ai affection de vivre & mourir en ma Religion. Et alors lui baillerent une plume pour signer sa déposition; prenant laquelle, il dit au Juge, je vais, Monsieur, signer ici de très bon cœur, & si je chanterai à mon Dieu. Il fut alors fort menacé tant du Juge, que du Greffier, & du Géolier qui le traita fort rudement.

Quelques temps après, le Juge continua de l'interroger, lui disant: Vous dites, que vous êtes si assuré de votre Religion, ou avez-vous étudié? R. Au Vieux & Nouveau Testament. D. Pensez-vous que Dieu eût tant souffert la Religion Romaine, si elle n'étoit bonne? R. La longueur du temps, Monsieur, ne donne pas la perfection.

A cet interrogat assistoient tous les autres Magistrats de Blois, & entr'autres le Président, qui demanda à Texier, s'il n'étoit pas le Ministre de Marchenoir? R. Nenni, Monsieur, & estimez-vous qu'un simple homme de métier, comme je suis, peut prêcher la parole de Dieu?

D. Ne vous voulez-vous point reconnoître & avoir pitié de vous, pour aller à la Messe, & faire comme vous voïez que tous font, qui obéissent aux Edits du Roi, & y vont? vous voïez qu'il n'y a point d'apparence de maintenir la Religion que vous pensez tenir: vous voïez aussi combien de gens, grands & petits, & quelques Princes se sont de n'a gueres réduits, à cause de la défaite des Reistres, ne le voulez-vous pas aussi faire? R. Monsieur, je ne veux point quit-

1587. ter ma Religion, ne le pouvant faire, sans encourir l'ire de Dieu. Je suis assuré en icelle, & de ma foi, n'étant l'une ni l'autre fondée sur aucun Roi ni Princes, encore moins sur les Reîstres : elle est fondée sur Dieu par Jesus-Christ.

CRUAUTÉ DES LIGUÉS.

Le Procureur du Roi alors lui demanda, pensez-vous que nous soïons damnés & que tant de si sages & si savans personnages, lesquels ont si bien vécu, & ont eu tant de biens, aient failli & se soient perdus ? R. Monsieur, je ne juge personne, je dis en général, à ce propos, ce que dit Saint-Jean en l'onzieme chapitre de son Evangile : Quiconque croit en Jesus-Christ, encore qu'il soit mort, vivra.

Deux Conseillers lui demanderent, entendez-vous le latin ? à quoi répondant que non : & comment, lui dirent-ils alors, pouvez-vous donc savoir que votre Religion est bonne, vu que vous n'êtes pas Clerc ? R. Messieurs, je vous dirai ce que dit Saint Paul, que ce n'est ni du voulant ni du courant : item que c'est Dieu qui fait en nous le vouloir & le parfaire.

D. Voulez-vous que l'on vous amene le Cordelier ?

R. Ce qu'il vous plaira. Mais s'il pense me décevoir, & débaucher de ma Religion, ce ne sera qu'une dispute entre lui & moi. Le Président dit alors, qu'il n'en étoit besoin, puisqu'il étoit si opiniâtre.

Un entre plusieurs assistans qui étoient-là, lui dit : vous êtes Hérétique, & niez la Toute-Puissance de Dieu, & qu'il est par-tout.

R. Messieurs, je ne nie point la Toute-Puissance de Dieu. Je sais aussi qu'il est par-tout selon sa Divinité, remplissant ciel & terre : mais je ne crois pas que l'Humanité de Jesus-Christ soit par-tout. D. Mais n'a-t-il pas dit : *Hoc est enim Corpus meum* car ceci est mon corps ?

R. Aussi a-t-il dit : *Faites ceci en commémoration de moi.* La commémoration est des choses absentes. Et Saint Jean dit au sixieme : *La chair ne profite de rien : ces paroles que je vous dis sont esprit & vie.* D. Un d'entr'eux lui repliqua, il le faut croire, puisqu'il l'a dit : car il a donné cette puissance aux Prêtres.

A cela Texier répondit, Messieurs, l'Apôtre Saint Pierre dit, qu'il faut que le Ciel le contienne jusqu'à la restauration de toutes choses. Vous confessez avec nous par le Symbole des Apôtres, qu'il ne viendra, jusqu'au jugement des vivans & des morts, Et Saint Augustin dit, qu'il ne faut préparer ni les dents,

dents, ni le ventre, mais qu'il faut croire, & lors on l'a mangé. 1587.

Ils se moquerent alors de lui, & changeant de propos, dirent que les Huguenots failloient au Baptême, ne prenant qu'un Parein. A quoi Texier répondit : nous ne faillons point, Messieurs ; mais nous suivons les Apôtres & l'Eglise primitive. CRUAUTÉ DES LIGUÉS.

Peu de tems après, M. de Saint-Sire, Grand-Maître des Requêtes, & le sieur de Saint-Severain interrogerent Texier comme s'ensuit.

Demande. Est-ce vous qui êtes prisonnier pour la nouvelle opinion ?

Reponse. Je suis prisonnier pour la Religion, & de ceux qu'on appelle Huguenots.

D. Qui vous a appris cette Religion, & de qui la tenez-vous ?

R. Je la tiens de Dieu, Monsieur, qui me l'a enseignée par son Saint Esprit.

A cette réponse, le sieur de Saint-Severain, Italien, lui repliqua : mon ami, ton Saint Esprit te fera pendre, si tu ne te reconnois bientôt. Tu vois tant de doctes hommes qui sont en notre Eglise Catholique & Romaine, pourquoi te ferois-tu mourir pour cette Religion nouvelle ?

R. Monsieur, ma Religion n'est pas nouvelle, nous l'avons par écrit au Vieux & Nouveau Testament, qui est la doctrine des Prophêtes & des Apôtres, où j'ai lu, mais je n'y ai rien trouvé de votre Eglise Romaine.

Il lui répondit en ces mots : Jesus ! mon ami, que tu es un grand Hérétique : tu es damné.

R. Ce jugement, Monsieur, est défendu de Dieu. Je ne vous souhaite que tout bien, & prierai Dieu pour vous. Il lui repliqua alors : mon ami, tes prieres ne me serviront de rien en ta Religion.

Le sieur de Saint-Sire lui demanda : ou as-tu étudié, vu que tu pense être si assuré d'une nouvelle Religion ?

R. J'ai lu au Vieux & Nouveau Testament, qui me semblent être les meilleurs livres, pour apprendre la vraie science. A quoi M. de Saint-Sire répondit en se moquant : tu as volontiers appris cette science, en embourrant des bâts.

R. Je n'ai pas, Monsieur, toujours embourré des bâts : mais je vous dirai à ce propos, ce que dit Jesus-Christ en l'onzieme de Saint Mathieu, & au dixieme de Saint Luc, quand il ren-

1587. CRUAUTÉ DES LIGUÉS.

doit graces à Dieu son pere, de ce qu'il avoit caché le secret aux sages & entendus, & l'avoit révélé aux petits. Je crois, Monsieur, qu'il m'a fait ce don.

Texier tenoit un livre en sa main, M. de S. Sire le voïant lui demanda quel livre tiens-tu-là? que je le voie. Il ne t'est pas permis d'avoir de tels livres : contente-toi de la peine où tu es.

R. C'est, Monsieur, dit Texier, un petit Nouveau Testament, il n'y a rien de mauvais en ce livre. Alors aucuns lui ôterent. Et s'en alla ledit sieur de Saint-Sire avec le reste des Magistrats de Blois, & avec menaces de le faire mettre ès cachots : ils lui firent aussi lever la main & jurer s'il n'avoit point d'autres livres : & voïant une priere, écrite de la main dudit Texier, en son Nouveau Testament, faite sur la Mort & Passion de Notre Seigneur Jesus-Christ, l'appellerent dogmatiseur, avec grandes menaces. A quoi il répondit : Messieurs, lisez cette priere, je n'écris ni ne fais rien contre l'honneur de Dieu. Ils emporterent le livre & la priere, avec défenses de plus avoir de ceux-là. Que s'il en vouloit d'autres, ils en avoient de beaux qu'ils lui prêteroient : mais il répondit qu'il n'en vouloit point d'autres.

Alors aucuns des prisonniers prenant la parole & montrant un livre, dirent : Voilà des sermons que nous lui montrons, mais il s'en mocque, & nous dit, *nihil*, quand il n'y trouve quelque chose qui lui plaise & qui est contraire à son Nouveau Testament.

Il est ainsi, à la vérité, que les prisonniers disputoient d'ordinaire contre Texier; & lui voulant montrer leurs raisons par ces sermons des Docteurs de la Papauté, il leur prouvoit le contraire par son Nouveau Testament, ce qui les émouvoit quelquefois de telle sorte contre lui, en telles disputes, qu'à plusieurs fois ils le penserent assommer, lui disant qu'ils estimeroient avoir fait beaucoup de bien, de l'avoir tué, & l'appellant, Ministre, Chien, Hérétique. Il reçut de ces prisonniers-là beaucoup d'affliction & de moleste, car plus ils le voïoient constant à résister, & fervent à prier Dieu jour & nuit, plus ils s'efforçoient de l'ennuïer & tourmenter.

Sur les menaces des prisonniers, les Juges descendirent, & lui envoïerent, par le Concierge, une Bible d'autre impression, qu'il reçut néanmoins avec joie.

Un certain Gentilhomme, qui autrefois avoit été de la Religion, le vint avertir que les Juges le vouloient juger à la mort, qu'il avisât ce qu'il avoit à faire. Sa réponse fut, qu'il le remercioit humblement, qu'il étoit résolu de vivre & mourir en la Foi & Religion chrétienne qu'il tenoit. Non content de cette réponse, il le tira à part des autres prisonniers, lui disant en ces mots, mon ami, je vous conseille en ami, d'aller une fois à la Messe, & puis vous vous retirerez où il vous plaira. La replique fut, Monsieur, je vous prie ne m'en parlez plus, cela touche mon ame.

1587.

CRUAUTÉ DES LIGUÉS.

Mon ami, lui dit le Gentilhomme, je ne pense pas vous faire tort, j'ai été de la Religion, mais il faut un peu obéir pour vivre. Ma résolution est toute faite, répondit Texier, il ne m'en faut plus parler. Malheureuse est la vie qui se rachete par la perte de l'ame. Il fit & signa son testament pour l'envoïer à sa femme, résolu à la mort.

Depuis, les Juges l'envoïérent querir, & l'aïant fait asseoir sur la sellette des criminels qu'on condamne, l'interrogerent pour la derniere fois, en ces mots : Mon ami, il est temps de vous reconnoître; si vous voulez avoir pitié de vous. Regardez, voulez-vous M. le Gardien des Cordeliers? R. Messieurs, je suis résolu de vivre & de mourir en la Foi & Religion chrétienne dont je fais profession. Je ne veux point de Cordeliers qui me pensent décevoir. Ils tancerent alors aigrement Texier de cette réponse, & le firent remener en la prison.

S'ensuit la Sentence que les Juges de Blois prononcerent contre Texier.

VU le procès criminel par nous fait & instruit, à la requête du Procureur du Roi en ce Bailliage, contre François Texier, Bourrelier, demeurant à Marchenoir, & à présent prisonnier ès prisons Roïaux de Blois : charges & informations contre lui faites : ses interrogats & réponses, recollemens & confrontation de témoins : Certaines Lettres clauses de Sa Majesté, en date du quatrieme jour d'Octobre dernier, signées, HENRI, & plus bas *de Neufville*, à nous adressantes, par lesquelles nous est mandé, faire & parfaire le procès audit Texier, selon la rigueur de ses Edits, pour n'avoir selon iceux fait profession de la Religion Catholique, Apostolique & Romaine, & abjuration de la nouvelle opinion : conclusion du Procureur du Roi auquel le procès a été communiqué, les interrogatoires faits audit Texier sur la sellette, le procès étant sur le Bureau,

1587. CRUAUTÉ DES LIGUÉS.

portant les interrogations & remontrances à lui faites : Le tout vu & consideré, nous avons ledit Texier déclaré & déclarons duement atteint & convaincu des cas mentionnés audit procès; & pour avoir obstinément persisté en son Hérésie & nouvelle opinion & n'avoir obéi aux Edits de Sadite Majesté, l'avons banni & bannissons à perpétuité de ce Roïaume de France. Lui enjoignant d'en sortir dedans deux mois, après la signification des présentes, sur peine d'être pendu & étranglé, au cas que, ledit temps passé, il y soit trouvé. Lui faisant défenses très expresses, sous pareilles peines, pendant ledit temps de deux mois, de dogmatiser, assembler ni enseigner aucunes personnes de ladite nouvelle opinion, ni autres en quelque sorte & maniere que ce soit. Déclarons tous chacuns ses biens acquis & confisqués au Roi : sur iceux préalablement pris la somme de quarante écus sol, distribuables par quart, pour les réparations des Eglises de Saint Solemne, Saint Honoré & Saint François de cette Ville de Blois, & de l'Eglise de Marchenoir, qui est pour chacune desdites Eglises, la somme de dix écus. Donné en la Chambre du Conseil des Prisons Roïaux de Blois, le Samedi neuvieme jour d'Avril, l'an mil cinq cent quatre-vingt huit. Ainsi signé, Denautonville, Ribier, Beguignon, Greffier, le Comte, du Puy, Hardouin, & Chauvel. Et ledit jour heure de quatre heure après midi, la Sentence a été par nous Greffier soussigné signifiée audit Texier, prisonnier ès prisons Roïaux de Blois, de mot à mot, afin qu'il n'en prétende cause d'ignorance, lequel n'a fait aucune réponse.

Ainsi signé, PILLOT.

Avertissement au Lecteur.

APRES que l'Armée des Reistres fut départie de Mâconnois, une partie tira vers l'Allemagne & Suisse, plusieurs demeurerent en la Ville de Geneve. La foi ne leur fut pas gardée. Car grand nombre fut tué & dévalisé. Le fils du Duc de Lorraine, accompagné de plusieurs forces de la Ligue, leur courut sus en divers endroits. Messieurs de Bouillon, de Clairvan (1), du Vau & plusieurs autres de qualité, moururent à Geneve peu après leur arrivée, fût pour les grandes fatigues endurées, les ennuis & traverses, ou par autre occasion, comme le soupçon & les bruits s'en portoient diversement. (Car plusieurs disoient qu'ils avoient été empoisonnés en cette retraite). Tant y a, que la perte de ces Seigneurs fut grande & lamentée de plusieurs. Les particularités qui se passerent à la mort dudit sieur de Bouillon, furent assez amplement déduites & envoïées où il étoit besoin par forme d'instruction comme s'ensuit.

INSTRUCTION

FEU Monseigneur le Duc de Bouillon (2) décéda à Geneve le premier jour (3) de Janvier dernier 1588, selon l'ancien calcul, pareil jour de sa nativité, & vingt-cinquieme an de son âge, aïant quatre jours auparavant disposé ses affaires comme s'ensuit.

Là laissé pour sa seule & universelle héritiere en tous ses biens, tant souverains qu'autres, Mademoiselle Charlotte de la Marck sa sœur : à la charge, qu'elle ne changera ni n'innovera rien en l'état desdites Souverainetés ni en la Religion Réformée, laquelle elle y maintiendra selon qu'elle y est établie. Et ne se pourra marier, sans l'avis & consentement du Roi de Navarre, de Monseigneur le Prince de Condé, & de Monseigneur le Duc de Montpensier son oncle, à peine de décheoir de la succession desdites souverainetés, dont (en ce cas) dès-à-présent, comme pour lors, il a fait révocation.

Et au cas que madite Demoiselle vînt à décéder sans enfans, mondit Seigneur le Duc de Montpensier son oncle est substi-

(1) De Clairvant.

(2) Guillaume-Robert de la Marck, Duc de Bouillon.

(3) M. de Thou dit (livre 90) que ce fut le onzieme de ce mois. Il avoit fait son testament deux jours seulement auparavant.

1588. tué en tous lesdits biens, & subordinément, Monseigneur le Prince de Dombes, à pareilles charges, de ne rien changer ni innover en l'Etat & Religion, sur pareille peine de révocation.

PARTICULARITÉS DE LA MORT DE MONSIEUR DE BOUILLON.

Par le moïen de laquelle, advenant innovation, il substitue ledit sieur Roi de Navarre au lieu, à pareille charge, & après mondit Seigneur le Prince de Condé, & l'un d'eux, au cas que les premiers défaillent à l'entretenement de ce que dessus.

Ledit sieur Duc a fait exécuteur de son testament M. de la Noue (1), & déclaré plusieurs particularités pour le desir qu'il a du mariage de sadite sœur.

Aussi-tôt après ce décès, on l'écrivit de Geneve, audit sieur Roi de Navarre. Et depuis cette nouvelle apportée à Sedan, on dépêcha un homme exprès vers Sa Majesté, pour le lui faire entendre, & semblablement la nécessité & cependant Mademoiselle de Bouillon a fait prêter le serment de fidélité à tous ses Sujets.

Incontinent cette mort publiée, M. le Duc de Lorraine a assiégé la Ville de Jamets (2), comme elle est encore de présent, & y a tantôt trois mois, durant lesquels, ceux qui sont dedans ont fait plusieurs belles sorties & exploits de guerre, jusqu'à contraindre les assiégeans de se barriquader dedans les Villages, & les y aller charger & attaquer de jour à autre, sans permettre d'être approchés, ni laisser aucun avantage à l'Ennemi de placer & poser ses pieces : tellement que la Ville est encore en son entier, mais néanmoins toujours assiégée.

Quelque temps après ledit Jamets assiégé, le sieur de Rosne (3) avec les troupes d'Italiens, Allemands, Wallons, Liegeois, Lorrains & autres qui l'assistoient à mettre les feux au Comté de Monbeliard (après la retraite de France, de l'Armée des Allemands) en nombre de sept à huit cens chevaux, & quelques Régimens de gens de pied, sont venus faire le semblable ès terres de Sedan où ils ont mis le feu en tous les Villages, tellement, qu'esdites souverainetés, il ne reste plus que les deux corps, qui résistent de leur pouvoir à telles violences, tellement

(1) François de la Noue, dont on parlera ci-après. M. de Bouillon lui laissa la Lieutenance Générale des Terres de sa dépendance avec une pension de mille écus; le priant de demeurer à Sedan avec sa sœur, & lui donnant le Gouvernement particulier de cette Place. A l'égard du Gouvernement de Jamets, il le laissa à Robert de Thin, Baron de Schélandre, qui jusques-là avoit donné dans cet Emploi des preuves de sa valeur, & de son attachement à la Maison de Bouillon.

(2) Ville en Lorraine. M. de Thou, (Hist. L. 90.) entre dans un grand détail sur le siege de cette Ville.

(3) Chrétien de Savigny sieur de Rosne.

cruelles & débordées, qu'il n'en fut jamais fait de semblables. Car outre les feux, toutes sortes de paillardises, sodomies, forces & violences se commettent envers tous sexes & âges, & avec cela ne délaissent de faire païer rançon aux femmes & filles, & enfans qu'ils peuvent prendre & attraper. Et sont encore toutes ces infernales troupes, ès environs dudit Sedan, pour empêcher qu'il n'y entre rien : & ce qui est le plus à considérer, ne délaissent cependant à faire requerir sous main le mariage de Mademoiselle la Duchesse de Bouillon, à savoir M. de Lorraine, pour son fils M. de Vaudemont, & M. de Guise pour le sien, qui est un artifice merveilleux & non usité, de demander une femme à coups de canon. Dieu sait aussi quel traitement ils lui feroient, si elle étoit en leurs mains.

1588.

PARTICUL. DE LA MORT DE M. DE BOUILLON.

De toutes ces choses on a écrit & fait remontrance au Roi qui a toujours fait cet honneur d'être protecteur desdites terres; espérant que Sa Majesté y feroit promptement pourvoir : & de fait on estimoit que M. de Reaux (1), envoïé vers M. le Duc de Lorraine avoit charge de faire cesser telles insolences, mais il a été si longuement retenu près ledit sieur de Lorraine, qu'il ne restoit quasi plus rien à brûler esdits Villages, quand il est arrivé à Sedan, ès environs duquel pour sa présence, le feu ne s'est aucunement éteint. Tout ce qu'il a proposé est, qu'il a présenté une commission de Sa Majesté pour y être son Lieutenant Général, comme aussi à Jamets, sans vouloir déclarer autre chose, sinon qu'après qu'il seroit reçu en cette qualité, & qu'on lui auroit fait serment, il avoit charge de donner ordre à tout.

Ce qu'entendu par le Conseil de Mademoiselle la Duchesse de Bouillon, lui fut fait réponse, que c'étoit une chose nouvelle, & que jamais autres que les Seigneurs souverains dudit Sedan & Jamets n'avoient pourvu en telles charges. Que partant ils ne le pouvoient accepter. Joint que depuis n'agueres ils avoient fait serment à Monseigneur le Duc de Montpensier, curateur ordonné par le susdit testament, de faire bon & loïal service à madite Demoiselle, & de maintenir ses places, envers & contre tous, sous la protection de Sa Majesté, laquelle (comme ils espéroient) se contenteroit de l'assurance que mondit Seigneur le Duc de Montpensier lui en donneroit.

Deux jours auparavant l'arrivée dudit sieur de Reaux, le sieur

(1) Antoine de Moret sieur des Reaux.

1588. de la Vieville Gouverneur de Mezieres, étoit venu au lieu de Joran près de Sedan, en espérance d'avoir cette Lieutenance, laquelle il se promettoit fort, d'autant que de longue main il pratiquoit & feignoit, avec l'applaudissement de quelques-uns, faire beaucoup d'offices d'amitié à ceux de Sedan, mais aïant mis en lumiere certains articles captieux qu'il avoit forgés, il en fut tout-à-coup tellement reculé, que s'il fût entré dedans la Ville il n'y avoit pas de sa peau pour la moitié des femmes : & en penserent avoir de la peine, ceux qui communiquerent avec lui.

Particul. de la mort de M. de Bouillon.

Enfin l'on peut juger par ce que dessus, le cruel traitement que l'on fait à une jeune Princesse orpheline, qui a cet honneur d'appartenir aux plus grands du Roïaume, sans que néanmoins, elle soit assistée d'aucun, sinon de mondit Seigneur le Duc de Montpensier, lequel aïant entendu son affliction, & agréé la requête qu'elle lui auroit faite, comme à son plus proche parent, d'accepter ladite curatelle, l'a plusieurs fois envoïée visiter & assister en ses affaires. S'est aussi acheminée à la Cour, pour impétrer de Sa Majesté, la continuation de sa protection.

Et promet emploïer tous ses moïens & amis, pour aider à repousser telles violences. Avec quoi & l'aide de tous ceux qui lui portent bonne volonté, elle espere (moïennant la grace & assistance de Dieu) être finalement délivrée de telles cruautés. Suppliant très humblement le Roi de Navarre & autres Princes Chrétiens, lui vouloir être favorables en sa juste défense, & faire réparer le tort & injure qui (sans aucun sujet, ni occasion) lui est faite par ceux de Lorraine. Cette instruction fut faite le vingt-cinquieme de Mars 1588.

EXTRAIT

1588.
Etat de Sedan.

EXTRAIT DE CERTAINES LETTRES,

Par lesquelles on peut encore mieux reconnoître quel étoit pour lors l'état de Sedan, & des environs vers l'Allemagne.

NOus n'avons faute de courage, ni de bonne volonté pour résister à cette extrême violence: la force d'hommes, & les deniers, mere de la guerre, sous la bénédiction de Dieu, y sont maintenant plus nécessaires. Nos voisins se préparent pour notre secours: mais ne délaissez pour cela, d'y apporter votre mieux, & bientôt. Seulement tenez la main à ce qu'on soit ferme de votre côté en ce qui dépend de l'entretenement de l'Eglise de Dieu, à quoi de ce côté nous sommes tous résolus, espérant que par ce moïen il nous sera favorable.

Le sieur de Reaux a été envoïé par-deçà, de la part du Roi de Navarre depuis la retraite de l'Armée. Il va en Cour pour remontrer à Sa Majesté, la protection qu'il doit à cette Duchesse: les services faits par ses prédécesseurs à la Couronne de France: la conséquence des Places, que les Lorrains veulent envahir, même pour la conservation de Metz.

Les Princes d'Allemagne ne sont résolus d'endurer cette inique invasion; de quoi aussi avis est donné à Sa Majesté, à ce qu'il empêche que bientôt, pour cette occasion, il ne voie encore la France pleine d'Etrangers.

Son Altesse est partie pour aller faire la montre de gens de guerre du Cercle du Rhin, pour les faire marcher vers la Frontiere, afin de faire une diversion: & s'il est besoin, passer plus outre, pour faire lever le siege de Jamets. Il a aussi envoïé vers le Duc de Wirtemberg son Cousin, & le Comte de Montbeliard, à même fin. La Ligue lui a aussi fait de grands torts. Etant à ce coup notoire, tant audit Comte de Montbeliard, qu'à tous les autres Princes, que la conjuration d'icelle n'est seulement faite pour le Roi de Navarre & pour les Eglises Réformées de la France, mais aussi contre tous les Princes & Eglises, tant d'Allemagne que de tous les autres lieux de la Chrétienté. Que si ledit sieur Comte joint ses forces avec celles du Duc de Wirtemberg son Cousin, celles du Cercle du Rhin se rallieront aussi avec eux pour entrer en la Lorraine. Son

1588. Altesse & M. le Duc des deux Ponts font ce qu'ils peuvent pour la Duchesse, avec promesses de ne la point abandonner.

ETAT DE SEDAN.

L'Archiduc a été défait & pris par le fils du Roi de Suede, qui est maintenant paisible au Roïaume de Pologne. Le Duc de Baviere y a perdu huit mille de ses Sujets, qui fait, que les Papistes d'Allemagne ne se réjouissent beaucoup, du dommage advenu en la retraite de l'Armée des Allemands qui étoient allés en France.

Schenck fortifie & munit la Ville de Bonne tant qu'il peut, aïant fait un Fort de l'autre côté de la riviere : mais il faillit le Château de Confluence. Les forces de l'Espagnol s'approchent, mais elles trouvent si peu de vivres, que six mille sont venus jusques sur les terres du Duc Richard, frere du Duc des deux Ponts, pour plus commodément vivre.

AUTRE MEMOIRE

Touchant les affaires de Sedan & Jamets, du même temps.

LE décès de M. de Bouillon a apporté quelqu'étonnement à ses Sujets de Sedan & de Jamets, comme semblablement à ceux de France, qui s'y sont réfugiés, à cause des persécutions contre ceux de la Religion, mais enfin prenant courage, ils se sont résolus & réunis ensemble sous les bonnes graces du Roi, & sa protection qu'il leur a promise.

M. de la Vieville, Gouverneur de Mezieres, s'en est aucunement mêlé : mais on ne sait encore son intention.

Lesdites Places sont enviées & abbaïées de plusieurs, comme du Duc de Guise qui leur a fait toute offre d'amitié, & de les conserver en toute liberté de conscience & de Religion, négociant en icelles par tous les moïens dont il se peut aviser.

M. de Montpensier, Curateur élu par les Habitans desdits lieux pour Mademoiselle de Bouillon, y a envoïé le sieur du Perron, son Domestique, qui s'est mis en tout devoir de négocier avec le sieur de Nieville, Gouverneur dudit Sedan, & le persuader de recevoir garnison au nom dudit sieur de Montpensier, pour plus grande sûreté desdites Places, mais on l'a remercié, les Places étant munies suffisamment pour leur con-

(1) M. de Thou le nomme de Nueil. Il étoit Gouverneur du Château de Sedan.

fervation, & fe contentant pour cette heure de la faveur qu'il leur peut prêter d'ailleurs.

1588.

ETAT DE SEDAN.

Le Comte de Maulevrier (1), qui fe dit héritier defdites Places fouveraines, au défaut de mâles procréés par défunt fon frere, remue toutes pierres pour y parvenir, ufant tantôt de menaces, de tranfporter fes droits au Roi, ou autres que lui femblera, fi on ne le veut recevoir, tantôt de belles & gracieufes promeffes : mais il n'y a encore rien gagné. On eftime que ce font artifices & perfonnages auxquelles on fait jouer le jeu.

On a averti le Roi de Navarre de tout ce que deffus & de la conféquence defdites Places. Dans l'une defquelles, à favoir Sedan, font Mefdemoifelles de Bourbon, de Bouillon, M. le Comte de Laval, qu'on feroit bien-aife de retirer à la Cour, pour les nourrir, gouverner & marier à difcrétion.

Le fieur de Rieux (2), Gouverneur de Narbonne eft venu de la part du Roi auxdites Places avec commiffion pour y gouverner & commander en titre de protecteur, & y mettre telle garnifon qu'il avifera pour la défenfe d'icelles, avec menaces de les abandonner en cas de refus : lequel néanmoins eft réfolu.

M. de la Noue (3) étant parti de Geneve pour venir à Sedan, eft demeuré à Heidelberg, pour avoir reçu avertiffement qu'on battoit lefdites Places, auxquelles le Roi ne trouve bon qu'il vienne, lui aïant fur ce fait entendre fon intention.

Il fait bon vivre auxdites Places, & ont dequoi manger pour dix-huit mois, tant ès Villes qu'ès Châteaux. Il y a auffi bon nombre d'hommes.

Il y a grandes rumeurs par la Ligue tant en Picardie qu'en Normandie : les partifans d'icelle s'efforcent de jour en jour de furprendre Villes & Forterefles, même de faccager & mettre en pieces les troupes du Roi qui y font pour la manutention & confervation defdites Places.

Le Duc de Lorraine eft en grande peine, & remue toute pierre, pour divertir de deffus fes pays & fa tête, la vengeance

(1) Charles-Robert de la Marck, Oncle du feu Duc de Bouillon.

(2) François de la Tugie, fieur de Rieux.

(3) François de la Noue, que fon courage, fon habileté dans la guerre & fa prudence faifoient aller de pair avec les plus grands Capitaines. Il mourut à l'âge de foixante ans, le 4 Août 1591, dix-huit jours après qu'il eût été bleffé au fiege de Lamballe, dans le Duché de Penthievre en Bretagne. M. de Thou fait de lui un grand éloge dans fon Hiftoire, livre 102. Son fils Odet de la Noue, fieur de Teligni, fe diftingua auffi beaucoup par fa valeur & par fon efprit.

1588. qu'il redoute du côté de l'Allemagne, pour les brûlemens, violemens & grands excès qu'il (& les Liguєurs) ont faits au Comté de Montbeliard.

Ceux de la Ligue ont tenu un Conseil à Nancy, au mois de Janvier dernier. Et y ont conclu de fort iniques articles, & qui sont les projets de plus grandes calamités. Ils prennent leur couverture sur l'anéantissement de la Religion en France, mais tous les plus clairvoïans concluent, qu'infailliblement ils se font un haut dais, pour monter plus haut, s'ils ne versent par le chemin.

Il y a sur la Frontiere de Picardie grand nombre d'Espagnols qui viennent pour assister le Duc de Lorraine au siege de Sedan & de Jamets.

Ceux de la Ligue dressent force embûches, tant contre la personne de M. d'Epernon (1), que contre les Villes & Places de son Gouvernement, semant de lui toutes les calomnies & impostures qu'ils peuvent, pour le rendre odieux, & venger leurs passions.

(1) Jean-Louis de la Valette, Duc d'Epernon. Voïez l'Histoire de sa vie par Girard, sous l'année 1588.

1588.

Avertissement au Lecteur.

POURCE qu'il est ès mémoires ci-dessus fait mention d'une assemblée des Chefs de la Ligue, faite en la Ville de Nancy, sur la fin de Janvier 1588, & continuée jusques vers la mi-Février, & qu'en icelle furent résolus beaucoup de pernicieux articles pour la continuation des troubles & guerres en France, voire même pour le renversement de l'Etat, sous le manteau de la Religion : l'ordre du temps requert que lesdits articles tiennent place en cet endroit de ce recueil. Le Lecteur les pourra plus facilement entendre, observant diligemment les expositions qui accompagnent lesdits articles. Le tout ainsi qu'au même temps ils furent imprimés.

AUCUNS ARTICLES

Proposés par les Chefs de la Ligue en l'Assemblée de Nancy, en Janvier 1588, pour être arrêtés en la générale de Mars prochain (*).

Avec une brieve exposition desdits Articles.

LE texte de ces articles est si clair, qu'il n'est point besoin de commentaire : toutefois il est bon de considérer comme ceux de la Ligue tendent toujours par iceux à leur ancien but : c'est de gagner païs petit à petit par toutes voies, & de faire dégré à l'Etat par la ruine de qui que ce soit.

I.

» Le Roi, disent-ils, sera sommé de se joindre plus ouver-
» tement & à bon escient à la Ligue. Et d'ôter d'entour de
» soi & des Places, Etats & Offices importans, ceux qui lui
» seront nommés.

En deux lignes, si on les veut croire, ils font un grand chemin. Le Roi s'obligera à la sainte Ligue. Et la sainte Ligue, c'est-à-dire la conjuration des Lorrains, s'est obligée volontairement à ne laisser les armes, que la Religion contraire ne soit exterminée ; & en cette entreprise, depuis trente ans, nous

(*) M. de Thou a donné dans son Histoire, livre 90, ann. 1588 le résultat de cette Assemblée, & un extrait des articles.

1588. voïons si peu de progrès, nommément depuis trois ans, qu'ils promettoient merveilles, que la fin ne s'en peut espérer qu'en la fin de l'Etat. Le Roi donc s'obligeant à la Ligue, s'oblige par conséquent à sa ruine, s'oblige à laisser ses armes en leurs mains, pour l'avancer tant qu'ils pourront. Et de sa ruine naît le bâtiment de la Maison de Guise : de la diminution ou fin de son autorité, le progrès & comble de la leur. Et voïez en peu de mots, que de conquêtes : il sera prié de se défaire de certains qui sont auprès de lui, c'est-à-dire, de ceux qui ont plus de soin de sa personne, afin qu'ils s'en emparent : d'ôter de ses Places ceux qui par eux lui seront nommés, c'est-à-dire, pour y mettre ceux qu'il leur plaira, & les voilà gagnées : d'en faire autant des Etats & des Offices importans ; & voilà par conséquent autant de gens à leur service ; le Roi privé d'autorité & dépouillé de force ; le Roi en tutelle, pour régner à leur discrétion & tant qu'il leur plaira.

ARTICLES DE L'ASSEMB. DE NANCI.

II.

» De faire publier le Concile de Trente en tous ses Païs, » sauf à surseoir l'exécution pour quelque temps, en ce qui » concerne la révocation des exemptions de quelques Chapi- » tres, Abbaïes & autres Eglises de leurs Evêques Diocesains, » selon qu'il sera avisé.

Il s'est assez éprouvé que ce Concile, en une bonne partie de ce Roïaume, ne peut être publié que par trompettes, ni ses Canons reçus qu'à coups de canon. Et aussi est-ce toujours nous attacher, à ce qu'ils veulent, la roue d'Ixion, une guerre qui n'a point de terme. Mais au moins se devroient-ils ressouvenir, s'ils ont rien de François, que ce Concile, pour être, en plusieurs articles, contraire aux Loix de la France, & aux Libertés de l'Eglise Gallicane, n'a pu onc être approuvé des Parlemens de ce Roïaume ; aussi peu des Assemblées Nationales du Clergé; non même en la rigueur des feux, ou de la guerre ; & s'ils sont Princes de l'Empire, comme ils disent, que l'Empereur Ferdinand, qui l'avoit tant pressé, ne le voulut recevoir en ses Etats, mêmes héréditaires. Au contraire protesta de plusieurs nullités, pour n'y avoir été la doctrine examinée selon les Ecritures : & le même ont fait ses Successeurs, & par même raison à son exemple, même quand ils seroient Espagnols. Que le Roi d'Espagne, Catholique tant qu'il leur plaira, ne l'a jamais accepté pour Loi, ains sous les modifications telles, qu'il a vu convenir à ses Etats, & en divers diverses: ne s'en servant proprement, qu'autant qu'il peut servir à la forme qu'il leur veut donner. Bref l'Italie, même qui oit de plus près la voix du Pape, ne se pense astrainte à ce Concile. Et comment nous l'introduire, à nous, où il trouvera le Roi, ses Parlemens & l'Eglise contraires & chacun pour très notables griefs; où il a été abominé des Huguenots, condamné des meilleurs Catholiques?

III.

» D'établir la sainte Inquisition, au moins ès bonnes Villes, » qui est le plus propre moïen pour se défaire des Hérétiques, » & suspects, pourvu que les Officiers de l'Inquisition soient » Etrangers, ou du moins ne soient natifs des lieux, & n'y » aient parens ni alliés.

Le Concile donc servira de Loi en France, si nous voulons croire Messieurs de la Ligue. Et parceque toute Loi est inutile sans exécuteur, Inquisiteurs seront établis ès bonnes Villes du Roïaume, qui en seront les exécuteurs & exacteurs severes, & rechercheront soigneusement, ce qui sera obmis ou commis au contraire. Certes il ne faut trouver étrange, que ceux de la Ligue, Partisans d'Espagne, comme ils sont, nous aillent chercher les réglemens d'Espagne. Mais encore se devroient-ils ressouvenir que ceux qui premiers instituerent l'Inquisition ne la pratiquerent que contre les Juifs, qui se feignoient Chrétiens. Et que ceux qui sont venus depuis, l'aïant voulu pratiquer contre les Chrétiens même, ont perdu l'affection de leurs Sujets, & mis en hasard très évident tous leurs Etats: mais aussi ne craignent-ils pas ces inconvéniens, ains les desirent. Pensez, je vous prie, quand les Abbés & Curés de Flandres ont mieux aimé s'accorder avec le feu Prince d'Orange, que de la recevoir (& de fait le Duc de Parme, qui en a vu la mauvaise issue, ne leur en parle plus) comment seroit-il possible à nos François, à notre Noblesse, libre, volontaire & sans cérémonie, de vivre sous l'Inquisition d'Espagne? Et quand les Vénitiens non suspects toutefois d'Hérésie, s'y voïant obligés par le Pape (autrement leur refusant secours contre le Turc) l'ont ôté aux Prêtres & aux Moines, la baillant à exercer par une forme, à quelques-uns de leur Noblesse: comment pourrions-nous souffrir qu'un Inquisiteur venu d'Espagne, homme sou-

1588.

ARTICLES DE L'ASSEMB. DE NANCI.

cilleux & fantastique, nous vint à toute heure anatomiser le cœur, nous vint syndiquer nos pas & nos pensées ? & je vous prie, si l'Espagne même, qui l'a conçue & engendrée, ne la peut endurer, si de heure à autre on attend qu'elle en éclate, que pourra-t-elle opérer en notre corps, que des tranchées & des convulsions ? où elle ne peut être reçue qu'avec horreur, où elle ne peut entrer que par contrainte & violence extrême ? Certes ne dissimulons ce que nous sommes. Peu y en a d'entre nous, & je parle des plus zélateurs, qui fussent à preuve des rigueurs d'Espagne. Peu y en a en la liberté, qui a régné depuis trente ans, en la curiosité aussi, qui nous est naturelle, qui ne fut en grand danger du feu, en France même, si le temps avoit à revenir, tel qu'il y a trente ans. Et n'en déplaise aux Chefs de la Ligue, n'étoit que l'autorité les couvriroit, ils en seroient en peine, qui n'ont pas toujours tant abhorré cette Religion, & ne l'abhorrent encore que par prétexte. Mais le Roi d'Espagne s'en est su servir en ses Etats, pour les mieux asservir. Et ces gens ici qui ont appris en son école, s'en veulent servir pour asservir la France. Et de fait notez qu'ils les demandent Etrangers, c'est-à-dire Espagnols naturels. Car, où mieux chercheroient-ils des greffes d'Inquisition, que dans l'Espagne ? Et qu'ils veulent qu'ils soient établis ès bonnes Villes : c'est pour y prêcher contre nos Rois, contre nos Loix, c'est pour y semer leurs factions : c'est pour empoisonner nos principales fontaines du vin d'Espagne. » Et qu'au moins ils n'aient » parens, ni alliés, ès lieux où ils seront », c'est afin que l'amitié ne les retienne de mal faire, c'est afin qu'ils puissent ménager, sans scrupule, la ruine, la subversion & la confusion des Villes, sans qu'ils en soient divertis d'affection de sang, ou devoir de nature.

IV.

» *Item*, d'accorder auxdits Ecclésiastiques de pouvoir racheter » à perpétuité les biens ci-dessus aliénés de leurs Eglises, ou » qui le seront ci-après, de quelque qualité que soient lesdits » biens, ou ceux qui les auront achetés : & néanmoins, con- » traindre les bénéficiers de racheter de bref (dans certain » temps qui leur sera préfixe) ce qui a été, ou sera vendu de » leurs bénéfices, selon les moïens qu'ils seront trouvés avoir, » par ceux qu'on députera au plutôt, pour voir l'état de leurs » revenus & biens.

C'est ce qu'on nous avoit dit dès le commencement : que ceux

ceux du Clergé sonneroient la trompette, & ne combattroient point; qu'ils feroient tous les marchés d'entrer aux armes, ou bailleroient le denier à Dieu. Et puis ce seroit au pauvre peuple à courre : & de fait voici, qu'au lieu de s'engager, ils se raquittent; au lieu de vendre le temporel, ils le rachettent; au lieu de tirer au fond de leurs moyens, il est question d'être bons ménagers, pour recouvrer ce qu'ils auroient vendus. Ceux qui ont fait la partie retireront tout doucement leur épingle du jeu : ceux qui n'y sont que par compagnie, ou plutôt par contrainte, en paieront les intérêts & les dommages.

1588.

Articles de l'Assemb. de Nanci.

V.

» Sera aussi supplié de mettre ès mains d'aucuns Chefs aucunes
» Places d'importance, qui lui seront nommées, esquelles ils
» pourront faire Forteresses, & mettre gens de guerre, selon
» qu'ils aviseront, aux dépens des Villes & du plat païs, comme
» aussi en celles qu'ils tiennent à présent.

Ces gens qui demandent qu'on leur mette entre les mains les Places d'importances, qui en ont ja tant en leur pouvoir, de qui ont-ils tant à s'assurer, ou de qui tant à craindre? S'ils disent du Roi: qui ne connoît du contraire? & que le Roi a bien plus de matiere de s'assurer d'eux, contre la vie, liberté, autorité, de qui ils font tant de menées? Si de ceux du contraire parti: qui ne voit qu'ils les ont attaqués de gaieté de cœur? qui ne sait aussi qu'en ces Provinces de deça ils sont tous écartés, & que ceux qui sont demeurés sont tout aises de pouvoir vivre? Certes disons donc que c'est dessein & non crainte qu'ils aient. Ils ne cherchent pas d'assurer leur état, ni leur condition, ni leurs personnes; ains de s'assurer de notre Etat & de notre Couronne. Ils savent trop bien qu'ils n'ont besoin de garantir leurs vies, mais ils ont desir d'avoir les nôtres à discrétion. Aux Huguenots, à la vérité, échappés d'un massacre, il fut tolérable de retenir quelques Places pour retraite. A ceux qui jusqu'ici ont assommé les autres, à ceux qui ont eu leurs vies à leur plaisir, à ceux, qui humainement assureroient les autres, la demande n'en peut être que suspecte. En ôter ceux qui y sont, c'est en chasser le Roi, y mettre ceux de la Ligue (& on en voit les préparatifs sur nos Frontieres) qu'est-ce autre chose, qu'y établir le Roi d'Espagne? Et de fait ils ne s'en feignent point. Ils y veulent gens de guerre, & Forteresses. Ils ont voulu adoucir le nom de garnisons & Citadelles, ils en

1588. Articles de l'Assemb. de Nanci.

veulent faire entretenir aux Villes, & au plat Païs, c'est-à-dire les fouetter à leurs dépens ; & d'abondant si nous les croïons, encore défrairons-nous la guerre de Lorraine : car voici l'article qui s'ensuit.

VI.

» De fournir la solde des gens de guerre, qu'il est nécessaire d'entretenir en la Lorraine & ès environs pour obvier » à une invasion des Etrangers voisins. Et à cette fin, pour continuer toujours la guerre encommencée, faire vendre au plutôt, & sans autres solemnités, tous les biens des Hérétiques » & de ceux qui leur seront associés.

Ainsi voïons-nous la vérité de leur promesses. Ceux qui se vantoient d'empêcher la venue des Etrangers en ce Roïaume : de l'arrêter sur le Rhin, & même plus avant, viennent maintenant aux requêtes à nous, pour sauver la Lorraine. Et quel besoin avions-nous pour irriter les Princes d'Allemagne, que M. de Guise ravageât & mît à feu les terres de Montbeliard ? Ceux aussi, qui promettoient au Peuple, pour l'engager en la guerre plus gaiement, qu'elle ne seroit à leurs dépens, veulent maintenant que le Roi y fournisse, qu'il surcharge ses pauvres Sujets ruinés, pour soulager les leurs : & voïez aussi la belle assignation pour soutenir la guerre qu'ils nous donnent, assignée ce disent-ils, sur la vendition des biens des Huguenots, & leurs associés : car leurs meubles (qui ont été pillés mille fois) sont bien de quelque valeur pour défraïer la guerre. Et quand aux immeubles, je laisse à penser à un chacun, qui y voudra emploïer ses deniers, pour acquerir des inimitiés & des querelles, à soi, & à sa postérité, pour mettre en danger du pillage & du feu, & de tout ce que produit une juste douleur, ses propres maisons & sa famille, & pour (peut-être) semer les terres, & tailler les vignes, afin qu'en la premiere saison par une main-levée générale, ou d'une Paix, ou d'une forte Armée, ils en fassent la vendange & la moisson. Pensez, qui voudra acheter les biens d'un Duc de Montmorency, qu'ils veulent comprendre sous le nom d'associés ? Et pensez, qui sera si mal habile d'aller tirer à la gerbe contre ceux de Dauphiné, de Languedoc, de Guienne, qui l'ont su défendre jusqu'ici, non pas contre les Sergens & les Huissiers, ains contre les Armées ? Et quand bien quelques mal avisés acheteront les biens de quelques pauvres réfugiés, qui leur seront en prise, combien s'en trouvera-t-il ou de cette imprudence ou de cette malice ? Combien peu aussi de pareille commodité ? Et quel marché, je vous prie, en voudroient-ils avoir ? Quelles cautions premier que tirer à la bourse ? Cautions je dis contre la Paix, contre la guerre, contre les François & les Reistres. Et à tout prendre, au mieux qu'il puisse avenir, qu'est-ce qu'assigner l'entretien de la guerre, sur le bien de vingt personnes, que vingt millions ne peuvent supporter.

VII.

»* Et outre, que ceux qui autrefois ont été Hérétiques, ou » tenus pour tels, depuis l'an 1560, de quelque qualité ou » condition qu'ils puissent être, soient taxés ou cotisés au » tiers, ou du moins au quart de leur bien, tant que la guerre » durera.

Mais voici aussi une ampliation de fonds, qu'ils donnent. Et voïons comme elle est bien fondée. Car ils veulent qu'on recherche tous ceux qui depuis vingt-huit ans ont été tenus pour Huguenots en ce Roïaume, afin qu'ils soient cottisés au tiers, ou au quart de leurs biens. Et par ainsi voilà les Edits du Roi tous renversés, même le dernier qu'il a fait à leur gré, par lesquels ceux qui se voudroient réunir, ou se seroient réunis à la Religion Catholique Romaine, sont exempts à l'avenir d'en être recherchés. Voilà infinies personnes qui vivent paisiblement en leurs maisons, qui exercent des Etats & Dignités en ce Roïaume, avec louange, depuis plusieurs années dans les Parlemens, aux Conseils de nos Rois, & ès Armées, ramenées sous l'Inquisition, qu'ils veulent introduire, & sujets à la rigueur de leurs proscriptions. L'un aura été au prêche à Popincourt, l'autre au Patriarche, ou pour nouveauté & curiosité d'ouir quelque éloquent Ministre, ou peut-être tout à bon escient, lorsque les Edits du Roi leur accorderent le prêche en nos fauxbourgs. Et parceque ces gens veulent fouiller dedans leur bourse, ils viendront fouiller premier dedans leur conscience, leur rameneront vingt-huit ans passés, & leurs actions ensevelies de mille Edits. Et je vous prie, entrons tous ici dedans nous-mêmes, qui sera presque celui de nous qui se garantira de cet article ? Quelle compagnie, quelle maison, quelle famille en pourra être exemptée ? & combien étoit-il plus séant de les laisser en paix pour attirer le reste ? & qu'est-ce donc que chercher prétexte de querelle, contre tous ceux qui n'applaudiront à leurs

1588. intentions ? qu'est-ce, sinon préparer les voies à l'Inquisition ; contre tous ceux qu'il leur plaira, le chemin par conséquent à leurs prétentions, par l'extermination de tous les bons François.

Articles de l'Assemb. de Nanci.

VIII.

» Et les autres Catholiques au dixieme de leur revenu par » chacun an seulement, sauf à leur rembourser ci-après, selon » la recette & dépense qui sera faite. Et que commissaires seront députés pour faire leurs ventes & taxes, tant de personnes » ecclésiastiques que séculieres, autres toutefois, qu'Officiers » de Cours souveraines : à ce que cela soit exécuté plus promptement, & avec moindre frais.

Certes ils pensent avoir bien épargné les Catholiques. Mais où sont donc maintenant ces privileges de la Noblesse, qu'ils nous promettoient de rétablir ? ce temps de Louis douzieme qu'on devoit au premier jour rendre à ce pauvre Peuple, si maintenant ils nous faut bailler un dixieme, soit de notre revenu, soit de notre industrie, & non pour quelque année seulement, mais tant que la guerre durera, qu'ils veulent évidemment rendre perpétuelle ; & qui est le Gentilhomme, qui porte patiemment d'être taillé, pour si peu que ce soit, qui veuille laisser cet intérêt à sa postérité ? & qui (de quelque condition qu'il soit) qui voie volontiers dîmer son champ, son grenier & son coffre ? Et si les Flamands, quand le Duc d'Albe leur imposa le dixieme sous même prétexte (pour être emploïé contre les Hérétiques), s'éleverent contre lui en armes, jusqu'aux Abbés, aux Curés & aux Moines, qui toutefois n'en sentoient le principal dommage, que devroient faire aujourd'hui les bons François, contre ces écoliers & apprentifs d'Espagne ? Ces gens, il se voit, ne sentent rien que l'Espagnol & ne s'en peuvent feindre, Jesuites, Inquisitions, dixiemes : & aussi pratiquent-ils, entant qu'ils peuvent, les mêmes moïens contre nos Villes, Citadelles, si nous les croïons, & Garnisons & Etrangers. Mais voici encore un bel article qu'ils nous donnent pour supplément du fond de la guerre, c'est :

IX.

» Que les parens des Hérétiques, ou associés, seront contraints par toutes voies d'acheter leur bien, en leur remettant la quinte partie du juste prix, & où ils seront vendus à

» autre, après leur refus, qu'ils ne feront plus reçus à le de-
» mander par retrait ni autrement.

1588.

ARTICLES DE L'ASSEMB. DE NANCI.

Penſez en quel Code ils ont trouvé cette nouvelle Loi, qui contraigne d'acheter le bien d'autrui ? ou quelle nouvelle invention ils donneront de recouvrer argent, quand bien ils auront en la volonté, à ceux qui n'en ont point aſſez pour acheter les biens de leurs parens ? Et qu'a gagné l'Eſpagnol en Flandres, qui a ſuivi premier toutes ces voies, pour y ſoudoïer la guerre tant ſoit peu, non pas pour y entretenir ſix compagnies de gens de pied, vu qu'il n'y peut pas fournir avec toutes les Indes ; puis, & quand nous nous ſerons rendus taillables à la Ligue, quand nous aurons vendu nos parens & nos amis, voici nos deniers bien emploïés au profit de l'Egliſe : car il le faut, & ils le veulent par termes exprès.

X.

» Que les premiers deniers qui proviendront de ce que dit
» eſt, ſeront emploïés à l'acquit des dettes plus preſſées, que
» les Chefs ont été preſſés de faire ci-devant. Et le ſurplus ſera,
» pour l'avenir, & à cette fin, mis ès mains de ceux qui ſeront
» nommés, ſans pouvoir être convertis, ni emploïés ailleurs.

Et par ainſi nous faudra payer avant tout œuvre, les dettes vieilles & nouvelles, vraies & ſimulées des Chefs de la Ligue ; c'ſt-à-dire de dix ou douze jeunes têtes, qui ont aſſigné les folies de leurs jeuneſſes, ſur nos vieilles animoſités & paſſions : & le reſte ſera ſi petit, qu'il faudra y retourner au premier jour, & impoſer nouvelles taxes. Et pour conſolation, ils nous paient de ce dernier article ; c'eſt :

X I.

» Que la vie ne ſera donnée à aucun priſonnier ennemi,
» ſinon en jurant & baillant bonne aſſurance de vivre catho-
» liquement, & païant comptant la valeur de ſes biens, s'ils
» n'ont ja été vendus, & au cas qu'ils l'aient été, en renonçant
» à tous droits, qu'ils y pourront prétendre, & s'obligeant
» de ſervir trois ans, & plus, en ce qu'on le voudra emploïer,
» ſans autre ſolde.

En quoi comme ci-devant, ils nous fonderent l'entretien de la guerre ſur les biens du contraire parti, ils le nous remettent maintenant ſur les perſonnes qu'ils prendront, ce diſent-ils, &

1588. ARTICLES DE L'ASSEMB. DE NANCI.

obligeront, s'ils veulent ſauver leur vie, à l'emploïer à leur ſervice. Belle invention, leur a-t-il ſemblé, mais ils ne regardent pas, que les compoſitions des Villes (dont nous ne voïons pas grande apparence par leurs armes) ne ſe font pas à diſcrétion, mais bien de gré à gré ; que chacun y fait ſa condition la meilleure qu'il peut, & que le moins qu'on réſerve c'eſt la vie, qui n'eſt plus à l'adoption de l'ennemi, s'il ſait que c'eſt qu'honneur quand la foi eſt donnée. Que les ſoldats particuliers, s'ils ont tant ſoit peu de courage, ſe la font bien aſſurer premier que de laiſſer les armes. Et voilà par conſéquent notre guerre mal aſſignée, ſoit ſur leurs biens, ſoit ſur leurs perſonnes. Notez d'autre part, que les premieres rigueurs engendrent les ſecondes, & les nôtres en attirent des reciproques. Car qui doute que les Huguenots déſeſpérés ne nous traitent de même ? Et par ainſi nos rançons ſeront taxées, chacun à la valeur de notre bien : nos perſonnes obligées à la cadene, à ſervir contre nos conſciences au parti contraire ; & appelleront juſtice juſtement la contre-rigueur, dont ils nous uſeront. Et ſi n'y a-t-il pas un de nous qui ait encore lettres, de ne tomber point entre leurs mains, vu le ſort de la guerre ; & ſi avons-nous été bien-aiſe à Coutras d'avoir été traités & renvoïés humainement dans nos maiſons. Mais ils tendent à nous dépouiller de toute humanité, à nous acharner les uns contre les autres, en injures, en procès & en querelles, afin qu'en trempant & aux biens & au ſang chacun de ſon voiſin, nous nous rendions barbares l'un à l'autre, que la guerre ſe rende immortelle en ce Roïaume par les intérêts & paſſions particulieres & héréditaires, des familles, des maiſons & des perſonnes, comme des Guelphes & des Gibelins (1) en Italie, tant que la vigueur & la vertu de Roïaume ſoit anéantie & épuiſée, tant que cet Etat (il y a quelques ans redouté d'un chacun) devienne mocqué & mépriſé par ſa foibleſſe. Car certes ils ſavent bien, que pour venir à leurs intentions, peu fondés, comme ils ſont, il faut que notre foibleſſe proprement, leur tienne lieu de force.

Et combien ſeroit-il, je vous prie, & plus Catholique, & plus François, de nous liguer tous enſemble à demander la paix? La paix qui par ſa douceur, rapprocheroit nos volontés, & nous donneroit loiſir, de réunir nos conſciences ; la paix qui rendroit au Roi ſa pleine autorité, diſtraite & ſouſtraite par tant de diviſions & de pratiques, au lieu que petit à petit on lui

(1) On a parlé ci-deſſus de ces deux Factions.

1588.

ARTICLES DE L'ASSEMB. DE NANCI.

emble ses Places, ses deniers, ses serviteurs, ses armes. La paix, qui rendroit à la Justice son intégrité; au Clergé, sa révérence; à la Noblesse, sa dignité; au pauvre Peuple tant affligé, au moins quelque répit, quelque soulagement. Au lieu qu'il nous fait à toutes heures inventer nouveaux Edits nouveaux tourmens au Peuple, gêner sans exception, le Gentilhomme, le Curé & le Marchand, ravager le plat païs & rançonner les Villes, & qui pis est, faire tout ce mal & le souffrir, pour parvenir à pis, à la désolation totale de l'Etat, & de nous tous. Mais le mal a passé si avant qu'il en faut prier Dieu; la prudence humaine s'en va désormais trop courte, pour pourvoir à maux si grands, si envieillis; l'autorité, ou trop énervée ou trop peu exercée, pour les retenir & réprimer en cette extrémité, comme il seroit besoin.

AVERTISSEMENT

Sur la conduite du Roi & des Chefs de la Ligue, à l'occasion de ces Articles.

CONDUITE DU ROI ET DES LIGUÉS.

LES Articles ci-dessus, ainsi conclus entre les Chefs de la Ligue, furent portés à Sa Majesté; mais il y eut du retardement en l'approbation d'iceux (1). Il étoit bien d'accord avec eux pour la persécution contre ceux de la Religion, & eût bien desiré avoir le moïen de les ruiner ou réduire; mais du reste il n'y pouvoit condescendre, reconnoissant par un bon jugement que la Religion n'étoit qu'un prétexte, qui servoit à l'ambition de ceux de la Ligue, comme de matiere pour nourrir leur insatiable cupidité de régner, & (en tirant en conséquence d'extirper la Religion, comme ils promettoient, l'observation du Concile de Trente, l'établissement de l'Inquisition, l'occupation des Places & mutations des Gouvernemens) rendre la guerre immortelle, énerver son autorité, faciliter, brief, le dessein qu'ils avoient de se défaire de lui, de quelque mode que ce fût, & de tous ceux qui leur pourroient, ou envier, ou débattre la Couronne. Ces raisons, bien pesées, furent cause

(1) M. de Thou dit, que le Roi ne parut pas d'abord fort éloigné de souscrire à ces articles. Mais, ajoute-t-il, l'agitation où étoient alors tous les esprits, l'occupoit si fort, qu'il différa d'y répondre; & dans la suite il sut se dispenser de les approuver.

1588. que l'exécution de ce Conseil, & articles résolus à Nanci, ne s'ensuivit pas entierement & selon leur intention.

CONDUITE DU ROI ET DES LIGUÉS.

Et néanmoins Sa Majesté ne laissoit pas de préparer toutes choses, pour poursuivre ceux de la Religion ; mais soit qu'il ne le fît assez cruellement au gré de ceux de la Ligue, soit qu'il leur déplût qu'il s'en mêlât, & qu'ils eussent voulu qu'il les eût ouvertement défendus, pour le rendre tant plus odieux au Clergé, & aux grandes Villes de leur parti : ou bien qu'ils voulussent, à tout le moins, à l'envie mieux faire que lui en cette persécution, pour faire chanter d'eux : » la Ligue en a tué » dix mille & le Roi mille » : ils commencerent à embraser leurs courages, & faisant desseins nouveaux de toutes parts, voulurent faire essai de leurs forces contre ce qui étoit mieux à leur bienséance, & de plus facile exécution, se préparant le chemin par les choses aisées, aux plus ardues & difficiles. Car d'entreprendre contre la Guienne, ou le Roi de Navarre, le voïage peu heureux du Duc de Mayenne, la mort du Duc de Joyeuse & la perte de Coutras, ne le persuadoient pas : il y avoit en toutes les autres Provinces, où ceux de la Religion tenoient les armes, aussi peu d'espérance d'exécuter le vieux projet contre la personne du Roi ; il n'étoit pas encore temps : car ils craignoient l'orage qui les tenoit en cervelle & menaçoit du côté d'Allemagne, pour la vengeance des feux allumés au Comté de Montbelliard. Comme de fait le Duc de Lorraine avoit déja envoïé vers le Roi, pour le secours (car ils eussent été bien-aise, qu'il eût en les défendant de ce côté, acquis la haine de cette Nation & consumé ses forces à leur profit, pour, par après, le ruiner plus aisément). Entre tant de difficultés rien ne leur sembla, ne plus facile, ne plus commode que de convertir leurs armes, & tenter leurs forces, contre une jeune Princesse, orpheline, & envahir ses terres. La facilité étoit patente, tant d'armes, tant de Princes Lorrains envieillis aux exploits de la guerre, à la solde & ruine des bons François : tant de Nations, tant de vieux Capitaines & Soldats expérimentés, d'Espagne principalement & d'Italie, contre une fille en bas âge, orpheline, Huguenote, & par conséquent proscrite & morte au monde, selon les Arrêts de Nanci, en deuil & larmes pour la récente mort de ses deux freres, destituée d'Armes, d'Hommes, de Chefs, de Capitaines, quasi méconnue de tout le monde, à laquelle manquoient les meilleurs amis, non par infidélité, mais pour être eux-mêmes courant un même risque,

risque, assez empêchés ailleurs. Et ceux qui étoient exempts de ce péril, pour faire autre profession, n'osant quasi (pour le malheur du temps) faire paroître un trait d'œil favorable, de peur d'être déclarés fauteurs de l'Héréfie, sinon avec conditions autant ennuïeuses, qu'étoit sanglant & redoutable en apparence ce grand appareil de la Ligue, de la crainte duquel une puissante Nation eût été ébranlée.

Il falloit donc avoir la jeune Duchesse de Bouillon, & pour ce faire, prendre Sedan: mais il n'étoit aisé, sans premier mettre fin au siege de Jamets, lequel pris, tout le reste cédoit; & les trophées de cette nouvelle conquête, étoient l'épouventement de tout le reste des Huguenots en France, voire du Roi même, auquel infailliblement c'étoit à courre, s'il n'y eût point eu de Huguenots à combattre.

Il a été montré ci-dessus, quelles approches ceux de la Ligue avoient faites ès environs de Sedan, par feux, par violemens, par rançons inouies, par toutes sortes d'exécrables méchancetés pour effaroucher cette jeune Princesse & ses Citoïens de Sedan & Jamets, desquels la fidélité étoit sa seule défense, après Dieu, avec la valeur de quelque peu de Noblesse, soldats & réfugiés de la Religion, qui l'ont toujours loïaument assistée.

L'Armée du Duc de Lorraine avoit jusqu'en ce temps eu assez affaire de se conserver en ses barricades, ès Villages d'alentour de Jamets, sans en pouvoir approcher plus près, pour l'empêchement que leur en donnoit la valeur de ceux de dedans. Mais l'Armée étant, suivant ce nouveau conseil, de beaucoup renforcée, & tous les appareils répondant à l'intention du maître de la campagne, Jamets est serré de plus près: & après plusieurs escarmouches de part & d'autre, l'artillerie est mise en batterie.

Il restoit à ceux de Jamets pour toute espérance de prompt secours, selon les hommes, la Ville de Sedan, en laquelle commandoit, sous l'autorité de la Duchesse, M. de Nueil, Gentilhomme notable, de valeur & expérience. Il avoit là dedans avec lui quelque petit nombre de Gentilshommes, & bons soldats.

L'Armée qui assiégeoit Jamets, lui voulant retrancher tout espoir de secours, envoïa une bonne partie de la Cavalerie tant Françoise qu'Italienne & Espagnole, avec nombre d'Arquebusiers ès environs de Sedan, pour faire le ravage, & sur-tout se saisir de toutes les avenues par lesquelles ceux de Sedan pouvoient secourir Jamets. Leurs courses étoient furieuses, & leur

1588. fureur ne pardonnoit à rien. Le mépris qu'ils faisoient d'un si foible ennemi, les rendoit aussi (comme souvent il advient) fort insolens, & peu soigneux de leur conservation.

CONDUITE DU ROI ET DES LIGUÉS.

Cela fut cause qu'à diverses fois ils furent en divers lieux chargés & battus par ceux de Sedan qui sortoient, selon que l'occasion & le peu de moïen qu'ils en avoient leur permettoient. De fait ils furent battus & chassés des Villages de Vaudelincourt & de Balan.

Pour obvier à ces inconvéniens le sieur de Rosne & autres Chefs qui conduisoient les troupes de la Ligue résolurent de loger pour l'avenir plus serrés qu'auparavant. Et pour cet effet, le Dimanche quatrieme d'Avril 1588, la plupart de la Cavalerie & Infanterie qui étoit deça la Meuse passa la riviere à Remilly où logea le sieur de Rosne & les autres Compagnies à Auchecourt, Haraucourt, Raucours, laissant seulement deça la Meuse le Baron de Saarezeximbourg, avec quatre Compagnies de Cavalerie, à savoir la sienne, celle du Seigneur Antoine Vize (1.), Gentilhomme François & de moïens (fort ami de M. de Guise) celle du sieur de Tilly (2), Lorrain, & la quatrieme conduite par le Capitaine Carle, Italien : lesquelles Compagnies se logerent dedans le Bourg de Douzy dépendant de la Souveraineté de Sedan, & lequel ils vouloient fortifier. De fait ils y travailloient par chacun jour en toute diligence, tant à cause de l'assiette qui en est fort bonne, que pource aussi qu'il est sur une riviere nommée Chis, laquelle ne se guée point en Hiver, & venant d'Yvoi (3) va tomber dans la Meuse, à un quart de lieue dudit Douzy, & la faut passer pour aller de Sedan à Jamets, tellement que tendant Douzy à leur dévotion, ils barroient le chemin à ceux de Sedan, & leur ôtoient toute commodité de secourir Jamets.

Près le Village dudit Douzy, n'y aïant que la riviere entre deux au bout de la prairie, étoient logées deux Compagnies de Cavalerie, auxquelles commandoient les Capitaines Jehan, & Thomas Albanois, ordonnés pour le secours dudit Douzy: car par le moïen du Pont, en moins de rien, ils pouvoient être à eux.

Les troupes qui avoient passé la Meuse étoient allées assiéger Raucours, une Place souveraine, appartenant à Mademoiselle de Bouillon. Ils la trouverent dégarnie de vivres; occasion

(1) Antoine de Vize.
(2) Gentilhomme Lorrain.
(3) Yvoi, dit Carignan, Ville en Luxembourg.

que M. de Neuil, par l'avis du Conseil, délibéra de l'envitailler tant de vivres de bouche, que de munitions de guerre nécessaires. Et par même moïen charger trois Compagnies de Cavalerie légere qui étoient logées dans Haraucourt.

1588.

CONDUITE DU ROI ET DES LIGUÉS.

Pour cet exploit il partit de Sedan sur les huit heures du soir le Dimanche dixieme d'Avril, accompagné de quatre-vingts chevaux & quatre cens Arquebusiers, mais il survint un orage & si violente pluie, qu'on fut contraint se retirer sans autre effet que de renvitailler Raucourt.

Le Mardi ensuivant M. de Nueil aïant eu avertissement de la diligence que le Baron de Saarezeximbourg faisoit de fortifier Douzy, considera que tant plus il attendroit à l'attaquer & plus en croîtroit la difficulté; le plutôt seroit le meilleur, sans le laisser davantage accommoder en lieu, qui tenoit Sedan fort contraint, & lui retranchoit le moïen de secourir Jamets. Il assembla de rechef le Conseil, auquel il proposa deux entreprises qu'il avoit envie de tenter; l'une étoit d'aller à Haraucourt, l'autre au Bourg de Douzy pour interrompre la fortification.

Après plusieurs difficultés représentées, l'entreprise d'aller à Haraucourt fut jugée la plus facile, mais de beaucoup moins importante ou nécessaire que celle de Douzy, où il fut résolu qu'on s'achemineroit dès le soir même. On partit donc sur les dix heures, avec quatre cens Arquebusiers & quatre-vingt-douze chevaux, tant Cuirasses qu'Arquebusiers à cheval, commandés par les sieurs d'Arson & de Falaise. Il fut aussi résolu que l'Infanterie donneroit par trois endroits; à savoir, les Capitaines Doris & Parementier avec cent Arquebusiers iroient gagner le Pont dudit Douzy, situé sur la riviere de Chis pour bloquer la sortie de ceux de dedans, & par même moïen empêcher que les Compagnies de Chevaux-Légers qui étoient à Mary distant d'une arquebusade dudit Douzy, n'y aïant que la riviere de Chis & la prairie entre deux, les vinssent secourir: le Capitaine Cheverdier, Lieutenant de Caulmont, donneroit droit au logis dudit Baron avec cinquante Arquebusiers, & les Capitaines Framond & Massart avec leur troupe donneroient droit à la barricade, par laquelle sortoit la Cavalerie. Le surplus de l'Infanterie, commandée par le Capitaine Villepois, Sergent-Major, feroit alte avec la Cavalerie, afin de secourir où il seroit besoin, & de favoriser la Cavalerie, lorsqu'elle se joindroit à celle des Ennemis.

Le Mercredi 13, sur les trois heures du matin, les troupes de

1588.

CONDUITE DU ROI ET DES LIGUÉS.

Sedan attaquerent Douzy. Et donnerent si à propos ceux qui avoient charge de s'emparer du Pont, que sans trouver beaucoup de résistance ils s'en rendirent maîtres. Mais il n'en fut pas ainsi à la barricade qu'attaquerent les Capitaines Framont & Massart, car elle fut fort débattue, & furent les Assaillans repoussés, tant par le Baron (1), que par le sieur Antoine Brisse (2), & le Capitaine Dom Jean Rumero (3), qui fit une sortie, avec vingt-cinq ou trente chevaux, en laquelle néanmoins ils furent si courageusement reçus par l'Infanterie qui avoit attaqué la barricade, qu'étant rudement repoussés, ils regagnerent le dedans, & si confusément, que l'Infanterie les remenant battant, entra avec eux pêle-mêle, & demeura maîtresse de la barricade. A laquelle furent tués plusieurs des plus notables Capitaines & Gens-d'Armes, entre lesquels furent le Seigneur Antoine Vize & son Lieutenant. Le reste de leur Cavalerie, laquelle put lors en telle presse monter à cheval, se voulut retirer par le Pont, qui avoit été auparavant saisi, mais ils le trouverent barré, & furent là si rudement reçus que la plupart furent tués, les autres pris; peu échapperent; bon nombre se jetta en la riviere & se noïa, fors le Baron & peu avec lui, lesquels par la bonté de leurs chevaux se sauverent, la plupart en pourpoint & sans bottes, & tirerent le chemin d'Yvoy.

Le combat aïant duré une grosse heure, le reste des Ennemis fut contraint se retirer dedans un Fort qu'ils avoient fait dans le Village, & là attendirent le canon. Monsieur de Nueil avoit à l'avanture fait traîner avec les troupes, deux moïennes, desquelles fut tiré deux coups contre le Fort. Cet exploit diligent les étonna, tellement que sans beaucoup barguigner ils capitulerent & se rendirent à la discrétion de Mademoiselle de Bouillon & néanmoins avec promesse de la vie. La capitulation faite, les Capitaines Carles (4) & Marville rendirent leurs drapeaux à M. de Nueil, lequel entré dedans le Fort, y trouva plus de deux cens hommes de combat tant de cheval que de pied, qu'il fit sortir & furent menés prisonniers à Sedan. Les principaux Chefs étoient le Capitaine Carle, le Capitaine Marville, leurs Lieutenans & Enseignes, le Capitaine Romero, Espagnol, commandant à une Compagnie de Cavalerie. Il y avoit aussi bon nombre de Gentilshommes de

(1) Le Baron de Saxembourg.

(2) C'est Antoine de Vize.

(3) C'est Romero.

(4) Carlo, Romero & Marville.

la suite dudit Baron, & plusieurs Chevaux-Légers Italiens. Il s'en trouva plus de sept vingt morts en ce combat sans ceux qui se noïerent & les blessés. Il y fut pris plus de deux cens chevaux, entre lesquels s'en trouva vingt ou vingt-cinq des plus beaux & meilleurs qui fussent en toute l'Armée, plusieurs desquels le Baron avoit achetés mille écus la piece. Il estimoit la perte qu'il avoit faite en cette charge, tant en chevaux, vaisselle, argent monnoïé & hardes, à plus de trente mille écus.

1588.

CONDUITE DU ROI ET DES LIGUÉS.

Des Assiégeans, & cela est très véritable, il n'en mourut que deux, à savoir un soldat des Compagnies & le fils d'un Bourgeois de Sedan, nommé le Fevre. Il y eut quelques soldats, mais fort peu.

Les Ennemis tenoient une Maison forte, nommée Lamecourt, située entre Douzy & Sedan, que le sieur de Rosne avoit battue de vingt-neuf coups de canon : M. de Nueil en se retirant y fit acheminer l'artillerie. Cette Maison étoit gardée par vingt-cinq ou trente soldats, lesquels voïant l'artillerie, se rendirent, aux conditions que dessus.

Les Compagnies qui étoient de delà la Meuse, commandées par M. de Rosne prirent tel effroi de cette défaite, que la nuit suivante ils repasserent la Meuse, en fort grande allarme & se retirerent avec le reste de l'Armée qui étoit devant Jamets. Tellement qu'il ne demeura personne sur les Terres de Sedan. Ce fut l'échantillon de la délivrance que Dieu réservoit à cette Princesse orpheline; & confirmation de sa promesse, qu'il se leve pour les petits qu'on afflige sans cause, & qu'il rabbaisse avec honte & dommage les sourcils des hautains, étant certain que les Papistes mêmes auxquels restoit quelqu'étincelle d'équité, tenoient infaillible quelqu'horrible méchef sur la tête de cette Armée, pleine d'extorsion & de sang.

Mademoiselle de Bouillon, les nouvelles reçues de cette victoire inopinée, s'achemina avec toutes les Dames de Qualité réfugiées à Sedan, jusqu'à la porte du Menil, pour remercier les Gentilshommes & Capitaines du signalé service qu'ils lui avoient fait, & gratifier les soldats en tout ce qu'elle put. M. de Nueil lui présenta les deux Enseignes & Cornettes gagnées, qu'elle reçut. Et à l'instant toute cette assemblée avec tout le Peuple s'en alla au Temple, où furent rendues graces solemnelles à Dieu, pour cet heureux succès, environ midi.

Cette défaite n'éteignit pas le feu, mais renflamma la vio-

1588. lence de l'Armée qui étoit devant Jamets, tellement qu'ils redoublerent leur travail, & la batterie qu'ils avoient continuée en fort grande furie depuis le Samedi neuvieme d'Avril, & ne cesserent de foudroïer jusqu'au seizieme du même mois. Ils tirerent en cette derniere furie plus de neuf cens coups de canon; & le seizieme, aïant en volonté de donner un assaut, renforcerent plus qu'ils n'avoient encore fait leur batterie, en laquelle ils avoient par l'espace de cinq jours emploïé leurs plus grosses pieces, lesquelles portoient quarante-cinq & quarante-sept livres.

CONDUITE DU ROI ET DES LIGUÉS.

Sur les préparatifs que les Assiégéans faisoient de donner l'assaut, ceux de dedans faisoient aussi apprêt, & de courage, & de tout ce qui leur étoit propre, pour les bien recevoir & repousser. N'étant possible de faire plus vertueusement que faisoient les Capitaines & soldats : de tant plus louables certes, qu'entre leurs armes, qu'ils ne reconoissent que moïens de soi incertains & infirmes, ils colloquoient toute l'espérance de leur salut en Dieu, soutien des oppressés & défenseur de leur juste querelle.

Telle espérance ne les confondit pas; car aïant les Assiégeans parachevé leur batterie jusqu'à douze cens coups de canon, ce jour même, tout en un moment se serrerent en bataille, & la tête baissée donnerent tant à la brêche, qu'à la Courtine, vers la Tour du Chat, où ils planterent un grand nombre d'échelles, avec assurance de forcer & emporter la Ville par l'un & par l'autre endroit: mais ils furent si courageusement reçus, qu'après un long combat, ils furent battus, repoussés & défaits; tellement que les fossés demeurerent pleins d'un très grand nombre de morts & de blessés. Il en fut fort peu pris de prisonniers par ceux de dedans, qui les menerent battans jusqu'en leurs tranchées, sans qu'on pût réprimer l'ardeur & furie des soldats poursuivant la victoire. La moitié de leur armée y fut du tout défaite.

Des Assiégés il n'en fut pas tué gueres plus de six, & huit ou dix blessés, chose étrange, mais néanmoins véritable. Dieu pour illustrer sa puissance, à la vengeance des tyrans & orgueilleux, souvent surmonte autant en petit qu'en grand nombre; aussi fut-ce à la seule force & vertu de son bras, que les victorieux en donnerent la louange : car après la retraite de leur combat ils en rendirent solemnelles graces à sa divine bonté, qui les avoit si magnifiquement délivrés.

Jamais depuis, cette ſuperbe armée ne fit choſe qui vaille le parler, là devant, & alla toujours en décroiſſant : ils tenterent bien encore quelques efforts & ſtratagêmes, mais ſans notable effet; ce qui les fit réſoudre, pour ne plus ſe haſarder, & conſerver le reſte de leurs troupes, à un blocus qu'ils firent tout à l'entour de la Ville, aïant bâti des Forts aux plus notables avenues, cuidant par ce moïen les affamer, & contraindre à ſe rendre.

1588.

CONDUITE DU ROI ET DES LIGUÉS.

De fait peu s'en fallut que leur dernier deſſein ne leur ſuccédât mieux que le premier; car ce blocus aïant continué pluſieurs mois, ſi ſerré, qu'il n'entroit dans la Ville aucun rafraîchiſſement pour le ſoulagement de ceux de dedans, de ſi longtemps tant harraſſés, les fatigues & la néceſſité les mirent quaſi en auſſi grand péril, que leur valeur & leurs armes, ſous la bénédiction de Dieu, y avoient mis leurs Ennemis en ce dernier aſſaut : eſtimant au reſte leur condition de tant plus miſérable, qu'aucun Ennemi ne comparoiſſant pour le combat, il leur falloit combattre la famine & la pauvreté, par abſtinence & patience. Et comme tout ce Païs-là, avoit longtemps ſoutenu de grands combats & efforts de la Ligue, ainſi auſſi particulierement la Ville de Jamets ſouffroit & enduroit beaucoup, comme il ſe peut recueillir par ce qui en fut écrit du cinquieme d'Octobre 1588, preſqu'en même mot.

Il y a jà trois ans paſſés, que ce petit Etat a ſoutenu les plus grands efforts de la Ligue, laquelle l'a ſi mal traité, (mais ſpécialement depuis la route de l'armée étrangere,) qu'ayant exercé toutes ſortes de méchancetés, pilleries, paillardiſes & cruautés non ouies, a enfin réduit en cendres tous les Villages d'icelui, n'y reſtant plus rien d'entier, que cette Ville & celle de Jamets, où s'eſt retiré ce qui s'eſt pû ſauver de la rage de tels monſtres.

Et jaçoit que les pertes & dommages qu'ont reçues les naturels du païs, ſoient telles & ſi grandes, qu'ils ſont tous réduits au biſſac; ſi n'ont-ils perdu courage, même ceux de Jamets, encore qu'ils ſoient de tous côtés bloqués; mais la pauvreté eſt telle partout, qu'elle ſe rend quaſi intolérable, vû principalement les grands frais qu'il convient faire, tant pour renvitailler ledit Jamets, aſſiégé & bloqué depuis dix mois, que pour entretenir les gens de guerre ordinaires, & récompenſer les autres. Outre une infinité de pauvres veuves, orphelins, ma-

1588. lades, bleſſés & dévaliſés, avec grand nombre de perſonnes, qui pour avoir été pillées & rançonnées, (ſe retirant de divers endroits en ces Places pour la perſécution,) & être deſtituées de tout moyen, par la ſaiſie de leurs biens, ſont réduites en grande pauvreté, & à cette miſérable condition, de dépendre des aumônes & de l'aſſiſtance de ceux auſquels il reſte quelque peu plus de moyens.

Conduite du Roi et des Ligués.

Il y a plus, car depuis quelque temps Dieu nous viſite de la peſte, laquelle augmente avec l'affliction, la néceſſité, par extraordinaire dépenſe. Pour fournir à laquelle, non ſeulement feu M. le Duc de Bouillon & Melle. de Bouillon ſa ſœur ont emploïé leurs revenus, vendu leurs plus précieux meubles & pluſieurs terres ; mais auſſi les Bourgeois deſdites Villes & autres y refugiés.

Tous ces ennuis, pertes & aſſauts leur ſont donnés par leurs ennemis, de gaieté de cœur, & pour ce ſeulement, qu'ils font profeſſion de la Religion réformée, & que ces places ont toujours été la retraite des Egliſes diſſipées en France, qui ſont de leur côté depuis la riviere de Loire. A quoi ſe peut joindre la perte notable ſurvenue des perſonnes de M. le Duc de Bouillon & de M. le Comte de la Marke ſon frere, qui ſont morts en la défenſe de cette juſte querelle. Laquelle ils défendoient, non comme mercénaires, mais volontaires, pouſſés du ſeul zele de la gloire de Dieu, du bien de ſon Egliſe, & de la fidelle dévotion, qu'à l'exemple de leurs prédéceſſeurs, ils ont toujours eue à la conſervation & maintien de l'Etat & Couronne de France, aujourd'hui tant inquiétée & abbayée par les conjurateurs & factieux de la Ligue. Des conquêtes de laquelle, en cet Etat, reſtent ſeules ces deux Places de Sedan & Jamets, & non ſeulement en cet Etat, mais quaſi en tout ce qui reſte de la France deça la riviere de Loire. Tellement que l'on peut dire avec vérité, que ces deux Places, ont non ſeulement occupé & empêché l'exploit de leurs armes, mais auſſi bridé & retenu le cours de leurs conquêtes, & des victoires leſquelles ils ſe promettoient, avec vengeance de leurs inſolences & méchancetés.

Tout ce que deſſus, & infinies autres choſes notables faiſant à ce propos, & qui ſont du diſcours d'une juſte hiſtoire, ont été notoires & bien reconnues par pluſieurs Princes, villes & communautés, & perſonnes d'honneur & qualité, & preſque par

par toutes les Eglises de France : occasion que plusieurs n'ont rien obmis du moyen que Dieu leur a laissé pour les consoler, encourager, soutenir & assister.

1588.

CONDUITE DU ROI ET DES LIGUÉS.

Tellement qu'alors que l'affliction sembloit être parvenue à son extrémité, Dieu, tout-puissant & tout bon, leur suscita moyens inopinés de la délivrance & respiration de tant de maux. Car enfin se rendit à Sedan avec quelque nombre d'hommes, M. de la Noue, Chevalier d'honneur & de grande réputation, lequel pour le devoir, auquel le droit & sa conscience l'obligeoient, entreprit la défense de l'Eglise de Dieu & Duchesse pupille, contre la tyrannie & inique oppression du Duc de Lorraine, de la maison de Guise, & conjuration de la Ligue. En quoi aussi ce peuple affligé ne reçut peu d'avantage en l'exécution que le Roi fit faire à Blois, au mois de Décembre 1588, ès personnes du sieur de Guise & du Cardinal son frere, comme il sera dit ci-après. Car alors les armes du Duc de Lorraine furent fort affoiblies, & ses troupes étonnées pour la perte inopinée d'un tel support : tellement que les blocus de Jamets furent relâchés, & la retraite empêcha la défaite totale de ce reste d'armée, la fureur de laquelle Dieu dissipa ainsi pour ce coup, & délivra par ce moïen Jamets, mettant aucunement au large ce petit Etat, & donnant meilleure espérance pour l'avenir aux Eglises réformées qui y étoient de reste.

Avertissement au Lecteur.

Il a été fait mention au discours précédent de la venue de M. de la Noue à Sedan & du devoir qui l'obligeoit de secourir cette Princesse en son extrême nécessité : & d'autant que ledit sieur de la Noue, depuis sa prison d'entre les Espagnols, avoit toujours été à requoy (1) sans porter les armes, & que c'étoit le commun bruit, qu'il avoit reçu quelque faveur du Duc de Lorraine en la négociation de sa délivrance, qui pourroit faire trouver étrange à ceux qui ne seroient éclaircis de la vérité, qu'il entreprît cette défense contre l'effort & dessein du Duc de Lorraine, qu'on estimeroit son bienfaiteur, ledit sieur de la Noue, premier que passer outre à cette défense, mit en lumiere une déclaration des justes causes qui accompagnoient la prise qu'il a faite des armes, pour la protection de cette Princesse, de son Etat & le maintien des Eglises qui y sont recueillies. Laquelle déclaration semble mieux convenir à la suite du discours précédent, que d'être différée en autre temps : occasion qu'elle a été insérée de mot à mot selon la copie imprimée comme s'ensuit.

(1) C'est-à-dire en repos.

1588.

DECLARATION

De M. de la Noue (*) *, sur sa prise des armes, pour la juste défense des Villes de Sedan & Jamets, Frontieres du Roïaume de France, & sous la protection de Sa Majesté.*

LE devoir d'un Gentilhomme, faisant profession de vertu, gist en premier lieu, à si bien préparer & diriger ses actions, qu'il en reçoive contentement en soi-même : il doit après, les faire reluire, & les justifier en sorte, que les bons soient satisfaits, & les mauvais n'aient sujet de les condamner ; & puisqu'ainsi est que l'honneur (qui est le prix des belles opérations) procede de ceux, qui après les avoir examinées & trouvées dignes, les approuvent, il faut que celui qui desire être honoré, soit soigneux qu'elles ne soient contaminées (s'il est possible) d'aucune tache, & mêmement les personnes qui pratiquent ès grandes & illustres compagnies, y ont plus d'obligation. Et quand il n'y auroit que la seule appréhension des calomnies, qui sont si ordinaires en ce malheureux siecle, où nous voïons ce qui est modestement fait, être blâmé, & l'excès loué ; ne leur est-ce pas un assez vif éguillon pour les admonester de rendre un compte public des principaux comportemens de leur vie ? Ce que j'ai délibéré de faire par le présent écrit d'aucuns de la mienne, afin qu'on connoisse au vrai quelles causes m'ont mu, après un si long repos, & parmi les liens de quelques promesses particulieres, de prendre les armes pour la défense des Villes de Sedan & Jamets, anciennes frontieres du Roïaume, contre ceux qui les ont assaillies.

Beaucoup de gens savent en quelle misérable captivité j'ai été detenu l'espace de cinq ans & demi par ceux qui ont acquis peu de louange d'une telle rigueur, qu'ils eussent par avanture continuée longtems aux miens, s'ils n'eussent éprouvé l'inconstance des choses humaines. Mais Dieu libérateur soit béni de cette adversité si amere, en laquelle j'ai connu, ce que les plus douces prospérités m'avoient fait méconnoître.

(*) C'est François de la Noue, pere d'Odet de la Noue, sieur de Teligny, dont on a parlé dans une note qui est ci-dessus. Cette déclaration a paru séparément à Verdun, chez Marchand en 1588 *in*-8°. M. de Thou la rapporte aussi en grande partie dans son Histoire, livre 98.

1588.

DÉCLARAT. DE M. DE LA NOUE.

Or le temps de ma délivrance étant venu, on me tira hors de ma ténébreuse demeure, pour me conduire au lieu où je reçus la sentence de liberté, mais avec des conditions non moins dures qu'avoit été ma prison. Toutefois je les acceptai avec joie, puisqu'elles mettoient fin à ma longue tristesse.

Je dirai donc que la premiere cause de ce bénéfice tant desiré, fut la bonté de Dieu qui se souvint de mon affliction : la seconde le prisonnier que je tenois, pour lequel je fus échangé, qui étoit de beaucoup plus grand poids que moi ; & la tierce l'obligation de cent mille écus faite par le Roi de Navarre sur ses biens de Flandres, pour la sûreté de mes promesses, de ne porter les armes contre le Roi d'Espagne en ses Païs. Cela accompli, je fus libre, & tel m'en allai vers Nancy pour essaïer de satisfaire à d'autres points qui sont couchés dans mes articles. A savoir que Monseigneur le Duc de Lorraine, outre la précédente sûreté, s'obligeroit encore au Roi d'Espagne pour moi de ladite somme de cent mille écus, & en son défaut un Prince d'Allemagne ou un Canton de Suisse : que je lui consignerois aussi mon second fils, pour être un an en ôtage à sa Cour. Davantage que ledit sieur Duc, & M. le Duc de Guise promettroit par un écrit à part signé de leur main, que je ne porterois les armes contre le Roi d'Espagne. De tous lesquels liens les Espagnols me lierent, comme s'ils eussent eu occasion de craindre qu'un petit soldat comme moi, ne vînt tôt ou tard à altérer le cours de leur victoire, duquel pensement j'étois très éloigné, & ne tendoit mon affection qu'à parvenir jusqu'en ma maison, pour m'y reposer & rendre graces à Dieu de ce qu'il m'avoit tiré de l'ombre de mort & du sépulchre.

Etant arrivé en Lorraine, je communiquai avec lesdits Princes, pour savoir s'ils me vouloient gratifier de cette obligation : ce qu'ils m'accorderent libéralement, moïennant que Sa Majesté Très Chrétienne le consentît, vers laquelle j'allai, & ne pus obtenir son consentement, sinon que je ne lui promisse que je ne porterois les armes sans son exprès commandement ; ce que j'accordai.

Aussi-tôt elle écrivit à Monseigneur le Duc de Lorraine, qu'il pouvoit répondre pour moi au Roi d'Espagne ; ce qu'il fit avec ces conditions, que je lui obligerois cent mille écus sur tous mes biens pour gage de son obligation ; à quoi je satisfis : après, que lui promettrois de ne porter les armes contre lui ni

1588.

DÉCLARAT. DE M. DE LA NOUE.

son Etat, ce que je lui promis, en cas que cela ne contrevînt à ce que je devois d'obéissance, de servitude & de fidélité à la Couronne de France, & au Roi mon souverain Seigneur. Le tout parachevé, je me départis desdits Princes, aïant été bénignement recueilli d'eux, & m'en allai à Geneve, ou je choisis ma demeure pendant la durée de cette misérable guerre. Au bout de deux mois, mon fils que je retirai d'auprès du Roi de Navarre arriva vers moi, & l'envoïai en ôtage à Nanci, où il a reçu de la courtoisie tant qu'il y a demeuré.

Voilà succintement la pure vérité de toutes mes promesses & obligations, & les causes de ma liberté représentées selon leur ordre. Ce que j'ai fait, afin que plusieurs, qui sont trop prompts à juger des actions d'autrui, soit par passion, ignorance, ou mauvaise information, aillent plus retenus, & ne me condamnent sans m'avoir oui; comme je sais que quelques-uns ont déjá fait, il y a plus de six mois, auquel temps avec toute leur vigilance, ils n'eussent pu reprendre en moi que quelques paroles, qui par avanture n'étoient répréhensibles; & ces bons Censeurs cependant ne s'avisoient pas, qu'ils attentoient eux-mêmes par effet contre leur souverain Seigneur, & contre leur Patrie.

Certes si j'eusse voulu manquer à ma parole, y étant poussé par mes intérêts particuliers, j'en avois un beau sujet quand l'Armée Etrangere se leva, en laquelle voulant aller, je n'y eusse pas eu peu d'autorité, vu que M. de Bouillon & mes meilleurs amis, qui s'emploïoient à la conduite d'icelle, m'appelloient & m'eussent déféré plus que mon naturel ne convoite; mais je m'excusai & ne voulus outrepasser les limites de mes promesses, pource que je ne le pouvois honnêtement faire: & plusieurs Gentilshommes (qui vivent encore & qui étoient à préparation de ladite Armée) savent que je m'avançai jusqu'à Strasbourg, sur les instantes prieres que m'en fit lors par lettres le sieur de Buy, qui me manda avoir parlé à Messeigneurs les Ducs de Lorraine & Casimir, même M. de Segur, pour composer du passage d'icelle par la Lorraine, & que tous avoient agréable, advenant qu'on le baillât, que je fusse admis à cette négociation, où les uns ni les autres ne vouloient être circonvenus. Mais y étant arrivé & ne trouvant Lettres des Princes sus nommés; au contraire, voïant des deux côtés les courages s'échauffer, les haines croître, les armes en pied, & ja l'épée dégainée, je pensai que le temps de négocier étoit passé, &

que tout accord s'en alloit ſujet à inobſervation, c'eſt pourquoi je ne me voulus envelopper entre ces deux tempêtes, de peur que ma réputation ne courût fortune, & écrivis à M. le Baron d'Auſſonville, qui étoit encore à Pfaltzbourg, ce qui m'avoit retenu.

1588.

DÉCLARAT. DE M LA LA NOUE.

Quelque temps après, la ſuſdite Armée s'étant ruinée, plus par elle-même que par l'effort de ſes contraires, ſes reliques rebrouſſerent vers les Alpes, & M. de Bouillon qui en étoit le Chef, laſſé de tant de travaux, vint pour ſe repoſer à Geneve, où une groſſe fievre le ſaiſit, dont il mourut dix jours après ; & étant encore à ſon bon ſens, il ſe diſpoſa à faire ſon teſtament, par lequel il ordonna, entr'autres choſes : Que ſes Terres ſouveraines demeureroient ſous la protection & ſervice de la Couronne de France ; & ſupplioit Sa Majeſté de les maintenir ſous telles conditions, comme par le paſſé elles avoient été, & après avoir nommé Monſeigneur de Montpenſier tuteur & curateur de Mademoiſelle de Bouillon ſa ſœur, qu'il laiſſoit ſon héritiere univerſelle, il me chargea auſſi de la tutelle pour les Terres ſouveraines, avec le pouvoir d'y commander, ce que j'acceptai pour le deſir que j'avois de m'enploïer en choſe profitable au Roïaume ; & incontinent je m'acheminai en Allemagne, pour delà paſſer à Sedan. Mais étant averti que M. le Duc de Lorraine avoit mis le ſiege devant Jamets, je m'arrêtai, & pour deux raiſons : la premiere que je ne voulois traverſer ſeul parmi le danger de tant d'armes, pour me perdre mal à propos : l'autre, que voïant ledit ſieur Duc avoir ouvert cette guerre contre l'opinion de pluſieurs & de moi-même, j'eſtimois, vu ce que j'avois promis, n'être bien ſéant de m'y aller précipiter ; & avec le conſeil de Meſſeigneurs les Ducs Caſimir, & de deux Ponts, & autres mes amis, j'embraſſai la voie de négociation plutôt que celle de la force. Etant donc de retour à Geneve, je dépêchai vers Sa Majeſté pour l'avertir de ma charge & délibération qui ne tendoit qu'au bien de ſon ſervice, & penſois qu'elle n'auroit mon entremiſe déſagréable, la ſuppliant très humblement de prier Monſeigneur le Duc Lorraine de ne verſer ſon courroux ſur une pupille innocente, & s'abſtenir d'attaquer Sedan & Jamets, Frontieres de ſon Roïaume. Elle m'écrivit qu'elle avoit envoïé le ſieur de Rieux pour faire lever le ſiege de Jamets, & que M. de Montpenſier iroit en bref à Sedan, pour y bien diſpoſer les affaires, & qu'il lui ſembloit n'être de beſoin que j'y allaſſe, puiſ-

1588. que l'ordre s'y mettroit par cette voie. Au reste qu'elle louoit mon intention & assuroit que j'étois si affectionné à son service & au bien de ma Patrie que je pourchasserois toujours les choses qui regardoient le bien d'icelle.

Déclarat. de M. de la Noue.

Cette lettre reçue, je temporisai, pour l'opinion que j'avois que la recommandation, priere & pourvoïance d'un si grand Roi, suffiroit pour rémédier au mal qui s'alloit renforçant. Mais aïant atendu quasi trois mois, & vu que les paroles de de Sa Majesté étoient méprisées, & que l'une des Villes s'étoit ja défendue d'un furieux assaut, que l'autre avoit écarté avec ses armes ceux qui désoloient ses campagnes, & que Monseigneur le Duc de Montpensier n'avoit pu pour bonnes considérations s'avancer jusques sur les lieux : voïant aussi d'autre part plusieurs bons François & autres de la Religion non seulement m'écrire, mais me dire, que vu la charge que j'avois prise, je recevrois du reproche, & m'accuseroit-on d'avoir manqué à mon honneur & à la fidélité que je dois à mon souverain Seigneur, si je ne travaillois avec l'esprit & la main à la conservation des Villes oppressées, qui étoient sous la protection du Roi & que je pouvois assez remarquer, que contre si puissans effets il ne falloit apporter des négociations, ains plutôt d'autres effets: ce qu'à la vérité je reconnoissois pour vai; mais j'imaginois que les procédures légitimes & de raison devoient précéder celles qui étoient violentes, mêmement pour le regard de mon particulier.

Ainsi je me préparai pour aller en Allemagne, où je discourus avec quelques Princes amis de ce Royaume, pour voir quel moïen il y auroit de garantir ce qu'il sembloit que les François vouloient perdre, & les Etrangers occuper. Ils plaignoient ce différend intervenu pour peu d'occasion, & ne jugeoient qu'il se pût autrement décider que par les armes, puisqu'à un Comte de Montbeliard, qui avoit reçu une si grieve injure, on avoit dénié la satisfaction. Or comme chacun connoît que le fer d'Allemagne ne se remue sans l'or étranger, & que l'un ne reluisant point, voire en abondance, l'autre demeure sans mouvement, cela me fit résoudre d'aller à Sedan, ce que j'exécutai passant à travers la Lorraine & la France avec beaucoup de périls ; & y étant arrivé, j'entendis là au vrai l'état de Jamets, (les défenseurs de laquelle Place sont dignes de grandes louanges,) qui avoit besoin d'être favorisé, & avant que venir aux termes plus rudes, encore fus-je d'avis de tenter les plus doux, & fis proposer à Monsieur d'Haussonville, une trêve & cessation d'actes d'hostilité pour quelque mois, tant pour avoir temps de négotier sur les ouvertures faites par Madame d'Aremberg parente proche de Mademoiselle de Bouillon, que pour mieux disposer les esprits à chercher les voies d'accord, plutôt qu'à poursuivre celles de ruine, les conditions de laquelle n'étoient moins utiles pour les assaillans que pour les assaillis, ni moins honorables; mais eux les ayant examinées, n'en ont fait compte, & n'y ont répondu, pour l'opinion (par avanture) qu'ils ont eûe de gagner beaucoup plus, en demeurant sur leur avantage & espérance, que d'y consentir. Ce qui sera occasion de donner plus long cours aux maux que cette petite guerre a engendrés, & va tous les jours engendrant. Pour lesquels éviter, Monsieur de la Ferté, qui est venu souvent à Sedan pour négocier, sera témoin que je lui ai dit par deux fois, que Monseigneur le Duc de Lorraine ne tireroit pas grand fruit de cette guerre, où il y avoit peu de gain pour lui & incertain, & beaucoup de peine certaine. Que Jamets, qui résistoit encore, lui avoit déja couté quatre fois plus qu'elle ne valoit, & qu'il devoit s'adoucir envers cette Princesse orpheline, qui ne demandoit que paix, à laquelle on parviendroit en la cherchant, autrement son païs souffriroit, & en telle sorte, qu'il voudroit être à recommencer; que je ne lui en pouvois déclarer les moïens, & lui devoit suffire que je parlois langage véritable, & plutôt de serviteur de Sa Majesté que d'ennemi, & comme personne qui aimoit le repos, & qui ne desiroit emploïer ses armes contre lui. Ce que j'ai voulu alléguer, afin qu'on sache que j'ai tenté toutes honnêtes voies pour ne venir aux armes, tant pour le bien des deux parties, que mon contentement. Certainement j'eusse bien desiré de n'être contraint de tirer mon épée, qui depuis huit ans est demeurée oisive, & mêmement contre un Prince auquel je me sens redevable, lequel, à mon jugement, s'est plus embarqué en ces nouveaux partis par les impétueux & mal digérés conseils d'autrui, que par la disposition de soi-même: mais je n'ai pû aller au contraire de ce que la raison veut, qui me commande, lorsqu'il est question de deux obligations, de préférer la naturelle à l'acquise, pour ce que c'est chose plus honnête, & entre les acquises, après avoir jugé de la différence qu'il y a entre elles, m'arrêter à la plus forte.

1588.

Déclarat. de M. de la Noue.

Entre toutes les Nations, les devoirs naturels ont toujours été, & sont encore très recommandables; & le premier (après Dieu)

1588.

DÉCLARAT. DE M. DE LA NOUE.

est celui qui regarde la Patrie, qui comprend en soi tous les autres, lequel nous lie si étroitement à elle, que c'est comme un sacrilege de faillir à s'en bien acquiter. Nul de tous les autres ne peut s'égaler à cestui-ci. Car même les peres & meres qui ont donné la vie à leurs enfans, quand il s'agit du droit de la patrie, sont contraints de les excuser, si plus qu'à eux ils les y voient dévotieux & affectionnés. Beaucoup plus le doivent faire ceux qui tiennent les personnes seulement obligées par un bienfait & une simple promesse; car il faut que ce qui est plus grand, soit préféré à ce qui est moindre. J'ai ci-devant déclaré ce que j'ai promis à Monseigneur le Duc de Lorraine, mais avec l'exception, qui toutefois (hors qu'elle ne fût faite) doit toujours avoir lieu. Et crois que peu de gens voudroient revoquer en doute, (encore que soïons en une saison, où tout se débat & déguise,) que le devoir vers son Prince n'aille devant ce qui est dû à un bienfaiteur, lequel pourra dire, puisque j'ai été cause de votre liberté, pourquoi m'offensez-vous avec vos armes, que vous promettiez ne porter contre moi? Vraiment je ne nierai pas que Monseigneur le Duc de Lorraine n'ait aidé à me la rendre plus entiere & plus tranquille, mais je l'avois recouvrée (ce que je ne dis par méconnoissance de ce bien,) par les trois moïens que j'ai représentés, avant qu'il m'obligeât à lui, n'aïant aussi pû rien promettre au préjudice de ma présente obligation, à la quelle la nature, les loix & les hommes vertueux veulent que je fasse tenir son degré.

Je sais bien qu'on m'objectera que la Patrie, que je fais sonner si haut, ne doit entrer en considération, vû qu'on n'attente contre elle. Je le voudrois de bon cœur: mais qu'est-ce donc qu'assaillir Sedan & Jamets, Villes de protection, frontieres du Royaume, fideles à la Couronne, & peuplées de François, si ce n'est attaquer la France même? Certes un Ambassadeur Romain qui retournoit vers Annibal, dit très bien & sagement devant le Senat, que les Carthaginois en battant les murs de Sagunte, ville confédérée, battoient les murs de Rome. A aussi bon droit eût-on pu dire lorsqu'on canonnoit ceux de Jamets, que c'étoit tirer contre ceux de Paris. J'ai eu patience si longtemps, que j'ai eu juste occasion de craindre qu'on m'eût taxé de perfidie & lâcheté, (aïant vocation légitime à la défense desdites Places) si j'eusse davantage différé de m'emploïer à les garantir de ruine. Le grand Roi François osa hazarder sa personne & ses forces, pour n'avoir le deshonneur de perdre Landreci,

Villette

1588.

DÉCLARAT. DE M. DE LA NOUE.

Villette qui n'étoit du Royaume, ains conquise au païs d'autrui. Le même fit feu Monseigneur le Duc de Guise, pour la défense de Metz, de nouveau entrée en la protection de France. Eût-il donc fallu que moi, qui ne suis que très petit Sujet, me fusse retenu pour celles qui y sont comme incorporées, & esquelles il n'y a maison où les fleurs de Lys ne paroissent?

Je serai accusé d'être ingrat envers mon bienfaiteur, à cause que je porte les armes contre lui; mais c'est en défense que je ne puis abandonner, sans être convaincu de plus grande ingratitude, envers mon païs & mon Roi.

Vous avez rompu (dira-t-on) votre promesse, que vous aviez, sur un si digne bienfait, si cordialement donnée. Si les choses étoient en pareil état que lorsque je la fis, je me fusse restraint dans ces bornes; mais on les a changées, en faisant ce que j'ai montré qu'on ne devoit faire.

Venons à la seconde obligation que le Tuteur a de procurer le bien de sa Pupille, & l'aider au besoin. Les Jurisconsultes l'estiment tant, qu'ils la mettent après la paternelle & filiale, voire veulent que l'Officier courre à la manutention du droit du Pupille, premier qu'à celui de son Prince: ce qu'aussi la raison requert, étant l'un plus destitué d'appui que l'autre, & cette obligation acquise est d'autant plus grande, qu'elle est conjointe avec le naturel, de sorte qu'on ne me doit imputer à blâme, si je l'ai préférée à celle que j'ai à Monseignenr le Duc de Lorraine: vu mêmement que c'est pour défendre & non pour assaillir; étant la défense bien plus juste que l'offense: vu aussi que cette charge m'a été préférée, auparavant que mondit sieur de Lorraine assaillît Mademoiselle de Bouillon. Et ce qui m'a fortifié en cette résolution, est qu'aïant examiné la cause de la guerre, je trouve que l'assalliant a eu petit droit de la faire: car si c'étoit pour un différend ancien, il falloit montrer ses droits & les disputer par la raison: si elle a procédé de l'injure reçue par feu M. de Bouillon, pourquoi ne s'en prend-on aussi au Roi de Navarre, aux Allemands, aux Suisses & François, qui ont tout saccagé & brulé dans le païs de Lorraine? il n'est pas raisonnable que ce petit Etat satisfasse au dommage commun.

Devoit-on pas plutôt suivre la voie dont on s'est servi pour les ruines faites au Comté de Montbeliard, à savoir d'une amiable composition qu'on proposa pour la crainte des Allemands, laquelle néanmoins on a toujours déniée à cette Pupille, délaissée en apparence d'un chacun: cependant Dieu veille

1588. pour les oppressés, & les secourt en temps opportun.

Déclarat. de M. de la Noue.

Enfin il ne faut point flatter, ains dire la vérité : ne semble-t-il pas que c'est pour dissiper le Royaume, que se font tant de mouvemens, dont les uns s'apperçoivent, & les autres se masquent ? Qu'est-ce qu'ont fait les Parisiens, & qu'a-t-on attenté contre Boulogne, il y a quelque temps, & sur le Marquisat de Saluces depuis n'agueres ? N'est-ce pas courir à la proie, (sinon que soit pour le service du Roi) quand on le pille & qu'on l'outrage ? J'avouerai que sa prudence est grande, & encore plus l'est la contrainte qu'on fait à sa volonté, en le pressant de se résoudre à la guerre, de laquelle dépend la ruine de France, lui qui a un esprit de douceur & de paix. En ce cas que doit faire un homme de bien & courageux, amateur de sa Patrie? C'est d'imiter ces anciens François, braves Chefs & Capitaines, comme le bâtard d'Orléans, la Hire & Poton, lesquels voïant le Roi Charles septieme desespéré de ses affaires, peu assuré de la plûpart de ses Sujets, & assailli par très puissans ennemis dans les entrailles de son Royaume, qu'il laissoit lentement périr, n'y pouvant remédier, ne perdirent pourtant le cœur ni l'espoir, ains avec une fervente affection s'évertuerent en ce danger éminent pour trouver moïen de l'en exempter. Et quand pour l'appréhension du mal présent, qui tient peut-être le Roi enveloppé, il feroit commandement à son sujet de n'aider à son Etat perissant, feroit-ce crime de s'en excuser ? Nous devons amour, obéissance, sujettion & fidélité à notre Roi, qui toutefois peut mourir, mais nous devons tout à notre Patrie qui ne meurt point. Vraiement je me pourrois tenir quitte de la promesse que j'ai faite à Sa Majesté de ne porter les armes contre son service (encore que j'y veuille persévérer, si on ne me traite en ennemi) voïant les confusions horribles qui sont en l'Etat : car tout y est corrompu, la force domine, les loix y sont sans vigueur ; & déja par aucuns, nos maisons sont partagées & nos vies proscrites, qui n'ont droit ni sur l'un, ni sur l'autre. Même l'autorité roïale, de quelle façon est-elle vilipendée du Peuple dépité, quand elle refuse de faire des boucheries de son Roïaume ? Solon disoit qu'en une division le bon citoïen ne se devoit tenir coi, ains prendre le meilleur parti, pour l'obligation qu'il a d'aider à la République : mais la nôtre n'est pas seulement divisée, ains renversée ; non en péril, mais ja perdue : & au milieu de tant de désordres, sera-ce prudence de demeurer les bras croisés, les pouvant avec raison déploïer ? Artendrai-je que les infortunées reliques des François, restés de nos guerres, aient fléchi le genouil devant le Vainqueur irrité, ou devant l'Etranger, afin qu'après j'aille recevoir d'eux ce que Sylla présenta à son Hôte de Præneste ? Cela ne se peut faire qu'une fois, il est indigne de le faire deux. Mais quand je considere l'avenir : en quel misérable état serions-nous, si Dieu avoit appellé à soi notre Roi (à qui je souhaite longue vie, conjointe avec un regne juste & pacifique) ne verroit-on pas ressusciter les factions de Bourgogne & d'Orléans, qui ja se préparent, l'une pour assaillir, & l'autre pour défendre ? ce qui se dit tout publiquement ; & les aveugles même voient que la guerre qui s'est commencée, est plus pour l'Etat que pour la Religion : mais de quels maux serions-nous alors exemptés, & de quels biens ne serions-nous privés ?

La haine, le discord, le sac & les allarmes,
L'effroi, la cruauté, les combats & les armes,
Seroient nos passe-temps.

Et pour éviter ces dangereux écueils, convertissons-nous à Dieu, qui foudroie sur nos incorrigibles têtes : gémissons pour notre Païs & le secourons ; & en ce naufrage général, tâchons pour notre particulier de nous sauver avec les bras & les jambes, ainsi que disoit ce Romain, lequel abandonna le parti de César son bienfaiteur, pour embrasser celui de la chose publique.

Or, je prie Dieu qu'en cette assemblée générale des Etats, on veuille & on puisse apporter quelque bon remede à nos insupportables maux, qui se peuvent du tout guérir par la cessation des armes, & rendre incurables par la continuation.

C'est un Hérétique qui parle (diront quelques zelés) ne le croïez pas, plutôt aïez-le en exécration. Messieurs, ne vous courroucez point sur ce mot, dont vous vous servez pour colorer la guerre que vous voulez perpétuer : certes je ne le suis pas, car je veux vivre & mourir en cette foi renommée & excellente de l'Eglise Romaine, membre de la Catholique, telle que Saint Paul (qui en a été le premier Evêque) l'a instituée, ainsi qu'il appert par ses registres sacrés : mais vous dirai-je, qui est celui qu'on doit tenir pour tel au temps où nous sommes, c'est l'homme qui ne desire aucune paix ni concorde en l'Etat, qui en souhaite le changement, qui se fortifie des en-

1588.

DÉCLARAT. DE M. DE LA NOUE.

nemis du Roïaume, qui avance sa chûte pour en ramasser des pieces, & qui a l'équité & la sainteté en la bouche, l'injustice & l'hypocrisie dans le cœur: au contraire le vrai catholique est celui qui poursuit la paix & l'union, qui souffre patiemment la domination temporelle que Dieu a établie sur soi, qui a pour suspects les Etrangers qui procurent notre ruine, qui veut que l'Etat se conserve, & qui montre par ses œuvres, qu'il aime l'ordre, la justice & la piété.

Pour conclusion, j'aimerai ma Patrie, laquelle m'a élevé; je révérerai mon souverain Seigneur, encore qu'il me poursuive; je défendrai ma liberté, mes biens & ma vie, puisqu'on me les veut ravir; j'aiderai aux François à tort affligés, quand je le pourrai honnêtement faire; j'assisterai ma Pupille comme les Loix me commandent, & m'opposerai aux Etrangers quelqu'obligation particuliere que je leur aie, qui voudront sans aucun droit, s'emparer des Villes du Roïaume, car je suis bon François. C'est assez dit, le temps requiert qu'on fasse, moïennant que ce soit justement.

Avertissement.

DIEU avertit souvent les hommes des horribles vengeances qui talonnent leur méchante vie & menacent leurs rébellions. L'Histoire générale, que le temps pourra produire, amplifiera les notables & épouvantables prodiges, qui ont depuis vingt-cinq & trente ans, appellé la France à repentance; tremblemens de terre, feux étranges, diverses impressions en l'air, cometes, débordemens de riviere, naissances de monstres, & autres choses semblables: mais pource qu'en l'an 1588, au mois de Mars fut mis en lumiere un écrit, faisant mention d'un assez signalé tremblement de terre advenu en Bretagne, non loin de la riviere de Loire, en plusieurs Villes de laquelle est depuis advenu choses étranges, troubles, & émotions non attendues, il semble être proprement de ce Recueil, de représenter au Lecteur sommairement, ce qui en a été écrit & imprimé à Nantes, ès mêmes termes qui ensuivent ci-après. Et afin qu'aucun ne soupçonne que ce soit chose inventée, pour enrichir ce Recueil, il a semblé bon, que le titre de ce Traité fût ici inséré de mot à mot, avec le nom tant de l'Auteur, que de l'Imprimeur.

EXTRAIT D'UN TRAITÉ,

Fait par Louis Vivant (*), Docteur en Médecine en l'Université de Nantes, sur le tremblement de Terre advenu le vingt cinquieme de Mars 1588, dédié à Philippe-Emmanuel de Lorraine, Duc de Mercœur, & Gouverneur de Bretagne. Imprimé par Vivant Hucet, Libraire, Juré.

SOÏEZ donc averti, Monseigneur, que le Vendredi vingt-cinquieme jour de Mars 1588, jour de l'Annonciation, environ les onze heures du matin, le temps étant assez calme, le vent Suest, lorsque se célébroit la Grand'Messe, fut oui par toute la Ville un gros bruit, ronflant & grondant avec un tressaillement & tremblement de Terre assez grand, pour la simple passée & course qu'il fit, de sorte que le Peuple, qui étoit

(*) Louis Vivant, selon du Verdier, dans sa Bibliothéque, étoit d'Angers, & a traduit en François le Traité de Corneille Agrippa, de l'excellence des femmes audessus des hommes. Mais Lacroix-du-Maine, dans sa Bibliotheque, nomme ce Traducteur Louis Vincent.

1588.

Traité sur le tremblement de terre.

en grande afluence ès Eglises, en fut tout instamment effraïé, fors les uns qui pensoient que ce fussent quelques carosses que l'on menât par les rues : les autres se doutoient que ce fût la mine de la porte Sauvetour qui eût joué : ceux qui étoient ès maisons, en un moment jugeoient le feu être pris ès cheminées entendant même bourdonnement que lorsqu'il y est allumé : & même plusieurs craignoient que le feu fût en la maison. Ce bruit & tremblement ne fut seulement en la Ville & Fauxbourgs, mais à Nozay (1), Encenis (2), Oudon, Mauves, Carquefou, Saint-Erblein, Saint-Etienne, Bloi-la-Haye, Basse Goulaine (3) & en la Haute-Goulaine principalement, de quoi les Païsans furent si étonnés plusieurs en ces lieux-là, qu'ils quitterent le Service, & abandonnerent le Prêtre qui célébroit la Messe. La riviere même fut vue bouillonner à même temps. Ce prodige présage beaucoup de calamités & un admirable changement en cet Etat.

Ce tremblement nous avertit de venir à la vive connoissance de nos fautes. Comme aussi ces derniers jours nous avons été admonestés par les hommes en feu, qui ont été vus se combattre en l'air, par les Batteliers du Païs d'Amont, vers Tours & Saumur. Ceci est dit par le même Auteur aux feuilles 36 de son Traité, page 2, vers la fin. Et à la tête de ce même Traité sont écrits les vers François qui ensuivent.

Citoïens, savez-vous quel prodige menace
Nos murs, notre Cité, nos biens & notre sang ?
C'est le péché, qui tient parmi nous tout le rang :
Péché, dont justement se doit vanger la trace.

(1) Bourg en l'Evêché de Nantes.

(2) C'est Ancenis, Ville & Châtellenie de Bretagne dans le même Evêché.

(3) Marquisat en Bretagne, proche Nantes.

1588.

MORT DU PRINCE DE CONDÉ.

AVERTISSEMENT,

Sur la mort de Monſeigneur le Prince de Condé.

EN ce même temps, Dieu décocha un trait de ſon ire contre l'ingratitude & perverſité du monde, & ſinguliérement de la France, retirant des travaux de cette vie au repos des Cieux, feu Monſeigneur, d'heureuſe mémoire, Henri de Bourbon, Prince de Condé. Dieu l'avoit honoré de beaucoup de vertu. Car né & nourri en ſon Egliſe, (la conſervation de laquelle il avoit fort affectionné) il vécut fidele à Dieu, entier à ſon ſervice, loïal à ſon Roi, amateur de ſa Patrie, & de la liberté & fleur du Royaume, ennemi irreconciliable des perturbateurs du repos d'icelui, & de tous ceux qu'il ſavoit avoir conjuré contre le Roi & ſon Etat.

Sa généroſité & valeur, avec la hauteſſe de ſon courage ſe fit voir en beaucoup de beaux exploits & ſignalées occaſions : il reçut de grands aſſauts, & ſupporta de grands travaux ès miſérables guerres civiles de la France : il échappa en tout le cours de ſes ans de grands périls & dangers.

Une mort lamentable ravit ſa vie en la fleur de ſon âge, le Samedi cinquieme jour de Mars 1588, en la Ville de S. Jean d'Angely en Xaintonge, au grand regret de tous les bons François & autres gens de bien, envers leſquels, de poſtérité en poſtérité, ſa mémoire ſera à jamais honorable.

L'eſpece de ſa mort fut de tant plus déplorable, qu'elle fut violente, car le diable (enviant une telle lumiere au monde) entra en la tête de quelques monſtres, ſes ſujets domeſtiques, & auſquels il avoit fait beaucoup de bien & d'honneur, pour leur perſuader d'attenter par poiſon (non moins perfidement que cruellement) à ſa vie, que ni le ſort des armes, ni aucun haſard ou danger n'avoit pû, juſqu'alors, endommager : tous y eurent dommage, & lui ſeul y eut gain, en ce qu'il fit échange de cette vie vaine, caduque, laborieuſe, & qui toujours traîne (ſans exemption d'aucun grand qu'il ſoit) à la mort, en l'unique, vraie & ſolide vie, immortelle & ſans flétriſſure, tranquille & éternellement bienheureuſe; de laquelle aſſuré, il mourut en notre Seigneur Jeſus-Chriſt.

1588. Mais pour ce que ceux qui ont reconnu les causes de sa mort, (pour les avoir soigneusement recherchées après sa vie) en ont rendu assuré témoignage, il a semblé être à propos d'insérer en ce petit recueil, de mot à mot le rapport qu'ils en firent.

Mort du Prince de Condé.

RAPPORT DES MEDECINS ET CHIRURGIENS,

Sur la mort de Monseigneur le Prince de Condé.

NOUS, soussignés, Médecins & Chirurgiens (aïant prêté le serment) certifions ce qui s'ensuit. Le Jeudi troisieme jour de de Mars, mil cinq cent quatre-vingt & huit, feu Monseigneur le Prince de Condé, une heure & demie après avoir soupé, se trouvant mal d'une grande douleur d'estomach, suivie incontinent de grands vomissemens, revenant à plusieurs fois, avec continuation de mêmes douleurs, & beaucoup de soif, fut assisté par Me. Nicolas Poget, son Maître Chirurgien. A même heure y fut appellé Me. Bonaventure de Médicis, Docteur Médecin, lesquels ayant vû ces accidens, aiderent les vomissemens, suivant en cela les mouvemens de nature. Le mal nonobstant continua toute la nuit, s'étant communiqué par tout le ventre inférieur avec tension & dureté d'icelui, & si grande difficulté de respirer, qu'il ne pouvoit demeurer dans le lit, ains étoit contraint de se tenir assis dans une chaire.

Sur quoi, le lendemain furent appellés pour conseil, Maîtres Louis Bontemps, & Jean Pallet, aussi Docteurs Médecins. Lesquels tous ensemble, secoururent son Excellence avec toute diligence & fidélité, par tous les moïens qu'ils jugerent propres, selon les occurences du mal. Le Samedi, cinquieme dudit mois, & second jour de sa maladie, sur les trois heures après midi, toutes choses allant en pis, il survint une entiere suffocation de toutes les facultés, en laquelle il rendit l'esprit à Dieu, demie heure après. Ce soudain & non espéré accident donna occasion aux susdits Médecins & Chirurgiens de penser qu'en cette maladie y avoit eu cause extraordinaire & violente. Deux heures après son décès, commença à sortir par la bouche & par les narines une écume épaisse & blanche, qui se ramassa peu-à-peu à la grosseur d'environ le poing. Et par les mêmes lieux peu de temps après, coula une humeur roussâtre en abondance. Le Dimanche

Dimanche matin, sixieme dudit mois, par le commandement du Conseil de son Excellence, 1588.

Nous, Médecins & Chirurgiens, avons appellé d'abondant avec nous Me. Pierre Mesnard, Maître Chirurgien à S. Jean d'Angely, & Foucault Chotard, aussi Maître Chirurgien, pour faire la dissection du corps, & rechercher tous ensemble les causes d'une mort si soudaine.

MORT DU PRINCE DE CONDÉ.

Et premierement nous avons trouvé tout le corps livide & plombé. Le ventre étrangement enflé, dur & tendu. A l'ouverture du corps, nous avons vû au ventre inférieur toutes les parties d'icelui, & les intestins livides & entrenoirs, & sa capacité toute pleine d'eaux roussâtres. Puis cherchant diligemment l'estomach, nous l'avons aussi trouvé livide, & en la partie droite & supérieure d'icelui, un poulce ou environ au-dessous de son orifice, percé tout au travers en rond, tellement qu'on y pouvoit passer le petit doigt, & par ce pertuis étoient coulées les eaux & liqueurs que nous avions trouvées en la capacité du ventre inférieur. Aïant donc soigneusement lavé, visité, coupé & vuidé ledit estomach, nous avons vû manifestement tout le corps d'icelui, tant au dedans qu'au dehors, principalement vers la partie droite, noir, brûlé, gangrené & ulcéré en divers lieux, signamment autour du pertuis, que nous ne pouvons juger avoir été fait autrement, que par quantité insigne de poison brûlant, ulcérant & cautique, même le poison ayant laissé évidemment les traces de son passage en l'œsophage : le foie au lieu, joignant le pertuis susdit fait en l'estomach, étant altéré & brûlé, & en tout le reste de sa substance livide, comme aussi étoient les poulmons. Il n'y avoit une seule partie de tout le corps de son Excellence, qui ne fût de tres bonne confirmation & très saine, si le poison violent n'eût gâté & corrompu les parties susmentionnées. Tout ce que dessus contient entierement vérité. En foi de quoi nous avons signé ce rapport de nos seings manuels.

Fait à S. Jean d'Angely, ce sixieme de Mars 1588.

Ainsi signé, de Médicis, Bontemps, Pallet, Poget, Mesnard & Chotard.

La Majesté du Roi de Navarre (aïant été en toute diligence avertie sur son retour de Gascogne, de cette mort) commanda très expressément poursuite être faite contre tous les soupçonnés de cette lâcheté, ce qui fut fait. Un Page soupçonné se

1588. Mort du Prince de Condé.

ſauva des premiers : pluſieurs autres furent appréhendés & mis priſonniers, le procès fut fait à aucun d'eux, avec toutes les ſolemnités requiſes : d'où ſeroit enſuivie quelque temps après la condamnation à mort d'un nommé Brillaut (1), qui étoit domeſtique dudit Seigneur, & du Page ſuſdit : le Page fut défait en effigie, condamné par contumace : Brillaut fut traîné ſur une claie par toutes les rues de la Ville de S. Jean d'Angely, & en la principale place d'icelle, tiré à quatre chevaux.

SERVIRA à confirmer la fidélité & obéiſſance de ce Prince envers ſon Roi, ſon déſir à la paix, & la patience dont la Majeſté du Roi de Navarre & lui uſerent lors de l'élévation des armes faite contre le Roi & l'Etat, ſous prétexte de la Religion, par ceux de la Ligue en cette derniere guerre, une Lettre que Sa Majeſté lui écrivit en ce même temps, dont la teneur enſuit.

Lettres du Roi au Prince de Condé.

» MON Couſin, ce m'a été très grand plaiſir d'avoir été » averti par votre Lettre du vingt-deuxieme du mois paſſé, de la » continuation de votre affection & bonne volonté à la manu- » tention de la paix publique de mon Royaume ; car vous aimant » comme je fais, je deſire non ſeulement être content de vos » actions, mais auſſi que tous mes Sujets généralement aient oc- » caſion de s'en louer, attendu le lieu que vous tenez en mon » Royaume, la proximité de laquelle vous m'attouchez, & la » condition de ce temps, qui requert que ceux de votre qua- » lité s'étudient plus que jamais à acquerir & conſerver la bien- » veillance des gens de bien, par leurs ſages déportemens. Par- » tant je vous prie mettre peine d'empêcher ceux de votre re- » ligion de ſe remuer & prendre les armes, car il ſeroit très » difficile que votre nom n'y fût engagé, & c'eſt le pis qu'ils » pourroient faire pour vous & pour eux. Au reſte, j'ai com- » mandé être pourvu au manquement des aſſignations levées pour » le paiement de la Garniſon de S. Jean, ainſi que vos gens » vous manderont, & aurois à plaiſir de pouvoir quant & quant

(1) Jean Ancelin Brillaud, qui avoit été autrefois Avocat au Parlement de Bourdeaux & qui ſervoit alors dans la maiſon du Prince. René Cumont, Lieutenant Particulier de S. Jean d'Angeli avoit pris d'abord connoiſſance de cette affaire ; mais ſur l'appel interjetté par Brillaud, le Roi de Navarre nomma Jean Valette, Grand Prevôt, avec quelques autres Commiſſaires, pour inſtruire ce procès plus à fond. Voïez M. de Thou en ſon Hiſtoire, livre 90.

» pourvoir à celui de votre compagnie de Gens d'armes; mais » je n'ai pas à présent moyen de ce faire, d'autant que je » suis contraint emploïer, à mettre sus & soudoïer les grandes » forces que jai fait lever pour servir au tour de ma personne, » tous les deniers que je puis recouvrer. Priant Dieu qu'il vous » ait, mon Cousin, en sa sainte garde.

1588. LETTRE DU ROI AU PRIN. DE CONDÉ.

A Paris, ce sixieme de Juin 1588.

Ainsi signé, HENRI.

Et au-dessous, NEUFVILLE.

Et en la suscription: *A mon Cousin le Prince de Condé, Gouverneur, & mon Lieutenant Général en Picardie.*

Ledit sieur Prince satisfit à cette Lettre, principalement pour le regard des armes, jusqu'à tant que ceux de la Ligue entreprenant ouvertement contre le Roi & l'Etat, & traitant par-tout ceux de la religion avec cruautés étranges, le Duc de Mercœur, Gouverneur de Bretagne, étant pour ce même effet passé avec forces en Poitou, & voulant courir sus audit sieur Prince, il s'opposa à son dessein & le chassa hors de Poitou, comme il a été dit au commencement de ce Recueil.

1588.

Avertissement.

L'ARMÉE de la Ligue, qui assiégeoit Jamets, aïant reçu l'écorne dont a été fait mention ci-dessus, les Chefs, voïant que le dessein ne réussissoit, & qu'un petit pertuis de défaveur en si périlleuse conjuration, est en un moment converti en grande breche qui évente les conseils, énerve l'autorité & ramollit les courages, principalement des François, qui veulent être chaudement mis en besogne, prirent avis d'y remédier promptement. Pour ce faire, y allant pour eux de la vie, de l'honneur & du bien (d'autant que plusieurs de leurs délibérations étoient déja parvenues jusqu'au cabinet du Roi) il falloit mettre toute appréhension de péril en arriere, & le respect de toute supériorité sous le pied : en extrêmité tant importante, n'y avoit qu'un violent remede, l'exécution ne pouvoit gueres accroître la peine du complot : fortune, à leur jugement, devoit aider leurs forts courages : c'étoit trop termoïé, les hautes entreprises ne se pouvoient couronner, que par les diligens exploits. Sur ces ratiocinations M. de Guise entreprit (à l'aide de ses partisans) la plus hautaine & audacieuse entreprise qui ait depuis plusieurs centaines d'années en ça été remarquée en France, qui étoit seulement de s'emparer de la Ville de Paris, Capitale de France, y prendre le Roi ou l'en chasser, & d'un même coup se défaire de tous les Princes du Sang qui l'accompagneroient, & en général des plus fideles & loïaux Serviteurs de la Couronne, & autres qui eussent pu retarder ce dessein, duquel l'exécution s'entreprit lorsque le Roi & toute la Cour ne parloient que du voïage de Poitou, pour combattre le Roi de Navarre, bloquer la Rochele, prendre l'Isle de Ré, Tallemond, la Ganache, Fontenay, & ordonner des moïens de ce faire.

AUDACIEUSE ENTREPRISE DE M. DE GUISE,

Pour se saisir de la Ville de Paris & y prendre le Roi.

OR M. de Guise, pour faciliter l'exécution de son entreprise, avoit de longue main disposé les volontés des personnes de plus légere cervelle, & amateurs de nouveautés, tant à Paris qu'ailleurs, pour se tenir prêts : & afin qu'en un épais brouillard, les approches de cette outrecuidée exécution se pussent plus commodément faire, se remuerent en même temps plusieurs tumultes par les Provinces, & entr'autres en la Picardie, où le Duc d'Aumale & autres Associés dudit sieur de Guise, faisoient âprement & ouvertement la guerre au Roi, & à ses

Villes, pour divertir ses forces d'autour de sa personne, & les éloigner de Paris : comme aussi Sa Majesté y envoïa la meilleure partie d'icelles, afin d'y maintenir son autorité. 1588.

Audacieuse entreprise de Monsieur de Guise.

M. de Guise de l'autre part se résout d'aller à Paris trouver Sa Majesté, peu accompagné, pour éloigner le soupçon, mais néanmoins assuré de trouver en ce petit monde, & forêt épaisse, des relais d'hommes & équipages d'armes plus grands qu'il ne falloit pour surprendre un Roi, qui faisoit (sans aucun soupçon de perfidie) son bras dextre, du Peuple qu'il avoit toujours chéri & aimé comme soi-même, & duquel cependant la plus grande partie auroit méchamment conjuré la ruine, & donné la main d'association & serment d'obéissance au sieur de Guise, Chef de la Ligue en France. Et ce qui fortifioit davantage ce peuple téméraire en son pernicieux courage, étoit l'abord ordinaire d'hommes de toutes qualités en armes, & équipage, qui entroient par divers endroits en cette grande Ville, & y fondoient comme dans une mer spacieuse, sans y être de prime face apperçus ni autrement reconnus, que par leurs partisans.

Mais comme tels conseils, & qui traînent après soi de si hautaines conséquences, ne peuvent longuement garder le cabinet, sans s'éventer, aussi la profonde gravité & prudence des Chefs de cette entreprise n'y sut donner si bon ordre (ne pouvant rien exécuter tous seuls) que la défiance incontinent n'occupât plusieurs, qui étoient fideles au Roi : tellement, que sur divers murmures, divers avertissemens furent aussi donnés à Sa Majesté, qu'il se brassoit quelque grand cas à son préjudice, & de son Etat : Et combien qu'on ne lui dît ouvertement ce qui advint après, Sa Majesté néanmoins, qui avec l'expérience des choses, s'étoit de longue main exercée à l'anatomie des cœurs & conseils de la Maison de Lorraine, & de Guise, se douta de la maladie, & se résolut d'y remédier, empêchant par toute voie gracieuse & fondée sur beaucoup de raisons, que pour cette heure-là M. de Guise ne s'acheminât à Paris : mais comme l'ambition est impatiente, & l'eau retenue plus bouillante, ainsi le dessein entrepris redoubloit sa ferveur, & en étoit le retardement estimé une perte irréparable.

M. de Guise donc vient à Paris & y arrive avec quinze ou seize chevaux seulement, le neuvieme de Mai 1588 : cette solitaire arrivée augmenta la défiance ; car si elle eût été simple &

1588. avec une candeur ſans fraude, il s'en fût enſuivi un refroidiſſement des Partiſans (comme ſouvent il advient que ceux qui ſuivent & obéiſſent, ſe forment aux actions de ceux leſquels commandent) tellement que le tumulte ne ſe fût élevé, les armes remuées, les courages émus, les menaces (entre ſemblables & néanmoins de diverſe faction) ne ſe fuſſent redoublées, comme lors il advint à Paris de ceux de la Ligue contre le parti qui ne l'approuvoit pas.

AUDACIEUSE ENTREPRISE DE MONSIEUR DE GUISE.

M. de Guiſe avec contenance humble & pacifique ſalua le Roi : peu euſſent jugé à cette entrevue, qu'il y eût eu ès cœurs de ſi dangereuſes ulceres. Le Roi s'aſſure des forces qu'il a auprès de ſa perſonne, & ſur la recharge des avertiſſemens, que Paris eſt plein d'hommes, d'armes, de faction & de fureur, & que M. de Guiſe eſt l'aimant qui attire le fer de cette émotion, & auquel tout ſe rallie ; le Roi commande le renfort de quelques Corps-de-gardes ; commande les recherches par les maiſons de ceux qui n'auront légitime aveu, & en fait ſavoir la cauſe, tant aux principaux de Paris (qui firent ſemblant de le trouver bon) qu'à M. de Guiſe, qui ne s'y fia pas : mais prenant cet avis pour une ſourdine, qui le hâtoit ; le ſignal eſt donné : le feu mis en la mine, tout Paris s'embraſe d'émotion en un moment : & comme s'il eût été queſtion de courir ſus à l'Ennemi commun, chacun ſe perſuade que tuer les Suiſſes, courir ſus aux Gardes du Roi, ſe ſaiſir des avenues, approcher le Louvre, où étoit le Roi, planter barricades, eſcarmoucher contre ceux qui en ſortent, barrer les iſſues ; bref exécuter diligemment, & ſans l'épargne de ſa vie, les commandemens de M. de Guiſe pour ſe ſaiſir du Roi & tuer ce qui lui eſt fidele & ſe renomme de lui, c'eſt obéir à ſon Roi & à ſon Chef, c'eſt aſſiéger le camp des Bourguignons, c'eſt défendre la Patrie, combattre pour la liberté, & expoſer dévotieuſement ſa vie, pour les temples, les autels, pour les femmes & les enfans.

Pluſieurs furent tués en cette ſubite élévation d'armes, & principalement des Suiſſes & Gardes du Roi ; pluſieurs arrêtés ; quelques Seigneurs & Gentilshommes du parti du Roi à grande hâte gagnerent l'iſſue de Paris ; les uns ſans botte & équipage ; les autres autrement, ſelon que chacun rencontre un ami qui lui fait ombre, & ſort de la preſſe, comme il advient en telle extrémité : même M. de Guiſe (rompu en la pratique des préceptes d'Abſalon, qui regrettoit de n'être Roi pour mieux contenter le Peuple, que ne faisoit David) en assura plusieurs & les retint : car ils n'étoient plus au danger de la fureur du Peuple, quand ils étoient armés de sa recommandation. 1588.

Audacieuse entreprise de Monsieur de Guise.

La route étoit grande, mais non la victoire pleine, sans prendre le Roi : le dessein mal exécuté rendoit l'issue de cette hardie entreprise douteuse & fort perplexe. Il falloit donc serrer le Louvre de plus près, l'artillerie n'étoit pas loin, les forces abondoient, la Place mal assurée & mal garnie contre un si grand effort & tant inopiné changement; cela exécuté, la conjuration universelle par les autres Villes du Royaume, répondoit au Chef, chacun en l'exécution de ce qu'il avoit à faire pour son égard, & après tant de travaux & de sueur, le repos & rafraîchissement étoient indubitables : car de Huguenots, il n'y en avoit plus, puisque ne sachant plus qui combattre, la Ligue assiégeoit le Roi, & Paris menoit le branle à rechercher sa vie

Le Roi voyant cette perfidie de la Maison qu'il avoit plus que celles de son Sang favorisée & honorée, & de la personne qu'il avoit plus que nulle autre aimée & unie à soi, voïant la barbarie de son Sujet, son domestique, de l'obligé à son bienfaiteur, voïant aussi la forcénerie du peuple qu'il admiroit plus quasi que tout le reste de son Royaume, & l'ingratitude de la Ville, de laquelle il avoit toujours fait ses délices sans épargner ou dénier chose qu'il eût en main, pour sa paix, sa conservation, son aise, sa richesse & sa grandeur, étoit durant ces tumultes & aveuglés efforts, ès combats de l'esprit, que chacun peut penser. Le temps éclaircira avec quels regrets & quel présage, sur l'inaudite rebellion de ce peuple, il acquiesça au conseil de plusieurs Officiers de sa Couronne, & notables Seigneurs, qui le persuaderent de céder pour graves & bonnes causes à la fureur de cette conjuration, & sans attendre le péril (qui étoit éminent) se retirer hâtivement en lieu plus assuré.

Il sortit donc par l'endroit du Louvre qui lui étoit plus assuré, & pour ce qu'il y avoit peu de chevaux, plusieurs Seigneurs furent contraints de le suivre à pied, jusqu'à tant qu'ils eussent recouvert montures. Cette retraite, & d'un si grand Roi, si ingratement reconnu par ceux qu'il avoit tant favorisés, fut lamentable. Sa Majesté ne fit séjour en aucun lieu jusqu'à tant qu'elle eût gagné sa Ville de Chartres, distante de vingt lieues

1588. de Paris, où peu-à-peu ses fideles Serviteurs se rangerent, & les forces qu'il voulut avoir près de soi.

AUDACIEUSE ENTREPRISE DE MONSIEUR DE GUISE.

Cette émeute de Paris, & la retraite du Roi fut incontinent portée de Ville en Ville : les bons François en furent émus, préjugeant qu'une telle conjuration auroit à sa suite beaucoup de maux. Ceux de la Ligue & tous amateurs de choses nouvelles en leverent la tête. La hardiesse & grandeur de courage du sieur de Guise en une si ardue exécution, étoit en la bouche de tous ceux de ce parti, qui l'élevoient jusqu'au Ciel, & principalement ceux du Clergé.

Les armes se renforcent partout, par la diligence des Partisans, & les avertissemens qu'en donne de toutes parts Monsieur de Guise, lequel voïant le Roi dehors, (encore que marri de l'avoir failli) commence néanmoins à remuer ménage à Paris, pour acheminer les affaires à son but principal.

Avis fut donné en Cour tout aussi-tôt, qu'il avoit changé le Prevôt des Marchands, tous les Echevins, & autres Officiers de la Ville qui n'étoient à sa dévotion, y en avoit établi d'autres, & qu'en peu de jours il avoit mis en son Hôtel plus de sept cens mille écus : qu'il s'établissoit, en espérance de toujours y demeurer.

Qu'on commençoit à voir plusieurs Capitaines Espagnols dedans Paris, & que de divers endroits, hommes s'adjoignoient à lui. Aucuns des serviteurs du Roi qui avoient créance entre les Parisiens, allant par les rues, persuadoient qu'on ouvrît les boutiques, & que chacun fît à l'accoutumée : autres qui étoient de la Ligue, crioient à haute voix, fermez vos boutiques, & prenez les armes, si vous ne voulez être saccagés & pillés, vos femmes violées & perdre vos moïens. Et néanmoins beaucoup de bons François habitans de Paris, sortoient & se retiroient : ceux qui ne le pouvoient faire, desiroient grandement le retour du Roi.

Le même jour de l'émeute de Paris, Monsieur de Mayenne voulut entrer à Lyon, mais il fut repoussé par les Habitans.

Monsieur de Guise cependant, pour déguiser ses intentions, écrivit quelques Lettres au Roi étant à Chartres, avec quelques articles en forme de Requête, comme il sera dit en son lieu : mais pour montrer les diverses plumes dont il écrivoit, il est à propos d'insérer en ce lieu certaines Lettres qu'il écrivit sur le temps de cette émotion & du département du Roi, au Gouverneur d'Orléans, dont il s'étoit toujours autant assuré en son

son entreprise, que des Habitans : la teneur des Lettres qui furent prises & portées au Roi, est telle qu'elle s'ensuit de mot à mot, écrites de Paris, le 13 de Mai 1588.

1588.

Audacieuse entreprise de Monsieur de Guise

» Avertissez nos amis de nous venir trouver en la plus grande » diligence qu'ils pourront, avec chevaux & armes, & sans ba- » gage. Ce qu'ils pourront faire aisément, car je crois que les » chemins sont libres d'ici à vous. J'ai défait les Suisses, taillé » en pieces une partie des Gardes du Roi, & tiens le Louvre » investi de si près, que je rendrai bon compte de ce qui est » dedans. Cette victoire est si grande, qu'il en sera mémoire » à jamais.

Le quatorzieme jour dudit mois, (jour ensuivant) copies de ces Lettres furent envoïées aux Gentilshommes ligués des Bailliages d'Orléans & de Blois, lesquels monterent tout soudain à cheval, pour s'acheminer au lieu de Baugency que ledit Gouverneur d'Orléans leur avoit donné pour rendez-vous. Mais le quinzieme dudit mois, ils reçurent avertissement contraire par une Lettre que leur envoïa ledit Gouverneur, contenant en somme ce que s'ensuit :

» Notre Grand n'a su exécuter son dessein, s'étant le Roi » sauvé à Chartres, par quoi je suis d'avis que vous vous reti- » riez en vos maisons, le plus doucement que pourrez, sans » faire semblant d'avoir rien vu ; & si n'y pensez être sûrement, » venez ici. Je vous prie que Cette serve pour vous & pour Mes- » sieurs de Villecomblin & Cigongnes de Marchenoir. Et m'ex- » cusez si je ne vous écris particulierement à chacun : ce n'est » que sois glorieux, ni fou, ni ivre, mais je suis si éperdu, que » je ne sais ce que je fais.

Autres Lettres du Duc de Guise, au sieur de Bassompiere.

» J'Ecris à Son Altesse une Lettre que je vous prie de voir, » bien que le Bailli de S. Michel, témoin oculaire, justifiera » toutes mes actions : la présence duquel jusqu'à cette heure m'a » empêché d'en rendre plus souvent compte, m'assurant qu'il » n'y oubliera rien. Les termes ausquels nous sommes, sont, » que ce matin nous présentons notre requête, qui est directe- » ment à la ruine d'Espernon, où toutes ses perfections sont

1588.

AUDACIEUSE ENTREPRISE DE MONSIEUR DE GUISE

» qualifiées comme elles doivent, sans en rien oublier. Hier je » fus à la Maison de Ville pour y admettre la Chapelle (1), qui a » été élu Prevôt des Marchands, & le Général Roland Com» pan, & autres gens de bien & Catholiques, pour Echevins. » Le Prevôt des Marchands, Perreuse (2) étant à la Bastille, » & les traîtres Echevins en fuite : l'on n'a jamais vû une si » grande obéissance de Peuple en telle émotion, car il ne se » peut dire qu'il y soit advenu aucun desordre ni méfait, jus» qu'aux épées, morions, piques, arquebuses, de douze cens » Suisses, ou François prins, que je fis rendre. Il ne s'est trou» vé chose du monde perdue. Nous avons été indignement as» saillis, & par très pernicieux conseils & trop recouverts d'Hé» rétiques. Dieu, par sa grace, nous a conservés par la résolu» tion, obéissance & hardiesse de ceux de Paris, qui conti» nuent plus que jamais en leur ferme résolution & braverie de » prêter tout devoir & obéissance au Roi, mais dessous, de con» server leur zele à la Religion & à la sûreté de leur Ville. Le » Roi fait des forces, & nous aussi : il est à Chartres, & nous » à Paris. Voilà comme vont les affaires. Le Gouverneur du Ha» vre s'est bravement maintenu contre Espernon, & n'en a vou» lu ouir parler : Celui de Caen l'a voulu recevoir le plus fort » dans son Château. Voilà ce qu'il a fait en Normandie, dont » il est sorti, sans aucun établissement pour lui, ni les siens, » étant venu trouver le Roi hier, bien qu'il lui eût mandé par » quatre dépêches n'y venir pour être en horreur à tous les Princes » & Officiers. Ceux d'Orléans, d'Amiens, d'Abbeville, Bour» ges & plusieurs grandes Villes, ont chassé les Politiques de» hors, & prins prisonniers. Toutes les petites Villes envoient » reconnoître la Ville & Nous. La Justice vit doucement, & » personne ne peut dire mal de tous ses effets. Or faut-il que » vous fassiez un tour ici, pour voir vos amis, que vous ne trou» verez, Dieu merci, dépourvus de moïens ni résolution. Il faut » bien être averti d'Allemagne, afin de n'être prévenu : il ne » nous manque forces, courage, amis ni moïen, mais encore » moins d'honneur, du respect & fidélité au Roi, auquel invio» lablement nous le garderons, usant de tous devoirs de gens » de bien, d'honneur, & très bons Catholiques : voilà les ter-

(1) Le sieur de la Chapelle-Marteau.

(2) Nicolas-Hector de Perreuse.

» mes où sont vos amis, qui se recommandent à vos bonnes » graces. 1588.

Ce 21 Mai.

L'AMI DE CŒUR.

Monsieur le Comte trouvera ses affectionnées recommandations, son Altesse verra ce mot,

L'AMI DE CŒUR,

Venez vite.

AMPLIFICATION

Des particularités qui se passerent à Paris, lorsque M. de Guise s'en empara, & que le Roi en sortit (*).

PEU après la défaveur de Monsieur de Lorraine & de l'armée de la Ligue devant la Ville de Jamets, Monsieur de Guise fit état de venir à Paris ; & pour s'en approcher, s'achemina à Soissons.

Il avoit pour lors audit Paris de grandes intelligences & entreprises pour l'avancement de ses desseins.

Le Roi fut averti de sa délibération, laquelle ne lui étant aucunement agréable, il envoïa le sieur de Belliévre (1) à Soissons vers ledit sieur de Guise, pour l'informer de sa volonté, qui étoit, que pour cette heure-là il ne vînt point à Paris, & néanmoins avec commandement que Sa Majesté fit audit sieur de Belliévre, de dire & déclarer à Monsieur de Guise, (en cas qu'il le vît continuer en la délibération de ce voïage) haut & clair devant tous, que s'il y venoit contre la volonté de Sa Majesté, icelle le tenoit pour Criminel & auteur des troubles & divisions de son Royaume, &c. A cause desquels troubles sa présence à Paris, pour l'heure, seroit de grand préjudice.

Monsieur de Belliévre ayant fait entendre ce que dessus audit sieur de Guise, subtil, lui fit une réponse ambigue, le laissant

(*) Tous les faits contenus dans cet écrit se lisent au long dans l'Histoire de M. de Thou, livre 90. L'écrit lui-même est aussi dans la Satyre Ménippée, parmi les Preuves, Tome troisieme, pag. 56 & suiv.

(1) Pompone de Belliévre.

1588. en suspens s'il iroit, ou s'il ne bougeroit : mais quasi au même moment du départ de Monsieur de Belliévre, monte à cheval, & s'acheminant à Paris, a consuivi le sieur de Belliévre de si près, que étant Belliévre arrivé le Lundi, sur les neuf heures, Monsieur de Guise y arriva le même jour sur le midi, accompagné de sept ou huit Gentilshommes, n'aïant en tout que quinze ou seize chevaux, (au moins qui parussent) & alla descendre au logis de la Reine, Mere du Roi, aux Filles Repenties.

EVENEMENS A PARIS.

Le Roi averti de cette arrivée, en reçut un mécontentement. Et dès-lors en sut mauvais gré au sieur de Belliévre, comme s'il n'eût assez fidellement averti ledit sieur de Guise, selon le commandement, & aux mêmes termes, qu'il lui avoit enchargé.

Peu après cette arrivée, la Reine, Mere du Roi, se fit porter au Louvre dans sa chaire, pour aller trouver Sa Majesté. Monsieur de Guise peu accompagné en apparence, suivit la Reine à pied, & ensemble entrerent en la chambre du Roi, lequel pour lors étoit assis près de son lit, & ne se remua pour l'entrée dudit sieur de Guise, qui lui fit une révérence, touchant quasi le genou en terre; mais le Roi irrité de sa venue, ne lui fit autre accueil, sinon lui demander : Mon Cousin, pourquoi êtes vous venu? La réponse de Monsieur de Guise fut, que c'étoit pour se purger des calomnies qu'on lui avoit mises sus, comme s'il eût été criminel de leze-Majesté, &c. Il fit cette réponse tout ému & fort pâle, comme s'il eût craint que le Roi ne se voulût dès-lors ressentir du mépris qu'il avoit fait de ses commandemens.

Le Roi lui aïant répliqué, qu'il lui avoit expressément mandé qu'il ne vînt point pour cette heure là : Monsieur de Guise ajouta, qu'on ne lui avoit pas dit, en sorte qu'il eût eu occasion de craindre que sa venue lui fût tant desagréable. Lors le Roi adressant sa parole au sieur de Belliévre, lui demanda, s'il ne lui avoit pas commandé de lui faire entendre son intention? Sur quoi Belliévre voulant rendre raison de sa charge, Monsieur de Guise l'interrompit, & dit alors le Roi, parlant à Belliévre, qu'il lui en avoit dit davantage.

La Reine Mere, sur cela, commença à parler au Roi à part: Monsieur de Guise s'approcha de la Reine Régnante, & parlerent ensemble pendant le pourparler de la Reine Mere avec le Roi. Monsieur de Guise, peu après, se retira, sans être suivi ni accompagné d'un seul des Serviteurs du Roi.

Le Roi, cependant, donna ordre pour aſſurer ſes affaires, & aïant eu avis des remuemens qui étoient déja à Paris, & du grand nombre d'Etrangers qui y étoient arrivés, & arrivoient d'heure à autre, redoubla ſa défiance; occaſion qu'il manda les Suiſſes, qui pouvoient être environ deux mille cinq cens, manda auſſi quelques Régimens, & les Compagnies de ſes Gardes, & entrerent en garde près de lui, une Compagnie ou deux de Suiſſes de l'extraordinaire. 1588. EVENEMENS A PARIS.

Eſt à remarquer, que Monſieur de Guiſe paſſant par les rues de Paris avec la Reine, Mere du Roi, lorſqu'ils alloient au Louvre, le Peuple s'aſſembla à grandes troupes, pour lui gratifier ſa venue: & y eut notamment une Damoiſelle, laquelle étant ſus une boutique, & ſon maſque abbaiſſé, lui cria tout haut en ces propres mots: Bon Prince, puiſque tu es ici, nous ſommes tous ſauvés.

Monſieur de Guiſe retourna le Mardi ſuivant au Louvre, accompagné de trente ou quarante chevaux, & accompagna le Roi en ſon pourmener.

La défiance s'augmenta de beaucoup le Mercredi, ſur les viſites qui ſe faiſoient par les maiſons, encore que ce fût avec & par l'avis des principaux Magiſtrats de la Ville.

Le Jeudi de grand matin, les Suiſſes entrerent à Paris, par la porte S. Honoré. Les Compagnies Françoiſes y entrerent auſſi.

Sur l'arrivée deſdites Compagnies, les Pariſiens prirent un grand effroi, tellement que pluſieurs crioient, qu'ils étoient perdus. Chacun ſe retiroit en ſon logis, barroit ſes portes, & fermoit ſes fenêtres. Il n'eût alors été mal-aiſé à Sa Majeſté, ſi elle eût eu quelque mauvais deſſein contre Paris, (comme depuis ils ſe le ſont fait accroire) d'empêcher l'effort qu'ils firent ce jour même, en s'élevant & barricadant contre lui. Mais Sa Majeſté eſt coûtumiere d'uſer de patience & longs délais, au milieu des défiances.

Les forces entrées, elles furent diſtribuées, par le commandement de Sa Majeſté, & ſous la conduite de Monſieur de Biron, en divers endroits & places de la Ville, non pour entreprendre ou offenſer aucun, mais ſeulement pour tenir ferme, à ce qu'il ne ſurvînt aucun tumulte ou mutinerie en la Ville, comme les choſes apparemment y avoient été diſpoſées par la venue de Monſieur de Guiſe.

Il en fut mis en la place de S. Jean en Greve, & devant la

1588. EVENEMENS A PARIS.

Maison de la Ville, où étoient Messieurs de Hautmont, le Prevôt des Marchands, & plusieurs autres des Principaux de Paris, qui savoient l'intention du Roi.

Il en fut semblablement mis à Petit-pont, sous le commandement du sieur de Tinteville (1): item au Marché-neuf, sous le commandement du sieur Dampierre : item à Saint Innocent, & plusieurs autres endroits.

L'ordre de cette distribution étoit fort bien fait, pour la fin à laquelle elle se faisoit, mais il ne fut ni bien gardé, ni entretenu. Il ne fut pas universel, ni en quelques lieux où il étoit principalement nécessaire, faute volontiers d'hommes : mais notamment en la Place Maubert, où il ne fut au commencement mis personne ; car ce canton-là saisi, pouvoit être cause de faire recouvrer tous les autres.

On en donna avis à M. de Biron, & qu'encore qu'il y eût rareté d'hommes, cent Piquiers néanmoins & trente Arquebusiers seroient bastans pour contenir quelque-temps ceux qui voudroient remuer. Ledit sieur de Biron n'ignora pas que cet avertissement étoit vrai, mais pourtant, faute d'hommes, n'y pourvut pas.

En un instant, les écoliers d'un côté commencerent à s'émouvoir & descendre de l'Université, le peuple semblablement ; & fut aussi-tôt la Place-Maubert saisie, quelques barricades plantées à dix pas des Suisses, au lieu où ils étoient, (qui l'eussent facilement empêché). Et généralement commença-t-on à se barricader par-tout de trente en trente pas & à tendre les chaînes. Les barricades fort bien flanquées, & bien munies d'hommes pour les défendre. Tellement qu'il ne fut plus question d'aller par tout Paris, sans mot de guet, passeport, ou particuliers billets des Capitaines ou Colonels des quartiers.

Les sieurs de Brissac, Bois-Dauphin (2), Chamois (3), & autres partisans de M. de Guise, commencerent à charger les Suisses qui ne firent aucune résistance. Il en fut tué quelques-uns, tous désarmés ; & les autres Compagnies de même.

(1) Joachim de Dinteville.

(2) Urbain de Laval de Bois-Dauphin, depuis Maréchal de France.

(3) Guedon sieur d'Esclavoles & de Chamois : Il avoit été l'un des Gentilshommes du Duc d'Anjou, & Mestre de Camp. Il fut l'un des Chefs que le Duc de Guise envoïa aux Parisiens peu de jours auparavant les barricades. Il fut tué à la bataille de Senlis, comme le dit Mezerai, ou quelques jours auparavant le combat, à une sortie de ceux de la Ville. Voïez la *Satyre Menippée* T. 2, p. 75.

EVENEMENS A PARIS.

Il n'y eut alors plus ordre de retenir la multitude & le Peuple, encore que (selon l'opinion de plusieurs) si Sa Majesté se fût présentée au commencement de l'émeute, il y avoit apparence, que la plus grande part du Peuple se fût contenue sous lui, & se fût humiliée sous son respect, tellement (à ce que ceux-là disent) il eût pu facilement, s'il lui eût plu, faire prendre M. de Guise, & sans résistance faire faire justice de qui bon lui eût semblé.

Aucuns imputent le commencement de l'émotion de ceux de la Ville, à ce qu'aucuns des soldats François (soit que cela se fît à la main & par personnes interposées ou autrement, pour avancer l'émotion) qui étoient mis en garde, qui crierent à aucuns des Habitans, qu'ils missent des linges blancs en leurs lits, & que ce même jour ils coucheroient en leurs maisons.

Le Roi, averti de tout ce qui passoit, ne s'en émut aucunement; bien les Reines en furent-elles grandement étonnées, & singulierement la Reine-Mere, laquelle tout le long de son dîner ne fit que pleurer à grosses larmes.

Elle monta toutefois en sa coche pour aller à l'Hôtel de Guise où ledit sieur de Guise s'étoit retiré, pour tâcher de pacifier cette émotion. Mais sans effet; car elle étoit telle, qu'à peine elle-même pouvoit-elle passer par les rues si dru semées & retranchées de barricades, tellement que ceux qui les gardoient, ne voulurent jamais faire plus grande ouverture que pour passer sa chaire.

Le tumulte se renforçant, le Roi fut averti de deux divers endroits (le premier par un familier & domestique de M. de Guise, l'autre par un Gentilhomme bien qualifié) que M. de Guise & ceux de Paris ses Partisans avoient résolu de faire sortir la nuit suivante douze ou quinze mille hommes par la porte neuve, ou autres portes, pour aller investir le Louvre par dehors, & en barrer l'issue au Roi, pour le prendre là-dedans.

Le Roi reçut confirmation de cet avis par un de ses fideles serviteurs, homme d'honneur & d'entendement, qui travailla beaucoup à faire couler jusqu'au Louvre, un des siens pour cet effet, & ne l'eût jamais fait pour lors, sans un Capitaine de l'un des quartiers de la Ville, son ami, qui conduisit ce messager jusqu'au Louvre.

Le Roi se retira à part, pour recevoir ce message de la bouche de celui qui lui portoit cet avertissement, lequel entendu

1588. EVENEMENS A PARIS.

Sa Majesté jugeant le mal & péril plus grand qu'il n'avoit estimé, commença à s'étonner aucunement (voïant ce qu'il n'eût jamais attendu de ceux de Paris) sans toutefois le faire beaucoup paroître. Il fut aussi au même instant conseillé de sortir de Paris : & dût-il sortir seul, qu'autrement il étoit perdu. Que quand sa personne seroit dehors, il trouveroit beaucoup de Serviteurs & fideles Sujets.

Le Roi ne reprouva pas ce conseil, car il voïoit rempirer le péril de moment en moment, mais il ne fit pas aussi grande démonstration de le vouloir suivre. Au contraire redoublant l'assurance de sa contenance (pour tirer l'affaire en longueur & avoir moïen de satisfaire à ses conceptions) sembloit se promettre d'y bientôt remédier.

La Reine, Mere du Roi, retourna encore vers M. de Guise pour les mêmes fins, l'exhorter à apporter du sien ce qu'il pouvoit pour appaiser cette émotion, le prioit de venir trouver le Roi, avec assurance qu'il en seroit content, lui donnant au reste beaucoup de certitude de sa bonne volonté, & de la confidence que Sa Majesté avoit en lui.

La Reine aïant fait ce qu'elle pouvoit, M. de Guise ne voulut ni croire, ni entendre à aucune de ses persuasions, faisant fort le froid. Aucuns ont depuis dit, qu'il craignoit n'exécuter si bien son dessein, dedans que dehors le Louvre, se défiant d'être prévenu, s'il y fût entré de cette façon. La Reine voïant qu'il ne s'ébranloit à ces paroles, en donna avis au Roi par le Secretaire Pinart.

Sa Majesté, avertie de cette dureté, pour obvier à pis, aïant commandé qu'on fît retirer les Compagnies, résolut de sortir, & de Paris & du Louvre, y laissant la Reine sa Mere. Il sortit du Louvre à pied, une baguette en la main, comme s'allant (selon sa coutume) pourmener aux Thuilleries, avec une contenance gaie, ainsi qu'au plus joieux jour qui lui eût su reluire.

Son écurie étoit aux Thuilleries. Là il monta à cheval avec ceux de sa suite qui eurent le moïen d'y monter ; ceux qui n'en avoient pas, ou demeurerent, ou allerent à pied.

Il sortit par la porte neuve, & se retournant vers la Ville, jetta contre elle quelque propos d'indignation & protestation contre son ingratitude, perfidie & lâcheté. Il fut pour ce soir coucher à Trapes, & le lendemain qui étoit le Vendredi, à Chartres,

Chartres (1); là peu-à-peu les siens & plusieurs qui feignoient d'en être, se rangerent à lui.

1588.

EVENEMENS A PARIS.

M. de Guise cependant, prévoïant toutes choses, fit d'un côté diverses dépêches à ses Partisans, pour le venir trouver; de l'autre, veut bien faire, par apparence, connoître qu'il n'entreprenoit rien, qu'il s'étoit seulement mis sur la défensive: & pour en avoir témoins, empêcha la tuerie qui se faisoit des Suisses.

Fit lui-même rendre les armes aux Compagnies du Roi dévalisées, mais d'une façon qui témoignoit combien plus de respect ceux de Paris lui portoient, qu'au Roi, & quelle intelligence il avoit avec eux, de quoi il témoignoit n'être pas mécontent.

Car Saint Paul alloit une baguette entre les armes de ce Peuple furieux, menant à son dos (comme captifs de triomphes) les Gardes du Roi en blanc, & le chapeau en la main, M. de Guise présent, qui lui-même leur faisoit rendre leurs armes, comme il l'a depuis écrit au sieur de Bassompierre.

En cette émeute aucuns voulurent tuer Messieurs de Biron & Beliévre, ce que toutefois M. de Guise empêcha. Ces occasions le contentoient beaucoup, car par telles actions il se confirmoit en la créance qu'il avoit entre ce Peuple: il le faisoit aussi reconoître à ceux qu'il sauvoit pour les tenir en haleine & à leur faire croire de lui, qu'il n'avoit pas petite part en France; & outre tout cela, il se les obligeoit du salut de leurs vies.

Les armes des Compagnies leur aïant été rendues, M. de Guise les fit mettre sur le soir hors de Paris, par la porte S. Antoine, tellement qu'il y demeura Maître, puisque le Maître & ses conserviteurs lui avoient quitté le logis.

Desireux aussi que cette si audacieuse entreprise fût tellement rapportée ou mandée aux Princes voisins & amis de la Couronne que ce qui étoit de soi très odieux & condamnable, fût ou tû ou coloré, il n'oublia rien de courtoisie & honnêtes offres qu'il fit à l'Ambassadeur d'Angleterre, vers lequel il envoïa le sieur de Brissac, accompagné de quelques autres, pour lui offrir une

(1) Nicolas de Thou, qui en étoit Evêque, & qui avoit toujours été fort zélé pour le parti du Roi, lui fit l'entrée la plus magnifique qu'il lui fut possible. Tout le Clergé sortit au-devant de lui pour le recevoir, pendant que le Peuple lui marquoit la joie qu'il avoit de le posséder, par des cris redoublés de *Vive le Roi*. Au reste, c'étoit au Prélat qu'il étoit redevable de ce bon accueil; le reste du Clergé & du Peuple s'étoit déja laissé aveugler ou corrompre par les Emissaires des Ligueurs.

1588. sauve-garde, & le prier de ne se point étonner, & de ne bouger, avec assurance de le bien conserver.

ÉVENEMENS A PARIS.

L'Ambassadeur fit réponse, que s'il eût été comme homme particulier à Paris, il se fût allé jetter aux pieds de M. de Guise, pour le remercier très humblement de ses courtoisies, & honnêtes offres; mais qu'étant là près du Roi pour la Reine sa Maîtresse (qui avoit avec le Roi alliance & confédération d'amitié) il ne vouloit, ni ne pouvoit avoir sauve-garde que du Roi.

Le sieur de Brissac lui remontra, que M. de Guise n'étoit venu à Paris pour entreprendre aucune chose contre le Roi, ou son service; qu'il s'étoit seulement mis sur la défensive; qu'il y avoit une grande conjuration contre lui & la Ville de Paris; que la Maison-de-Ville & autres lieux étoient pleins de Gibets, auxquels le Roi avoit délibéré de faire pendre plusieurs de la Ville, & autres (1). Que M. de Guise le prioit, d'avertir la Reine sa Maîtresse de toutes ces choses, afin que tout le monde en fût informé.

L'Ambassadeur répondit, qu'il vouloit bien croire qu'il lui disoit cela. Que les hautes & ardues entreprises souvent demeurent incommuniquables en l'estomach de ceux qui les entreprennent, & qui (quand bon leur semble) les mettent en évidence avec telle couleur, qu'ils jugent le meilleur pour eux. Que bien lui vouloit-il dire librement, que ce qui se passoit à Paris, seroit trouvé très étrange & très mauvais par tous les Princes de la Chretienté qui y avoient intérêt. Que nul habit (diapré qu'il fût) ne le pourroit faire trouver beau, étant le simple devoir du Sujet, de demeurer en la juste obéissance de son Souverain. Que s'il y avoit tant de gibets préparés, on le pourroit plus facilement croire, quand Monsieur de Guise les feroit mettre en montre: & bien qu'ainsi fût, c'étoit chose odieuse & intolérable, qu'un Sujet voulût empêcher, par force, la justice que son Souverain vouloit faire, avec main forte. Qu'il lui promettoit (au reste) fort volontiers, qu'il tiendroit au plutôt la Reine sa Maîtresse avertie de tout ce qu'il lui disoit: mais de lui servir d'interprête des conceptions de Monsieur de Guise, & ceux de son parti, ce n'étoit chose qui fût de sa charge, étant la Reine, sa Maîtresse, plus sage que lui, pour, sur ce qu'il lui en écriroit, croire & juger ce qu'il lui plairoit.

Le sieur de Brissac, voyant que ni par honnêtes offres, ni par

(1) C'étoit un faux bruit que l'on avoit semé pour faire soulever le Peuple.

ſa priere, il n'ébranloit l'Ambaſſadeur, termina ſes harangues par menaces, lui diſant que le Peuple de Paris lui en vouloit, pour la cruauté dont la Reine d'Angleterre avoit uſé envers la Reine d'Ecoſſe. A ce mot de *cruauté*, l'Ambaſſadeur lui dit: Tout beau, Monſieur, je vous arrête ſur ce ſeul mot de cruauté. On ne nomma jamais bien cruauté, une juſtice bien qualifiée. Je ne crois pas (au ſurplus) que le Peuple m'en veuille, comme vous dites: ſur quel ſujet, vu que je ſuis ici perſonne publique, qui n'ai jamais fâché perſonne.

Avez-vous pas des armes, dit le ſieur de Briſſac? Si vous me le demandiez, répondit l'Ambaſſadeur, comme à celui qui a été autrefois ami & familier de M. de Coſſé votre Oncle, peut-être que je vous le dirois; mais étant ce que je ſuis, je ne vous en dirai rien. Vous ſerez tantôt viſité céans, car on croit qu'il y en a, & y a danger qu'on ne vous force. J'ai deux portes en ce logis, repliqua l'Ambaſſadeur, je les ferai fermer, & les défendrai tant que je pourrai, pour faire au moins paroître à tout le monde, qu'injuſtement on aura en ma perſonne violé le droit des gens. A cela M. de Briſſac, mais dites-moi en ami, je vous prie, avez-vous des armes? Puiſque me le demandez en ami, dit l'Ambaſſadeur, je le vous dirai en ami: Si j'étois ici homme privé, j'en aurois; mais y étant Ambaſſadeur, je n'en ai point d'autres, que le droit & la foi publique. Je vous prie, faites fermer vos portes, dit le ſieur de Briſſac. Je ne le dois pas faire, répond l'Ambaſſadeur. La maiſon d'un Ambaſſadeur doit être ouverte à tous allans & venans. Joint que je ne ſuis pas en France, pour demeurer à Paris ſeulement, mais près du Roi, où qu'il ſoit.

1588.

EVENEMENS A PARIS.

Avertissement.

LE Roi en même-temps fit expédier de Chartres plusieurs Lettres, qu'il écrivoit à tous les Gouverneurs des Provinces de son Roïaume, pour les avertir de ce nouvel attentat, & leur faire, sur ce qui lui sembloit pour l'heure être à faire, entendre son intention. Il écrivit entre les autres à M. de Boisseguin, Gouverneur pour Sa Majesté à Poitiers, comme il appert par les Lettres qui en furent imprimées en ladite Ville de Poitiers, en la forme qui ensuit.

LETTRES DU ROI,

Adressantes à Monseigneur de Boisseguin, Gouverneur pour Sa Majesté en sa Ville de Poitiers, sur l'émotion advenue à Paris.

» MONSIEUR de Boisseguin, j'étois en ma Ville de Paris, où je ne pensois à autre chose qu'à faire cesser toutes sortes de jalousies & empêchemens du côté de Picardie & ailleurs, qui retardoient mon acheminement en mon Païs de Poitou, pour y poursuivre la guerre encommencée contre les Huguenots, suivant ma délibération, quand mon Cousin le Duc de Guise y arriva à mon deçu, le neuvieme jour de ce mois. Sa venue en cette sorte augmenta tellement lesdites défiances, que je m'en trouvai en bien grande peine. Parceque j'avois auparavant été averti d'infinis endroits qu'il y devoit arriver de cette façon, & qu'il y étoit attendu par aucuns Habitans de ladite Ville, qui étoient soupçonnés d'être cause desdites défiances, & lui avois, à cette occasion, fait dire auparavant, que je ne desirois pas qu'il y vînt, que nous n'eussions composé les troubles de Picardie, & levé les occasions desdites défiances : toutefois, considérant qu'il y étoit venu accompagné seulement de quatorze ou quinze Gentilshommes, je ne voulus pas laisser de le voir, pour essaïer de faire avec lui que les causes desdites défiances & troubles de Picardie fussent ôtées. A quoi, voïant durant deux ou trois jours, que je n'avançois gueres, & d'ailleurs, que madite Ville se remplissoit tous les jours de Gentilshommes & autres

» personnes étrangeres, qui se rallioient à la suite dudit Duc : » que les recherches que j'avois commandées d'être faites par » la Ville, par les Magistrats & Officiers d'icelle, ne se faisoient » qu'à demi, pour la crainte en laquelle ils étoient : & aussi que » les cœurs & volontés d'aucuns desdits Habitans s'aigrissoient » & altéroient tous les jours de plus en plus : avec les avertisse- » mens ordinaires qui me redoubloient journellement le soup- » çon, qu'il devoit éclore quelque grand trouble en ladite Vil- » le ; je pris résolution de faire faire lesdites recherches par les » quartiers d'icelle, plus exactement que les précédentes, afin » de découvrir & reconnoître au vrai l'état de ladite Ville, & » faire vuider lesdits Etrangers, qui ne seroient avoués comme » ils devoient être. Pour ce faire, j'avisai de renforcer certains » corps-de-gardes des Habitans & Bourgeois de ladite Ville, » que j'avois ordonné être dressés en quatre ou cinq endroits » d'icelle, & de commander aussi à aucuns Seigneurs de mon » Conseil, & Chevaliers de mon Ordre du S. Esprit, d'aller » par les quartiers, avec les Quarteniers & autres Officiers de » ladite Ville, par lesquels l'on a accoûtumé de faire lesdites » recherches, pour les autoriser & assister en icelles, comme » il s'est fait plusieurs fois, dont je fis avertir ledit Duc de Guise » & tous ceux de ladite Ville, afin que personne n'en prît » allarme, & ne fût en doute de mon intention en cet endroit. » Ce que du commencement, les Habitans & Bourgeois de la- » dite Ville firent contenance de recevoir doucemenr : toute- » fois quelque temps après, les choses s'échaufferent de telle » façon, (par l'induction d'aucuns, qui allerent semant & im- » primant au cœur des habitans, que j'avois fait entrer lesdites » forces, pour établir des Garnisons étrangeres en la Ville, & » leur faire encore pis) qu'ils les eurent bien-tôt tellement ani- » més & irrités contre icelles, que si je n'eusse expressément dé- » fendu à ceux qui les commandoient, de n'attenter aucune » chose contre lesdits Habitans, & d'endurer & souffrir plu- » tôt toutes les extrêmités du monde, que de ce faire, je crois » certainement qu il eût été impossible d'éviter un sac général » de ladite Ville, avec une très grande effusion de sang. Quoi » voïant, je me résolus de ne faire exécuter plus avant lesdites » recherches commencées, & de faire retirer quant & quant » lesdites forces, que je n'avois fait entrer que pour cette seule » occasion : étant vraisemblable que si j'eusse eu autre volonté, » je l'eusse tentée, & peut-être exécutée entierement, suivant

1588. EVENEMENS A PARIS.

» mon desir, devant l'émotion desdits Habitans, & qu'ils eussent tendu les chaînes & dressé des barricades par les rues, » comme ils commencerent à faire, incontinent après midi, » quasi en même temps par toutes lesdites rues de ladite Ville: à ce » instruits & excités par aucuns Gentilshommes, Capitaines, ou » autres Etrangers envoïés par ledit Duc de Guise, qui se trou- » verent en bien peu de temps départis & rangés par chacune » des dixaines. Pour cet effet, faisant retirer lesdites Compa- » gnies Suisses & Françoises, il y eut, à mon très grand regret, » quelques arquebusades tirées & coups rués par lesdits Habi- » tans, qui porterent principalement sur aucuns desdits Suisses, » que je fis retirer & loger ce soir-là ès environs de mon Château » du Louvre, afin de voir ce que deviendroit l'émotion, en la- » quelle étoient lesdits Habitans, & fis ce qui me fut possible, » pour l'amortir, jusqu'à faire le lendemain du tout sortir & » retirer de ladite Ville lesdites Compagnies, réservé celles que » j'avois devant leur entrée, posées en garde devant mon Châ- » teau du Louvre, m'aïant été remontré que cela contenteroit » & pacifieroit grandement lesdits Habitans: néanmoins au lieu » d'en voir l'effet tel que j'attendois, pour leur propre bien & » mon contentement, ils auroient continué depuis à hausser leurs- » dites barricades, & renforcer leurs gardes jour & nuit, & les » approcher de mondit Château du Louvre, jusques contre les » Sentilles de ma garde ordinaire, & même se seroient saisis de » l'Hôtel de ladite Ville, ensemble des clefs de la Porte S. An- » toine, & autres portes d'icelle Ville. De sorte que les choses » seroient passées si avant, le treizieme jour de ce mois, qu'il » sembloit qu'il n'étoit plus au pouvoir de personne, d'empê- » cher l'effet d'une plus grande violence & émotion, jusques » dedans ledit Château. Quoi voïant, & ne voulant emploïer » mesdites forces contre lesdits Habitans, pour m'avoir toujours » été la conservation de ladite Ville, & des bons Bourgeois & » Habitans d'icelle, aussi chere & recommandée que ma propre » vie, ainsi qu'ils ont éprouvé en toutes occasions, & très no- » toire à un chacun; je me résolus d'en partir ledit jour, & » plutôt m'absenter & éloigner de la chose du monde que j'ai- » mois autant (comme je desire faire encore) que de la voir » courir plus grand hasard, & en recevoir aussi plus de déplai- » sir. Aïant supplié la Reine, ma Dame & Mere, d'y demeurer, » pour voir, si par sa prudence & autorité, elle pourra faire en » mon absence quelque chose, pour assoupir ledit tumulte. Ce

1588. EVENEMENS A PARIS.

» qu'elle n'a pas pû faire en ma présence, quelque peine qu'elle » y ait emploïée : & m'en suis venu en cette Ville de Char- » tres, d'où j'ai voulu incontinent vous écrire la présente, afin » de vous avertir au vrai, de tout ce qui s'est passé en madite » Ville de Paris, pour en informer les Habitans des bonnes » Villes de l'étendue de votre Charge, en leur faisant tenir les » Lettres que je vous envoie, comme vous ferez soudain que » vous aurez reçu la présente, à ce qu'ils ne soient surpris & » prévenus d'autres impressions, & ne se laissent aussi aller aux » inventions & inductions de ceux qui entreprendroient de les » émouvoir, à l'exemple de ladite Ville de Paris. Leur mon- » trant & représentant sagement les grands inconvéniens qui » leur en adviendroient, quelle est la confiance & assurance » qu'ils ont occasion de prendre de moi, qui suis leur vrai Roi » & Prince, tant pour ce qui concerne l'avancement de l'hon- » neur de Dieu, contre lesdits Hérétiques, que pour leur pro- » pre bien & soulagement, que nous embrasserons tous les » jours, avec plus d'affection & de zele que jamais, comme » celui qui y a plus d'intérêt que nul autre, & qui n'a » besoin de mettre les choses en confusion & desordre » pour établir son autorité & puissance, & qui ne veut aussi » rechercher autre caution & assurance de la loïauté d'i- » ceux ses naturels Sujets, qu'en leur bienfaisant, & les con- » tenant en concorde & union, pour les faire prospérer en tou- » tes choses, & les rendre heureux à jamais. La prospérité de » mes affaires dépend entierement de la leur, comme fera » toujours mon contentement de leur bien & félicité, que je » favoriserai & avancerai toujours de tout mon pouvoir. Et fe- » rois véritablement plus que je n'ai fait depuis ces dernieres » guerres, si elles me permettoient d'effectuer ma bonne volonté » selon mon desir, étant certain que les très grandes dépenses » qu'il faut que je fasse à cause de la guerre, sont cause qu'ils » sont bien souvent refusés par moi de plusieurs décharges qu'ils » poursuivent. Bref, je vous prie les bien informer, & ren- » dre capables de ma droite & sincere affection, & ne permet- » tre qu'ils entrent en un ombrage, ni s'émancipent à faire chose » qui soit contraire à leur devoir & à leur propre bien. Vous » avertirez aussi les Seigneurs & principaux Gentilshommes du » Païs de tout ce que dessus, en leur faisant tenir les Let- » tres que je vous envoie pour cet effet, afin que ceux que » je mande me venir trouver, pour me servir en cette occasion,

1588. EVENEMENS A PARIS.

» le fassent au plutôt, & que les autres se tiennent joints & unis » pour me servir avec vous dedans la Province, & s'opposer à » tous mauvais desseins. Les assurant que je reconnoîtrai à jamais le service que je recevrai d'eux, en une si urgente & » importante occasion, comme est celle qui se présente maintenant. En laquelle je m'assure aussi que vous me servirez très » fidellement, & diligemment, comme il est très grand besoin » que vous fassiez. Et vous prie d'y travailler, en m'avertissant » de la réception de la présente, & de tout ce qui se passera en » votre Charge. Je prie Dieu, Monsieur Boisseguin, qu'il vous » ait en sa sainte & digne garde. Ecrit à Chartres, le dix-septieme jour de Mai 1588.

» Depuis la présente écrite, je me suis trouvé si pressé d'autres affaires, que je n'ai eu loisir d'écrire aux Seigneurs & » principaux Gentilshommes de votre Gouvernement. Mais il » suffira que vous leur montriez, ou les avertissiez du contenu » en la présente, afin d'inviter ceux qui auront volonté de me » venir trouver, à se hâter, & convier davantage les autres à » me servir auprès de vous.

Ainsi signé, HENRI.

Et plus bas, DE NEUFVILLE.

Et au dos est écrit. *A Monsieur de Boisseguin, Chevalier de l'Ordre du Roi, Capitaine, & Gouverneur en ma Ville de Poitiers.*

Sa Majesté écrivit aussi aux Peuples & Habitans des Villes de son Roïaume, pour les avertir & contenir en leur devoir; d'autant qu'outre les inductions qu'ils avoient de se soulever & révolter contre le Roi, par le sieur de Guise & ses adhérens, l'exemple de la Ville de Paris leur étoit comme un tocsin pour les y échauffer. Pour donc les en divertir, Sa Majesté leur écrivit en la même forme qui s'ensuit.

DE

1588.

EVENEMENS A PARIS.

DE PAR LE ROI.

» CHERS & bien amés, vous entendrez du sieur de Boisseguin, les occasions qui nous ont mû de partir de notre Ville de Paris, le treizieme de ce mois. Et vous dirons par la présente que ça été avec tous les regrets & déplaisirs qu'un Prince (qui a tant rendu de preuves de sa bonté & affection envers ses Sujets, comme nous avons fait) peut sentir & supporter. Non tant encore pour le respect de notre absence & éloignement, & la façon de laquelle les choses sont passées, que pour avoir reconnu & éprouvé, véritablement contre attente, la raison & la vérité, qu'aucuns aient eu pouvoir d'imprimer au cœur des Habitans de notredite Ville de Paris, que nous aïons eu volonté de leur donner des Garnisons étrangeres, & que nous soïons en doute de la fidélité & dévotion des bons Bourgeois d'icelle. Car c'est chose qui n'arriva jamais en notre pensée, n'aïant oncques cru & estimé que domination & puissance vraie & naturelle, établie si légitimement & de si longue main qu'est la nôtre (& dont nos Sujets ont en tout temps reçu tant de bon traitement & gratification, comme les Rois nos prédécesseurs, & nous, ont fait preuve si notable de leur loïauté & dévotion) eût besoin d'être fortifiée & appuïée pour être maintenue & conservée, comme il appartient, d'autres forces & colomnes que celles de la piété & justice, & de la bienveillance & confiance publique, dont nos Prédécesseurs Rois & nous, avons toujours fait plus de fondement, que de toute autre chose quelle qu'elle soit, & comme l'on a été entamer ce dessein par la principale & capitale Ville de notre Roïaume, sans avoir égard à notre présence, ni mettre en considération & balance les grands bienfaits & bons traitemens, que les Habitans & Bourgeois de ladite Ville, tant en général qu'en particulier ont reçus de nous : nous craignons que l'on la veuille étendre en autres Villes de notre Roïaume à même fin & intention. C'est pourquoi nous vous faisons la présente, par laquelle nous vous admonestons & prions, de n'ajouter foi à telles inventions & inductions : ains au contraire les rejetter & condamner, comme ennemies de la vérité & de notre

1588. Evenemens a Paris.

» propre bien, & pareillement de notre sainte Religion Catholique, Apostolique & Romaine : d'autant que notre vraie » intention est, de ne rien innover ni changer en la garde de » votre Ville, de ce qui a été fait & observé jusqu'à présent, » & de vous montrer plus de confiance que jamais. Que telles inventions ne peuvent servir qu'à diviser les Citoïens & » bons Bourgeois de notredite Ville, les plonger en des craintes & défiances immortelles, & établir des autorités & puissances extraordinaires, qui ne leur peuvent apporter à présent & à la fin que toute ruine & désolation. C'est proprement & directement aussi, faire les affaires des Hérétiques, & » de toutes sortes de factieux (comme nous n'avons que trop » éprouvé depuis le commencement de ces dernieres gueres) » par le moïen desquelles nos bons Sujets Catholiques ont vécu » & vivent encore en telles craintes & divisions, qu'au lieu » de ruiner lesdits Hérétiques, ils ont acquis plus de force & » d'autorité aux Provinces, auxquelles ils s'étoient retirés, & » ont été les autres assaillies de forces étrangeres & autres maux » innumérables qu'ils ont endurés (à notre très grand regret » & déplaisir). Combien que nous aïons fait tout ce qu'il nous » a été possible, jusqu'à souffrir & accorder plutôt choses contre notre dignité, autorité & service, pour réunir nosdits » Sujets Catholiques, & les pouvoir conduire & engager tous » ensemble à embrasser & poursuivre avec nous d'un même » pied & d'une vraie, sincere & bonne intelligence & union la » guerre contre les Hérétiques; pour laquelle nous avons si souvent, » & encore récentement en la route derniere de cette puissante » Armée étrangere, exposé si heureusement notre propre personne, au moïen de quoi nous vous prions & exhortons de » rechef, de ne donner aucun lieu aux susdites impressions & » artifices, vous tenir fermes, unis & conjoints avec nous, » pour nous rendre l'obéissance que vous nous devez, & nous » donner plus de moïen de vous régir & traiter heureusement » & favorablement, comme nous avons très bonne volonté de » faire. Et à cette fin embrasser & effectuer tout ce que nous » reconnoîtrons qui pourra servir à avancer l'honneur & gloire » de Dieu, & le bien & soulagement universel de tous nos » Peuples & Sujets, autant, voire plus, que nous n'avons jamais fait, comme nous écrivons présentement audit sieur » de Boisseguyn vous faire plus amplement entendre de

1588. Evenemens a Paris.

» notre part, & vous faire connoître par vrais effets.

Donné à Chartres, le dixseptieme jour de Mai 1588.

Ainsi signé, HENRI.

Et plus bas, DE NEUFVILLE.

Et au dos est écrit : *A nos chers & bien aimés les Maire & Echevins, Manans & Habitans de notre Ville de Poitiers.*

IL a été fait mention ci-dessus des lettres que le sieur de Guise écrivit au Gouverneur d'Orléans, esquelles on a pu reconnoître sa naïve intention, voire son insolence, se vantant d'avoir défait les Suisses, taillé en pieces les Gardes du Roi, & investi le Louvre, pensant que Sa Majesté fût encore dedans : mais se voïant trompé, & remettant volontiers la partie d'attraper Sa Majesté à un autre temps, il prend un nouvel habit, & du style d'un fidele serviteur, déguisant son dessein, tâche de décevoir & endormir le Roi : & pour mieux faire, se courrouce le premier, avec un singulier déplaisir, qu'il montre avoir de ce que Sa Majesté lui étoit échappée, car à cela se doit rapporter ce premier mot funeste & de mauvais présage, *qu'il étoit malheureux*, comme (si le Lecteur y prend garde) il n'y a quasi sentence en cette Lettre qui ne soit ambigüe & de double sens : car aussi, puisque l'entreprise ouvertement tentée (& l'exécution de laquelle levoit tout le masque du passé) n'avoit pas réussi, il falloit encore pour un petit de temps dissimuler, & faire résonner le service & l'obéissance du Roi : comme cela sera encore mieux remarqué ès Lettres que ledit sieur de Guise écrivit en même-temps, & sur le sujet de son entreprise faillie, aux Villes de la Conjuration. S'ensuit donc de mot à mot la teneur des Lettres, qu'il écrivit au Roi.

SIRE (*)

» Je suis si malheureux, que ceux qui de long-temps par » beaucoup d'artifices ont tâché de m'éloigner de votre présence » & de vos bonnes graces, ont eu tant de pouvoir de rendre » inutiles tous les bons desseins que j'ai faits de m'en appro- » cher, & par mes services me rendre agréable à votre Majesté ;

(*) Cette Lettre a été imprimée à Paris, *jouxte* la copie de Didier Millot, avec permission 1588. On l'a réimprimée dans les preuves de la Satyre Ménippée, T. 3. in-8°. p. 67 & suiv.

1588. » ce que j'ai ces jours passés, plus que jamais, éprouvé à mon

EVENEMENS A PARIS.

» grand regret. Car étant lassé de tant de faux bruits & calomnies dont l'on usoit, pour entretenir toujours votre Majesté en défiance de moi, j'ai voulu avec le hasard dont on me menaçoit, justifier ma vie, aïant pris résolution de la venir trouver en si petite compagnie, & avec tant de confiance & franchise, que j'espérois par ce moïen lui faire voir & à chacun, que j'étois bien éloigné de ce dont mes malveuillans pensoient & tâchoient, avec tant d'artifices, me rendre suspect. Mais les ennemis du repos public & les miens ne pouvant souffrir ma présence auprès de vous, estimant que dans peu de jours elle découvriroit les impostures dont l'on usoit pour me rendre odieux, & peu-à-peu me donneroit place en vos bonnes graces, ont mieux aimé remettre par leur conseil pernicieux toutes choses en confusion, & votre Etat, & votre Ville de Paris en hasard, que d'endurer que je fusse auprès de vous. Leur mauvaise volonté s'est manifestement reconnue en la résolution, que (sans le su de la Reine votre Mere, & outre l'avis de vos plus sages conseillers) ils ont fait prendre à votre Majesté par une voie inusitée, & en un temps plein de soupçons & partialités, résolution de mettre des forces en votre Ville de Paris, pour occuper les Places publiques d'icelle, & la voix commune publiée, qu'ils espéroient après s'être rendus maîtres pouvoir encore vous induire à beaucoup de choses toutes aliénes de votre bon naturel, & que j'aime mieux passer sous silence. L'effroi de cela, Sire, a contraint vos bons & fideles Sujets de s'armer, pour la juste crainte qu'ils ont eue, que par cette voie on ne voulût exécuter ce dont on les menaçoit longtemps auparavant. Dieu par sa sainte grace a contenu les choses en meilleurs termes, que l'on ne les pouvoit espérer, & a comme miraculeusement conservé votre Ville d'un très-périlleux hasard; & le commencement, la suite & l'évenement de cette affaire a tellement justifié mes intentions, que j'estime que votre Majesté, & tout le monde reconnoît assez clairement par-là combien mes déportemens sont éloignés des desseins dont mes calomniateurs m'ont voulu rendre coupable devant vous. La forme, de laquelle je me suis volontairement jetté en votre puissance, montre la confiance que j'ai prise en votre bonté, & la fincérité de ma conscience. L'état auquel on me trouva lorsque j'eus les premiers avis

1588.

EVENEMENS A PARIS.

» de cette entreprise (& de quoi vous peuvent témoigner plu-» sieurs de vos serviteurs) fait connoître assez que je n'avois » ni doute d'être offensé, ni volonté d'entreprendre, étant plus » seul & désarmé en ma maison, que ne doit être un de ma » qualité. Le respect dont j'ai usé, me contenant dans les sim-» ples bornes d'une juste défense, vous témoigne assez que » nulle occasion ne me peut faire départir du devoir d'un très » humble Sujet. La peine que j'ai prise pour contenir le Peu-» ple, & empêcher qu'il ne vînt aux effets de ce qui advient » le plus souvent en tels accidens, me décharge des calomnies » que l'on m'a ci-devant imposées, que je voulois troubler » votre Ville de Paris. Le souci que je pris de conserver ceux » même que je n'ignore point m'avoir fait de mauvais offices » envers vous, à la sollicitation de mes ennemis, fait voir clai-» rement à chacun que je n'ai jamais eu intention d'attenter » aucune chose contre vos Serviteurs & Officiers, comme l'on » m'a ci-devant accusé. La façon dont je me suis comporté » envers vos Suisses, & envers vos Capitaines & Soldats de vos » Gardes, assure assez que je n'ai jamais tant craint, que de » vous déplaire. Si Votre Majesté comprend toutes ces parti-» cularités (comme j'estime que plusieurs de vos bons Servi-» teurs aimant le repos public, qui en sont témoins, ne les lui » auront pas celées) je tiens pour assuré qu'elle demeure par » là éclaircie, que je n'ai jamais eu la moindre des mauvaises » intentions dont mes ennemis, par faux bruits, m'ont vou-» lu rendre odieux & suspect: & espere, Sire, que la fin en donne-« ra encore plus assuré témoignage. Aïant reçu un des plus grands » déplaisirs qui me pouvoit advenir, quand j'entendis que Vo-» tre Majesté avoit pris résolution de s'en aller, d'autant que » ce subit partement m'ôte le moïen de pouvoir montrer com-» me j'avois accommodé toutes choses à votre contentement, » & à cela que je les voïois disposées, lorsque la Reine votre » Mere me fit cet honneur que de venir céans: de quoi je lui » ai donné tels témoignages, que j'estime qu'elle les peut te-» nir certains. Puisque je n'ai pu lors, Sire, je continuerai » cette même volonté, & espere me comporter en sorte que » Votre Majesté me jugera très fidele Sujet & Serviteur uti-» le, qui ne desire tant qu'en bien servant & pourchassant » le bien & repos de votre Roïaume, acquérir l'heur de » ses bonnes graces, lesquelles je ne cesserai jamais de re-

1588. „ chercher, jusqu'à ce que Dieu m'en aura présenté le moïen.

Evenemens a Paris. „ Je prie Dieu, Sire, &c.

De Paris, le dix-septieme de Mai 1588.

COmme le Roi de son côté informoit son Peuple par ses Patentes, de la vérité de ce qui s'étoit passé à Paris, & du ressentiment qu'il avoit des desseins & entreprises de Monsieur de Guise contre son Etat & sa propre Personne, aussi Monsieur de Guise n'obmettoit rien de diligence pour colorer ses actions, & les recommander, principalement envers ceux de son parti, lesquels pouvoient avoir encore quelque racine de bon François dedans le cœur, ou quelques remors de conscience, d'ainsi s'altérer contre son Roi à nulle occasion. Mais les divers styles dudit sieur de Guise rendent suspectes ses persuasions à tous ceux qui sont sans passion.

Joint qu'il n'est probable que Sa Majesté voulût prendre plaisir à feindre des complaintes sur une chose qui de soi lui est tant importante, & en toutes sortes tant dommageable & desavantageuse. Le Lecteur se souviendra donc du contenu des Lettres de Monsieur de Guise au Gouverneur d'Orléans, pour faire plus assuré jugement de la vérité contenue en celles qui suivent, lesquelles il écrivit aux Manans & Habitans des Villes de ce Royaume, faisant profession de la Religion Romaine, & en divers autres lieux. L'extrait de l'une desquelles, est ici en premier lieu inserée de mot à mot.

Extrait d'autres Lettres écrites par ledit Seigneur Duc de Guise (*).

„ NOus avions assez de peine à remparer contre les artifices „ que l'on nous dressoit tous les jours, pour chercher couleur „ de ne passer en Guïenne contre les Hérétiques : nous allions „ rendre le Roi content de ses Garnisons de Picardie. Et bien „ que ce Régiment n'eût pris le contrepied, que pour rafraîchir de vieilles inimitiés, & chercher nouvelles contritions, „ si est-ce que nous avons forcé nos amis à endurer un inutile „ mois, les forces d'Epernon sur leur têtes : quand de nouveau, „ pour plus grand empêchement, le même Epernon est allé „ chercher noise en Normandie, & l'y eût trouvée bien rude,

(*) Cet Extrait est aussi dans la Satyre Ménippée, aux Preuves, T. 3, p. 70. Ces Lettres furent envoïées aux meilleures Villes du Roïaume.

1588.

EVENEMENS A PARIS.

» si pour le desir de voir faire la guerre aux Hérétiques, nous » n'eussions encore ménagé ces affaires, & procuré que nos » amis se continssent, sans lui donner aucun trouble ou empê- » chement. Mais pour plus nous embarrasser, & par toutes ces » garnisons superflues, & ces voïages perdus, & pour rompre » du tout le cours de la guerre, & la divertir contre nous, l'on » nous dressa une partie à l'honneur, faisant courir des bruits, » pour nous faire craindre plus que les mêmes Hérétiques, sur » ce que nous aimions un massacre dans Paris : tantôt de vou- » loir prendre le Roi : tantot de saccager la Ville, pour en tirer » de l'argent, & faire la guerre à qui bon nous sembleroit, & » telles autres impressions que l'on donnoit à Sa Majesté, les » plus colorées que faire se pouvoit, pour les rendre tant plus » recevables. C'a été le dernier artifice qui nous a plus apporté » de desespoit, voïant que le Roi tâchoit plus de pourvoir à » ses défiances, qu'à continuer la guerre contre les Hérétiques, » & que nous étions si malheureux, d'être tenus de quelques- » uns en tel estime, jusques-là que Sa Sainteté même en ait » pris sujet de nous exhorter, par un sien Bref, à la fidélité » envers le Roi notre Souverain. Ce desespoir, dis-je, de der- » niere impression, me tenoit fort saisi, lorsque j'entendis que » tout ouvertement Sa Majesté renforçoit ses Gardes, jusqu'à » quatre Enseignes Françoises, & trois de Suisses. De sorte que » pour ne demeurer une seule heure soupçonné d'actes si vilains, » je me rendis, douze heures après, dans Paris, accompagné » de huit Gentilshommes; & au milieu de toutes les Gardes » mentionnées ci-dessus, je vins baiser les mains à Sa Majesté, » ne portant autre sauf-conduit que mes services, en la con- » fiance que doit avoir un bon Sujet en son Roi. Cette fran- » chise, sincérité & cœur ouvert me devoient apporter, ce me » semble, une claire justification de tous les faux bruits passés. » Et à la vérité, il n'y eut homme de bien, qui n'en sentît joie » en son cœur, comme chacun l'apperçut assez évidemment. Le » lendemain, toujours assuré en ma conscience, je fus tout le » jour auprès du Roi, enfermé tantôt dans les Thuilleries, » traitant du voïage de Guienne, & de cette guerre que j'af- » fectionnois tant. Pendant ces jours (comme il est à présumer) » le Roi s'informa de tous côtés si j'étois poursuivi de plus » grande troupe, que celle qu'on avoit vûe à mon arrivée : & » après avoir connu, comme la vérité étoit, que j'étois ainsi » seul, & sans un seul homme de guerre, à quarante lieues de

1588.

EVENEMENS A PARIS.

» moi, voici, le lendemain matin, douzieme Mai, entrerent » aussi-tôt que le jour, douze Enseignes de gens de pied François, outre les quatre de la Garde, par la Porte S. Honoré, le Roi étant, & tous ceux de sa Cour, à cheval pour » les recevoir. Le Mestre-de-Camp du Régiment des Gardes, » & les Colonels de Suisses ont commandement de s'aller saisir » de toutes les Places de Paris: & pour n'être empêchés, les » Habitans d'un bout de la Ville furent départis tout à l'opposite de leurs quartiers, afin de les tenir en volonté de se » rompre d'eux-mêmes, pour le souci & l'éloignement de leurs » femmes & enfans, en tel accident. Durant que cela se disposoit, ainsi que je dormois en mon logis, si peu accompagné que mon train n'étoit pas encore arrivé de Soissons : » comme Dieu voulut, au temps qu'on se paroit des forces en » tant de lieux, j'eus loisir d'en être averti, quelques Gentilshommes de mes amis étant à Paris pour leurs affaires, me » vinrent trouver. Et surtout, Dieu excita miraculeusement » tout le Peuple à courir unanimement aux armes; & sans conférer ensemble, assurés de ma presence & de quelqu'ordre » que je mis soudain parmi eux, d'eux-mêmes s'allerent accomoder & barricader de tous côtés, à dix pas desdites forces » étrangeres, & d'une si grande promptitude & véhémence, » qu'en moins de deux heures, ils firent entendre auxdites » Troupes, qu'elles eussent à se retirer à l'instant hors de la » Ville & Fauxbourgs. Et sur ce, en même temps, un Suisse » en quelque quartier, blessa un Habitant, les Habitans chargerent les Suisses qui se trouverent là, en tuerent douze ou » quinze, & en blesserent vingt ou vingt-cinq & désarmerent » les autres. D'autre côté quelque Compagnie de Gardes du » Roi, fut aussi désarmée & renversée dans les maisons, où » ils furent contraints, avec leurs Capitaines, de s'enfermer. » Cela fut cause que je marchai par la Ville, & d'abordée délivrai neuf cens Suisses prisonniers & plusieurs soldats de ses » Gardes, que je fis reconduire surement jusqu'au Louvre. Cette » journée, toute reluisante de l'infaillible protection de Dieu, » étant achevée, j'allai par toutes les rues jusqu'à deux heures » après minuit, priant, suppliant, menaçant le Peuple, si bien » que par la grace de Dieu il ne s'en ensuivit aucun meurtre, » massacre, pillerie, ni perte d'un denier, ni d'une goutte de » sang, outre & par-dessus ce que vous avez entendu, encore » que le Peuple fût extrêmement envenimé, pour avoir su (disoient-

» (disoient-ils) qu'il y avoit eu vingt potences prêtes, avec » quelques échafauds, & avoir vu les Exécuteurs de Justice, pour » faire mourir cent ou six vingts personnes qu'ils nommoient, » & que j'aime mieux vous laisser deviner qu'écrire. Je ne vous » puis celer combien de contentement m'apporta cette grace » immense de Dieu. Premierement pour voir si clairement mon » honneur dégagé de ces soupçons de sac & massacre, qu'on » avoit essaïé de persuader à tant de gens de bien : car pour » avoir pu tout cela, & l'avoir si heureusement empêché, » je rendois muets tous mes ennemis. Secondement, avoir » donné preuve de mon zele au service & à l'honneur de mon » Roi, jusqu'à faire rendre les mêmes armes qu'on avoit por- » técs contre moi, & leurs feux & leurs tambours, reconduire » les prisonniers, renvoïer les drapeaux, dégager les assiégés, » & ne perdre le respect, où les plus constans l'eussent pu per- » dre. Ils firent tant qu'ils persuaderent le Roi de s'en aller vingt- » quatre heures après, que j'eusse pu mille fois, si j'eusse voulu, » l'arrêter : mais ja à Dieu ne plaise, que j'y aie jamais songé » depuis son département. Sa Majesté a quelqu'autre conseil & » aigreur. J'ai reçu l'Arsenal, la Bastille & les lieux forts entre » mes mains. J'ai fait sceller les coffres de ses finances, pour » consigner tout entre les mains de Sa Majesté pacifique, tel » que nous l'espérons rendre par nos prieres envers Dieu, par » l'intercession de Sa Sainteté & de tous les Princes Chrétiens, » & pour cette signalée & non commune preuve de fidélité, » qu'il lui a plu mettre entre mes mains. Ou si le mal continue » j'espere par les mêmes moïens conserver ensemble & la Reli- » gion & les Catholiques, & les dégager de la persécution que » leur préparoient les Confédérés des Hérétiques auprès du Roi.

Copie des Lettres que le Duc de Guise écrivit aux Manans & Habitans des Villes du Roïaume de France, qui sont de la Religion Romaine.

Du dix-septieme de Mai, 1588.

» MESSIEURS, si ce qui est arrivé étoit secret, & non » également connu de tout le monde, je me devrois mettre en » peine de vous en discourir les occasions & les progrès ; mais » puisque la chose même publie & enseigne si clairement quel- » les forces j'ai amenées à Paris, de quelle franchise je suis » venu trouver le Roi, quelle confiance j'ai eue en sa bonté,

1588. EVENEMENS A PARIS.

» quels artifices ont précipité Sa Majesté de son bon naturel » à la violence, de quelle douceur je l'ai soutenue, de quelle » opiniâtreté j'ai gardé inviolable le respect & le service que je » lui dois; je ferois tort à la grace de Dieu, si je la voulois » exagerer de parole : il me suffit de conférer maintenant avec » vous, comme freres & compatriotes, des moïens d'emploïer » cette occasion inespérément venue du Ciel, pour le bien de » notre Religion Catholique, service de notre Roi, de notre » repos à l'avenir, sans les racheter, s'il est possible, par quel» que guerre ruineuse & sanglante. Et de ma part y aïant vu » disposés Messieurs de la Ville de Paris, j'en ai pris grande » espérance : connoissant combien le Roi, notre Souverain, de » son mouvement est enclin à la Justice & au bien : & n'aïant » point d'obstacle qui empêche sa droite intention, l'on se peut » promettre de sa clémence, qu'il entendra volontiers à toutes » propositions salutaires & qui ne seront point éloignées du de» voir de fideles & bons Sujets : mais ce qui en est plus à douter » (comme le péril plus présent de l'Etat où nous sommes) est » que ceux qui l'ont presque jetté en un si pernicieux effet, tant » par Gentilshommes envoïés exprès, que par le moïen de ceux » qui étoient près de Sa Majesté à leur dévotion, ne s'essaient » encore de le pousser à la guerre, pour couvrir leur premiere » faute, d'une autre nouvelle & plus grande. C'est pourquoi, » Messieurs, j'ai pensé ne rien faire, que très à propos, de vous sup» plier au nom de Dieu & de votre Patrie affligée, qu'en gardant » inviolable la fidélité que vous avez au Roi, vous ne laissiez » pourtant être faite aucune alteration dans votre Ville; que » vous ne prêtiez vos demeures, pour servir d'arsenal aux pas» sions inconsidérées de quelques-uns qui seroient bien-aises, » sous prétexte du service du Roi, de dresser une armée dans » vos murailles & possessions, d'autant plus onéreuses, que tou» tes les autres Villes, à l'exemple de celle-ci, se sauront bien » garder de garnisons & n'exposer leur famille en proie à si mau» vais desseins. En le faisant vous me donnerez loisir de supplier » très humblement Sa Majesté qu'il lui plaise mettre un ordre à » son Etat, utile à son service & à notre repos.

» Vous priant, cependant, à notre bonne intention vouloir » joindre vos volontés, communiquant & prenant intelligence » avec Messieurs de cette Ville, selon qu'ils vous en ont écrit.

CEs Lettres étoient accompagnées de celles qui y sont mentionnées, lesquelles les Habitans de Paris écrivoient aux autres Villes de France, de la teneur qui ensuit.

1588.

EVENEMENS A PARIS.

Copie des Lettres que les Habitans de Paris écrivirent aux Villes du Roïaume de France de la Religion Romaine.

Du dix-huitieme de Mai 1588.

» MESSIEURS, si vous n'étiez avertis des déportemens du » Duc d'Espernon & des autres Partisans du Roi de Navarre, » nous aurions à présent trop de sujet pour en discourir; mais » nous nous contenterons de vous dire, que brûlant de desir de » s'emparer de notre Ville comme de la premiere du Roïaume, » & du siege de la Religion catholique, ils auroient, sous faux » bruits & fausses impressions données à Sa Majesté contre M. » de Guise & les fermes Catholiques de notre Ville, fait entrer » quatre mille Suisses en nos Fauxbourgs avec force Régimens » de pied. De quoi étant averti mondit sieur de Guise, qui » voïoit son honneur chargé, seroit parti de Soissons pour venir » en cette Ville, & y seroit arrivé en plein midi avec sept che- » vaux seulement, desirant de représenter au Roi son innocence » & la pureté de ses actions. Toutefois au lieu d'y être reçu » (combien qu'il fût seul & sans armes, & qu'en cet état il » fût allé devant Sa Majesté) si est-ce que tels Partisans, dont » il est possédé, auroient fait appréhender à Sa Majesté quelque » grand péril, encore qu'elle fût au milieu d'un Peuple très » fidele, & entre tant de forces étrangeres & domestiques, & » même entre tant d'Officiers de sa Couronne, & sur les im- » pressions auroit de nuit fait entrer toutes les Compagnies en » la Ville, se seroient saisi des Ponts, & emparé de toutes les » Places, au grand étonnement de ce Peuple, qui voïoit sa vie » en danger, ses biens à la merci du Soldat, & la Religion ca- » tholique au point d'être du tout perdue. Ce qui le fit résoudre » à sa conservation, se barriquader en toutes les rues, asseoir » ses Corps-de-gardes, tendre toutes les chaînes à un instant, » de sorte que ceux qui le pensoient surprendre, se virent eux- » mêmes surpris, & après quelques charges données sur les gar- » nisons nouvelles & inaccoutumées, recouvrerent en peu de » temps, sans confusion & avec peu de sang, la liberté de la » Ville, & l'assurance de ladite Religion. De quoi leurs en- » nemis effraïés, combien que le Peuple ne bougeât & n'en- » tendît qu'à conserver ses biens & sa vie, si est-ce qu'afin de

1588. EVENEMENS A PARIS.

» jetter le Roi du haut en bas de sa réputation, ils l'auroient » conseillé de s'enfuir honteusement & abandonner sa maison, » sous couleur d'aller aux Thuilleries, l'auroient enlevé du Louvre & conduit en la Maison de Danville Allié dudit d'Epernon & frere de Montmorency, Associé du Roi de Navarre: » de quoi nous avons bien voulu vous avertir, afin d'aviser à » vous, & à vous conserver contre ceux qui ne demandent que » que la fin de vos vies & de la Religion Catholique, & » de la surprise de vos Villes, & pour vous unir avec notre » Ville, comme les membres au Chef, & avec plus d'ardeur » & volonté que jamais: aussi pour vous prier de ne discontinuer votre trafic ordinaire avec nous, & lequel vous » pourrez exercer en toute sureté, comme par le passé; que si » vous trouvez à propos de faire quelque plainte & remontrance à Sadite Majesté, tant sur le fait de la Religion que sur » les foules & oppressions de ses pauvres Sujets, & nous envoïez » à cet effet hommes propres & fideles & bien instruits, nous » les conjoindrons avec les nôtres, & vous ferons participans » du bien qui en réussira. Car l'heure & le temps est venu, ou » qu'il faut mourir ensemble, ou qu'il faut conserver sa Religion Catholique, ou s'affranchir de la servitude où d'Espernon nous a jettés. Et d'autant que nous espérons que vous » aiderez à nos œuvres commencées, & que vous conserverez » contre le Roi de Navarre, nous ferons fin à la présente.

TOUCHANT la plainte & remontrance dont les Lettres ci-dessus font mention, la chose va ainsi: qu'après plusieurs Lettres écrites de part & d'autre, M. de Guise & ceux de Paris résolurent être expédient d'envoïer quelque complainte au Roi, en forme de requête, pour fortifier ce qu'ils pouvoient mettre en avant des causes qui les avoient émus à se soulever. Voire mêmes les Capucins allerent à Chartres en procession, comme aussi s'y acheminerent quelques-uns de la Cour de Parlement, pour reconnoître quel il y faisoit.

Mais cependant chacun pour son égard ne laissoit de faire ses affaires & ménager son avantage: car le Roi s'assura de Melun & autres petites Villes & Châteaux & advenues autour de Paris.

Messieurs de Guise faisoient le même, & se mirent en devoir d'assiéger Melun, mais il n'y eut ordre, pour la force qui étoit dedans. Ils s'assurerent, néanmoins, de quelqu'autres Places, comme il se peut voir par certaines Lettres, lesquelles furent en ce même-temps écrites de Paris à un grand Seigneur par forme d'avis, de la teneur qui ensuit.

1588.

EVENEMENS A PARIS.

» MONSEIGNEUR, vous avez assez entendu ce qui s'est » passé en cette Ville, où je ne pensois pas trouver si beau mé- » nage quand je m'y acheminai : & ne sais pas bien quel ordre » pourra être apporté à si grande confusion. Toutefois le Roi » fit hier entendre à Messieurs du Parlement par le sieur Dauron » Maître des Requêtes son intention, qui est de mettre tout » en oubli, pourvu que ses Sujets reviennent à leur devoir, pro- » mettant d'embrasser la réformation de son Etat, en toutes les » parties, & pour cet effet, assembler les Etats généraux, avec » protestation de faire inviolablement observer tout ce qui sera » résolu en iceux ; mêmement touchant la nomination que Sa » Majesté entend faire d'un Successeur Catholique & de son » sang : mais afin qu'ils soient tenus duement & en toute li- » berté, déclare son vouloir, être qu'au préalable chacun laisse » les armes, sur peine d'être réputé criminel de Leze-Majesté. » Cependant M. de Guise & M. le Cardinal son frere sont al- » lés cette semaine à Meaux & à Château-Thierry pour s'assu- » rer de ces Places-là, dont ils sont de retour en cette Ville, » où Sadite Majesté est fort désirée par tous les plus apparens » d'icelle, &c.

A Paris, ce 28 Mai 1588.

MONSIEUR le Cardinal de Bourbon, Prince du Sang, n'étoit pas sans une pleine connoissance, long-temps auparavant toutes ces émotions, de la haine invétérée que ceux de la Maison de Guise portent à tous les Princes serviteurs & amis de la Maison de Bourbon ; & qu'en cherchant & procurant le désavantage ou la ruine d'icelle, ils cherchoient la sienne propre ; par je ne sais quel malheur toutefois, pour lui, il s'est toujours tellement laissé posséder & manier par ceux de ce parti contraire, qu'adherant à leurs conseils, ils ne faisoient pas un petit bouclier de lui, attendu sa qualité & le rang qu'il tenoit au Roïaume, tant entre les Princes, qu'entre les Ecclésiastiques, plusieurs desquels ne craignoient point de mettre en dispute, qu'il étoit l'aîné de la Maison de Bourbon, & qu'à un besoin il étoit capable de la succession à la Couronne.

1588.

EVENEMENS A PARIS.

Ses qualités donc servant de beaucoup à ce parti, ils le poussoient en avant, pour la négociation & avancement de leurs affaires selon les ocurrences. Tellement qu'aïant tous ensemblement résolu d'envoïer une requête au Roi, ils le nomment & proposent en icelle, afin que sa qualité & son nom (seul de toute sa maison en cette partie) serve de voile & couverture aux passions de ceux qui étoient plus vigilans en la conduite de leurs affaires, que lui ès siennes. Voici donc la Requête en laquelle ils le font parler, selon qu'elle a été imprimée à Paris par Nicolas Nivelle, rue S. Jacques à l'enseigne des deux colomnes, l'an 1588, avec permission (1).

REQUESTE PRÉSENTÉE AU ROI,

Par Messieurs les Cardinaux, Princes, Seigneurs & les Députés de la Ville de Paris & autres Villes Catholiques, associés & unis pour la défense de la Religion Catholique, Apostolique & Romaine (*).

SIRE,

M. le Cardinal de Bourbon & les autres Princes Catholiques (qui connoissant la ruine en laquelle la Religion Chrétienne pouvoit tomber, s'unirent ensemble pour supplier votre Majesté d'extirper les hérésies de son Roïaume, qui étoient l'origine de tous nos maux passés, l'aliment des miseres présentes, & le malheur que nous avions à craindre pour l'avenir) ont assez fait démonstration jusqu'à maintenant, que leurs volontés n'ont été mues d'autre passion que du zele de l'honneur de Dieu & conservation de son Eglise.

Et parceque maintenant ils voient que les grandes victoires qu'il a plu à Dieu donner à votre Majesté, offrent une très grande facilité, pour arracher dès la racine cette mauvaise plante d'hérésie, qui a fait naître en ce Roïaume tant de domma-

(1) Le Pere le Long dans sa Bibliotheque des Auteurs de l'Histoire de France, dit que cette Requête fut imprimée à Paris chez Bichon, in-8°.

(*) Cette Requête fut présentée au Roi le 24 Mai 1588 contre les Ducs d'Espernon & de la Vallette. La suite de cette Requête parut séparément la même année, au même lieu & dans la même forme; de même que l'Ecrit intitulé: *Propos tenu au Roi par les Députés de Paris à la présentation de cette Requête.*

1588.

REQUESTE DES PRINCES CATHOLIQUES AU ROI.

geables rejettons, ils persistent encore maintenant à lui faire cette même très humble supplication, de parachever le saint œuvre, l'effet duquel peut seul arrêter le cours de toutes les partialités & miseres qui menacent la ruine de la France.

Nous ne doutons point, Sire, que ce ne soit votre volonté & intention, à laquelle nous voulons joindre nos moïens, amis, biens, fortunes & généralement tout ce qui en pourra dépendre. Que si votre Majesté estime (comme elle l'a témoigné) que M. de Guise y puisse être utile, il proteste devant Dieu qu'il n'aura jamais plus de contentement, que quand il se verra si heureux qu'il puisse, en vous faisant service agréable, acquérir vos bonnes graces, & plus encore en une si juste & sainte entreprise (*).

Mais d'autant que nous reconnoissons quelques empêchemens qui peuvent non seulement traverser votre saint desir, mais encore amener un jour la subversion de la Religion Catholique & de l'état de ce Roïaume (comme très humbles & très fideles Sujets) nous prendrons la hardiesse de les lui découvrir. Car bien que le mal soit grand, que chacun le sente, & en gémisse en son ame, si est-ce qu'il ne s'est trouvé encore aucun Particulier qui ait assez bien & vivement représenté la principale origine du mécontentement de tous les Sujets de ce Roïaume, pour le mal plus grand, qui semble traîner après soi la ruine de l'Etat, si bientôt il n'y est remédié.

Votre Majesté donc, Sire, prendra en bonne part, s'il lui plaît, ce que nous dirons, poussés seulement du zele que nous avons à son service, au bien de son Roïaume, & à la tranquillité de ses Sujets. Le Duc d'Espernon, Sire, & le sieur de la Vallette son frere, lesquels elle a élevés aux plus grandes Charges & Dignités de ce Roïaume, sont reconnus, non seulement par la France, mais généralement par toute la Chrétienté, pour principaux fauteurs & support des Hérétiques.

Le voïage dudit Duc d'Espernon en Guienne, les Traités qu'il y fit, les conseils qu'il donna, la faveur qu'il a faite à ceux qu'il a connus leur être affectionnés, la haine qu'il a montrée avoir à tous les bons Catholiques, même à ceux qu'il a estimé favoriser cette cause, la participation qu'il a eue aux affaires que

(*) [*Note de l'Auteur.*] Cette intercession pour M. de Guise, montre l'affection qu'il a eue à la Domination, & que ceux qui présentent cette Requête jouent tel personnage qu'il lui a plu.

1588.

REQUESTE DES PRINCES CATHOLIQUES AU ROI.

Clervant négocioit pour les Hérétiques de Metz, les entreprises qu'il a faites sur Cambray, Ville appartenante à la Reine, le soupçon qu'il a donné de tous les gens de bien, l'assistance qu'il a prêtée aux Reistres défaits, pour favoriser leur retour & leur servir d'escorte, le conseil du trouble dernierement advenu à Paris, les parlemens secrets qu'il a eus avec Chastillon, les déportemens de son frere, la prise de Valence, Tallard, Guillestre & autres Places qu'il a ôtées aux Catholiques de Dauphiné, la connivence dont il a usé pour y avancer le pouvoir des Hérétiques, par la destruction de cette Province, & les menées qu'il fit pour empêcher la reddition d'Aussonne, découvrent assez à quoi tendent leurs desseins.

Et quand il plaira à votre Majesté que plus particulierement on lui en fasse entendre les preuves, avec le consentement général de tous ses Sujets, nous lui en représenterons plusieurs qui seroient trop longues à insérer en cet écrit, & que pour plusieurs bonnes raisons, nous n'expliquerons plus avant pour cette heure.

Cette commune opinion, Sire, de l'intelligence que lesdits Duc d'Espernon & la Vallette ont avec les Hérétiques, & la grandeur à laquelle il a plu à votre Majesté les élever, fait craindre à vos bons Sujets (principalement Catholiques) que si votre faveur vient un jour à leur manquer (comme certainement il est impossible que leurs déportemens insolens puissent gueres plus long temps être supportables à un si grand & si sage Roi) ne pouvant trouver support entre les Catholiques, ils ne se jettassent entre les bras des Hérétiques & transportassent avec eux toutes les Provinces & Places fortes qui sont en leur puissance, entre les mains de ceux avec lesquels ils ont déja une si étroite participation; de sorte que la France (qui semble devoir bientôt être libre d'Hérésies) se verroit plus misérablement assujettie à leurs dominations tyranniques qu'elle n'a jamais été.

Outre cela, Sire, qu'on les estime auteurs du désordre, en tous les bons réglemens & police de France, ils ont fait une honteuse marchandise des Etats du Roïaume, ils ont ravi & mis en leurs coffres toutes les finances de France, & à peine tant de subsides ont pu souler leur avarice, ils ont offensé les principaux Officiers de votre Couronne, & les plus spéciaux Serviteurs de votre Majesté, ils ont éloigné d'auprès d'elle beaucoup de ceux qui la pouvoient bien & sagement servir, ils ne cessent journellement de calomnier & mettre en soupçon vers elle

les

les gens de bien qu'ils savent n'approuver leurs actions. 1588.

Que si quelques-uns de ceux qui se sont servilement assujettis à eux, veulent persuader à votre Majesté, que ce que nous lui proposons maintenant procede de quelqu'animosité ou inimitié particuliere que nous aïons envers eux; nous la supplions très humblement, premierement d'en demander l'avis à la Reine sa Mere, qui, par la prudence de laquelle elle a usé au gouvernement de cet Etat, & le rang qu'elle tient, s'est acquis assez de puissance de parler franchement des choses qui touchent de si près: puis d'adjurer, par le serment & devoir qu'ils lui doivent, les Princes, les Officiers de sa Couronne & les Seigneurs de son Conseil, & les plus prudens personnages de son Roïaume, de lui dire, avec toute liberté, ce qu'ils en sentent; & nous nous assurons, qu'aïant par son commandement acquis telle liberté, ils rejetteront comme nous la cause des principaux malheurs de la France sur les desseins & déportemens de lui & de son frere, comme chacun d'eux le connoît en soi & le confesse en particulier.

Requeste des Princes Catholiques au Roi.

Cela fait que plus hardiment nous supplions votre Majesté, que reconnoissant l'origine du mal (que nous estimons que jusqu'ici elle a ignoré) il lui plaise les éloigner de sa personne & de sa faveur, pour empêcher que par ci-après ils ne puissent faire le mal que tous les bons François & Catholiques craignent, remettant ce qu'ils tiennent en la puissance des Hérétiques: les décharger de toutes les Charges & Gouvernemens qu'ils tiennent en ce Roïaume sans les avoir aucunement mérités.

Et afin que quelques-uns, qui n'ont rien tant tâché que de nous rendre odieux, ne puissent dire que nous faisons cette Requête pour nous enrichir de leurs dépouilles, nous protestons que notre plus grand contentement sera, quand nous les verrons départis à ceux que votre Majesté saura très bien juger en être dignes, & au mérite desquels leur ambition les avoit ravis.

De cela, Sire, votre Majesté tirera tant d'honneur, utilité & tranquillité pour son Roïaume, que l'aïant bien considéré, nous ne doutons point qu'elle ne se conforme, en chose si juste à la très humble Requête & intention de vos bons Sujets.

Premierement, elle délivrera tout le Peuple de la France, & principalement les Catholiques, d'une très grande appréhension qui les travaille, tant pour les déportemens dudit Duc d'Espernon & de son frere, que pour la crainte qu'ils ont qu'à l'avenir leur grandeur ne soit l'avancement de la domination

1588.

REQUESTE DES PRINCES CATHOLIQUES AU ROI.

tyrannique de l'héréſie, laquelle ils redoutent tant qu'ils aimeroient mieux mourir, que de la voir établie (1).

Après le contentement qu'elle aura donné à ſon Peuple, elle pourra, ſans doute, pourſuivre l'effet & heureux ſuccès de ſes victoires ja acquiſes contre les Heretiques, & pour y commencer, s'acheminer en Guienne, où elle ſera aſſiſtée de l'affection plus grande de tous ſes bons Sujets Catholiques, qui accroîtront & leur volonté & leur courage, quand ils verront les empêchemens, qu'ils ont pu redouter, être ôtés : car chacun reconnoît aſſez que cette guerre ne ſe peut bien achever, ainſi qu'il appartient, tant que les forces principales de ce Roïaume ſeront en la main d'un homme, qui a ſi particuliere intelligence avec vos ennemis, & qui ſe veut ſous votre autorité rendre épouvantable aux bons & très affectionnés Catholiques.

Et ce pendant que votre Majeſté fera le progrès en Guïenne : pour maintenir votre Ville de Paris, & pourvoir aux choſes néceſſaires pendant votre abſence, la Reine votre Mere (qui par ſa prudence, s'y eſt acquis beaucoup de croïance & amour du Peuple) y tiendra les choſes très tranquilles & ſaura (comme elle fit ci-devant en ſemblable occaſion) ſe ſervir de perſonnes affectionnées au bien de votre Etat.

Et parceque la Province de Dauphiné n'a pas moins de beſoin que celle de Guïenne d'être ſecourue, étant réduite en un état très déplorable, par les mauvais déportemens de la Vallette & les ſecrettes intelligences qu'il a eues avec les ennemis, M. le Duc de Mayenne (s'il plaît à votre Majeſté lui en donner les moïens) lui ſervira avec toute fidélité & affection, qui

(1) [*Note de l'Auteur.*] Ils veulent par ces mots de tyrannie & héréſie entendre ceux de la Religion, de long-temps par tels ennemis appellés Hérétiques, mais ſont encore à en être convaincus, comme témoignent tous leurs écrits, par leſquels ils vérifient, ſans replique, que leur doctrine eſt la pure & la ſaine doctrine du Vieux & du Nouveau Teſtament, a nnoncée par les Prophêtes, Jeſus-Chriſt & ſes Saints Apôtres, ſur laquelle ſainte doctrine leur Religion étant fondée (*), elle ne peut ni exercer ni ſouffrir être exercée aucune tyrannie, ne ſur les corps, ne ſur les conſciences, ce qui eſt ſuffiſant pour lever une ſi grande crainte que celle qui eſt mentionnée en cet article.

(*) On a ſouvent convaincu les Proteſtans qu'ils expliquoient l'Ancien & le Nouveau Teſtament ſelon leurs idées particulieres ; qu'ils faiſoient dire à ces Oracles infaillibles ce qu'ils ne diſent point ; & qu'en rejettant la Tradition, ils s'écartoient fréquemment de la véritable interprétation des Ecritures. On les juſtifie mal ici, parcequ'en effet on ne peut les juſtifier.

se peut attendre d'un très humble Serviteur & Sujet. Ce que nous proposons d'autant plus hardiment, que nous savons que les Catholiques qui ont été une fois déja délivrés par lui d'une semblable servitude, l'auront très agréable, voire le requerent très instamment (1).

Et entre les plus grandes utilités que votre Majesté pourra tirer, les éloignant de sa présence, celle-ci ne sera pas des moindres, qu'elle pourra emploïer aux utilités urgentes de son Etat les grands moïens qu'elle souloit donner pour entretenir leur grandeur, souler leur avarice, acheter les Places fortes de votre Roïaume, lesquelles ils marchandoient tous aux dépens de vos finances : elle aura plus de commodité de donner soulagement à ses Sujets assez affligés d'ailleurs.

Et parceque la porte des subsides nouveaux (qui est en partie cause principale de la ruine du Peuple & de plusieurs grands désordres) a été par eux ouverte ou grandement élargie, votre Majesté (qui ne desire rien tant que le soulagement de son Peuple) les aïant ôtés d'auprès d'elle, la pourra plus aisément fermer, remettant en vigueur les belles & anciennes Ordonnances de ce Roïaume, laissant la vérification des Edits nouveaux, & les remontrances sur iceux, aux Cours de Parlement, & autres Souveraines, abolissant l'usage pernicieux des Partis, défendant l'acquitement des dons, sinon en fin d'année, ôtant du tout & sous grieves peines, la supposition des noms que l'on a pratiqués pour faciliter la vérification des dons contre les anciennes Loix du Roïaume, éteignant du tout la pratique des Comptans, bref ôtant tous les abus qui ont été par eux introduits, ou augmentés, à la ruine du Peuple & préjudice de votre service.

Or, d'autant, Sire, que les Catholiques de votre Roïaume ont toujours grandement craint que quelque jour ils ne vinssent à tomber sous la domination & puissance des Hérétiques, la tyrannie desquels par la misere de leurs voisins leur est effroïable & épouvantable, nous supplions très humblement votre Ma-

(1) [*Note de l'Auteur.*] Ce qui a été ci-dessus dit de M. de Guise, voulant chasser les autres pour dominer seul, est confirmé par l'article présent, par lequel le Duc de Mayenne se fait aussi demander une portion de la domination, qui rend suspect tout le reste, vu qu'ils étoient parties; & quant à ce qui est dit des Cathoques de Dauphiné, il appert du contraire par la dissipation de l'Armée du Duc de Mayenne en Dauphiné sans effet, aussi-bien que de celle de Guienne, & par l'accord que les Papistes ont depuis fait avec ceux de la Religion,

1588. jeſté de les aſſurer, tant de cette crainte que de l'effet de la mauvaiſe volonté que les Hérétiques leurs fauteurs & adhérans ont de ſe vanger de ceux qui ſe ſont opposés à leurs deſſeins, remettant à votre Majeſté d'en rechercher les moïens : ſachant que nul n'a plus de volonté & intérêt qu'elle, à la conſervation de la foi & Religion, & de ſes bons Sujets Catholiques.

REQUESTE DES PRINCES CATHOLIQUES AU ROI.

Voilà, Sire, ce que nous avons eſtimé digne de vous être repréſenté pour l'état général des affaires de la Religion Catholique & bien de votre Etat. Vous ſuppliant avoir agréables les très humbles remontrances qui ne procedent que du zele que nous avons à l'honneur de Dieu, au bien de votre ſervice, & au repos & tranquillité de vos Sujets.

Pour ce qui concerne votre bonne Ville de Paris, Sire, vos très humbles, très obéiſſans & très fideles Sujets, les Bourgeois & Habitans d'icelle, & nous avec eux, outre ce que deſſus, vous ſupplions en toute humilité, que comme leur fidélité envers les Rois vos Prédéceſſeurs & votre Majeſté, a été aſſez de fois témoignée par mémorables effets ; ainſi il vous plaiſe croire qu'en tout ce qui s'eſt paſſé ces derniers jours, ils n'ont jamais eu volonté, ne intention de ſe départir de la vraie obéiſſance que les Sujets doivent à leur Roi, la crainte ſeule de voir inopinément & par la voie inuſitée entrer des forces dans votre Ville, leur a fait prendre leurs armes par le commandement néanmoins de leurs Magiſtrats, deſquels ils ont les Ordonnances par écrit non pour aucun doute qu'ils euſſent de la bonté & juſtice de votre Majeſté, mais doutoient que quelques perſonnes violentées, auteurs & conſeillers de cette entrepriſe, abuſant de votre autorité, ne vouluſſent attenter contre eux par voie extraordinaire, ce dont ils les avoient ſouvent menacés.

Mais ils ont reçu un très grand regret, que ceux qui avoient été auteurs de ce conſeil, & qui craignoient la juſte indignation du Peuple contre eux, aient pouſſé votre Majeſté à ſortir de cette Ville : d'autant que par-là on leur a ôté le moïen de pouvoir montrer l'effet de leur bonne volonté, & les témoignages qu'ils lui vouloient donner de leur obéiſſance, leſquels ils continueront de rendre à l'avenir.

Et bien que votre Majeſté reconnoiſſe aſſez par ce que deſſus, qu'il n'y a point de faute de leur parti, ni en effet, ni en volonté (comme ils en ſentent leurs conſciences fort nettes) ſi eſt-ce que ſi elle avoit reçu quelque déplaiſir pour les choſes paſſées, ils la ſupplient très humblement (comme Prince très doux, qui eſt amateur de ſon Peuple) oublier ſon mécontentement, & les tenir comme ils ont toujours été & veulent demeurer, pour ſes très humbles & très fideles Serviteurs & Sujets.

1588. Requeste des Princes catholiques au Roi.

Et parcequ'on lui a voulu ci-devant donner beaucoup de mauvaiſes impreſſions de leur fidélité par faux & calomnieux rapports, comme ils ont éprouvé par effet, & que ce nouvel accident ſurvenu malgré eux & à leur grand regret, a apporté beaucoup de nouveaux ſujets de défiance, vos très humbles & très obéiſſans Sujets, les Habitans de votre Ville de Paris, & nous avec eux, ſupplient très humblement votre Majeſté leur donner ſûreté de pouvoir ci-après vivre en tranquillité & repos, ſous ſon obéiſſance, s'aſſurant qu'elle en ſaura trop mieux trouver les moïens, qu'ils ne les pourroient ni penſer ni réquérir.

Et pour commencement, ils la ſupplient avoir agréable que le ſieur d'O ſe déporte dorénavant du maniement des affaires de la Ville & commandement en icelle, pour quelques raiſons qu'ils aiment mieux taire que publier, ſi votre Majeſté ne leur commande.

Et parceque les anciens Prevôts des Marchands, Echevins & Procureurs de ladite Ville, pour beaucoup de raiſons que votre Majeſté peut entendre, ne pourroient conſerver la Ville au repos & union qui eſt requiſe, vos très humbles Sujets les Habitans d'icelle vous ſupplient, avoir agréable la démiſſion qu'ils ont faite de leur Charge & l'élection d'autres en leur place que le Corps deſdits Habitans ont faite pour deux ans, eſtimant qu'autrement la Ville ne pouvoit être diſpoſée à la tranquillité que votre Majeſté deſire, & par même moïen autoriſer ce que par eux a été & ſera fait & ordonné, ſous votre autorité, pour le repos & aſſurance de ſes bons Sujets. Et pour l'avenir ils la ſupplient, Sire, avoir agréable que les Habitans de la Ville puiſſent avec toute liberté, & par les formes accoûtumées, élire leurs Echevins & Magiſtrats, qui ſera le vrai moïen de contenir le Peuple en union & repos, quand ſes Magiſtrats auront été choiſis par eux.

Et d'autant que tous les monopoles, & abus qui ſe font ès élections des Magiſtrats & autre police de ladite Ville eſt nourrie & entretenue par la plûpart des Officiers de ladite Ville, qui entrent en leurs Offices par achats qu'ils en font notoirement, au grand préjudice de votre ſervice & du bien de ladite Ville, les Habitans ſupplient votre Majeſté, ordonner que va-

1588. REQUESTE DES PRINCES CATHOLIQUES AU ROI.

cations advenant par mort ou forfaiture desdits Offices, tant de Conseillers de Ville, que Quarteniers & autres, il y soit pourvu par élection, pour en jouir par lesdits Elus durant deux ans, ou tel autre temps qu'il sera avisé pour le mieux, & le temps expiré, sera procédé aux nouvelles élections, selon qu'en avez été ci-devant requis par plusieurs fois.

Cette Ville, Sire, qui est l'abord de toute la France, s'est vue par ci-devant fort incommodée pour le passage des Gens de guerre, & seroit à craindre que cela continuant, n'y apportât une cherté de toutes choses nécessaires à la vie, qui fait que lesdits Habitans supplient très humblement votre Majesté, que quand il lui plaira retourner en cette Ville (de quoi ils auront un extrême contentement, & vous en supplient très humblement) elle ait agréable de n'y amener ni à douze lieues ès environs autres forces que ses Gardes ordinaires du Corps particuliers; & levant des Compagnies pour l'effet de la guerre les en tenir éloignées.

Avec ces deux moïens & autres que votre Majesté pourra mieux donner, elle fera que lesdits Habitans de votre Ville de Paris reprendront leur assurance pour continuer (comme ils feront) pour jamais le service & obéissance qu'ils doivent à votre Majesté, à la gloire de Dieu, & au repos de tous vos Sujets.

Ainsi signé, CHARLES DE BOURBON.
HENRI DE LORRAINE.

Et plus bas, EVERHARD, *par commandement.*

Le Roi aïant reçu & vu cette Requête, y répondit comme il appert par la copie de la réponse qui ensuit (1).

MONSIEUR le Cardinal de Bourbon & tous les autres Princes, au nom desquels la présente Requête a été présentée au Roi, ont en toutes occasions, si clairement reconnu & continuellement éprouvé (comme ont fait généralement tous les Sujets de ce Roïaume, & toute la Chrétienté) quel est le zele très ardent & constant que Sa Majesté porte à l'honneur de Dieu & le soin qu'elle a toujours eu de défendre son Eglise Catholique, Apostolique & Romaine, & protection de tous ses bons Sujets Catholiques, qu'il n'y a personne vivante qui en doute,

(1) Cette Réponse du Roi a paru aussi en 1588 à Paris in-8°.

1588.

REPONSE DU ROI.

ni puisse avec raison douter aucunement, ni la devancer en l'un ni en l'autre. Aïant, durant la guerre, plus souvent exposé sa personne à tous hasards, combattu & vaincu pour la querelle de Dieu, que nul autre Prince de la Chrétienté: & en paix curieusement recherché & emploïé tous les meilleurs moïens qu'elle a pu inventer, pour affoiblir & extirper les hérésies introduites en ce Roïaume, durant la minorité du feu Roi son frere, & la sienne. Ce même zele a tant eu d'autorité & puissance sur Sa Majesté, qu'il a été seul cause qu'elle passa par-dessus plusieurs considérations, qui importent à sa dignité & autorité, lorsqu'elle pacifia les troubles commencés l'an 1585, expressément, pour réunir à soi ses Sujets catholiques divisés à l'occasion d'iceux, pour tous ensemble entreprendre de faire la guerre auxdits Hérétiques. Laquelle elle a depuis incessament & constamment poursuivie, sans y épargner sa propre personne, jusqu'à la route & défaite derniere des Reistres protestans, entrés en ce Roïaume; laquelle ne fut advenue sans la présence & bonne conduite de Sadite Majesté, qui les arrêta sur le bord de la riviere de Loire, qu'ils avoient gagné avec peu de perte & affoiblissement comme chacun sait.

Et est très déplaisant de ce que les jalousies & défiances auxquelles elle a été depuis entretenue, l'ont empêchée (comme elles ont fait) de tirer profit de l'avantage que Dieu lui avoit donné contre lesdits Hérétiques & le moïen de les défaire, selon son desir. Aïant fait tout ce qui lui a été possible pour retrancher & faire cesser les motifs d'icelles: comme elle est encore à présent très disposée de faire: & à cette fin, user de sa bonté & clémence paternelle, pour oublier les choses advenues ces jours passés, en sa Ville de Paris (dont elle a senti en son ame tous les regrets & déplaisirs qu'il est possible de supporter) quand les Bourgeois & Habitans d'icelle, se comporteront en son endroit, tant pour le regard du passé que pour l'avenir, comme ils sont obligés de faire pour lui donner contentement & satisfaction de leurs actions, ainsi que doivent faire bons & loïaux Sujets, qui se doivent confier en la bonté de leur Prince, qu'ils ont éprouvée en tant de sorte, comme ont fait lesdits Bourgeois & Habitans. Quoi faisant, Sadite Majesté les conservera en leurs libertés, droits & privileges, que les Rois ses Prédécesseurs leur ont octroïés & qu'elle leur a confirmés.

Cependant, Sa Majesté ne desire rien plus, sinon que lesdits

1588.

REPONSE DU ROI.

Princes & autres ses Sujets catholiques, se rallient & unissent tous avec elle, de cœur, d'affection & de leurs personnes, pour tous ensemble aller faire la guerre auxdits Hérétiques, le plus diligemment que faire se pourra.

Et quant aux plaintes que lesdits Princes font par la présente Requête, des grands désordres qui sont en ce Roïaume, & des abus & malversations qui s'y commettent, Sadite Majesté déclare, qu'elle en est plus déplaisante que nul autre, comme celui qui en reçoit aussi plus de dommage, que ne font tous les autres ensemble; mais il est notoire à tous, que les divisions & contentions qui ont interrompu la derniere paix publique, ont ouvert la porte à tels desordre que Sadite Majesté avoit auparavant très bien commencé à reprimer en toutes sortes d'états & fonctions. Ce qui lui a été du tout impossible de continuer entre les armes, à cause des grandes sommes de deniers qu'il lui fallu trouver & emploïer pour soutenir & faire la guerre, laquelle elle a faite quelquefois en même-temps en diverses Provinces, & qui l'a forcée d'user de moïens extraordinaires, contre son naturel & sa volonté, du tout aliénée d'iceux, qui n'ont pu être exécutés sans fouler ses Sujets: au soulagement desquels Sadite Majesté a plus grand intérêt & affection de donner ordre par effet, & semblablement auxdites malversations & abus qui s'exercent, que nuls autres quels qu'ils soient.

Mais d'autant que c'est un mal public qui est répandu par tout & dont le général du Roïaume se ressent, Sadite Majesté (qui desire y pourvoir, ainsi qu'il convient) a jugé ne le pouvoir mieux faire, pour le contentement universel de tous ses Peuples & Sujets, & pour la conservation de sa dignité & autorité souveraine, & des droits d'un chacun (singulierement pour la conservation de la Religion catholique & réunion de tous ses dits Sujets Catholiques sous son obéissance) que par l'avis commun des Etats de son Roïaume, tenus en toute liberté & sûreté, qui est le remede ordinaire & ancien, duquel les Rois ses Prédécesseurs ont toujours usé en pareil cas.

Pourtant elle a délibéré & résolu de les convoquer & assembler le 15 jour d'Août prochain, en la Ville de Blois, avec ferme propos & intention, que ce qui sera décidé, résolu & ordonné en iceux, pour l'avancement de l'honneur de Dieu, le bien général du Roïaume, & le soulagement de ses Sujets, & pareillement pour la réformation desdits abus, sera par elle embrassé

brassé & affectionné d'entiere affection, & inviolablement observé, comme la chose de ce monde qu'elle a plus à cœur & dont aussi elle espere recueillir plusde fruit & de contentement, desirant que lesdits Princes qui publient rechercher la restauration de la Religion & le soulagement du Peuple, ensemble ses autres bons Sujets & Serviteurs, lui aident à faciliter & avancer la tenue & assemblée desdits Etats, comme le seul moïen que tous bons & loïaux Sujets affectionnés au bien de ladite Religion, & de l'Etat jugent être le plus propre, pour pourvoir à l'un & à l'autre.

1588.

Reponse du Roi.

Sadite Majesté avisera aussi en ladite assemblée, à la crainte que lesdites Catholiques ont de tomber quelque jour sous la domination & puissance desdits Hérétiques, dont ils n'ont point plus d'envie d'être garantis, qu'elle de desir d'y donner la provision qui est nécessaire, chose qui ne peut être faite comme il appartient, qu'en ladite assemblée. Quoi attendant Sadite Majesté a voulu, de son propre mouvement, dès à présent & sans attendre l'assemblée desdits Etats (meue du saint desir qu'elle a de faire paroître à ses Sujets, entre tant d'afflictions & calamités qu'ils souffrent, un raïon de sa paternelle bienveillance) revoquer plusieurs Edits, Impositions & Commissions qui les surchargent & grévent, & n'a regret sinon de ne leur pouvoir mieux faire, puisque Dieu lui ordonne d'en user ainsi que l'affection qu'il leur porte y convie, & leur fidélité l'y oblige; & que sa prospérité aussi dépend de la leur: leur bien étant inséparable du sien.

Et pour le regard de la plainte particuliere que font lesdits Princes contre les sieurs Duc d'Espernon & de la Vallette : comme Sadite Majesté doit rendre justice & faire raison à tous ses Sujets, de quelque qualité qu'ils soient, elle fera toujours paroître en cette occasion (comme en toutes autres) qu'il est Prince équitable & droiturier, qui a pour principal but de ne faire tort ni injure à personne, & avec cela préférer l'utilité publique de ce Roïaume à toute autre chose.

Fait à Chartres, le vingt-neuvieme jour de Mai 1588.

Ainsi signé, HENRI.

Et plus bas, DE NEUFVILLE.

1588.

Avertissement.

Les sieurs d'Espernon & de la Vallette aïant été avertis que c'étoit à eux à qui la Maison de Guise & leurs adhérans en vouloient, aussi bien qu'à ceux de la Religion, n'oublierent rien pour repousser l'injure; & entr'autres moïens qu'ils emploïerent, il fut divulgué un Ecrit en forme de Remontrance au Roi, par lequel est répondu à tous les points contenus en la Requête contenue ci-dessus, duquel Ecrit le contenu ensuit de mot à mot.

REMONTRANCE AU ROI,

Par un vrai Catholique Romain, son Serviteur fidele, répondant à la Requête présentée par la Ligue, contre les sieurs d'Espernon & la Vallette.

Sire,

La misérable condition du siecle où nous sommes, auquel la malice des hommes est montée au période de méchanceté, pour animer, par merveilleux artifices, les Peuples à rébellion contre leur souverain Roi & Prince naturel, rendre odieux ses plus fideles & obligés Serviteurs, & appeller Hérétiques les plus gens de bien & meilleurs Catholiques de votre Roïaume, m'a forcé de repondre (avec le respect que je dois à votre Majesté) à une Requête, laquelle lui a été ces jours passés présentée sous le nom de Monseigneur le Cardinal de Bourbon, contre M. le Duc d'Espernon & M. de la Vallette son frere. Sur quoi, si je suis contraint de parler plus licencieusement que je ne devrois, je la supplie très humblement me pardonner, avec protestation de n'adresser aucune de mes paroles à mondit Seigneur le Cardinal, du nom duquel on se sert contre eux, ni de dire chose aucune avec dessein d'offenser un seul de leurs accusateurs, mais seulement les justifier.

Je proteste aussi devant Dieu, Sire, n'être poussé en ceci d'aucune passion particuliere, pour n'avoir jamais reçu injure des accusateurs, ni obligation des accusés, & que je ne connois ni les uns ni les autres, que par leurs actions & déportemens: mais la seule tuition & défense de l'innocence accusée,

1588.

REMONTR. D'UN CATHOL. ROMAIN AU ROI.

& le desir de garantir la vérité de l'oppression de la calomnie, avec l'obligation générale que j'ai, comme bon François, de servir à votre Majesté, m'ont animé de l'entreprendre ; à quoi rien ne me donne tant d'assurance, sinon, de ce que cette matiere s'agite devant votre Majesté, qui (outre ce qu'êtes un Prince plein de piété & de justice, & que Dieu a doué de beaucoup de jugement & d'expérience) êtes vrai oculaire témoin de leurs actions, qui pourrez aisément discerner quel est le reste de l'accusation, par la connoissance que vous avez de la plupart des calomnies qui leur sont malicieusement imputées par cette Requête.

C'est de quoi lesdits sieurs d'Espernon & de la Vallette ont à grandement louer Dieu, & même en ce que votre Majesté fait que l'on ne l'a pas elle-même épargnée depuis trois ou quatre ans en ça, en mille faux bruits & libelles diffamatoires qui se font publiés par le monde. Mais il n'est pas raisonnable que les Serviteurs soient mieux traités que le Maître. Ainsi puisse-je dire avec vérité que rien ne leur a attiré l'extrême haine & inimitié de ces gens-ci, que la fidele & entiere affection que (sans aucun autre respect) ils ont toujours eue envers votre Majesté & au bien de son Etat.

Et qui est celui, qui ait quelque peu de jugement, exempt de passion, qui ne connoisse que ceux qui ne peuvent maintenant s'attaquer directement à votre Majesté, ainsi qu'ils ont fait, il n'y a que trois jours, battent (comme on dit) le chien devant le Lion, & font comme les Gouverneurs des jeunes Princes, qui fouettent quelque Page, quand ils veulent châtier le Maître ?

Ainsi en firent ces accusateurs en leur premiere prise des armes, il y a trois ans ; aïant failli leur dessein ils rejetterent tout incontinent le prétexte de leur mauvaise intention sur les Huguenots, & dès ce temps-là avoient mêlé en leurs écrits feu M. de Joïeuse, & lesdits sieurs d'Espernon & de la Vallette.

(Ainsi qu'il se peut voir par les premiers manifestes qu'ils firent imprimer) contre le conseil d'un de leurs partisans, lequel fut d'avis de les réserver pour une autre fois s'en servir de prétexte.

C'est donc à ce coup, Sire, qu'en la personne de ces deux hommes l'on veut faire le procès à votre Majesté, & qu'aïant failli à vous empoigner, voire (ce que Dieu empêche à jamais) aïant failli dernierement à Paris de vous dépouiller de

1588. votre autorité & liberté tout ensemble, qu'on veut mettre en pourpoint vos plus fideles & obligés Serviteurs, & les faire servir d'excuse & de prétexte de cette derniere conjuration. Mais le jeu est trop découvert & cette couleur ne mérite point de reponse; votre Majesté le sait & tout le monde l'a vu.

REMONTR. D'UN CATHOL. ROMAIN AU ROI.

Quelle apparence (je vous supplie) de faire entreprise à Paris pour prendre le Duc d'Espernon qui étoit à Rouen; & quel sujet de se barriquader à la porte du Louvre, armer & mutiner le Peuple & s'emparer de tous les Chefs de la Ville, pour chasser le sieur de la Vallette de Valence en Dauphiné, où il étoit.

Ce sont les effets de la confession de Salcede, qui ne tirent qu'à vous, Sire, & non à Messieurs d'Epernon & de la Vallette, lesquels, depuis que votre Majesté les a voulu honorer des Charges de son Roïaume, s'en sont très fidelement & très dignement acquités, imitant en cela les traces & vertus de défunt M. de la Vallette leur pere, l'un des plus grands Capitaines de notre temps, dont les services signalés rendus à cette Couronne sont encore si récens & tellement empreints au cœur de tous les François, qu'il faut que leurs ennemis même confessent qu'il a laissé du mérite & recommandation à ses enfans, lesquels votre Majesté a voulu choisir (enfans dignes d'un tel pere) pour reconnoître en eux le mérite de ses exploits & victoires contre les Hérétiques de ce Roïaume. A l'exemple duquel, Sire, le Duc d'Epernon en moins de six mois a nettoïé toute la Provence (que votre Majesté leur a voulu commettre) de tout ce que les Hérétiques y tenoient depuis vingt ans en ça, & d'où ils n'avoient pu être chassés par tous les précédens Gouverneurs; (& aïant fait pendre les Ministres de Sene & les principaux Chefs) si bien pacifié & réglé cette Province, que depuis elle est entierement demeurée en l'obéissance de votre Majesté. La prise de Sorges en Dauphiné, en la plus rigoureuse Saison de l'Hiver par les deux freres, rend témoignage de quel pied ils ont cheminé. Et depuis, la défaite des Suisses Huguenots, taillés en piece par M. de la Vallette, montre la connivence & bonne intelligence qu'ils ont avec les Hérétiques (*).

Mais il a pris Valence & autres Places du Dauphiné, & en

(*) [*Note de l'Auteur.*] Ceux de la Religion sont la butte de l'envie & de la fureur de ceux, qui d'ailleurs s'entrehaïssant, veulent, aux dépens des innocens, avancer leurs desseins & faire leurs affaires; mais Dieu, juste Juge, voit tout & y remédiera.

a ôté ceux de la Ligue, qui n'y avoient aucun droit, pour y mettre les soldats de votre Majesté; si cela mérite excuse, je le laisse à juger à tout homme de bien. Que plût à Dieu qu'il eût aussi-bien pris Châlons, Dijon, Montreuil & tout ce qui ne reconnoit votre Majesté dans le cœur de son Roïaume; & toutefois, si ne l'a-t-il fait sans sujet & excuse légitime, qui a été si souvent débatue devant votre Majesté & en plein Conseil, que pour ne l'ennuïer je n'en ferai point de répétition.

1588.

Remontr. d'un Cathol. Romain au Roi.

Le voïage du Duc d'Espernon en Guienne, les pratiques qu'il y fit, les entreprises contre Cambray, les intelligences avec Clairvan, les parlemens avec Chastillon, & la faveur qu'il a prêtée aux Reistres, pour se sauver, sont amples témoignage de la faveur qu'il porte aux Hérétiques, voilà les premiers points de leur accusation. Or si la France étoit en tel état que votre Majesté y fût le Maître honoré & respecté d'un chacun de ses Sujets : comme elle doit, & qu'à elle seule convient justifier ses actions, il n'y faudroit autre réponse, car votre Majesté sait & peut redarguer le mensonge, s'il y en a, en ce qui est du fait des Reistres, en la ruine desquels personne n'a tant travaillé, que ledit sieur d'Espernon. Lequel aïant lui seul, avec le bon plaisir & autorité de votre Majesté, capitulé la désunion de leurs Suisses, causa leur entiere perte, & mit en main à M. de Guise l'occasion de la défaite d'Auneau, dont on chante ses trophées par le monde, au désavantage de votre Majesté & de l'honneur de cette victoire qui vous est due.

De ces choses, votre Majesté peut faire jugement de la vérité de toute l'accusation, qui sait les particularités du voïage de Guienne; ce qui fut fait par le sieur d'Espernon & ce qui s'en est ensuivi, toutes contraires à leur accusation. Dont j'ose dire, que le Roi de Navarre a reçu tel mécontentement dudit sieur d'Espernon, qu'il n'y a homme de France duquel il se plaigne davantage. Quant au reste, ce sont chimeres & inventions malignes, pour la justification desquelles ledit sieur d'Espernon apportera sa tête aux pieds de votre Majesté, s'il se trouve qu'il y ait seulement songé. Aussi n'y a-t-il que les cerveaux creux & ignorans, qui se laissent persuader telles impostures, lesquels ces gens de bien ici (qui ont fait soulever toute la France contre leur Roi & Prince naturel, l'aïant depuis peu de temps chassé de son Siege & Ville capitale) appellent avec eux *les bons Catholiques*. De façon qu'à leur mode, c'est être Huguenot ou Hérétique, de ne reconnoître en France que le

1588. Roi & le premier point de la Religion Catholique qu'ils introduisent & qu'ils veulent à tout hasard défendre, c'est être rebelle, comme ils sont mutins & séditieux.

REMONTR. D'UN CATHOL. ROMAIN AU ROI.

Je me rapporterois volontiers au jugement de la Sorbonne, voire de notre Saint Pere le Pape (si cette remontrance pouvoit parvenir jusqu'ès mains de Sa Sainteté) si la Religion Catholique, Apostolique & Romaine, apprend & enseigne à désobéir au Roi, soulever son Peuple, s'emparer de ses deniers & revenus, se saisir de ses Villes, & attenter à sa propre personne; & lesquels méritent châtiment, ou ceux qui nés d'un pere très Catholique Romain, & grand fleau des Hérétiques, nourris toute leur vie catholiquement & au service de Dieu & du Roi, depuis que l'âge l'a permis, qui ne reconnoissent que le Roi, & qui indifféremment servent leur Maître ou contre les Huguenots ou contre les rébelles à leur Prince, de quelque qualité ou Religion qu'ils soient; ou ceux lesquels s'armant faussement du nom de la Religion catholique, sous un feint & simulé prétexte de ruiner les Huguenots, s'attaquent directement à leur Roi & souverain Prince & naturel, révoltent ses Peuples, pillent & rançonnent ses Sujets sans respect, & affectant ouvertement la domination, cherchent & procurent la ruine & de l'Etat & de sa Personne.

Voilà, Sire, les bons Catholiques Romains, c'est-à-dire les tumultuaires, les Ligueurs, qui craignent tant (à ce qu'ils disent) que si votre Majesté ne défavorise lesdits sieurs d'Espernon & de la Vallette, ils ne portent aux Hérétiques les Places qu'ils ont entre leurs mains; & qui font néanmoins tout ce qu'ils peuvent, par toutes sortes d'artifices & d'impostures pour les précipiter en désespoir, les voulant éloigner de votre Majesté, & rendre odieux à tous les Etats de la France; étant cependant le moindre souci qu'aient tels bons Catholiques que la ruine du Roïaume & dissipation de l'Etat. Ils reconnoissent bien qu'ils ne le peuvent avoir entier, & pourtant ne craignent-ils pas de le démembrer, moïennant que la meilleure part leur en demeure. Tout de même se soucient-ils de la réformation, ni de l'extirpation des Hérétiques, mais au contraire, ils seroient bien marris, nos bons réformateurs, qu'il n'y eût rien à réformer, & faudroit que les choses allassent bien, s'ils ne trouvoient à remuer & à crier.

Car qui empêche plus le cours de vos victoires, Sire, (comme ils le savent fort bien dire entr'eux & s'en moquent en leurs cabinets) ſinon ceux qui, lorſque votre Majeſté ſe préparoit pour aller en Guienne, lui ont amené & livré la guerre à la porte du Louvre, & l'ont chaſſée honteuſement ? Choſe inaudite & digne de cent ſupplices : incroïable à nos ſucceſſeurs, & qui n'eût jamais entrée aux cœurs de gens généreux & François naturels, qui ont, pour l'obéiſſance rendue à leurs Rois, rendu leur nom célebre par toute la Terre ; & qui moins que Nation qui ſoit au monde, ont ſouillé leur mémoire par les diſſenſions civiles & déſobéiſſances à leurs Princes.

1588.

REMONTR. D'UN CATHOL. ROMAIN AU ROI.

Auſſi n'en êtes-vous point ſortis, race étrangere & adoptée à notre ruine. Le vrai naturel ſe montra en la mere, qui aima mieux perdre le titre de mere que la vie de ſon propre enfant ; la putain qui ſe diſoit mere & ne l'étoit pas, pour aſſouvir ſa paſſion, cruellement expoſoit au glaive de Salomon la vie de l'enfant qu'elle avoit dérobé & n'étoit de ſon ſang : ainſi faites vous bon marché de la France, de ſa Nobleſſe & de ſes Peuples, & encore plus de ſon Roi ; car auſſi ne vous ſont-ils rien, ni vous rien à eux qu'étrangers & tyrans. Qui a mis le déſordre aux Finances (dont vous criez ſi fort) que vos prédéceſſeurs & vous qui retracez leurs pas ? Qui a contraint le Roi d'exiger de ſon Peuple, ſinon la guerre que votre ambition déméſurée a rallumée & lui a laiſſée ſur les bras ? Qu'on viſite les Chambres des Comptes, & là ſoit reconnu, qui a manié & gouverné ſans contredit les Finances des défunts Rois Henri & François ſecond ? Qu'on s'enquere, & des Hiſtoires & des plus Anciens, quelle maiſon en la France eſt parvenue d'un très petit commencement à une extrême & formidable grandeur ? Je ne veux nommer perſonne ; chacun reconnoît aſſez cette Maiſon aggrandie, qui veut envelopper ſa tête dans la hauteur des nues, & remuer du pied la Couronne du Roi.

On m'avouera qu'il y a eu, ou de l'exceſſive concuſſion, ou une extrême libéralité de nos Rois, tant pour cet accroiſſement que pour l'entretenement des pratiques que cette Maiſon a faites hors & dedans ce Roïaume, pour plus à l'avantage bâtir les fondemens de cette future tyrannie, ſinon qu'on aime mieux me concéder que les piſtolets d'Eſpagne l'ont plus accommodée que la bonté de nos Rois, auquel point, nous ſerons aiſément d'accord, car jamais bon François ne fut Eſpagnol.

Vous demandez la réformation de l'Etat, nous la deſirons

1588. REMONTR. D'UN CATHOL. ROMAIN AU ROI.

aussi, & entant qu'il est permis aux très humbles & très obéissans Sujets & Serviteurs, Messieurs d'Espernon & de la Valette en supplient très humblement Sa Majesté, l'appellant à témoin comme leur Roi, l'auteur de leur être, leur Protecteur & leur bon Maître, si jamais ils lui firent aucune importunité pour bienfait qu'ils aient reçu de lui, & si tout ce qu'ils en ont de bien & d'honneur, n'est pas venu de son propre mouvement & volontaire libéralité? Et louent Dieu, au moins de ce qu'on ne les peut accuser d'être pensionnaires du Roi d'Espagne, d'avoir reçu argent de lui pour faire la guerre à leur Roi, & empêcher qu'il ne reprît la Seigneurie des Païs-Bas, ni d'avoir repris par force les deniers de ses recettes générales, volé le Coche de Bourges, & contraint en pleine paix, d'accompagner de cent hommes d'armes, l'argent de Normandie jusqu'aux portes de Paris.

Soit donc notoire à tous, qu'il ne tiendra point à eux que nous n'aïons en France cette belle réformation. Voilà M. d'Espernon (qui empêchoit, comme vous dites, tous vos desseins) eloigné de la Cour, le voilà hors d'auprès du Roi. Voïons maintenant, Messieurs les réformateurs, quelque beau commencement de votre police. Votre ambition est-elle pour cela cessée? vos menées & vos pratiques, ou les recherches de la domination? au contraire vous en êtes plus altérés que jamais. En avez-vous quitté Paris & remis entre les mains de son Roi & Prince naturel? Tout au rebours, vous avez révolté Melun & Corbeil, à la vue de Sa Majesté; & que dis-je, Melun & Corbeil? toutes les meilleures Villes de ce Roïaume, que vous avez sous fausses persuasions débauchées du bon chemin.

C'est erreur, Sire, d'en espérer mieux. Ces gens parlementent assez, mais jamais ne se rendent. Ils pourront bien inventer & ravauder quelque treve, s'ils la voient pour eux plus utile que la guerre; mais de paix qui les ramene à leur devoir, guérisse les plaies qu'ils ont faites en France, & les retarde ou éloigne de leurs desseins, jamais un si saint & salutaire desir ne logea en leurs cœurs. Sire, n'en espérez rien de semblable, ni de bien d'eux, non plus que les brebis du loup, quand elles ont livré les chiens, qui abbayoient les ravissans & gardoient le troupeau.

Ce n'est pas, diront-ils, assez, qu'Espernon soit hors de la Cour. Il faut que lui & son frere quittent leurs Charges & leurs Gouvernemens. Voilà une cruelle condamnation & non usitée

en

en ce Roïaume, d'être ainsi condamné à la clameur de ses parties, sans être jugé coupable, voire sans avoir été oui. J'estime toutefois tant de ces deux Seigneurs, qu'en reconnoissance de l'obligation extrême qu'ils ont à votre Majesté, ils ne refuseront aucune condition qui puisse établir à cet Etat un bon repos; & que tout ainsi que M. d'Espernon est volontairement parti d'auprès de votre Majesté, en saison qu'il la devoit le moins abandonner, pour ôter tout prétexte à vos ennemis qu'aussi il sera toujours prêt, & M. de la Vallette pareillement, de remettre avec leur vie & leur honneur, entre les mains de votre Majesté, tous les Etats, Charges, Gouvernemens, Places & Châteaux qu'il lui a plu leur commettre, pourvu que leurs accusateurs fassent le même.

1588.

REMONTR. D'UN CATHOL. ROMAIN AU ROI.

Et si quelqu'un trouve étrange cette proposition & réciproque submission, entre personnes qu'ils pourront appeller inégales, qu'ils se souviennent & prennent pour satisfaction que tout ce que les uns & les autres tiennent, est à vous, Sire, & qu'ils ne le peuvent justement garder, sinon tant qu'il vous plaira. Il sera alors fort aisé, Sire, de réformer votre Etat, & y faire regner la justice, qui est la Mere des Rois. Alors, Sire, vos Cours de Parlement pourront juger librement, comme par le passé, & des Grands & des Petits. Alors serez-vous justement Roi, & vous sera bien aisé de chasser les Hérétiques de Guienne, quand vous serez délivré des craintes domestiques.

Cela n'étant, Sire, vos bons & loïaux Sujets & Serviteurs, les bons Catholiques de votre Roïaume, appréhendent fort le mal qui leur est préparé, si Dieu par sa souveraine bonté & toute-puissance ne vous en préserve, & si vous n'y apportez plus de rigueur & de sévérité, que vous n'avez fait par le passé, pour vous garantir des conspirations de ceux, qui la premiere année de leur entreprise, se cantonnerent à une journée de Paris : la seconde, faillirent Paris : la troisieme, l'ont pris, n'aïant failli votre Majesté que d'un quart d'heure ; & qui, à la premiere occasion (ce que Dieu ne veuille) la dépouilleront d'honneur, d'état, de liberté, & de vie bientôt après.

1588.

Avertissement.

IL a été dit ci-dessus qu'aucuns de la Cour de Parlement de Paris avoient été députés vers Sa Majesté à Chartres, pour excuser ce qui s'étoit passé à Paris, quand le Roi en partit, & tâcher de lever au Roi tout mécontentement. En quoi il se montra très facile, comme il se pourra voir par les propos que Sa Majesté leur tint, desquels la somme fut lors écrite comme il s'ensuit.

PROPOS

Que le Roi a tenus à Chartres aux Députés de sa Cour de Parlement (*).

LA Reine ma mere m'avoit fait entendre, que vous étiez assemblés & deviez venir me trouver, dont je suis bien aise, m'étant assuré que vous n'eussiez voulu faillir, vous étant la premiere Compagnie de mon Roïaume. Je me suis toujours promis toute fidélité & obéissance, telle qu'avez portée par le passé à mes prédécesseurs Rois, comme à votre Roi légitime & naturel, & que s'il eût été en votre puissance de donner ordre aux choses passées, que l'eussiez fait: je suis marri de ce qui est advenu en la Ville de Paris, toutefois je ne suis pas le premier à qui tels malheurs sont arrivés. Et d'autant m'en déplaît-il, que depuis treize ou quatorze ans que je suis Roi, je l'ai toujours honorée de ma demeure, aïant usé de toute douceur & bonté envers les Habitans, & m'ont toujours expérimenté pour bon Roi, les aïant gratifiés de ce que j'ai pu; je sais qu'en une si grande Ville il y en a de bons & de mauvais : quand ils useront de soumissions, & se reconnoîtront, je serai prêt à les recevoir & embrasser, comme un bon pere ses enfans, & un bon Roi ses Sujets : vous y devez tous travailler, car c'est la conservation de la Ville, de vous autres, de vos femmes & familles. Au surplus, continuez en vos charges, comme vous avez accoutumé : la Reine ma mere vous fera entendre toujours ma volonté, à laquelle je dois beaucoup, non seulement pour avoir eu cet hon-

(*) Cet Ecrit a été imprimé à Paris, chez Lhuillier, en 1588 *in*-8°.

neur d'être sorti de son ventre, mais aussi pour l'avoir reconnue par expérience très soigneuse de l'état de mon Roïaume.

1588.

Propos du Roi aux Députés du Parlement.

Le Roi nous renvoïa quérir après dîner.

JE vous ai renvoïé quérir, pour (avant que vous en aller) vous faire entendre, outre ce que je vous ai dit ce matin, que j'étois averti des propos que l'on a tenus que je voulois mettre garnison en ma Ville de Paris: je suis fort ébahi que cela leur est entré en l'esprit: je sais que c'est de Garnisons; on les met ou pour ruiner une Ville, ou pour une défiance que l'on a des Habitans: ils ne doivent pas estimer que j'aie eu volonté de ruiner une Ville à laquelle j'ai rendu tant de témoignages de bonne volonté, & que j'ai abonnie par ma longue demeure en icelle, pour m'y être tenu plus que dix de mes Prédécesseurs auparavant moi n'avoient fait, ce qui a apporté aux Habitans, jusqu'aux moindres Artisans, toutes les commodités qui paroissent aujourd'hui & dont dix ou douze autres Villes se pouvoient ressentir; & où mes Officiers ont eu affaire de moi, & autres, comme les Marchands, je leur ai fait plaisir, & puis dites que je me suis montré à eux un très bon Roi: moins encore pourrois-je entrer en défiance de ceux que j'aimois, & desquels je me devois assurer, comme je l'ai cru. Donc l'amitié que je leur ai témoignée devoit leur faire perdre cette opinion, que j'aie pensé de leur vouloir donner Garnisons; & de fait il ne se trouve point que personne soit entré, ni mis le pied en aucune maison, ni pris un pain, ni autre chose quelconque; au contraire leur ai envoïé biens, & tout ce qui leur étoit nécessaire, & n'y eussent été vingt-quatre heures au plus, qui eût été jusqu'au lendemain, sans coucher ailleurs qu'aux Places mêmes où ils étoient, comme s'ils eussent campé: je voulois faire une recherche exacte de plusieurs Etrangers qui étoient en ma Ville de Paris, comme ne desirant offenser personne; j'avois envoïé aux Seigneurs de ma Cour, même à M. de Guise, afin qu'il me baillât un rolle de leurs serviteurs domestiques, & faire sortir le surplus, que j'étois averti être en grand nombre & jusqu'à quinze mille, ce que je faisois pour la conservation de la Ville & sûreté de mes Sujets. C'est pourquoi je veux qu'ils reconnoissent leur faute, avec regrets & contrition. Je sais bien que l'on essaie de leur faire croire qu'aïant offensé, comme ils ont fait, mon indignation est irréconciliable: mais je veux

1588.

Propos du Roi aux Députés du Parlement.

que vous leur fassiez savoir que je n'ai point cette humeur, ni volonté de les perdre, & que comme Dieu, à l'image duquel je suis en terre, moi indigne, ne veut la mort du pécheur, aussi ne veux-je pas leur ruine. Je tenterai toujours la douce voie, & quand ils se mettront en devoir de confesser leur faute & me témoigner par effet, le regret qu'ils ont, je les y recevrai & les embrasserai, comme mes Sujets, me montrant tel qu'un pére vers son enfant, voire un ami vers son ami: je veux qu'ils me reconnoissent comme leur Roi & leur Maître; s'ils ne le font & me tiennent en longueur, fermant ma main à toutes choses comme je puis, je leur ferai sentir leur offense, de laquelle à perpétuité leur demeurera la marque. Car étant la premiere & principale Ville honorée de la premiere & suprême Cour de mon Roïaume, d'autres Cours, Privileges, honneurs & Université, je puis, comme vous savez, révoquer ma Cour de Parlement, Chambre des Comptes, des Aydes & autres Cours & Université, qui leur retourneroit à grande ruine: car cela cessant, les trafics & autres commodités en amoindriroient, voire cesseroient du tout, comme on a vu être avenu en l'an 1579, durant la grande peste, pour mon absence & la cessation du Parlement, s'étant retiré grand nombre de mes Conseillers, jusqu'à ce qu'on vît en ladite année, jouer aux quilles par les rues. Je sais qu'il y a beaucoup de gens de bien en ma Ville de Paris, & que des quatre parts, les trois sont de ce nombre, que tous sont bien marris du malheur qui est arrivé: qu'ils fassent donc que je sois content, qu'ils ne me contraignent d'user de ce que je puis & que je ferois à mon regret. Vous savez que la patience irritée tourne en furie, & combien peut un Roi offensé: j'emploierai tout mon pouvoir & ne laisserai aucuns moïens en arriere pour me venger, encore que je n'aie l'esprit vindicatif; mais je veux que l'on sache que j'ai du cœur & du courage autant qu'aucun de mes Prédécesseurs: je n'ai point encore, depuis le temps que je suis appellé à la Couronne, par le décès du Roi mon frere, & depuis mon retour de Pologne, usé de rigueur & de sévérité envers personne; vous le savez, & fort bien en pouvez témoigner; aussi ne veux-je pas que l'on abuse de ma clémence & douceur: je ne suis point usurpateur, je suis légitime Roi par succession, comme vous savez tous, & d'une race qui a toujours doucement commandé. C'est un conte de parler de la Religion, il faut prendre un autre chemin, il n'y a au monde Prince plus Catholique, ni qui deſire tant l'extirpation de l'Héréſie que moi ; mes actions & ma vie l'ont aſſez témoigné à mon Peuple : je voudrois qu'il m'eût coûté un bras & que le dernier Hérétique fût en peinture en cette chambre. Retournez faire vos charges, & aïez toujours bon courage ; vous ne devez rien craindre m'aïant pour vous. Je veux que leur faſſiez bien entendre ce que je vous dis. 1588.

Avertiſſement au Lecteur.

COMME les choſes ſe paſſoient de cette mode, de part & d'autre ; les Partiſans de la Ligue, qui étoient près de Sa Majeſté, emploïoient toute leur induſtrie, pour réparer les fautes paſſées par quelque cotte mal taillée & accord qui néanmoins fût, autant que faire ſe pourroit, à l'avantage des conſeils de ceux de la Ligue : à ce que les ſûretés des Villes & l'autorité de commander ès Armées, avec l'approche & poſſeſſion de la perſonne du Roi, leur demeurant, ils fuſſent toujours ſur leurs pieds, pour en temps opportun, exécuter ce qui ſeroit, ſelon les réſolutions pieça par eux priſes, à leur avantage.

Pour ce faire, ils trouverent meilleur (voïant le Roi à la ſollicitation de la Reine, ſa Mere, & autres de ſon Conſeil, en quelque trempe d'accord, comme auſſi il le témoignoit par la gracieuſe réponſe que Sa Majeſté avoit faite & à leur Requête & aux Députés de la Cour de Parlement) de remettre ſus les articles réſolus à Nancy, pour en obtenir, ſinon le tout, pour le moins, une bonne partie. Ils firent donc, outre la Requête ſuſdite, de nouvelles déclarations & demandes, dont le ſommaire enſuit.

SOMMAIRE

Des Demandes de Meſſieurs les Princes Unis.

POUR le regard de l'union, Meſſieurs les Princes ont déclaré ne deſirer rien tant, ſinon qu'il plaiſe au Roi réunir à ſoi tous les Catholiques de ſon Roïaume, & demeurer Chef d'union d'iceux, pour la conſervation de la Religion Catholique, Romaine, de Sa Majeſté & de l'autorité d'icelle. Et pour cet effet ſupplient Sadite Majeſté avoir agréable, que quelques articles lui ſoient préſentés, pour la forme & ſubſtance de cette union : tendant à quatre points. C'eſt à ſavoir :

Que tous indifféremment jureront & promettront d'emploïer leurs perſonnes, biens, & tout ce que Dieu leur a donné de

1588. moïens, pour la conſervation & défenſe du Roi, de ſon Etat, Couronne, autorité, & des enfans qu'il plaira à Dieu lui donner, envers & contre tous.

DEMANDES DES PRINCES UNIS.

Jureront auſſi la guerre pour l'extirpation des Héréſies.

Empêcheront que nul Prince hérétique, ſuſpect d'héréſie, ou fauteur des Hérétiques, puiſſe parvenir à la Couronne, quelque droit qu'il y puiſſe avoir.

Que Sa Majeſté & tous ſes Sujets promettent de conſerver & défendre leſdits Princes, & autres Catholiques ci-devant aſſociés, pour l'occaſion ſuſdite, de toute violence & oppreſſion, dont les Hérétiques, leurs fauteurs & adhérans voudroient uſer contre eux pour cette occaſion, comme ils ont fait pour s'être opposés à leurs deſſeins.

Supplient encore Sa Majeſté, qu'il lui plaiſe jurer l'obſervation deſdits articles, & les faire jurer, garder & obſerver (ſelon la forme qui en ſera dreſſée) à Meſſieurs du Conſeil d'Etat du Roi, à toutes les Cours ſouveraines de ce Roïaume, Chevaliers du ſaint Eſprit, Gouverneurs & Capitaines des Villes & Communautés, & tous autres, ainſi qu'il eſt accouſtumé.

Qu'il plaiſe auſſi à Sadite Majeſté, de laiſſer durant ſix ans ſeulement, pour la ſûreté générale des Catholiques ci-devant aſſociés, les Villes qu'il a plu à Sa Majeſté leur accorder, par le traité ci-devant ſigné, accordé.

Et pour le regard des autres Villes qui ſe ſont déclarées & déclareront ci-après unies avec les Princes, juſqu'au jour de la concluſion de ce traité, demeureront en l'obéiſſance de Sadite Majeſté, ſans qu'il y ſoit rien innové, ni que ci-après elles ſoient mal traitées, pour les choſes paſſées.

Et où il ſeroit fait quelque choſe au préjudice de ce que deſſus, qu'il plaiſe au Roi, que leſdits ſieurs Princes ſe puiſſent joindre aux très humbles remontrances que leſdites Villes en feront à Sadite Majeſté, & ſe réſervent de remontrer conjointement avec elles, ce qui ſera néceſſaire pour leur ſoulagement, & la conſervation de leurs privileges.

Et en attendant qu'il ait plu à Dieu nous faire la grace, que les Héréſies ſoient du tout extirpées, leſdits ſieurs Princes ſupplient auſſi très humblement Sadite Majeſté, qu'il lui plaiſe, pour la même ſûreté de la Religion Catholique, & de tous ceux qui ſe ſont unis en cette cauſe, accorder certain nombre des ſuſdites Villes, leſquelles ſe ſont déclarées par ledit temps de six ans; pendant lequel temps, vacation advenant des Capitaines & Gouverneurs d'icelles, Sa Majesté sera suppliée d'y pourvoir, à la nomination desdits sieurs Princes.

1588.

DEMANDES DES PRINCES UNIS.

Lesdits sieurs Princes demandent aussi la publication du Concile de Trente & l'observation d'icelui en ce Roïaume.

Plus, que le Roi se déporte de l'alliance qu'il a avec les Princes & Nations hérétiques, & qu'il quitte la protection d'aucunes Villes reconnues pour le réceptacle des Hérétiques.

Plus, que les biens des Hérétiques soient vendus, pour emploïer les deniers d'iceux au fait de la guerre, même pour l'entretenement de deux Armées, l'une en Poitou conduite par Monseigneur de Guise en l'absence du Roi, & l'autre en Dauphiné par Monseigneur de Maïenne.

Encore, que Sa Majesté par un bon jugement reconnût que tels articles étoient hors du devoir de ses vrais Sujets: que des Princes mentionnés en iceux, n'y en avoit pas un de son sang, si ce n'étoit M. le Cardinal de Bourbon, que tous les autres Princes étrangers manioient sous prétexte à leur plaisir & en faisoient leur leurre: Que ce qu'ils disoient en ces articles, de la conservation de sa Personne, de sa Couronne & de son Etat, n'étoient que paroles & une couverture: que l'affection que montroient lesdits Princes avoir au soulagement des Villes & leur conservation, n'étoit qu'un applaudissement, appas & artifice, pour d'un côté les aliéner de son obéissance, & de l'autre les rendre plus dévotionnées à l'exécution des desseins desdits Princes: que la nomination que demandoient lesdits Princes leur être réservée (en cas de vacation des Capitaines & Gouverneurs des Villes) pour y en mettre d'autres à leur plaisir, étoit en bons termes, trancher des Souverains & le faire lui, à qui cela appartient, leur inférieur: que l'héxérédation qu'ils demandoient des Princes légitimes, successeurs à la Couronne, sous le prétexte d'hérésie, ou d'être fauteurs hérétiques, étoit pour se mettre à eux-mêmes plus aisément la Couronne sur la tête: & que rompre les alliances qu'il avoit avec les Nations & Républiques, qu'ils appellent hérétiques, étoit chose non moins de Loi inique, que pernicieuse à son Etat; qu'ils l'enveloppoient par ce moïen, d'infinis nouveaux troubles, & que par telle requête (quelque colorée qu'elle fût d'humilité) c'étoit superbement commander à son Roi & Prince souverain: bref, qu'en toutes choses, ces Princes associés ne regardoient que le chemin de leur grandeur, & le moïen

1588.

DEMANDES DES PRINCES UNIS.

de ravaller l'autorité du Roi & avancer la ruine de son Etat : néanmoins pardonnant à la malice des hommes & cédant à la tempête qui de ce côté-là le pressoit (sans avoir beaucoup d'égard à l'équité de la cause, à l'innocence de ceux de la Religion, contre lesquels, à grand tort, voire à son préjudice, & de son Etat, on l'aigrissoit, & faisoit armer) il accorda, en la Ville de Rouen, où il s'étoit transporté, l'Edit qui est intitulé Edit du Roi sur l'union de ses Sujets Catholiques, au mois de Juillet 1588, tel qu'il fut bâti & digeré par lesdits Princes & Ligués adhérans. Lequel Edit fut incontinent homologué en la Cour de Parlement de Paris, comme il se voit par icelui Edit, imprimé à Poitiers, comme il s'ensuit.

EDIT DU ROI,

Sur l'union de ses Sujets Catholiques.

Vérifié en la Cour de Parlement, le 21 jour de Juillet 1588 (*).

HENRI, par la grace de Dieu, Roi de France & de Pologne, A tous présens & à venir : Salut. Considerant l'infinie & spéciale obligation que nous avons à Dieu notre Créateur, qui nous a mis en main le Sceptre du plus noble Roïaume qui soit au monde, où la Foi de son Fils notre Sauveur & Rédempteur Jesus-Christ a été saintement annoncée dès le temps des Apôtres, & depuis, moïennant sa grace, religieusement observée aux cœurs des Rois nos Prédécesseurs & de leurs Sujets, par l'observation, zele & dévotion qu'ils ont eue à notre sainte Religion Catholique, Apostolique & Romaine, pour laquelle dès nos premiers ans nous avons très volontiers exposé notre propre vie, en tous les hasards qui se sont présentés, & depuis notre avénement à la Couronne, continuant en nous, & s'augmentant avec l'âge cette même résolution, n'aurions jamais abandonné ce pensement, comme de chose qui nous est & sera toujours

(*) Le Pere le Long, dans sa Bibliotheque de la France, donne ainsi le titre de cet Ecrit : » Edit du Roi, sur l'union de ses Sujets Catholiques ; avec les articles accordés au nom de Sa Majesté entre la Reine » sa Mere, d'une part ; le Cardinal de Bourbon, le Duc de Guise, & autres qui ont » suivi ledit parti, d'autre part. du 21 Juillet ; *in*-8°. Tours, 1588.

toujours plus chere que de regner & vivre longuement sur la terre. A ces causes, remettant devant nos yeux ce à quoi le devoir d'un bon Roi très Chrétien, & premier Fils de l'Eglise, nous oblige, Avons résolu (toutes autres considérations postposées) de pourvoir tant qu'il plaît à Dieu qu'il soit au pouvoir des hommes, à ce que de notre vivant il soit établi au fait de notre Religion Catholique, Apostolique & Romaine, un bon & assuré repos; & lorsqu'il plaira à Dieu disposer de nos jours pour nous appeller à soi, nous puissions nous représenter devant sa sainte face, portant en notre conscience que nous n'avons rien obmis de ce, où l'esprit humain s'est pu étendre, pour obvier qu'après notre décès il n'advienne en celui notre Roïaume changement ou altération au fait de la Religion. Voulant pour cette occasion que tous nos Sujets Catholiques, de quelque dignité, qualité & condition qu'ils soient, s'unissent & joignent avec nous, pour l'acheminement & perfection d'une œuvre si nécessaire & agréable à Dieu, nous communiquant avec eux & s'unissant à nous pour la conservation de notre sainte Religion, afin que comme nos ames qui sont rachetées d'un même prix, par le Sang de Notre Seigneur Jesus-Christ, nous tous & notre postérité soïons & demeurions en lui un même corps, ce qu'aïant dès long-temps par nous été mis en considération, & eu sur-tout le bon & très prudent avis de la Reine, notre très honorée Dame & Mere, des Princes & Seigneurs de notre Conseil : Avons voulu, statué & ordonné, voulons, statuons & ordonnons, & nous plaît, que les articles suivans soient tenus pour loi inviolable & fondamentale de cestui notre Roïaume.

Premierement.

Nous jurons & renouvellons le serment par nous fait en notre Sacre, de vivre & mourir en la Religion Catholique, Apostolique & Romaine, promouvoir l'avancement & conservation d'icelle, emploïer de bonne foi toutes nos forces & moïens, sans épargner notre propre vie, pour extirper de notre Roïaume, Païs & Terres de notre obéissance, tous Schismes & Hérésies condamnés par les saints Conciles, & principalement par celui de Trente, sans faire jamais aucune paix ou treve avec les Hérétiques, ni aucun Edit en leur faveur.

1588.

EDIT DU ROI SUR L'UNION.

II.

Voulons & ordonnons que tous nos Sujets, Princes, Seigneurs, tant Ecclésiastiques, Gentilshommes, Habitans des Villes & plat-Païs, qu'autres, de quelque qualité & condition qu'ils soient, s'unissent & joignent en cette cause avec nous, & fassent pareil serment d'emploïer avec nous toutes leurs forces & moïens, jusqu'à leurs propres vies, pour l'extermination desdits Hérétiques.

III.

Jurons, & aussi promettons de ne les favoriser ni avancer de notre vivant. Ordonnons & voulons que tous nos Sujets unis jurent & promettent dès-à-présent & pour jamais, après qu'il aura plu à Dieu disposer de notre vie sans nous donner des enfans, de ne recevoir à être Roi, prêter obéissance à Prince quelconque, qui soit Hérétique, ou fauteur d'hérésie.

IV.

Déclarons & promettons de n'emploïer & pourvoir à jamais aux Charges militaires de notre Roïaume, que personnes qui seront Catholiques, & feront notoirement profession de la Religion Catholique, Apostolique & Romaine : & défendons très expressément que nul soit reçu en l'exercice d'aucun Office de Judicature & de Finances en cestui notre Roïaume, Païs & Terres de notre obéissance, qu'auparavant il n'apparoisse de sa Religion Catholique, Apostolique & Romaine, par l'attestation de l'Evêque, ou de ses Vicaires, ou au moins des Curés, ou de leurs Vicaires, avec la déposition de dix témoins, Personnages qualifiés & non suspects. Et voulons que cette Ordonnance soit inviolablement gardée par tous nos Officiers auxquels telles réceptions seront adressées : & ce, sur peine de privation de tous leurs Etats.

V.

Jurons & promettons aussi à tous nos Sujets ainsi unis & joints avec nous, suivant le commandement que par nous leur en est fait, de les conserver & traiter, ainsi que doit un bon Roi ses bons & loïaux Sujets, défendre & protéger de tout notre pouvoir tous ceux qui nous ont accompagné & servi, &

ont exposé leurs personnes & biens par notre commandement, contre lesdits Hérétiques & leurs adhérans, & pareillement les autres qui se sont ci-devant déclarés associés ensemble, contre eux, lesquels nous avons présentement unis à nous, & promettons de conserver & défendre les uns & les autres de toutes violences & oppressions dont lesdits Hérétiques, leurs fauteurs & adhérans voudroient user contre eux, pour s'être opposés, comme ils ont fait, à leurs desseins.

VI.

Voulons aussi que tous nosdits Sujets (ainsi unis) promettent & jurent de se défendre & conserver les uns les autres, sous notre autorité & commandement, contre les oppressions & violences desdits Hérétiques & de leurs adhérans.

VII.

Pareillement tous nosdits Sujets jureront de vivre & mourir en la fidélité qu'ils nous doivent, & d'exposer franchement leurs biens & personnes, pour la conservation de nous & de notre autorité, & aussi des enfans qu'il plaira à Dieu nous donner, envers tous & contre tous, sans nul excepter.

VIII.

Jureront aussi tous nosdits Sujets, de quelque dignité, qualité & condition qu'ils soient, de se départir de toutes unions, pratiques, intelligences, ligues & associations, tant au dedans qu'au dehors de cestui notre Roïaume, contraires à la présente union & à notre personne & autorité Roïale, & pareillement à celle des enfans qu'il plaira à Dieu nous donner, sur les peines de nos Ordonnances, & d'être tenus infracteurs de leur serment.

IX.

Déclarons rebelles & désobéissans à nos commandemens, & criminels de leze-Majesté, ceux qui refuseront de signer la présente union, ou qui après avoir icelle signée, s'en départiront & contreviendront au serment que pour ce regard ils ont fait à Dieu & à nous, & seront les Villes qui désobéiront à la présente Ordonnance, privées de tous privileges, graces & octrois à elles accordées par nous, & nos prédécesseurs Rois; & si en icelles y a Cours souveraines, Sieges & Officiers établis,

1588. tant de Judicature que de Finances, seront transférés aux Villes obéissantes, ainsi qu'il sera par nous avisé pour le bien & soulagement de nos Sujets.

Edit du Roi sur l'union.

X.

Et afin de rendre la présente union durable & permanente, comme nous entendons faire à jamais, ensevelir la mémoire des troubles & divisions passés entre nos Sujets Catholiques, & éteindre du tout les étincelles qui en pourroient rallumer le feu,

XI.

Nous avons, en faveur & pour le bien de paix & avancement de la Religion Catholique, Apostolique & Romaine, dit & déclaré, disons & déclarons par ces Présentes signées de notre main, qu'il ne sera fait aucune recherche de toutes les intelligences, associations & autres choses que nosdits Sujets Catholiques pourroient avoir fait par ensemble, tant dedans que dehors notre Roïaume, attendu qu'ils nous ont fait entendre & informé, que ce qu'ils ont fait n'a été que pour le zele qu'ils ont porté à la conservation & manutention de la Religion Catholique. Toutes lesquelles choses demeureront éteintes, assoupies, & comme non advenues; comme de fait nous les éteignons, assoupissons & déclarons telles par cesdites Présentes, & semblablement tout ce qui est advenu & s'est passé les douze & treizieme du mois de Mai dernier, & depuis en conséquence de ce jusqu'à la publication des Présentes en notre Cour de Parlement de Paris, tant en notredite Ville de Paris qu'ès autres Villes & Places de notre Roïaume; comme aussi tous actes d'hostilité qui pourroient avoir été commis, prinses de nos deniers en nos recettes générales, particulieres ou ailleurs, vivres, artilleries & munitions, ports d'armes ou enrollemens & levées d'hommes, & généralement toutes autres choses faites & exécutées pendant ledit temps, & qui se sont depuis ensuivies, à l'occasion & pour le fait desdits troubles, sans que nosdits Sujets en puissent être poursuivis, inquiétés ni recherchés directement ou indirectement, en quelque sorte & maniere que ce soit. Tous lesquels cas nous avons derechef assoupis & déclarés comme non advenus, sans nul excepter, ores qu'il fût besoin les exprimer & spécifier davantage: même que nosdits Receveurs généraux, particuliers, Fermiers & autres Comptables, commis à la recette d'iceux deniers, demeureront du tout déchargés des deniers de leursdites Recettes & Fermes qui ont été arrêtés & prins pour les causes que dessus, depuis ledit douzieme jour de Mai ; en rapportant les Mandemens, Ordonnances & Quittances qui ont été expédiées à leur décharge, sans que ceux qui auront reçu & touché lesdits deniers en soient aucunement comptables envers nous : & lesquels nous avons, en ce faisant, déchargés & déchargeons par ces Présentes, dont sera présentement baillé état tel qu'il appartiendra, pour servir de controlle à ceux qui prétendront lesdites décharges. Si donnons en mandement à nos amés & feaux, les gens tenant nos Cours de Parlement, Chambre de nos Comptes, Cours des Aydes, Baillifs, Sénéchaux, Prevôts, & tous autres nos Juges qu'il appartiendra chacun en droit soi, que ces Présentes ils fassent lire, publier & enregistrer, garder & observer, gardent & observent inviolablement & sans enfreindre, cessant & faisant cesser tous troubles & empêchemens au contraire. Car tel est notre plaisir : & afin que ce soit chose ferme & stable, nous avons fait mettre notre scel à cesdites Présentes.

1588. EDIT DU ROI SUR L'UNION.

Donné à Rouen, au mois de Juillet, l'an de grace 1588, & de notre Regne le quinzieme.

Signé, HENRI.

Et à côté, *Visa*.

Par le Roi, étant en son Conseil,

DE NEUFVILLE.

LUES, publiées & regiſtrées, oui & requérant le Procureur Général du Roi, & à la Cour ordonné que copies collationnées seront envoïées par les Bailliages & Sénéchaussées de ce Ressort, pour y être publiées ; & est enjoint aux Substituts dudit Procureur Général d'en requérir la publication & exécution, & en certifier ladite Cour au mois.

A Paris, en Parlement, le vingt-unieme de Juillet 1588.

Signé, DU TILLET.

1588.

Edit du Roi sur l'union.

DE PAR LE ROI.

SA Majesté aïant, par la grace de Dieu, & le labeur de la Reine sa Mere, réunis à lui Monseigneur le Cardinal de Bourbon, M. le Duc de Guise & autres Princes, Prélats, Seigneurs Gentilshommes, Villes & Communautés, & autres étant avec eux; Sadite Majesté veut cette réunion être publiée à son de trompe & cri public, ès lieux où il est accoûtumé de faire cris & publications, afin que personne n'en puisse prétendre cause d'ignorance: & sont faites défenses, sur peine de la vie, à toutes personnes, de quelqu'état, qualité, condition & Nation qu'elles soient, de plus faire aucuns actes d'hostilité.

Fait à Paris, le vingt-unieme jour de Juillet 1588.

Signé, Pinart.

LU & publié à son de trompe & cri public, par les carrefours de cette Ville de Paris, accoûtumés à faire cris & proclamations, par moi Thomas Lauvergnat, Crieur Juré du Roi en la Ville, Prevôté & Vicomté de Paris, accompagné de Philippes Noyret, Trompette Juré dudit Seigneur, èsdits lieux, & de trois autres Trompettes.

Le Jeudi vingt-unieme de Juillet 1588.

T. Lauvergnat.

1588.

AVERTISSEMENT.

CET Edit de réunion des Sujets Catholiques, étant ainsi fait & accordé, ceux de la Ligue levent la tête plus que jamais ; l'animosité se renflamme, sans comparaison davantage, contre ceux de la Religion, plusieurs desquels, pour les grandes menaces & persécutions qu'ils prévoïoient, cédant au temps, se révoltent & font les abjurations : car, selon le dessein de leurs adversaires, il n'y avoit plus du tout d'espérance qu'un seul pût subsister ni en France ni ailleurs. Quant aux Villes qui étoient de reste vers la Guienne & Languedoc, tout moïen leur étoit (ce disoit-on) retranché de résistance ; il se préparoit deux grandes Armées en France, l'une pour le Dauphiné, l'autre pour le Poitou. Les forces du Roi (étant réunies avec celles de la Ligue) se rendoient redoutables, non seulement à la France, mais aussi aux Nations circonvoisines. Le Duc de Savoie, confédéré avec ceux de la Ligue, dressoit à part une puissante Armée, qui devoit en même temps fondre sur le Marquisat de Saluces, & par cette voie entrer en Dauphiné & seconder le Duc de Maïenne. Les Villes, grandes & petites, pour favoriser les entreprises de leurs Chefs, se montroient alaigres & promptes à y apporter (selon le serment fait par l'Edit de réunion) or & argent, biens, faveur, armes & vie. La ferme assurance qu'un chacun d'eux avoit de bientôt mettre à feu & à sac tout ce qui restoit de la Religion, faisoit bouillonner plus que jamais de toutes parts cette conjuration, & de tant plus, qu'en cet exploit étoit (ce lui sembloit) la fin de tant de labeurs ; c'est le commencement d'un très profond repos, & des victorieuses trophées de l'Eglise Romaine, & de ceux qui la défendoient, sur lesquels n'avoient pas eu peu de pouvoir, diverses pronostications faites & divulguées (&, selon l'opinion des plus clair-voïans, faits à poste par aucuns Jesuites & autres du Clergé, pour décevoir & le Peuple & leurs Chefs, attendu que nous nous persuadons facilement ce que nous desirons) de l'heureuse & infaillible bonne issue de si hardis exploits.

Toutes ces choses étoient beaucoup : mais il n'y avoit rien entre tout le remuement & appareil d'armes qui pour lors se faisoit par tout le Monde Chrétien, de si formidable & terri-

1588. ble, que cette grande & invincible Armée d'Espagne, qui n'étoit pas seulement navale, mais terrestre, puisqu'en tant de Vaisseaux de grandeur nonpareille, on logeoit une Armée pour mettre pied à terre, suffisante pour conquérir plusieurs Roïaumes: aux frais de laquelle, avoit quasi été épuisé tout l'or des Indes orientales & occidentales; & la construction de laquelle avoit consumé le temps & la sueur des plus excellens Architectes, Ingenieurs & Manœuvres de toute l'Europe, par l'espace de sept ou huit années; l'artillerie, poudres, boulets, munitions, attirails & autres choses nécessaires à une tant redoutable Armée, étoit un amas de difficile persuasion.

AVERTISSEMENT.

Toute l'Italie, Venise, Sicile, Sardaigne, Malte, & autres Isles du Levant, Sujettes ou Confederées du Roi d'Espagne, y avoient apporté leur conseil, leurs deniers, leurs Vaisseaux, leurs Capitaines, leurs armes, leurs Matelots, toutes leurs facultés; en somme jamais Xerxès ne fit tant de peur à la Grece voulant plancher & couvrir de navires toutes ses Mers, & réduire ses Villes en cendres, que cette Armée d'Espagne en devoit faire à l'Angleterre & à la France en passant; car l'Espagnol, à l'aide de la Ligue déja forte & puissante au cœur de la France, la tenoit pour acquise, sans qu'elle pût rendre aucun combat, qui retardât la conquête d'Angleterre & d'Ecosse, & la conjonction des forces de cette tant puissante Armée, avec celles que le Duc de Parme préparoit de son côté ès Païs-Bas, pour en même temps & de même intelligence, renverser ces Roïaumes: & de là passer en Zelande, Hollande, & autres Païs où y avoit exercice de la Religion, par le châtiment desquels ceux de Dannemarck, d'Allemagne, de Suisse & de Geneve prinssent occasion, ou de fléchir, ou de trembler pour la ruine qu'on leur faisoit inévitable.

M. de Guise étant en France, le Pôle de cette navigation, la route n'en pouvoit être bien assurée, s'il n'étoit à la Cour pour mieux établir les affaires: occasion qu'après la publication de l'Edit & toutes les cautions & prévoïances que la prudence humaine peut observer pour sa conservation, il fit état de partir de Paris pour s'y acheminer. Il s'accompagna des Reines Mere & régnante, & d'un grand nombre d'Habitans de Paris, Messieurs de Nevers & le Maréchal de Biron (qui avoient toujours été avec le Roi) lui vinrent au-devant.

En cette arrivée les caresses, plaintes, excuses, prieres, promesses, congratulations & dissimulations furent telles respectivement qu'on peut penser.

En

M. de Guise fit dresser sa table de Grand-Maître de France, & ordonner de bons & assurés moïens pour l'entretenement d'icelle. Il obtint aussi Lettres de Grand-Maître de la Gendarmerie Françoise, titre diminutif de Connêtable, en l'attente du total. Et sur la déclaration qu'il fit faire n'être expédient qu'il s'éloignât de Paris, il fallut ordonner des Chefs pour les Armées de Dauphiné & de Guienne. M. de Maïenne fut élu pour la conduite de celle du Dauphiné: il en fit quelque refus, mais enfin il l'accepta. M. de Nevers fut ordonné Chef pour la conduite de l'Armée de Poitou, contre le Roi de Navarre: il s'excusa fort sur son indisposition, bien offroit-il entretenir cent Gentilshommes, & qu'on l'en excusât: toutefois il l'accepta finalement. M. de la Chastre, Gouverneur de Berry, fut ordonné grand Maréchal de Camp. 1588. AVERTISSEMENT.

Peu après, M. de Chenervi (1), Chancelier de France, M. de Villeroi, & quelques autres Secretaires d'Etat, sur le mécontentement que le Roi prit de leurs services, furent commandés de se retirer de la Cour, & le firent.

M. le Comte de Soissons en ce même temps, s'étant departi d'avec le Roi de Navarre, s'en alla trouver le Roi; & depuis ne bougea d'avec lui, même se trouva aux Etats à Blois, comme il sera dit ci-après.

Pendant ces grands préparatifs que de toutes parts se font en terre, pour exterminer ceux de la Religion & pour l'avancement des desseins de ceux qui se servoient de ce prétexte, Dieu qui tient au Ciel le gouvernail du Monde, fit naître des événemens du tout contraires à ceux que l'on s'étoit promis

On se faisoit fort facile la ruine du Roi de Navarre & le blocus de la Rochelle. A quoi sembloit devoir beaucoup aider la prise de Marans par Laverdin (2), quelques mois auparavant. Mais le Roi de Navarre, durant le temps qu'on pratiqua l'Edit de réunion, pour son dommage & de ceux de son parti, renversa ce dessein; car il enleva Marans des mains du sieur du Cluseau contre son espérance, & le préparatif qu'il faisoir pour le bien défendre, comme il a été touché aux particuliers discours qui ont été faits au commencement de ce Recueil, des sieges, prises & reprises de Marans. Mais d'autant que ce qui a là été tou-

(1) C'est *Cheverni*. Philippe Hurault de Cheverni fut fait Chancelier de France après la mort du Cardinal de Birague. Il mourut le 29 Juin 1599, âgé de soixante-douze ans & quelques mois. Voïez son éloge dans l'Histoire de M. de Thou, livre 123, ann. 1599, sous Henri IV.

(2) Jean de Beaumanoir de Lavardin.

1588. ché, comme en passant, de cette derniere reprise de Marans par le Roi de Navarre, fut plus amplement rédigée par écrit par ceux qui en ont été particuliers observateurs & témoins oculaires, il a semblé meilleur d'en insérer en ce lieu le discours, ainsi qu'ils l'ont fait de mot à mot, pour plus grand éclaircissement & confirmation de ce qui en a été dit.

AVERTISSEMENT.

DISCOURS

De la reprise de l'Isle, Forts & Château de Marans, faite par le Roi de Navarre, au mois de Juin 1588 (*).

SUR la mort de feu Monseigneur le Prince, le sieur de Lavardin avoit pris occasion de donner en l'Isle de Marans, la voïant sans secours, dont les Forts d'abordée avoient été abandonnés, & tout réduit dedans le Château, qui toutefois par la valeur du sieur de Boisduliz (1), de quelques gens d'honneur qui s'y seroient jettés, avoient tenu dix jours, enduré une batterie, & finalement fait une composition fort honorable.

Après quelques différends, auroit été pourvu du Gouvernement le sieur du Cluseau, Mestre de Camp, qui y auroit logé son Régiment de dix Enseignes, départi par les Forts de l'Isle; & pour mieux faire la guerre, avoit été ordonné le sieur de la Tremblaye pour y tenir garnison, avec une Compagnie de cinquante Chevaux-Légers.

Le Roi de Navarre se résolut d'attaquer ladite Isle; & un Vendredi matin 24 de Juin 1588, aïant fait tous ses préparatifs, entra en l'Isle de Charron, voisine de Marans, par des Ponts qu'il avoit fait construire en divers lieux. En cette Isle, étoient tenus par l'Ennemi, les Forts de Charron & du Braut (2). Il investit celui du Braut, comme le plus prochain & plus important, & plus secourable par l'Ennemi, & duquel la perte tiroit celle de Charron après soi; fait approcher par le Canal de la Sevre qui tombe en la Mer, deux Galiotes pour le battre, avancer d'autre côté ses mantelets près de la contres-

(*) Ce discours est de Philippe du Plessis-Mornai. Il est impimé au tome premier de ses Mémoires, page 885.

(1) On a déja parlé de lui dans une note précédente.

(2) C'est *Brau*, Fort aux Confins du Poitou & du Païs d'Aunis, près de la Mer.

carpe. La nuit, se rendit à discrétion ledit Fort du Braut, moïennant la vie sauve. Toutefois il accorda de courtoisie l'espée au Capitaine & aux Soldats, & aussi-tôt se rendirent aussi ceux de Charron. Au Braut y avoit quatre-vingt Arquebusiers commandés par le Capitaine la Chanterie, à Charron, vingt, & des meilleurs du Régiment.

1588.

Reprise de Marans.

Le Samedi il fit faire un Pont sur un Canal, dit de la Brune, s'approchant toujours de l'Isle de Marans, & alla reconnoître lui-même, & de fort près, le Fort du Clousi & certaine Maison fortifiée par l'Ennemi, appellée communément la Maison du Clousi, près de la rencontre de deux Canaux qui l'abordoient des deux côtés; tous lesdits deux Forts sur un profond Canal qu'il falloit passer, pour entrer à Marans, & distant de six cens pas ou environ l'un de l'autre, au-delà du Canal, & entre deux, un autre Fort de nouveau fait, pour empêcher le passage, & la jettée du pont qui ne se pouvoit bâtir qu'à la vue de ces Forts, au beau milieu d'un pré, ni jetter qu'entre les deux, & à la tête du susdit Fort fait de nouveau pour l'empêcher.

Le tout nonobstant bien reconnu, il s'y résout, & se passa le reste du jour en canonades, tirées dans ces Forts de sur les Galiotes & en quelques légeres escarmouches, faisant ledit Seigneur Roi sur le soir redescendre ses Galiotes vers la Mer, & retirer ses troupes en l'Isle de Charron, pour leur ôter le jugement & le soupçon de ce que le lendemain il vouloit faire.

Le Dimanche donc, sur les trois heures du matin, il se trouve avec peu des siens devant le Clousi, fait conséquemment assurer ses Ponts, avancer ses mantelets, fabriquer le Pont qui devoit être jetté entre les susdits Forts, pour entrer dedans l'Isle de Marans, tâter les endroits par où on pouvoit donner, rapprocher ses Galiotes en lieu propre pour les endommager, met ses Régimens en bataille & les dispose selon l'ordre qu'ils devoient marcher, sa Cavalerie même pour les soutenir à l'abordée de l'Isle, & servir aux occasions que la chose présenteroit; lui toujours à la tête de tout, pour voir à l'œil ce qui seroit à faire.

La matinée jusqu'à onze heures se passa en ces exercices, pendant lesquels l'Ennemi faisoit ce qu'il pouvoit pour éloigner ses approchemens.

A onze heures, la priere faite à Dieu, & Pseaumes chantés par tous ces Régimens & Troupes de Cavalerie, après avoir

1588. Reprise de Marans.

ordonné à tous ce qu'ils avoient à faire, on commence à forcer le passage, gardé à la tête par une partie du Régiment du Cluseau & par la Compagnie de Chevaux-Legers du sieur de la Tremblaye, flanqué des Forts du Clousi & de ladite Maison, & défendu en front d'un autre Fort & d'une tranchée sur le milieu. Aucuns d'eux ont dit depuis, que plusieurs d'entr'eux voïant les Régimens le genouil en terre, commencerent à dire : ils prient Dieu, ils nous batteront comme à Coutras.

Sur la main droite de la Maison du Clousi, donnoit le Mestre de Camp Preaux, qui s'étoit coulé avec sa troupe dedans des Rouches, pour passer le Canal en un lieu reconnu, non sans danger & industrie par lui & par le Capitaine Ferrand, & donnent avec lui les Capitaines Lhommeau & Nede (1) en la même Rouche ; mais un peu derriere étoit le Baron de Salignac (2) avec son Régiment, pour présenter l'escalade à ladite Maison. Vis-à-vis de la Maison, quatre Capitaines, avec des Soldats choisis du Régiment du sieur de la Granville, avançoient les mantelets sur le bord du Canal, & derriere lesdits mantelets étoient en bataille les Troupes de la Rochelle, à main droite desdits mantelets, vis-à-vis de la rencontre des deux eaux. Ledit de la Granville avec trente hommes armés poussoit le Pont, & étoient ceux qui le poussoient couverts des arquebusades du Clousi, par le Capitaine la Vallée de la Rochelle (3), avec nombre de rondaches ; & au cul du Pont marchoit le reste dudit Régiment avec les Troupes de Rhé, conduites par la Planche. Tirant plus sur la main gauche vers le Clousi, pour occuper l'Ennemi tout le long du Canal, donnoient les Gardes vieilles & nouvelles du Roi de Navarre, menées par les Capitaines la Porte & Vignolles, les Arquebusiers à cheval du sieur de Penias (4), qui avoient tous pied à terre, & le Capitaine la Limaille : la Cavalerie au reste étoit derriere toute l'Infanterie : la troupe du sieur de Penias derriere le Régiment du sieur de la Granville, & les Compagnies de Rhé qui suivoient le Pont : le gros du Roi de Navarre, commandé par Monseigneur le Comte de Soissons, à cent pas plus en arriere, mais un peu plus avancé sur la main gauche.

Les voïant, les Ennemis, venir ainsi, perdirent courage, com-

(1) Lommeau & Pidoux de Néde.

(2) Jean de Biron de Salignac.

(3) M. de Thou, Hist. L. 91, le nomme Duval de la Rochelle.

(4) M. de Thou écrit *de Pangeas* ; & ajoute à celui-ci & au Capitaine la Limaille, M. de Pardaillan.

mencerent à branler & tout auſſi-tôt prirent leur retraite. Ce qu'étant ſoudainement apperçu du Roi de Navarre (qui étoit ſans armes à la tête) commanda qu'on y donnât à toute bride; & eſt à noter, que ſans la faute qui fut faite par haſtiveté en jettant le Pont, qui fut aſſis en un lieu où le Canal fourchoit, au lieu qu'il devoit être jetté au-deſſous de la rencontre des deux eaux, qu'ils étoient ſuivis de telle impétuoſité, qu'ils euſſent tous été taillés en pieces, premier que parvenir à Marans.

1588.

Reprise de Marans.

Comme n'eſt auſſi à oublier que le Roi de Navarre, à même heure, faiſoit donner par un autre lieu les Régimens de ſes Gardes, de Charbonniers (1) & de Soubran, conduits par le ſieur de Mignonville, Maréchal de Camp, à travers du Marais, en l'eau juſqu'aux genoux, & au-deſſus, plus d'une lieue, leſquels arriverent à propos ſur cet effroi, & en firent une partie, & d'autant plus qu'ils venoient fondre entre les Ennemis & leur retraite, pour leur couper le chemin, s'ils euſſent tant ſoit peu tardé à être apperçus.

Le Fort du Clouſi voïant le déſordre des ſiens, ſe rendit auſſi-tôt à diſcrétion : il y avoit quatre-vingts hommes qui furent tous conſervés, commandés par le Capitaine la Serre. L'Ennemi, partie fit ſa retraite fort précipitée dans Marans, & partie prit la fuite. Au Bourg où on prétendoit trouver de la réſiſtance (tant fut grand l'étonnement) ne fut trouvé perſonne. Le ſieur du Cluſeau, Meſtre de Camp, qui dînoit à Marans pendant qu'on forçoit le paſſage, ſe jetta dans le Château, tant avec ce qui lui reſtoit dedans le Bourg, qu'avec ce qui s'étoit retiré de la garde dudit paſſage, entre leſquels nommément étoit le ſieur de la Tremblaye. Et à même inſtant furent inveſtis dans le Château les quartiers départis à chacun Régiment, & dès le ſoir un chacun logé ſur le foſſé. Le Roi de Navarre avec ſa troupe vint loger auſſi dedans Marans. Les premiers qui y entrerent furent les Gardes du Roi de Navarre, ſuivis de bien près du reſte, pluſieurs & de pied & de cheval ſe jettant en l'eau, & n'aïant la patience d'attendre le Pont.

Ce même jour fut ſommé le Fort de Poixneuf, où commandoit le Lieutenant de la Serre, & ſe rendit : il y avoit vingt-cinq hommes. Celui de la Brune auſſi, où commandoit Camart, où il y en avoit ſoixante-dix. Celui de l'Alouette, où il

(1) Gabriel Prevôt de Charbonnieres.

1588. y en avoit vingt, sous le Lieutenant de la Roque, tous avec les vies sauves seulement, & ne restoient plus en toute l'Isle, de l'effet de ce Dimanche 26 de Juin, que le Château & les Forts de la Bastille & de la Paulée, sur les deux avenues restantes de l'Isle.

REPRISE DE MARANS.

Mais, n'est à oublier pour la prudence du Roi de Navarre, que premier que de rien attaquer, il avoit logé M. de la Trimouille avec toute sa Cavalerie légere & les Troupes des sieurs de l'Orges (1), de Plassac (2), d'Arambure, dedans Saint-Jean de Liversai sur l'avenue de Niort, afin qu'ils ne pussent recevoir secours par la Bastille, & que ledit sieur de la Trimouille avoit fait un Fort entre deux jours entre Saint-Jean de Liversay & la Bastille, qui ôtoit auxdits de la Bastille tout moïen de retraite. Comme de fait le Lundi suivant ils se rendirent & sortirent le Mardi de grand matin, comme les précédens, en nombre de soixante-dix, commandés par le Capitaine la Chapelle.

Le Mardi 27 le Roi de Navarre fit approcher deux canons & deux coulevrines, & de plein jour les logea & mit en batterie devant le Château. Le sieur de Clermont (3) y commandoit, & y eut le soir quelques propos tendans à parlement.

Mais le Mercredi matin, sur les trois heures, comme ils virent que c'étoit à bon escient, ils demanderent à parler, craignant aussi que les Soldats ne prinssent leur résolution d'eux-mêmes, & sortit au nom de tous le Capitaine la Riviere, pour requérir les conditions du Roi de Navarre.

La composition, après divers propos, fut, que les Capitaines & Gentilshommes sortiroient avec le courtaut & la cuirasse, les Soldats avec l'épée, & les armes demeureroient dans le Château. Le Mestre de Camp, le sieur de la Tremblaye, & les Capitaines Maron & la Tour demeureroient aux mains du Roi de Navarre, qui lui livreroient tous leurs drapeaux; à savoir huit Enseignes (car deux des Compagnies n'en avoient point) & la Cornette. Et fut la composition très soigneusement gardée, ledit sieur Roi les conduisant lui-même, partie du chemin, sans qu'ils fussent offensés d'une seule parole, encore que le sieur du Cluseau eût de grands ennemis.

Ce même jour le sieur de la Roque rendit la Paulée à mêmes conditions que le Château, lui aïant le sieur de Laverdin déclaré

(1) De Lorges.
(2) Jean de Pons de Plassac.
(3) George de Clermont d'Amboise.

expressément qu'il ne le pouvoit secourir, & voïant d'ailleurs le sieur de la Boulaye logé sur sa retraite. 1588.

Et par ainsi en quatre jours ont été reprises par le Roi de Navarre les Isles de Charron & de Marans, & les Forts & Château, & dix Enseignes & une Cornette qui y étoient, partie défaites, partie rendues inutiles, le Roi de Navarre n'aïant moins montré de courtoisie & de débonnereté à épargner le sang François, que de prudence, valeur & diligence, à réprimer ses Ennemis. REPRISE DE MARANS.

Au même temps que M. de Guise vint en Cour, M. du Passage se saisit de Romans en Dauphiné, pour M. de la Vallette, & y bâtit une Citadelle.

MORT DE LA REINE D'ECOSSE(*),

Et de la grande Armée d'Espagne.

COMME ces choses se passoient en France, l'Armée d'Espagne tant épouvantable, & qui (comme il a été dit ci-dessus) tenoit tout l'Occident en cervelle, fit voile, & fut jettée en la Manche d'Angleterre. Il faut que tous les Habitans du Monde présent & avenir (mettant sous le pied toute passion & affection particuliere) donnent à Dieu la gloire des actions qui se passerent en cette tant redoutée expédition. Il faut que toute Puissance tremble à la commémoration des Jugemens épouvantables de Dieu. La Reine d'Angleterre (je le confesse) fit quelque chose pour garantir son Roïaume de cet orage, & comme instrument de Dieu & vigilante Reine, en a beaucoup de louange: mais elle-même, & tous ses Chefs de guerre confesseront que Dieu s'étoit aussi préparé une autre invincible Armée, pour détruire cette-ci, & renverser l'orgueil d'Espagne: les vents, les flots, les bans, les rochers furent l'Armée qui sur toute autre, assaillit, lassa, battit, froissa, poursuivit & exter-

(*) Marie Stuart. Voïez son Histoire dans M. de Thou, livre 86, sous l'année 1586. M. l'Abbé Lenglet du Fresnoy, dans son Catalogue des Historiens, Tome 4 de la Méthode pour étudier l'Histoire, pag. 250 & suiv. édit. *in*-4°. cite beaucoup d'autres Ouvrages où l'on rapporte l'Histoire de cette infortunée Princesse, qui méritoit un meilleur sort, & dont le supplice a déshonoré le regne d'Elisabeth Reine d'Angleterre Dans l'Ecrit qu'on donne ici on s'efforce de rendre criminelle Marie Stuart, pour diminuer la honte de sa condamnation.

1586-87.

MORT DE LA REINE D'ECOSSE.

mina, d'une mode & vengeance effroïable, cette hautaine Puissance, à laquelle il sembloit que le reste du Monde ne pouvoit faire tête.

Mais d'autant qu'il a été parlé des intelligences que la Reine d'Ecosse, Prisonniere en Angleterre, avoit avec l'Espagnol, pour lui donner accès en ce Roïaume-là, & qu'elle en fut convaincue; & à cette occasion décapitée, quelque temps auparavant l'arrivée de cette grande Armée en Angleterre, il semble être nécessaire, premier que de parler de cette notable défaite des Espagnols, toucher un mot du procès & de la mort de cette Reine (jugement entre les Grands de tout siecle insigne & remarquable) selon ce qui en a été recueilli du discours qui en a été mis en lumiere en Langue Angloise, intitulé l'Apologie ou Défense de l'honorable Sentence & très juste exécution de défunte Marie Stuart, derniere Reine d'Ecosse.

Il se trouva contre cette Reine diverses accusations, & comme étranges en la recherche de sa vie passée; à savoir, qu'étant embrasée (comme il appert par les Chroniques d'Ecosse) de l'amour impudique qu'elle portoit au Comte de Bothuel, fit tant par ses menées, que son mari (1) Henri Seigneur d'Arley, Roi d'Ecosse (duquel elle tenoit peu de compte long-temps auparavant) fut étranglé, & la Maison appellée Kirk-of-fild, où il étoit logé, enlevée avec de la poudre à canon, le dixieme jour de Février 1567.

Bien-tôt après elle épousa ledit Comte de Bothuel (2), encore qu'il eût deux femmes, lors vivantes, outre la troisieme, nommée Dame Jeanne Gordan, de laquelle il étoit séparé pour cause d'adultere. Elle sema schismes & divisions, tant en l'Eglise d'Angleterre, où elle fut, peu après ce mariage, retirée par la Reine d'Angleterre (qui lui sauva l'honneur & la vie, lorsqu'elle étoit poursuivie par la Noblesse & Peuple d'Ecosse, qu'en celle d'Ecosse par le moïen des trois Papes (3); à savoir, Pie troisieme, ennemi juré de la Reine d'Angleterre; Gregoire troi-

(1) Henri Sruart Darley. Il fut redevable du choix qu'en fit Marie à sa beauté & à sa jeunesse. Elle se dégoûta bientôt de ce nouvel Epoux (car elle étoit veuve de François II, Roi de France) & Henri périt dans une conjuration. Il fut étranglé dans son lit; & les Conjurés aïant fait sauter avec de la poudre la Maison où il étoit, son corps fut emporté dans des jardins du voisinage.

(2) Jacques Hepburn, Comte de Bothwel, qui avoit une autre femme, avec laquelle il fut obligé de faire divorce Ce nouveau mariage, que tout condamnoit, excita une sédition qui contraignit Bothwel de s'enfuir aux Orcades, Isles au couchant de l'Ecosse.

(3) Ces Papes n'ont pas excité les Anglois à se révolter contre leur Reine légitime, quoiqu'ils fussent favorables à Marie. Les Historiens Protestans ont avancé sur cela beaucoup de faits non prouvés.

sieme

sieme, & Sixte cinquieme, lesquels (avec les moïens de ladite Reine d'Ecosse) excitoient les Anglois à se révolter de l'obéissance de leur Reine Souveraine, lui ôter la Couronne & la transférer à ladite Reine d'Ecosse, qui faisoit toutes sortes de menées pour cet effet ; introduisant forces étrangeres, tant au Roïaume d'Angleterre qu'en Irlande, pour plus facilemenr faire soulever les Peuples à la faveur de son dessein.

1586-87.

MORT DE LA REINE D'ECOSSE.

Elle envoïa par plusieurs fois à Philippe, Roi d'Espagne, & en France au Duc de Guise son Oncle, & autres Princes, ses Associés, pour les induire d'envoïer & amener leurs forces en Angleterre, pour envahir la Couronne & exterminer la Reine légitime. Elle promettoit au Roi d'Espagne (sous l'assurance de sa protection où il l'avoit reçue, & ses affaires & Païs) de lui donner & garantir par sa derniere volonté & testament, le droit qu'elle prétendoit avoir, tant en la succession de la Couronne d'Angleterre qu'en celle d'Ecosse.

Elle attenta par moïens infinis contre la propre personne de la Reine d'Angleterre, qui l'avoit renue en sa protection par l'espace de seize ans, & lui faisoit un traitement vraiment roïal & très débonnaire. Desquels attentats elle avoit à plusieurs fois obtenu grace, & pardon libéral de ladite Reine d'Angleterre, & néanmoins étant toujours depuis récidive en ses plus cruelles conspirations, tant contre la personne de la Reine d'Angleterre que contre tout l'état du Païs. Après audience légitime, & raisonnable examen de toute la matiere, ensemble les réponses en personne, reçues par les principaux Seigneurs du Roïaume d'Angleterre, accompagnés des principaux Juges & Officiers d'icelui, Sentence fut finalement prononcée à l'encontre d'elle, suivant le Statut d'association, signé & approuvé par elle-même, à ce qu'elle fût décapitée. Toutes les causes & raisons de cette juste Sentence se peuvent plus amplement recueillir, tant de l'apologie susdite, que de l'Histoire de Guillaume Parry, qui avoit, à la sollicitation de cette Reine d'Ecosse, entrepris de tuer la Reine d'Angleterre.

Il se trouva plusieurs Lettres écrites à cette Reine d'Ecosse, par Antoine Babington, par lesquelles plusieurs des conseils d'icelle peuvent encore être mieux reconnus, & à cette occasion, en a en ce lieu été inséré la copie de mot à mot, comme il s'ensuit.

1586-87.

MORT DE LA REINE D'ECOSSE.

Lettres d'Antoine Babington, à la Reine d'Ecosse.

TRÈS puissante, très excellente, ma redoutable Souveraine, Dame & Reine, à laquelle seulement je dois toute fidélité & obéissance; qu'il plaise à votre Majesté gracieuse de m'excuser, de ce que par un long-temps, j'ai cessé & discontinué de vous écrire, comme j'y étois tenu, suivant la grandeur de votre mérite, laquelle discontinuation commença dès lors que votre Roïale Personne changea le lieu ancien de votre demeure, pour être mise en la garde d'un méchant Puritain, & ennemi mortel, tant en foi qu'en faction, non-seulement de votre Majesté, mais aussi de l'Etat Catholique. Je tenois pour un temps l'espérance de l'état de votre Païs (dépendant prochainement après Dieu de la vie, de la santé & prospérité de votre Majesté) être telle & si désespérée, qu'il n'y eût aucune apparence de changement, & là-dessus j'étois résolu de me retirer hors du Païs, aïant arrêté en moi-même de passer le reste de ma vie en telle & si solitaire sorte, que le malheureux & misérable état de mon Païs le requerroit, en attendant tant seulement, selon le juste jugement de Dieu, la confusion qu'il a méritée à l'endroit d'icelui; (laquelle le Seigneur par sa miséricorde veuille prévenir) mais comme j'étois prêt à exécuter ce mien dessein, & sur le point de mon partement, arriva un nommé Ballard, homme de vertu & de savoir, & d'un zele singulier envers la cause Catholique & le service de votre Majesté, lequel m'étoit adressé des Païs de delà la Mer.

Cet homme me fit entendre & m'assura qu'une grande préparation se faisoit par les Princes Chrétiens, alliés de votre Majesté, èsdits Païs, pour la délivrance de notre Païs, de l'extrême & misérable état, auquel il a si longuement demeuré. Ce qu'aïant entendu, je commençai derechef à bien espérer, & lors mon desir spécial fut d'aviser par quels moïens je pourrois, au hasard de ma vie, & de mes amis en général, faire à votre Majésté sacrée un bon jour de service.

Sur quoi, ma très redoutable Souveraine, suivant le grand soin que ces Princes-là ont de la conservation & sûre délivrance de la sacrée personne de votre Majesté, j'ai regardé aux moïens, & ai considéré les circonstances du tout, selon le Païs, & grande importance des affaires. Et après longue

1586-87.

MORT DE LA REINE D'ECOSSE.

considération, & la conférence que j'ai eue avec grand nombre des plus sages & des plus fideles, qui tiennent votre parti, comme à ceux à qui je pouvois, en toute sûreté, communiquer le secret de telles affaires, je trouve (par l'assistance de notre Seigneur Jesus) assurance d'un bon effet, & d'un fruit desiré de notre travail. Ces choses doivent être premierement considérées en cette grande & honorable action, en l'issue de laquelle dépend non-seulement la vie de votre très excellente Majesté, (laquelle Dieu veuille préserver longuement à notre très inestimable confort, & au salut des ames Angloises, & à la vie de nous tous, qui travaillons en ce fait) mais aussi l'heureux état de notre Païs, lequel nous est beaucoup plus cher que nos propres vies, & l'espérance derniere de recouvrer pour jamais la Foi de nos ancêtres, & de nous délivrer nous-mêmes de la servitude & captivité, laquelle l'hérésie nous a imposée, avec perte de mille ames. Premierement, l'assurance de l'invasion, avec force suffisante du côté des Assaillans, pour arriver en bonne conche, avec bon & grand nombre, & forte partie en chacun lieu, pour se joindre à eux, & pour garantir leur abordement & descente, & quant & quant la délivrance de votre Majesté, avec la dépêche & totale ruine de celle, qui long-temps auparavant ces heures, a par brigues & menées, usurpé le Royaume. Pour l'accomplissement de tout, quoiqu'il plaise à votre Excellence se reposer sur mon service, je voue & proteste devant la face du Dieu tout-puissant, lequel a longuement & miraculeusement préservé votre personne sacrée, & ne doute point que ce ne soit à quelque bonne & universelle fin, que ce que j'ai dit, sera accompli, ou tous nos corps seront heureusement détruits & perdus en l'exécution dont est question.

Lequel vœu tous les principaux qui manient cette affaire, ont solemnellement fait, & font, se fondant sur les Lettres à moi écrites de par votre Majesté, sur le point de recevoir le bienheureux Sacrement à cette intention, ou pour être victorieux en faveur & pour le bien de l'Eglise & de votre Majesté, ou de mourir heureusement pour l'honorable cause.

Maintenant, pour ce que le délai est extrêmement dangereux, qu'il plaise à votre excellente Majesté nous adresser par votre sagesse, & par votre autorité de Princesse, d'encourager & rendre propres, par avertissemens, ceux-là qui peuvent avancer les affaires, en considérant qu'il n'y en a pas un de la

1586-87. Noblesse en liberté, assuré & fidele à votre Majesté en ce service déses péré, sinon qu'il nous soit inconnu, & que cependant il est fort nécessaire qu'il y en ait quelques-uns qui soient Chefs, pour conduire la Multitude, de tout temps disposée par nature en ce Païs, à suivre la Noblesse, & que cela ne fait pas seulement que le commun & ceux qui sont des champs, suivent sans contradiction ou débat, (chose qui toujours se trouve en égalité) mais aussi donne grand courage aux conducteurs.

MORT DE LA REINE D'ECOSSE.

Pour lesquels regards nécessaires, j'en voudrois recommander quelques-uns à votre Majesté, comme très propres, selon que je puis connoître, pour être vos Lieutenans, ès quartiers du Païs vers l'Ouest, ès quartiers du Païs vers le Nord, au Païs de Galles, vers le Sud, au Païs de Galles, vers le Nord, & ès Comtés de Lancastre, de Derbi & de Stafford. Toutes lesquelles contrées sont déja distribuées en parties, & fidellement prinses & ordonnées à cet effet au nom de votre Majesté, selon que je m'en tiens très assuré & résolu d'une fidélité indubitable. Moi-même, avec dix Gentilshommes & cent autres nous suivant & nous aidant, entreprendrai la délivrance de votre Personne roïale des mains de vos ennemis, & de celle qui sera dépêchée & tuée, laquelle a usurpé le Royaume, de l'obéissance de laquelle, par l'exécution d'icelle, nous serons affranchis.

Il y a six braves Gentilshommes, tous mes familiers amis, lesquels pour le zele qu'ils portent à la cause catholique & au service de votre Majesté, entreprendront cette exécution tragique. Il reste, que suivant leurs bons & infinis mérites, & selon la bonté de votre Majesté, leur attentat honorable soit honorablement récompensé en leurs personnes, s'ils échappent la vie sauve, ou en leur postérité. Et cela leur puis-je tout de même & suffisamment assurer, par l'autorité de votre Majesté. Maintenant il reste seulement, que par la sagesse de votre Majesté, cela soit réduit en méthode, que premierement vous soyiez heureusement mise en liberté, pour ce que de cela dépend notre vrai & seul bien, & que toutes les autres circonstances s'accordent tellement ensemble, que si l'événement de quelques-unes de nos fins est hors du temps des autres, il aviendra que tout le reste sera renversé. De toutes lesquelles choses l'admirable expérience & sagesse de votre Majesté disposera en si bonne maniere, que je ne doute point que, par l'assistance de Dieu, tout ne vienne à un effet desiré; pour lequel obtenir, un chacun de nous estimera sa vie être très heureusement emploïée. Environ le douzieme de ce mois, je serai à Lichfild (1), attendant réponse & Lettres de votre Majesté, pour exécuter en diligence ce qui sera par elle commandé.

De Votre Majesté, le très fidele Sujet & Serviteur juré,

ANTOINE BABINGTON.

Lettres de la Reine d'Ecosse à Antoine Babington.

Le douzieme de Juillet 1586.

FIDELE & bien-aimé, suivant le zele & entiere affection que j'ai connue en vous, à l'endroit de la cause commune de la Religion & de la mienne, aïant toujours fait compte de vous, comme d'un Membre principal & très digne d'être emploïé, tant en l'une qu'en l'autre; ce ne m'a pas été moindre consolation d'entendre quel est votre état, selon que je l'ai entendu par votre derniere Missive, & d'avoir trouvé les moïens de renouveller mon intelligence avec vous, que j'avois été angoissée tout ce temps passé d'en avoir été privée. Et pourtant je vous prie de m'écrire d'ici en avant, autant souvent que vous pourrez, de toutes choses qui surviendront, lesquelles vous pourrez juger être d'importance, en quelque sorte que ce soit, au bien de mes affaires. A quoi je ne faudrai de répondre, avec tout le soin & diligence qu'il me sera possible, pour plusieurs considérations, lesquelles sont de fort grande importance, & lesquelles seroient trop longues à déduire en cet endroit. Je ne puis que je ne prise & que je ne loue grandement le desir commun que vous avez, qu'on prévienne à temps les desseins que nos ennemis ont arrêté entre eux, pour l'extirpation de notre Religion hors de ce Royaume, avec la ruine de nous tous. Car j'ai, long-temps y a, remontré aux Princes étrangers, qui sont Catholiques, & l'expérience aussi le montre & l'approuve, que tant plus qu'eux & nous différons de mettre la main de secours à la besogne pour ce regard, tant plus grand loisir ont nosdits ennemis de se renforcer, & de gagner l'avantage sur lesdits Princes, comme ils ont déja fait

(1) Lichefeld, ou Lichfield, Ville d'Angleterre, daus le Comté de Stafford.

1586-87.

MORT DE LA REINE D'ECOSSE.

sur le Roi d'Espagne. Et cependant les Catholiques qui restent en ce Royaume, exposés à tout genre de persécution & de cruauté, diminuent de jour en jour en nombre, forces, moïens & pouvoir. Par ainsi, si promptement on n'y pourvoit, je ne crains pas peu qu'ils ne reviennent tous ensemble à ce point, d'être rendus du tout insuffisans, de jamais pouvoir se relever derechef, & de recevoir aucun secours, toutefois & quantes que ci-après il leur seroit présenté. Pour mon regard, je vous prie d'assurer nos principaux amis, que jaçoit qu'en cette cause je n'aie aucun intérêt particulier, (auquel je puisse prétendre quelque chose qui me soit chere & précieuse, en comparaison ou respect du bien public de cet Etat) si serai-je pourtant toujours prête & très volontaire à y emploïer ma vie & tout ce que j'ai, ou que je puis jamais espérer en ce monde. Or maintenant, pour fonder en substance cette entreprise & pour l'amener à un bon & heureux succès, il vous faut premierement examiner profondément quelles forces, aussi-bien de gens de pied que de cheval, vous pouvez lever entre vous tous, & quels Capitaines vous ordonnerez pour elles en chacune Sénéchaussée, en cas qu'on ne pût avoir un Chef général sur toute l'Armée. De quelles Villes, de quels Ports & de quels Havres, vous vous pouvez assurer vous-mêmes, aussi-bien au Païs du Nord & au Païs d'Ouest, qu'au Païs du Sud, pour recevoir secours des Païs-Bas, d'Espagne & de France. Quelle Place vous estimez la plus propre de toutes & de plus grand avantage, pour y assembler la principale Compagnie de vos forces; & icelle étant assemblée, de quel côté vous avez à marcher. Quelles forces étrangeres, aussi-bien de cheval que de pied, vous requerez, lesquelles voudront être réglées & ordonnées à la proportion des vôtres. Pour combien de temps, de paie, & quelles munitions, & quels Ports les plus propres, pour prendre terre en ce Roïaume, pour le regard desdites forces, lesquelles viendront des trois susdites étrangeresContrées. Quelle provision d'argent & d'armes (en cas que vous en eussiez besoin) vous voudriez demander. Par quels moïens déliberent les six Gentilshommes de procéder à tuer la Reine. Et quelle forme aussi il vous faut observer pour me tirer hors de cette captivité. Desquels points aïant communiqué entre vous (qui êtes les principaux auteurs, mais aussi que ce soit en autant peu de nombre que vous pourrez) la meilleure résolution est & sera, à mon avis, qu'en toute diligence vous communiquiez

1586-87.

MORT DE LA REINE D'ECOSSE.

le fait à Bernardin de Mendoza, étant à présent Ambassadeur en France pour le Roi d'Espagne; lequel, outre l'expérience qu'il a de l'état en ceci, s'y emploïera (de quoi je vous puis assurer) de très bon cœur & très volontiers. Je ne faudrai à lui écrire de ce fait avec toutes les plus affectionnées recommandations que je pourrai, comme à tous autres auxquels il sera besoin d'écrire. Mais il vous faut aviser, que pour le maniement de cette affaire avec ledit Mendoza, & autres qui sont hors de ce Roïaume, vous aïez quelque personnage fidele & fort secret, auquel tant-seulement vous vous puissiez fier, afin que les affaires soient tenues bien plus secretes, lesquelles pour votre propre sûreté je vous recommande par-dessus tout le reste. Si votre Messager vous rapporte promesse certaine, & assurance suffisante du secours que vous demandez, alors après cela (mais non pas devant, d'autant que ce seroit en vain) donnez ordre en diligence, que tous ceux qui tiennent votre parti en ce Roïaume pour ce regard, fassent, autant secretement qu'ils pourront, provision d'armes, de chevaux, bons & propres, & d'argent tout prêt, pour avec cela se tenir tous prêts à marcher, aussi-tôt qu'il leur sera signifié de ce faire, par leurs Chefs & Principaux, ordonnés en chacune Sénéchaussée. Et pour mieux donner couleur à la matiere (laissant aux Principaux la connoissance du fondement de l'entreprise) ce sera assez pour le commencement de faire courir le bruit entre le commun & entre le reste de ceux qui n'auront point de Charge, que lesdites provisions sont faites seulement pour vous fortifier en cas de nécessité, à l'encontre des Puritains (1) de ce Roïaume. Le principal desquels, aïant les principales forces d'iceux ès Païs-Bas de Flandre, a délibéré (comme vous pourrez faire courir le bruit) de ruiner & de renverser, après leur retour en ce Roïaume, tous les Catholiques, & d'usurper la Couronne, non-seulement sur moi & contre moi, & tous autres qui légitimement la prétendent, mais aussi sur leur propre Reine, qui maintenant regne, si elle ne veut tout promptement & d'un accord se soumettre à leur seul gouvernement. Ce prétexte peut

(1) Secte fort connue en Angleterre. Elle est composée de Calvinistes rigides. Cette Secte étoit nouvelle alors, ne s'étant élevée en Angleterre que vers l'an 1568 ou 1569. Les Puritains ont une si grande aversion pour ceux qui n'adherent par à leurs sentimens, sur-tout pour les Catholiques, qu'ils refusent même de prier dans un lieu qui auroit été consacré par les Orthodoxes. Les premiers auteurs de cette Secte vouloient que l'on crût qu'ils étoient plus purs que les autres dans la Religion : de-là le nom de *Puritains*. Voïez les Historiens d'Angleterre.

1586-87.

MORT DE LA REINE D'ECOSSE.

servir pour fonder & établir entre vous tous une association, confédération & avis général, comme faisant cela seulement pour votre juste conservation & défense, aussi-bien en la Religion, comme en vos vies, terres & biens, à l'encontre des attentats desdits Puritains, sans toucher directement par écrit chose quelconque contre la Reine: mais plutôt vous montrant avoir volonté de la maintenir, & les légitimes Successeurs d'icelle après elle, sans me nommer. Les affaires étant ainsi préparées & les forces toutes prêtes, tant dehors que dedans le Roïaume, alors il sera temps de mettre les six Gentilshommes en besogne pour tuer la Reine, en donnant ordre, & prenant bien garde que sur l'accomplissement de leur dessein, je puisse être soudainement transportée hors de ce lieu, & que toutes vos forces soient aux champs en même-temps pour me rencontrer, en attendant l'arrivée du secours étranger, lequel il faudra alors hâter en toute diligence. Et maintenant, pour ce que l'on ne peut arrêter un certain jour en cela, touchant l'accomplissement du dessein desdits Gentilshommes, afin que d'autres soient tout prêts à me tirer d'ici, je voudrois que lesdits Gentilshommes eussent toujours auprès d'eux, ou pour le moins à la Cour, quatre hommes braves & courageux, fournis de chevaux bons & vistes, pour venir, aussi-tôt que ledit dessein sera exécuté, en toute diligence en avertir ceux qui seront ordonnés pour mon transport, afin qu'immédiatement après cela, ils puissent être au lieu de ma demeure, devant que celui qui me garde puisse avoir exécution de l'avertissement dudit dessein, ou pour le moins devant qu'il puisse se fortifier dedans la maison, ou me transporter hors d'icelle. Il seroit nécessaire de dépêcher deux ou trois desdits avertisseurs par divers chemins, afin que si l'un d'eux étoit arrêté, l'autre pût passer outre; & en ce même instant de temps, il seroit aussi nécessaire d'essaïer à couper & empêcher les chemins ordinaires des Postes. C'est ici le complot & avis que je trouve le meilleur pour cette entreprise, & l'ordre par lequel vous devez procéder & conduire l'affaire, pour notre commune sûreté. Car de s'émouvoir en ce Païs, devant que vous soïez bien assuré de forces étrangeres bien suffisantes, ce ne seroit que pour néant, & vous mettre en danger de suivre le misérable état de ceux qui ont par ci-devant travaillé en telles affaires. Et de me tirer hors de ce lieu, n'étant devant bien assuré de me mettre au milieu d'une bonne Armée, ou en quelque fort lieu renforcé d'hommes, où je

1586-87.

MORT DE LA REINE D'ECOSSE.

je puisse demeurer, jusqu'à ce que vos forces soient assemblées, & que le secours étranger soit arrivé, ce seroit cause suffisante donnée à la Reine, qui maintenant regne, de me prendre derechef, pour à jamais m'enfermer dans quelque trou, hors duquel je n'échapperois jamais, si elle ne me faisoit pis, & de poursuivre à la rigueur & en toute extrémité ceux-là qui m'auroient assistée ; ce qui me seroit plus grief, que tout le malheur qui me pourroit advenir en ma personne. Et pourtant il faut nécessairement qu'encore une fois je vous admoneste, autant affectueusement que je puis, que vous avisiez & preniez garde très soigneusement & très diligemment, à si bien compasser, ordonner & assurer tout ce qui sera nécessaire, pour l'accomplissement de ladite entreprise, que par la grace de Dieu, vous la puissiez amener à une heureuse fin, en remettant au jugement de nos principaux amis de ce côté & en ce Païs, avec lesquels vous avez affaire en cela, d'ordonner & de conclure pour le présent (ce qui vous servira seulement pour une ouverture & proposition du fait) ce que vous trouverez entre vous être le meilleur. Et à vous en particulier, je me rapporte d'assurer les Gentilshommes ci-dessus mentionnés, de tout ce qui sera requis de ma part, pour l'entiere exécution de leur bonne volonté. Je laisse aussi à vos communes résolutions (en cas que le dessein de tuer la Reine ne s'accomplisse comme il peut advenir qu'il ne s'accomplira pas) si vous voulez, ou non, poursuivre mon transport, & l'exécution du reste de l'entreprise. Mais si le malheur avenoit, que vous ne vinssiez à moi, étant mise en la Tour de Londres, ou en quelqu'autre lieu fort, avec grande garde, ne laissez pourtant, pour l'amour de Dieu, de passer outre au reste de l'entreprise. Car je mourrai, en quelque-temps que ce soit, très contente, quand j'entendrai que vous serez du tout délivrés de la servitude, en laquelle vous êtes detenus comme esclaves. J'essaierai en ce même temps, que l'affaire sera sur le point d'être exécutée en ces quartiers, de faire que les Catholiques d'Ecosse s'élevent, & qu'ils se saisissent de mon fils; afin que ci-après nos Ennemis ne puissent ici s'avancer par aucun secours. Je voudrois aussi qu'on travaillât à faire quelque tintamare en Irlande, & qu'on commençât quelque temps devant qu'aucune chose fût faite par-deça, afin que l'allarme fût baillée au côté du tout contraire à celui duquel le coup viendroit. Vos raisons d'avoir un Chef ou Capitaine général, sont à mon jugement, fort pertinentes, & pourtant il seroit bon de son-

1586-87. der obscurément quelque chose à cette fin. On peut avoir de delà la Mer, le Comte d'Oucstmerland, duquel la Maison & le nom peuvent beaucoup faire, comme vous savez, ès quartiers du Nord. Comme aussi le Lord Paget, homme de grande prudence & dextérité, en quelques Sénéchaussées ou Comtés ici à l'entour. Et l'un & l'autre peut être amené secrétement en ce Roïaume: entre lesquels quelques restes des principaux bannis peut retourner, si une fois l'entreprise est résolue entre vous.

MORT DE LA REINE D'ECOSSE.

Ledit Lord Paget est maintenant en Espagne, & peut manier par-delà tout ce que, par le moïen de son frere Charles, vous lui voudrez donner en charge, touchant cette affaire. Prenez garde qu'aucuns de vos messagers, lesquels vous envoïez hors du Royaume, ne portent aucunes lettres sur eux par-delà la mer: mais faites que leur dépêche soit portée, ou après, ou devant eux, par quelque autre. Donnez-vous bien garde d'espions & des faux freres qui sont entre vous, & spécialement par le moïen de quelques Prêtres, qui déja sont apostés par nos ennemis pour vous découvrir & faire connoître. Et surtout n'aïez jamais aucuns papiers à l'entour de vous, qui, en quelque sorte que ce soit, vous puissent porter nuisance. Car par telle inadvertance, est advenue la seule condamnation de tous ceux, qui, pour telle affaire, ont souffert par ci-devant, à l'encontre desquels on n'eût pu prouver aucune chose.

Découvrez, le moins que vous pourrez, vos noms & intentions à l'Ambassadeur de France, résidant maintenant à Londres, car jaçoit qu'il soit, comme j'entends, fort honnête Gentilhomme & de bonne conscience, & de bonne Religion, je me crains toutefois, qu'il ne soit pas pour nous, & que le Maître d'icelui ait intelligence avec la Reine, qui à présent regne, d'un cours & maniement d'affaires entierement contraires à nos desseins, lequel la pourroit émouvoir à renverser & du tout annuler notre entreprise, s'il avenoit qu'il eût quelque particuliere connoissance du fait. Tout le temps passé, j'ai requis de changer de logis, & de m'ôter de cette maison: & pour réponse, le Château de Dudley tant seulement m'a été nommé, comme assez propre pour me servir. Et ainsi, selon que je vois en apparence, je pourrai aller là, dedans la fin de cet Eté.

Parquoi, avisez quelle provision on pourra avoir en ces quartiers-là, aussi-tôt que j'y serai, pour m'aider à échapper de-là. Si je demeure ici, il faut qu'à cette fin on regarde à un de

1586-87.

MORT DE LA REINE D'ECOSSE.

ces trois moïens ſuivans. Le premier, qu'à certain jour nommé, en me pourmenant aux champs, quelque matin à cheval, entre ci & Stafford, où, comme vous ſavez, fort peu de peuple paſſe ordinairement, cinquante ou ſoixante hommes de cheval, bien montés & bien armés, pourront venir me prendre là, comme aiſément ils le pourront faire, vû que celui qui me garde, n'a ordinairement avec ſoi que dix-huit ou vingt hommes de cheval, qui ont ſeulement des piſtolets. Le ſecond moïen eſt de venir à minuit, ou tôt après, mettre le feu aux granges & aux étables, leſquelles, comme vous ſavez, ſont fort près de la maiſon : Et cependant que les ſerviteurs de mon Gardien courreront dehors au feu, votre Compagnie (chacun aïant ſa marque, par laquelle ils puiſſent ſe connoître l'un l'autre, de nuit) pourra ſurprendre la maiſon : en quoi, comme j'eſpere, je vous répondrai & donnerai ſecours, avec le peu de ſervans que j'ai à l'entour de moi. Et le troiſieme, que de quelques-uns qui amenent ici des charrettes, & viennent ordinairement au matin de bonne heure, les charrettes ſoient tellement préparées, & avec eux, tels conducteurs d'icelles, qu'étant juſtement au milieu de la grande porte, leſdites charrettes puiſſent tomber bas, ou ſe renverſer, & que, là-deſſus, vous veniez ſoudainement, avec votre ſuite, vous faire maîtres de la maiſon, & m'emmener promptement avec vous.

Cela pourrez-vous faire aiſément, devant qu'aucun nombre de ſoldats (leſquels logent hors de ce lieu, en diverſes places, les uns à un demi mille, les autres à un mille entier) puiſſe venir à leur aide. Quelque iſſue que ce ſoit que l'affaire prenne, je me répute dès-à-préſent, & réputerai, auſſi long-temps que je vivrai, vous être grandement obligée, pour les offres que vous faites, de vous haſarder, comme vous faites, pour ma délivrance. Et pourtant, ſelon tous les moïens que je pourrai jamais avoir, je tâcherai de reconnoître par effet, vos mérites en ceci. J'ai commandé qu'on faſſe pour vous un autre Alphabet plus ample, lequel vous recevrez avec ces Lettres.

1586-87.
MORT DE LA REINE D'ECOSSE.

Contenu des Lettres écrites par la Reine d'Ecosse, à Bernardin de Mendoza (*).

Le vingtieme de Mai 1586, *selon le Calendrier du Pape.*

JE me trouve grandement troublée, touchant le cours & la procédure qu'il me faut prendre tout de nouveau, pour les affaires de deça la mer. Charles Paget a charge, de par moi, de vous communiquer quelques avantures & entreprises en ma faveur, & pour mes affaires. Sur quoi, déclarez-lui, je vous prie, librement, ce que vous pensez qu'on pourra obtenir en cela, du Roi votre Maître. Il y a un autre point qui dépend de cela, lequel j'ai réservé pour vous écrire à vous seul en particulier, afin qu'il soit, de par vous, envoïé au Roi votre Maître, en ma faveur, & non à autre, s'il est possible, étant secret en cela & pour ce regard. C'est que considérant la grande obstination de mon fils en hérésie, & prévoïant en cela le danger éminent, & le mal qui semble s'en devoir ensuivre à l'Eglise Catholique, s'il parvient à la succession de ce Royaume d'Angletterre, j'ai résolu en moi-même, en cas que mondit fils ne se réduise, devant ma mort, à la Religion Catholique, (comme il faut que je le vous die ouvertement, j'en ai peu d'espérance ce pendant qu'il demeurera en Ecosse) de donner & garantir audit Roi votre Maître, mon droit en la succession de cette Couronne, pour ma derniere volonté & testament, en le priant qu'en considération de ceci, il me prenne dorénavant entierement en sa protection, & semblablement l'Etat & les affaires de ce Païs.

Ce que, pour décharger ma conscience, je pense ne pouvoir mettre entre les mains d'un Prince plus zélateur de notre Religion, & plus suffisant en toutes sortes, pour la rétablir en ce Païs, selon que cela est d'importance à tout le reste de la Chrétienté. Que ceci soit tenu secret, pour ce que s'il advenoit qu'il fût découvert, il seroit cause de la perte de mon Douaire en France; en Ecosse, cause d'une entiere division de mon fils & de moi, & en ce Païs ma totale ruine & destruction. Remerciez, en mon nom, ledit Roi, votre Maître, pour la faveur & libéralité, de laquelle il a usé envers le Lord Paget &

(*) Bernardin Suarez Hurtado de Mendoza, Comte de Coruña, Vicomte de Torija mort le 4 Juillet 1592.

envers Charles Paget, frere d'icelui, laquelle, je le prie très affectueusement, vouloir continuer, & de donner de sa pure grace, pour l'amour de moi, quelque pension & moïen de vivre, au pauvre Morgan, lequel a tout enduré, non seulement pour moi, mais aussi pour la cause commune. Je vous recommande semblablement Fulsamb, lequel vous connoissez, afin que lui aidiez à avoir quelque supplément, outre l'entretenement que je lui alloue, selon les petits moïens que j'ai.

Points tirés des Lettres de Babington, & signés par Curl.

Le vingt-troisieme de Septembre 1586.

SUR la vue & entiere lecture de la copie des lettres, écrites par Babington, à la Majesté de la Reine, ma Maîtresse, il me souvient bien que les articles, ci-après écrits, étoient contenus esdites Lettres, suivant le commandement de sa Majesté; par moi, Gilbert Curl, le vingt troisieme de Septembre 1586.

Un nommé Ballard, homme de vertu & de savoir, & d'un zele singulier envers la cause Catholique & le service de votre Majesté, m'étoit addressé des Païs de de-là la mer. Cet homme m'assura qu'une grande préparation se faisoit par les Princes Chrétiens, alliés de votre Majesté, esdits Païs, pour la délivrance de notre Païs, de l'extrême & misérable état, auquel il a si longuement demeuré. Ce qu'aïant entendu, mon desir spécial fut d'aviser par quels moïens, je pourrois, au hasard de ma vie & de mes amis en général, faire à votre Majesté sacrée un bon jour de service, &c....... Ces choses doivent être premierement considérées en cette grande & honorable action, &c. Premierement, l'assurance de l'invasion, avec force suffisante du côté des Assaillans, & Ports, pour arriver en bon équipage, & avec bon & grand nombre & de forts partis en chacun lieu, pour joindre avec eux, & pour garantir l'abordement. La délivrance de la Majesté de la Reine d'Ecosse. La dépêche de celle, qui par brigues, a usurpé le Roïaume. Pour l'accomplissement de tout quoi, je voue & proteste, &c. que ce que j'ai dit sera accompli, ou toutes nos vies heureusement perdues en l'exécution dont est question. Lequel vœu, tous les principaux qui manient l'affaire ont fait solemnellement, &c........ Moi-même, avec dix Gen-

1586-87. MORT DE LA REINE D'ECOSSE.

tilshommes & cent autres nous suivant, entreprendrai la délivrance de votre Personne Roïale, des mains de vos ennemis, & de la dépêche de celle qui a usurpé le Royaume, de l'obéissance de laquelle (par l'excommunication d'icelle) nous sommes affranchis. Il y a six braves Gentilshommes, tous mes privés amis, lesquels, pour le zele qu'ils ont à la cause Catholique & au service de votre Majesté, entreprendront cette exécution tragique.

Il reste que suivant leurs bons & infinis mérites, & selon la bonté de votre Majesté, leur attentat héroïque soit honorablement récompensé en eux-mêmes, s'ils échappent la vie sauve, ou en leur postérité; & de ceci je puis être jusques-là suffisant pour les assurer, par l'autorité de votre Majesté, &c.

Par moi GILBERT CURL, le vingt-troisieme de Septembre 1586.

Déposition & affirmation de Nau (*); maniere d'écrire de la Reine d'Ecosse, translatée & tirée des Lettres chiffrées d'icelle.

Le sixieme de Septembre 1588.

TOUCHANT les Lettres écrites de la part de la Reine d'Ecosse, ma Maîtresse, à Babington, je les écrivis par l'adresse & par l'exprès commandement d'icelle, comme j'ai déposé. Quant aux autres Lettres, ainsi que toujours la Majesté d'icelle a accoutumé de faire, étant assise à table, & que Curl & moi sommes devant elle, sa Majesté me commandoit particulierement, & de point en point, tout ce que selon son plaisir elle vouloit être mis par écrit, & devant elle je tirois les points d'icelles, autant particulierement, & autant amplement qu'il se pouvoit faire; après, je les lui montrois, & les lui lisois. Et suivant lesdits points, (en ce qu'il ne restoit plus rien que la disposition de la matiere) j'écrivois lesdites Lettres & les lui montrois, & puis les délivrois: pour le regard desquelles cela se faisoit, avec tout ce qu'il plaisoit à la Majesté d'icelle ordonner. Car sadite Majesté ne vouloit pas souffrir qu'aucun écrivît ses Lettres de secret & d'importance, hors de son cabinet. Et n'y a aucune dépêche scellée, qu'elle n'y soit présente. Et toujours elle dit entierement toutes les Lettres, devant

(*) C'est Jacques Nau: il étoit Parisien.

qu'elles soient mises en chiffre & translatées. Ce qui se fait par Curl, nommément des Lettres écrites à Babington.

Points tirés des Lettres de la Reine d'Ecosse & signés par Curl.

Le vingt-troisieme de Septembre 1586.

CERTAINS points principaux contenus ès Lettres, écrites de par la Reine d'Ecosse, pour réponse aux Lettres de Babington, lesquels étoient exprimés par ladite Reine, en ce genre de sentences, qui suivent ci-après, selon qu'à la vue & entiere lecture de la copie desdites Lettres, (lesquelles avoient été premierement écrites en François, par Nau, par le commandement de ladite Reine) je reconnois avoir été écrits en cette sorte.

Maintenant, pour fonder en substance, & comme il faut, cette entreprise, & pour l'amener à une bonne & heureuse fin, il vous faut premierement, examiner profondément, quelles forces, aussi bien de gens de pied, que de gens de cheval, vous pouvez lever entre vous tous, & quels Capitaines vous ordonnerez pour elles & sur elles, en chacune Sénéchaussée, en cas qu'on ne pût avoir un Chef général sur toute l'armée. De quelles Villes, de quels Ports & de quels Havres, vous vous pouvez assurer, aussi-bien ès quartiers du Nord & ès quartiers d'Ouest, qu'ès quartiers du Sud, pour recevoir secours du Païs bas, d'Espagne & de France. Quelle Place vous estimez la plus propre & de plus grand avantage, pour y assembler la principale Compagnie de vos forces, & icelle étant assemblée de quel côté vous avez à marcher.

Quelles forces étrangeres vous demandez, pour combien long-temps de paie, &c.

Quelle provision d'argent (en cas que vous en eussiez faute) vous voudriez demander. Par quels moïens déliberent les six Gentilshommes de procéder à tuer la Reine, & quelle forme aussi il faut observer, pour me tirer de cette captivité........ Si votre messager vous rapporte promesse certaine & assurance suffisante du secours que vous demandez, alors, après cela, (mais non pas plutôt, d'autant que ce seroit en vain) donnez ordre en diligence que tous ceux-là, qui sont de votre parti, en ce Royaume, pour ce regard, fassent, autant secretement qu'ils pourront, provision d'armes, de che-

1586-87.

MORT DE LA REINE D'ECOSSE.

vaux bons & propres, & d'argent prêt, & avec cela se tiennent tous prêts, pour marcher en diligence, aussi-tôt qu'il leur sera signifié de ce faire, par leurs Chefs & principaux en chacune Sénéchaussée. Et pour mieux donner couleur à la matiere, (laissant aux principaux la connoissance du fondement de l'entreprise) ce sera assez pour le commencement, de faire courir le bruit, entre le reste qui n'a point de charge, que lesdites provisions sont faites seulement pour vous fortifier, en cas de nécessité, à l'encontre des Puritains de ce Roïaume...... Les affaires étant ainsi préparées, & les forces toutes prêtes, tant dehors que dedans le Royaume, alors il sera temps de mettre les six Gentilshommes en besogne, en donnant ordre que sur l'accomplissement de leur dessein, je puisse être soudainement transportée hors de ce lieu, & que toutes vos forces soient aux champs, en même temps, pour me rencontrer, en attendant l'arrivée du secours étranger, lequel alors il faudra hâter en toute diligence. Maintenant, pourcequ'on ne peut arrêter un certain jour en cela, touchant l'accomplissement du dessein desdits Gentilshommes, afin que d'autres puissent être tout prêts à me tirer d'ici, je voudrois que lesdits Gentilshommes eussent toujours auprès d'eux, ou pour le moins à la Cour, quatre hommes braves & courageux, fournis de bons & vîtes chevaux, pour venir, aussi-tôt que ledit dessein sera exécuté, en toute diligence, en avertir ceux qui seront ordonnés pour mon transport, afin qu'immédiatement après cela, ils puissent être au lieu de ma demeure, devant que celui qui me garde, puisse avoir avertissement de l'exécution dudit dessein, ou pour le moins, devant qu'il puisse se fortifier dedans la maison, ou me transporter hors d'icelle........ C'est ici l'avis que je trouve le meilleur pour cette entreprise, & l'ordre par lequel vous devez procéder & conduire l'affaire, pour notre sûreté commune........ J'essaierai au même-temps que l'affaire sera sur le point d'être exécutée en ces quartiers, de faire que les Catholiques d'Ecosse s'élevent, & qu'ils saisissent mon fils entre leurs mains, afin que ci-après nos ennemis ne puissent s'avancer ici, par aucun secours. Je voudrois aussi qu'on tâchât à faire quelque tintamarre ou émotion en Irlande, & qu'on commençât, quelque temps devant que chose quelconque fût faite par deça, afin que l'allarme fût donnée au côté du tout contraire à celui, duquel le coup viendroit...... Si je demeure ici, il n'y a pour cette fin, à savoir, pour me faire échaper, qu'un

1586-87.

MORT DE LA REINE D'ECOSSE.

qu'un de ces trois moïens suivans. Le premier est, qu'à certain jour nommé, en me promenant aux champs quelque matin à cheval, entre ci & Stafford, où, comme vous savez, fort peu, &c., cinquante ou soixante hommes de cheval bien montés & bien armés pourront venir me prendre là, &c. Le second moïen est de venir à minuit, ou tôt après, mettre le feu aux granges & aux étables, lesquels sont, comme vous savez, fort près de la maison; & ce pendant que les serviteurs de mon Gardien courront dehors au feu, votre Compagnie pourra surprendre la Maison, &c. Et le troisieme est, que de quelques-uns, qui amenent ici ordinairement des charrettes, les charrettes soient tellement préparées & conduites par des Chartiers si bien par vous apostés, qu'étant justement au milieu de la grande porte lesdites charrettes puissent tomber bas, ou se renverser sur le derriere; & que là-dessus vous veniez soudainement avec votre suite, vous rendre maîtres de la Maison & m'emmener.

Sont ici les points qui étoient ès Lettres écrites, au nom de la Majesté de la Reine ma Maîtresse, à Babington : lesquelles Lettres, comme j'ai déja dit & écrit, étoient premierement écrites en François par Maître Nau, & translatées en Anglois & chifrées par moi, GILBERT CURL, par le commandement de la Reine, le 23 de Septembre 1586.

Nau s'accorde en effet avec Curl & avec la procédure, & en la concurrence de la confession de Babington & de Ballard & des autres de la conspiration.

1587.

Avertissement.

LA mort de cette Princesse & tous les autres inopinés évenemens enflammerent davantage la fureur de la Ligue, tant en Espagne & Italie, que singulierement en France. Car aussi importoit-elle grandement à ceux de la Maison de Guise, qui assisterent très mal leur proche parente, pour la retirer du bourbier où leurs desseins l'avoient précipitée.

L'appétit de régner, aiguillonné de la vengeance, joint la concurrence des exécutions faites en France, tant en la saisie de Paris par M. de Guise, qu'autres divers exploits, firent avancer cette grande Armée, pour se mettre à la voile. Pour mieux juger de sa grandeur & divers appareils, il a semblé bon d'insérer en ce lieu un certain rôle envoïé de Lisbonne au Roi de Portugal, représentant à la vérité les premiers préparatifs des Vaisseaux, Hommes, Armes & autre Equipage dont cette Armée étoit composée. Duquel rôle la teneur ensuit.

RÔLE,

Tant de l'Armée, comme des Hommes qui se préparoient en la Cité de Lisbonne, en Espagne, environ le 5 de Novembre 1587.

ET premierement l'Armée qui se dressa à Lisbonne pour aller trouver l'Armée des Indes, étoit de trente-cinq Voiles; à savoir, quatorze Gallions, esquels entroit un du Duc de Florence: plus quatorze Navires Biscayns, esquels étoient deux Flamands, le surplus qui restoit pour trente-cinq, étoient Navires & Pataches. L'Armée qui est venue de Séville pour la Cité de Lisbonne, est composée de douze Galeres, quatre Galliasses, dix-sept grands Navires & un de la Seigneurie de Venise, lequel ils arrêterent & le déchargerent de plomb venant de la Ville de Londres, & l'ont pris pour la munition de ladite Armée.

Item, quatorze Navires plus petits.

Item, dix-huit Navires & Pataches; tellement qu'il y a en cettedite Armée soixante-cinq Voiles.

Item, l'Armée qui est venue des Indes, & est entrée en la Cité de Lisbonne, est composée de cent quatre-vingt-cinq

Voiles, desquelles se disoit en ladite Cité, s'en armer trente Voiles des meilleures.

1587.

Rolle de l'Armée d'Espagne.

Toute l'Armée susdite s'équipoit avec toute diligence, pour être prête en Mars; & ne savoit-on à la vérité pour quelle fin, fors que le bruit étoit par-tout Portugal & Castille, qu'elle se faisoit pour l'Angleterre.

Item, l'on faisoit faire & préparer une grandissime quantité de munitions, comme biscuits, chairs, vins, pipes & autres semblables. Le tout en grande diligence. Ce qui se craignoit le plus en tout cet appareil étoit le défaut de Mariniers, à cause de quoi on envoïa un Gouverneur par tous les Ports, & singulierement de Portugal, pour commander à tous Mariniers, à peine de la vie, de comparoître, parcequ'ils se cachoient & ne vouloient servir au Roi de Castille.

Item, venant en la Ville de Saint-Sébastien, il m'a été assuré par les Portugais qui y résident, qu'en Octobre il s'embarqua en ladite Ville pour la Cité de Lisbonne trois mille Biscains, & qu'il se faisoit dix Navires en ladite Ville, pour aller aussi en ladite Cité de Lisbonne, & y porter du bled.

Voici le nombre des gens de guerre qui étoient en ladite Ville de Lisbonne, lorsque j'en partis.

Premierement, l'Armée qui partit de Portugal étoit de six mille hommes; c'est à savoir trois mille qu'ils tirerent des Garnisons des Ports de Portugal; & mil cinq cens qui vinrent de Castille, & autres mil cinq cens Portugais; lesquels furent forcés de marcher pour n'y avoir gens assez en ce temps-là.

Et étant l'Armée retournée, les Portugais s'en allerent en leurs Maisons; & des quatre mille cinq cens Castilliens (1), s'en allerent cinq cens à Saint-Tuval (2), d'autant que cette Ville-là étoit sans Garnison, & les autres quatre mille allerent à Lisbonne, auxquels le Marquis manda que grande partie ne bougeassent des Gallions.

L'Armée qui est venue de Séville à Lisbonne, peu plus, peu moins, étoit de neuf mille hommes, desquels il en fut envoïé trois mille ès douze Galeres, qui furent à la Côte de la Garbe. Et quand je partis de Lisbonne on les attendoit pour se joindre avec l'autre Armée. Les six mille étoient tous à Lisbonne & la plus grande partie d'iceux logés ès Navires & Galliasses; partie des Capitaines desdits Navires & Galliasses demande-

(1) Castillans.

(2) C'est Sétuval, Ville & Port de Mer en Portugal.

1587. rent congé au Cardinal d'aller passer l'Hyver à Cadiz ; ce qui ne leur fût permis.

Rolle de l'Armée d'Espagne.

Retournant par Castille je rencontrai mil cinq cens soldats, toutes Compagnies nouvelles, lesquels alloient en la Cité de Port, & en la Ville de Vienne, pour là demeurer en Garnison ; quant à ceux qui étoient en ladite Cité & Ville, s'en iroient à Lisbonne, selon une commission que portoit un de leurs Capitaines, d'autant qu'ils étoient vieux Soldats.

Il y pourra avoir avec les trois mille hommes de Biscaie, & avec les trois mille de Galere qu'ils attendoient de Lisbonne, dix-sept mille hommes, peu plus, peu moins, & tous Etrangers, d'autant qu'il n'y avoit pas un Soldat Portugais ; car aussi le Roi de Castille se confioit d'eux, pour la bonne volonté que tous lui portent.

En la plupart des Ports de Portugal y a fort peu de garnison, en quelques-uns n'y a personne ; & ceux qui y sont, sont la plupart Bisongnes (1), venus nouvellement de Castille, d'autant que la plupart des hommes & forces étoient en Lisbonne.

Il se tient pour certain en Portugal, que la Reine d'Angleterre ne pourroit plus ennuïer le Roi d'Espagne, que de mettre Votre Majesté en Portugal, parceque c'est la chose de quoi il se craint plus, & sait très bien que lorsque Votre Majesté aura mis pied en Portugal, que tout le Païs s'élevera au grand dommage des Castillans.

Item, il y a en la Cité de Lisbonne, tant Navires, que Galions, Galeres & Galiasses, avec ceux qui sont allés de Biscaie cent cinquante Voïles, peu plus ou moins, pour lesquelles il se dit pour certain, y avoir grande faute de Mariniers & Canoniers, & pour parfaire cette dite Armée, commandoit le Roi d'Espagne quitter les hommes de son Païs.

Tels étoient les premiers préparatifs de cette grande Armée qui se continuerent & augmenterent grandement, jusqu'à ce que semblant aux auteurs & chefs d'icelle, être de nombre suffisant pour se rendre invincible, elle s'achemina contre l'Angle-

(1) Brantôme dit que de son temps, en France & en Espagne, on appelloit *Bisognes* ou *Bisoños*, toutes les Troupes qui n'avoient point servi dans les Guerres du Piémont. Bernardin de Mendoza, dans ses *Commentaires* de la Guerre des Païs-Bas, semble, au contraire, restraindre la qualité de *Bisognes* aux seuls nouveaux Soldats Espagnols, destinés à être mis dans les Garsons en la place des vieilles Troupes, que les Espagnols en tiroient pour composer leurs Armées ; & c'est là en effet la propre signification du mot Espagnol *Bisoño*, qui veut dire un Soldat nouveau, de recrue, ou de nouvelle levée. Voïez la Satyre Ménippée, aux Remarques, Tom. 2. p. 247-248. édit. *in*-8°.

terre, où elle fut vaincue & dissipée, ainsi qu'il se pourra voir par ce qui en a depuis été écrit, tant d'Angleterre que d'ailleurs, dont la teneur ensuit. Ensemble des préparatifs d'armes que fit la Reine d'Angleterre pour recevoir cette grande Armée. 1587.

COPIE D'UNE LETTRE,

Envoïée d'Angleterre, à Dom Bernardin de Mendoze, Ambassadeur en France pour le Roi d'Espagne.

Monseigneur, lorsque, dernierement, je vous faisois un ample discours de l'état de ce Païs, & de l'attente continuelle, en laquelle nous étions, du secours tant desiré & promis, je n'eusse jamais estimé avoir une si lamentable occasion d'un second écrit, comme elle s'offre maintenant, par le triste changement des affaires d'Etat, par deça : si ne me puis-je retenir (bien que ce soit avec autant de soûpirs, que nous avons eu de desirs) que je ne vous tienne averti de notre condition, autant véritable que misérable, selon que moi & mes semblables en pouvons juger. Car, comme ainsi soit que votre Seigneurie a eu jusqu'ici, dès long-temps, la principale entremise, tant par-deça qu'en France, de toutes nos affaires, entre le Roi Catholique, assisté de tous les Potentats de la sainte Ligue, & tous ceux de ce Païs, lesquels font profession d'obéissance à l'Eglise Romaine, j'espere que, par la comparaison que vous ferez de cette grande espérance passée, avec le desespoir présent de toute choses, il se présentera quelque nouveau & meilleur discours à votre esprit, par lequel, l'état & de nous & de nos amis absens, à présent déploré, puisse être relevé en nouvelle espérance, & plus certaine assurance d'un bon succès, qu'il n'est advenu jusqu'ici. Pour cet effet, j'ai jugé être nécessaire de vous bien informer, quelle est à présent la disposition de ce Païs, tout autre que n'agueres nous n'en faisions notre compte, & dedans & dehors le Royaume.

Vous savez combien long-temps nous avons été retenus en ferme espérance de changement d'état en ce Païs, par les obtestations & instantes sollicitations de la sainteté du Pape, du Roi Catholique & autres Potentats de la *sainte Ligue*, entre-

1587. prenant l'invasion & conquête de ce Royaume; tellement que sur votre assurance & fermes promesses, nous étions de longtemps persuadés que le Roi Catholique s'étoit entiérement chargé d'une entreprise si haute & glorieuse. Par ce moïen, nous en avons attendu d'an en an l'exécution, étant par vous nourris & soûtenus en continuelle espérance, & souventesfois sollicités par vos instantes requêtes & persuasions, d'encourager par-deça nos Partisans, à ce qu'ils ne fussent point ébranlés, comme plusieurs étoient par tant & tant de délais, mais se tinssent appareillés pour se joindre aux forces étrangeres, lesquelles viendroient pour cette invasion. Ce néanmoins, il y a eu tant de remises & prolongations de la venue de ces forces roïales, spécialement par la mer, que jusqu'à ce printems nous en étions en desespoir. Lors, vous nous donnâtes avis en toute assûrance, que tous ces grands préparatifs du Roi, faits en trois ou quatre ans, étoient entiérement prêts, & sans aucun doute, entreroient ce prochain été en notre Mer, avec des forces si puissantes, que nulle armée d'Angletterre, voire de toute la Chrétienté, ne leur pourroit résister, non pas même les attendre & leur oser faire tête. Et encore pour plus grande sûreté, & pour mettre hors de doute cette conquête prétendue, à ce grand appareil se devoit joindre la puissante armée, mise sus & tenue prête ès Païs bas, tout l'an passé, par le Duc de Parme, avec laquelle il devoit aborder, & ce Royaume être soudain conquis, étant assailli tout ensemble, tant par mer que par terre. A cela étoient ajoutées plusieurs raisons, desquelles on tiroit cette conclusion, qu'il ne se trouveroit ici grande résistance, ni par mer ni par terre, mais que le parti le plus fort se joindroit avec les forces étrangeres. Et de fait, sans tels aides au-dedans, je sais qu'on a toujours douté que toutes les forces étrangeres fussent bastantes contre ce Royaume, lequel est fossoïé de la mer à l'entour, & peuplé d'une Nation, la plus forte & puissante qui soit en la Chrétienté. Or, avons-nous continué toute cette année, en l'espérance de l'abord de ces armées, pour y prendre parti & y joindre notre assistance, en attente assurée d'une pleine victoire, jusqu'à ce mois dernier. Mais hélas! ô mortelle détresse! nous sommes tous forcés de lamenter, tant en ce Païs que dehors, notre soudain précipice d'une hautesse de joie, sans mesure, en un abyme de desespoir, sans fond & sans rive: voire une chûte & ruine si subite, que je la puis dire avoir été vue de

LETTRE D'ANGLETERRE A DOM DE MENDOZE.

1587. Lettre d'Angleterre a Dom de Mendoze.

nos propres yeux, en l'espace de huit ou neuf jours, en ce dernier mois de Juillet. Ce qui fut, depuis que la grande Armée Catholique commença de surgir ès côtes d'Angleterre, jusqu'à ce qu'elle fût contrainte de fuir de la côte de Flandres, prochaine de Calais, vers je ne sais, quelles parties du Nord, les plus froides & glacées. Alors toutes nos espérances & tous nos bâtimens, selon qu'il en appert à présent, d'une conquête imaginaire, ont été entierement renversés, comme si c'étoit par un tremblement de terre, les Châteaux de notre confiance ont été mis par terre, lesquels semblent bien à présent avoir été bâtis en l'air, ou sur les flots & vagues de la Mer. Bien est-il certain qu'ils sont pris & emportés au gré du vent, voire même hors de nos pensées. Et sur cela, je suis tant étonné, que je ne sais que penser d'un ouvrage de si long-temps projetté, & si soudain renversé : vû que par quelque discours que ce soit, cela ne peut procéder des hommes ou de quelque puissance mondaine, mais seulement de Dieu. Que si cela est vrai, (comme nul ne peut attribuer ailleurs qu'à la puissance de Dieu, ce grand changement & renversement de notre infortunée espérance) certainement il est dangereux & douteux de juger du droit de la cause, laquelle, par tant d'années, nous avons demenée. Et pour certain, je trouve de ma connoissance plusieurs bons & sages Personnages, ayant secretement continué dès longtems en une dévote affection à l'autorité du Pape, lesquels commencent de branler, & discourir en leur esprit, que cette voie de réformation prétendue par sa sainteté, ne peut être agréable & approuvée de Diéu. Car, d'avoir quitté l'ancienne procédure de l'Eglise par l'excommunication, en laquelle gît l'exercice du glaive spirituel, pour usurper le glaive temporel, & le mettre en la main d'un Monarque, afin d'envahir ce Royaume par force d'armes, voire, pour détruire, & la personne de la Reine, & tout le peuple qui lui obéit (lequel pour vrai, cette armée a vérifié être comme infini & invincible) cela fait qu'aucuns commencent de dire, que ce dessein par violence, par massacres & conquêtes, n'est nullement convenable à la doctrine, soit de Christ, soit de Saint Pierre & de Saint Paul, ses Apôtres. Et de fait, je puis dire à votre Seigneurie, que je trouve à présent un grand nombre de peuple sage, autrement continuant en son ancienne Religion, lequel condamne secretement cette prétendue réformation avec le feu & le sang : jusques-là que j'ai oui un bon Théologien

1587. alléguer le texte de Saint Grégoire en ces mots : *Quid de Episcopis, qui verberibus timeri volunt ? Canones dicunt, bene paternitas vestra novit : Pastores sumus, non percussores : nova enim est prædicatio, quæ verberibus exigit fidem.* J'ai obtenu de lui cette Sentence, pourcequ'elle me sembloit fort charitablement écrite. Mais laissant cette autorité, je puis dire pour certain, qu'il n'y a rien qui ait apporté tant de dommage à cette entreprise, que cette publication hâtive, & mal à propos faite en ce Royaume, (devant que l'armée d'Espagne fût prête à y faire voile) de plusieurs points écrits, imprimés, & semés par tout le Païs, pour faire entendre au Peuple, que tout ce Royaume seroit occupé & conquis, que la Reine seroit exterminée, & que toute la Noblesse, ensemble ce qu'il y a de gens de réputation, d'honneur & de bien, qui lui obéissent & la voudroient défendre, en résistant à cette invasion, seroient arrachés de fond en comble avec leur famille, leur état, honneur, maisons & terres, distribuées aux Conquéreurs. Ce sont choses, lesquelles universellement ont été prises en si mauvaise part, que les cœurs du peuple, de toutes qualités, ont été émus, les uns de colere, les autres de crainte, & tous, sans exception, résolus de hasarder leurs vies, pour résister à toute sorte de conquête, de laquelle, chacun peut dire que ce Royaume n'a point été menacé, ces 500 ans passés, & davantage. Or, furent ces desseins apportés en ce Royaume avec bonne créance, non point en secret, mais par écrits publics & imprimés, tellement, qu'ils prirent vive racine au cœur du Peuple de toutes sortes. Et de fait, c'étoit choses fort croïables; Premierement, à cause d'une nouvelle *Bulle*, laquelle j'ai vu publier de n'agueres à Rome par Sa Sainteté, avec beaucoup plus de sévérité, qu'aucun autre de ses Prédécesseurs n'avoit fait, par laquelle la Reine étoit maudite & privée de sa Couronne, l'entreprise & conquête de ce Royaume commise & en l'autorité du Pape, au Roi Catholique; ce qu'il exécuteroit avec ses armes, tant par mer que par terre, pour en poser la Couronne sur sa tête, ou l'assigner à tel Potentat que le Pape & lui nommeroient. Suivit en second lieu, une ample explication de cette *Bulle*, par un nombre de Livres Anglois, imprimés à Anvers, ce mois d'Avril dernier, & envoïés par deça, à l'instant qu'on étoit en attente de l'armée Espagnole. L'original en avoit été écrit par Révérend Pere le Cardinal Allen,

LETTRE D'ANGLETERRE A DOM DE MENDOZE.

1587.

LETTRE D'ANGLETER. A DOM DE MENDOZE.

len (1), nommé par son propre écrit, le Cardinal d'Angleterre. Or, étoit ce Livre dicté d'un style si violent, piquant & amer; voire, disent les Adversaires, si arrogant, faux & diffamatoire contre la personne de la Reine & du Roi Henri huitieme, son Pere, contre sa Noblesse & son Conseil, que pour certain, j'étois grandement navré en mon cœur, voïant tant de bons Personnages, mêmement de notre Religion, être ainsi offensés, qu'il se trouvât en un, qui est mis au rang des Peres de l'Eglise, & qui est sujet naturel de cette Couronne, encore qu'au dire des Adversaires, il soit né de fort bas lieu, des propos si deshonnêtes, indignes, irrévérens & violens, des menaces tant furieuses & sanglantes contre la Reine & la Noblesse, voire tout le Peuple, de sa propre Patrie.

C'est à contre-cœur, & grandement à contre-cœur, qu'il me faille faire un tel rapport du conseil totalement mauvais & des procédures déréglées & indiscretes d'un tel Cardinal. Le monde parloit déja assez étrangement de sa promotion en telle place, comme s'il y avoit été avancé par corruption de la Sœur du Pape, outre le gré du College des Cardinaux. Mais quoi qu'il en soit, l'intention du Saint Pere & le desir aussi du Cardinal, sans ces fatales & sanglantes prédictions & menaces d'une future invasion & conquête, eussent pu avoir leur effet par les forces notables du Roi Catholique.

Or pour donner plus de crédit à ces pronostications effroïables, fut aussi ajoûtée une espece d'autres Livres imprimés en Espagne & translatés en François, comme on dit, de par votre Seigneurie, contenant de longues & particulieres descriptions & catalogues des Armades de Castille, d'Andelousie (2), de Biscaye, de Guipousque (3), de Portugal, de Naples, de Sicile, de Raguze & d'autres Contrées du Levant, avec un amas infini de provisions de toutes sortes pour ladite Armée, suffisante, comme on estime, pour la conquête de plusieurs Roïaumes & Seigneuries. Or fut-ce un grand argument publié par les adversaires, pour réveiller les esprits de la Noblesse d'Angleterre contre les Espagnols. Ce fut une invention très

(1) Guillaume Alain de Lancastre, qui avoit demeuré longtemps au Séminaire de Douai ; & ensuite à celui de Reims. Ce fut Sixte V qui lui donna le Chapeau de Cardinal au mois d'Août 1588. Il eut ordre de se rendre en Flandre, pour passer de-là en Angleterre, après l'arrivée de la Flotte du Roi Catholique, pour travailler au rétablissement de la Religion dans ce Roïaume, en qualité de Légat du Saint Siége.

(2) Andalousie.

(3) C'est *Guipuscoa*, petite Province d'Espagne, en Biscaie.

1587. pernicieuse pour montrer l'intention de cette Conquête non-seulement de l'Angleterre, mais aussi de toute l'Isle de Bretagne. Car chacun étoit averti de remarquer en la description de cette Armade un tel dénombrement de Princes, Marquis, Comtes, Seigneurs, appellés Avanturiers, sans office ni paie. Et derechef un autre nombre de personnes de qualité & honneur, & entre iceux plusieurs Capitaines & gens de commandement, sans Charge, mais néanmoins prenant solde, & pour cette cause nommés *Entreteneidos*, qu'on pouvoit présumer que tous ceux-ci n'étant point fait pour faire service en l'Armade, avoient entrepris ce voïage pour occuper la place de toute la Noblesse d'Angleterre & d'Ecosse. Or cette fiction trouva plus de créance qu'elle ne méritoit. Les forces, de vrai, étoient étrangement grandes & puissantes; mais ces Livres passoient tellement mesure en leurs amplifications, que toute la Chrétienté ne pourroit avoir fait, ou faire plus grands préparatifs contre les Sarrazins ou les Turcs. Par ces moïens, la Reine avec son Roïaume étant ainsi avertie & émue, prit occasion avec l'aide de son Peuple non-seulement très affectionné vers Sa Majesté (comme elle en étoit bien persuadée) mais aussi extrêmement irrité, de mettre sus toutes leurs forces, pour se défendre contre ces conquêtes pronostiquées. Lors on vit avec une grande vîtesse incroïable, tous les coins de ce Roïaume fourmiller de gens armés, tant à cheval, comme à pied, & iceux tellement conduits, exercés & façonnés à la guerre, que de nul âge il ne s'est vu chose semblable en ce Roïaume. L'argent n'a point été épargné pour la provision de chevaux, d'armes, poudres & autres choses nécessaires. Il n'a point manqué de Pionniers, chariages & vivres en chaque Comté du Roïaume sans aucune exception, pour attendre la venue des Armées.

Lettre d'Angleter. a Dom de Mendoze.

Et pour cette fourniture générale, chacun offroit volontairement, les uns en grand nombre, le service de leurs personnes sans aucun gage : les autres, de l'argent pour armes & pour la solde des Soldats, façon étrange, & non jamais ouie, soit en ce Roïaume, soit ailleurs. Or cette raison générale incitoit tout le monde à contribuer libéralement ; à favoir qu'il n'étoit pas temps de penser à l'épargne d'une partie, lorsqu'il falloit résister à une conquête laquelle menaçoit d'une perte universelle.

Or ne pourrois-je pas affirmer quel nombre s'est trouvé prêt en ce Roïaume, comme le sachant de moi-même ; mais j'ai oui réciter, lorſqu'il me fâchoit le plus d'eſtimer qu'il fût véritable, que par toute l'Angleterre vers le Levant, le Ponent, le Midi & le Septentrion, il n'y avoit endroit où l'on ne courût d'une même volonté & promptitude pour le ſervice de la Patrie, & que telle Province s'eſt trouvée ſuffiſante pour mettre ſus une Armée de vingt mille combattans & en ce nombre quinze mille de bien armés & équipés, & en quelques Provinces, juſqu'au nombre de quarante mille bons hommes.

1587. LETTRE D'ANGLETER. A DOM DE MENDOZE.

Les Comtés maritimes expoſés au Midi, depuis Cornuailles juſqu'en Kent. Et depuis Kent, vers l'Orient par Eſſex, Sufforllz & Norffollz juſqu'à Lincolne (le plan deſquelles Contrées & de tous les Havres vous fut parfaitement bien repreſenté, lorſque François Trogmorton (1) en traita premierement avec votre Seigneurie) ſe ſont trouvées ſi bien fournies de gens de guerre tant de leur reſſort, que de l'aide des Bailliages voiſins, qu'il n'y avoit place où l'on doutât quelqu'abord des forces étrangeres qu'il ne s'y pût rendre ſur la Place dans l'eſpace de quarante-huit heures, environ vingt mille combattans, tant de cheval que de pied, avec artillerie pour le camp, vivres, Pionniers & chariage. Et tout cela gouverné par la principale Nobleſſe du Païs, & rangé ſous Capitaines de grande expérience. Encore ai-je oui une choſe, autant prudemment ordonnée, comme bien exécutée en ce temps, laquelle n'étoit point ci-devant pratiquée, c'eſt que comme les Chefs & Membres de Compagnies particulieres étoient hommes bien expérimentés à la guerre: auſſi pour aſſurer & fortifier les bandes, on fit choix des principaux Chevaliers de toutes les Provinces pour amener leurs Vaſſaux & Sujets au Camp, étant hommes puiſſans, & bien fondés & de grand revenu. Par ce moïen, toutes les forces ainſi compoſées ſe diſpoſerent réſolument de tenir ferme avec leurs Seigneurs & Capitaines, & les Chefs de ſe confier en leurs Vaſſaux & Sujets. Et ſur cela je vous dirai une choſe dont on ſe pourroit émerveiller, mais laquelle m'a été confirmée pour véritable, qu'un certain Gentilhomme en Kent, a dreſſé une Compagnie de cent cinquante hommes de pied, leſquels enſemble étoient riches, ſans y comprendre leurs terres, de la ſomme de cinq cents mille écus. Et je vous laiſſe à penſer ſi telles gens ne combattroient pas opiniâtrément pour la conſervation de leurs biens. Or eſt-il en ce temps vrai-ſemblable,

(1) C'eſt Trochmorton.

1587. que plusieurs autres Compagnies ont été composées de gens riches & puissans.

LETTRE D'ANGLETER. A DOM DE MENDOZE.

Ce m'est un grand déplaisir d'avoir occasion de vous écrire d'un tel style, mais c'est pour vous représenter au vif combien vous avez été jusqu'ici trompé par les avertissemens de plusieurs, lesquels n'avoient connoissance, ni preuve suffisante de la vérité. Et moi-même je confesse avoir été abusé en quelques choses, & notamment en ce que je m'étois imaginé que toutefois & quantes qu'il se verroit quelques forces étrangeres, prêtes de prendre terre en quelque part que ce fût de ce Roïaume, il ne se trouveroit qu'un bien petit nombre d'hommes résolus pour y résister & pour la défense de la Reine, & iceux encore mal habiles, peu exercés, rudes & ignorans en toutes les actions & fatigues de la Guerre, & sans être suffisamment équippés & armés.

Je me fantastiquois aussi que nous avions un grand nombre de nobles Gentilshommes de notre Religion en ce Royaume, comme vous savez que nous en faisions état, lorsqu'étiez en Angleterre, & combien que plusieurs, depuis ce temps-là, sont décédés, & qu'à présent nous n'en avons pas tant de dixaines, qu'alors nous en comptions de centaines : néanmoins nous pensions qu'il s'en trouveroit d'un brave courage & résolution, lesquels pour la cause Romaine, surprendroient à l'improviste les maisons, familles & forces des Hérétiques & Adversaires. Mais maintenant, telle est notre misere, qu'il a plu à Dieu, (selon que j'estime) pour nos péchés, ou pour confondre notre orgueil & présomption de nos forces, de mettre ici ès cœurs de tous, une même pensée & courage, pour s'opposer à cette invasion prétendue, voire, aussi-bien en ceux que nous tenons pour Catholiques, comme des Hérétiques : tellement qu'il a été notoire, qu'en toute cette ardeur de pourvoïance d'armes, de contribution d'argent, & toutes actions de la guerre, on n'a pu appercevoir aucune différence entre les Catholiques & ceux que nous nommons Hérétiques. Mais surtout au fait de la résistance, à la conquête & même à la défense de la Personne de la Reine, on a vu partout une telle sympathie, concurrence & consentement de toutes sortes de personnes, sans respect de Religion, que chacun s'est montré prêt à combatre tous Etrangers, comme s'ils n'eussent été qu'un cœur & un homme. Et combien, que quelque peu des principaux Gentilshommes, desquels vous avez eu jusqu'ici les noms ès rolles des Catholiques, qui vous ont été fournis, aïant été envoïés en l'Isle d'Ely (1), & restraints de leur liberté premiere, sur le bruit de ces armées, & pendant l'attente de cette prétendue invasion, il appert, toutefois, que cette restriction n'a point été pour doute qu'on eût, qu'ils ne voulussent joindre leur puissance avec notre armée, mais seulement pour le faire connoître à tous nos amis & Compatriotes, tant en Espagne qu'en Flandres; voire, surtout à vous-mêmes (car ainsi m'a-t-il été rapporté) qui êtes tenu principal auteur & instigateur de toute cette entreprise; afin que toute espérance fût ôtée à ces grandes armées, d'avoir aucune aide d'eux ou de leurs amis. Et de vrai, je vois bien maintenant, qui que ce soit, de nos amis, ou en Espagne, ou en Flandres, ou en quelqu'autre part que ce soit, qui ait fait quelque état semblable, d'aucune aide contre la Reine ou contre son parti, par deçà, qu'ils se fussent trouvés trompés, si l'armée eût fait effort d'y prendre terre. Car j'ai entendu moi-meme, que les principaux de ceux qui étoient retenus à Ely, ont fait offre au Conseil, sous leurs Lettres & seings manuels, d'exposer leurs vies pour la défense de la Reine, laquelle ils réclament sans aucune difficulté, pour leur Reine, Souveraine, & ce contre toutes Forces étrangeres, bien qu'elles fussent envoïées du Pape, ou par son commandement: & même, plusieurs d'entre eux ont offert en cette querelle de la conquête du Royaume par les Etrangers, de se trouver en personnes aux premiers rangs, avec leurs Compatriotes, contre toutes Forces étrangeres. Et sur cela même, j'ai entendu d'un ami secret, que j'ai en Cour, qu'entre les Conseillers, on inclinoit une fois à cette résolution, de les remettre en leur premiere liberté: mais le feu de la guerre étant allumé, par la venue de l'armée du Roi à la *Corongne* (2), & par l'apprêt du Duc de Parme, avec une si grande armée & amas de Navires en Flandres, qu'on attendoit journellement devoir prendre terre en Angleterre, voire à Londres, attendu aussi le général murmure du Peuple contre tels Catholiques, gens de quelque réputation; cela fut cause de l'arrêt desdits Gentilshommes à Ely, nonobstant l'offre de leur service à la Reine, & demeurent ainsi au Palais de l'Evêque, avec liberté de se promener au voisinage à l'entour, & sans autre emprisonnement, que de défense de se départir, pour aller en la Ville ou par Païs. Or je tiens néanmoins pour

1587.

LETTRE D'ANGLETER. A DOM DE MENDOZ.

(1) En Angleterre dans le Comté de Cambridge.

(2) C'est à *la Corogne*, Port de la Galice.

1587.

LETTRE D'ANGLETER. A DOM DE MENDOZE.

certain, qu'ils persistent constamment en l'obéissance de l'Eglise Romaine, pour laquelle toutefois ils n'encourent aucun danger de leur vie, mais seulement d'une amende pour ne se vouloir trouver aux Eglises: comme ainsi soit que par la Loi, quelque partie de leur revenu est confisqué à la Reine, & le reste laissé pour l'entretenement d'eux, de leurs femmes & enfans. Or, pour m'étendre un peu sur ce propos, qui ne sera pas inutile, par cette procédure, nos adversaires prétendent que ces Gentilshommes, & autres leurs semblables, sont favorablement traités, n'étant point poursuivis à la mort à cause de leur Religion, comme il se pratiquoit du temps de la Reine Marie, & comme journellement (selon leur dire) les Anglois qui arrivent en Espagne, seulement pour le trafic de la marchandise, y sont très rigoureusement & barbarement traités. Or, de ce point toutefois, & moi & d'autres, en communiquons privément avec ceux de nos Adversaires, que nous ne pensons pas être malicieusement bandés à persécuter à la mort pour le fait seul de la Religion : car pour en parler en pure vérité, & comme dit le proverbe, pour ne mentir point, fut-ce du Diable en ce point, grand nombre de nos adversaires ne sont pas dépourvus de charité. Nous leur objectons les exécutions qui se font par tourmens & morts cruelles, tant ici à l'entour de Londres, qu'autres endroits de ce Roïaume, de plusieurs que nous canonisons comme Martyrs, en tant que par leur mort ils rendent témoignage de leur obéissance au Pape & à l'Eglise Catholique de Rome. A cela nos adversaires, qui montrent avoir quelque goutte de charité, nous répondent que nulle exécution (qu'ils sachent) ne s'est faite pour la Religion ou profession d'icelle, mais pource qu'on a trouvé ceux qui ont été exécutés, rodans secrétement par tous les coins du Roïaume en habit déguisé (selon que les adversaires en parlent par mocquerie) comme ruffiens, avec des plumes & habillemens de couleur à la façon des Courtisans, emploïant toute sorte d'artifices pour inciter ceux du Peuple, auxquels ils osent s'adresser, non-seulement à se reconcilier au Pape & à l'Eglise Romaine, mais aussi de renoncer avec vœux & sermens à l'obéissance de la Reine, & de la désavouer pour leur Souveraine, se tenant déchargés du devoir de fidélité, & d'estimer les Magistrats qui sont sous elle illégitimes, & auxquels en conscience on ne doit obéir, & beaucoup d'autres pareilles choses que je tiens néanmoins pour pures & vaines

1587.

LETTRE D'ANGLETER. A DOM DE MENDOZE.

calomnies. Mais eux prétendent que toutes les entreprises de ces saints Prêtres envoïés avec commission pour le salut des ames, sont pures trahisons & directes contre la Reine & l'état de tout ce Roïaume : car ceux qui défendent tels jugemens & exécutions, débattent & maintiennent expressément que tous tels Prêtres, Jésuites, Séminaires & autres persuadans ainsi le Peuple contre la personne de la Reine, les Loix, le Gouvernement & l'état du Roïaume, & tous autres qui se laissent emporter à leurs persuasions, sont traîtres manifestes, & disent que toutes les poursuites & procès par les Loix qui se font à l'encontre d'eux, en font foi. Et pour preuve de leurs argumens, les adversaires montrent quelquefois les vraies copies des procès & jugemens, èsquels il n'est fait nulle mention qu'ils soient chargés pour le fait de la Religion : mais bien, qu'ils ont attenté de persuader les Sujets de la Reine, de quitter le devoir de fidélité, & conséquemment d'être rebelles à leur Reine & Dame Souveraine. Voilà comment ces gens en tout temps à leur avantage maintiennent leurs procédures, avec beaucoup de semblables argumens contre les Prêtres, & Jesuites, lesquels ont enduré la mort comme juste & nécessaire pour leur conscience. Or, pouvons-nous repliquer sans péril, & moi & quelques autres, (comme nous faisons avec propos modestes) en quelques petites Compagnies, & leur objectons la confession de Foi Catholique faite par les patiens au lieu de leur supplice, & ce avec grande constance, que les adversaires ne peuvent pas dénier : tellement qu'il apparroît qu'ils meurent pour la Religion. Mais à cela d'autre part on allegue & maintient contre nous, qu'ils ne font accusés, ni condamnés, ni exécutés pour le fait de la Religion ou pource qu'ils se sont offerts à mourir pour leurdite Religion, mais pour leurs précédentes trahisons & conspirations contre la Reine & l'état du Roïaume, ne plus ne moins que de n'agueres Babington & tous ses complices : car ceux-là furent condamnés pour avoir attenté de susciter la guerre en ce Roïaume & de meurtrir la personne de la Reine, pour y établir la Reine d'Ecosse. Toutes lesquelles choses Babington & tous ses complices confesserent volontairement. Or furent-ils condamnés & exécutés seulement pour ces grandes trahisons : & toutefois plusieurs d'entr'eux étant au lieu de leur supplice, en même sorte que ces Prêtres & Jésuites firent confession de leur Foi Catholique, avec offre de mourir pour icelle. Si est-ce (disent nos adversaires) qu'on ne pourroit pas affermer que Babington

1587.

LETTRE D'ANGLETER. A DOM DE MENDOZE.

& ses complices aient été mis à mort pour la Religion, mais pour leurs trahisons. Davantage, pour mieux donner plus de lustre à ce qu'ils maintiennent & à leurs argumens (auxquels moi & nos bons fideles & Catholiques freres sommes bien empêchés de répondre) on allegue qu'il y a grand nombre de Gentilshommes & Damoiselles, voire aucuns de réputation honorable, & autres de qualité médiocre, tant auprès de la Cour comme au loin, lesquels sont manifestement connus, être de contraire Religion à celle qui est permise par les Loix du Roïaume : & toutefois ils n'ont été poursuivis par aucune formalité de Loi avec le danger de leur vie, ni mis à la torture, ni emprisonnés pour leurs opinions au fait de la Religion, pour les amener en quelque danger. Seulement quand il se présente contre eux des complaintes des Paroisses où ils demeurent, pour ne s'être jamais trouvé aux Eglises par l'espace de certains mois, ou d'une année toute entiere : lors étant accusés & puis appellés pour répondre sur cela, s'ils ne peuvent faire paroir de quelque excuse légitime, selon la provision des Loix, lors ils sont condamnés en quelqu'amende pécuniaire, à prendre sur leurs biens & terres, s'ils en ont, sans qu'il s'en ensuive autre punition, & qu'il se fasse aucune inquisition ou examen de leur Foi. Mais (disent ces défendeurs des Loix) s'ils se montrent ouvertement ou de parole, ou de fait soustraits de leur fidélité & obéissance envers la Reine, & qu'ils veuillent persister en cette déloïauté, alors sont-ils chargés & punis de ces crimes, selon la teneur & provision des Loix.

Or ne fais-je point mention de ces argumens, pour les vouloir approuver quant à moi ; mais pour vrai, si en suis-je ému avec autres sages personnages, pour estimer en effet, que la témérité de plusieurs qui se coulent secrétement en ce Roïaume, se disant être Prêtres, mais pour la plupart, jeunes, indoctes & légers, a fait grande breche à la bonté de notre cause commune. Que si eux & leurs semblables eussent paisiblement & secrétement donné instruction au Peuple, étant plus circonspects en leur vie & comportemens, beaucoup plus grand nombre de personnes eussent pu être persuadées en leurs consciences de se joindre avec nous en la profession de notre Religion. De quoi je suis tant plus hardi de vous écrire, Monseigneur, à ce que vous puissiez conférer avec ceux de notre Nation, lesquels ont communication avec vous, & eux aussi puissent traiter avec les Peres Jesuites, qu'on fasse choix plus soigneusement de nos Anglois

1587.

LETTRE D'ANGLETER. A DOM DE MENDOZE.

Anglois qui pourroient être envoïés ci-après en Angleterre, sans y avancer le premier jeune homme qui se rencontrera avec plus de provision de hardiesse, que de la doctrine & modération requises à une telle charge. Au reste, en la premiere partie de mon discours, touchant cette concurrence universelle de tous les hommes de valeur, de force & de bien en tout le Corps de ce Roïaume, pour le service & défense de la Reine & de cet Etat, j'ai oublié de vous décrire le grand nombre de Navires des Sujets de ce Roïaume, tant de Londres que des autres Cités & Ports de Mer, lesquels aïant armé cette Armée, ont été battant d'eux-mêmes, pour mettre sus une juste Armée de Mer, fournie pour certains mois aux propres coûts & dépens des Bourgeois, d'hommes, victuailles & munitions, & lesquels se sont joints avec l'Armée de la Reine tout cet Eté dernier : chose qui n'a oncques été ouie par ci-devant, sinon qu'autrefois tels Navires étoient toujours pris à gage ou solde & munitionnés par les Rois de ce Roïaume. Par où il appert, à mon grand regret & de plusieurs autres, combien par-dessus l'ordinaire est véhémente l'affection & dévotion des Villes & Ports de Mer : & telle, qu'ils se sont bien montrés par-deçà disposés à combattre, comme si ç'eût été *pro aris & focis.*

Quant est du nombre & de la force des Vaisseaux de la Reine, je ne fais doute que par ci-devant vous n'en aïez été suffisamment informé : toutefois je n'estime hors de propos de vous faire un fidele rapport, selon qu'au plus près, j'en ai pu être informé de leur état en ce dernier Eté. Car pour certain j'ai été grandement fâché de voir combien vous & autres avez été abusés en cela ; & non-seulement en ce point touchant les Navires de la Reine, mais aussi de n'agueres en quelques autres choses, desquelles en partie, ès communs propos de plusieurs, l'invention & publication vous est très malicieusement imputée. Sur quoi je vous veux bien faire une petite digression, pour retourner puis après à l'état de l'Armée de la Reine. C'est que pareillement cet Eté dernier on imprima à Paris par votre moïen (ainsi qu'on disoit) une fausseté notable, laquelle j'ai vue & lue, à savoir, que le Roi d'Ecosse avoit assiégé & pris Barwik par assaut, lequel, à votre dire, il possede paisiblement. En quoi il n'y avoit rien de vérité, ni même occasion de l'imaginer, encore que pour ma part je l'eusse bien desiré, non pour aucune mienne bienveillance envers ce Roi-là, mais pour voir cette Reine en trouble. Car pour certain il n'y a rien de

1587.

Lettre d'Angleter. à Dom de Mendoze.

bien à espérer pour nous de la part du Roi d'Ecosse quelque chose que les Evêques Ecossois qui sont en France aient cherché de vous persuader du contraire, vu qu'il est tellement enraciné en cette Religion Calviniste, qu'il ne reste aucune espérance de le ramener au giron de l'Eglise Romaine ; & je pense que vous en êtes duement informé tout de même, comme aussi il l'a bien fait paroître par sa poursuite violente contre quelques Catholiques & contre tous ceux qui favorisent l'Espagnol. Il s'imprima aussi n'a pas long-temps à Paris un autre grand mensonge, & ce (au dire de vos ennemis) à votre poursuite ; à savoir, qu'au mois de Juillet dernier, quand les Armées d'Espagne & d'Angleterre se rencontrerent & combattirent entre la France & l'Angleterre, lors les Espagnols remporterent une grande victoire, en laquelle Milord Amiral d'Angleterre, avec seize des grands Navires de la Reine, auroient été enfoncés au profond de la Mer, & que le reste avoit été mis en fuite avec le Vice-Amiral François Drack. De ces deux notables mensonges, que les Adversaires intitulent : *De Dom Bernardin de Mendoze splendida mendacia*, beaucoup de ceux qui vous honorent ont été grièvement outrés, que vous aïez si soudainement donné crédit à un tel rapport, pour le publier, comme vos ennemis disent que vous avez fait. De moi, pour votre honneur, autant qu'il m'a été possible, j'ai fait courir le bruit que ces choses & semblables étoient procédées de la légereté des François, entre lesquels vous êtes, lesquels en ces temps confus sement plus libéralement des mensonges, que des vérités ; & non pas de vous, duquel j'estime tant l'honneur & la sagesse, qu'elle ne se voudroit diffamer de telles faussetés & mensonges : considéré que toujours un bien peu de temps découvre la vérité de la chose, laquelle étoit obscurcie de mensonge, avec discrédit & infamie de celui qui en est l'auteur. Si est-ce qu'encore s'est-il semé un propos, comme étant parti de vous en France, & lequel a causé contre vous un grand mécontentement en Ecosse; c'est que vous auriez dit ouvertement en grande compagnie & comme en bravant, que le jeune Roi d'Ecosse, que vous appellez un Garçon, avoit trompé le Roi votre Maître : mais que si l'Armée du Roi prospéroit contre l'Angleterre, le Roi d'Ecosse en perdroit sa Couronne. Et de ceci, le Roi d'Ecosse a eu avertissement de France, & a usé de tels termes contre vous, que pour rien je ne voudrois en faire le rapport moi-même. Mais pour laisser cette digression & retourner à vous représenter naivement l'état de l'Armée navale de la Reine, tel qu'il a été : elle se mit sus au commencement de l'année quand on sema le bruit de l'apprêt de l'Armée du Roi en Lisbonne & de l'Armée de terre sur les côtes de Flandres en l'équipage de Mer ; & fut divisée en trois Flottes, la plus grande sous la charge de Milord Charles Hauvard (1), grand Amiral d'Angleterre, duquel le Pere, l'Aïeul, les Oncles & grands Oncles, & autres de sa Maison, issus de la noble Maison des Ducs de Norfolk, ont aussi été grands Amiraux devant lui, de quoi la France & l'Ecosse ont fait preuve suffisante : l'autre partie étoit ordonnée pour demeurer avec le Milord Henri Seymour (2), second fils du Duc de Sommerset, lequel fut Protecteur du Roïaume au temps du Roi Edouard (3), & frere du Comte de Harford (4), qui est à présent, étoit invincible, comme aussi cela fut publié par Livres imprimés : la Reine & tout son Conseil furent, je m'en assure, quelque bonne mine qu'ils fissent, en perplexité non petite, attendant pour certain un dangereux combat sur la Mer, & après cela une descente & invasion par la terre. Sur cela le Milord Amiral fut commandé de faire voile à l'Ouest d'Angleterre, vers l'Espagne, avec les plus grands Navires, pour se joindre avec Drack (5), lequel il fit Vice-Amiral, & séjourner en la Mer qui est entre la France & l'Angleterre, pour empêcher l'entrée à l'Armée d'Espagne. Lors aussi vint avec le Milord Amiral, le Milord Thomas Haward (6), second fils du dernier Duc de Norfolk, & le Milord Sheffeld, fils de la sœur de l'Amiral (7), femme de l'Ambassadeur pour la Reine en France, avec grand nombre de riches & puissans Chevaliers. Pour lors le Milord Henri Seymour (8), fut laissé avec bon nombre de Navires au détroit de la Mer sur les Côtes de Flandres, pour prendre garde au Duc de Parme.

1587.

LETTRE D'ANGLETER. A DOM DE MENDOZE.

(1) Charles Howard, Baron d'Effingham Amiral de la Flotte destinée par Elizabeth d'Angleterre contre celle de Philippe II Roi d'Espagne, dite l'*Invincible*. Sur sa famille voïez l'Histoire d'Angleterre par Rapin-Thoyras, en divers endroits, & le Moréri de 1732, où l'on entre dans le détail de la Généalogie de cette Maison.

(2) Cet Henri Seymour, mourut sans postérité de Jeanne Percy, fille de Thomas, Comte de Northumberland. La Maison de Seymour est considérable en Angleterre : d'elle sont issus les Ducs de Sommerset, les Marquis & Comtes de Hertford & les Barons de Beauchamp.

(3) C'est Edouard VI, au milieu du seizieme siecle. Ce Duc de Sommerset, qui fut Protecteur du Roïaume, étoit Edouard Seymour, qui eut la tête tranchée le 24 Janvier 1552.

(4) C'est *Hertford*. Ce Comte étoit Edouard Seymour IIe du nom, mort en Avril 1621. Il étoit l'aîné de Henri Seymour.

(5) On a déja parlé de Drack.

(6) Howard.

(7) C'est Duglasse Howard, qui épousa Jean Baron de Sheffeild.

(8) C'est celui dont on vient de parler.

1587.

LETTRE D'ANGLETER. A DOM DE MENDOZE.

Or, cependant que ces deux Armées furent ainsi divisées, je vous confesse que moi & autres de notre parti, secrétement faisions du tout notre compte, que nul de tous les Navires Anglois n'oseroit attendre le regard de l'Armée d'Espagne ; ou que s'ils attendoient quelque combat, ils seroient tous enfoncés dès la premiere rencontre. Car nous avions conçu une opinion si constante, par le rapport de tout le monde, de la grandeur & multitude des Navires, & l'Armée d'Espagne, étant le choix des Vaisseaux de toutes les Seigneuries du Roi, étoit si excessivement monstrueuse par-dessus toutes les Armées de Mer qui jamais ont été vues en toute la Chrétienté, sans en excepter l'Armade de Lepante (1), qu'à notre jugement nulle Puissance ne pourroit subsister devant elle. Mais un fort peu de temps, voire le seul premier jour, découvrit manifestement, au grand deshonneur d'Espagne, combien lourdement en ceci nous nous étions abusés ; car l'Armée Catholique étant arrivée ès Côtes d'Angleterre, laquelle de vrai les Anglois reconnoissent leur avoir semblé beaucoup plus grande qu'ils n'espéroient, & avouent qu'ils furent étonnés au seul regard d'icelle ; néanmoins le Milord Amiral & Drack aïant seulement cinquante Navires Anglois hors le Havre de Plymouth, dans lequel le reste étoit demeuré, sans attendre le reste de l'Armée qui étoit à Plemouth (2), pour faire un nouveau ravitaillement, ils offrirent incontinent le combat, & poursuivirent furieusement toute l'Armée d'Espagne, composée d'environ cent soixante Vaisseaux; tellement qu'étant vivement assaillie tout un jour par le continuel tonnerre des canonades Angloises, elle s'enfuit sans jamais faire tête. Après cela l'Armée d'Angleterre s'étant accrue jusqu'au nombre de cent Vaisseaux, grands & petits, renouvella le combat avec une terrible tempête de canons, tout ce jour-là, gagnant toujours le vent sur l'Armée Espagnole. Ce me seroit chose trop fâcheuse de réciter les particularités, lesquelles les Anglois ont amplement décrites à leur grande louange ; mais (pour en parler en un mot) par l'espace de neuf jours entiers, ils les forcerent continuellement & les obligerent de fuir, les briserent, enfoncerent & prirent en trois jours de combat plusieurs des plus grands Vaisseaux,

(1) La Bataille de Lépante gagnée sur les Turcs par les Chrétiens, est du 7 Octobre 1571. Voïez l'Histoire de la Guerre de Chypre par Gratiani, livre 4. Cette Bataille fut gagnée par Dom Jean d'Autriche, Bâtard de Charles-Quint. Ce jeune Prince mourut en 1578, âgé de trente-deux ans.

(2) C'est Plimouth, Ville d'Angleterre dans le Comté de Dévonie, avec deux Ports de Mer sur la Manche.

desquels, & spécialement du grand & principal Navire d'Andalousie & de Lamirande de Guipousque (1), & pour la troisieme de la principale Galeasse de Naples, grand nombre de prisonniers furent amenés à Londres & autres Ports de ce Roïaume : outre beaucoup plus grand nombre de tués & noïés, au grand deshonneur de toute l'Espagne. Or, entre ces prisonniers il y avoit grand nombre de Capitaines tant de Mer que de terre : & ce qui flétrit l'honneur d'Espagne & me navre le cœur de voir l'instabilité de la Fortune, nos Ennemis se vantent, qu'en tous ces combats par tant de jours divers, les Espagnols n'ont jamais pris ni enfoncé aucun Navire ni Bateau, non pas même rompu aucun mât, ou pris un seul homme prisonnier. Chose pour certain du tout émerveillable aux Espagnols prisonniers, lesquels se dépitent sur cela, tellement qu'aucuns tout angoissés qu'ils sont en leur esprit, ne laissent pas de dire qu'en tous ces combats, Jesus-Christ s'est montré Luthérien lui-même. Et combien que tels propos soient indiscrets, & qu'on n'en doive faire état, si est-il pour certain très manifeste, qu'en tout ce voyage, depuis que l'Armée sortit de Lisbonne jusqu'à cette heure, Dieu n'a pas montré un seul jour sa faveur aux nôtres, comme il a fait continuellement à ces Luthériens. Ce qui peut être advenu pour notre bien, afin de nous corriger, comme aïant mis entierement notre confiance ès forces humaines ; & à la confusion ci-après des Luthériens, en les enflant comme ses ennemis de prospérité, pour un temps, laquelle soit puis après cause de leur ruine. Au reste, entr'autres choses qui se divulguent au deshonneur du Duc de Medine (2), lequel on dit avoir pris sa place de grande hardiesse au fond de son Navire pour plus grande sûreté, & au grand diffame des Espagnols de commandement, qui étoient en cette Armée : on tient pour certain qu'ils ne voulurent jamais tourner ni arrêter leurs Navires pour la défense de leurs propres Vaisseaux, lesquels étoient contraints de retarder & demeurer derrière, ains souffrirent que plusieurs périssent devant eux. De cela portent un bon témoignage les trois grands Vaisseaux, l'un auquel fut pris Dom Pedro de Valdez, l'autre le Galion Guipousque, lequel périt par le feu, & cette Galeasse célebre en laquelle

1587.

Lettre d'Angleter. a Dom de Mendozé.

(1) Guipuscoa.

(2) Dom Louis Perez de Gusman, Duc de Medina-Sidonia, Seigneur plus distingué par sa naissance & par les grands biens que par son expérience & son habileté dans l'Art Militaire. On lui avoit donné pour Vice-Amiral Dom Juan Martinez de Recaldo, & pour Maréchal de Camp Dom François de Bobadilla.

1587.

LETTRE D'ANGLETER. A DOM DE MENDOZE.

Hugues de Moncada (1) fut tué. Et de cette nonchalance du Duc de Medine, les prisonniers Espagnols en parlent fort désavantageusement. Il se dit le semblable en Zelande par les Espagnols qui sont là & qui furent sauvés avec Dom Diego Pimentch (2), encore que le Galion auquel il étoit, battu des canonades Angloises, sans aucun secours des Navires d'Espagne, périt là en abordant à Flesinghe (3); comme semblablement un autre périt devant Ostende par faute de secours. Or, vous faisant ce discours, je dois bien penser que vous êtes outré de douleur en votre esprit, ou plutôt de colere contre moi, d'une si longue narration de choses si mal plaisantes, encore qu'elles ne soient que trop vraies. Et pourtant aussi je m'imagine que vous pouvez être desireux d'entendre pour votre plus grand contentement, quelle opinion nous reste par deçà, nous trouvant ainsi frustré de notre tant espérée délivrance, par le mauvais succès de cette grande entreprise; à savoir, si nous devons nous reconforter nous-mêmes par quelque discours vraisemblable, que ce dessein se puisse renouer cette année prochaine pour le recouvrement de notre espérance perdue en cette année, tant fameuse & célebre par le nombre de quatre-vingt-huit, & vérifiée être telle par la grande perte de tous les Catholiques. Sur quoi je trouve pour certain (aïant secrétement conféré de n'agueres avec plusieurs de cet infortuné accident) que de long-temps nous ne pouvons espérer probablement aucun bon succès. Et si en cela il y a quelque chose à espérer, certainement les forces de Mer du Roi Catholique doivent être beaucoup plus grandes & mieux gouvernées qu'elles n'ont été cette année; car voici ce que nous considérons. Cette entreprise d'invasion & conquête étoit principalement fondée sur certaines opinions probables du mauvais état de ce Roïaume. Premierement de la foiblesse des Navires Anglois; car tels étoient les avis, lesquels (comme vous savez) par diverses voies l'année passée on vous donnoit d'ici; & tel aussi étoit le jugement de plusieurs par deçà. En quoi nous voïons par le service qu'ont rendus ces Navires toutes ces années, que nous avons fait une erreur notable. Le second fondement étoit d'un mécontentement supposé de grand nombre de Peuple, le rendant mal affectionné au service de la Reine & de son Gouvernement à l'encontre de ses ennemis. Finalement & principalement d'un grand &

(1) Hugues de Moncade.

(2) C'est Dom Diégo de Pimentel, Colonel du Régiment de Sicile.

(3) Flessingue.

fort parti, lequel s'y trouveroit près en faveur de la Religion Catholique, & lequel prendroit les armes contre la Reine à la premiere vue de l'Armée Catholique ès Côtes d'Angleterre. De toutes lesquelles opinions, comme étant bien imprimées & résolues ès esprits des gens de bien, nous savons qu'il n'y a homme au Monde qui en ait donné au Roi une assurance plus ferme que vous. Ce qui me met en crainte, toutes choses aïant si mal succédé, que n'encouriez le danger de son indignation, encore qu'en cela je ne fais doute de votre bonne intention. Or, comme ces trois opinions nous ont manqué cette année, ainsi vous en pouvez-vous tenir certain pour l'avenir. Je sais bien qu'aucuns des nôtres qui sont delà la mer, peuvent persister en leurs opinions contre l'expérience qu'on en a vue de n'agueres, & y a bien apparence qu'ils y sont comme forcés pour se maintenir en crédit, & continuer en l'appointement qui leur est donné du Pape & du Roi, n'aïant aucun autre moïen de se préserver, ou de jeûner, ou de mendier : toutefois pource que je ne voudrois point permettre à mon escient que vous fussiez beflé par eux, qui n'ont pas été présens en ce Rojaume pour voir par effet la réfutation de leurs imaginations, comme moi & quelques autres ; je vous veux déduire un grand nombre d'argumens manifestes, bien que j'en sois navré jusqu'au cœur, par lesquels, selon votre sagesse (pourvu que vous ne la souffriez point aveugler par les autres) vous pourrez certainement recueillir quant à ces opinions d'intelligence & d'assistance en ce Païs, que nous en aurons des preuves contraires, aussi fortes cette année prochaine, voire en quelqu'égard plus fortes qu'elles n'ont été cette année, si on veut bien calculer toutes choses. Car l'Armée de Mer d'Angleterre a fait preuve cette année à la vue de tout le monde, de sa force & puissance en ces Mers de deçà, & qu'elle est suffisante de faire tête en sa façon de combattre en un nombre plus grand au double de Galions, Caraques, Galeasses & Galeres. Or est-il certain que leur nombre s'accroîtra par deçà beaucoup davantage pour cette année prochaine. Car je sais qu'en ces jours derniers on a déja fait marché, fourni argent & dépêché tout exprès en Estland pour faire amas de toutes sortes de provisions pour la Mer.

Et quant à l'accroissement d'un nombre de bons Navires pour le service de la Reine, il y a déja grande quantité de bois prêt, & ordre pris pour en abbattre davantage ès mois de Novembre & Décembre prochains, sur les bords tant de la Mer, que

1587.

LETTRE D'ANGLETER. A DOM DE MENDOZE.

de la Tamise, pour bâtir un certain nombre de Navires de guerre pareils à ceux qu'on a vu cette Armée battre les grandes Armades & Châteaux d'Espagne & d'Italie. Davantage on aura pour certain grand nombre de Navires, non-seulement de Hollande & Zelande, mais aussi de Dannemarck & autres endroits de devers l'Est, pour joindre l'année prochaine avec l'Armée Angloise, ce qu'on n'avoit point requis l'année derniere; seulement certains Zelandois & Hollandois offrirent leur service selon qu'ils y étoient tenus, vers la fin de l'Eté, après le combat qui se fit près de Calais, pour se joindre avec quelques Navires Anglois au détroit de la Mer, pour défendre l'issue du Prince de Parme hors des Ports de Flandres. Pour lequel service, il y a présent quarante-six bons Navires de guerre sous la conduite du Vice-Amiral Justinian de Nassau (1), homme qui ne s'accorde que trop bien avec la Nation Angloise, & qui est ennemi juré de tous les Espagnols & Catholiques; & tient-on pour certain qu'il vient en mer, outre cela, quarante Navires de la Hollande Septentrionale, pour le même effet: tellement qu'il est à présumer que la force de ce Roïaume sera grande au double cette année prochaine, plus qu'elle n'a été la derniere.

Voïons maintenant la seconde branche de notre espérance, produite de l'opinion conçue du grand mécontentement de plusieurs personnes contre la Reine. Or le contraire s'est clairement vérifié cette année, tant par ses actions propres à se maintenir en la bénévolence de son Peuple, que par une dévotion générale & affectionnée de tous états, nobles ou inférieurs, riches ou pauvres envers elle; voire si grande, que j'estime qu'il n'y a jamais eu Prince Chrétien qui ait eu plus de matiere de réjouissance & confiance en son Peuple (chose à mon jugement qui pourroit bien engendrer quelque racine d'orgueil en son cœur.) Elle, d'autre part pour récompense d'un tel devoir, s'est montrée en toutes ses actions, voire lorsque les dangers menaçoient de plus près, si soigneusement attentive au bien de son Peuple & à la conservation de son Etat, sans aucun égard spécial ni pourvoïance particuliere pour sa personne, qu'aucun autre Prince ne pourroit jamais faire davantage. Pre-

(1) M. de Thou, Hist. L. 89. dit l'Amiral Justin de Nassau; & ajoute qu'il se chargea de défendre la Zélande avec trente-cinq Vaisseaux bien équipés, sur lesquels on fit monter 1200 hommes armés de mousquets; & qu'avec ces forces il tint l'embouchure de l'Escaut si bien bloquée, que le Prince de Parme ne put faire aucune entreprise de ce côté-là.

1587.

Lettre d'Angleter. a Dom de Mendoze.

mierement, pour faire entendre à son Peuple quel soin elle avoit de fortifier son Roïaume contre toute invasion, elle a mis très soigneusement ordre par commandemens réitérés, que tout son Roïaume fût en armes, s'en attribuant la connoissance à elle-même par les certificats qui lui en seroient envoïés de mois en mois par ceux qui étoient ses Lieutenans en chaque Bailliage de son Roïaume. Elle fit envoïer par toutes les Provinces, armes, poudres & autres munitions, avec réglement pour tous les quartiers maritimes : là aussi elle fit dresser des Armées pour défendre toutes les advenues de la Mer. Et, comme il m'a été rapporté par quelques-uns qui savent le secret de la Cour, elle pressoit importunement son Conseil de ne laisser passer un seul jour sans s'emploïer à avancer ses affaires. Ce néanmoins elle fit continuer le Traité de la Paix ès Païs-Bas par ses Députés, laquelle sans doute elle desiroit bien, en tant qu'elle l'eût pu obtenir avec certaines conditions. Ainsi pour un plein contentement de son Peuple, elle desiroit & entretenoit le pourparler de paix, sans négliger cependant de fortifier son Etat, si tant étoit que Paix ne pût être obtenue. Mais enfin, voïant ses demandes entierement refusées, nouvelle fort agréable à nous autres Catholiques, & en entendant certainement que l'Armée du Duc de Parme (1) devoit passer pour du tout détruire la Cité de Londres, elle révoqua ses Députés, approcha en personne de Londres, & se vint loger comme aux fauxbourgs; chose qui réjouit toute la Ville, laquelle faisoit montre ordinairement d'entre les Habitans, de dix mille hommes armés & exercés. Et en outre tenoit prêts trente mille hommes de combat. Elle fit aussi dresser & camper son Armée vers la Mer sur la Tamise, huit ou dix lieues au-dessous de la Cité de Londres, tendant à la Mer, où la Reine étant arrivée, elle ne put être empêchée par aucun conseil, que pour encourager son Peuple, elle ne fit résolution de montrer qu'elle logeoit en un corps de femme une ame généreuse & un cœur du tout magnanime. Elle vint donc en son Armée, en laquelle commandoit le Comte de Leycester, pour lors campée entre la Cité de Londres & l'Ennemi, & passa diverses fois tout au travers : elle prit son logis tout auprès; elle y retourna derechef & dîna en l'Armée ; elle fit vue premierement de toutes les Bandes selon qu'elles étoient distribuées par Provinces, chacune

(1) Alexandre Farnèse.

1587. Lettre d'Angleter. à Dom de Mendoze.

en leurs Quartiers & Camps particuliers, & les revisita de place en place; puis étant rangés en Bataillons, comme prêts à combattre, elle les circuit tout à l'entour & les considera curieusement, n'étant accompagnée que du Général de l'Armée & de trois ou quatre autres qui prissent garde à elle. Encore pour représenter son état, je considerai bien que l'épée étoit portée devant elle par le Comte d'Ormond (1). Là, elle fut saluée généralement d'acclamations, d'arquebusades, de toutes sortes de témoignages d'amour, d'obéissance, de promptitude, de volonté de combattre pour elle; spectacle rare en un Camp ou Armée, attendu son sexe: mais le tout tendant à cette fin de montrer une merveilleuse concorde & mutuel amour entre la Reine & ses Sujets, & la révérence & obéissance des Sujets envers leur Princesse souveraine; pour lesquels devoirs elle les fit bien caresser de remerciemens & paroles honnêtes, d'une façon entierement roïale. Or pourrois-je bien amplifier cette description de beaucoup plus de particularités que j'ai vues moi-même; car je me trouvai là avec plusieurs autres, là où me promenant tout le jour de place en place, je n'ouis jamais dire un seul mot d'elle, sinon en louant la dignité de sa personne & son comportement roïal, & en priant Dieu pour sa vie & conservation, avec exécration de ses Ennemis & des Traitres & de tous Papistes, chacun montrant un singulier desir de hasarder sa vie pour sa défense.

Et outre telles acclamations générales, toute l'Armée en chaque quartier, chantoit, elle l'oïant, à certain temps fort dévotement & mélodieusement plusieurs Pseaumes, accommodés en telle forme de prieres à la louange de Dieu tout-Puissant, que cela n'eût pu en façon quelconque déplaire à aucun; chose qu'elle prisoit grandement, se conjoignant avec eux & rendant graces à Dieu avec paroles sérieuses & graves. Ce que je vous écris, vous le pouvez bien tenir pour tout certain; je ne le fais pas pour plaisir que j'y prenne, mais afin que par ces argumens il vous conste que la Reine ne donne aucune occasion à son Peuple, & que le Peuple ne montre aucun signe de mécontentement en ce qui lui est commandé pour le service de la Reine, comme on s'étoit par ci-devant imaginé.

Elle avoit aussi préparé une Armée d'environ quarante mille hommes de pied & six cens de cheval, des Provinces qui sont

(1) D'une Famille distinguée en Angleterre.

1587.

LETTRE D'ANGLETERRE A DOM DE MENDOZE.

au cœur du Roïaume, pour se tenir près de sa personne, sans désarmer les Païs maritimes. Le tout sous la charge de Milord Hunsdon (1), Seigneur Chambellan & Lieutenant pour Sa Majesté en ladite Armée. Tellement qu'au même temps qu'elle étoit au Camp, plusieurs s'acheminoient vers elle de diverses Provinces ; aucuns vinrent jusqu'aux Fauxbourgs & Villages prochains de Londres, lesquels, à cause de la moisson prochaine furent commandés de retourner en leur Païs, lesquels pour une grande part (nonobstant ce commandement) ne laissoient de s'avancer à leurs charges, pour voir (comme ils disoient) la personne de la Reine, & pour combattre ceux qui se vantoient de la Conquête du Roïaume.

Et quoique la plus grande part desdits Soldats fût contrainte de s'en retourner, toutefois les Capitaines conducteurs & les principaux Chevaliers & Gentilshommes vinrent jusqu'en Cour offrir leur service, lesquels furent caressés avec beaucoup de remerciemens, étant à présent de retour pour la plupart, avec pleine résolution & promesse d'entretenir de sorte leurs bandes prêtes, qu'après quelques heures d'avertissement, ils les rameneront en bon équipage. Outre les susdits argumens opposés à l'opinion du mécontentement du Peuple, duquel on attendoit grand avantage pour cette entreprise honorable, je veux bien aussi vous représenter certaines actions notables, faisant preuve en ce même temps du contentement & promptitude de toute la Noblesse du Roïaume, laquelle n'étoit point contrainte de demeurer en son Païs, pour raison des Charges & Etats qu'ils eussent, comme sont les Gouverneurs & Lieutenans, lesquels y commandent pour le fait des Armes. Car si-tôt qu'on entendit que la Reine étoit approchée de Londres & que les Armées s'assembloient pour se venir opposer de tous côtés à tous efforts des Ennemis, & qu'on fut averti des Côtes de la Mer que l'Armée étoit apparue, tous les grands Seigneurs du Roïaume, de l'Est à l'Ouest, & du Nord au Sud (ceux-là seulement exceptés, lesquels aïant le Gouvernement des Provinces, n'en pouvoient légitimement être absens, à cause de leurs Charges, & quelque peu qui n'eurent moïen d'assembler des forces selon leur desir) se rendirent incontinent près de la Reine, amenant avec eux chacun selon leur dégré (& y emploïant jusqu'au bout leur puissance) des Compagnies de gens

(1) C'est le Comte d'Hunsdon.

1587.

LETTRE D'ANGLETERRE A DOM DE MENDOZE.

de cheval, Lanciers, Chevaux-Légers, Argoulets (1), lesquelles ils logerent à l'entour de Londres, les entretenant à leurs Charges tout ce temps, & jusqu'à ce qu'on eût connoissance certaine, que l'Armée d'Espagne étoit emportée par de-là l'Ecosse. Or plusieurs de ces Seigneurs firent montre de leur Cavalerie devant la Reine (voire au Champ qui est devant la porte de sa Maison) avec grande admiration des hommes de jugement à ce que j'ai entendu, tant pour le grand nombre qu'il y en avoit, que pour être bien armés & montés, car n'étant point du nombre de la Cavalerie ordonnée en chacune Province, ni rangés en Compagnies, on n'eût point pensé qu'en tout le Roïaume, il y eût eu tant de chevaux d'Espagne de telle valeur, excepté vers le Nord ès Limites d'Ecosse, où les forces consistent principalement en Cavalerie.

Le premier qui fit montre de sa Compagnie, fut le noble, vertueux & honorable Vicomte de Montagu (2), lequel, quelque chose qu'on juge de lui pour le fait de la Religion, toutefois on tient avoir toujours déclaré (comme encore à présent il déclare & proteste solemnellement, tant à la Reine qu'en toutes les Assemblées publiques de la Cour, quelque maladif & âgé qu'il soit) qu'il est prêt, avec une entiere résolution, de vivre & de mourir pour la Reine & pour son Païs, contre tous ceux qui le voudront envahir, soit Pape, Roi, ou Potentat quel qu'il soit, & qu'en cette querelle il hasardera sa vie, ses enfans, ses terres & tous ses biens. Et pour faire preuve par effet de sa parole, il se représenta personnellement devant la Reine avec sa Compagnie de gens de cheval d'environ deux cens hommes, conduites par ses propres fils, & entre iceux un jeune enfant, lequel étoit fort bien à cheval, héritier de sa Maison, comme étant fils aîné & héritier de son fils. Chose notable & louée de plusieurs, de voir le grand-pere, le pere & le petit-fils tous ensemble à cheval devant leur Reine pour son service. De moi

(1) Argoulet, Arquebusier, Carabin. Mezerai l'emploie pour Chevaux-Légers. Quelques-uns dérivent ce mot d'*Argolicus*, parce qu'autrefois c'étoit de la Gréce que venoit cette sorte de Milice. On dit aussi par raillerie, qu'un homme n'est qu'un chétif Argoulet, un pauvre Argoulet, pour dire que c'est un homme de néant, & pour le mépriser. *Diction. de Trév.*

Nombre de Pages & Valets,
Mieux vêtus que des Argoulets. *Gaz. de Loret.*

(2) C'est peut-être Edouard Montaigu, d'Hémingthon dans le Comté de Northumpton, qui descendoit, à ce qu'on assure, d'une branche de l'ancienne famille de Montaigu, d'où descendoient aussi ceux qui ont été long-temps depuis Comtes de Salisburi.

je prenois un grand déplaisir de voir le contentement qu'avoient nos adversaires en un tel spectacle ; mais pour votre regard, Monseigneur, je n'ai pas pu vous le taire, estimant que ce Seigneur vous est assez connu, comme aïant été emploïé en Ambassade vers le Roi Catholique plusieurs années, selon que j'ai entendu de la part de la Reine, pour requérir confirmation des traités d'amitiés faits auparavant entre leurs peres. Or je ne doute point qu'il n'y en ait par deçà quelques autres de même condition que ce Seigneur, de la faveur desquels il ne faut pas faire état, quand il sera question d'attenter quelque chose contre la Reine, ou d'envahir ce Roïaume.

1587.

LETTRE D'ANGLETERRE A DOM DE MENDOZE.

Il y eut au même temps plusieurs autres qui firent montre d'un grand nombre de chevaux de service, ce qui vous est utile de savoir, encore qu'il vous soit peu agréable, pour n'être point abusé par faute de bien savoir l'état présent de deçà, afin que ci-après vous puissiez mieux juger ce qui est de faire, pour réparer la perte & le deshonneur du passé. Alors donc le Comte de Lincolne (1) & le Milord de Windsor (joints avec eux quelques Chevaliers & Gentilshommes) firent les montres de leurs Compagnies, comme le Milord de Montagu avoit fait ; & après eux, le Milord Chancelier fit montre en sa maison, d'une brave Troupe de plusieurs vaillans hommes, tant de pied que de cheval. Puis un jour ou deux après, le Comte de Warwic, Milord Burghley (2), grand Trésorier d'Angleterre, Milord Compton, & sur le soir le Comte de Leycester, avec le Milord Riche (3) (outre plusieurs Seigneurs du Roïaume) firent montre, chacun à part, de leurs Compagnies de cheval, au grand contentement de la Reine & de tout le Peuple, lequel étoit là présent par milliers. Deux jours après, le Comte d'Essex, grand Maître de l'Ecurie de la Reine, avec aucuns des principaux Gentilshommes de sa suite & de ses amis & serviteurs, fit montre devant la Reine de trois cens bons chevaux de service, avec nombre d'Argoulets, & une belle Compagnie de gens de pied, tous Mousquetaires.

Cette montre surpassa en nombre toutes les autres Compa-

(1) C'est peut-être le Lord Clinton, qui fut fait grand Amiral, & créé Comte de Lincoln, sous la Reine Elizabeth.

(2) Guillaume Cecil, créé Baron de Burghley, principal Ministre d'Elisabeth Reine d'Angleterre.

(3) Rapin-Thoiras, dans son Histoire d'Angleterre, nomme en ce temps-là, Richard Riche, Membre du Conseil de la Régence pendant la minorité d'Edouard VI, depuis fait Baron, & ensuite Chancelier.

1587. LETTRE D'ANGLETER. A DOM DE MENDOZE.

gnies particulieres, & le Comte lui-même, avec grand nombre de Lanciers bien montés & armés, courut souventefois, notamment avec le Comte de Cumberland, comme s'ils eussent été en champ de Bataille. Ce qu'ils appellent ici *la course du Champ*, chose que je n'avois jamais vue auparavant. Il continua aussi un long-temps, avec sa Compagnie de cheval, un Tournois, avec force escarmouches, par ces Argoulets (1) & gens de pied. Qui fut un passe-temps fort agréable à la Reine & à tout le Peuple qui étoit là présent à la foule. Parmi lequel j'entendis maints propos piquans contre les Anglois Papistes, qu'ils appelloient tous traîtres; & souhaitant que les Espagnols fussent présens au même champ trois fois autant en nombre, pour faire preuve de la valeur des Anglois. Ce m'étoit chose bien grieve d'ouir tels propos, avec maintes exécrations contre tous ceux de leur Païs, lesquels (comme ils disoient) trahissant méchamment leur propre Patrie, avoient, entant qu'en eux étoit, vilainement vendu la liberté de leur Païs aux Espagnols & autres Papistes. Ce n'étoit pas lors à moi à contredire: que je l'eusse fait, pour certain l'indignation eût été telle au spectacle de cette belle Cavalerie, qui leur redoubloit le courage, qu'en leur fureur ils m'eussent là tué sur le champ & haché en mille pieces. Outre les Seigneurs ci-dessus nommés, il étoit venu en la Ville d'autres belles Compagnies amenées par le Comte de Worcester. Le Comte de Hertfort, le Milord Audely (2), le Milord Morley, le Milord Dacres, le Milord Lomeley, le Milord Montioy (3), le Milord Sturton, le Milord Darcy, le Milord Sandes (4), le Milord Mordant, & par chacun des Seigneurs du privé Conseil: tellement que par l'estimation commune, il y avoit alors ès environs de Londres quelque cinq mille chevaux, tout prêts pour le service de la Reine, sans la Cavalerie qu'on avoit levée pour le corps des Armées & pour la garde des Côtes.

J'ai oui davantage en fort bon lieu, là où j'estimois sans mot dire, qu'il y en avoit encore deux fois autant tout prêts avec les grands Seigneurs absens, pour avoir l'œil sur les affaires en leurs Gouvernemens particuliers. De ce nombre est le Marquis de Winchester, lequel est estimé très puissant & bien fourni de soi-même & de chevaux & d'armes, lequel est Lieutenant pour la Reine en

(1) Ce mot est expliqué plus haut.
(2) C'est Audley.
(3) Il faut Montjoy. Il fut fait Viceroi d'Irlande Ce fut lui qui arrêta les progrès du Comte de Tyrone.
(4) Apparemment le Baron de Sandys.

1587.

LETTRE D'ANGLETER. A DOM DE MENDOZE.

la Province de Hamptone. Comme aussi le Comte de Suffex Capitaine de Portsmouth (1), & Lieutenant en Dorcester. Après lui, on met en rang le Comte de Sheraufbery (2), Comte Maréchal d'Angleterre, Lieutenant pour la Reine en un grand nombre de Provinces & très puissant de par soi-même tant en gens de cheval, que de pied; outre la puissance du Seigneur Talbot (3), son fils. Et combien que le Comte Darby fût lors en Flandres, d'où il est n'agueres retourné, néanmoins son fils Milord Strange (4), Lieutenant en Lancaster & Chester, en l'absence de son pere, a fait levée d'une grande puissance de Cavalerie. Et à propos de ce Comte (pour montrer l'affection de tout le Païs envers lui) j'ai entendu pour certain, que lorsqu'il séjournoit trop long-temps au gré du Peuple en Flandres & qu'on se doutoit que le Duc de Parme ne le voulût arrêter par de-là avec les autres Commissaires, le Peuple généralement déterminoit en soi-même que le Seigneur Strange, fils du Comte, assisté de toutes les forces de Lancaster & Chester, passeroit la Mer, pour ramener le Comte chez soi. C'est un conte ridicule, mais propre à montrer la forme de l'amour du Peuple envers lui, lequel avec son fils est résolument bandé contre le Pape.

Le Comte de Bath, pareillement Lieutenant en Devonie, avoit de grandes forces prêtes, comme on dit, pour empêcher la descente des Etrangers en cette Côte-là. Comme aussi le Comte de Pembrook, Lieutenant en Sommerset & Wilshir & Gouverneur de Galles, étoit près de venir vers la Reine avec trois cens chevaux & cinq cens hommes de pied, tous levés & de sa retenue, les Provinces qui sont sous sa charge demeurant pleinement fournies.

Je laisse ici à parler de la troupe de Cavalerie des Comtes de Northumberland & Cumberland, lesquels étant près d'en faire montre, néanmoins si-tôt qu'ils entendirent l'approche de l'Armée Espagnole, ces deux Comtes coururent volontairement & en toute hâte vers la Mer; & se rendirent en l'Armée de la Reine, devant le combat qui se fit près Calais. Là étant en divers Navires de la Reine, ils lui firent de braves & no-

(1) Portsmouth, Ville d'Angleterre, avec un fameux Port sur la Manche, dans le Comté de Sout-Hampton.

(2) C'est Shrewsburg.

(3) George Talbot, Comte de Shrewsburg.

(4) Ou Stanley (Thomas). Il fut fait Comte de Darley. Son pere se nommoit Guillaume Strange, ou Stanley.

1587.

LETTRE D'ANGLETER. A DOM DE MENDOZE.

tables services de leurs personnes, contre l'Armée d'Espagne: & pour vous montrer une générale & grande promptitude de plusieurs autres en ce même temps à emploïer leurs vies en ce même service, arriverent aussi alors en l'Armée, grand nombre de Gentilshommes de qualité, lesquels de leur propre mouvement, sans aucune charge & au desçu de la Reine, se jetterent en divers de ses Navires, esquels ils rendirent bon service au combat qui se fit devant Calais: le nombre desquels étant fort grand, voici le nom de ceux desquels il me peut souvenir. M. Henri Brook, fils & héritier de Milord Cobham, le Sire Thomas Cecil, fils & héritier de Milord Trésorier; le Sire Guillaume Hatton (1), héritier de Milord Chancelier; le Sire Horatio Palavicini (2), Chevalier de Genne; M. Robert Carie, fils de Milord Hunsdon; Sire Charles Blunt, frere de Milord Montjoye. Mais il se parle sur-tout de deux Gentilshommes de la Cour, nommés Thomas Gerard & Guillaume Harvie, lesquels pareillement se rendirent alors en l'Armée & lesquels m'étoient auparavant inconnus, mais à présent, ils sont en la bouche d'un chacun ici à l'entour, de Londres, avec grande louange. Ces deux prirent le hasard, en la barque d'un des Navires, d'escalader la grande Galeasse, en laquelle étoit Moncada, & y entrerent seulement avec leurs épées; hasard auquel, selon le récit commun, on n'en remarque point de semblable, si on compare la hauteur de cette grande Galeasse, avec un si petit Bateau. Mais encore, pour vous faire pleinement connoître combien ardente étoit l'affection des Seigneurs & Gentilshommes de toutes sortes à n'épargner leurs vies en ce service, il se dit que le Comte d'Oxford, lequel est grand Seigneur & l'un des plus anciens Comtes de ce Roïaume, se rendit aussi à la Mer, pour combattre en l'Armée de la Reine. Là, se trouverent aussi à même fin le second fils de Milord Trésorier, appellé, selon qu'il m'en souvient, Robert Cecil. Arriverent aussi au même temps à la Mer, Milord Dudley (3), un ancien Baron du Roïaume, & le Sire Walter Ralegh (4), Gentilhomme de la Chambre de la Reine & en sa Compagnie grand nombre de jeune Noblesse, entre lesquels il me souvient des noms de l'héritier de Sire Thomas Cécil, nommé Guillaume

(1) M. de Thou le nomme George.

(2) Horace Pallavicin, noble Génois, qui étant obligé d'abandonner sa Patrie, à cause de sa Religion, étoit venu chercher un asyle auprès de la Reine Elisabeth.

(3) Henri Dudley.

(4) Gautier, ou, selon Cambden, *Guillaume* Raleig.

Cecil,

1587. LETTRE D'ANGLETER. A DOM DE MENDOZE.

Cecil, Edouard Dercy (1), Arthur Gorge & autres semblables: au dénombrement desquels je ne prends pas grand plaisir, sinon pour vous montrer combien grandement nous avons été déçus, de nous forger par deçà en nos esprits un parti qui nous y fût favorable; attendu que vous voïez que toutes sortes de personnes ont été prêtes, tant par mer que par terre, à leurs propres charges, & sans attendre ni commandement, ni entretenement, de hasarder leurs vies pour la défense de la Reine & du Roïaume.

Et quant aux forces du Comte de Huntington, Lieutenant Général vers le Nord d'Angleterre, on tient qu'il a mis sus en la Province d'York & voisines, communément ordonnées pour servir contre l'Ecosse, une Armée du nombre de quatre mille hommes de pied bien armés, & près de dix mille chevaux pour se rendre près de lui, si quelqu'occasion & apparence se présentoit d'envahir le Roïaume de ce côté-là, auquel sont joints avec leurs forces, trois Seigneurs du Nord, le Milord Scroop (2), le Milord Darcy & le Milord Evers.

Il y a aussi plusieurs autres Seigneurs Lieutenans de Provinces, lesquels entretiennent bon nombre de Cavalerie; comme le Comte de Kent, Lieutenant en Bedford, le Milord Husdun (3), Seigneur Chambellan, Lieutenant en Northfolk & Suffolk, le Milord Cobham, Lieutenant en Kent, le Milord Gray, en Buckingham, le Milord North en Cambridge, le Milord Chandos en Glocester, le Milord Saint-Jean, en Huntington, le Milord Buchurst en Sussex (4). Ainsi donc par ce récit particulier, duquel il n'est pas hors de propos que vous aïez connoissance, vous aurez à observer la disposition de toute la Noblesse de ce Païs, en ce temps, à résister à toute invasion. Et si d'avanture vous veniez à revisiter votre catalogue ordinaire de tous les grands Seigneurs de ce Roïaume, vous trouveriez qu'ils sont tous ici couchés, excepté trois jeunes Comtes en bas âge, de Rutland, Southampton & Bedford, tous trois élevés en cette Religion perverse. Et partant il ne nous reste à parler que du Comte d'Arundel (5), lequel est à présent en la Tour, pour avoir attenté de sortir hors de ce Roïaume à la sollicitation de celui qui est maintenant le Cardinal Allen (6). Or com-

(1) C'est Darcy.

(2) C'est Brooke (Henri.)

(3) C'est Hunsdon.

(4) Il faut consulter sur tous ces personnages l'Histoire d'Angleterre, par Rapin-Thoyras.

(5) Philippe Howard, Comte d'Arundel. Il fut depuis condamné à mort; mais il obtint sa grace. Voïez Rapin-Thoyras, Hist. d'Anglet. T. septieme, pag. 403 & 461, derniere édition *in*-4°. de Paris.

(6) Alan: celui dont on a parlé ci-devant.

1587.

LETTRE D'ANGLETER. A DOM DE MENDOZE.

bien qu'il pût être bien affectionné à la Religion Catholique, toutefois, j'ai entendu de fort bon lieu, qu'il a offert sa vie pour la défense de la Reine contre tout le Monde. En outre, quand bien on auroit pu faire état d'avoir un parti en ce Roïaume (chose du tout impossible, vu qu'il appert par les choses récitées, que la Noblesse est du tout assurée pour la Reine, & que toute la force du Peuple tend là volontairement) en ce même temps a été offert à la Reine un si grand Parti pour venir à son service & à la défense du Roïaume, que de toute la Chrétienté elle n'en pourroit avoir de plus puissant en tous respects ; c'est à savoir, du Roi d'Ecosse, lequel entendant l'entreprise d'envahir ce Roïaume, envoïa un Gentilhomme à la Reine (comme j'en ai été certioré) pour lui offrir toute sa puissance en la défense d'elle & de son Roïaume, & s'il lui étoit à gré, qu'il y viendroit en propre personne & défendroit ce Roïaume contre tous Occupateurs, soit sous prétexte de Religion, ou de quelqu'autre prétence que ce soit. Et par cela, vous pouvez voir quel compte vous devez faire des vaines promesses faites au nom de ce Roi. Et comme vous voïez que j'ai assez bon moïen d'avoir des intelligences des autres forces du Roïaume, je vous puis bien encore assurer que pour cette défense, j'ai vu & oui la liste & le rôle d'un grand nombre de Cavalerie & Infanterie, que les Evêques du Roïaume tiennent prêts à leurs charges, avec la contribution levée sur le Clergé, lesquelles Compagnies, tant de cheval que de pied, doivent être conduites par les Seigneurs & Gentilshommes, à la nomination de la Reine, & veulent qu'on nomme toutes ces Bandes, de ce vain titre *Milites sacri.*

Venons maintenant au dernier point des principaux fondemens de notre espérance conçue, sur lequel cette entreprise d'invasion étoit principalement bâtie. C'est qu'il y avoit une croïance certaine & générale qu'il se trouveroit en ce Roïaume un fort parti de Catholiques, pour assister les assaillans contre la Reine, à la premiere vue de l'Armée d'Espagne. Or, par mon discours précédent, touchant l'amour grand, ardent & universel de tout le Peuple envers la Reine, & des grandes offres de service, n'agueres à elle faites par toute la Noblesse du Roïaume, il peut apparoir que ce fondement est fort ruineux, posé & assis sur des imaginations pures, comme sur du sablon mouvant, ou plutôt sur quelque vapeur s'évanouissant en l'air. Si conste-t il pour certain que le Roi d'Espagne

1587.

LETTRE D'ANGLETER. A DOM DE MENDOZE.

& ses principaux Ministres n'en faisoient pas peu de compte. Aussi ne se dit-il à présent chose quelconque plus universellement & d'une voix plus lamentable par toute la multitude des prisonniers Espagnols, voire par les principaux d'entr'eux, qu'à présent ils voient évidemment combien leur Maître a été vilainement pipé par telles persuasions, ou plutôt méchamment trahi. Car ils disent qu'il n'y a homme de valeur en toute cette Armée, auquel on n'eût constamment affirmé & donné parole d'assurance pour tous ceux qui servoient en cette Armée devant qu'ils s'embarquassent, qu'il ne leur falloit craindre aucune résistance pour faire descente en Angleterre, le Roi étant bien assuré qu'ils trouveroient une Armée puissante de Catholiques toute prête en leur faveur, si-tôt que leur Armée se verroit surgir en ces Côtes. Par ces propos ils se disent avoir été encouragés en ce voïage: autrement plusieurs d'entr'eux jurent qu'ils n'eussent jamais mis le pied ès Navires; discourant sur cela, que c'étoit contre toute apparence de raison d'envahir un Roïaume en espérance de le conquérir, sans aucun titre de droit & quelque fort parti tout ensemble, mais spécialement sans un bon & assuré parti. Eux donc trouvant maintenant ces promesses du tout fausses, plusieurs desdits prisonniers vous maudissent nommément, comme étant Ambassadeur du Roi, en tant, disent-ils, que sur l'opinion qu'on a eue de la connoissance que vous avez acquise en Angleterre, vous vous étiez en ce fait acquis aussi plus de créance qu'aucun autre, & avez par plusieurs années sollicité votre Maître sur cette espérance & autres semblables persuasions, de faire une telle entreprise du tout à condamner par tout bon & sage discours, sans l'assurance de ce dernier point, qui étoit d'avoir un parti fort & assuré dans ce Roïaume. Vous les auriez ouis aussi maudire les Anglois fugitifs de leur Païs, qu'ils ne font pas difficulté d'appeller méchans Traîtres, d'avoir offert à vendre leur Patrie au Pape & au Roi d'Espagne, ajoutant quant & quant ces prisonniers, qu'ils étoient persuadés que l'entrée de ce Païs étoit si ouverte, si foible à toute résistance & le Peuple si misérable, qu'ils n'y attendoient pas plus de difficulté à le conquérir, qu'il s'en trouva du commencement à vaincre quelques pauvres Indiens tous nuds, à la premiere conquête qui en fut faite par l'Empereur Charles. Mais maintenant ces mêmes prisonniers aïant été amenés des Côtes de la Mer jusqu'à Londres, là où ils ont observé la force du Païs & du Peuple, ils en parlent avec admiration

1587. LETTRE D'ANGLETER. A DOM DE MENDOZE.

& l'estiment invincible, autrement que par la trahison de quelque grand Parti dans les entrailles du Roïaume. Or, ne sais-je pas s'ils mettent ordinairement en avant tels propos selon le sentiment qu'ils en ont, ou pour plaire aux Anglois, desquels ils reçoivent bon traitement, & lesquels par flatterie se laissent aisémenr surprendre : mais une chose sais-je bien, que ces propos leur sont ordinaires, avec toute démonstration d'être merveilleusement passionnés contre ceux qui ont persuadé ce voïage à leur Roi. Plusieurs d'entr'eux aussi, qui sont hommes de bon jugement & qui ont oui parler de nos Anglois bannis, lesquels ont été en Espagne, là où aussi ils en ont connu quelques-uns (comme déja de long-temps le Sire François Englefield, & de n'agueres le Milord Paget & son frere) se sont curieusement enquis de leur puissance & crédit pour former un Parti en ce Païs, s'informant aussi du Comte de Westmerland, duquel toutefois ils reconnoissent que c'étoit un homme dissolu ; mais nos adversaires par-deçà les ont mis si bas avec tout le reste des autres, comme gens sans crédit, pour faire aucune levée d'hommes, sans l'autorité de la Reine, lors même qu'ils étoient en leur meilleur état, que les prisonniers s'étonnent comment ils peuvent décevoir le Roi pour attraper pension de lui, sinon par charité à cause de la Religion. Bien confessent-ils avoir une fois oui en Espagne, comment le Roi fut pour un bon coup trompé, lorsqu'un certain Thomas Stuckeley (1), Anglois particulier s'enfuit d'Irlande en Espagne, à cause de ses dettes & autres mauvais déportemens, n'aïant pas la valeur d'un double : ses dettes étant païées, & étant second fils d'un bien simple Gentilhomme, lequel toutefois on crut incontinent en Espagne, si-tôt qu'il se fut paré lui-même du titre, & vanté comme s'il eût été un Duc, un Marquis & Comte d'Irlande. Et par ce moïen fut long-temps entretenu comme un homme propre à faire grand service contre la Reine d'Angleterre, jusqu'à ce qu'à la longue le Roi découvrit sa tromperie, & ainsi le bannit d'Espagne; mais s'étant retiré à Rome, il fut ainsi entretenu par le Pape pour un temps, & jusqu'à ce qu'il fut découvert par quelques bons Catholiques, lesquels ne purent souffrir que la sainteté du Pape fût si lourdement

(1) Stuckley : il engagea le Pape Grégeire XIII & le Roi d'Espagne à faire une entreprise pour conquérir l'Irlande. Depuis, Dom Sébastien, Roi de Portugal, l'engagea à passer avec lui en Afrique pour faire la guerre aux Maures : ils furent tués tous deux à la Bataille d'Alcazar, ou Alcaçar, en 1578.

mocquée, de quoi les prisonniers discourant joïeusement & comment l'Empereur Charles, puis ce Roi & le Pape ont été si dextrement villonnés par ce Stukeley, ils concluent se gaudissant, que quelques-uns des Anglois, lesquels ont ainsi abusé le Roi, se sont étudiés d'ensuivre les pas de Stukeley. Et pour certain d'autres avec moi avons souvent rougi de honte, oïant tant de contes du Roi & du Pape, voire de l'Empereur Charles, lesquels un tel Galand que Stukeley avoit pu si appertement besler (1). Etant chose d'autant plus étrange d'avoir ainsi abusé le Roi Catholique, qu'au temps de sa résidence en Angleterre, cestui-ci étoit connu de plusieurs de son Conseil, pour un vanteur, bélistre, ruffien (2), & pour la fin un pirate à l'encontre des Espagnols.

1587.

LETTRE D'ANGLETER. A DOM DE MENDOZE.

Maintenant, Monseigneur, par cet ample discours de mauvais succès en nos affaires, & suivant l'opinion de ceux avec lesquels j'ai traité de n'agueres, auxquels aussi mon jugement se conforme, sans m'arrêter à des imaginations vaines, votre Seigneurie peut voir en premier lieu, notre calamité présente & notre état misérable. Et puis pour le second point, l'état de la Reine, du Roïaume & de son Peuple; leurs dispositions & leurs forces du tout contraires à l'expectation du Pape, du Roi Catholique, & spécialement de vous, Monseigneur, & de tous autres qui avez eu entre mains par beaucoup d'années cette négociation présente; tellement que je ne puis deviner quel dessein sera, ou pourroit être imaginé & suivi, attendu que l'expérience nous doit avoir appris, que nos affaires ne peuvent être redressées par la force, & que nul changement n'y pourra apporter remede, quand même la Reine finiroit ses jours, comme tous Princes sont mortels. Car & la généralité du Peuple par-tout le Roïaume est si fermement & désespérément bandée contre notre Religion, que rien ne pourroit prévaloir contre la force de cette union. Et quiconque succédera de droit à cette Couronne après la Reine (laquelle est en apparence de vivre aussi long-temps qu'aucun autre Roi Chrétien) si la Couronne vient au Roi d'Ecosse ou à quelqu'autre du Sang roïal, comme

(1) *Besler*, mener un homme par le nez, comme un Bufle, le tromper; se mocquer. Il y a long-temps que ce mot n'est plus d'usage, si ce n'est dans le burlesque. Ménage dérive ce mot de l'Italien *Beffare*, *Beffulare*, qui signifie la même chose. D'autres le dérivent du mot Anglois, *Baffle*, qui signifie en effet, mocquerie, amusement, tromperie, mauvaise foi.

(2) Débauché, qui a un mauvais commerce avec les femmes. Du Cange dit que c'est un mot Italien, qui vient de ce que les femmes publiques portoient des cheveux roux ou blonds; au lieu que les Matrones affectoient d'en avoir de noirs. Voïez aussi le Diction. étymolog. de Ménage.

1587. *Lettre d'Angleter. a Dom de Mendoze.*

il y en a beaucoup dans ce Roïaume descendus de toutes les deux Maisons roïales de York & Lancaster, nous ne pouvons faire notre compte sur cela : car chacun de ceux-là qui sont aujourd'hui en vie, ont manifestement une disposition autant résolue de résister à l'autorité du Pape, qu'aucun autre des plus affectionnés Protestans ou Hérétiques du Monde. Ainsi donc, pour ce temps, afin de conclurre, toutes circonstances bien pesées, je ne vois plus d'autre moïen que remettre la cause ès mains du Dieu tout-Puissant, & de tous les Saints de Paradis avec nos humbles supplications. Et quant à la terre, d'avoir recours aux saints conseils du Pape & de ses Cardinaux, les suppliant humblement de soulager nos pauvres freres affligés, & d'envoïer en ce Roïaume des hommes prudens, saints & doctes, lesquels sans se mêler des affaires d'Etat, puissent en secret confirmer notre foi par leur doctrine, & par charitable instruction en gagner d'autres, lesquels ne sont pas enracinés en l'hérésie. Et pour le soulagement de ceux lesquels sont forcés de païer par an quelque somme d'argent de leur revenu annuel, pource qu'ils ne veulent venir à l'Eglise, ce seroit une considération charitable, si pour quelque peu d'années il ne se pourroit point obtenir quelque dispense de Sa Sainteté, par souffrance à ce qu'on puisse se trouver aux Eglises sans changement de foi, considéré qu'un grand nombre ne s'aheurte point à cela pour aucune chose qu'ils remarquent esdites Eglises, directement contraire à la Loi de Dieu, mais pource qu'encore que le service & les prieres soient recueillies du corps des Ecritures, elles ne sont pas toutefois approuvées de l'Eglise Catholique & de son Chef, qui est la Sainteté du Pape; qui est la cause pourquoi tous les vrais Catholiques condamnent justement cette Eglise, comme schismatique.

Mais par cette souffrance, un grand nombre de ceux qui seront perpétuellement Catholiques, pourroient jouir de leurs revenus & libertés; & par la bonté de Dieu, la Religion chrétienne pourroit avec plus de sûreté prendre accroissement à la gloire de Dieu, qu'elle ne pourra jamais faire par puissance quelconque. C'est ainsi que la Religion chrétienne a par-tout commencé & qu'elle s'est épandue par-tout le monde, non par force, mais seulement par la doctrine & l'exemple de la sainteté des Prêcheurs, nonobstant toutes les forces humaines. Ainsi donc je finirai mes longues Lettres, avec cette Sentence répétée trois fois par David en un même Pseaume ; *Et clamave-*

runt ad Dominum in tribulatione eorum, & de angustia eorum liberavit eos. Que plût à Dieu que nous puissions asseoir sur cela le fondement de notre espérance, car toutes autres espérances sont vaines & frustratoires.

187.

LETTRE D'ANGLETER. A DOM DE MENDOZE.

A Londres, ce d'Août 1588.

APRÈS avoir parachevé d'écrire cette Lettre, laquelle considérant, je trouve plus longue que je ne voudrois (encore que la diversité des sujets m'ait tiré plus avant que je ne pensois) & aïant fait choix d'un mien familier ami, mieux versé en la Langue Françoise que je ne suis, pour la traduire en François, le malheur a été que n'aïant encore que commencé à mettre la main à l'œuvre, il est tombé malade d'une fievre continuelle, par laquelle occasion & espérant sa convalescence, cette Lettre est demeurée entre ses mains quelques dix ou douze jours. Mais n'aïant aucun espoir de sa guérison, j'ai tant fait avec un autre très fidele & assuré Catholique, aïant parfaite connoissance de la Langue Françoise, qu'il a entrepris de la traduire : en quoi aussi il y a eu beaucoup de temps emploïé, de sorte que la Lettre étant écrite à la mi-Août, j'ai été contraint de la parachever en ce mois de Septembre. Sur quoi j'ai trouvé bon (pendant qu'on a été après à la traduire) d'ajouter quelques autres choses advenues depuis, & venues à ma connoissance.

Environ le 7 d'Août passé, M. l'Amiral retournant de sa Flotte, aïant poursuivi l'Armée d'Espagne (à ce qu'on disoit) jusqu'au cinquante-cinquieme dégré du Nord, celle d'Espagne prit sa route vers les extrêmités de Norwege, ou vers les Orcades au-delà de l'Ecosse. Que si cela eût été vrai, on estimoit ici, qu'ils passeroient à l'entour d'Ecosse & d'Irlande : mais s'ils tenoient la route de Norwege, lors il pourroit bien être, en cas qu'ils pussent recouvrir des mâts, dont par la Flotte Angloise ils avoient fait grande perte, qu'ils pourroient retourner par-deçà. Mais quant à moi, je leur ai souhaité plutôt un vent propice pour s'en retourner par Irlande, étant pour plusieurs raisons en désespoir de leur retour, tant à cause de plusieurs choses dont ils ne se pouvoient fournir en Norwege, que pource que le Duc de Parme, à faute de Matelots, ne pouvoit mettre en Mer ses forces. Toutefois, sur un avertissement d'Ecosse qu'ils étoient passés au-delà des Orcades, &

1587.

LETTRE D'ANGLETER. A DOM DE MENDOZE.

que le Roi d'Ecosse avoit donné étroitement en charge par toutes les Côtes de la Mer, qu'on ne souffrît les Espagnols descendre, en aucune part, ains au contraire, que les Anglois non-seulement y pourroient descendre, mais aussi être aidés de toutes choses nécessaires dont ils pourroient avoir besoin. Sur cet avertissement, dis-je, toute l'Armée fut cassée, excepté toutefois quelques vingt Navires, lesquels étoient sous la charge du Milord Henri Seymour (1), lesquels furent continués en la Mer, pour prendre garde aux desseins du Duc de Parme & voir s'il entreprendroit quelque chose contre l'Angleterre (ce qui n'étoit vraisemblable) ou la Zélande, ce qu'on commençoit à douter, pendant qu'on étoit ainsi embesogné. Deux ou trois jours après, le bruit vint soudainement à la Cour, que la Flotte d'Espagne s'étoit rafraîchie aux Isles de de-là les Orcades, d'eau abondamment, & de pain, poisson, & chair pour de l'argent, & qu'ils retourneroient de deçà, pour attendre encore une autrefois l'Armée du Duc de Parme, & la conduire par Mer en Angleterre. Sur quoi il y eut une autre allarme, de laquelle je sais bien que la Reine même & son Conseil n'étoit pas en petite perplexité. Mais à la fin on donna ordre d'arrêter la Flotte, & de ne la désarmer point, si qu'elle fût bien-tôt remise sus, seulement à l'occasion de ces bruits, dont j'avois avec plusieurs autres quelque contentement pour les voir ainsi troublés, & sur chaque rapport léger, être mis en grands dépens. Mais ce plaisir ne dura pas plus de huit ou dix jours, pource que deux ou trois Pataches qu'on avoit envoïées expressément pour découvrir la Flotte d'Espagne, leur apporterent nouvelles certaines qu'elle étoit au-delà des Orcades, faisant voile vers l'Occident en bien mauvais point, & que beaucoup de leurs gens étoient morts en ces quartiers du Nord, & le reste en grande extrémité à faute de mâts & de Matelots. Et sur ce, l'Armée fut par nouvelle ordonnance rompue, fors ceux qui avoient auparavant été commandés de prendre garde aux desseins du Duc de Parme. Et aussi, Monseigneur l'Amiral, accompagné des Milords Thomas, Haward (2), Henri Seymour & Scheffild (3), le Sire François Drack, & tous les Capitaines (fors ceux qui avoient charge aux Navires, lesquels étoient sous la charge de Milord Henri, pour veiller sur le Duc de Parme) retournerent à la Cour. Et

(1) On en a parlé dans une note ci-devant.

(2) C'est Howard.

(3) C'est Sheffeld.

sur

LETTRE D'ANGLETER. A DOM DE MENDOZE.

sur ce retour de ces gens de Mer à la Ville de Londres, il a couru de si horribles bruits, afin d'émouvoir les Seigneurs, Gentilshommes, Dames, Damoiselles & la populace de toutes sortes, à une haine mortelle contre les Espagnols, que les pauvres Espagnols prisonniers avoient grande peur d'être massacrés; d'autant qu'on avoit publié, & le monde pour la plupart le croïoit, que les Seigneurs Espagnols de la Flotte, avoient fait partage par entr'eux des Maisons des Seigneurs d'Angleterre, qu'ils nommoient par leur nom propre, & qu'ils avoient divisé l'Angleterre par portions pour eux-mêmes, & destiné, tant à la Noblesse qu'au Peuple, plusieurs sortes de morts cruelles, & que les Dames & femmes & filles devoient être exposées à toute vilainie; les maisons des Marchands les plus riches de Londres, enregistrées par nom, & données aux Capitaines des Bandes de la Flotte Espagnole, pour dépouille. Et pour encore plus exaspérer leur haine, on avoit fait publier qu'ils avoient apporté en leurs Navires un grand nombre de licols pour en étrangler le commun Peuple, & des fers gravés, lesquels étant échauffés, les enfans au-dessous de l'âge de sept ans en seroient marqués, afin qu'on les reconnut à jamais pour enfans du Païs conquis. Tels & semblables étoient les rapports, que ces gens de Mer faisoient, comme les aïant entendus des Espagnols mêmes; de sorte que pour un temps il y avoit un grand mécontentement parmi le Peuple, de ce qu'on les permettoit vivre, & crioient qu'ils devoient être tués, comme leur intention étoit d'en faire aux Anglois. Mais les plus avisés, & ceux qui avoient la charge des prisonniers, n'aïant aucun tel commandement du Conseil, les gardoient sûrement, comme chose qui ne devoit être permise. Et afin de donner contentement au Peuple par quelqu'autre sujet, & à la requête du Milord Maire & de ses Compagnons, Sénateurs de la Ville de Londres, Dimanche dernier, il y eut un grand nombre de Banderolles, Enseignes & Bannieres qu'on avoit gagnées sur les Espagnols, portées au Cimetierre de Saint Paul, & là, publiquement montrées au Peuple durant le Prêche, au grand contentement & réjouissance d'icelui. De-là on les fit apporter à la Croix en Chepsyd, & de-là au Pont de Londres, qui fut cause d'adoucir la fureur du Peuple & de la changer en triomphe, se vantant par-tout que c'étoit l'œuvre de Dieu qui avoit oui les prieres du Peuple, & avoit pris plaisir en leurs précédentes prieres & jeûnes, en faisant que ces Enseignes &

1587. Banderolles, que les Espagnols avoient délibéré d'apporter & planter par tous les endroits de la Ville pour trophées & marques de leurs triomphes, étoient par la Providence & bonté de Dieu, & pour la punition de l'orgueil de l'Espagnol, maintenant plantées par les Anglois, comme des monumens de leurs victoires & de la perpétuelle ignominie des Espagnols. Sur ces remontrances grande réjouissance s'ensuivit; & comme au mois de Juin & Juillet dernier, toutes les Eglises étoient remplies de Peuple s'exerçant en prieres & démonstrations de pénitence, faisant leurs prieres à Dieu pour leur défense contre leurs Ennemis: & en plusieurs Eglises, par trois fois la semaine, de continuelles prieres, prêches & jeûnes, tout le long du jour depuis le matin jusqu'au soir, avec une grande admiration de voir une telle & si continuelle dévotion, laquelle toutefois moi & quelques autres jugeâmes plutôt procéder de peur que de dévotion; aussi maintenant depuis que la Flotte Angloise est de retour, & celle d'Espagne défaite, & qu'on a entendu des différends en Flandres, des débats entre les Espagnols & les autres Soldats, du mépris du Duc de Parme par les Espagnols, incités, à ce qu'on dit, par le Duc, fils du bâtard du Roi Catholique, & le département & fuite des Matelots dudit Duc de Parme, il y a ici semblable recours par le Peuple aux Eglises, & aux Prêches, esquels il est enseigné de reconnoître Dieu, auquel de sa bonté il a plu délivrer ce Païs menacé de conquête, & pareillement aux prieres publiques pour en rendre graces à Dieu.

LETTRE D'ANGLETER. A DOM DE MENDOZE.

A Londres, ce de Septembre 1588.

Depuis l'impression de cette derniere feuille, on m'a apporté un avertissement par écrit de la Cour, de fort bon lieu, où il y a quelques particularités plus expresses qu'au précédent, envoïées d'Irlande le 17 de ce mois, pour confirmation des choses susdites, avec grande verisimilitude de pareils accidens, qui pourront être survenus, pour la grande tempête qui a été le même jour 17 & le 18 du présent mois de Septembre.

LE Samedi 7 de Septembre, le Vaisseau qui étoit en péril de naufrage à la rade de Troily, du port de quarante à cinquante tonneaux, s'est venu rendre de soi-même, auquel il y avoit vingt-quatre hommes, & entre ceux-là, deux serviteurs Domestiques du Duc, & deux petits garçons.

1587.

LETTRE D'ANGLETER. A DOM DE MENDOZE.

Le Mardi dix du même mois de Septembre, il y eut une Frégate mise hors, selon qu'il semble par cette Armade, laquelle le Sire Guillaume Herbert, dit être périe ès Côtes de Démond (1).

Ce même jour de Mardi, il périt au courant des Blesckcis un Navire, appellé Notre-Dame de la Roze, du port de mille tonneaux. En ce Navire furent noïés le Prince d'Ascule (2), bâtard du Roi, Dom Pedro, Dom Diego, & Dom Francisco, avec sept autres Gentilshommes de marque de la Compagnie dudit Prince. Là aussi furent noïés Michel Oquendo, homme très expert en la Marine (3), lequel commandoit en Chef audit Navire; Villa Franca de Saint-Sébastien, Capitaine dudit Navire; Matuta, Capitaine de l'Infanterie dudit Navire, le Capitaine Suares, Portugais, Garrionero, Lopeche de la Vega, Montenese, & un François Castelliani, Capitaines, un Jean Rise Irlandois & François Roch Irlandois, avec environ cinq cens hommes, entre lesquels y avoit quelques cens Gentilshommes, mais non pas de telle étoffe que les premiers. Et n'y en eut qu'un seul de tout ce nombre sauvé, qui étoit de Gennes, nommé Jean Antonio de Monona, fils du Pilote de ce Navire. Le même jour de Mardi, le Lieutenant du Gouverneur de Mounster (4), reçut un avertissement que vers la Côte de Thomond, il s'étoit perdu deux grands Navires & en iceux noïés environ sept cens personnes, outre cent cinquante qui ont été pris prisonniers.

Il appert aussi par une Lettre écrite à Etienne le Blanc de Limmerick (5), en date du 12 de Septembre, qu'environ ce même jour de Mardi, fut jetté sur les sables de Ballicrahihy un Navire de neuf cens tonneaux, duquel Navire treize Gentilshommes ont été pris, selon qu'il écrit, & que le reste de ce Navire étant d'environ quatre cens hommes en grande détresse, se mettent en devoir de se retrancher pour leur défense. Il écrit pareillement d'un autre Navire, lequel a été jetté en l'Isle de Clere (6) en Irrise & que 78 hommes dudit Navire ont été noïés ou tués, En outre il écrit qu'il y eut au

(1) En Mommonie, Province d'Irlande.

(2) Dom Juan de Leive, Prince d'Ascoli, qui passoit pour être fils de Philippe Roi d'Espagne.

(3) Il s'étoit distingué sur Mer en plusieurs occasions, & sur-tout dans l'expédition de Portugal,

(4) Mounster est la même chose que Mommonie.

(5) Ville & Comté d'Irlande en Mommonie.

(6) C'est Clare, Comté d'Irlande en Connacie.

1587. LETTRE D'ANGLETER. A DOM DE MENDOZE.

même temps un autre grand Navire jetté en Tireaulei, & que là il y avoit trois Seigneurs, un Evêque, un Moine & soixante-neuf autres hommes, pris par Guillaume Boork de Ardenrie, & que tout le résidu de ceux de ce Navire ont été tués ou noïés, tellement que, selon qu'il écrit, Melaghlen Mac Cabb, un Galloglasse, qui vaut autant en leur Langue qu'un Halbardier Irlandois, en tua quatre-vingts avec sa hache d'armes.

Le Mercredi onze de ce mois de Septembre, sept Navires, lesquels avoient séjourné dans la riviere du Shenan, partirent de cette rade avec un vent d'Est, & devant que partir mirent en feu un autre fort grand Navire de leur Flotte, lequel étoit de mille tonneaux pour le moins.

Avis a été donné par le Lieutenant de Corck (1), que ce dix-sept dernier de Septembre deux autres grands Navires de cette Flotte auroient été perdus vers les Côtes de Connaught (2).

L'Amiral appellé Jean Martin de Ricalde vint dans le Golphe de Bleskeis avec un grand Navire & une Barque, environ le sixieme jour de Septembre, & a séjourné là, avec un autre Navire de quatre cens tonneaux & une Barque, lesquels y arriverent depuis, si ce n'est qu'ils aient été dissipés ou perdus par cette grande tempête, laquelle a été le 17 & 18 de ce mois; car tel étoit l'état de cet Amiral à son arrivée. Son Navire avoit été percé d'outre en outre quatorze ou quinze fois; & son moindre mât tellement offensé qu'il n'osoit porter ses pleines voiles, & n'y reste pas dedans soixante Mariniers, & encore si mal en point, que plusieurs d'entr'eux sont du tout abbatus de maladie, & le reste si foible qu'ils étoient incapables de faire aucun bon service, n'y aïant jour qu'il ne s'en jettât hors du bord cinq ou six de leur compagnie.

(1) Ville d'Irlande en Mommonie, avec Port de Mer.
(2) Ou Connacie, Province d'Irlande, vers l'Occident.

1587. LETTRE D'ANGLETER. A DOM DE MENDOZE.

ETANT parvenus jusqu'ici en cette impression, selon que chaque jour apporte plus de certaineté & de particularités de la perte des Espagnols en Irlande, on en a reçu les avertissemens suivans, qui sont les Examinations & Dépositions de quelques-uns qui se sont là sauvés & y sont Prisonniers.

Déposition de Jean Antonio de Monona, Italien, fils de Francisque de Monona, Pilote du Navire, appellé Sainte Marie de la Roze, du port de mille tonneaux, & jetté au Golphe de Blaskeis.

JEAN ANTONIO DE MONONA examiné, l'onzieme jour de Septembre, dit, que lui & le reste de l'Armée délaisserent la Flotte Angloise (selon qu'il estime) vers la Côte de l'Ecosse. Et que pour lors il leur défailloit de leur Armade complette, quatre Galeres, sept Navires & l'Amirale des Galeasses; & que lors il leur étoit mort, tant par combat que par maladie, huit mille hommes pour le moins.

Qu'il ne sait là où il a laissé le Duc; mais que depuis ce temps là, il a été dix-huit jours ès parties du Nord, sans voir aucune terre, & pourtant ne peut nommer aucune Place; mais qu'après étant écartés par la tempête, le Duc garda toujours sa route en pleine Mer, & eux cherchant terre, tirerent vers le Cap de Clere, comme aussi firent plusieurs autres Navires, au nombre (comme il estime) de quarante, avec le Duc s'en allerent vingt-cinq Navires.

Qu'il est ici arrivé circuissant l'Ecosse, estimant que le Duc est à présent bien près d'Espagne. Que le dessein du Duc, après avoir mouillé l'ancre devant Calais, étoit d'aller en Flandres; mais qu'à cause du vent contraire & de la basse eau, il n'y pouvoit pas aborder pour la grandeur de ses Navires.

Outre les Navires susdits, il se souvient que deux autres furent enfoncés ès Côtes de l'Ecosse, pour le dommage qu'ils avoient reçu par les coups de l'Armée Angloise: l'un appellé de Saint Mathieu, du port de cinq cens tonneaux, là où furent noïés quatre cens cinquante hommes; l'autre Navire étoit Biscayn, de Saint Sébastien, de quatre cens tonneaux, là où aussi furent noïés trois cens cinquante hommes.

Et quant au Navire auquel lui étoit, appellé Sainte-Marie de la Rose, de mille tonneaux de port, de cinq cens hommes

1587.

LETTRE D'ANGLETER. A DOM DE MENDOZE.

qui y étoient, il n'en est échappé que lui seul. En ce Navire, entre les principaux, furent noïés ceux qui ensuivent: le Prince d'Ascule (1), fils bâtard du Roi d'Espagne, Capitaine Matuta, le Capitaine Convale, Portugais, Lopeche de la Vega, de Castille, Guarionero, de Castille, Montanese, de Castille, Villa Franca de Saint Sébastien, Capitaine dudit Navire: le Général de toute la Flotte de Guipousque, nommé Dom Michel d'Oquendo, avec autres vingt Chevaliers, qu'ils appellent Avanturiers, pourcequ'ils étoient à leurs propres charges.

Dit aussi que leur Armée étoit en grand défaut d'eau fraîche: & étant enquis de quelle provision de vin & d'autres choses nécessaires il y avoit au Vaisseau qui avoit été jetté illec, dit, qu'il y avoit cinquante grosses pieces de fonte, tous canons de batterie, avec vingt-cinq autres pieces, en partie de fer, appartenans au Navire. Qu'il y avoit aussi cinquante tonneaux de vin sec. En argent quinze mille ducats, & en or tout autant; mais beaucoup plus de richesses en habillemens, plats, & coupes d'or.

Dit en outre, que le Duc de Medine avoit donné commandement à toute leur Flotte de faire sa retraite à la Crogne (2), & qu'à peine de la vie, nul n'eût à se départir de là, qu'il n'eût entendu plus à plein sa volonté.

Déposition d'Emmanuel Fremosa, Portugais.

Du 12 de Septembre 1588.

EMMANUEL FREMOSA, dit qu'il étoit au Navire appellé Saint-Jean de Port, de Portugal, de la charge d'onze cens tonneaux, auquel étoit Dom Jean Martin de Ricalde, Amiral de toute la Flotte, sous le Duc, qui est Général de toute l'Armée, auquel Navire quand ils partirent, il y avoit huit cens Soldats, & de Mariniers, soixante Portugais, & quarante Biscains: c'étoit le plus grand de toute l'Armade.

Ils étoient en tout, selon qu'il dit, lorsqu'ils partirent, cent trente-cinq Voiles, & de ce nombre, y avoit quatre Galeasses, quatre Galeres, & neuf aïant charge de la provision des vivres. Ils partirent de la Crogne quinze jours après la S. Jean derniere, selon leur compte.

(1) D'Ascoli. On en a parlé ci-dessus.
(2) La Corogne.

1587.

LETTRE D'ANGLETER. A DOM DE MENDOZE.

Dit, qu'ils étoient envoïés au Duc de Parme, pour être, par lui emploïés en Angleterre, au temps qu'il voudroit ordonner.

Environ huit jours après leur débarquement de la Crogne, il dit que toute leur Flotte arriva au Lizard, qui est un Cap en Cornuaille.

Dit aussi, qu'environ ce lieu-là, le Général baissa les voiles, & qu'eux sur cela, les baisserent toute la nuit : que le lendemain au matin ils virent la Flotte Angloise, & alors ils hausserent les voiles.

Dit, qu'ils étoient auparavant informés que la Flotte Angloise étoit dans Plemouth & Darmouth.

Dit en outre, que le premier combat entre les Flottes commença vers le Nord-Est du Lizard : & qu'en ce combat leur Navire perdit vingt-cinq hommes.

Dit, que là il y eut un autre combat par quatre ou cinq jours le long de la Côte, & qu'en icelui, le Navire auquel lui Déposant étoit, fit perte de vingt-cinq hommes. Quant à la perte que firent les autres Navires en ce combat, il ne le peut dire ; mais ils perdirent deux Navires, en l'un desquels étoit Dom Pedro ; l'autre fut brûlé.

Ils mirent l'ancre à Calais, attendant le Duc de Parme, là, où par quelques Navires embrasés, ils furent contraints par les Anglois de laisser les ancres & se départir ; de façon que chaque Navire fit perte de deux ancres en ce lieu-là.

Le lendemain commença le combat, sur les huit heures du matin, lequel continua huit heures, tout le long du Canal vers le Nord, poursuivant la Flotte Angloise tout ce temps celle d'Espagne, en telle sorte, que s'ils se fussent présentés pour joindre à bord la Flotte Espagnole, ils voïoient leur Général si frappé d'étonnement, qu'à son avis, il eût rendu toute l'Armée.

Dit, qu'en ce combat la Flotte Espagnole perdit une Galeasse, laquelle fut portée sur les bancs près de Calais, deux Galions de Lisbonne appartenans au Roi, un Navire Biscain de quatre à cinq cens tonneaux fut là aussi enfoncé, comme pareillement un autre Navire ; après lequel combat, le Général fit revue de l'Armée, & trouva qu'il y avoit environ six vingt Voiles de reste de toute l'Armée, selon le rapport de ceux qui venoient des Hunes ; mais selon que lui en pouvoit juger, il ne put voir alors plus de quatre-vingt-cinq Voiles ou environ ; ce qu'étoit devenu le reste, il ne sait.

1587.

LETTRE D'ANGLETER. A DOM DE MENDOZE.

Dit davantage, qu'en ce combat il y eut trois grands Vaisseaux Vénitiens en danger de s'enfoncer en Mer, étant fort offensés & percés tout outre en beaucoup d'endroits ; mais pour lors ils furent secourus par les Charpentiers, toutefois selon qu'il a pu entendre, pource qu'ils n'étoient pas en point de pouvoir garder Mer : ils prirent la route de Flandres, ce qui en est advenu, il ne le peut dire.

Il ajoute qu'ils furent poursuivis par aucuns de la Flotte Angloise, environ cinq jours après le combat, vers le Nord hors de la vue de toute terre, & ce, comme il estime, vers la partie du Nord de l'Ecosse.

Et dit, qu'environ quatre jours après que l'Armée d'Angleterre les eut laissés, tout le reste de l'Armée étant d'environ six vingts Voiles, comme dit a été, vint à une Isle, à son avis, vers le Nord d'Ecosse, là où ils ne séjournerent point, & n'y eurent aucun rafraîchissement ; mais en ce lieu le Général rassembla tous les Navires ensemble, leur donnant charge de se rendre en la plus grande diligence qu'il leur seroit possible, au premier Havre ou de l'Espagne, ou de Portugal qu'ils pourroient, pour la grande détresse, en laquelle ils étoient réduits par faute de vivres & autrement, disant qu'ils en étoient venus d'autant plus mal fournis, qu'ils avoient attente d'en être aidés plus amplement par le Duc de Parme. Au reste, il ajoute qu'en ce Navire ils mouroient par chacun jour quatre ou cinq de faim & de soif : & toutefois que ce Navire étoit un des mieux fournis de victuailles, ce qu'il sait, pource que des autres Navires ils venoient pour être soulagés par cestui-ci.

Après cela, par l'espace de dix jours toute la Flotte conjointe ensemble, garda toujours une même route, le mieux qu'il leur étoit possible, vers l'Espagne. Auquel temps, qui étoit il y a vingt jours ou plus passés, il dit, qu'ils furent épars & dissipés par une grande tempête, laquelle dura depuis quatre heures du soir jusqu'au lendemain à dix heures du matin. Par laquelle tempête l'Amiral se départit avec vingt-sept Voiles, & entre iceux, qu'il y avoit une Galeasse, avec vingt-huit Forçaires de chaque côté : ce qu'est devenu le reste de l'Armée, il ne sait.

Dit aussi, qu'il y a dix jours passés ou environ ils eurent une autre grande tempête, avec du brouillas ; par laquelle tempête ils furent derechef écartés, tellement que de ces vingt-huit Voiles, ne sont venus en ces Côtes, près Dingle Cushe, sinon l'Amirale,

1587. LETTRE D'ANGLETER. A DOM DE MENDOZE.

l'Amirale, un autre Navire de quatre cens neuf tonneaux & une Barque d'environ quarante : ce qu'eſt devenu le reſte deſdits vingt-huit Voiles, il ne ſait, ſinon qu'une grande Hourque de quatre cens tonneaux étoit ſi dépourvue, qu'elle fut jettée ſur les bancs vingt lieues loin de Dingle Cushe (1) ; il ne ſait qui étoit Capitaine de cette Hourque, mais dit qu'en l'Amirale il n'y reſte à préſent de toutes ſortes de perſonnes qu'environ cinq cens, deſquels il y a vingt-neuf Biſcains & quarante Portugais tous Mariniers, & entre iceux, le Maître & l'un des Pilotes fort malades.

Il ajoute qu'il y a quatre-vingts Soldats & vingt Mariniers en l'Amirale, giſans, fort malades & ſe mourant de jour à autre : le reſte, à ſon dire, ſont fort foibles & même le Capitaine fort triſte & affoibli. Il dit, que cette Amirale eſt fournie de cinquante-quatre pieces de fonte, & d'environ quatre-vingts quintaux de poudre.

Dit, que pour la véhémence du vent d'Oueſt, ils ſe trouverent ſi prochains de la Côte devant que de s'en appercevoir, qu'il ne leur fut jamais poſſible de doubler & ſe retirer de là.

Il n'y a plus en l'Amirale que vingt-cinq pipes de vin, fort peu de pain, & d'eau rien du tout, ſinon celle qu'ils ont apportée d'Eſpagne, qui eſt étrangement puante : & quant à leur chair & viande, leur ſoif eſt ſi grande, qu'il leur eſt impoſſible d'en manger.

Selon la connoiſſance qu'il en peut avoir, il dit que nulle partie de l'Armée n'a pris terre nulle part, juſqu'alors qu'ils ſont venus en ces Côtes de Dingle Cushe, & n'ont eu eau, vivres, ni aucun rafraîchiſſement d'aucune Côte, ni Place, depuis que l'Armée d'Angleterre les laiſſa.

Dit, que lorſqu'ils étoient devant Calais, il vint une Pinnaſſe en leur Flotte, de la part du Duc de Parme, qui les avertit que le Duc ne pouvoit être prêt juſqu'au Vendredi. Cependant par le combat de l'Armée Angloiſe, il ne leur fut poſſible de tarder là ſi long-temps.

Dit, que l'intention de l'Amiral eſt, au premier vent commode, de ſe retirer en Eſpagne. Et que c'eſt un commun bruit entre les Soldats, s'ils peuvent une fois gagner la maiſon, qu'ils n'entreprendront plus d'avoir rien à démêler avec l'Anglois. Quant aux principaux hommes qui ſont en l'Amirale, il nomme

(1) Ville & Port de Mer en Irlande, au Comté de Kerry.

1588. Lettre d'Angleter. a Dom de Mendoze.

Dom Jean de Lina, Espagnol, Capitaine en Chef des Soldats du Navire: Dom Gomé, Espagnol, qui est un autre Capitaine: Dom Sébastien, Gentilhomme Portugais qui étoit volontaire: un Marquis, Italien, aussi volontaire, & un autre Gentilhomme Portugais, lequel il ne connoît point; mais dit, que ceux-là sont des Principaux entre ceux qui portent des Croix sur leurs habillemens.

Il y a au même Navire d'autres moindres Gentilshommes, & tous les Soldats qui étoient audit Navire, étoient tous Espagnols. Il y aussi en la petite Barque, laquelle est avec eux, environ vingt-cinq personnes: mais combien il y en a en la Hourque qui est là, il ne sait.

Il estime que le Duc est passé vers l'Espagne, pource qu'il étoit quelque douze lieues plus avancé vers l'Ouest, que n'étoit l'Amiral au temps de la premiere tempête.

Dit, que le grand Galion, envoïé du Duc de Florence, n'a oncques été vu depuis le combat de Calais, & que ceux qui étoient dans les Galeasses furent grandement endommagés par la Flotte Angloise.

Déposition d'Emmanuel Francisco.

Le 12 de Septembre 1588.

EMMANUEL FRANCISCO, Portugais, dit en toutes choses, comme le dernier Déposant, jusqu'au combat de Calais, auquel il dit savoir qu'une Galeasse fut portée sur les sables à Calais: & que deux Galions du Roi, l'un appellé Saint-Philippe, de la charge de huit cens tonneaux; & l'autre nommé Saint-Mathieu, aussi de huit cens tonneaux, avec un Navire de Biscaie, d'environ cinq cens; & un Navire Castillan, d'environ quatre cens tonneaux, coulerent tous à fond: pource que quelques hommes de ces Navires furent divisés & mis au Navire de l'Amiral, auquel lui déposant étoit.

Le combat fini, dit, que celui qui étoit aux Hunes, fit rapport, qu'il restoit de l'Armée Espagnole cent vingt Voiles; lesquels étoient fort offensés, & que l'Amirale avoit été percée plusieurs fois tout outre, mêmement d'un coup en leur mât: & que tout l'équipage de la proue étoit dégâté, confessant qu'ils étoient en grande crainte de la Flotte Angloise, & redoutoient fort qu'ils ne les abordassent.

A cause du coup susdit, le mât de l'Amirale est si foible qu'il ne peut ſoutenir aucune tempête ni porter les voiles, tels qu'autrement il pourroit faire. Quant aux autres articles, il s'accorde du tout avec le précédent Dépoſant, excepté qu'il n'a ni vu, ni oui parler d'aucune Pinaſſe qui fût venue de la part du Duc de Parme, & ne ſe ſouvient point d'avoir vu après la première tempête avec l'Amiral vingt Navires; mais dit que ceux qui étoient au même Navire avec lui, diſoient communément qu'ils aimeroient mieux qu'on les portât en terre que de jamais entreprendre voïage en Angleterre: ajoutant que les plus habiles qui ſoient au Navire de l'Amiral, ne ſe peuvent pas ſoutenir, & que s'ils font tant ſoit peu de ſéjour là où ils ſont, ſelon ſon jugement, il faudra qu'ils périſſent. Pour ſon regard quand cela ſeroit en ſon option, il ne voudroit point retourner en Portugal, pource qu'il ne voudoit être derechef contraint à un ſemblable voïage.

Dépoſition de Jean Conido, de Lekit, en Biſcaie, Marinier.

Le 12 de Septembre 1588.

JEAN DE CONIDO, de Lekit en Biſcaie, Marinier, dit, qu'il étoit au même Navire, auquel eſt l'Amiral; qu'il fit le compte de l'Armée, après le combat fini devant Calais: que là il ne ſe trouva pas de reſte plus de cent dix ou cent douze Navires, de toute l'Armée Eſpagnole. Dit en outre qu'il étoit advenu de toucher & faire eau à l'une des Galeaſſes, il y a environ quinze jours; ce qu'il penſe être advenu vers la Côte du Nord de cette Iſle. Il ne ſe ſouvient qu'il y eût vingt Voiles de reſte en la compagnie de l'Amiral après la premiere tempête, laquelle advint il y a environ trente jours. Dit que le Duc défendit expreſſément que nul n'eût à prendre terre, quelque part que ce fût, ſinon par ſon commandement: confeſſe que l'Armée, laquelle reſtoit après le dernier combat, étoit merveilleuſement intéreſſée & pluſieurs Vaiſſeaux percés tout outre, & leurs cordages rompus & gâtés de coups de canon. Quant aux autres points, il s'accorde du tout avec le précédent Dépoſant, quant à la ſubſtance. Dit en outre, qu'il y avoit un Pilote Anglois avec le Duc. Et pour le regard de l'Ecoſſois priſonnier, qu'il fut pris vers le Nord, après que la Flotte Angloiſe les eut laiſſés en un Navire de cinquante tonneaux, auquel étoient environ ſept hommes, aïant été amenés, tant les hommes que le Vaiſſeau, avec la Flotte. Que ſix

1588. Lettre d'Angleterre a Dom de Mendoze.

desdits Ecossois étoient en un même bord avec l'Amiral, desquels cestui-ci qui est pris, est l'un. Il ajoute qu'après que la Flotte Angloise les eut laissés, les Espagnols jetterent en la Mer tous leurs chevaux & leurs mules, pour conserver leur eau, laquelle étoit portée dans certaines Hourques ordonnées pour cet effet.

Le second examen de Jean Antoine de Monona, Marinier de Gênes.

Le 15 *de Septembre* 1588.

JEAN-ANTOINE DE MONONA, dit, que son pere & lui avec autres vinrent à Lisbonne, en un Navire de Gênes, il y a maintenant un an; là où ils furent embarqués de par le Roi d'Espagne : ce Navire étoit d'environ quatre cens tonneaux.

Dit, qu'après cela, son pere fut ordonné Pilote dans le Navire appellé Notre-Dame de la Roze, de la charge de mille tonneaux, appartenant au Roi. Que le Prince d'Ascule, bâtard du Roi, vint en la Compagnie, & au Navire du Duc, appellé le Galion de Saint Martin, de mille tonneaux de port; mais qu'à Calais, lorsque l'Armée Angloise s'approcha d'eux, ce Prince sortit en terre : tellement que devant son retour, le Duc avoit été contraint de couper ses ancres & se départir; qui fut cause que ce Prince ne put rentrer en ce Navire, mais vint en celui qui est appellé Notre-Dame de la Roze, & avec lui aussi y vinrent un Dom Pedro, Dom Diego, Dom Francisco & sept autres Gentilshommes de marque, lesquels faisoient compagnie au Prince. Dit, que le Capitaine de Navire étoit Villa Franca de Saint-Sébastien; & Matuta étoit Capitaine de l'Infanterie de ce Navire, auquel aussi étoit Capitaine Suarés, Portugais, & un Garrionero, Capitaine Castillan, Lopeche de la Vega, aussi Capitaine Castillan, le Capitaine Montanese, Castillan, un Capitaine Francisco, Castillan, & Michel Oquendo, lequel étoit Général de ce Navire. Il y avoit aussi en icelui un Capitaine Irlandois, nommé Jean Rise, âgé d'environ trente ans, & un autre Irlandois appellé François Roche. Le Prince étoit de l'âge d'environ vingt-huit ans. Dit aussi qu'il y avoit là d'autres Gentilshommes volontaires, qu'ils appellent Avanturiers, mais non pas de tel rang que les autres. Il y avoit, selon qu'il dit, environ sept cens hommes en tout, lorsque premierement ils partirent; mais quand il eut coulé à fond, qu'il n'y en avoit qu'environ cinq cens, le reste étant mort ou par le combat, ou par maladie.

Il dit que ce Navire avoit été percé quatre fois, & que l'un des coups avoit percé entre le vent & l'eau; ce qui leur donnoit crainte que le Vaisseau ne vînt à couler, la plupart du cordage étant rompu de coups. Ce Navire vint toucher contre les rochers au Golphe de Bleskeys (1), Mardi dernier, sur le midi, une lieue & demie loin de terre, là où tous ceux qui étoient au Navire périrent, lui seul Déposant excepté, lequel se sauva sur deux ou trois ais, lesquels s'étoient déjoints. Les Gentilshommes essaïans de se sauver dans le Bateau, ils le trouverent si étroitement lié, qu'il ne leur fut possible de le délier, qui fut cause qu'ils périrent tous. Et aussi-tôt que le Navire donna contre le rocher, l'un des Capitaines tua le pere de lui Déposant, disant qu'il l'avoit fait par trahison.

Dit, que là vint en leur Compagnie un Navire Portugais, d'environ quatre cens tonneaux, lequel entrant dans ce Golphe, y jetta l'ancre tout contre le lieu où aussi étoit à l'ancre l'Amiral, appellé Saint-Jean, auquel étoit Dom Martin de Ricalde.

Dit, qu'environ vingt-deux jours auparavant le Duc s'étoit départi d'eux, aïant environ vingt-cinq Navires en sa compagnie, & en restoit environ quarante avec l'Amiral: mais ce Navire-là n'avoit pas pu suivre l'Amiral, à cause que ses voiles étoient rompues. Et quant au reste de l'Armée, tous étoient si écartés qu'il ne sait qu'ils sont devenus.

Dit, que le Duc étant mieux fourni d'eau que les autres, s'avança davantage en la Mer vers l'Ouest, voulant que ceux de sa compagnie, qui étoient plus mal accommodés d'eau, essaïassent en quelque Côte d'en recouvrer de fraîche. Depuis ce temps, ils ont toujours été séparés par les nuits & par la tempête. Au reste, il affirme que ce Navire, ni autre de la Flotte, n'ont touché aucune terre & n'ont eu aucun rafraîchissement d'eau ou de victuailles en quelque Place que ce soit depuis leur partement; excepté de deux Ecossois, lesquels ils prirent sur la Côte d'Ecosse: desquels le Duc prit le poisson & les victuailles, & les païa.

Il dit pareillement, que leurs Navires étoient si battus, & le vent si contraire, & les bancs en la Côte de Flandres si périlleux, que le Pilote qui étoit au Navire du Duc, dressa

(1) On le nomme ailleurs Blaskeys.

1587. LETTRE D'ANGLETER. A DOM DE MENDOZE.

leur route, pour la plus grande sûreté, vers le Nord.

Dit, que l'un des jours du combat entre les deux Armées, le Duc voïant que la Flotte Angloise les poursuivoit avec tant de hardiesse, requit sa Flotte, puisqu'il n'y avoit point d'autre remede de se disposer au combat.

Dit aussi, que devant Calais, il se perdit ce jour-là quatre mille hommes au combat, outre mille qui furent noïés en deux Navires. Le Maître de la Cavalerie des Tertii, de Naples & de Sicile, y fut tué par une grosse piece qui lui rompit la cuisse: il ne se souvient point de son nom. Alors aussi le Mestre de Camp de la Cavalerie & le Mestre de Camp de l'Infanterie furent tous deux tués; de leurs noms il ne s'en souvient point.

Dit, que les quatre Galeasses étoient de Naples: que les quatre Galeres laisserent la Flotte quarante lieues devant qu'ils approchassent près d'Angleterre.

Dit, que le Navire de Florence s'en est allé avec le Duc. Il ajoute aussi qu'il y avoit quatorze Vaisseaux Vénitiens en cette Flotte, desquels les deux ont été noïés. Qu'est devenu le reste il ne sait. Ils ne servoient le Roi que par arrêt qui en avoit été fait; il y avoit trois Pilotes Anglois au Navire du Duc.

Finalement il dit, qu'en ce Navire coulé à fond, il y avoit trois coffres pleins de monnoie. Et ne sait pas ce qui mouvoit le Duc de commander que tout le reste de l'Armée se retirât à la Crongne, & ne s'en départît point sans son commandement, à peine de la vie.

Examen de Jean-Antonio Moneck, à quinze lieues loin de Ganna.

Le dix-septieme de Septembre 1588.

IL dit, que le Prince d'Ascule (1) étoit homme grêle & de stature passablement grande, âgé de vingt-huit ans, aïant les cheveux crépelus & de couleur noirâtre, le front élevé, peu de barbe à la marquesote, blanc de visage, mais quelque rougeur sur les joues.

Lorsqu'il fut noïé, il avoit un habillement de satin blanc, le pourpoint & les chausses découpées à l'Espagnole, un bas de soie de couleur de feuille morte. Quand ce Prince vint en leur Navire à Calais, il étoit habillé de velours ras, couvert d'un passement d'or bien large. Dit, que les serviteurs du Prince étoient pour la plupart au même Vaisseau que lui Déposant

(1) D'Ascoli. Voïez ci-devant.

étoit, depuis leur département d'Espagne. Et comme ils étoient à Calais, que le Prince passa en un petit Esquif, de Navire en Navire pour les disposer : aucuns disent qu'alors il descendit en terre. Dit, qu'on estime que le Duc étoit éloigné du Nord-Ouest de l'Irlande, vers l'Ouest, quand il se partit du reste de sa compagnie. Dit, qu'il se sépara par une tempête qui s'élèva la nuit, & qu'environ six jours après, un Galion Portugais rencontrant cestui leur Navire, & passant outre, dit à ceux qui étoient dedans, que vingt-cinq des Navires de toute l'Armée s'en étoient allés avec le Duc, & que le reste de l'Armée étoit dispersé par la tempête, huit en un endroit, & quatre en l'autre, de compagnie, traversant la Mer ainsi écartés : mais combien de Navires il y avoit de reste lorsqu'ils départirent des Côtes d'Ecosse, lui Déposant ne le peut dire. Bien, dit-il, qu'après cette premiere tempête qui s'éleva il y a vingt-cinq jours passés, par un vent de Sud-Ouest, devant que d'être perdus, ils ont été agités par maintes tempêtes, tantôt d'un côté, tantôt de l'autre, par une grande variété de vents.

1588.

LETTRE D'ANGLETERRE A DOM DE MENDOZE.

Second Examen d'Emmanuel Fremosa.

Le dix-septieme de Septembre 1588.

EMMANUEL FREMOSA, examiné le même jour, dit, que le jour prochain devant la grande tempête, par laquelle le Duc fut séparé d'avec eux (auquel jour il faisoit grand calme) lui-même compta le reste de l'Armée, & qu'elle étoit alors en tout de soixante-dix Voiles,

Dit, que lorsqu'ils étoient les plus éloignés, ils étoient par les soixante-deux dégrés du Nord, distant de toute terre de quatre-vingt lieues & plus vers le Nord-Ouest de l'Ecosse, & aïant le Cap de Clere au Sud, & tenant de l'Ouest; & cela fut par l'espace de quatre ou cinq jours. Depuis alors jusqu'à la tempête, ils eurent le vent pour la plupart Ouest & Ouest-Sud-Ouest, & quelquefois Ouest-Nord-Ouest; mis cestui-ci de fort peu de durée.

Il dit qu'il étoit su de fort peu de personnes, que le Prince fils bâtard du Roi fût en l'Armée, jusqu'à ce qu'on fût arrivé à Calais; là où ce Prince environ le temps du combat, à ce qu'on dit, se fit passer en la Côte de Calais en un petit Esquif; mais auparavant il se comportoit comme Particulier dans le Navire du Duc, sans que jusqu'alors il fût remarqué, ou

1588. LETTRE D'ANGLETER. A DOM DE MENDOZE.

qu'on parlât de lui en sorte quelconque. Mais en outre il dit que là il y avoit un grand Prince Italien, homme de commandement, en une grande Argousoise (1), & bien fournie de toutes choses, lequel devant qu'ils approchassent les Côtes d'Angleterre, festoïoit bien souvent le Duc & les plus Grands de l'Armée. Cette Argousoise étoit appellée le Rat.

Dit, qu'il ne s'apperçut point si ce Navire étoit en la Flotte le jour de-devant la tempête ; mais bien que ce Navire étant renommé, on s'enqueroit souvent s'il étoit en la compagnie, & qu'on répondoit qu'il y étoit. Dit aussi, que le principal trésor, ordonné pour la paie, étoit (selon qu'il a entendu) en la Galeasse qui fut jettée sur les bancs à Calais, & en un Navire de Sévile, fait en Galice, appellé le Galega, d'environ soixante-dix tonneaux de port, auquel étoit Dom Pedro de Valdez, & lequel fut pris en la Côte du Sud.

Examen de Pierre Carre, Flamand.

PIERRE CARRE dit, qu'au Navire auquel il vint, appellé Saint-Jean, qui étoit un Galion du port de neuf cens tonneaux, outre Martin de Ricalde, il y avoit cinq Capitaines, Dom Jean de Lune, Dom Gomes de Galanezar, Dom Pedro de Madri, le Comtes de Paredes, Dom Felice ; & y avoit aussi un Italien Marquis de Piedmont, appellé le Marquis de Farvare.

Il ajoute aussi que l'Amiral, depuis le combat de Calais, n'est point sorti de son lit, sinon depuis il y a aujourd'hui huit jours qu'ils furent jettés sur les bancs. Dit aussi, que cet Amiral est de Biscaie, ou de Bilbo, ou de Alrede, âgé de soixante-deux ans, & homme de service. En outre il dit, qu'il y avoit en cette Armée de vieux Soldats de Naples, sous la conduite de Dom Alonso de Sono, & de vieux Soldats de Sicile, sous la conduite de Dom Diego Pimetelli, duquel le Navire fut perdu près de Calais. Là aussi étoit Dom Alonso de Leva, Mestre de Camp de la Cavalerie de Milan. Dit aussi, qu'il y avoit en la Flotte & au Navire du Duc, un fils bâtard du Roi Philippe, âgé de vingt-huit ans & appellé le Prince d'Ascule en Italie, lequel se fit transporter d'avec eux en une Pinasse, comme il estime, étant près de Calais.

Par autre avertissement du quatorzieme de Septembre, il a été certifié au Milord Lieutenant pour Sa Majesté en Irlande, de

(1) Sorte de Galere.

de la part du Comte de Tiron, étant en son Château de Dangannon, qu'aïant eu avis de la descente de certains Espagnols vers le Nord d'Irlande, il avoit envoïé deux Capitaines Anglois vers eux avec leurs Compagnies, au nombre de cent cinquante, qui les trouverent au Village de Sire Jean Ordoghertie, appellé Illagh, & là aïant découvert qu'ils étoient en nombre d'environ six cens, ils se camperent pour cette nuit près d'eux à la portée du mousquet: & environ le minuit leur attaquerent l'escarmouche par l'espace de deux heures, en laquelle escarmouche le Lieutenant de Camp Espagnol avec vingt autres Espagnols fut tué, outre beaucoup d'autres qui furent blessés.

1588.

LETTRE D'ANGLETER. A DOM DE MENDOZE.

Le jour suivant, ils attaquerent derechef l'escarmouche à l'encontre des Espagnols, lesquels sur cela se rendirent; & furent amenés, étant prisonniers, au Comte Dangannon, lequel prétend les envoïer au Milord Lieutenant. Ils sont estimés gens de valeur, & l'un d'entr'eux avoit eu quelque grande charge & commandement par beaucoup d'années. De quoi ledit Milord Lieutenant donnera avertissement si-tôt qu'on les aura amenés à Dublin (1).

Il peut être survenu quelques fautes en l'écriture des noms Espagnols en François, pourcequ'ils ont été écrits par forme d'interprétation; premierement de la bouche des Espagnols & puis d'Anglois en François; mais au nombre & qualités des personnes, ou des morts ou des vivans, il n'y peut avoir faute, selon les informations faites juridiquement, le 27 de Septembre 1588.

Nombre des Navires & des Hommes coulés à fond, noïés, tués, ou pris ès Côtes d'Irlande, au mois de Septembre 1588.

Province.	*Lieux.*	*Navires.*	*Hommes.*	
A Tirconnel (2),	en Loughfoile *.	1	1100.	*Les hommes de ce Navire & autres échappe-rent.
A Cannaught (3).	Au Havre de Silgo.	3. gr.	1600.	
	En Tircauley.	1	400.	
	En l'Isle de Clere	1	300.	
	En Finglasse	1	400.	
	En Oflartie.	1	200.	
	En Irrise.	2	....	Les hommes s'enfuirent ès autres Vaiss.
A la Rade de Gallouay (4).		1	70.	

(1) Sur le récit de ces combats rapportés dans les Lettres ci-dessus & sur le dénombrement qui suit, on peut consulter M. de Thou, qui entre sur cela dans un grand détail au livre 89e. de son Histoire.

(2) Tirconel, Château & Comté d'Irlande en Ultonie.

(3) C'est-à-dire, en Connacie, Province d'Irlande vers l'Occident. Les lieux nommés vis-à-vis de ce mot, sont de ladite Province.

(4) C'est Galluvay, Ville & Château avec Port de Mer en Irlande, dans la même

1588.
LETTRE D'ANGLETER. A DOM DE MENDOZE.

Provinces.	Lieux.	Navires.	Hommes.	
	De l'autre part	11	4070	
Mounster (1).	Au Shenan.	2	600.	
	En Tirailie	1	24.	
	En Dingle.	1	500.	
	En Desmond.	1	200.	Les hommes s'embarquerent en un autre Navire.
	Au Shenan.	1 brûlé.		
	Total	17	5394	

Devant la porte des susdits dix sept Navires en Irlande, quinze autres Navires étoient déja perdus ès mois de Juillet & d'Août, ès combats qui se firent entre les Anglois & Espagnols dans le détroit de la Mer d'Angleterre, là où il n'y a eu un seul Vaisseau, ni personne de qualité qui ait été pris ou perdu, selon qu'il est décrit ci-après.

Nombre des Navires & des hommes coulés à fond, noïés, pris, ou perdus ès mois de Juillet & d'Août, ès combats qui se firent entre les Anglois & Espagnols, dans le Détroit de la Mer d'Angleterre.

	Navires.	Hommes.	
Premierement, Galeres.	4	1622.	
Près Ediston vers Plemouth, au premier combat	1		Le nombre est inconnu. Ces deux sont demeurés en Angleterre.
Alors aussi le Navire de Dom Pedro de Valdez fut poursuivi & pris (2).	1	422.	
Un grand Navire Biscain au même-temps par feu.	1	289.	Ces deux forcés à Flessingue, étant grandement offensés par les canonades d'Angleterre.
La principale Galeasse de Naples, en bris devant Calais (3).	1	686.	
Un grand Navire Biscain coula en ce même combat.	1		Le nombre ne se sait pas.
Le Galion de Saint Philippe.	1	532.	
Le Galion de Saint Mathieu (4).	1	397.	

Province de Connacie : il y a aussi Galluvay en Ecosse, dans la Partie Méridionale du Roïaume.

(1) Mounster ; c'est la Mommonie, Province Méridionale d'Irlande.

(2) Dom Pedro de Valdez pris.

(3) Dom Hugo de Moncada fut tué en ce Vaisseau.

(4) Dom Diego Pimentelli fut pris en celui-ci.

1588.

LETTRE D'ANGLETER. A DOM DE MENDOZE.

	Navires.	*Hommes.*	
Ci-contre. - - - - -	11	3948.	
Un Biscain perdu devant Ostende.	1.		On ne fait pas le nombre.
Deux Venitiens coulerent le jour d'après leur combat.	2.	843.	
Un grand Biscain, pressé par les Navires de la Reine, périt devant le Havre de Grace.	1.		On ignore le nombre.
Total - - - - - - -	15.	4791.	
Nombre total des deux pertes.	32.	10185.	

Desquels il y en a de prisonniers en Angleterre & Zelande pour le moins mille, outre une grande multitude d'hommes non compris en ce nombre, tués au combat, ou morts de famine, comme il appert par les dépositions précédentes.

Outre plusieurs Navires qu'on estime perdus, encore qu'on n'en ait rien oui de certain.

Le Roi d'Espagne avoit grande volonté après cette grande perte de se faire saisir de la personne du Prince de Parme. La raison étoit, qu'on lui imputoit la ruine de l'Armée. Que lorsqu'il se devoit joindre à elle, il étoit allé en pelerinage, qu'il avoit laissé échapper tous ses Matelots, qu'il n'avoit voulu retenir les Ambassadeurs d'Angleterre, pour retirer les Seigneurs Espagnols qui y étoient prisonniers, & autres soupçons, qui avoient de long-temps procédé.

Et les prisonniers Espagnols qui étoient retenus en Angleterre, le faisoient manifestement la cause de tout leur malheur : ne regardant pas le Ciel d'où venoit cette vengeance, qui n'a été que la messagere de pis, sur cette cruelle & fastueuse Nation, si elle ne s'amende. Les restes de cette Armée (qui échapperent la poursuite des Anglois) furent si miserablement dispersés par les Mers du Nord & Côtes d'Ecosse, d'Irlande & autres lieux, que la postérité ne croira un si horrible jugement de Dieu, lequel néanmoins est véritable & connu d'un chacun. Car déja assez long-temps après cette défaite générale, deux

1588. des plus grands Vaiſſeaux de l'Armée (comme il a été écrit & mandé d'Angleterre) furent jettés par la tourmente ſur la Côte d'Angleterre ; & fut l'un d'iceux Vaiſſeaux trouvé plein de corps morts, preſque tous Eſpagnols, ſans qu'il y eût un ſeul vivant. L'autre de même, excepté cinq ou ſix pauvres miſérables qui étoient aux abois de la mort & reſpiroient encore. Un autre grand Vaiſſeau de Florence, dans lequel il y avoit pluſieurs Eſpagnols & autres en grande langueur, fut jetté par la tourmente ſur les Côtes d'Ecoſſe, où étant reconnu, un Ecoſſois trouva moïen de jetter ſubtilement une grenade à feu dans ce Vaiſſeau, auquel le feu ſe prit ſi violemment, qu'on ne le put jamais éteindre ; le feu prit aux poudres, jetta le tillac dudit Vaiſſeau, plus de demi mille en terre. Si aucuns ſont retournés en Eſpagne, ç'a été pour annoncer le triſte malheur des autres, & par ce moïen augmenter l'ennui & la peine de ceux qui n'en attendoient une ſi honteuſe fin.

LETTRE D'ANGLETER. A DOM DE MENDOZE.

En ce meme temps, M. d'Antragues (1), Gouverneur d'Orleans envoïa proteſter d'obéiſſance au Roi, avec excuſe que ce qu'il avoit fait en faveur de la Ligue, n'avoit été que par zele de Religion, mais qu'aïant appperçu que les Chefs d'icelle paſſoient plus outre, il y renonçoit entierement, à quoi il fut reçu.

(1) François de Balſac, Seigneur d'Entragues, de Marcouſſis, &c. fait Chevalier des Ordres du Roi par Henri III, lors de la premiere Promotion en 1578. Il étoit fils de Guillaume de Balſac, Seigneur d'Entragues, Gouverneur du Havre de Grace, &c. Voïez M. de Thou, Hiſtoire, livre 91.

Avertissement.

IL a été touché ci-dessus des grands préparatifs, que faisoit le Duc de Savoie pour lever les armes contre la France. C'étoit une chose toute commune entre tous, que les Chefs de la Ligue avoient avec lui une commune intelligence & que l'Armée du Duc de Maïenne en Dauphiné, & celle que le Duc de Savoie mettoit sus, se devoient respectivement favoriser. Pour ne laisser rien d'enveloppé en ce propos, le Lecteur apprendra que le Duc de Savoie & ceux de la Ligue avoient bien en général cette commune intelligence, de haïr ceux de la Religion, de leur faire cruelle guerre & les extirper entierement s'ils pouvoient ; mais les secrets desseins que chacun de ces Partisans ici avoient, se couvoient & gardoient incommuniquables dans l'estomac d'un chacun, se réservant & les uns & les autres, les moïens de faire ses affaires selon l'occasion qui s'en pourroit présenter, & à ce seul regard peut-on dire qu'il n'y avoit aucune société (comme il advient vulgairement entre les Grands, quand il est question de la domination) entre ceux de la Maison de Guise & le Duc de Savoie, & que chacun d'eux eût envié à son Compagnon, ce qu'il vouloit retenir pour soi. M. de Guise avec ses Partisans avoit pour dessein de regner & établir son autorité en France ; & n'eût voulu avoir pour compagnon le Duc de Savoie, ni aucun autre, quel qu'il eût été. M. de Savoie appercevant bien cela, s'estimoit semblablement d'assez bonne Maison, pour en avoir sa part, & principalement ce qui étoit à sa bienséance, pour élargir ses limites. Il se reconnoissoit fils & mari de deux filles de France: science qui le faisoit veiller à un bon appanage, étant certain qu'il eût été marri que Messieurs de Guise en eussent eu meilleure part que lui. Ces divers conseils cachés ès cœurs des uns & des autres, étoient néanmoins aidés & avancés mutuellement par le général prétexte, qu'ils prenoient tous d'extirper la Religion, qu'ils appelloient l'hérésie ; & à cela en paroles ouvertes s'accordoient, s'aidoient & s'encourageoient les uns les autres, réservant au plus fin de tromper son compagnon.

Il advint donc, que durant l'Assemblée, dite des Etats, à Blois, & lorsque M. de Mayenne étoit au Lyonnois & ès environs du Dauphiné, M. de Savoie (1) avec son Armée, fit irruption au Marquisat de Salluce (2), & aïant de longue main tramé ses entreprises, surprit la Ville & Forteresse de Carmagnole (3), second magasin d'armes & munitions de guerre pour la France. Il prit aussi Ravel, Château-Dauphin (4) & autres Places; tellement qu'il ébranla fort quelques Places du Dauphiné, le Bourg

(1) Charles Emmanuel, premier de ce nom, surnommé *le Grand*, fils d'Emmanuel-Philibert, surnommé *Téte-de-Fer*.

(2) Salusses, Ville & Marquisat d'Italie, proche des Alpes.

(3) Forteresse du Marquisat de Salusses, dans le Piémont

(4) Ville de Dauphiné, sur la Frontiere d'Italie. On a parlé déja des autres lieux nommés ici.

1588. d'Ozan, Ambrun, Romans & autres qui avoient quelqu'occasion de s'étonner, à l'inopinée arrivée d'un tel voisin.

REMONTR. AU DUC DE SAVOIE.

Cette nouvelle ne fut apportée à Blois, sans troubler ceux qui n'y pouvoient prendre plaisir ; aucuns passionnés estimoient, que ce renfort de misere faciliteroit leurs desseins, que le feu étant allumé en divers lieux, celui qu'ils attisoient au cœur de la France n'en seroit pas ne si-tôt ne si facilement éteint.

Le Duc de Savoie aïant fait ce coup, pallie & colore par-tout ses actions de beaux prétextes ; mais principalement envers Sa Sainteté, vers laquelle il excusoit ce fait, comme utile à l'avancement de l'Eglise Romaine ; qu'il avoit entendu que le Roi de France vouloit ceder les Places qu'il avoit prises au sieur des Diguieres (1) & autres Hérétiques de Dauphiné ; chose qu'il avoit estimée très pernicieuse, tant pour l'état de ses Païs, qui en étoient proches, que pour le Siege Apostolique & Romain, qui n'en pouvoit, à la longue, que recevoir beaucoup de dommage.

Plusieurs (même des Serviteurs du Duc de Savoie) trouvoient le dessein de cette hardie entreprise mal digeré par ce jeune Prince ; estimoient que l'apparence le trompoit, & qu'aveuglé de trop grande affectation de s'aggrandir, ou trompé par un mauvais conseil, il se précipitoit & hasardoit tout son Etat, à pire extrémité que n'avoir jadis son pere, pour n'avoir du commencement eu suffisante science de ses forces, qui fut cause que quelques-uns des siens lui en fit une remontrance notable & digne d'être en ce lieu ajoutée de mot à mot, selon qu'elle fut pour lors imprimée & mise en lumiere, comme il s'ensuit.

REMONTRANCE

D'un Conseiller du Duc de Savoie, à son Altesse, pour le dissuader d'entreprendre sur la France.

MONSEIGNEUR,

Puisque je suis né votre Sujet, que nature & la raison m'obligent & astraignent à vous servir & obéir, voire à dresser & ordonner toutes mes actions & pensées, après le service de Dieu, à la conservation de votre Etat, grandeur & prospérité d'icelui, bien & repos de ceux qui sont nés sous votre même obéissance ; je ne puis qu'en cette nouvelle ouverture de guerre que votre Altesse entreprend, je n'apporte aussi de ma part le service & moïen que je puis, tant pour une oisiveté pendant que les autres sont occupés, que pour faire preuve de ma fidélité, & témoigner les bienfaits & avantages que tous

(1) De Lesdiguieres.

vos Sujets avec moi, ont jusqu'à hui reçus & éprouvés sous votre Gouvernement. Quelqu'un y apportera ses armes & sa vaillance ; quelqu'un y contribuera de ses deniers & commodités ; quelqu'un de son art & industrie, & tous pour faciliter & avancer votre entreprise. De moi, contraire aux autres, j'y apporte une très humble Remontrance, contenant les plus apparentes raisons que promptement je me suis pu imaginer, pour y contrarier & m'y opposer, en tant qu'en moi est, & peut-être comme une nouvelle Cassandre (1), vous représenter en peu de mots l'importance & gravité de l'affaire en laquelle vous vous embarquez, aïant cette ferme opinion, qu'en vous en dissuadant je fais plus que tous vos Capitaines & toute votre Armée, soit pour votre Armée, soit pour votre Altesse en particulier, soit pour le bien & repos de vos pauvres Sujets, qui s'étonnent de l'ouverture, en appréhendent la continuation, mais sur-tout, en redoutent l'issue & en craignent quelque grand malheur & désastre : & certes je m'estimerois perfide & déloïal au service que je dois à votre Altesse, si je n'y contribuois aussi & si n'aïant autre but que de bien faire, je n'empêchois à tout le moins le mal & encombrier de tout mon pouvoir.

Votre Altesse, ou de son mouvement propre pour étendre ses limites, & s'approprier des Païs, Places & Villes par droit de bienséance & commodité, pour acquérir réputation, & à l'exemple de vos Prédécesseurs signaler & immortaliser votre mémoire, ou à la persuasion & induction d'autrui, s'est saisie & impatronisée de Ravel, Carmagnole, & généralement de tout le Marquisat de Salusses, & en outre de Briancon (2) & quelques autres Places du Dauphiné; & pour le jourd'hui avec le même vent en poupe conduisez en icelle une grande & puissante Armée, en espérance de multiplier vos conquêtes & annexer à vos Terres de Piémont & Savoie cette Province de Dauphiné, de long-temps dédiée pour sa grandeur & importance, au Fils aîné de la Maison de France (3). Vous vous trouvez à

(1) Fille de Priam, Roi de Troyes & d'Hécube. Apollon, selon la Fable, lui donna le don de Prophétie, & elle annonça les malheurs qui devoient arriver à la Ville de Troyes.

(2) On écrit Briançon ; c'est une Ville du Dauphiné.

(3) Le premier Dauphin, fut le second Fils de Philippe de Valois, Roi de France : l'aîné étoit qualifié Duc de Normandie. Cependant, depuis ce temps-là, ce titre a toujours été porté par les fils aînés de nos Rois. Ceux-ci, nos Rois, jouissent du Dauphiné & du Comté Viennois en conséquence de trois Traités faits entre le Roi Philippe de Valois & le Dauphin Humbert II, dernier Prince de la Maison de la Tour du Pin. Le Traité de Cession du Dauphiné est de 1343, confirmé en 1344, & encore en 1349.

1588.

REMONTR. AU DUC DE SAVOIE.

souhait toutes choses requises pour l'entretien de cette Armée ; les cœurs de vos Gens d'armes & Soldats bien disposés, vos trésors & magasins bien garnis, la France tellement divisée, embrouillée & acharnée en soi & contre soi-même, que vous n'avez à votre jugement aucune occasion de crainte, & qui plus est, plusieurs des plus Grands & des plus Puissans & qui ont les armes en main, vous y appellent & vous favorisent : assurance de toute aide & secours de la Majesté Catholique & de notre Saint Pere, desquels l'autorité, la puissance, les armes & moïens sont redoutables à tout le monde ; vous prévoïez, avec grandes apparences & conjectures, une dissipation & partage de la Couronne & Etat de France, & que chacun en emportera son lopin, & présupposez y avoir quelque droit aussi-bien que les autres, étant fils & mari de Princesses du Sang de France & de la Maison de Valois : enfin meu & poussé d'une sainte & religieuse intention, vous voulez prévenir la ruine & subversion en cette Province de la Religion Catholique, Apostolique & Romaine, qui en est à demi chassée & laquelle n'y peut plus gueres subsister, si bien-tôt n'y est remédié. Ainsi votre dessein est trouvé par vous utile, honnête & facile, & déja le succès vous donne espérance d'une fin aussi heureuse ; que par droit au moins, de naufrage & de bris, ce qui sera le plus proche de votre côté vous doit appartenir. Ce sont certes de grands & puissans motifs pour animer même les plus craintifs, exciter les moins ambitieux & émouvoir les plus lents & respectueux, puisque la facilité s'y trouve avec l'honneur & commodité ; c'est aussi la vicissitude des choses de ce monde & l'ordre naturel de la génération qui naît de la corruption, & sur-tout en telles choses la prise de l'occasion à propos est celle qui fait les effets les plus beaux & les plus perdurables. J'avourai pareillement que la gangrene aïant, comme elle a, saisi le milieu de ce grand corps, les membres & extrémités aisément s'en retrancheront pour leur conservation ; mais si à l'opposite, votre Altesse veut considérer & peser les raisons, difficultés & empêchemens qui y sont, je m'assure qu'elle trouvera qu'ils emportent de beaucoup le poids de celle qu'elle s'est proposée.

Et premierement, il est trop certain que tous changemens d'une longue paix en une subite & grande guerre, sont très dangereux, d'autant plus que le pacifique est moins aguerri, moins accoutumé à souffrir & pâtir, moins propre pour durer en une grande

grande entreprise ; que si cela est vrai ès Etats égaux en forces & en puissance, lesquels par une mutuelle crainte se maintiennent & conservent, à plus forte raison entre Seigneuries inégales, desquelles la moindre doit toujours penser plutôt à se garder & maintenir, que non pas à entreprendre & assaillir la plus puissante ; c'est la Loi naturelle empreinte même en tous les animaux, desquels les petits cedent aux plus grands & doivent réputer à grace & courtoisie quand ils n'en sont froissés & engloutis. Or, quelle proportion y a-t-il des forces & moïens de votre Altesse, à celles de la France, qui est plus grande vingt & trente fois que tout ce que vous possédez, peuplée & abondante à l'équipolent, aguerie & exercée depuis trente ans continuellement : n'avons-nous point (sans en aller chercher bien loin) un exemple tout récent de la perte totale de toutes les Terres que vous possedez tant deçà que delà les Alpes, & de l'extrémité à laquelle défunt votre Pere, d'heureuse mémoire, s'est vu réduit par un long-temps pour avoir le François par trop puissant ennemi : le bruit des Guerres de Piémont, le passage des forces & troupes par ce Païs ne retentissent-ils pas encore à nos oreilles ? Y a-t-il rien plus aisé & plus commode au François que de borner & limiter l'étendue de son Roïaume jusqu'aux Alpes ; & comme en passant, nous dompter & assujettir ? Que si l'exemple de la ruine & spoliation paternelle vous doit contenir, beaucoup plus la paisible jouissance de son Etat, depuis qu'il l'eût recouvré, en laquelle inviolablement il est demeuré, vous doit instruire & vous détourner d'une téméraire entreprise. Il avoit acquis & justement le renom d'un des plus sages & avisés Princes de l'Europe ; mais sur-tout, de ce que parmi beaucoup de troubles & guerres de ses Voisins, il s'étoit abstenu de toute guerre & maintenu ses Païs en paix ; & toutefois il avoit une très grande expérience au fait de la guerre: il n'avoit pas faute d'intelligence, ni de Partisans en la France ; il la voïoit autant divisée & allumée de guerre qu'elle est de moïens, il vous en a laissé telle quantité qu'elle étoit bastante pour fournir à l'entretenement d'une bien grande Armée, prévoïant prudemment l'incertitude de l'issue des guerres, lesquelles le plus souvent sont douces à l'entrée, mais difficiles à les conduire, & très ameres & dommageables en l'issue ; ce fut même l'avis & conseil qu'il donna au Roi de France à présent régnant, lorsque revenant de Pologne il passa par ses terres, & pour ne l'avoir suivi, les affaires ont toujours mal succedé : ce vous

1588.

REMONTR. AU DUC DE SAVOIE.

1587. REMONTR. AU DUC DE SAVOIE

eſt, & doit être un patron & regle de conduite pour votre Etat, lequel par ce moïen il vous a aſſuré & laiſſé floriſſant, & plein de toutes richeſſes & commodités; ſes enſeignemens & préceptes domeſtiques, provenant d'un ſi grand & expérimenté jugement, doivent en vous prévaloir à tous autres conſeils plus gracieux & applaudiſſans. Il n'a pas même jamais rien entrepris contre les Suiſſes, qui ne ſont aucunement égaux en puiſſance à la France, ains au contraire il a mieux aimé leur délaiſſer & abandonner une partie des terres qu'ils avoient uſurpées ſur lui, que de tenter les évenemens d'une guerre contre cette Nation tant belliqueuſe.

N'avons-nous pas vu (& depuis peu d'années) ce qui eſt advenu au Roi & au Roïaume de Portugal, lequel avoit fleuri ſi long-tems en une longue & heureuſe paix, & tout en un moment eſt péri & éteint, pour avoir témérairement entrepris d'aſſaillir un plus grand que ſoi, ſous vaine apparence & eſpérance, qui toutefois ſembloient être bien fondées, & même de piété & Religion ?

Toutes les Hiſtoires ſont remplies de ſemblables exemples, & n'eſt beſoin de repréſenter davantage les raiſons, car enfin ſi le petit veut faire la guerre au plus grand, ce doit être ſeulement par pratiques & menées, par corruptions & préſens, & par une prudence politique, qui a été toujours pratiquée par les plus ſages, ſavoir eſt, d'y nourrir & entretenir les Guerres & diviſions, ſi aucunes y en a, & fomenter le feu, & non pas l'éteindre, afin qu'ils n'aient ni le loiſir, ni le pouvoir de penſer ailleurs qu'à ſoi-même & pour ſoi-même. La Majeſté Catholique a ſur-tout très bien obſervé & exercé ce remede, voire ſi heureuſement que la France (qui autrefois avec moindres occaſions & prétextes eût empiété & envahi ſes Terres) les a refuſées, lui aïant été offertes, pour s'être trouvée réduite à tel point qu'il falloit s'emploïer à éteindre le feu de Guerre civile, qui la tenoit embraſée de toutes parts : il eſt vrai que l'Angleterre, qui eſt bien auſſi puiſſante au reſpect de l'Eſpagne, comme vous au regard de la France, le lui a rendu en partie, & depuis vingt ans & plus entretenu & alimenté fort induſtrieuſement les Guerres ès Païs-Bas ; & par ce moïen s'eſt garantie d'une invaſion & ruine de laquelle elle étoit menacée. Que faites-vous donc, vous départant de ces exemples domeſtiques & récens, ſinon tout le contraire ? Vous foible, en aſſaillez un puiſſant ; vous, paiſible & aſſuré en votre Etat, le haſardez au

1588.

REMONTR. AU DUC DE SAVOIE.

péril d'une guerre incertaine; vous qui tenez votre Etat de la France & qui lui en avez une très grande obligation, & qui de nouveau en avez reçu encore par pure courtoisie Saviglian (1) & Pignerolles (2), par une offense si grande que de l'assaillir & vous saisir de ses Terres & Villes, en encourez une signalée ingratitude, qui ne peut être couverte par aucun prétexte; que si les injures & offenses sont aggravées & estimées par l'indignité de l'ofenseur, & par la puissance & dignité de l'offensé, si le tort fait à un affligé est réputé plus grand que celui qui est fait à celui qui est en prospérité; si les outrages des parens entre les parens, des amis entre les amis, des Serviteurs contre les Maîtres, des enfans envers les peres, des Vassaux envers les Seigneurs, ont toujours été tenus exécrables & punis comme parricides; de quelle raison & couleur peut être soutenue votre entreprise, puisque vous ne pouvez alléguer aucune nécessité, ni aucune précédente offense; mais au contraire que vous faites la guerre à celui qui avoit occupé tout votre Païs & vous l'a rendu, qui vous a obligé par serment & qui vous l'a tenu, duquel vous êtes Vassal en quelqu'une de vos Seigneuries, & auquel (comme plus grand sans comparaison) vous devez tout respect & toute crainte? Il n'y a point de guerre juste, disoit un Ancien, sinon celle qui est nécessaire. Or, vous la recherchez de gaieté de cœur, voire non sans quelque impiété & ingratitude, soit contre Dieu, qui est le Dieu des Armées (vu que contre votre propre conscience & Religion vous assaillez un Roi très Catholique) soit contre votre propre honneur & commodité, soit contre le bien & tranquillité de vos pauvres Sujets, qui n'en peuvent attendre qu'une misérable ruine, & perte de tous leurs biens; car en somme cuidez-vous qu'un Roi de France veuille endurer une telle injure d'un Duc de Savoie? & que quand il le voudroit, que tant de Princes du Sang qu'il y a, tant de grands Seigneurs & Officiers de cette Couronne, tant de braves & valeureux Capitaines, tant de Noblesse aguerrie, tant de Villes & tant de Peuple qui ont la Fleur de Lys empreinte depuis tant de siecles en leurs cœurs & affections, vous permettent une telle invasion, & aussi-tôt ne s'en ressentent, & par une rafade ne vous confinent & réduisent en votre Piémond, & que nous autres de deçà ne demeurions en proie aux Vainqueurs? Qu'aurez-vous donc avancé par vos conquêtes, sinon que de

(1) C'est Savillan, Ville d'Italie en Piémont.
(2) Il faut Pignerol; c'est une Ville d'Italie en Piémont

1588. pêcher (comme on dit) un petit poiſſon & perdre l'hain d'or de beaucoup plus grande valeur ? Qu'aurez-vous fait, ſinon éteindre le feu que vous devez allumer, rallier ceux que vous devez délier, conſolider les membres d'un corps très puiſſant à la diſſolution duquel vous devez travailler : bref, fait ceſſer leurs guerres & diviſions, la continuation deſquelles eſt votre bien & conſervation ; c'eſt un dire par trop commun & toutefois à propos, que les chiens s'entrebattent ſouvent, mais qu'ils n'ont pas ſi-tôt apperçu le Loup, qu'ils ne laiſſent leur débat, & unis, ils ne courent contre l'Ennemi commun. Ainſi les freres, & parens d'ailleurs ennemis & diviſés, s'il y va de l'honneur de leur Famille & Maiſon, toutes rancunes & inimitiés miſes bas, ou à tout le moins différées, ſe défendent envers tous & contre tous, & l'affection naturelle ſurmonte celle qui ne leur eſt qu'accidentele ; l'intérêt général les ravit & violente pour oublier leur particulier ; contre vous la conſidération de votre petiteſſe, la grandeur de l'injure en un temps calamiteux, qui ſera toujours imputée à bravade, inſolence & témérité, irritera encore davantage toute la France & engendrera entr'eux une prompte union & ligue contre vous, & les plus ſages ſeront très aiſes de cette occaſion pour mettre fin à leurs diviſions & partialités, comme il eſt certain qu'il n'y a point de meilleur expédient ni remede plus certain contre les Guerres civiles, que d'affronter les Sujets à l'Ennemi. Il ſe lit que les Romains étant un jour acharnés entr'eux, l'Ennemi ſe jetta en la Ville, & ſe ſaiſit du Capitole, mais ſoudain ils s'accorderent pour le chaſſer : autant en pratiquerent-ils contre les Veïens & contre les Princes & Peuples de Toſcane, qui durant les Guerres civiles des Romains, les avoient aſſaillis, & au lieu d'emporter quelque choſe ſur eux, en demeurerent tous vaincus & aſſujettis : en cas ſemblable les Peuples d'Eſpagne s'étant révoltés contre l'Empereur Charles cinquieme, juſqu'à contraindre le Duc de Calabre de prendre la Couronne, & lorſqu'ils étoient en armeles uns contre les autres, le Roi François premier y envoïa une Armée qui recouvra le Roïaume de Navarre & Fontarabie ; ſoudain les troubles s'appaiſerent entre les Eſpagnols, qui d'un commun accord ſe jetterent ſur les François, & les chaſſerent de tout le Païs qu'ils avoient conquêté, ſans par après ſe reſſouvenir de leurs factions & révoltes : cela ſe voit ordinairement ès Villes & Communautés, eſquelles les envies, inimitiés & jalouſies des particuliers ſe mettent ſous le pied, ſi-tôt que l'en-

REMONTR. AU DUC DE SAVOIE.

nemi commun paroît & tous unanimement courent à défendre la brêche, au lieu que peu auparavant ils se fussent entretués.

1587.

REMONTR. AU DUC DE SAVOIE.

Ne nous trompons donc point par trop nous flatter & applaudir en nos forces & commodités, & ne nous figurons point les divisions des François si enracinées & engravées en eux, qu'elles ne puissent bien-tôt être appaisées & levées: la longueur de leurs maux, l'extrémité de la misere du Peuple, l'expérience du passé, le peu d'effet de leurs guerres civiles depuis vingt-cinq ou trente ans, & sur-tout de ces derniers troubles, qui plus longs que les autres & plus pernicieux, sapent par maniere de dire les fondemens même de cette Monarchie & Etat, avec l'objet d'un Ennemi, les provoqueront à une union & concorde. Chacun sait que même ès Etats esquels pour le jourd'hui ils sont assemblés, la plupart des Provinces ont demandé la paix; qu'il y a un très grand nombre de grands Seigneurs Catholiques qui déplorent les miseres de l'Etat & qui portent très impatiemment ces ambitieux remuemens & superbes nouveautés.

Cuiderez-vous que l'on ne juge que c'est la Majesté Catholique à l'aveu & aide de laquelle vous entreprenez cette guerre, & que sans cette assurance vous n'y entrerez point. C'est donc l'Espagnol, ennemi héréditaire de la France, qui l'assaut; c'est celui qui veut engloutir tout le monde sous son Empire & s'en faire le seul & unique Monarque; c'est celui duquel la haine mortelle est naturellement gravée en tout vrai cœur François, duquel la domination est réputée cruelle & insupportable, contre lequel les Peuples du Païs-Bas se sont révoltés, & aiment mieux éprouver toutes extrémités que de retomber sous sa domination; & maintenant à ce clairon Espagnol, les oreilles des François ne s'ouvriront point, les cheveux ne s'hérisseront, les mains ne s'armeront, ni les cœurs de tant de Princes, Seigneurs, Gentilshommes & autres, si martiaux & si généreux, n'enfleront d'un desir de vengeance & d'une juste défense de leurs Concitoïens, & voudront encourir une note d'infamie & de pusillanimité si grande que de se laisser outrager & provoquer par un Ennemi si foible & si impuissant que vous. Car, enfin, & pour ne rien dissimuler, la Majesté Catholique voudra-t-elle quitter & abandonner le recouvrement de ses Païs, pour dénoncer une guerre nouvelle à la France? Celui qui avec toutes ses forces & puissances depuis vingt ans n'a pu ré-

1587. REMONTR. AU DUC DE SAVOIE.

duire à son obéissance deux petites Provinces d'Hollande & de Zelande, & qui de nouveau a fait une si grande Armée & signalée perte de grands Seigneurs d'Espagne, de Capitaines, de Vaisseaux, & avec ce, sa réputation en la déroute & dissipation de son Armée de Mer, en l'appareil de laquelle il avoit emploïé tout son pouvoir pour conquérir l'Angleterre, voudra entreprendre contre la France, qui tant de fois lui a résisté & de laquelle à son dommage il a souvent senti & éprouvé les Armées : d'ailleurs, qui ne sait les grandes menées & intelligences du Roi de Portugal, l'Etat duquel a été retenu par force & violence par l'Espagnol, qui a beaucoup plus d'intérêt en la conservation de ses conquêtes, & plus d'occasions d'en prévenir la perte & les révoltes, que de songer ailleurs. Cette considération donc ne les étonnera point, & s'assureront qu'il emploiera toujours plutôt ses forces & moïens suivant ses premiers desseins qui lui sont plus nécessaires & plus honorables, avec ce que l'on sait qu'il est ordinairement indispos & comme prés de sa fin, laquelle advenant, ses Etats ne se peuvent garantir de très grandes divisions, séditions & révoltes, desquelles déja les étincelles se voient en l'Espagne & ailleurs ; & lors (peut-être trop tard) serez-vous au repentir de vos conseils trop hardis.

Mais quand ainsi seroit que vous fussiez assuré de son secours & de son aide, ne voïez-vous & oïez déja les cliquetis des armes de nos voisins les Suisses, qui n'appréhendent rien tant que votre grandeur, & qui seuls sont suffisans pour faire tête, qui déja se remuent, qui invitent & conseillent les François, auxquels ils sont obligés & confédérés, à s'opposer à vos desseins & vous contraindre à rendre & restituer ce que vous avez usurpé : vous les avez depuis peu d'années provoqués & irrités, toutefois par leur prudence & cunctation accoutumée, ils ont mieux aimé vous réduire par traités & capitulations à une paix, & à retirer vos forces, que d'entrer en une périlleuse guerre ; ils savent vos moïens & vos prétentions ; ils savent qu'encore aujourd'hui ils vous détiennent les Bailliages, & que votre grandeur & puissance est leur ruine & désavantage : & pourtant il ne vous faut faire aucun doute, que pour leur honneur & réputation (de la quelle ils sont extrêmement jaloux) & pour l'obligation qu'ils ont à la France, ils ne s'opposent à vos desseins, & que (bien unis ensemble) ils ne partagent entr'eux ce misérable Païs auquel même vous n'avez pas faute de Sujets, grands & petits, qui

1588.

REMONTR. AU DUC DE SAVOIE.

vous sont mal affectionnés, & qui volontiers secoueront le joug de votre obéissance, pour se mettre en liberté & se garantir de tant de daces & impositions que vous leur avez mis sus ; il est vrai que les Suisses sont divisés entr'eux & que vous y pouvez avoir grand nombre de Partisans ; mais toujours les Cantons Protestans sont les plus forts, lesquels prêteront promptement tout aide & secours aux Huguenots du Dauphiné, leurs voisins, avec lesquels ils ont de long-temps ordinaire communication.

En ces entrefaites, c'est à savoir, si les langues & les plumes des esprits subtils de Geneve, qui y a plus d'intérêt qu'aucun, se tairont, & même en France, tant de braves & bons cerveaux, desquels ce Roïaume foisonne, ne crieront & n'écriront pas pour exciter tout vrai cœur François contre vous & contre vos ingratitudes qu'ils exagereront. Si donc autrefois les milliers de Seigneurs & Gentilshommes se sont croisé pour conquérir sur les Sarrasins des Provinces si lointaines, vous laisseront-ils envahir leur propre Roïaume, & cette Maison de Bourbon, qui est aujourd'hui rappellée à la Couronne, après la mort du Roi qui regne à présent, qui a produit & engendré de tout temps de si belliqueux & magnanimes Princes, ne reprendra point de cœur & d'avis pour se maintenir & conserver ce qui lui est justement dû. Bref, cet illustre sang deFrance sera comme obscurci & henni par une si lâche fetardise & pusillanimité, que de laisser perdre & usurper par un Etranger la Province de France, qui particulierement a cette prérogative & privilege que d'être affectée & dédiée au Fils aîné de la Couronne & proche héritier d'icelle ; n'auront-ils point en ce fait une jalousie & juste douleur en leur particulier, qui les excite & émouve à conserver ce qui leur est approprié, puisqu'aujourd'hui la Couronne revient à eux ? Je parle en général, laissant les disputes de droit & l'élection de la personne, & me restraignant seulement à la Loi Salique, Loi fondamentale & inviolablement observée par les François, qui plus que toutes les autres Nations ont toujours été haut loués & renommés d'une très fidelle obéissance & amour envers leurs Rois & les Princes de leur Sang.

Avec les Suisses, la République de Venise & le Duc de Mantoue, qui plus qu'aucuns autres redoutent la grandeur de l'Espagnol & la vôtre, & qui desirent sur-tout le rétablissement & conservation de l'Etat de France, ne faudront de remontrer

1587.

RIMONTR. AU DUC DE SAVOIE.

au Roi de France la conséquence & importance de vos entreprises & de contribuer en un besoin & entrer en confédération pour les rompre & empêcher.

Ainsi de tous vos prétextes & inductions apparentes, il ne vous reste que celles des intelligences & Partisans que vous pouvez avoir en la France, & de la Religion Catholique, Apostolique & Romaine, à la manutention de laquelle, vous croïez que tous Princes fideles & Chrétiens sont appellés & astreints; mais quoi! qui y est plus enclin, plus adonné, plus animé que le Roi de France à présent régnant, lequel y a emploïé toute sa jeunesse sous le regne de Charles, son frere, & a expérimenté toutes sortes de voies & de force ouverte & secrete, de douceur, pour en extirper la Religion contraire, & encore à présent tient ses Etats à cette fin, voire qui est poussé d'un si extrême desir d'en pouvoir venir à bout, qu'il a oublié toutes amitiés & inimitiés particulieres, & ne s'est proposé autre but ni résolution que cela, pour après heureusement finir ses jours?

Ce néanmoins, si est-il Roi, doué de grands dons d'esprit, & zélateur de son honneur, & comme tous autres susceptible de justes douleurs, quand on le provoque & offense, voudrat-il donc endurer que sa mémoire à la postérité soit tachée de cette ignominie, d'avoir enduré qu'un Duc de Savoie lui ait enlevé un Marquisat de Salusses, & en icelui comme ravi & emporté toutes les marques, reliques & monumens des conquêtes des Rois, ses prédécesseurs ès Roïaumes de Naples & autres Provinces d'Italie, qu'il se soit saisi de Carmagnoles, Arcenal de la France, & qu'aujourd'hui de son vivant il ait pris le serment de fidélité de ses Sujets, & s'y fasse reconnoître comme Seigneur, faisant expédier toutes choses en son nom, & depuis soit entré avec forces en son Roïaume & ait mis garnison en ses Villes?

Ès extrémités qui le pressent indubitablement, il courra contre celui qui démembre son Etat, & comme déja il l'a plusieurs fois expérimenté, il donnera la Paix à ses Sujets, pour ne voir point en ses jours déchirer ses vêtemens; ainsi sous le feu Roi Charles, en l'an soixante-deux, les troubles cesserent quasi aussi-tôt que l'Anglois eut mis pied en France, & se fut saisi du Havre de Grace, & ses Sujets s'accorderent pour se ruer sur l'Ennemi commun; il est vrai que ses Princes, sa Noblesse, ses Villes & Communautés sont aujourd'hui beaucoup plus divisés & acharnés les uns contre les autres qu'ils n'étoient

REMONTR. AU DUC DE SAVOIE.

toient pour lors, qu'il eſt aujourd'hui en la puiſſance & poſſeſſion de ceux qui vous aident, & qui avec vous tendent à partager ce Roïaume, que ces Seigneurs vos Partiſans ſont comme Maîtres de l'Etat, & ont les forces & la Ville Métropolitaine de tout le Roïaume en leur main, & qu'il eſt aujourd'hui impoſſible de réunir ces cœurs ainſi aliénés, & de pouvoir regénérer & remettre, ſoit ès cœurs des Princes du Sang & grands Seigneurs Catholiques, ſoit des Princes Gentilshommes & Sujets de parti contraire, qui ſont en grand nombre, une confiance & amour envers leur Roi; & par-tant que le feu qui ſera toujours allumé au milieu du Roïaume, les empêchera bien de pouvoir ſecourir les extrêmités.

Mais quoi! le Roi, qui par force & induction de ſes Seigneurs, a fait un Edit de réunion avec eux, par lequel ils ſe ſont obligés de ſe départir de toutes ligues & aſſociations, ſoit dedans, ſoit dehors le Roïaume, étant comme il eſt, duement averti de vos intelligences avec eux, du partage qu'ils vous font de la Provence & Dauphiné, moïennant que vous vous obligiez à en chaſſer ceux de contraire Religion, & par après les aidiez de vos forces & moïens, pour ſe rendre pareillement maîtres de leurs parts & portions: le Roi, dis-je, qui a reçu d'eux outre infinies injures & offenſes, celle-ci la plus ignominieuſe que jamais Prince reçût; à ſavoir, d'être chaſſé du Siege, Parlement & Ville principale de ſon Roïaume, & depuis violenté juſques-là, que de chaſſer d'auprès de ſoi tous ſes plus anciens & fideles Serviteurs & Officiers de la Couronne, pour être ſervi & poſſédé par ceux, non qu'il choiſit, mais qu'on lui preſcrit & préſente; ne ſe départira-t-il pas juſtement & honnêtement de tout ſerment & parole qu'il leur pourroit avoir promiſe, ſans encourir aucune infraction de ſa foi & promeſſe? Les Princes du Sang, les Officiers de la Couronne, les Parlemens, la Nobleſſe & ſes Villes, deſquelles la plupart voient & connoiſſent les inconvéniens & dommages tous évidens de la continuation de la guerre, ne lui remontreront point qu'il ne doit plus demeurer en cette ſervitude ſi étrange, ains ſe dépeſtrer & délivrer de cette tyrannie de ces Maires du Palais, aux paſſions & ambitions deſquels il eſt du tout ſujet: bref, les Etats qui repréſentent la plus ſaine partie du Roïaume, & qui ſont aſſemblés pour remédier aux malheurs & ruines qui le menacent, en voïant un ſi grand mal advenu pendant leur Aſſemblée, ne concluront à une mutuelle conſpiration contre

1588.

REMONTR. AU DUC DE SAVOIE.

les auteurs & contre l'Ennemi étranger. Le Roi avec eux ne se représentera-t-il point leur origine, leur avancement & progrès, & les obligations qu'ils ont à la France, laquelle cependant ils démembrent & déchirent maintenant ? Sont-ce pas les enfans, pires que les peres, qui d'une même & tirannique ambition possédoient & tenoient de court le Roi François second, & sous son nom & autorité avoient entrepris de faire mourir les principaux Princes du Sang de France, Peres des Princes qui vivent aujourd'hui, non reconnus ni maintenus ès rangs & dignités qui leur sont dus (1) ? Ne sont-ce pas ceux qui par leurs artifices ont toujours entretenu les guerres de la France & eu intelligence avec le Roi d'Espagne, Ennemi juré de la France, & de nouveau ont reçu ses deniers, lui ont voulu livrer Marseille & plusieurs autres Places, qui ont sollicité le Prince de Parme avec ses forces Espagnoles d'entrer en France, & faire la guerre à leur Roi, qui les a tant agrandis & exaltés que maintenant ils lui veulent donner la Loi, qui l'ont contraint contre toutes Loix divines & humaines, & contre ce qui a été de tout temps observé en la France, se nommer un Successeur ; qui détiennent aujourd'hui par force plusieurs grandes Villes & Châteaux, voire la Ville principale de tout le Roïaume ; & qu'à toutes ces raisons, desquelles votre découverte fournira un camp très ample, le Roi & les Princes ne se réveilleront point de leur endormissement & sommeil, pour voir & juger ce qui leur est préparé ; je confesserai qu'il y a des Périodes ès Empires & Roïaumes, & que les tristes & mauvais destins semblent pousser & traîner la France à sa fin ; toutefois quand il n'y auroit que ceux du parti du Roi de Navarre qui vous feroient tête, soit en Dauphiné, soit ailleurs, je dis & maintiens qu'ils sont trop plus que suffisans pour vous rembarer en Piémond & vous faire retourner avec honte & dommage. Il y a trente ans tantôt que les Rois de France y ont emploïé toutes leurs for-

(1) Le regne de François II. Ce regne d'une courte durée, puisqu'il ne fut que de dix-sept mois, fit éclorre, dit M. le Président Hénault, tous les maux qui depuis désolerent la France, & dont la cause principale fut le nombre de grands Hommes qui vivoient alors. Les Guises qui abusoient de l'autorité que le Roi leur avoit confiée, étoient assez grands pour se maintenir contre les Princes du Sang, qui prétendoient avoir droit au Gouvernement, à cause de la jeunesse du Roi. Le Roi de Navarre & le Prince de Condé avoient assez de ressources pour former un Parti contre eux ; & les Grands du Roïaume assez d'ambition pour entretenir les divisions, & pour vouloir profiter des troubles : les querelles de Religion furent un prétexte qui servit aux deux Partis. Ce fut sous ce regne en 1560, ou 1559 avant Pâques, que se forma & qu'éclata la conspiration d'Amboise contre les Guises, &c.

ces & puissances, qui étoient sans comparaison plus grandes qu'elles ne sont aujourd'hui, & mieux unies ; & cependant nous les avons vu renaître & pulluler plus que jamais, notamment depuis ces derniers remuemens de la France ; ils ont pris plus de Villes, gagné plus de Batailles, fortifié plus de Places, mieux assuré leur parti qu'ils n'avoient fait auparavant. Vous avez particulierement à considérer à quelle part d'entr'eux vous vous adressez; savoir est à ceux qui sont forts en Villes & en grande quantité de Noblesse bien aguerie ; s'il y en a au monde, pourvus de Chefs encore plus expérimentés, ce sont ceux qui ont pris Montelimart, Ambrun, Die, Gap & plusieurs autres, qui ont défait l'Armée de M. de Vins, & une autre à Montelimart, qui habitent un Païs, fort de nature, de difficile accès, propre aux embûches & stratagêmes, desquels ils sont très excellens Ouvriers, & qui en un besoin seront secourus de leurs Voisins de Languedoc. Ne vous fiez donc point tant ès promesses & puissances de vos Partisans, qui volontiers s'aideront de vos moïens, hommes & argent pour établir leur puissance & autorité ; déja leurs comportemens les ont rendus odieux & mal-voulus de la plupart de la France, qui soupire & gémit sous les maux provenus de leur ambition. Le Roi à présent régnant n'est point plus âgé qu'eux, ni dont on doive craindre ou espérer une si prompte fin ; & quand bien elle adviendroit, & que les bons Catholiques François eussent appréhension de tomber sous l'obéissance d'un Prince de contraire Religion, si est-ce que la continue des calamités & maux qui les minent, la preuve si longue & si fâcheuse expérience de l'impuissance de la force & violence, pour violenter les esprits à croire ce qu'ils ne veulent croire, l'exemple des Allemands & Suisses qui vivent bien en paix nonobstant la pluralité de Religions, l'assurance qu'ils ont de la débonnaireté & douceur du Roi de Navarre, qui est celui qui se maintient présomptif Héritier & aîné de la Couronne, les réduira toujours plutôt à le reconnoître & lui rendre le devoir de Sujets fideles & obéissans, que de subir la domination de ces Princes nouveaux & étrangers; ils savent que le Roi de Navarre est clément & miséricordieux, que de son naturel il n'est ni ambitieux, ni tyran; ils savent combien de fois il a desiré & requis d'être instruit par un libre Concile; qu'il est Prince de foi & de parole, & que par force & contrainte il a été contraint & forcé à prendre les armes qu'il a aujourd'hui en main, & la justice des-

1588.

REMONTR. AU DUC DE SAVOIE.

1588.

REMONTR. AU DUC DE SAVOIE.

quelles eſt apparue par les heureux ſuccès que Dieu lui a donnés contre les Armées des Ducs de Mayenne, du Maréchal de Biron & du Duc de Joyeuſe, qui cuidoient le dévorer & engloutir, & toutefois il eſt toujours demeuré victorieux : ſi donc avec ces qualités, vertus & perfections, bien contraires aux cruautés & paſſions tragiques de ſes ennemis, il vient à la Couronne, que devez-vous eſpérer ou craindre d'un Prince ſi belliqueux, ſi animé contre la Majeſté Catholique qui lui détient ſon Roïaume, ſi aimé des ligues des Suiſſes vos voiſins? Penſez-y donc à bon eſcient, les plus courtes folies ſont les meilleures; vos Partiſans vous ſeront lors de fort pauvres garants, vu qu'ils ne ſubſiſtent aucunement de leurs propres forces, ains de celles d'autrui ſeulement, & par une ſi extrême violence qu'elle ne peut durer; car enfin, quel fondement ont-ils de leur pouvoir, ſinon d'un vrai roſeau caſſé, de la volonté muable d'un Peuple inconſtant, lequel abandonne auſſi-tôt qu'il voit la fortune proſpere abandonner celui qu'ils favoriſoient au précédent, & non-ſeulement l'abandonnent, mais le plus ſouvent le chaſſent, puniſſent ou meurtriſſent honteuſement? Il s'en eſt vu en Athènes & à Rome élevés juſqu'au Ciel aujourd'hui, & demain chaſſés & précipités; & y a déja grande apparence que le Peuple Pariſien, ou ſecouera bientôt le joug qui leur a ſemblé doux pour un temps, d'autant qu'il ſe voit privé de la préſence de ſon Roi, qui leur apportoit tant de commodités & profits, leſquels ceſſans, ceſſera auſſi leur amitié & bienveillance qu'ils portoient à ceux qui ſont cauſe que leur profit & trafic ceſſe : ce même Peuple (& à bon droit) appréhende l'indignation de ſon Roi qu'il a offenſé, & lequel eſt juſtement courroucé contre lui; auſſi jugera-t-il qu'il diſſimule ſon courroux pour un temps, & que pour cette heure il ſe contente de cette punition, qui eſt de n'aller point à Paris; ce ſeul ſujet fait déja naître une repentance aux cœurs des Pariſiens, & de la haine contre les auteurs, qui même ont offenſé & irrité contre eux grand nombre des principaux, des plus riches & mieux apparentés Habitans; que ſera-ce quand le Roi démontrera manifeſtement ſa haine, qu'il leur ôtera partie de l'étendue de leur Parlement (comme déja le projet en eſt fait) de la Chambre des Comptes, des Aydes & autres Juriſdictions, qui ſont cauſe que Paris eſt entretenu en ſa fréquence & grandeur; que ſera-ce quand appertement il ſe bandera contre eux & leur ôtera (comme il peut) tant de privileges qui leur ont été donnés par les Rois ses Prédécesseurs, & par lui confirmés? Que sera-ce quand (peut-être) ils se verront réduits en l'état que sont pour le jourd'hui Anvers, Gand, Lisbonne, Dijon, & infinies autres Villes qui ont été ci-devant très florissantes? Ne remettront-ils pas lors en leur mémoire que c'est à cause de leurs rébellions? Ne se ressouviendront-ils pas que les auteurs des miseres de la France, sont auteurs des miseres de Paris & de tout le plat-Païs d'alentour qui est tout perdu, ruiné & gâté? Déja ils goûtent & connoissent que les guerres civiles leur ont ôté la moitié de leur commerce & de la fréquence & affluence du Peuple, & la plupart maudissant les auteurs, à l'exemple de Paris, qui est le Chef, les autres Villes détenues par eux & qui éprouvent les mêmes miseres, voire beaucoup plus grandes, qui sont assujetties & domptées par Citadelles & grosses Garnisons, ne rechercheront que mutation de Gouverneurs, & leur premiere liberté.

Que si aujourd'hui ils ont la faveur du Roi, c'est la question s'ils l'ont en apparence ou en vérité, vu les offenses & injures qu'ils lui ont faites, tellement que si pour un temps il dissimule, il saura bien un jour en faire la punition quand il verra son coup & heure opportune; & lors vous serez destitué de tout le support qu'espériez pour défendre votre injuste entreprise; mais mettons qu'ils aient cette faveur à la vérité & sans dissimulation, pouvez-vous assûrer qu'elle sera permanente? Les hommes sont variables en toutes choses, & spécialement aux amitiés, & sur tous les hommes; les Grands, quand ils voient que la grandeur de celui qu'ils favorisent leur peut nuire & préjudicier à leur état, il n'y a rien si sujet à jalousie que le commandement. On abandonne pour cela toute divinité & humanité, & le Gouvernement ne peut endurer de compagnon.

D'ailleurs, la division évidente qui est jà entr'eux, vous doit faire retarder, voire du tout cesser votre entreprise, puisqu'il est trop vraisemblable que leurs querelles particulieres les empêcheront bien de secourir autrui. Joint que depuis trois ans ils ont fait & jetté tous leurs efforts, ont voulu & n'ont pu envahir les Terres souveraines du Duc de Bouillon, & sont aujourd'hui comme en l'extrême agonie. Leurs comportemens le montrent assez; à peine ont-ils su trouver un Chef qui ose entreprendre la conduite de l'Armée en Poitou; ils sont endettés jusqu'au bout, pressés & gênés de leurs créanciers; ils doivent plus qu'ils n'ont vaillant, c'est ce qui leur fait hasarder,

1588.

REMONTR. AU DUC DE SAVOIE.

non le leur, mais la France; ils ont fait rechercher le Roi de Navarre d'accord, & s'ils le pouvoient obtenir ils se sentiroient beaucoup assurés; & comme leurs entreprises seront (ainsi qu'il y a grande apparence) réduites à néant, alors tout-à-coup ils donneront du nez en terre. Ainsi voilà de beaux appuis & boulevards de vos entreprises: à l'opposite, le Roi de Navarre est fondé d'un parti formé de longue main de grands biens patrimoniaux de la Loi de France, qui l'appelle devant tous à la Couronne, mais sur-tout d'une amitié incroïable de tous ses Sujets & de tous ceux qui le suivent, qui est la plus belle & grande Forteresse que les Princes puissent avoir, & qui rend leur mémoire plus célebre & plus heureuse à la postérité. Il n'est, dis-je, (même parmi les Catholiques, comme un second Trajan) pas moins loué pour sa bonté & débonnaireté que pour sa vaillantise. Ainsi me semble-t-il que suffisamment j'aurai répondu au prétexte de Religion que l'on vous fait prendre, & qui est plus spécieux que véritable. Combien plus sagement défunt votre pere, & vous-même en ce fait, vous êtes-vous abstenu de vouloir par force & contrainte réduire vos pauvres Habitans des Vallées d'Angrogne & autres voisines, qui ne sont toutefois qu'une poignée de gens auprès de ceux de Dauphiné que vous assaillez: contenez-vous donc en même état que celui duquel jusqu'à hui, vous & défunt votre pere vous êtes si bien trouvés; car aujourd'hui, sous quelle couleur voudriez-vous combattre une Religion en un Païs étrange que vous avez tolérée depuis trente ans en votre Païs? Soïez plutôt spectateur de l'orage qui bat & tourmente cette Mer de la France: attendez l'issue de la tragédie; ou si vous êtes si desireux d'acquérir de la réputation, convertissez vos moïens & vos forces avec le Roi d'Espagne votre beau-Pere, au recouvrement des Païs-Bas; & comme les Médecins qui viennent au déclin de la maladie sont ordinairement les plus heureux & en emportent le prix de la guérison, après que le Duc d'Albe, le grand Commandeur & le Prince de Parme n'ont pu encore consommer la victoire, emportez-en l'honneur d'y avoir mis fin; & ce faisant, vous travaillerez avec un plus juste titre, & vos armes seront plus justes & honorables & n'encourrez point le vice & réputation d'ingratitude envers vos bienfaiteurs: vous garantirez vos pauvres Sujets d'affliction & d'oppresse que la guerre amene ordinairement; & si le zele de la Religion vous mene & meut si fort, vous combattrez en ces quartiers-là plusieurs contraires Religions, lesquelles y sont dès long-temps & en plusieurs façons différentes : vous y trouverez en tête l'Anglois, contre lequel la Majesté Catholique est en guerre ouverte, & qui a bien osé favoriser & recevoir en sa protection les Zélandois & Hollandois, qui premierement s'étoient offerts au Roi de France, qui plus religieux & soigneux d'observer l'alliance & paix qu'il a avec l'Espagne que l'Anglois, les avoit refusés. En mon particulier, je prierai le Créateur pour la prospérité & grandeur de votre Altesse, comme

1588. REMONTR. AU DUC DE SAVOIE.

Très humble & très obéissant Sujet, & Serviteur d'icelle.

Avertissement.

PENDANT que Dieu exerce ses Jugemens sur les Espagnols, l'assignation de l'Assemblée, appellée des Etats, s'approchant, chacun se prépare pour s'y trouver : tellement que le Roi, la Reine & tous les Seigneurs de la Cour s'acheminerent à Blois. Et d'autant que les soupçons & défiances étoient grandes entre les divers Partis, chacun tâche de s'assurer.

Le Roi de son côté se fortifioit. Ceux de la Ligue semblablement, mais donnoient singulierement ordre que les Partisans y vinssent forts, non tant de la force extérieure, que des suffrages & voix, lesquels de lieu en lieu par les Provinces ils avoient fait branqueter, corrompant les opinions, à ce que la pluralité des voix emportât ce qu'ils devroient avoir, & obtenir pour parvenir à leurs desseins.

Messieurs les Princes de Montpensier, de Conti & de Soissons s'y trouverent aussi, & pource que mondit Sieur le Prince de Conti s'étoit joint à l'Armée des Reiftres (comme il a été dit ci-dessus) sa présence étoit suspecte à beaucoup, qui occasionnoit aucuns des siens de lui persuader d'envoïer vers le Pape, pour lui demander absolution, & prendre une absolution du Roi ; mais suivant en cela le conseil de ses meilleurs Amis & Serviteurs, il n'en voulut rien faire.

M. le Comte de Soissons avoit obtenu une Bulle du Pape, contenant le Pardon d'avoir suivi le parti de ceux de la Religion, avec clause de renvoi pour l'absolution, au Légat du Pape Vénitien qui étoit aussi aux Etats, & qui y fit de grandes difficultés : tellement que ceux de l'Assemblée, dite des Etats, avoient une fois résolu de supplier le Roi ne permettre point qu'il y vînt, mais depuis il fut trouvé bon de n'en faire autre instance pour lors.

Lettres furent de toutes parts expédiées par les Provinces, à ce que chacun s'avançât d'y envoïer ses Députés, pourvu qu'ils fussent Catholiques Romains ; car autrement il n'étoit permis à aucun de la Religion, ou

1588. soupçonné de favoriser ceux de la Religion, de s'y trouver.

Le Dimanche, second jour d'Octobre (1), le Roi fit faire à Blois en grande solemnité, une Procession générale, depuis le grand Temple de Saint Sauveur, qui est en la grande Cour du Château, jusqu'au Temple, appellé vulgairement *Notre-Dame des Aydes*, qui est de-là l'eau, au Fauxbourg de Vienne (2).

Il y eut en cette Procession beaucoup de magnificence & apparence de dévotion. Tous les Princes, Princesses, Seigneurs, Dames qui étoient à la Cour, & en général tout le Peuple, tant forains que des lieux, y assisterent.

Ils portent en grande pompe ce que vulgairement on appelle le *Corpus Domini*, ou le Sacrement, par les rues, lesquelles pour cet effet furent tapissées & drapées, tout ainsi qu'il est accoutumé de faire ce jour que le vulgaire Papiste appelle la Fête-Dieu.

Sa Majesté, semblablement y assista avec ses Députés des trois Etats, marchants en leurs ordre & rang comme s'ensuit. Furent mis au devant les Communautés des Eglises. Après marchoient de suite les Députés du Tiers-Etat, quatre à quatre. Ils étoient suivis des Députés de la Noblesse. Après lesquels aussi marchoient les Députés Ecclésiastiques, en robbes & bonnets quarrés seulement. En après suivoient par ordre les Archevêques & Evêques, avec leurs roquets, étant au-devant du poil, sous lequel se portoit ce qu'ils appellent le Sacrement.

Ce poil étoit porté par quatre Chevaliers de l'Ordre du Saint Esprit, & chantoient tous continuellement avec grande mélodie.

M. l'Archevêque d'Aix (3) en Provence portoit le Sacrement sur le devant dudit poil.

Le Roi suivoit après le poil, accompagné des Reines & autres Princes & Seigneurs de la Cour.

Arrivés, en cette ordonnance, au Temple, qu'ils appellent de Nôtre-Dame des Aydes, l'Archevêque de Bourges (4) célébra la Messe qu'ils nomment haute. L'Evêque d'Evreux (5) fit le Sermon.

Le Dimanche neuvieme, le Roi, les Seigneurs & tous les Députés des trois Etats, firent ensemblement la Communion, au Couvent des Cordeliers, appellé Saint François, afin de confirmer l'union & correspondance qui devoient être entr'eux tous en la perfection de leur entreprise, de laquelle par le moïen de cette union & grande intelligence, tous infailliblement espéroient grand fruit.

Sa Majesté différa sa proposition aux Etats jusqu'au Dimanche seizieme, pendant qu'on créoit les Officiers de l'Assemblée de chacun Ordre. Et fut élu pour Président des Ecclésiastiques, en l'absence de Messieurs les Cardinaux

(1) M. de Thou qui s'étend sur les Etats de Blois, dans son Histoire, livre 92, dit que cette procession se fit le 4 Octobre.

(2) On peut voir la description de cette procession dans M. de Thou, au livre cité ci-dessus.

(3) Alexandre Canigiani.

(4) Renaud de Beaune.

(5) Claude de Saintes, Prélat très savant; mais, dit M. de Thou, qui aïant été élevé au service du Cardinal de Lorraine, avoit embrassé le parti des Guises. Voïez sa vie dans l'Histoire d'Evreux par M. le Brasseur.

dinaux de Bourbon, Député de Rouen & de Guise, l'Archevêque de Bourges : furent semblablement élus par Messieurs de Rennes, Messieurs le Comte de Brissac & de Maingde (1), pour Présidens de la Noblesse. Pour le Tiers-Etat, fut élu le Prevôt des Marchands de Paris (2). 1588.

Le seizieme d'Octobre 1588, les Députés de cette Assemblée étant tous congrégés en la grande Salle du Château, dédiée à cet usage, les séances observées selon le rang d'un chacun, le Roi suivi & accompagné de toute la Cour, fit l'ouverture de ladite Assemblée par la harangue qu'il fit, laquelle aïant été imprimée par Frederic Morel, Imprimeur du Roi, a été ici insérée de mot à mot comme s'ensuit.

HARANGUE

Faite par le Roi Henri III, Roi de France & de Pologne, à l'ouverture de l'Assemblée des trois Etats généraux de son Roïaume, en sa Ville de Blois.

Le seizieme jour d'Octobre 1588 (*).

MESSIEURS,

Je vous commencerai par une supplication à notre bon Dieu, duquel partent toutes les bonnes & saintes opérations, qu'il lui plaise m'assister de son Saint Esprit, me conduisant comme par la main en cet Acte si célebre pour m'acquitter de ce que j'entreprends aussi dignement que l'œuvre est sainte, desirée, attendue, & nécessaire pour le bien universel de mes Sujets.

C'est la restauration de mon Etat, par la réformation générale de toutes les parties d'icelui, que j'ai autant recherchée, & plus que la conservation de ma propre vie. Joignez-vous donc à cette très instante requête que je lui en fais, lui demandant qu'il renforce de plus en plus la constante volonté qu'il a déja enracinée pour ce regard en mon cœur; & qu'aussi tellement il vous arrache toutes passions particulieres, si quelques-uns en avoient, que rejettant tout autre parti que celui de votre Roi, vous n'ayiez miré qu'à embrasser l'honneur de Dieu, la dignité & autorité de votre Prince souverain, & à restau-

(1) Les Memoires de l'Etoile, tom. 1. p. 255, ne nomment pour la Noblesse que Claude de Beaufremont, Baron de Senecey.

(2) Le sieur de la Chapelle-Marteau, Maître des Comptes, Prevôt des Marchands de Paris, élu après les Barricades.

(*) M. de Thou rapporte aussi ce discours dans son Histoire, liv. 92.

1588. rer votre Patrie, de maniere qu'il s'en ensuive une si louable & fructueuse résolution, accompagnée de si bons effets, que mon Etat en recouvre son ancienne splendeur. Ce sera un ouvrage digne du rang où je suis colloqué, & qui témoignera votre capacité & loïauté.

HARANGUE D'HENRI III.

Celui que j'ai à présent invoqué pour secourir & moi & mon Etat, lequel est scrutateur de nos cœurs, peut rendre, s'il lui plaît, témoignagne, qu'aussi-tôt qu'il me constitua pour vous commander, il me vint un regret incroïable de vos miseres & publiques & particulieres, un soin qui m'a toujours augmenté d'y apporter les salutaires remedes, avec une fin aussi heureuse qu'elle y est plus que nécessaire.

Quelle douleur pouvez-vous penser qui m'a jusqu'ici rongé, depuis ces dernieres années, où l'âge & l'expérience m'ont rendu plus capable d'appréhender la désolation, foule & oppression de mon pauvre Peuple, avec ce qu'il sembloit que mon regne étoit réservé à allumer le juste courroux de sa divine Majesté, que je reconnois être justement sur nos têtes, & pour mes offenses & pour celles de mes Sujets en général.

Je m'efforçois pour cette juste cause, le plus que je pouvois, d'étouffer la corruption & le désordre qui y avoient pris une si violente habitude, & de résister aux maux que je n'avois pas tous faits, & à quoi de mon seul mouvement, s'il y avoit du relâche, je l'y apposois. Car je dirai, sans me vanter, qu'il n'y a eu quasi voie pour réformer la dépravation de mon Etat, dont je ne me sois souvenu pour essaïer de l'établir, si j'eusse été aussi bien secondé comme je l'étois très bien de vous, Madame, & que la nécessité & ma bonne volonté le méritoient.

Mais je ne puis trop déclarer combien je l'ai toujours été de la Reine, ma bonne Mere ; ce qui ne se peut assez dignement représenter, & dirai qu'entre tant d'autres & si étoites obligations dont elle tient tous mes Sujets attachés, ils lui en ont une singuliere, & moi particulierement, qui avec vous, en cette si notable Assemblée, lui en rends graces très humbles.

C'est qu'elle n'est pas cause seulement, par la grace de Dieu, que je suis au monde pour votre Roi ; mais par ses continuels & saints records, louables actions & vertueux exemples, m'a tellement gravé en l'ame une droite intention à l'honneur & l'avancement de l'honneur de Dieu, propagation de sa sainte Eglise Catholique & Romaine, & réformation de mon Etat, que ce que j'ai témoigné par ci-devant de tendre à toutes choses bonnes, à quoi, plus que jamais je suis résolu, vient d'elle, n'aïant pas plaint ses labeurs, indispositions & incommodités même de son âge, où elle a reconnu de pouvoir servir à cet Etat, l'aïant tant de fois conservé qu'elle ne doit pas seulement avoir le nom de Mere de votre Roi, mais aussi de Mere de l'Etat & du Roïaume.

Or, étant mon principal soin & plaisir que de pouvoir restaurer cette belle Monarchie, & ne jugeant pas les remedes particuliers être pour ce temps si convenables, je me résolus à la convocation des Etats généraux, auxquels comme en toutes choses pour le bien du Roïaume, il lui plût grandement m'y fortifier.

Incontinent que je reconnus de les pouvoir assembler, je n'y perdis une seule heure de temps, quelques diversités de mouvemens qui eussent semblé s'y opposer & avec lesquels par avanture beaucoup estimoient que je serois tant traversé qu'il me les faudroit, ou différer, ou remettre du tout.

Vous voïez toutefois si j'ai eu la résolution aussi ferme qu'un bon Roi doit, pour le bien général de tous ses Sujets; ce qui est tant ancré dans mon ame, que je ne respire rien plus que la conservation de l'honneur de mon Dieu & de la vôtre.

Cette tenue d'Etats est un remede pour guérir, avec les bons conseils des Sujets & la sainte résolution du Prince, les maladies que le long espace de temps & la négligente observation des Ordonnances du Roïaume, y ont laissé prendre pied, & pour raffermir la légitime autorité du Souverain, plutôt que de l'ébranler ou de la diminuer, ainsi qu'aucuns mal avisés, ou pleins de mauvaise volonté, déguisans la vérité, le voudroient faire accroire.

Car la bonne Loi, rétablie & bien observée, fortifie entierement le Sceptre en la main du bon Roi & lui assure du tout la Couronne sur sa tête, contre toute sorte de mauvais desseins.

Vous pouvez donc connoître par ma constance, qui seule a résisté à infinis empêchemens, qu'aucuns n'ont manqué d'opposer à cette bonne œuvre, la sincérité de mon intention, même puisque la tenue des Etats est ce qui rompt autant les mauvais desseins des Princes, qui ont l'ame aussi traversée & peu desireuse du bien, que la mienne sera toujours très prompte, & du tout disposée à ne vouloir ni rechercher autre chose, où je sois confondu misérablement.

1588. Je n'ai point de remors de conſcience de brigues ou menées que j'aie faites, & je vous en appelle tous à témoins pour m'en faire rougir comme le mériteroit quiconque auroit uſé d'une ſi indigne façon, que d'avoir voulu violer l'entiere liberté, tant de me remontrer par les caïers tout ce qui ſera à propos, pour conſerver le ſalut des particulieres Provinces & du général de mon Roïaume, qu'auſſi d'y faire couler des articles plus propres à troubler cet Etat qu'à lui procurer ce qui lui eſt utile.

Harangue d'Henri III.

Puiſque j'ai cette ſatisfaction en moi-même, & qu'il ne me peut être imputé autrement, gravez-le en vos eſprits, & diſcernez ce que je mérite d'avec ceux, ſi tant y en a qui euſſent procédé d'autre ſorte, & notez que ce qui part de mes intentions, ne peut être reconnu ni attribué par qui que ce ſoit, pour me vouloir autoriſer contre la raiſon. Car je ſuis votre Roi, donné de Dieu, & ſuis ſeul qui le puis véritablement & légitimement dire. C'eſt pourquoi je ne veux être en cette Monarchie, que ce que j'y ſuis, n'y pouvant ſouhaiter auſſi plus d'honneur ou plus d'autorité.

Favoriſez donc, & je vous en prie (mes bons Sujets) ma droite intention, qui ne tend qu'à faire reluire de plus en plus la gloire de Dieu, notre ſainte Religion Catholique, Apoſtolique & Romaine, à extirper l'Héréſie en toutes les Provinces de ce Roïaume, y rétablir tout bon ordre & regle, ſoulager mon pauvre Peuple, tant oppreſſé, & relever mon autorité, abbaiſſée injuſtement ; je le deſire, non pas tant pour mon intérêt particulier, comme pour le bien qui vous en redondera à tous.

Entre toutes les ſortes de gouverner & commander aux hommes, la Monarchie excelle les autres. Le profit que vous & les vôtres en avez tiré, ſous la légitime & douce domination de mes Prédéceſſeurs, vous convie aſſez à louer ſa divine Majeſté de vous y avoir fait naître, & ſous un, lequel étant de la même race, n'a pas ſeulement hérité de la Roïauté, mais du même & plus grand zele, s'il ſe peut, à augmenter la gloire de notre bon Dieu & à vous conſerver tous ; comme je vous promets que mes actions le vous confirmeront.

Ce que la malice du temps a enraciné de mal en mes Provinces, ne me doit être tant attribué, non que je m'en veuille du tout excuſer, comme à la négligence, & par avanture à aucuns autres défauts, de ceux qui par ci-devant m'ont aſſiſté ; à quoi j'ai déja commencé de mettre ordre, ainſi que vous l'avez vu. Mais je vous assurerai bien que j'aurai tellement l'œil sur ceux qui me serviront à l'avenir, que ma conscience en sera déchargée, mon honneur accru, & mon Etat restauré au contentement de tous les gens de bien; & forcera ceux, lesquels toutefois, contre la raison, ont mis leur affection en autre endroit qu'au mien, de reconnoître leur erreur.

Les témoignages sont assez notoires, & même par aucuns de vous autres qui vous y êtes honorés en m'y assistant, avant & depuis que d'être votre Roi, de quel zele & bon pied, j'ai toujours marché à l'extirpation de l'Hérésie & des Hérétiques. A quoi j'exposerai plus que jamais ma vie, jusqu'à une mort certaine, s'il en est besoin pour la défense & protection de notre sainte Foi Catholique, Apostolique & Romaine, comme le plus superbe tombeau où je me pourrois ensevelir, que dans les ruines de l'Hérésie.

Non-seulement les Batailles que j'ai gagnées, mais cette grande Armée de Reistres, de laquelle sa divine bonté m'a choisi à l'honneur de son saint nom & de son Eglise, pour en rabbattre la gloire, en est une suffisante preuve, de quoi les trophées & dépouilles en demeurent à la vue d'un chacun.

Se trouvera-t-il donc des esprits si peu capables de la vérité qui puissent croire que nul soit plus enflammé à vouloir leur totale extirpation, ne s'en étant rendu de plus certains effets que les miens?

Et quand l'honneur de Dieu, qui m'est plus cher que ma propre vie, ne me seroit en telle recommandation, de qui est-ce que les Hérétiques occupent & dissipent le patrimoine? de qui est-ce qu'ils épuisent les recettes? de qui alienent-ils les Sujets? de qui méprisent-ils l'obéissance? de qui est-ce qu'ils violent le respect, l'autorité & la dignité? & je ne voudrai pour le moins autant que nul autre leur ruine? Desillez vos yeux & jugez chacun de vous quelle apparence il y a.

La réunion de tous mes Sujets Catholiques, par le saint Edit que j'ai depuis peu de mois fait, l'a assez témoigné, & que rien n'a eu plus de force en mon ame, que de voir Dieu seul honoré, révéré & servi dans mon Roïaume.

Ce que j'eusse continué de montrer, comme je le ferai toujours au péril de ma vie, sans cette division qui arriva de Catholiques, incroïable avantage au Parti des Hérétiques, m'aïant empêché d'aller en Poitou, où je crois que la bonne fortune ne m'eût non plus abandonné qu'aux autres endroits, dont, graces à Dieu, mon Etat en a tiré le fruit desiré & nécessaire.

1588. HARANGUE D'HENRI III.

Encore que vous n'obmettiez, comme j'estime, aucun point qui regarde la restauration & la réformation de ce Roïaume, si vous témoignerai-je par quelques-uns de ceux que je reconnois des principaux, combien je suis très disposé, non-seulement par ce que j'en dirai maintenant, mais par les effets qui s'en ensuivront, à les embrasser tous, comme je dois, le jugeant très requis pour la nécessité que nos ames, nos honneurs & cet Etat, en ont.

L'extrême offense que notre Dieu reçoit journellement des juremens & des blasphêmes, qui lui sont si déplaisans, & à moi tant à contre-cœur, me fait vous convier tous de n'oublier en vos caïers la punition de juste châtiment qu'ils méritent, ce que je desire, sans exception ni de qualités ni de personnes.

La recherche & punition de la simonie ne sera, ainsi que doivent tous bons Chrétiens, aussi oubliée, ni l'ordre requis en la vénalité des Offices de Judicature & multiplicité desdits Offices, étant indigne & trop grieve à mon pauvre Peuple, à quoi sans le trouble qui commença en l'année quatre-vingt-cinq, j'y avois de mon propre mouvement mis ordre; j'en attendrai de vous les saintes & bonnes ouvertures pour les bien embrasser.

Comme à la distribution & provision des Bénéfices & Offices de Judicature & des autres honneurs, charges, états, dignités & autres Offices de mon Roïaume, il va aussi de ce que j'ai le plus cher, qui est de mon ame, de mon honneur, de la conservation & splendeur de l'Etat & de la bienveillance de tous mes Sujets envers moi. Afin d'y satisfaire dignement, je prendrai un temps désormais, dont l'on sera averti pour plus murement y penser & les départir, avec autant de considération des mérites d'un chacun, que Dieu m'y oblige, la raison le veut, ma réputation m'y astraint & le bien que je veux à mon Etat. Voulant que ci-après chacun tienne de moi seul les biens & honneurs qu'ils en recevront & s'y adressent, puisqu'ils en viennent, leur donnant plus que jamais tout facile accès vers moi, selon que je reglerai mes heures pour cet effet.

Aussi, je semons tous mes Sujets de se résoudre à apporter autant de droiture, d'affection & fidélité, aux fonctions dont je les ai pourvus ou pourvoirai, qu'il sera requis pour la décharge de ma conscience & de la leur; à quoi je ne suis pas résolu d'endurer dorénavant aucun manquement.

M'astraignant par serment d'ici & déja, de ne donner jamais de réserves de quoi que ce soit, révoquant celles qui ont été ci-devant obtenues, les déclarant désormais toutes de nulle valeur, n'entendant plus y être obligé, comme chose qui pouvant convier à vouloir ou pourchasser la mort d'autrui, est trop damnable, & pour moi & pour ceux qui les impetrent.

Je déclare aussi que je ne donnerai plus de survivances, me remettant, pour celles qui sont accordées, à en faire comme vous m'en conseillerez.

Il est très nécessaire de regler les évocations, les graces, rémissions & abolitions, & que la justice soit plus prompte & moins à charge du Peuple, & les crimes soient exactement punis.

Vous n'oublierez aussi l'enrichissement des Arts & Sciences, l'embellissement des Villes de mon Roïaume, réglement du commerce & de la marchandise, tant de la Mer que de la Terre, retranchement du luxe & des superfluités, & taxation des choses, qui sont montées à un prix excessif.

Le rafraîchissement des anciennes Ordonnances, concernant l'autorité & la dignité du Prince souverain & la révérence qui lui est due & à ses Magistrats, sera embrassé par vous, ainsi que la raison le veut.

La juste crainte que vous auriez de tomber, après ma mort, sous la domination d'un Roi hérétique, s'il advenoit que Dieu nous fortunât tant que de ne me donner lignée, n'est pas plus enracinée dans vos cœurs que dans le mien.

Et j'atteste devant Dieu, que je n'ai pas mon salut plus affecté, que j'ai de vous en ôter & la crainte & l'effet; c'est pourquoi j'ai fait principalement mon saint Edit d'union, & pour abolir cette damnable Hérésie; lequel encore que je l'aie juré très saintement & solemnellement en lieu & devant celui qui apporte toute constance à tenir irrévocables les bons & saints sermens, je suis d'avis pour le rendre plus stable, que nous en fassions une des Loix fondamentales du Roïaume, & qu'à ce prochain jour de Mardi, en ce même lieu & en cette même & notable Assemblée de tous mes Etats, nous la jurions tous, à ce que jamais nul n'en prétende cause d'ignorance.

Et afin que nos saints desirs ne soient vains par la faute de moïens, pourvoïez-y par les conseils que vous me donnerez, d'un tel ordre que comme le manquement ne viendra point de moi, il ne vienne aussi du peu de provision que vous y aurez apporté, à ce que les effets de notre bonne volonté réussissent.

1588.

HARANGUE D'HENRI III.

Par mon ſaint Edit d'union, toutes autres Ligues, que ſous mon autorité, ne ſe doivent ſouffrir & quand il n'y ſeroit aſſez clairement porté, ni Dieu, ni le devoir ne le permettent & ſont formellement contraires; car toutes Ligues, aſſociations, pratiques, menées, intelligences, levées d'hommes & d'argent, & réception d'icelui, tant dedans que dehors le Roïaume ſont actes de Roi, & en toute Monarchie bien ordonnée, crimes de Leze-Majeſté, ſans la permiſſion du Souverain.

Voulant bien de ma propre bouche, témoignant ma bonté accoutumée, mettre ſous le pied, pour ce regard, tout le paſſé, mais comme je ſuis obligé, & vous tous, de conſerver la dignité roïale, déclarer que je confirme dès-à-préſent pour l'avenir (après que la concluſion ſera faite des Loix que j'aurai arrêtées en mes Etats) atteints & convaincus du même crime de leze-Majeſté, ceux de mes Sujets qui ne s'en départiront, ou y tremperont ſans mon aveu, en la forme due, ſcellée de mon grand ſceau.

C'eſt en quoi je m'aſſure que vous ferez autant reluire votre fidélité, me conſeillant & requérant de rafraîchir & fortifier cette belle & ancienne Loi, enracinée dans le cœur des vrais François, qui les défend. Ce qui ſera mis par paroles claires, & expreſſes, Je me le dois & à mon Roïaume, & vous me le devez, & à l'Etat que vous repréſentez, & je vous en ſémons devant le Dieu vivant.

Par le paſſé, le bel ordre & police exactement obſervé entre les gens de guerre, apportoit une admiration & terreur de notre Nation & même une particuliere & honorable gloire à la Nobleſſe Françoiſe,

Maintenant racquerons cet honneur, dont nous avons été remarqués ſur tous autres Roïaumes. C'eſt à quoi je me veux autant peiner; faites-en de même, à ce que l'ire de Dieu s'appaiſe, & que nos forces ſoient pour conſerver l'Etat, & non pour le détruire donnant tant de contentement & de ſoulagement à mes Sujets, qu'ils deſirent autant le Gendarme ou l'homme de pied pour leur Hôte, comme ils les craignent & les ont en horreur avec très grande raiſon.

Il me fâche infiniment, que je ne puis maintenir ma dignité roïale & les charges néceſſaires du Roïaume, ſans argent. Car c'eſt ce qui me paſſionne le moins en mon particulier, que d'en avoir, mais c'eſt un mal néceſſaire : la guerre auſſi ne ſe peut dignement faire ſans finances, & puiſque nous ſommes

en

en quelque chemin d'extirper cette maudite hérésie, il est besoin de grandes sommes de deniers pour y parvenir, sans lesquelles, il ne faut point déguiser la vérité, les forces seront plus à notre dommage qu'à notre profit, & toutefois il ne se peut faire aucun bon exploit sans en avoir. 1588. HARANGUE D'HENRI III.

Je me promets donc que de ma part, n'y voulant rien épargner, vous y apporterez par effet le zele que vous m'aviez toujours assuré porter au service de Dieu & au bien de l'Etat.

C'est pourquoi il faut, vous faisant voir par le menu le fond de mes finances, que vous aïez la considération que remontra le Senat Romain à un Empereur, lequel, comme je voudrois, desiroit de supprimer tous les subsides, lui disant que c'étoient les nerfs & les muscles, qui contenoient le corps de l'Etat, & lesquels étant ôtés, il venoit à se dissoudre & désassembler.

Et toutefois je dirai que plût à Dieu que la nécessité de mon Etat ne me contraignît à en avoir, & que je pusse faire tout d'un coup ce beau présent à mon Peuple, & que ma vie s'en abregeât, ne desirant vivre qu'autant que je serai utile au service de Dieu, & à votre conservation.

Quant au reste, de l'ordre requis en mes finances, tant pour le soulagement de mon Peuple, soit sur le nombre effréné des Officiers qui y sont, ou pour les autres particularités, je m'assure que vous y aurez l'égard nécessaire, par les propositions que vous m'en ferez, comme étant l'un des principaux pivots, sur lequel & nous & tout le général de l'Etat sommes en bonne partie appuïés.

Aussi va-t-il de nos ames de pourvoir aux dettes que je n'ai pas toutes faites, & lesquelles étant celles du Roïaume, vous en devez avoir le soin, à quoi la foi publique & la prud'hommie oblige les hommes ; vous verrez quelles elles sont.

Le Roi étant le tableau sur lequel les Sujets apprennent à se former, c'est pourquoi avec mon inclination naturelle, je mettrai peine d'établir un tel Réglement en ma personne & en ma maison, qu'ils serviront de patron & d'exemple à tout le reste de mon Roïaume.

Or, afin de vous témoigner par effet ce que vous pouvez desirer de moi, & que j'ai très gravé dans l'ame, pour le regard de cette célebre Assemblée (aïant pris l'entiere résolution sur vos caïers, que je vous prie que ce soit au plutôt & avec vos bons avis & conseils, selon que je vous le déclarerai le lendemain en l'Eglise) à ce que moi & tous mes Sujets la

1588. HARANGUE D'HENRI III.

ſachent & tiennent pour Loi inviolable & fondamentale, & que nul n'y puiſſe contrevenir qu'à ſa honte & infamie, & qu'il ne ſoit déclaré pour jamais criminel de leze-Majeſté & deſerteur de ſa Patrie, ains l'embraſſe de tout ſon pouvoir; je me veux lier par ſerment ſolemnel ſur les ſaints Evangiles & tous les Princes, Seigneurs & Gentilshommes qui m'aſſiſtent en cet office, avec vous les Députés de mes Etats, participans enſemble au bienheureux Myſtere de notre Rédemption, d'obſerver toutes les choſes que j'y aurai arrêtées, comme Loix ſacrées, ſans me réſerver à moi-même la licence de m'en départir à l'avenir, pour quelque cauſe, prétexte ou occaſion que ce ſoit, ſelon que je l'aurai arrêté pour chaque point, & l'envoïer auſſitôt après par tous les Parlemens & Bailliages de mon Roïaume, pour être fait le ſemblable, tant par les Eccléſiaſtiques, la Nobleſſe, que le Tiers-Etat, avec déclaration que qui s'y oppoſera, ſera atteint & convaincu de même crime de leze-Majeſté.

Que s'il ſemble qu'en ce faiſant, je me ſoumette trop volontairement aux Loix dont je ſuis l'auteur, & qui me diſpenſent elles-mêmes de leur empire, & que par ce moïen je rende la dignité roïale aucunement plus bornée & limitée que mes Prédéceſſeurs; c'eſt en quoi la vraie généroſité du bon Prince ſe connoît, que de dreſſer ſes penſées & ſes actions ſelon la bonne Loi, & ſe bander du tout à ne laiſſer corrompre. Et me ſuffira de répondre ce que dit ce Roi à qui on remontroit qu'il laiſſeroit la Roïauté moindre à ſes Succeſſeurs, qu'il ne l'avoit reçûe de ſes Peres, qui eſt qu'il la leur laiſſeroit beaucoup plus durable & plus aſſurée.

Pour finir mon diſcours, après avoir uſé de l'autorité & du commandement, je viendrai aux exhortations & aux prieres, & vous conjurerai tous par la révérence que vous devez à Dieu, qui m'a conſtitué ſur vous, pour vous repréſenter ſon image, par le nom des vrais François, c'eſt-à-dire, de paſſionnés amateurs de leur Prince naturel & légitime, par les cendres & la mémoire de tant de Rois, mes Prédéceſſeurs, qui vous ont ſi doucement & heureuſement gouvernés, par la charité que vous portez à votre Patrie, par les gages & ôtages qu'elle a de votre fidélité, vos femmes, vos enfans & vos fortunes domeſtiques, que vous embraſſiez à bon eſcient cette occaſion, que vous vacquiez du tout au ſoin du public, que vous vous uniſſiez & ralliez avec moi pour combattre les déſordres & la corruption de cet Etat, par votre suffisance, par votre intégrité, par votre diligence, bannissant toutes pensées contraires, & n'y apportant, à mon exemple, que le seul desir du salut universel, & aussi aliénés que moi de toute autre ambition, que celle de bons Sujets, comme je n'ai que celle de bon Roi.

Si vous en usez autrement, vous serez comblés de malédictions, vous imprimerez une tache d'infamie perpétuelle à votre mémoire; vous ôterez à votre postérité ce beau titre de fidélité héréditaire envers votre Roi, qui vous a été si soigneusement acquis & laissé par vos devanciers.

Et moi je prendrai à témoin le Ciel & la Terre, j'attesterai la foi de Dieu & des hommes, qu'il n'aura point tenu ni à mon soin, ni à ma diligence, que les désordres de ce Roïaume n'aient été réformés; mais que vous avez abandonné votre Prince légitime, en une si digne, si sainte & si louable action.

Et finalement, vous adjournerai à comparoître au dernier jour devant le Juge des Juges, là où les intentions & les passions se verront à découvert; là où les masques des artifices & des dissimulations seront levés pour recevoir la punition que vous encourriez de votre désobéissance envers votre Roi, & de votre peu de générosité & loïauté envers son Etat.

Jà, Dieu ne plaise que je le croie, mais plutôt que vous vous y gouvernerez, comme je me le promets de vos prud'hommies, affection & fidélité, & vous ferez œuvres agréables à Dieu, & à votre Roi, vous serez bénis de tout le monde, & acquerrez la réputation de conservateurs de votre Patrie.

Avertissement.

APRÈS que le Roi eut parachevé, Monsieur le Garde des Sceaux (1) commença à faire une remontrance à l'Assemblée, pour plus ample déclaration de l'intention de Sa Majesté, de laquelle il avoit commandement de ce faire. La somme de sa remontrance tendoit à ce but : que le Roi se sentant être par la Providence divine légitimement & par droit successif, appellé au gouvernement du Roïaume, & pour être vrai pere & tuteur de son Peuple, il se vouloit par effet déclarer & montrer tel indifféremment à tous, se départant à un chacun, tout ainsi comme le Soleil se communique à toutes les choses du monde universel, petites ou grandes.

(1) François de Montholon. Voïez aussi M. de Thou, au livre cité plus haut.

1588. Qu'aïant mis à part toutes raisons particulieres, & s'étant proposé pour but, le bien de tous & les nécessités de l'Etat, il avoit fait cette convocation, de laquelle on devoit, à l'exemple de semblables du passé, espérer quelque grand bien & rétablissement de la Monarchie, pour les fondemens de laquelle, Dieu de sa bonté, avoit depuis 1200 ans, qu'avoient régné soixante & un Rois, choisi la naturelle succession d'iceux : esquels aussi il avoit imprimé le zele & ferveur de la Religion Catholique, Apostolique & Romaine, de laquelle depuis tant de siecles aucun Roi n'avoit fourvoïé. Que par cette forme d'Assemblée (en laquelle Dieu avoit été invoqué) les convocations des Peuples chrétiens avoient de tout temps été estimées dignes d'une spéciale assistance; comme il se pouvoit remarquer par la révérence en laquelle se fit l'Assemblée tenue à Magonce, du temps d'un des grands Rois Prédécesseurs de cette Couronne, où les Prélats & Evêques tenoient le premier rang, lisoient le saint Evangile, avec les Canons & Constitutions des Saints Peres. Les Abbés & plusieurs bons Religieux tenoient le second rang, interpellans la bonté de Dieu; puis suivoient au troisieme, les Comtes & les Juges, qui exposoient les maux, proposoient les remedes, & avec tous les autres, cherchoient le secours de Dieu. Que si aucuns d'eux y apportoit une pareille volonté, le Roi espéreroit que les effets convenables s'en ensuivroient.

HARANGUE D'HENRI III.

Il alléguoit, pour la confirmation de son propos, l'exemple de Josué qui assembla, avant sa mort, le Peuple, pour l'exhorter à l'observation de la Loi de Dieu; de Salomon, quand il dédia le Temple; d'Asa, Roi de Juda, lequel assembla les Etats du Peuple pour y faire entr'autres actes, ordonner, que quiconque n'embrasseroit le service de Dieu & sa Loi, seroit mis à mort. Joignant à ces exemples la longue usance observée ès quartiers de cette Monarchie, même du temps de ceux qu'on appelloit les Sages ou Prêtres des François, qui faisoient des convocations & assemblées, esquelles ils traitoient ce qui appartenoit *ad sacra & jura*, qu'on pouvoit interprêter de la piété & de la justice.

Ce qu'avoient suivi nos Rois très anciens, pour établir en ce Roïaume un perpétuel & inviolable fondement, qui est celui de la vraie Religion, ajoutant ces mots pris de Saint Paul, *& fundamentum aliud nemo potest ponere.*

Que l'autorité & obéissance dues aux Rois ne pouvoient être séparées de la Religion, comme aussi Saint Paul appelloit cela *ordinationem Dei, & qui poteſtati Dei reſiſtit, voluntati Dei reſiſtit*

A cela ſervoient les exemples du premier Roi très Chrétien, de Childebert, Gontran, Clotaire ſecond, Dagobert premier, Pepin, Charlemagne, Louis premier, Charles deuxieme, & de pluſieurs autres, qui avoient principalement viſé en telles convocations à l'honneur de Dieu, & des choſes Eccléſiaſtiques, ſuivant le dire du Sage, *per me reges regnant*, & auſſi que les Rois doivent faire tranſcrire la Loi de Dieu, & la lire tous les jours de leur vie.

De telles Aſſemblées avoient jadis réuſſi avec heureux ſuccès, les affaires de l'Etat de France, comme il ſe pouvoit remarquer en l'Aſſemblée des Etats faite après la mort de Charles, ſurnommé le Bel, & du temps du Roi Jean, pour ſa rançon & l'acquit de ſes dettes, comme auſſi du temps de Charles huit.

Delà, remontant aux quatre Monarchies des Aſſiriens, Perſes & Romains, remontra, ſelon ce qu'en dit Saint Auguſtin, en la Cité de Dieu, que ces Monarchies aïant eu le temps de leur établiſſement, félicité & progrès par la même divine Providence, elles avoient été conduites à leur fin; qu'il ne doutoit toutefois que les vertueuſes actions & déportemens des hommes avoient été la cauſe des heureux ſuccès qu'elles avoient eu. Comme auſſi finalement la décadence étoit venue, lorſqu'il n'y avoit ſuffiſance, ni d'hommes, ni de mœurs.

Aïant accommodé ces exemples à la France, remontra que le Roi vouloit imiter ce grand & canoniſé Roi Saint Louis, l'un de ſes Prédéceſſeurs, lequel retourné de ſon voïage d'Outremer, & trouvé ſes Etats anéantis, ſans uſer d'autre délai, les rétablit. Exhorte donc le Clergé, premierement à prendre à cœur les effets de cette Aſſemblée, pour purger & ôter la très dangereuſe déformation qui eſt miſe en leur ordre Eccléſiaſtique; à l'exemple de l'une des deux plus célebres Aſſemblées tenues à Paris, en laquelle fut deſtitué un Evêque nommé Saphorac; à l'exemple auſſi des grands & Saints Perſonnages, dont l'Egliſe honore (diſoit-il) les reliques, qui les devoit inciter à remettre ſus la ſplendeur & dignité Eccléſiaſtique, reprenant pour ce faire la ſource & origine des établiſſemens contenus dans les ſaints Conciles, Décrets & Conſtitutions de l'Egliſe, comme il ſe fait lorſqu'étant les ruiſſeaux troublés, on recourt à la ſource. Que ſi la doctrine & prédication due

1588.

HARANGUE D'HENRI III.

au Peuple leur eût été soigneusement administrée, tant d'hérésies & vices de notre temps n'eussent jamais pris fondement en ce Roïaume, non plus que le mépris des Loix & désobéissance tant envers le Roi, que les Seigneurs, Juges & Magistrats.

Que l'obéissance est alors seulement vraiment sue, quand elle est par les prédications, instructions & exemples des Pasteurs prêchée & gravée ès cœurs des Sujets. Alléguant ce passage de l'Ecriture, *Vivus est sermo Dei, & efficax, penetrabilior omni gladio ancipiti.* La parole de Dieu est vive & d'efficace, plus pénétrante que tout glaive à deux tranchans. Que le Roi les avoit souventefois, par ses Edits & Ordonnances, excités à leur devoir, mais qu'il n'en avoit reconnu le fruit qu'il en avoit espéré. A cela se plaignoit des injustes provisions, des incapables admissions aux Charges Ecclésiastiques, de l'ambition & avarice, de la multiplicité des Bénéfices contre les Canons & Décrets; de la non résidence aux Charges de l'Eglise, au mépris du Droit divin, des corruptions & dépravations des Monasteres, & de leurs regles & disciplines, presque perdues, & tellement dissipées, qu'il restoit peu d'Ordres, où plusieurs Moines n'eussent comme oublié leurs promesses & leurs vœux.

Exceptant toutefois aucuns, qu'on pouvoit appeller avec un saint Personnage, *Perles de Religion*, & lesquels par la perfection de leur vie, bonnes œuvres, prieres & oraisons, avoient surmonté les obscurités & brouillards de ce monde, pénétré les nuages, & si près approché du Ciel qu'ils étoient, comme dit Saint Bernard, *in susurro cum Deo*, avec des extases & ravissemens d'esprit, détournant par ce moïen l'ire de Dieu.

De ce propos, il adressa son oraison à la Noblesse, de laquelle la vertu étoit célebrée par toutes les Histoires, leur recommandant la piété, bonté & justice, desquelles ils devoient donner l'exemple à leurs Sujets, l'obéissance au Roi, & à tenir la main forte à justice; & leur aïant fort amplifié ce propos, par les exemples prises des Histoires, tant Païennes que tirées des Chroniques de France, s'efforça leur remontrer le vice qui est en cet Etat; entre lesquels sont les juremens & blasphêmes du nom de Dieu, au lieu que le serment ancien des Nobles étoit de jurer seulement, foi de Gentilhomme, & le faisoient avec révérence, respect & circonstances requises, & aux cas qui le méritoient

Leur remontra aussi les maux qui procédoient des duels &

combats privés, desquels le seul nom est en horreur à tous Chrétiens, qui ont toujours été punis & séverement interdits par les saintes Loix. Qu'ils promettoient par leur oraison ordinaire de pardonner à ceux lesquels les offençoient, qu'ils y étoient obligés, & en le faisant ils conserveroient & leurs amis & leurs personnes, participans au reste à la plus grande gloire qu'ils pourroient desirer, à savoir de se commander eux-mêmes & à leurs passions. Qu'au surplus la vengeance leur seroit faite par le Roi & sa Justice, telle & si importante, qu'avec la conservation d'eux-mêmes, en seroient satisfaits & contentés. Il ajouta aux vices susdits l'occupation des Bénéfices, des Hôpitaux & Maladeries, fondés par leurs Prédécesseurs, leur remontrant que c'étoit non-seulement abus, mais impiétés commises contre Dieu & son Eglise. Et finalement leur recommanda la fonction des armes, à l'exemple de leurs Ancêtres. Il remontra aussi au Tiers-Etat, que son principal maniement étoit de la Justice & de la Police. Que les Juges tenoient en cet Etat le premier rang, pour être la Justice, fondement & stabilissement de toutes Monarchies, Souverainetés & puissances, alléguant le dire de Trajan, qui, requis par le Roi des Parthes de trouver bon que le Fleuve Euphrates servît de bornes entre leurs dominations, répondit que non pas les Fleuves, mais la Justice bornoit l'Empire Romain. Que les Roïaumes sans Justice, n'étoient que brigandages.

1588.

HARANGUE D'HENRI III.

Amplifia fort l'éversion de la Justice distributive, & les grands abus qui s'y commettoient, les longueurs, subtilités & déguisemens de vérité qui s'y font, prenant comparaison du Navire qui battu & agité de diverses tempêtes, cherchant le Port, n'y peut aborder, empêché par les rencontres des écueils & rochers qui l'offensent; telle étoit aujourd'hui la misere de ceux qui poursuivoient la vuidange de leurs procès, par la subtilité des Parties, peu de zele & négligence des Juges, par tant de délais, incidens & longueurs, esquels Justice n'est pas exercée, mais bien vexée & travaillée, & souvent bien égarée.

Que le particulier de plusieurs étoit cause de ces malheurs, qui cuident par ce moïen accroître leur postérité, mais lesquels comblés de ruines & miseres, sentiroient le contraire.

Qu'à tels abus se devoit rapporter la multiplicité des Offices, qui presse le Roïaume, les mauvaises mœurs & ignorance de plusieurs qui sont en la Justice; de tous lesquels cas le Roi avoit laissé à ses Juges d'en informer, mais qu'eût autant ser-

1588. vi le non mander, que le mander, aïant été le tout infructueux & inutile.

HARANGUE D'HENRI III.

Joignoit à la Justice toute sorte de Police des Citoïens, aux affaires desquels ils sont liés ensemble, par société bien réglée des Loix, chacun selon sa charge & fonction. Mais que le malheur est, qu'il semble qu'à cette heure les Loix ne soient rien autre chose, sinon papiers écrits. Il remarqua les fautes inexcusables en l'observation des Loix, Polices & Ordonnances faites pour la punition des jureurs, blasphémateurs, joueurs, personnes débauchées, usuriers, injustes acquéreurs, négociateurs de mauvaise foi, mal vivans, coutumiers d'aller ès lieux prohibés, & tous tels autres vices, les débauches des Universités, la licence de vie débordée, sans police ni conduite, que celle qui est prise des mauvaises mœurs, pépinieres des troubles & séditions qui renversent les Roïaumes & bonnes Républiques. Ajoutant une sérieuse exhortation à remédier à tous ces maux.

Remontra les grandes dettes du Roi, ses grandes diligences & hasard à faire la guerre aux Hérétiques, sa piété, Religion, dévotion à l'Eglise Romaine. Les rares déportemens, actions & conseils de la Reine, sa Mere. Et finit par la recommandation de l'union & concorde en cette Assemblée, à l'exemple d'Esdras, qui assembla le Peuple & ses Etats, après la captivité de Babilone, pour la rédification du Temple, si bien que toute l'Assemblée étoit comme un seul homme.

Qu'ils aidassent donc tous à la volonté du Roi, pour réédifier le Temple, qui est l'Eglise de Dieu vivant, à ce qu'elle fût remise en son ancienne resplendeur.

Qu'ils obtinssent cette signalée victoire, en se vainquant eux-mêmes & s'unissant, pour soutenir sous l'obéissance du Roi, l'Eglise Catholique, Apostolique & Romaine, & le particulier & général de tous ceux qui vivent en elle, qui leur tendoient les bras.

Que s'ils le faisoient ainsi, nous verrons, disoit-il, avec la grace de Dieu, cet Etat en la premiere perfection de vraie observance des saintes Constitutions, en la Religion Catholique, Apostolique & Romaine, & toute bénédiction environnera cette Monarchie, sous l'autorité de notre Roi très Chrétien.

M. le Garde des Sceaux aïant parachevé, l'Archevêque de Bourges (1) fit, au nom de tous les Etats du Roïaume, remer-

(1) Renaud de Beaune.

ciement

ciément au Roi, sur la proposition faite par Sa Majesté, à l'ouverture de ses Etats, & pour la déclaration de sa bienveillance envers ses Sujets, commençant sa harangue par le soulagement & répit, qu'il prévoïoit que la France alloit prendre, de tant de travaux & désolation qui l'auroient depuis vingt & huit ans opprimée; puisqu'elle oïoit la voix & parole de son Roi, ornée de la Faconde d'Ulisse & des graves sentences de Nestor, qui occasionnoit ses Sujets d'ouvrir leurs bras, pour lui embrasser les pieds & les jambes, comme un nouveau secours à eux envoïé du Ciel, pour, avec ses deux bras de justice & clémence, soutenus du prudent conseil de ceste tant vertueuse & renommée Reine, Dame de paix & de tranquilité, la Reine, sa Mere, relever ceste piteuse France, languissante, & gissant à terre périssante, pour lui acquérir repos & tranquillité.

1588.

HARANGUE D'HENRI III.

L'exhortoit donc à faire exécuter heureusement la charge que Dieu lui avoit donnée; restaurant le genre humain quasi perdu en son Roïaume, & s'acquérant ces beaux noms & titres magnifiques (qui leur étoient justement dûs), que l'Antiquité avoit donnés à ce grand Hercule, Thésée, & autres semblables Héros & demi-Dieux, comme enfans du Ciel, pour avoir si vertueusement chassé & défait les Monstres, Géans & autres ennemis de Dieu & du genre humain; soulagé le monde de toutes foules & oppressions, remis & restitué la paix en leur siecle.

Pour la confirmation de cette exhortation, passoit par les exemples des grands Rois, Monarques & Princes, commençant à Moyse, qui froissa les Egyptiens; à Josué, qui avoit défait sept Rois & exterminé toutes les Nations Idolâtres de ces belles Vallées de la Palestine & Terre-Sainte; à David, Manassés, Josaphat & autres bons Rois, qui avoient eu soin du rétablissement de la paix, & tranquillité pour leurs Peuples. Nabuchodonosor, Cyrus, Darius, Artaxerces, qui avoient statué & ordonné, que qui n'adoreroit le Dieu du Ciel, ainsi & en la forme qu'il étoit adoré par Daniel & Ezras, il seroit attaché à un arbre, coupé de son propre jardin, & sa maison réduite en latrines publiques, en signe d'infamie à celui qui auroit voulu deshonorer le nom de Dieu. Octavian Auguste avoit assoupi toutes guerres civiles, & disposé tout le monde à la paix, pour réparer les voies pacifiques à la naissance de notre Messie & Sauveur; s'occupoit jusqu'à la nuit à ouir les

1588. Harangue d'Henri III.

plaintes de ses Peuples, & leur administrer justice, donnant (voire aux dépens de sa santé) audience à chacun. Qu'autant en avoit fait Vespasian, quoique maladif & vitié en ses membres intérieurs; lequel répondit à un de ses Familiers, lui recommandant la conservation de sa santé, qu'il falloit qu'un Empereur mourût debout & non couché. Le même avoit été fait par Mithridate, Roi de Pont, commandant sur vingt-deux Langues & Provinces; lequel étoit tellement disposé à ouir les plaintes de tous ses Sujets, qu'il apprit toutes ces différentes langues, & se contraignit, pour mieux contenter ses Sujets, à les parler. Qu'autant en avoit fait Crassus, commandant à la Grece, pour les Romains, apprenant les divers dialectes de la Langue Grecque, pour faciliter ses audiances, & répondre aux Sujets en leur même langue. Ces mêmes effets avoient rendu tant louable le Roi Salomon; & appliquant cet exemple au Roi: Ainsi, votre Majesté, Sire, (disoit-il) qui dès ses jeunes ans a été touchée de l'esprit de sapience de Dieu, comme ce même Salomon, pour régir & gouverner vos Peuples; & ainsi que le jeune Aigle, oiseau céleste, sortant du nid, poussé de la vigueur & générosité de vos Ancêtres, avez porté le foudre du haut Dieu jusques sur le front des ennemis de sa divine Majesté, & de la vôtre, les chassant jusqu'aux extrémités de votre Roïaume, & dans les Villes de leurs retraites, n'épargnant votre propre vie, pour l'honneur de Dieu & repos de votre Roïaume; votre Majesté, dis-je, a pour comble de sagesse, joint l'expérience & connoissance de diverses sortes d'hommes, de Nations & Villes (comme Homere a écrit de ce sage Ulisse), & à ce propos amplifia fort l'élection du Roi, au Roïaume de Pologne, & sa prudence & sagesse en la dissipation de l'armée des Reistres & Suisses derniere venue en France; concluant par une certaine espérance, que sous un si bon & si grand Roi, se verroit réprimée & repoussée l'audace des Hérétiques, qui enfin se verroient soumis sous le joug & obéissance de Dieu, de l'Eglise Catholique & de leur Roi; se verroit la paix & la sûreté universelle, tellement que, comme ès jours de Salomon, chacun mangeroit son pain & ses fruits en patience, sous son figuier & sa treille: le service de Dieu, les Eglises & Temples seroient restaurés & réédifiés; les Villes se verroient libres, sans arquebusiers ni tambours; le Temple de Guerre fermé, celui de la Paix ouvert à un chacun, Justice & Paix s'entr'embrasser, fleurir les

Loix, abonder la charité entre les hommes, & par un même consentement & union de Religion, sous un même Dieu & Roi, seroit commencé çà bas le regne de Christ, idée & exemplaire de ce Roïaume céleste, auquel nous aspirons tous: ajoutant, au nom de tous, cette priere : *Vive Rex in sempiternum*; vivez, Roi, disoit-il, vivez éternellement; vivez çà bas les ans de Nestor, voire ceux d'Arganthonius, Roi de Gadar, qui vécut neuf vingt ans; vivez par représentation & suite de longue lignée; vivez encore çà bas, par nom & gloire vertueuse, qui ne mourra jamais; enfin, vivez là haut, au Ciel, non comme Roi terrien, mais comme participant & cohéritier du Roïaume de Dieu, auquel il appelle ceux qui ont bien régi ses Peuples çà bas.

Après, le Baron de Senecey (1), au nom de la Noblesse de France, & le Prevôt des Marchands de Paris (2), Président pour le Tiers-état firent en leur ordre & rang, remerciemens & prieres au Roi, tendant à même fin; à savoir, de chasser l'hérésie, & restaurer l'état de l'Eglise Catholique Romaine, soulager le Peuple, & rétablir la Roïaume (par l'assoupissement des divisions) en sa premiere dignité & splendeur; avec offres d'y exposer franchement, librement & généreusement, sous son autorité, jusqu'à la derniere goute de leur sang.

Le Mardi, 18 Octobre 1588, Sa Majesté & tous les Députés entrerent en la Salle, pour la seconde séance; où le silence fait, Sa Majesté commença à dire ce qui s'en suit :

Messieurs, je vous ai ci devant dit & témoigné, le jour de Dimanche dernier, le desir que j'ai toujours eu de voir, de mon Regne, tous mes bons & loïaux Sujets, unis en la vraie Religion Catholique, Apostolique & Romaine, sous l'obéissance & l'autorité qu'il a plu à Dieu me donner sur vous.

Et aïant, pour cet effet, ordonné mon Edit du mois de Juillet dernier, pour être & tenir lieu de Loi fondamentale en ce Roïaume, pour obliger, & nous tous, & la postérité; encore que la plûpart de vous l'ait particulierement juré & promis; néanmoins, à ce que cet Edit demeure ferme & stable à jamais, comme fait de l'avis & commun consentement de tous les Etats de ce Roïaume, & à ce qu'aucun ne prétende cause d'ignorance de l'essence & qualité d'icelui, & qu'il soit marqué de la marque de Loi du Roïaume à jamais : Je veux que cet

(1) Claude de Beaufremont.
(2) La Chapelle-Marteau.

1588.

HARANGUE D'HENRI III.

Edit si saint, soit présentement lû à haute voix, entendu de tous, puis juré par vous tous en Corps d'Etats; à quoi faire je montrerai l'exemple tout le premier, afin que ma sainte intention soit connue devant Dieu & devant les hommes.

Aïant le Roi fini, il commanda à Ruzé, sieur de Beaulieu, (1) l'un des Sécretaires de son Etat, de lire à haute voix, la déclaration que Sa Majesté avoit faite ce jour même, sur son Edit d'union du mois de Juillet dernier, dont la teneur s'ensuit.

DECLARATION DU ROI,

sur son Edit de l'union de tous ses Sujets Catholiques.

HENRI, par la grace de Dieu, Roi de France & de Pologne, A tous présens & à venir, Salut. Chacun sait assez que dès les premiers ans de notre jeunesse, & même avant que Dieu nous eût appellé à cette Couronne, nous n'avons rien tant desiré, que de voir ce Roïaume repurgé de l'hérésie, & tous les Sujets d'icelui remis à l'union de son Eglise Sainte; pour à quoi parvenir, nous n'avons épargné notre propre personne, ains l'avons souvent exposée pour la manutention de la Foi Catholique, Apostolique & Romaine; & depuis qu'il a plu à Dieu nous élever en cette Dignité Roïale, tout ainsi que nous avons succédé au nom & titre de Roi très Chrétien (que nos Prédécesseurs nous ont acquis par leur piété & valeur), aussi avons-nous montré que nous étions héritiers de leur zèle & affection, à l'honneur de Dieu, & accroissement de sa Sainte Religion; car reconnoissant le devoir auquel la charge que Dieu nous a commise sur son Peuple Chrétien, & le serment que nous avons fait à notre Sacre, nous obligent, nous avons essaïé ci-devant les voies les plus douces que nous avons pensé pouvoir servir à extirper les hérésies de cestui notre Roïaume, & réunir tous nos Sujets à ladite Religion Catholique, Apostolique & Romaine. Mais enfin, aïant reconnu que la douceur (dont pour quelque temps nous avions voulu user, espérant les rappeller au giron de l'Eglise) n'avoit ser-

(1) Martin Ruzé, Seigneur de Beaulieu, de Chilli, de Longjumeau, Sécretaire d'Etat, Trésorier des Ordres du Roi, &c. mort le 16 Novembre 1613, & enterré à Chilli. Il étoit deuxieme fils de Guillaume Ruzé, Receveur général des Finances, en Touraine, & de Marie Testu. Il avoit suivi Henri III en Pologne, lorsque ce Prince n'étoit encore que Duc d'Anjou. Il n'eut point d'enfans de Géneviеve Arabi, sa femme.

vi qu'à accroître & endurcir leur obstination; nous avons, depuis quelque temps, tenté de les ramener, par la force, à l'obéissance qu'ils doivent à Dieu & à Nous, & maintenant, pensons y pouvoir mieux & plus promptement parvenir, par le moïen de la sainte Union que nous avons faite à nous, de tous nos Sujets Catholiques, par notre Edit du mois de Juillet dernier, lequel estimant devoir être à l'avenir l'un des principaux fondemens de la conservation de ladite Religion Catholique, que nous avons plus chere que notre propre vie, & de la restauration de notre Etat; l'autorité qui nous appartient, & la fidélité & obéissance à nous due par nos Sujets, pour le rendre plus ferme, stable, & à jamais irrévocable.

1588.

DÉCLARAT. DU ROI, SUR L'EDIT D'UN

Nous avons, par le conseil de la Reine, notre très honorée Dame & Mere, des Princes de notre Sang, Cardinaux & autres Princes & Seigneurs de notre Conseil, & de l'avis & consentement de nos trois Etats, assemblés & convoqués par notre commandement, en cette Ville de Blois, statué & ordonné, statuons & ordonnons, & nous plaît, par ces Présentes, signées de notre main, que notre Edit d'Union ci-attaché sous le contre-scel de notre Chancellerie, soit & demeure à jamais Loi fondamentale & irrévocable de ce Roïaume, & comme tel, voulons & ordonnons qu'il soit gardé par tous Sujets présens & à venir, & que par eux il soit présentement juré; sans déroger toutefois, ni préjudicier en aucune chose, aux droits, franchises, libertés & immunités de notre Noblesse; ensemble de garder & observer toutes les autres Loix & Ordonnances de ce Roïaume, concernant l'autorité qui nous appartient, & la fidélité & obéissance qui nous est dûe par tous nos Sujets.

Si donnnos en mandement, par ces Présentes, à nos Amés & Féaux, les gens tenant nos Cours de Parlement, Baillifs & Sénéchaux, ou leurs Lieutenans, & à tous nos autres Juges & Officiers, & à chacun d'eux, ainsi comme il lui appartiendra, que ledit Edit ci-attaché avec la présente Loi, ainsi solemnellement faite & arrêtée en l'Assemblée générale de nos Etats, ils fassent lire, enregistrer, entretenir, garder & observer inviolablement, comme Loi fondamentale & perpétuelle du Roïaume, & conservation d'icelui; contraignent & fassent contraindre à ce faire tous nosdits Sujets, par toutes voies justes & raisonnables, & procédant contre les infracteurs d'icelles, par toutes les peines contenues aux Ordonnances sur ce faites, selon l'exigence des cas.

1588. Donné à Blois, en l'Assemblée des Etats, le Mardi dix-huitieme du mois d'Octobre, l'an de grace, mil cinq cens quatre-vingt & huit, & de notre regne, le quinzieme.

DÉCLARAT. DU ROI, SUR L'EDIT D'UN.

LA lecture de cette déclaration aïant été faite par ce Sécretaire, il lut semblablement à haute voix, l'Edit du Roi sur l'union de ses Sujets Catholiques, vérifié en la Cour de Parlement le 21 Juillet 1588; & après cette lecture, l'Archevêque de Bourges fit, par le commandement du Roi, une exhortation aux Etats, sur le serment solemnel, prêté par Sa Majesté, & par lui-même requis de ses Sujets, pour l'entretenement de cet Edit d'Union.

LA somme de cette exhortation (1) en revenoit à ceci; que puisqu'il plaisoit au Roi, à l'exemple des bons Rois d'Israël, qu'instruction fût donnée à ses Peuples en ce serment si solemnel, par la bouche des Prélats de l'Eglise de Dieu (ainsi que dit le Prophête, que les levres du Prêtre gardent la science & doctrine, & que le Peuple recherchera la Loi de Dieu de sa bouche), il feroit présentement entendre aux Peuples & Etats la gravité & conséquence de ce tant sacré & solemnel serment.

François Chrétiens, disoit-il, ici disposés à ce saint œuvre, composés de tant de grands Princes, Cardinaux, Prélats, Gentilshommes, Nobles, & autres du Tiers-état, de toutes sortes de dignités & qualités, humiliez-vous sous la puissante main de Dieu, reconnoissez sa grandeur, & l'effet & qualité du serment que vous lui allez prêter.

Et là-dessus, par un long discours, montra comment Dieu est la vérité même; que l'homme est menteur; traita des diverses especes de mentir; que Dieu seul assure les paroles & promesses des hommes; que tous sermens se doivent rendre à Dieu, & se faire au nom du Dieu vivant, comme il avoit été ordonné au Peuple, dès les premiers siecles; que Dieu s'accommodant aux hommes, avoit juré par soi-même; qu'il n'y a rien plus véritable que Dieu; que de-là s'ensuit, que qui emprunte faussement le nom de Dieu en son serment, & avec intention de mentir, comme il a invoqué le Dieu vivant, par lequel nous vivons, aussi pour le mépris de son nom, s'acquert

(1) Mr. de Thou rapporte cette exhortation de Renaud de Beaune, presque toute entiere, dans son Histoire, liv. 92.

çà bas la mort, & en l'autre siecle, la damnation éternelle, comme il avint jadis à Anarias & Saphira.

Que telle observation se garde en tout serment, voire ès affaires privées & particulieres des hommes, quand on jure, ou pour repousser une notable calomnie, ou pour terminer une affaire, qui autrement ne se peut décider; mais que plus séverement elle se devoit garder au serment qui se rend à Dieu, & avec lui, en son alliance même & confédération. Que si celui qui fausse le serment aux hommes, est tenu pour Méchant, que deviendra celui qui rompra la foi & alliance qu'il a jurées avec Dieu.

Que Jérémie enseigne, qu'il faut que le serment se fasse au nom du Dieu vivant, en vérité, en jugement & en justice: en vérité, parceque nos paroles sont appuïées sur la vérité même, qui est Dieu, & partant doivent être véritables & non mensongeres; en jugement, parcequ'il faut considérer ce que l'on jure, & la qualité de la chose pour laquelle on jure, pour l'observer; en justice, parcequ'il faut que nos sermens, & ce pour quoi nous jurons, soient justes, ne soient contre l'honneur de Dieu, ou ne tendent à la destruction ou scandale de nous, ou de notre prochain.

Jugez donc, jugez & considérez, Chrétiens, la justice du serment qu'allez présentement faire à Dieu, afin de l'observer en toute vérité & constance, & que le malheur dû aux parjures & contempteurs du nom de Dieu, ne vienne sur vos têtes.

Vous jurez présentement l'Union Chrétienne avec Dieu votre Pere, avec son Epouse son Eglise, qu'il a acquise par son Sang, avec tous ses enfans régénérés d'un même sang, lavés d'un même Baptême, appellés au même héritage des Cieux, nourris de même pain & de mêmes Sacremens en la Maison de Dieu, qui est l'Eglise Chrétienne.

Et de-là prend argument d'amplifier que c'est que cette Eglise, non bâtiment matériel & de pierres (comme nous appellons, dit-il, métaphoriquement les Temples, parcequ'ils représentent la congrégation des Chrétiens), mais l'union & compagnie de tous les Fideles, qui sont, ont été & seront croïans au nom de Dieu & en ses promesses, qui ont même sens & doctrine de la parole de Dieu, mêmes usages de Sacremens, qui reconnoissent la succession légitime des Apôtres; & quelque part qu'ils soient épandus au monde, ont une mê-

1588.

Déclarat. du Roi, sur l'Edit d'Un.

me Foi, un même Baptême, un même esprit, un même Seigneur & Maître.

Que cette Eglise est visible & invisible, quoique dient (disoit-il) ces nouveaux Docteurs; visible en terre, parcequ'elle comprend tous ceux qui sont baptisés & perséverent en l'union de l'Eglise & communication des Sacremens; fideles & hypocrites, jusqu'à ce que découverts, ils soient séparés de la communication des autres Chrétiens; alléguant à ce propos l'exemple de l'yvraie mêlée parmi le bled, & de la brebis gâtée, qui font leur part du boisseau & du Troupeau, jusqu'à ce qu'ils soient séparés.

Qu'elle est invisible, si nous considérons étroitement la vraie & sainte Eglise, composée des Fideles élus de Dieu, à lui-seul connus & non aux hommes : invisible encore, si nous considérons l'Eglise triomphante qui est au Ciel.

Qu'en cette Eglise n'y a distinction de personne ou de qualité; différence du Scythe, du Barbare, du Grec ou de l'Hébreu, &c. Qu'il n'y a qu'une même Eglise, encore qu'on en oïe nommer diverses, comme d'Alexandrie, Constantinople, ou autres.

Que, comme le Soleil a plusieurs raïons procédans d'un seul corps, une seule fontaine plusieurs ruisseaux, un seul arbre plusieurs rameaux, & que si vous bouchez ou empêchez la lumiere d'un de ces raïons, retranchez l'un des ruisseaux de cette fontaine, ou coupez l'une des branches de cet arbre; néanmoins toujours demeure le Soleil, la fontaine & le tronc; ainsi l'Eglise, encore que quelques particulieres soient éteintes en Asie, Afrique, Egypte ou ailleurs, ne laisse pourtant de demeurer en son entier.

Que ce qu'on dit de l'Eglise Romaine, n'est pour le regard des murailles de Rome, mais pour une remarque de nomination & démonstration; qu'en icelle S. Pierre, & depuis S. Clement, & autres leurs Successeurs, ont prêché la parole de Dieu, & témoigné la doctrine chrétienne avec plusieurs Martyrs, au péril de leur sang, sans avoir jamais varié par tant de siecles; n'y advint aucune nouvelleté d'hérésie, & qu'à cette foi inviolablement gardée à Rome, se sont unis les vrais Prélats & Pasteurs des autres Eglises Catholiques, par un consentement général & universel, & par succession légitime de temps en temps.

Que cette union de l'Eglise a part & communication avec les

les Saints, qui déja regnent heureusement au Ciel, qui ont surmonté le monde, &c.

Et combien que celle-là s'appelle triomphante, & celle qui est encore ici soit dite militante, les deux toutefois ne sont qu'une Eglise.

Que cette Eglise est si forte en son Union, qu'elle ne se peut rompre ni séparer en soi, d'autant plus qu'elle est fondée sur la ferme pierre, qui est Jesus-Christ, tellement que les portes d'enfer ne peuvent rien contre elle, suivant ce que dit David, parlant mistiquement de l'Eglise : Ils m'ont dès ma jeunesse combattu, mais ils ne m'ont pû rien faire. *Ps. 129.*

Que hors de cette Eglise n'y a que mort, & qui s'en sépare, se rend indigne des promesses de vie qui lui sont faites. Qui ne la tient pour Mere, ne peut avoir Dieu pour Pere; qui n'est enclos en cette Arche, ne peut éviter le péril des eaux du Déluge, &c.

Que l'Ecriture, pour bien figurer l'Union de cette Eglise, l'appelle, par Isaïe, Vigne du Seigneur; comme aussi Jesus-Christ en la Parabole de cette Vigne baillée à louage à des mauvais Vignerons, &c. Dieu est le Maître Vigneron, les Fideles les branches qui portent fruit & feuilles : elle est aussi appellée Maison, Act. 20. pour la multitude des pierres bâties sur un même fondement, & ne constituent qu'un corps : elle est comparée au Troupeau & Bergerie, Jean 13 & 21. pourcequ'elle se tient serrée sous la voix de son Pasteur en Chef Jesus-Christ, Pasteur de nos ames, lequel elle oit & suit partout pour n'être dévorée du Loup, qui est le Diable, &c. elle est aussi nommée Epouse de Dieu, Jean 3. à cause de la grande charité & dilection que Notre Seigneur Jesus lui porte.

Montra en après combien c'est une forte chose que l'Union, non tant par les exemples tirés des Histoires (disoit-il) que par l'exemple seul de notre Eglise qui parle assez, & s'efforça de montrer les grands effets qu'elle a produits en toutes ces parties du Monde.

Que la primitive Eglise rapportoit tout en commun aux pieds des Apôtres, Diacres & Ministres de l'Eglise, pour être emploïé au service de Dieu, substentation des Pauvres, & entretenement des Ministres, & de tout le reste de l'Eglise.

Ils alloient tous ensemble, & chacun à part, à la mort volontaire, pour l'honneur de Dieu; aussi ont-ils épouvanté & ébranlé les Empereurs, Tyrans & plus puissans Monarques du Monde.

1588.

DÉCLARAT. DU ROI, SUR L'EDIT D'UN.

Et nous (disoit-il) aïant une même Foi, Loi & Créance sous un même Maître & Sauveur, en même Eglise, en même Nation, ferons-nous difficulté de nous unir, & emploïer les vies & biens pour le nom de Dieu, duquel nous avons la vie présente & attendons l'éternelle ? pour maintenir son Eglise son Epouse, Mere de tant d'Enfans, nos Freres fideles, pour la conservation de cet Etat, qui par tant d'années est déchiré, détruit & désolé par l'hérésie & division.

Nous ne cornons pas la guerre nous autres de l'Eglise; non, non, l'Eglise ne cherche ni ne desire le sang.

Nous desirons plutôt que les Dévoïés se retournent : mais que dirons-nous en une obstinée perturbation de ceux qui troublent l'Eglise, qui renversent l'Etat, sinon ce que dit S. Paul à ces Galates : A la mienne volonté, que ceux qui vous troublent fussent retranchés.

Le Chirurgien, pour sauver le corps, coupe le membre gangréné & pourri, & lors il y faut le cautere & le rasoir.

Que Dieu voulut que l'on s'en pût passer, nous n'en refusons pas un : la miséricorde de Dieu & de son Eglise tend les bras à un chacun.

Que pouvons-nous donc nous (disoit Monsieur l'Archevêque pour conclure son oraison), que nous unir tous en un esprit & une charité, nous conserver & embrasser la défense & protection de la Religion de Dieu, de l'Eglise Catholique, Apostolique & Romaine, de cet Etat ? nous unir, dis-je, sous Jesus-Chist, sous l'obéissance du Roi Henri troisieme, duquel la foi venant de ses Ancêtres, a rendu tant de beaux exemples, & non-seulement en lui, mais en toute sa Maison; en la Reine sa Mere, qui l'a nourri dès son enfance, & maintenu en ceste sainte Religion ; en la Reine, Epouse du Roi, Princesse très vertueuse, dont les dévotions sont si grandes & ferventes.

Que nous ne pouvons moins espérer de la grace de Dieu, qu'à l'exemple de cette bonne Anne, Mere de Samuel, la bonté de Dieu; après si longues prieres, ôtera de ce Roïaume cet opprobre de stérilité, & lui donnera une heureuse lignée, au grand repos & consolation de tout ce Roïaume, en la piété de nos Princes, de toute la Noblesse, de toute sa Famille, de tout son Peuple.

Unissons-nous donc, unissons-nous tous ensemble, vrais Catholiques fideles, renouvellons ce grand serment solemnel dû à Dieu : joignons ensemble nos vœux & nos cœurs, & les rendons & confirmons avec Dieu; jurons à notre Roi l'obéissance que lui devons, &c. embrassons la Charité Chrétienne, &c. laissons nos haines & rancunes ouvertes & secrettes, soupçons, défiances, qui jusqu'ici nous ont divisés & troublés, & empêché de si bons desseins, sans lesquels la France fût déja en repos.

1588. Déclarat. du Roi, sur l'Edit d'Un.

Levons les mains au Ciel, pour rendre à ce grand Dieu le serment que nous lui devons; qu'il en soit mémoire à jamais par tous les siecles à venir; que la postérité marque la foi & loïauté de nos sermens, & non le parjure, par les bons & saints effets qui s'en ensuivront.

Et puisqu'il a plû à votre Majesté, Sire, jurer présentement tout le premier le serment si solemnel, pour exemple à tous vos Peuples, nous leverons tous d'un commun accord les mains au Ciel, jurerons à Dieu de le servir & honorer à jamais, maintenant son Eglise Catholique Romaine, & la défendre; aussi votre Majesté & votre Etat envers & contre tous; observer & garder inviolablement ce qui est contenu en votre Edit d'Union présentement lu à la gloire de Dieu, exaltation de son saint nom, & conservation de son Eglise & de ce Roïaume.

Ceste parole achevée, le Roi reprit la parole, disant:

MESSIEURS, vous avez oui la teneur de mon Edit, & entendu la qualité d'icelui, & la grandeur & dignité du serment que vous allez présentement rendre: & puisque je vois vos justes desirs tous conformes aux miens, je jurerai comme je jure devant Dieu en bonne & saine conscience, l'observation de ce mien Edit, tant que Dieu me donnera la vie çà bas: veux & ordonne qu'il soit observé à jamais en mon Roïaume pour la Loi fondamentale, & en témoignage perpétuel de la correspondance & consentement universel de tous les Etats de mon Roïaume; vous jurerez présentement l'observation de ce mien Edit d'Union, tous d'une voix; mettant par les Ecclésiastiques, les mains à la poitrine, & tous les autres levant les mains au Ciel.

Ce qui fut fait avec grand applaudissement & acclamation de tous, criant, *Vive le Roi.*

Sa Majesté voulut aussi qu'il fût dressé un acte par écrit de ce serment, qui se faisoit pour servir de mémoire perpétuelle d'un fait si solemnel. Cet acte étoit tel qui s'ensuit.

ACTE

Du Serment fait par le Roi, aucuns Princes & Etats, pour l'obſervation de l'Edit contre ceux de la Religion.

AUJOURD'HUI, dix-huitieme jour d'Octobre mil cinq cens quatre-vingt-huit, le Roi ſéant à Blois, en pleine Aſſemblée des Etats généraux de ſon Roïaume, a juré en ſa foi & parole de Roi, de tenir & obſerver la préſente Loi en tout ce qui dépendra de Sa Majeſté; & Meſſieurs les Cardinaux de Bourbon, de Vendôme, Comte de Soiſſons, Duc de Montpenſier, Cardinaux de Guiſe, de Lenoncourt & de Gondy, Ducs de Guiſe, de Nemours, de Nevers & de Rets, Monſieur le Garde des Sceaux de France, & pluſieurs autres Seigneurs, tant du Conſeil de Sa Majeſté, que Députés des trois Etats de cedit Roïaume, ont juré de garder & entretenir inviolablement ladite Loi, tant en leurs noms propres & privés, que pour l'Etat & les Provinces, qui les ont députés pour ſe trouver en cette Aſſemblée générale des Etats : moi Ruzé, Sécretaire d'Etat & des Commandemens de ſadite Majeſté, préſent.

Ce fait, Sa Majeſté témoigna le grand deſir qu'elle avoit de mettre fin à cette Aſſemblée, & pourvoir à tous ſes Sujets, ſur leurs juſtes plaintes & doléances; & pour cet effet promit ne ſe départir de la Ville de Blois, juſqu'à l'entier parachevement de la tenue deſdits Etats : ordonnant pareillement à tous ceux de ladite Aſſemblée, de ne s'en départir aucunement, dont Sa Majeſté fut remerciée de toute l'Aſſiſtance.

L'Aſſemblée ſe retirant, Sa Majeſté, avec les Reines, Princes, Princeſſes, Meſſieurs les Cardinaux, Prélats, & autres Sieurs, avec tous les Députés des trois Etats, alla en l'Egliſe de S. Sauveur, faire chanter le *Te Deum*, où ils furent toujours accompagnés du commun conſentement & voix générale de tout le Peuple, criant, *Vive le Roi*, & montrant une extrême joie & allégreſſe (1).

(1) Mr. de Thou, à l'endroit cité, fait ſur cela ces réflexions. Pendant toute cette cérémonie, dit-il, les Ligueurs ſembloient applaudir au Roi de cette nouvelle démarche; mais, au jugement des gens éclairés, ils ſe mocquoient plutôt de lui. A quoi aboutiſſoient en effet tant de ſermens réitérés, continue ce judicieux Hiſtorien, ſinon à autoriſer de plus en plus le malheureux parti de la Ligue, & à reſſerrer davantage les nœuds

1588.

AVERTISSEMENT

Sur les Exploits d'armes, faits par le Roi de Navarre sur ceux de la Ligue au bas Poitou, pendant que l'Assemblée de Blois complote sa ruine, & sur la Conspiration de ceux d'Angoulême contre M. d'Epernon, & ses suites.

IL a été dit ci-dessus, que pendant que l'Edit de réunion se pratiquoit, que les Etats se convoquoient à Blois, & que toutes sortes de brigues & menées se tramoient pour ruiner le Roi de Navarre & ceux de la Religion, ledit Sieur Roi de son côté se préparoit à la défensive, fondé sur toutes les raisons qu'il a plusieurs fois proposées par ses déclarations & remontrances, & sur les griefs & torts qu'on lui faisoit, & à tous ceux de la Religion.

Et d'autant que quelques Régimens du parti de la Ligue prirent le long de la riviere de Loire, pour tirer au bas Poitou, & là faire le ravage, tant pour y rompre les desseins qu'y pouvoit avoir ledit Sieur Roi, que pour tracer le chemin à l'Armée qui suivit après, sous la conduite de Mr. de Nevers (1); ledit Sieur Roi de Navarre s'avança aussi de sa part, ralliant ce qu'il put de ses forces, pour s'acheminer vers la riviere de Loire, ès environs de Nantes, où il fit quelques expéditions de guerre, desquelles le récit, pour observer l'ordre du temps, ne doit en ce lieu être obmis. Pour ce faire, il est nécessaire (pendant que les Etats commencent à feuilleter leurs cahiers) reprendre le propos de quelques mois auparavant que se passassent à Blois les solemnités ci-dessus récitées.

Il y avoit déja quelque temps que le sieur de Colombiere s'étoit emparé de la Ville de Montagu (2), laquelle, dès les

qui lioient le Duc de Guise & les Factieux, au lieu qu'on n'auroit dû songer qu'à les diviser? Aussi est-il constant que si cette nouvelle foiblesse du Roi rendit les Ligueurs plus fiers & plus hardis à tout entreprendre, elle acheva, d'un autre côté, de faire perdre cœur à ceux qui étoient affectionnés à son service, & qui voïoient avec douleur la Majesté Roïale s'avilir de jour en jour, de plus en plus, & le Roi devenu en quelque sorte le jouet du Duc de Guise, & l'objet de la haine & du mépris de ses Sujets.

(1) Ludovic de Gonzague, Duc de Nevers. Voïez son éloge dans Mr. de Thou, livre 113. ann. 1595. qui fut celle de sa mort, arrivée à Nesle, à l'âge de 56 ans.

(2) Montagut, Ville du Poitou, proche la Bretagne. Mr. de la Colombiere, & son frere cadet, Mr. de la Luzerne, avoient remis le Château de cette Ville en assez bon état.

1588. années précédentes, avoit été démantelée & ruinée (ensemble le Château, Place des plus fortes du Païs) : la ruine de la Ville n'étoit telle qu'en peu de temps elle ne fût passablement remparée, & mise en défense par ledit sieur de Colombiere, & autres Capitaines & Soldats qui étoient joints à lui.

Exploits d'Armes du Roi de Nav.

Monsieur de Mercœur (1), Gouverneur de Bretagne, & ceux du Païs tenant son parti, principalement ceux de Nantes, portoient mal patiemment tels voisins; lesquels par leurs longues courses les incommodoient beaucoup : occasion que ledit sieur de Mercœur s'accommodant des forces qu'il put ramasser, & même se voulant servir de l'occasion des Régimens susdits, délibéra d'assiéger & emporter Montagu, ôtant cette retraite à ceux de la Religion.

Le Roi de Navarre averti de ce que dessus, avec les autres occasions qu'il en pouvoir avoir d'ailleurs, partit de la Rochelle le Mardi neuvieme d'Août, accompagné de cent Chevaux seulement & les Arquebusiers de ses Gardes. Il coucha ce jour-là à Lusson (2).

Monsieur de Mercœur étant venu en personne pour le siege de Montagu, fit loger le Régiment de Gersay à S. Georges; & voulant faire reconnoître la Place, y fut attaquée une escarmouche contre ceux de la Ville, en la présence dudit sieur de Mercœur (lequel faisoit alte avec environ deux cens Chevaux en bataille sur le haut, du côté de la Bearrillerie), ceux de dedans, à la découverte de l'Ennemi, sortirent si furieusement & le repousserent qu'il y fut tué plusieurs qu'hommes que chevaux, & même des Gardes de Monsieur de Mercœur; lequel, voïant que difficilement il pourroit loger ses Gens de guerre dans le Fauxbourg S. Jacques, comme il avoit délibéré, les renvoïa en leurs quartiers de S. Georges & ès environs. Quant à lui, il se retira sur le soir en la Ville de Clisson (3), aïant fait descendre trois canons à Pont-rousseau, qui est situé à l'endroit où la riviere de Seure s'embouche dedans Loire.

Là même, ledit sieur de Mercœur est averti que le Roi de Navarre étoit sorti de la Rochelle; & comme la crainte est toujours ombrageuse, se persuade que c'est pour faire lever le siege de Montagu, tellement que s'étant représenté la diligence

(1) On a déja fait connoître ailleurs le Duc de Mercœur.

(2) C'est Luçon, Ville & Evêché dans le bas Poitou.

(3) Ville de Bretagne, près du Poitou, sous l'Evêché de Nantes.

coutumiere du Roi de Navarre en ses exploits de guerre, se figure le voir déja; occasion qu'il résolut la retraite avant le siege, & fut de retour à Nantes trois jours avant la venue dudit Sieur Roi de Navarre. Il laissa pour faire sa retraite le susdit Régiment de Gersay, lequel se logea à Mousnieres (1), Bourgade située sur la Seure.

1588.

Exploits d'Armes du Roi de Nav.

Le Roi de Navarre, au départir de Lusson, fut loger à Bourneveau, & là se joignit avec lui Monsieur de la Boulaye avec sa Compagnie de Gendarmes en très bon équipage, & une Compagnie d'Arquebusiers à cheval, commandée par le Capitaine Nede. De Bourneveau, le Roi de Navarre alla coucher aux Essars (2), où il fut averti de la retraite dudit sieur de Mercœur, & que le Régiment de Gersay étoit logé à Mousnieres.

Cette nouvelle le fit déloger le jour suivant de grand matin, pour ne laisser perdre l'occasion d'attraper ce Régiment. Passa par la Ville de Montagu (avec beaucoup d'embarrassement), là prit Garnison commandée par la Luzerne, puîné du sieur de Colombiere, fit telle diligence, qu'en peu de temps il arriva à la riviere de Seure, laquelle promptement gaïée, il trouve que le Régiment est délogé de Mousnieres, en intention de faire sa retraite à Pillemil, Fauxbourg de Nantes.

La Garnison de Montagu servant de coureurs audit Sieur Roi, les acconsuivit & attaqua en un chemin creux & couvert, fort avantageux pour le Régiment, à cause de trois petites maisons, esquelles ils avoient logé des hommes, qui les flanquoient. Là l'escarmouche s'entretint environ demi-heure, & jusqu'à ce que ledit Sieur Roi de Navarre & ses autres Troupes fussent arrivés; mais à cette venue le Régiment perdant courage, s'ébranla à la fuite & fut entiérement défait.

Le Roi de Navarre les fit tous prendre à merci, & n'en fut tué que ceux qui le furent au combat, environ cinquante. Le Mestre-de-camp Gersay se sauva à la fuite, monté sur un bon cheval d'Espagne, & blessé d'une arquebusade. Il fut pris en ceste défaite huit Drapeaux, environ quatre cens cinquante Prisonniers, nombre de charettes & chevaux de bagage : la charge fut faite à deux lieues de Pillemil, Fauxbourg de Nantes.

Ledit Sieur Roi, après avoir fait rendre graces à Dieu publiquement pour cette victoire, & aïant légerement dîné sous

(1) C'est Musnieres.

(2) Ville & Baronie dans le bas Poitou.

1588. un arbre, se retira en son logis de S. Georges, où il séjourna le lendemain tout le jour, à cause de la grande corvée qu'il avoit faite le jour précédent : ce nonobstant il fut à la chasse aux perdreaux, & visita sur le soir la Place de Montagu, pour ordonner des fortifications & de la Garnison.

EXPLOITS D'ARMES DU ROI DE NAV.

CONSPIRA. CONTRE M. D'EPERNON.

SA Majesté fut ce même jour avertie du danger où étoit le sieur d'Epernon dans Angoulême, assiégé dans le Château par ceux de la faction de la Ligue (comme il sera dit ci-après), cause qu'elle partit le lendemain dudit S. Georges, pour donner vers Angoulême, ce qui lui fit perdre l'occasion de prendre la Ville de Clisson & le Château. Toutefois ledit Sieur Roi aïant reçu avis de ce qui s'étoit passé à Angoulême, ne s'achemina pas jusques-là.

L'Armée dudit Sieur Roi fut alors renforcée de quatre Régimens d'Infanterie, à savoir de Charbonnieres (1), Sallignac (2), Preau (3), & le Régiment des Gardes commandé par Monsieur de Querin : *Item*, de la Cavalerie légere que lui amena Monsieur de la Trimouille (4), lesquels avoient aussi défait vers Poitiers le Régiment de l'Estelle & pris quatre Drapeaux, qu'ils présenterent audit Sieur Roi, étant encore audit S. Georges.

Quant à ce qui se passa en Angoulême, dont il a été parlé ci-dessus, la chose alla ainsi.

Monsieur d'Epernon (5) étant parti de la Cour & d'auprès du Roi, par son exprès commandement, & avec un fort ample pouvoir de Sa Majesté pour commander ès Provinces d'Anjou, Tourraine, Poitou, Angoumois & Xaintonges ; après avoir séjourné quelque temps en la Tour de Loches, pour munir & assurer ladite Place en l'obéissance du Roi, contre les entreprises faites sur cette Place par plusieurs Gentilshommes de la Ligue, s'achemina pareillement à Angoulême, où il entendoit que se faisoient plusieurs menées contre le service du Roi par lesdits de la Ligue, commandant en ladite Ville le sieur de Tanges (6) son cousin, sous la charge de M. de la Valette (7).

(1) Gabriel Prevôt, Sieur de Charbonniere.

(2) Jean Gontauld de Biron de Salignac.

(3) C'est Hector de Preaux.

(4) Claude de la Trimouille, Colonel de la Cavalerie légere.

(5) La Relation suivante a été imprimée sous ce titre : *Discours véritable de ce qui s'est passé dans la Ville d'Angoulême, entre les Habitans & le Duc d'Epernon, le 14 Août 1588.* in-8°. à Paris, Roffet, 1588. Ce discours est signé N. D. A.

(6) C'est Tagent : il fut Lieutenant Général d'Angoulême, Saintonge & Païs d'Aunis.

(7) Bernard de la Valette, frere du Duc d'Epernon.

Ledit

Ledit sieur d'Epernon fut à son arrivée à Angoulême honorablement reçu par l'Evêque à la porte du Temple S. Pierre, & par tout le Clergé, qui y chanta le *Te Deum*, auquel assisterent les Maire & Echevins de la Ville, Officiers de Justice & de Police, avec grande affluence de Peuple qui lui étoit venu au-devant hors la Porte de la Ville. Grande compagnie de la Noblesse du Païs, qui lui étoit aussi venue au-devant, entra avec ledit sieur d'Epernon.

1588. CONSPIRA. CONTRE M. D'EPERNON.

Peu après, ledit Sieur convoqua tous les dessusdits, à savoir, le Clergé, les Maire & Echevins, Officiers du Roi & autres, pour leur faire entendre l'occasion de sa venue, qui étoit pour les conserver tous; premiérement en la Religion Catholique, Apostolique & Romaine, pour laquelle & pour le service du Roi il exposeroit librement sa vie envers & contre tous; les exhortant à aviser à tout ce qui étoit requis pour leur conservation, & le lui proposer. Tous l'assurerent d'une même voix qu'ils mourroient sous son autorité en la même résolution; & pour en témoigner, voulurent que son pouvoir du Roi fût imprimé, lû & publié à la façon ordinaire par toute la Ville.

Quant à la Garnison de ladite Ville, encore que ledit sieur d'Epernon eût plusieurs troupes d'hommes de cheval & de pied, ne voulut néanmois qu'il y fût rien innové, & pour plus apparemment témoigner la confiance qu'il avoit aux promesses & fidélité de ceux de ladite Ville, ne voulut loger en Place plus forte ou plus avantageuse pour sa conservation, qu'au Château qu'on appelle la Maison du Roi, dans laquelle il trouva logé le sieur de Tagens son cousin, comme tous les Gouverneurs avoient jadis accoûtumé, & même le feu sieur de Ruffec (1). Ce Château n'a forteresse qui vaille, de fossés, ni d'autre œuvre de main, fors quelques grosses tours de pierres fort anciennes, mais au reste assez logeable pour la quantité de chambres qui y est. Ledit Sieur avoit mené avec soi Madame d'Epernon (2) sa femme, & y étoit semblablement logée Madame de Tagens.

Il entra (3) le même jour en la Citadelle (en laquelle commandoit M. de Bordes) avec toute la Noblesse qui l'accompagnoit, & s'y fût pu deslors loger, s'il eût eu quelque défiance des habitans; car les clefs lui en furent présentées par ledit de

(1) Le Marquis de Ruffec.

(2) Marguerite de Foix de Candale.

(3) Voïez, sur la Conjuration dont on fait ici le récit, l'histoire de la vie du Duc d'Epernon, par Girard, sous l'année 1588. L'Histoire de Mr. de Thou, liv. 92, &c. D'Aubigné & Davila en ont fait aussi de longues relations.

1588.

CONSPIRA. CONTRE M. D'EPERNON.

Bordes, & étoit cette Forteresse pour contenir en bride les Habitans, vu la force & grandes munitions de ladite Place, tant en artillerie qu'autres choses nécessaires, jointe la commodité d'une porte qui sort hors la Ville, & par laquelle on peut introduire tant d'hommes qu'on voudra; mais ledit Sieur au lieu de se défier, tenoit maison ouverte, tant à la Noblesse du Païs qui y entroit à discrétion, qu'à tous les Habitans de la Ville sans distinction, la plûpart, & entre autres le Maire (1) de la Ville & ses adhérans, bûvant & mangeant d'ordinaire à sa table, avec beaucoup d'accueil & d'affection dudit sieur d'Epernon.

Se promenoit familiérement avec eux par la Ville & Fauxbourgs, peu accompagné, sans autre sollicitude que de conférer amiablement avec eux des choses nécessaires pour leur conservation & de la Ville.

Le Maire avoit en sa possession toutes les clefs de la Ville. Les Habitans faisoient les gardes à leur accoûtumée & par moitié, avec deux Compagnies qui étoient sous le commandement dudit sieur de Bordes, dont la plûpart étoient des Habitans de la Ville.

Sur la proposition que firent lesdits Maire & Echevins, des fortifications nécessaires pour la sûreté & accroissement de la Ville, ledit Sieur promit leur prêter pour cet effet telle somme qu'ils aviseroient. Et pour avancer l'œuvre, avoit ledit Sieur commandé au Maire & au Lieutenant Nesmond d'en faire faire le dessein par le Capitaine Ramel, fils du Capitaine Augustin (2), grand Ingenieur du Roi.

Cependant ledit sieur d'Epernon aïant fait publier l'Edit du Roi, dit de Réunion, en la Ville d'Angoulême, selon icelui se disposoit de faire forte guerre à ceux de la Religion, les empêcher de lever les Tailles, réprimer leurs courses, & même avoit entreprise sur l'une de leurs meilleures Places. Pour ce faire pria le sieur de Tagens son cousin, de monter à cheval, avec les Compagnies de Chevaux-légers, & même celles des sieurs de Sobelle & de Cadillan, & toute l'Infanterie & Troupes que

(1) Il se nommoit Normand.

(2) C'est Augustin Ramelli, célebre Ingénieur Italien, habile dans la Méchanique, qui fut appellé en France par Henri III. Ramelli servit utilement ce Prince en temps de guerre comme en temps de paix. Au siege de la Rochelle, en 1573, il servoit en qualité de Capitaine Ingénieur: il y fut blessé & fait prisonnier. Depuis il servit utilement le Duc d'Epernon à Angoulême. On a de lui un Recueil de Machines, qui parut en 1588, *in-fol.* à Paris, en Italien & en François. Voïez ce qu'on en dit dans le Supplément de Moréri de 1749.

CONSPIRA. CONTRE M. D'EPERNON.

ledit Sieur avoit amenées avec lui. Mais outre tout ce que dessus, pour davantage s'acquerir les cœurs des Habitans, faisoit tous les jours toutes sortes d'exercices publics de la Religion Romaine par tous les Temples principaux de la Ville, aïant même promis aux Cordeliers d'aider à la réédification de leur Couvent & Temple d'icelui. Pour la guerre offensive & défensive contre ceux de la Religion, il n'y obmettoit rien de son moïen, industrie & diligence. Pour ses plaisirs, alloit tous les jours sans défiance d'aucuns au Jeu de Paume, situé quasi à l'une des extrémités de la Ville; & les matins montoit sur ses chevaux pour les exercer au manége, à la vûe & affluence du peuple, sans être que fort peu accompagné.

Entre autres, le jour S. Laurent ledit sieur monta de grand matin à cheval pour ce même exercice, avec peu de la Noblesse de sa suite.

Le Maire avec quelques-uns des Habitans furent quasi toujours avec lui, regardant piquer ses chevaux. Ledit Sieur descendu de cheval embrassa ledit Maire, lui demandant avec beaucoup de caresses s'il prenoit plaisir aux chevaux? De-là venu en son logis, entra en son cabinet pour changer de chemise, avec délibération (cela fait) d'aller dévotement à la Messe en la Chapelle, dite de S. Laurent, au Temple du petit S. Cibard (1), où son Aumônier avoit fait préparer l'Autel pour la célébrer.

Etant en son cabinet, & aïant su que l'Abbé d'Elbene (2) & le sieur de Marivaut (3) étoient en la garde-robbe prochaine de son cabinet, l'attendant pour l'accompagner à la Messe, les envoïa prier par un Valet de chambre de vouloir entrer en sondit cabinet, ce qu'ils firent; là il leur montra l'endroit d'un livre qu'on lui avoit envoïé de Paris, fort diffamatoire contre l'honneur & autorité du Roi, déplorant à ce propos la licence & débordement du siecle; les pria aussi s'asseoir près de lui, pour entendre de sa bouche les projets qu'il faisoit d'aller faire la guerre à ceux de la Religion au premier jour, & soudain que le sieur de Tagens seroit de retour de son exploit, le voulant laisser pour la conservation de la Place.

Comme ils concluoient tous à cette résolution, l'Abbé d'El-

(1) Mr. de Thou dit S. Cibardeau.

(2) C'est peut-être Alphonse d'Elbene, Abbé d'Hautecombe en Savoie, Bénéfice qu'il permuta pour l'Abbaïe de Maizieres en Bourgogne, depuis Evêque d'Albi, connu par ses ouvrages.

(3) Claude de l'Isle, Sieur de Marivaut.

1588. CONSPIRA. CONTRE M. D'EPERNON.

bene étant plus proche de la porte du cabinet, ouit tirer un coup de pistolet dans la garde-robbe & crier, *Tue*, *Tue*. A cette allarme il courut le premier à la premiere porte dudit cabinet, où il trouva l'Aumônier dudit sieur d'Epernon qui s'étoit jetté dedans & l'avoit fermée, bien qu'elle ne fermât, ni à clef ni verrouil, & appuïoit le dos contre icelle fort pâle & effraïé. Enquis de l'Abbé que c'étoit: parlez bas, dit l'Aumônier, sont gens armés qui veulent tuer Monsieur.

Au même instant ledit sieur d'Epernon, l'Abbé & Marivaut ouirent deux autres coups de pistolets tirés en la même garde-robbe, avec plusieurs voix ne raisonnant que *Tue*, tellement que parvenus à ladite porte, crierent; *Rendez-vous, M. aussi-bien êtes-vous mort.*

Lesdits Abbé & sieur de Marivaut conseillerent alors audit sieur d'Epernon de tenir ferme dedans ce cabinet, où il y avoit une seconde porte, de laquelle l'accès étoit étroit & difficile.

Au même temps le toquesin sonna par tous les Temples de la Ville. A ce signal le Peuple court de tous côtés aux armes & vers le Château, se logeant aux prochaines maisons dudit Château, sur le cri qu'aucuns de la faction du Maire faisoient par les cantons de la Ville, que les Huguenots avoient surpris le Château, qu'il le falloit aller secourir.

Or le fait étoit que le Maire de la Ville, Chef de cette conspiration, étoit premiérement entré lui deuxieme armé dans le Château, aïant fait botter deux de ceux qui étoient avec lui, qu'il disoit être Couriers qu'il amenoit parler audit sieur d'Epernon. Il étoit entré par la grande porte, monté dans la salle, en laquelle passant, il salua le sieur des Couplieres qui étoit assis sur la table, & aïant passé au travers de la chambre dudit sieur d'Epernon, entra jusques dans sa garde-robbe, le pensant là trouver pour exécuter sa conjuration. Il avoit aussi attiré quarante ou cinquante des plus mauvais garçons de la Ville, pour se saisir les uns de la porte du Château, les autres pour aller criant par la Ville, *Aux armes*, comme si ceux de la Religion eussent été dans le Château. Il avoit semblablement persuadé à ceux de cette faction que le Souchet, son beau-frere (qui feignoit retourner fraîchement de la Cour) lui avoit apporté commandement du Roi exprès par écrit & encore verbal, de se saisir de la personne dudit sieur d'Epernon, vif ou mort, & s'assurât de la Ville.

Quand le Maire entra dans la garde-robbe, il fut incontinent acconsuivi de huit ou dix. Il rencontra en icelle le sieur Raphael Girolamy (1), Gentilhomme Florentin, Rouillart & Seguencio, Sécretaires (2), Maître Sorlin, Chirurgien du Roi, tous quatre assis & devisant sus un coffre en ladite garde-robbe. Le sieur Aubin (3), Conseiller du Roi au Siege présidial d'Angoulême, y étoit aussi venu exprès, pour donner avis audit sieur d'Epernon qu'il se remuoit quelque chose en la Ville contre lui, & l'attendoit pour ce faire à sortir. L'Aumônier l'y attendoit semblablement pour le conduire à la Messe à S. Laurent.

Le Maire entra le premier, armé d'une cuirasse, un pistolet en la main & le chien abattu, s'adressa à Sorlin, Chirurgien, qui mit l'épée en la main & blessa un peu ledit Maire en la tête.

Un autre (homme grand & fort) attaque avec le pistolet le sieur Raphael, lequel aussi-tôt lui sautant au colet, le porta par terre, & aïant mis l'épée au poing le blessa, comme il fit aussi trois des autres (ainsi qu'ils ont confessé depuis), & les mena battant jusqu'en la chambre dudit Sieur, leur criant toujours, *Monsieur n'est point ici* : mais il fut alors blessé d'un coup de pistolet, duquel étant tombé ils l'acheverent à coups d'épée. Les autres qui étoient en la garde-robbe se sauverent comme ils purent. Sorlin étant couru en la cuisine, donna l'allarme aux cuisiniers, qui coururent aux broches; mais les conjurés étant en la salle, & oïant le bruit, barrerent les avenues de la cuisine en la salle.

Cependant les partisans du Maire se voulurent saisir de la grande porte du Château pour y introduire le Peuple qui étoit en armes; mais ils en furent empêchés par quelques Gentilshommes qui étoient dans la basse-cour, attendant ledit sieur d'Epernon à sortir. Les premiers étoient les sieurs d'Ambleville (4), Beaurepaire, de Sobolle (5), & autres. A la défense de cette porte fut tué ledit sieur de Beaurepaire, d'un coup d'hallebarde, le Prevôt Barets pareillement & un des gardes, le sieur de la Claverie blessé.

(1) Mr. de Thou dit *Gieronimi*. Mais Girard qui a suivi la relation qu'on lit ici, dit Girolami.

(2) Il faut dire, Sécretaires du Duc d'Epernon.

(3) Pierre Aubin.

(4) François de Jussac, Sieur d'Ambleville.

(5) Roger de Comminges, Sieur de Sobole.

1588. Quelques Gentilshommes se jetterent dedans ladite porte, avant qu'elle fût fermée par les sieurs Baron & l'Artigne (1), Capitaines du sieur de Bordes.

CONSPIRA. CONTRE M. D'EPERNON.

Le Comte de Brunc (1), beau-frere de Monsieur d'Epernon, les sieurs de Goas, Myran, la Coste, des Emars & autres, en firent autant.

Ils crurent lors que Monsieur d'Epernon étoit mort; occasion qu'étonnés & se regardant les uns les autres, ne savoient ni que faire, ni en qui se fier; jusqu'à tant que les sieurs d'Ambleville, de Myran, de Sobolle & des Emars s'étant reconnus & donné la main avec promesse de mourir ensemble, rallierent tous les autres, tant Gentilshommes que Soldats des Gardes, & serrés coururent à la porte de la chambre dudit sieur d'Epernon, par laquelle les Conjurés vouloient sortir pour gagner la Tour du Château & s'en rendre maîtres; mais ils en furent empêchés par lesdits Gentilshommes & Gardes qui blesserent le Maire au travers de la porte, dont il tomba.

Et tirant contre les autres Conjurés, leur crioient, *Traîtres, vous mourrez*. Seguencio le Sécretaire (qu'ils avoient détenu avec eux) rapporte qu'à cette menace ils commencerent à s'étonner & dire entre eux, nous sommes perdus, si nous ne nous sauvons ailleurs. Tellement qu'emportant le Maire, ils sortirent par une petite porte de ladite chambre qui sortoit à un dégré, lequel conduisoit à un étage prochain de ladite Tour. Mais ils furent poursuivis par lesdits Gentilshommes, & en même-temps par Monsieur d'Epernon, l'Abbé d'Elbene & Marivaut, lesquels aïant reconnu la voix de Sobolle, sortirent du cabinet, les épées & pistolets en la main.

Les Conjurés furent contraints se sauver & retirer en une chambre qui est au côté de la grosse Tour, en laquelle on ne pouvoit aller que par un dégré fort étroit, & un seul homme de front: ils étoient tous armés; Monsieur d'Epernon, ni aucun des siens ne l'étoient point; occasion qui faisoit redouter cette montée.

Au même instant une Servante avertit Monsieur d'Epernon que le frere du Maire, avec nombre d'hommes armés, entroient dans le Château par un trou de la muraille du côté de la courtine. Ledit Sieur y accourut, qui trouva le frere du Maire déja

(1) C'est Lartigue.

(2) C'est Charles de Luxembourg, Comte de Brienne, qui avoit épousé une des sœurs du Duc d'Epernon.

entré avec un autre, qui y furent tous deux tués, & furent mises gardes à cette avenue.

1588.

CONSPIRA. CONTRE M. D'EPERNON.

Au même temps les complices de la conjuration, & entre autres le susdit du Souchet, beau-frere du Maire, qui disoit avoir apporté le commandement de la Cour, & quelques Gentilshommes du Païs, voïant n'avoir pu forcer la premiere porte où ils avoient trouvé résistance (comme il a été dit ci-dessus), accoururent à une autre porte du Château, avec le feu pour la brûler & y entrer, préparant même un pétard pour l'enlever : mais Monsieur d'Epernon, avec environ quinze des siens qu'il avoit ralliés, coururent à ladite porte pour la défendre & remparer de terre, pierres & tables, aïant laissé trois de ses Gardes pour défendre l'issue de la chambre où étoient renfermés les Exécuteurs, qui néanmoins firent effort de sortir, & de quoi toutefois ils furent empêchés par lesdits Soldats, & le sieur d'Epernon même, qui aïant distribué ses Gardes & défenses des avenues selon le besoin, alloit çà & là où il jugeoit sa présence nécessaire ; tellement que s'étant là rencontré, il aida à défendre cette porte, & tua l'un des Exécuteurs de sa main, à coups d'épée.

Les Habitans cependant faisoient de toutes parts pleuvoir les arquebusades dans les chambres dudit Château, desquelles les fenêtres sont larges & spacieuses ; & pour ce faire s'étoient saisis des plus prochaines maisons & tours ; & entre autres de la maison, dite de la Reine, plus prochaine du Château & qui l'égale en hauteur.

La diligence dudit sieur d'Epernon & de ceux qui l'accompagnoient fut telle, qu'en deux heures il s'assura si bien du Château, qu'il eût été mal aisé aux Gentilshommes & Habitans qui étoient en la Ville de le forcer sans canon.

Le travail avoit été prompt & violent à combattre, remparer, rompre les dégrés des avenues, mettre le feu aux dégrés étroits qui montoient en la chambre où étoient les Exécuteurs.

Monsieur d'Epernon voulant faire boire les Gentilshommes qui étoient avec lui, il se trouva qu'il n'y avoit en tout le Château que quatre bouteilles de vin qui avoient ce même matin été apportées pour son déjeuner, point du tout d'eau, fort peu de gros pain bis ; car du puits de l'arriere-cour les Habitans s'en étoient saisis, & n'y avoit moïen d'y aller

Ce qui incommoda merveilleusement les Assiégés l'espace de deux jours & demi qu'ils le furent : mais cette incommodité

1588.

CONSPIRA. CONTRE M. D'EPERNON.

fut peu, à la constante résolution que ledit Sieur & les siens prirent de plutôt mourir que de se rendre.

Ceci toutefois troubla fort ledit sieur d'Epernon qu'il n'oïoit point tirer de la Citadelle contre ceux de la Ville. L'occasion étoit qu'au même moment de l'émeute, le Maire avoit (sous prétexte de lui découvrir une entreprise contre le Roi) finement attiré Monsieur de Bordes en sa maison & s'en étoit saisi, tellement que depuis ceux de la Ville le menerent devant la Citadelle pour la faire rendre par son Lieutenant, à faute de quoi le menaçoient de le faire mourir, & encore plus s'il étoit tiré un seul coup de canon de la Citadelle contre la Ville; & toutefois le Lieutenant de Monsieur de Bordes s'y comporta fidellement. Les Exécuteurs enfermés en la chambre haute affermoient cela même, & quand on leur parloit de se rendre, disoient que c'étoit audit Sieur & aux siens de se rendre, & qu'on ameneroit bientôt le canon de la Citadelle devant le Château.

Il y avoit un troisieme inconvénient. Madame d'Epernon avant l'émeute étoit à la Messe aux Jacobins; à l'allarme elle veut sortir pour gagner la Citadelle, croïant que ce fussent les Huguenots; elle étoit menée par-dessous les bras par deux de ses Ecuïers, Seguencio & Pias; mais comme elle voulut sortir, elle fut arrêtée prisonniere, & ses deux Ecuïers blessés à mort par ces bons Catholiques dans les portes du Temple, sans laisser achever la Messe à l'Aumônier de ladite Dame. Ils prirent aussi par la Ville plusieurs Gentilshommes, entre lesquels étoient les sieurs de la Curée (1), de Mesme, de Bleré (2), de Ramel (3), le Baron de Coze (4), & plusieurs autres de toutes qualités de la suite dudit sieur d'Epernon.

Les sieurs de la Curée & de Mesme firent effort d'aller au Château; mais le Peuple à coups de hallebarde les contraignirent de retourner, encore qu'ils dissent qu'ils y vouloient aller pour combattre les Huguenots qu'on disoit s'en être saisis. Le sieur de Hautclaire, Gentilhomme du païs, leur sauva à grande peine la vie. Le Capitaine Ramel courut même danger du Peuple, voulant gagner le Château par la courtine de la muraille de la Ville, & se sauva en l'Evêché.

Entre ces incommodités & périls Monsieur d'Epernon dépêcha

(1) Gilbert de la Curée.

(2) Berard de Bléré.

(3) Augustin Ramelli, habile Ingénieur: on en a parlé plus haut.

(4) C'est le Baron de de Cose.

pêcha un Laquais vers Monsieur de Tagens qui étoit à Xaintes avec toute sa Cavalerie, pour le venir secourir, & fut ce Laquais dévallé par-dessus les murailles du parc du Château ; mais il fut incontinent pris par les Habitans. Toutefois ledit sieur de Tagens ne laissa d'être averti de cette conjuration & émeute par deux Gentilshommes qui étoient à la bonne heure sortis de bon matin pour aller à la chasse, & lesquels oïant le toquecin, avoient donné au galop jusqu'à la porte de la Citadelle, où ils firent incontinent porter tout le pain & autres vivres qui se trouverent aux Fauxbourgs; & eux-mêmes se rendirent dès le soir à Xaintes pour faire l'avertissement.

Le Peuple cependant continuoit en sa fureur, assisté & conduit par plusieurs Gentilshommes du païs qu'on tenoit être de la Ligue, entre lesquels étoient les sieurs de Méré (1), serviteur nourri de Monsieur de Guise, de la Messeliere (2), de Macquovole (3), Desbouchaux (4), & autres, qui firent deux heures après l'émeute, sommer Monsieur d'Epernon par un Tambour, de se rendre & leur remettre la Place entre leurs mains, lui promettant & aux siens vie & bague sauve.

Ce qu'il dédaigna, & ne leur fit autre réponse, sinon qu'il leur feroit bien en peu d'heures changer de langage. Ils menacerent aussi Madame d'Epernon (si elle ne persuadoit à son Mari de se rendre) de lui faire servir de gabion ou de la poignarder : elle leur répondit que s'ils la menoient devant le Château, elle lui persuaderoit tout le contraire, & qu'elle espéroit un jour tirer raison des insolences dudit sieur de Méré qui lui tenoit ce langage.

Monsieur d'Epernon n'avoit que huit des Arquebusiers de ses Gardes dans le Château, qu'il avoit si bien départis qu'ils ne tirerent jamais à faute sans blesser ou tuer quelqu'un, tellement qu'il y en demeura vingt-cinq ou trente ; mais le mal étoit qu'ils n'avoient poudre que ce qu'ils trouverent en leur fourniment.

L'un des Exécuteurs qui étoient renfermés au Château s'étoit avec des toiles coupées & attachées bout à bout dévalé dans le fossé du Château, & rapporta aux Habitans que ses compagnons étoient prêts d'être enfoncés par le feu & la force, ce qu'advenant, indubitablement ils étoient morts. Cela émut

(1) Benoit Combaud, Sieur de Méré.
(2) Frotier, Sieur de la Messeliere.
(3) Macquerolles.
(4) C'est David Bouchard, Comte, & & depuis Vicomte d'Aubeterre.

1588. leurs Parens à induire le Maire Cœlu (1) de retourner au Château pour y parlementer, avec les mêmes conditions que dessus, ce qu'il fit.

CONSPIRA. CONTRE M. D'EPERNON.

L'Abbé d'Elbene & le sieur d'Ambleville parlerent à lui par une canoniere & lui remontrerent le péril du sac où étoit la Ville à l'arrivée du secours qui étoit prochain; qu'ils tenoient le Maire & ses complices, ausquels Monsieur d'Epernon avoit pardonné, qu'à plus forte raison il pardonneroit aisément au Peuple qui avoit été abusé; que s'ils passoient outre, au premier effort qu'on feroit au Château, ledit sieur d'Epernon les feroit tous tuer; s'offroient au reste d'intercéder pour le Peuple envers ledit sieur d'Epernon.

Ceux qui étoient renfermés n'en pouvant plus, se rendirent sous la foi dudit sieur d'Epernon, laquelle il leur garda. Le Maire, sur l'heure de cette capitulation étoit aux abois de la mort, & peu après mourut des blessures qu'il avoit.

Ledit Sieur fit écrire à ceux de la Ville par les Prisonniers qu'il tenoit, le péril où ils étoient de la vie, s'ils passoient outre à vouloir forcer le Château. Occasion que le Maire Cœlu, nommé Bourgouin, retourna au Château, prier ledit sieur d'Epernon, de la part de ceux de la Ville, qu'il envoïât ledit Abbé & le sieur d'Ambleville pour traiter avec eux.

Ledit sieur d'Ambleville ne voulant abandonner Monsieur d'Epernon, l'Abbé s'offrit d'y aller, moïennant un bon ôtage.

Ceux de la Ville donnerent le Procureur du Roi, qui entra dans le Château par une échelle, par laquelle aussi l'Abbé descendit en la Ville.

Il trouva à la premiere barricade les sieurs de Méré & Messelieres, accompagnés d'une multitude de Peuple qui vouloit traiter avec lui; mais l'Abbé ne voulut, disant vouloir aller traiter avec le Sénéchal chez Monsieur d'Argence (2), qui étoit vieux Gentilhomme d'honneur, & qui avoit promis toute amitié audit sieur d'Epernon.

Etant là conduit, tous les Officiers & Principaux de la Ville avec beaucoup de Peuple y affluerent. L'Abbé leur remontra l'énormité de la faute qu'ils avoient faite, d'ainsi attenter contre tel Officier de la Couronne, très bon Catholique & fidele

(1) Il se nommoit Bourguoin, second Consul d'Angoulême.

(2) Cibard Tison, Sieur d'Argence, homme distingué par sa naissance, & qui étoit fort ami du Duc d'Epernon.

Serviteur du Roi. Qu'ils s'étoient rendus Criminels de leze-Majesté au second Chef. 1588.

Leur remontra aussi la trahison du Maire, de laquelle ils se montroient les téméraires exécuteurs, sous le faux donné à entendre d'un commandement du Roi. Parla aux Officiers, à la Noblesse & puis au Peuple, à chacun d'eux à part & en présence de tous; néanmoins avec amples remontrances, & de leur faute, & de leur devoir : concluant qu'ils se mettoient en grand péril & hasard, même des Huguenots (disoit-il), nos communs ennemis, &c. Il fit tant, qu'il les divisa entre eux, & reconnut enfin que les Officiers du Roi, les principaux Bourgeois & les plus apparens de la Noblesse n'avoient aucunement remué au commencement de la Conspiration du Maire, lequel s'étoit seulement assuré de quarante ou cinquante des plus mauvais Garnemens, qui devoient exécuter son dessein, & qui avoient au son du toquecin fait prendre les armes à tout le reste, sous le prétexte du nom des Huguenots.

CONSPIRA. CONTRE M. D'EPERNON.

S'étant la Populace (induite par le sieur de Méré) toujours montrée, sans nulle capacité de raison, du tout farouche & inductible, plusieurs propos passés en cette conférence, elle se mutina, & faisant abréger les discours de l'Abbé, lui firent les mêmes offres de composition que dessus. L'Abbé leur coupant court, les assura qu'avant midi du lendemain Monsieur d'Epernon leur donneroit la Loi.

Le sieur de Méré échauffoit le Peuple, par la vive persuasion & promesse qu'il leur faisoit du prochain & infaillible secours de Monsieur d'Aubeterre, auquel (comme il disoit) le sieur de Villeroi avoit écrit pour cet effet.

L'Abbé alla au partir de-là, non sans peine & danget, visiter Madame d'Epernon, la recommanda à une troupe de Noblesse qui étoit là, & protesta de vengeance contre ceux qui l'endommageroient.

Cela fait, retourna au Château sans avoir su voir, ni le sieur de Bordes, ni aucuns autres Gentilshommes détenus prisonniers en la Ville.

Le lendemain matin l'allarme fut donnée en la Ville par les tambours & par le toquecin, & furent indifféremment, tant la Noblesse que le Peuple, les Ligués que ceux qui ne l'étoient pas, contraints de prendre les armes pour aller à la brêche qu'ils préparoient; & espéroient faire, par le moïen d'un pétard qu'ils vouloient appliquer à un assez foible endroit de la

1588. muraille du Château, qui n'est défendue d'aucune fenêtre ni d'aucun flanc.

CONSPIRA. CONTRE M. D'EPERNON.

Le pétard joua sans grand effet, & néanmoins plusieurs de la Noblesse & tout le Peuple se présenterent furieusement à l'assaut; à quoi ils furent reçus, & y fut tué d'une arquebusade, entre autres, le sieur de Fleurac.

Sur les trois heures du matin le Peuple avoit ouï les trompettes de la Cavalerie légere dudit sieur d'Epernon, qui lui fit croire que le secours n'étoit pas loin; & est certain que cela rallentit de beaucoup leur fureur, & au contraire accouragea de beaucoup les Soldats de la Citadelle (qui jusqu'alors s'étoient tenus à requoi) tellement qu'ils tirerent force arquebusades & quelques canonades contre ceux de la Ville, leur aïant crié & commandé de ce faire Monsieur d'Epernon de dessus la haute Tour du Château.

A cette nouveauté les Assiégeans commençant à branler, remirent sus le parlement, requerant que l'Abbé retourne, & qu'ils entendront aux propositions dudit sieur d'Epernon. L'Abbé se rend difficile à cette semonce, mémoratif du péril passé; mais enfin M. d'Epernon écrit & envoie par lui ce qu'il requert de ceux de la Ville, pour la reconnoissance de leur faute. Derechef tous s'assemblent sur le midi chez le sieur d'Argence. Comme ils sont prêts à signer la Capitulation, voici une nouvelle émeute du Peuple qui ne veut plus capituler. La raison est l'arrivée en la Ville du Baron de Tonnerac (1), avec plusieurs Gentilshommes de la Ligue, ensemble du sieur de la Caze, Maréchal-des-logis de Monsieur d'Aubeterre, qui assure que ledit sieur d'Aubeterre sera à leur secours dans le matin suivant, avec trois cens Chevaux & cinq cens Hommes de pied.

L'Abbé fut pour ces raisons contraint de regagner le Château avec encore plus de péril, pour la fureur de ce Peuple ligué, qu'à la premiere fois; car ils le menerent par force à la Citadelle, pour défendre aux Soldats de tirer le Canon contre la Ville : ce que toutefois peu après ne laisserent de faire, pourceque le Peuple plus animé qu'auparavant (repu de vaine espérance) tiroit incessamment contre le Château, incité à ce faire par cette Noblesse de la Ligue nouvellement arrivée.

Néanmoins les principaux Officiers du Roi & Bourgeois de

(1) François Goulart, Baron de Toverac.

1588. CONSPIRAT. CONTRE M. D'EPERNON.

la Ville, aïant murement considéré au logis de l'Evêque, le péril de la Ville, si tant d'Etrangers de part & d'autre y entroient, se banderent avec les plus signalés Gentilshommes, contre le reste qui opiniâtroit ; envoïerent derechef deux des principaux Bourgeois vers ledit sieur d'Epernon, le supplier de vouloir que M. de Tagens, son Cousin, qui étoit fraîchement arrivé aux Fauxbourgs avec ses Troupes, signât la capitulation, à laquelle ils ajoutoient seulement, que ceux qui étoient retenus prisonniers au Château y seroient compris & mis en liberté, selon la foi que ledit Sieur leur en avoit donnée. Promettant de leur part le même de tous ceux qu'ils détenoient, & que tout ce qui auroit été pris aux maisons seroit restitué.

Ledit sieur d'Epernon leur aïant octroïé leur demande, envoïa derechef l'Abbé, lequel sortit avec ceux de la Ville vers M. de Tagens, pour lui faire signer la capitulation : ce qui fut fait sur les quatre ou cinq heures du soir. Et peu après les barricades furent rompues, le Peuple se retira, & fut Madame d'Epernon acconduite au Château, avec tous les prisonniers qui étoient dans la Ville. Le sieur de Bordes rentra en la Citadelle, les Compagnons du Maire qui étoient prisonniers au Château, furent semblablement mis en liberté. Le sieur de Meré & ses complices sortirent de la Ville & se retirerent en leurs maisons, sous la conduite du sieur de Maumont, Capitaine de Chevaux-Légers. Les morts de part & d'autre furent paisiblement enterrés, & nommément du Maire, le corps duquel, & de son frere, ledit sieur d'Epernon octroïa libéralement pour la sépulture à leurs parens.

Lors de la capitulation, il y avoit trente-six heures que ledit sieur d'Epernon, ni aucuns des siens, n'avoient ni bu, ni mangé, & n'y avoit plus de poudre pour tirer, qui l'avoit fait résoudre de sortir la nuit suivante sur les Assiégeans, pour tâcher de regagner le puits, & une piece bâtarde de laquelle ils tiroient contre le haut de la Tour ; espérant aussi être secouru & rafraîchi la même nuit par les siens, qui pouvoient entrer au Château par les murailles du Parc & un Pont-levis qui sort au Jardin. Il échappa en cette émeute un merveilleux danger, pour lequel détourner, il se montra fort courageux & vigilant.

1588.

DISCOURS SOMMAIRE

Du Siege de Beauvoir (*).

IL ne faut omettre que le Roi de Navarre étant sorti de la Rochelle, & passant par auprès de Niort, aucuns des siens s'étant fort avancés à la sortie que firent ceux de la Ville (non gueres plus loin que leurs Fauxbourgs) le Grand Prevôt de France, nommé Valette (qui avoit toujours suivi ledit sieur Roi) & un Gentilhomme de Saintonge, nommé Peray, y furent tués : & se montrerent non moins cruels qu'insolens le Lieutenant & autres de la Ville, à l'endroit dudit Grand Prevôt, qui mourut en combattant fort vaillamment, comme aussi fit ledit sieur de Peray, au corps duquel, après sa mort, ils firent de grandes indignités.

Ledit sieur Roi, sur la fin de Septembre, aïant eu dessein d'assieger le Château de Beauvoir sur Mer, en bas Poitou (Place d'importance, tant pour la forte situation du lieu, que pour la conséquence des Isles circonvoisines, lesquelles il s'assujettit, & d'où se tire un grand revenu, tant des sels, qu'autres riches commodités) logea son Infanterie dans les Fauxbourgs de Clisson, laquelle il attaqua légerement, n'aïant encore aucun canon en son Armée.

Il reçut là avertissement que quatre Régimens d'Infanterie d'Ennemis avoient passé la riviere de Loire à Saumur, ce qui le fit déloger en toute diligence pour les aller charger ; mais ils en furent avertis, & repasserent Loire, avant que ledit sieur Roi pût être avec eux.

Retourna donc au Quartier Nantois & en la basse Goulene, avec toute son Armée, où M. de la Trimouille lui présenta le Capitaine Bonnevau, qu'il avoit défait & pris à Douay (1), Bourg renfermé.

Ledit sieur Roi alla loger en Vretou (2), à une lieue près de Pillemil, Fauxbourg de Nantes ; & là passa une partie de son Armée sur les chaussées dudit Vretou sur la Seure, l'autre partie de l'Armée gaïa la riviere à Munieres. De-là vint loger à

(*) Ville & Marquisat en Poitou.

(1) C'est Doué, en Anjou.

(2) Sur la riviere de Seure.

laTousche Lymosiniere. Le lendemain passa devant le Château de Maschecoul, lequel il reconnut, le Marquis de Belleisle (1) étant dedans, qui fit tirer un coup de coulevrine. Passant outre avec sa Compagnie de Gendarmes, toute la Cavalerie légere & les Arquebusiers à cheval, fut investir le Château de Beauvoir (le quatrieme jour d'Octobre 1588) dans lequel y avoit en garnison une Compagnie de gens de pied. Laissa dans le Bourg de Beauvoir les Arquebusiers; sa Personne & sa Troupe s'alla loger à Saint Gervais, demi-lieue près dudit Beauvoir. 1588. SIEGE DE BEAUVOIR.

Là se rendirent de la Rochelle les sieurs de Montluet (2) & du Plessis (3) avec une fort belle Troupe de Noblesse, après avoir fait embarquer au Port de la Rochelle deux canons, deux coulevrines, mantelets, & autres munitions qui furent conduites jusqu'à Saint Gilles, Havre distant dudit Beauvoir d'environ sept lieues. Mais toutefois cet équipage (à cause des divers temps, contrariété des vents, pluies continuelles & incommodités des chemins, étant le Païs fort marécageux) ne put oncques arriver à Beauvoir que plus de quinze jours après qu'il eut été investi.

Les Soldats étoient contraints d'être en l'eau jusqu'à mi-jambe avec de grandes incommodités; néanmoins ledit sieurRoi ne laissa de faire promptement tirer les tranchées jusques sur le bord du fossé, duquel il fit aussi divertir grande quantité d'eau; tellement que les plattes-formes faites, l'artillerie amenée à grande difficulté, placée & pointée, on commença battre aux défenses le 21 jour d'Octobre: il y fut tiré environ trente coups de canon.

Ceux de dedans voïant l'effort qui se préparoit, désespérés de secours, aimerent mieux expérimenter la clémence du Roi de Navarre, en se rendant, que d'attendre plus grande batterie & la fureur d'un assaut, qu'infailliblement on leur eût donné. Ils voulurent donc parlementer & se rendre. La capitulation fut telle: qu'ils rendroient leur drapeau, sortiroient avec leurs armes & bagage, la mêche morte. Ils sortirent environ cinquante-trois, & furent sûrement conduits jusqu'en l'Isle de Bouing, où ils se voulurent retirer. Le Roi y perdit deux Gentilshommes; à savoir le sieur Dro, de sa Maison, & le sieur de

(1) Charles de Gondi, Marquis de Belle-Isle, fils du Duc de Rets.

(2) François d'Angennes, sieur de Monlouet.

(3) Philippe du Plessis-Mornai, si connu par ses Mémoires & par son zele pour la Religion prétendue Réformée.

1588. Villebeau, Capitaine d'une des Compagnies du Régiment de Salignac.

SIEGE DE BEAUVOIR.

Ceux de l'Isle de Bouing avoient promis au Roi de Navarre (qui leur avoit fait très humain traitement) qu'ils ne laisseroient entrer en leur Isle aucun des Ennemis : mais ils ne lui garderent leur foi.

M. de Guise (quoiqu'il fût aux Etats bien empêché) ne laissoit de pourvoir aux affaires de la Guerre ; & pour traverser, s'il pouvoit, le Roi de Navarre en ce siege, avoit envoïé à M. de Mercœur le Régiment de Saint Paul, le plus beau & plus redouté de tous les Régimens de la Ligue. Le lendemain de la capitulation & reddition de Beauvoir, les Habitans de l'Isle de Bouing, contre leur foi, admirent en leur Isle deux des plus belles Compagnies de ce Régiment. Mais ils n'y furent pas si-tôt entrés qu'ils prirent l'épouvante, de telle mode, que sans honte, ils envoïerent un Tambour au Roi de Navarre, & le supplierent leur vouloir donner un sauf-conduit, pour se retirer en lieu de sûreté. Ils avoient quelque raison, la crainte de ses armes les avoit mis en peureuse appréhension ; car il y avoit si bien pourvu qu'ils étoient à sa merci, aïant envoïé son Armée navale en un lieu nommé *le Collet-sus-Bourgneuf*, qui étoit le lieu où nécessairement il falloit qu'ils passassent ; mais la clémence accoûtumée de ce Prince soutint l'épouvantement de ces deux Compagnies, qui espérerent qu'il ne leur seroit moins favorable, qu'il a accoûtumé à tous ceux qui se soumettent à lui, & de quoi eux-mêmes (entre mille autres exemples) furent & doivent à l'avenir être témoins ; car encore qu'il les eût pu faire tailler en pieces, ou à tout le moins dévaliser, néanmoins de son plein gré (laissant la remarque & observation de ce trait d'humanité à la Postérité) il leur donna à tous & la vie & les armes, avec un passeport, pour leur sûre retraite, à la charge néanmoins que dans ce même jour ils se retireroient.

Il pardonna même aux Insulaires qui lui avoient faussé la foi & s'étoient rendus dignes de sévere châtiment. Cette clémence toutefois (qu'ils ne pouvoient croire qu'en l'expérimentant) les toucha tellement, qu'ils lui ont toujours depuis jusqu'aujourd'hui, été fideles, quoiqu'autrement ils soient des plus dévotionnés & fort attachés à la Religion Romaine.

Ledit sieur Roi voulut passer en l'Isle pour la voir ; mais il ne put pour la contrariété du vent. Il laissa pour Gouverneur

neur, M. de Quergroy (1), Gentilhomme de Bretagne, fort estimé, avec la Garnison nécessaire. Et sur les avertissemens qu'il avoit du préparatif & acheminement de l'Armée roïale (sous la conduite de M. de Nevers) laquelle descendoit en Poitou, partit le lendemain avec toute son Armée, & prit son chemin à Montagu, où il laissa le Régiment de M. de Preau, donnant ordre aux choses nécessaires pour la défense de la Place, qu'on tenoit pour certain devoir être des premieres assiégées par cette Armée ; & laquelle aussi il résolvoit de secourir en temps opportun. Il distribua les Garnisons aux Places & lieux qu'il jugea nécessaires & entr'autres à Mauleon, la Ganache, Talemond (2), Fontenay & autres. 1588. SIEGE DE BEAUVOIR.

ASSEMBLÉE GENERALE

Des Eglises réformées de France, convoquée par le Roi de Navarre à la Rochelle, au mois de Novembre 1588.

CELA fait, il s'achemina à la Rochelle, pour assister à l'Assemblée générale de toutes les Eglises réformées de France, qu'il avoit là convoquée en ce même temps, pour beaucoup de grandes & signalées considérations. Les Députés de toutes lesdites Eglises, de toutes qualités, l'attendirent à la Rochelle quelque temps, où étant arrivé ledit sieur Roi, les reçut avec beaucoup de contentement, & selon sa facilité & douceur naturelle, au grand contentement de tous, qui espérerent beaucoup de fruit de cette Assemblée, pour le bien général & conservation du Roïaume & de l'autorité du Roi (contre lequel la Ligue, sous le prétexte des Etats tenus à Blois, faisoit de grandes menées & efforts) & pour la juste défense de ceux de la Religion, de si long-temps tant cruellement traités par tous les endroits du Roïaume.

Ledit sieur Roi étant certioré (3) de l'arrivée de tous les Députés en cette Assemblée, de tous ordres & états, Seigneurs, Nobles, Juges, Officiers roïaux, Maires, Eschevins, & autres Notables des Provinces, donna ouverture à ladite Assemblée, par l'invocation du nom de Dieu, le quatorzieme jour de No-

(1) C'est Kergueroi.

(2) Talmont.

(3) C'est-à-dire, certain, assuré.

1588.

Assemblée de la Rochelle.

vembre 1588, en la maison commune de l'Eschevinage de la Rochelle. Etant assisté de Messeigneurs de Turenne, son Lieutenant général en la Province de Guienne, de la Trimouille, Colonel de la Cavalerie légere, & plusieurs autres Seigneurs, Barons, Vicomtes, Gentilshommes, & autres ses Conseillers.

Le même jour furent reconnus tous les Députés pour cette Assemblée, & les pouvoirs qu'un chacun d'eux avoit de la Province dont il étoit député. Il n'y avoit gueres endroit ou Province de France qui n'y eût ses Députés : à savoir, de la Guienne & Sénéchaussée d'Armagnac, Albret & autres lieux circonvoisins, & qui sont de là la riviere de Garonne.

Les Provinces de Bretagne, Anjou, Touraine, Berry, Loudunois, l'Isle de France, Normandie, Orléans, Picardie, Champagne, & autres de la riviere de Loire.

De la Province du bas Languedoc, de celle du haut Languedoc, de la Province de Dauphiné, de Rouergue, de Montauban, & de ce qui dépend du Gouvernement du sieur de Terrides. Il y en avoit aussi pour la Province de Xaintonge, deçà la riviere de Charente, & qui ressort de S. Jean d'Angely; de toutes les Isles de Xaintonge : autres Députés pour le corps de la Ville de la Rochelle, pour les Provinces de Périgort & Agenois, pour la Ville de Bergerac en particulier, pour la Province de Poitou, pour la Province d'Angoumois, pour la Principauté d'Oranges, & plusieurs autres Députés de divers Bailliages, Villes & Communautés de France, qui firent paroître suffisamment de leurs charges & pouvoir.

Le Mercredi seizieme dudit mois, le nom de Dieu aïant été invoqué publiquement, le Roi de Navarre, accompagné comme dessus, représenta à toute l'Assemblée les causes principales de cette Convocation, les grandes nécessités qui devoient émouvoir un chacun de s'opposer aux Ennemis, le but desquels étoit assez notoire à tous (car ils passoient jusqu'à l'encontre, & du Roi, & de tout l'Etat); qu'il n'avoit jusqu'ici épargné en une si sainte cause, ni ses biens, ni sa vie, comme ses actions passées le pouvoient témoigner; que si le mal alloit à l'empire, il sentoit son courage lui être redoublé de Dieu, en la résolution de long-temps par lui prise d'y dépendre jusqu'à la derniere goutte de son sang & le dernier de son bien; desireux seulement que tout le monde jugeât en cette résolution de ses droites intentions, aussi sainement & véritablement, que sincerement & devant Dieu il avoit toujours cheminé, & desiroit faire à l'avenir. Que la longueur de la guerre & licence des armes avoient à son grand regret introduit beaucoup de desordres, ausquels il desiroit qu'il fût (au mieux que faire se pourroit) pourvu au bien, tant de la gloire de Dieu, du Roi, du Roïaume & de l'Etat, que de tous les Particuliers : priant tous ceux de cette Assemblée d'y apporter un esprit net, vuide de toute passion, & zèle au bien public. Ce qu'étant, il s'assuroit que Dieu beniroit leur conseil & en feroit à tous recueillir les fruits pour sa gloire & délivrance des siens. Représenta les biens & heureux effets qui réussissent en une & sainte cause (comme celle dont il étoit question) d'une indissoluble union & mutuelle correspondance, pour l'établissement & fermeté de tout bon ordre; à quoi il exhorta toute l'Assemblée de persévérer comme auparavant, y apportant encore de superabondant que les nouveautés & changemens survenus par la malice des Ennemis sembloit plus expressément requérir. Surtout requeroit être pourvu à ce qui importoit la gloire & service de Dieu, ordre, police & discipline de l'Eglise.

Et pour éviter que l'ire de Dieu ne fût davantage provoquée par les juremens, blasphêmes, raps, paillardises, voleries, jeux prohibés, & autres excès & débordemens qui avoient glissé entre plusieurs, par le malheur de la guerre, requeroit que les Ordonnances, sur ce faites, fussent par les Gouverneurs & Magistrats étroitement enchargées, commandées, & observées sans aucune dissimulation, ne support, ou respect; enjoignant ausdits Magistrats d'y tenir la main, chacun endroit soi, sur certaines & grandes peines, & à ce que la discipline de l'Eglise eût son autorité & poix convenable.

Que les Pauvres fussent assistés de certaines sommes réglées, des deniers qui seroient dédiés à cet usage, & selon la forme des rôles qui seroient dûment faits desdits Pauvres, avec certification des principaux Officiers, Magistrats, Consuls & Commissaires députés pour cet effet.

Qu'il fût aussi pourvu aux charges & offices d'hommes capables & suffisans pour la sainte & due exécution d'icelles, au soulagement & contentement d'un chacun. Qu'il seroit au reste pourvu aux autres réglemens, selon que l'ordre des séances & propositions le requeroient.

Toute l'Assemblée en corps remercia très humblement S. M. du soin qu'il lui plaisoit avoir, tant en particulier desdites

1588. Eglises, comme vrai & légitime possesseur d'icelles, qu'en général du repos public, bien & conservation de tous; avec offre pour si bons, si saints & tant de légitimes effets de leur très humble service & obéissance; protestant d'une entiere résolution d'y emploïer, pour favoriser sa bonne & droite intention, leurs personnes, vies & biens, avec supplication à Dieu de lui continuer sa bénédiction & faveur, pour son honneur & gloire, la conservation de son Eglise, bien & repos public.

ASSEMBLÉE DE LA ROCHELLE.

Les séances, propositions, résolutions & ordonnances furent toujours depuis faites & continuées par bon ordre, en la présence dudit sieur Roi, sur les divers argumens qui étoient à traiter.

Après ce qui touchoit le service & gloire de Dieu; à savoir de la justice, d'un bon conseil & des réglemens d'icelui, du réglement des finances, des dons, passeports, Officiers; du réglement militaire, tant pour la discipline militaire que pour les soldes & entretenemens des gens de guerre, commissions, butins, prisonniers de guerre, sauve-gardes, gardes des Villes & Places, réduction de nombre en chacune Compagnie, soit de Gendarmerie, soit d'Infanterie, munitions, prises de Villes & Châteaux, sûreté des Laboureurs, aveux de gens de guerre, & autres plusieurs réglemens, tant sur lesdits sujets, que sur autres faits particuliers, selon que chacun des Députés en étoit chargé par ses mémoires & instructions, le tout jusqu'à l'entiere clôture de ladite Assemblée, & des résolutions prises en icelles, laquelle clôture fut faite, ledit sieur Roi séant & accompagné comme dessus, en la présence de tous lesdits Députés, le Dimanche dix-septieme de Décembre suivant, après la prédication & prieres publiques, avec l'union, consentement & volontaire approbation de tous, pour la gloire & service de Dieu, service du Roi, conservation de sa Couronne, rétablissement de l'Etat & générale conservation du Roïaume, & des bons fideles François & Sujets du Roi en icelui, contre tous Ennemis, Ligués, Mutins & Séditieux qui, directement, ou indirectement en voudroient procurer le trouble ou l'éversion.

1588.
PRISE DE MAULEON.

De la Prise de Mauleon.

PENDANT que les choses passent ainsi à Blois & à la Rochelle, l'Armée, dite roïale, s'achemina au bas Poitou, avec de grands préparatifs, tant pour reconquérir les Places occupées par ceux de la Religion, que pour combattre, comme ils disoient, le Roi de Navarre; & devoit cette Armée, selon le projet & discours vulgaire de ceux de la Ligue, non-seulement mettre de ce côté de la France, fin à la guerre, en exterminant tous ceux qui y sont de la Religion, mais aussi venger & recouvrer la perte & l'honneur de l'Armée, qui quelques mois auparavant avoit été défaite par le Roi de Navarre à Coutras.

Cette Armée étoit grande & forte, composée de François, Suisses & Italiens, avec grand nombre de Gendarmerie, Chevaux-légers & Noblesse volontaire; s'y rangeoient aussi hommes de toutes parts, des Villes, Communautés & Provinces circonvoisines, tant de delà que de deçà la Loire.

Entre les autres Seigneurs du Païs du bas Poitou y étoient les sieurs des Roches Baritaut (1), de Bourneveau, de la Boucherie & Saint-André, avec leurs Compagnies.

De cette Armée étoit Général M. de Nevers, assisté des sieurs de la Chastre, Sagonne (2), Laverdin (3) & plusieurs autres Seigneurs, Chefs & Colonels, l'artillerie & munitions ensemble, tout autre appareil de guerre y étoit grand.

La plus grande partie de cette Armée, tant des Chefs & de la Noblesse, que de ceux qui obéissoient, étoient de la Ligue.

Il n'est croïable les maux, foule & oppression que cette Armée faisoit par-tout où elle passoit, notamment à ceux de la Religion, qui se trouverent à leur rencontre, soit ès maisons ou en la campagne. Le peuple, les femmes, les enfans, & en divers lieux jusqu'au Bétail, fuïoient devant cette Armée comme devant un foudroïant orage.

La Rochelle & autres Villes circonvoisines & de retraite, furent incontinent remplies de nouveaux Refugiés, qui y abor-

(1) Philippe de Châteaubriand, sieur des Roches-Baritaud.

(2) Jean Babou, Comte de Sagonne.

(3) Jean de Beaumanoir, sieur de Lavardin.

1588. doient du haut & du bas Poitou, Bretagne, Loudunois, Touraine, & autres lieux plus prochains des séjours de cette Armée.

PRISE DE MAULEON.

Le premier lieu où elle s'arrêta à bon escient fut à Mauleon. La Ville de Mauleon est une petite Ville du bas Poitou, foible, nullement munie, en laquelle néanmoins y a un Château, mais qui n'est de gueres meilleure défense que la Ville.

Le Roi de Navarre y avoit laissé le sieur de Villiers (1) pour Gouverneur, avec quelque nombre de Soldats, non tant pour opiniâtrer cette Place, qui ne pourroit pas résister à une beaucoup moindre Armée qu'une roïale, que pour tenir le large, & s'y rafraîchir. L'Armée venant d'amont dressa son passage à Mauleon.

La Garnison ne voulut déloger pour des coureurs, & fit mine de vouloir tenir ferme; mais lui survenant des forces inopinément sur les bras, le sieur de Villiers voïant le canon, se résolut à capituler, par l'entremise du sieur de Laverdin; les Capitaines Marigni & la Croix furent députés pour l'effet de cette capitulation.

Le sieur de Miraumont, Sergent Major de la bataille de l'Armée, fut envoïé en ôtage à Mauleon pour sûreté; de Mauleon sortit aussi pour ôtage le Capitaine Landebrix.

La capitulation faite & conclue, peu avantageuse pour ceux de dedans, & les armes rendues audit sieur de Miraumont, les Régimens de Brigneux & de la Chastegneraye s'approcherent des murailles de la Ville, déja abandonnées par la Garnison & non défendues, & après en avoir démoli & ruiné quelques pierres, par surprise & contre la capitulation, entrerent dans la Ville, tuerent ou blesserent tous ceux qu'ils y trouverent de ladite Garnison, & de ce parti, quelque résistance & remonstrance que fit ledit sieur de Miraumont pour empêcher une si lâche perfidie, & indigne de gens de guerre.

La passion de ces déréglés Soldats se montra si désordonnée & barbare, qu'ils contraignirent ledit sieur de Miraumont de se retirer & sauver dans le Château, avec le reste de la garnison qui étoit échappé & demeuré dans la Ville, car beaucoup avoient été perfidement tués, après avoir quitté leurs armes, & de sang froid; aucuns se sauverent par la fuite, se jettant par-dessus les murailles, les autres furent blessés, pris, dévalisés & mis à nud, contre la capitulation.

(1) Joachim du Bouchet, sieur de Villiers, Gentilhomme du Voisinage.

Les ſieurs de la Chaſtre & de Laverdin avertis de ce déſordre, s'y acheminerent, firent (mais bien tard) ceſſer la tuerie & conduire le reſte qui étoit échappé, en lieu de ſûreté par-delà la Seure, vers Fontenay.

1588.

Siege de Montagu.

Du Siege de Montagu.

L'Armée d'un même pas, après cette exécution, marcha droit vers la Ville de Montagu, à la perſuaſion de ceux de Nantes, & de la Nobleſſe d'Anjou & bas Poitou, qui n'étoit de la Religion, tous leſquels en recevoient beaucoup d'incommodités & deſiroient avoir cette épine hors du pied, s'étant la plûpart des Nobles retirés à Nantes & Angers : les autres ſubſiſtoient par le moïen des ſauve-gardes du Roi de Navarre, en attendant l'occaſion de ſe remuer à la venue de cette Armée.

Il a été dit ci-deſſus que cette Ville & Château, qui appartenoient à M. le Prince de Condé, par la clameur d'aucuns des voiſins & du Païs, avoient été ſurpris auparavant & tellement démantelés, qu'il n'y avoit nulle eſpérance qu'aucun homme de guerre s'y pût plus loger. Toutefois le ſieur de Colombiere avec ſon puîné, la Luzerne, & quelques Compagnies qu'ils avoient, s'en étoient emparés. La Ville étoit fort peu reſtaurée de ſa ruine qui étoit grande. Le Château avoit été mieux relevé, retranché & aſſez bien accommodé.

Le ſieur de Colombiere y commandoit en chef, en titre de Gouverneur. Le Roi de Navarre y avoit de ſurcroît, à l'approche de l'Armée de la Ligue, envoïé le ſieur du Preau avec quatre Compagnies de ſon Régiment ; car ſes deux autres Compagnies avoient été envoïées à la Ganache & autres lieux.

Tout ce qui pouvoit être en cette Place, des Soldats de pied, étoit d'environ trois cens, outre leſquels y pouvoit avoir quelque cinquante Arquebuſiers à cheval, & environ cinquante autres bons chevaux.

Il y avoit en cette Place raiſonnables vivres, pour le temps qu'on avoit projetté qu'elle pourroit tenir, tant en vin (duquel y avoit plus de quatre cens pippes) qu'en bleds, farines, bœufs ſalés, & autres munitions néceſſaires à la vie.

L'Armée s'approchant le Mercredi, le ſieur de Miraumont, Sergent Major de la Bataille, accompagné des Arquebuſiers à cheval de l'Armée, mit pied à terre à la Barillerie (1), où de-

(1) Ou la Barilliere.

1588. puis logea M. de Nevers, & delà, avec sa troupe, vint pour reconnoître la Place, & faire les approches.

SIEGE DE MONTAGU.

Les Capitaines Beauvoix (1) & Bœuf, Guidon de la Compagnie du sieur de Colombiere, sortirent avec nombre de Soldats pour les aller recevoir.

L'escarmouche dura assez âpre une bonne heure ; & y furent tués de la part de l'Ennemi, le Capitaine Brichanteau, fils du sieur de Brigneux, & plusieurs autres, qui furent fort regrettés en l'Armée.

Le Capitaine Bœuf, qui étoit sorti de la Ville, y reçut une arquebusade en la cuisse.

Après cette escarmouche chacun se retira de part & d'autre : ceux de l'Armée se retirerent vers la Barillerie.

Les deux jours suivans se passerent en légeres escarmouches : le troisieme, l'Armée fit ses approches du côté de la Lande-Buor.

Le sieur de Preau sortit alors, & y eut une rude escarmouche, en laquelle demeurerent plusieurs Soldats de l'Armée, nul, qui soit au moins venu à connoissance, de la Ville,

L'Ennemi, qui avoit jà commencé les tranchées, fut contraint par cette escarmouche, de les quitter pour l'heure.

Depuis cela, environ huit jours s'écoulerent sans que le canon arrivât, pour les continuelles pluies, grandes eaux & difficultés des chemins, qui furent le commencement du fleau de cette Armée.

L'artillerie arrivée, elle fut trois ou quatre jours sans jouer. Sur le quatrieme jour, M. de Nevers fit saluer la Ville de quelques volées de douze canons, & à l'instant même les fit sommer de se rendre,

Soit que le sieur de Colombiere eût déja reçu quelqu'impression sinistre par les amis qu'il pouvoit avoir en l'Armée, ou autrement, tant y a que, sur cette sommation, il remontra à la garnison le peu d'apparence qu'il y avoit d'opiniâtrer cette Place contre une telle Armée ; & amplifiant les grandes incommodités, & inconvéniens qui en pourroient advenir, concluoit à la reddition ; ajoutant (comme aucuns ont depuis rapporté) quelque mécontentement qu'il disoit avoir, qui lui ôtoit la volonté de faire le service à quoi l'occasion & plusieurs autres raisons l'obligeroient.

Le sieur de Preau, au contraire, disoit que la Place se pouvoit

(1) M. de Thou, liv. 93, le nomme *Beauvais*.

voit raisonnablement débattre, qu'il étoit Serviteur du Roi de Navarre, auquel il avoit promis de garder fidellement cette Place, tant que le devoir des armes leur permettroit, que son honneur l'appelloit à n'en consentir ainsi la reddition. 1588.

Siege de Montagu.

De cette diversité d'affections la division prit naissance, qui fut cause de la si soudaine perte de la Place.

Le sieur de Colombiere avoit de son parti les deux Compagnies d'Arquebusiers à cheval de la garnison.

Le sieur du Preau avoit de son côté ses quatre Compagnies, quelques Gentilshommes volontaires ; les Etrangers étoient entre les deux, sollicités de cette division ; d'Habitans il y en avoit peu ou point du tout.

Après longues disputes, Colombiere, Gouverneur, l'emporta, étant certain que l'Ennemi n'ignoroit cette division (dont il se prévaloit) & envoïa au Camp le sieur de la Courbe, son Lieutenant, pour faire offre de capitulation à M. de Nevers, qui eut à grand plaisir cette occasion ; car quinze jours de séjour devant cette Place (au mauvis temps qu'il faisoit & en la rareté de vivres, où jà étoit l'Armée) lui faisoient recevoir une seconde plaie de sa ruine.

Le terme de cette capitulation, faite à la charge que le Roi de Navarre en seroit averti, fut pris si court, qu'étant ledit sieur Roi sur les préparatifs de l'aller secourir, il fut contraint de rompre, pour ce coup, son dessein.

La capitulatton fut, que les Soldats sortiroient avec les armes, la mêche morte & rendroient les drapeaux, les Gentilshommes avec leurs équipages. Qu'ils seroient tous conduits jusqu'à Saint-Aubin, près de Sainte-Gemme, par un Herault & un Trompette, à la charge qu'ils s'en retireroient dans trois jours suivans.

Le sieur de Colombiere, induit de mécontentement, ou ébranlé d'autres affections, se rangea du côté de l'Armée.

A la sortie de la Ville, il conduisit toute la Garnison environ demi-lieue, & sur sa retraite demanda s'il y en avoit en la troupe qui le voulussent suivre ; mais presque tous refuserent.

La Courbe, avec sept ou huit, tant de ses Domestiques qu'autres, le suivirent.

Le reste de la troupe fut sûrement conduite jusques près de Lusson & Sainte-Gemme. Et fut là laissée aux conditions que dessus, par les Hérault & Trompette ; mais le sieur de Sagomme, Colonel de Cavalerie légere, coupa le temps telle-

1588. SIEGE DE MONTAGU.

ment au demi-pied, voulant, comme plusieurs ont estimé, venger la mort de quelques-uns de l'Armée, qui avoient été tués devant cette Place, qu'aïant surpris les Compagnies qui étoient à Saint-Aubin, il les chargea avec ses troupes, & de si près, qu'à peine purent-ils gagner le Temple & s'y renfermer : ils étoient sans aucune munition ni vivres, de mode qu'ils furent contraints de se rendre encore une fois, aïant peu rendu de combat. La composition fut bien dissemblable de l'autre ; car aïant seulement eu assurance de la vie, ils furent désarmés & dévalisés, & mis à blanc. Il en fut tué quelques-uns, mais peu : une prompte retraite les pouvoit garantir de cet eschec.

Du Siege de la Ganache (*).

MONTAGU ainsi rendu, ceux de la Ganache étoient fort menacés. Le Marquis de Belle-Isle, lequel pour lors faisoit sa demeure à Maschecou, distant de deux lieues de la Ganache, desiroit fort la décharge de tels voisins, & lui étoit cette Place commode, si par le moïen de l'Armée il se la pouvoit approprier. La Place appartient à Madame de Loudunois, de la Maison de Rohan, laquelle s'étoit retirée à Nantes, obéissant à l'Edit du Roi, sur le changement de Religion.

Le Roi de Navarre avoit donné le Gouvernement de cette Place au sieur du Plessis Gecté (1), lequel, plusieurs fois, & nommément peu de jours auparavant le siege, avoit été fort sollicité, tant par ladite Dame, que par le Marquis de Belle-Isle, de leur mettre cette Place entre les mains, avec belles & amples promesses ; mais il n'y voulut jamais entendre, résolu de la garder fidélement.

La Ganache n'étant distante de Montagu que de sept lieues, le sieur du Plessis prévoïant le siege, dépêcha en diligence à la Rochelle, vers le Roi de Navarre, les sieurs de la Sablonniere & de Jesseraut, pour lui faire entendre le peu de commodités qu'il y avoit en la Place, pour la disputer contre une Armée Roïale. Que néanmoins ledit sieur du Plessis & tous les Capitaines qui l'accompagnoient étoient bien résolus de lui faire un bon service, s'il lui plaisoit leur en donner le moïen.

(*) La Ganache, Château qui appartenoit à la Maison de Rohan, situé à deux lieues de Machecou, à sept de Montagut, & à trois de la Mer. La Ville est située sur la Frontiere du Poitou & de la Bretagne.

(1) Mathurin du Plessis Gesté de la Brunetiere. C'étoit un homme fameux par son expérience dans l'Art Militaire. Voïez M. de Thou, liv. 93.

1588. SIEGE DE LA GANACHE.

A cette nouvelle, le Roi dépêcha le Baron de Vignoles (1) avec ses Troupes pour renforcer la Place. Il dépêcha aussi par Mer deux Capitaines du Régiment de ses Gardes, sous la conduite des sieurs d'Aubigni (2) & Robiniere, qui s'embarquerent, partie à la Rochelle, avec quelques poudres, piques & autres munitions de guerre; partie à Esnande : mais la contrariété des vents les contraignit de relâcher en l'Isle de Ré, où ils attendirent huit jours le vent propre, durant lequel temps plusieurs appréhendant le mal de la mer, se trouverent à dire tellement qu'au rembarquer, au lieu de deux cens, s'en trouva beaucop moins.

Le sieur du Plessis cependant faisoit travailler aux lieux plus nécessaires, & fit retirer des Villages, & lieux circonvoisins dans la Ville tout ce qu'il put de vivres & munitions de bouche, tant pour les hommes que pour les chevaux.

Le sieur de Rufigni (3) y arriva aussi avec sa Compagnie de cinquante Arquebusiers à cheval, par le commandement dudit Sieur Roi, en attendant le secours de mer.

La Ganache est composée de Ville & Château, assise ès Marches de Poitou & Bretagne, tenant toutefois plus de Poitou; elle est distante de la mer environ trois lieues, de païs découvert : du côté de Montagu & Maschecou, le païs est couvert & bocageux; un assez grand étang renferme la meilleure partie de l'enceinte du côté du Château & un grand jardin; regorgeant l'eau de cet étang par divers ruisseaux dans une bonne partie des prairies à l'environ, qui en rend les avenues marécageuses, principalement en hyver, & environne près des deux parts de la Ville; à savoir, depuis le Fauxbourg S. Léonard, jusqu'au Fauxbourg S. Thomas, qui est tout le côté du Château. La Ville est fermée d'un assez bon fossé taillé en roc; la muraille antique, flanquée de petites tours percées à l'antique; elle se trouva toutefois de meilleure résistance au canon qu'on n'eût estimé, principalement à l'endroit où elle fut battue, lequel (pour être trop foible & dénué, n'y aïant qu'un vieux portail) le sieur du Plessis, dès qu'il eut le Gouvernement de la Place, avoit fortifié, & recouvert d'un éperon qui lui servit beaucoup durant le siege. Il en fit aussi faire deux autres de l'autre côté de la Ville, vers le Fauxbourg S. Thomas; l'un qui couvroit une tour du Château, faite en forme

(1) Gentilhomme Gascon, renommé pour sa bravoure.

(2) Théodore Agrippa d'Aubigné.

(3) Daniel de Logan, sieur de Rufigny.

1588. SIEGE DE LA GANACHE.

de fer à cheval; l'autre plus bas vers la chaussée qui retient l'étang. Dix jours avant le siege il en fit élever un autre, qui couvre la porte de la Ville vers Maschecou; sans lequel l'Ennemi, dès la premiere nuit du siege, se fût pu loger derriere la contrescarpe du fossé, de laquelle le pied n'étoit vu de la courtine, ni d'aucun flanc.

La besogne commença à s'échauffer lorsque le secours de mer fut arrivé avec les munitions de guerre, desquelles fut envoïée une partie, par le commandement dudit Sieur Roi, à Beauvoir, avec quelque nombre des Soldats du Régiment de Valiraut, qui s'étoient embarqués avec les autres qui entrerent dans la Ganache.

Le Baron de Vignoles, Gentilhomme Gascon, y entra; comme fit semblablement, par le commandement dudit Sieur Roi, le sieur de S. Georges, avec sa Compagnie d'environ cinquante Arquebusiers à cheval.

Il n'y avoit alors aucun des Forts qui fût en juste défense, occasion qu'on avisa à distribuer les quartiers, tant pour la défense, que pour travailler chacun en son endroit, en diligence & selon la nécessité.

Le Baron de Vignoles, avec ses Capitaines le Pin & Soulas, entreprit la garde de l'éperon de la chaussée, vis-à-vis d'une Chapelle rompue du Fauxbourg S. Thomas. Cet éperon est fort commandé d'un petit tertre couvert d'arbres fruitiers, & du Fauxbourg; & à cette occasion se couvrirent de barricades & gabions, & firent une épaule à leur Fort, retranchant le dos de la chaussée de l'étang, sans toutefois donner voie à l'eau.

Les deux Compagnies des Gardes (auxquelles commandoient les sieurs d'Aubigni & Robiniere, avec chacun un Sergent, en l'absence des Capitaines en chef) prirent la garde de l'éperon du fer à cheval; duquel, pour les continuelles pluies, peu avant le siege le gason s'écoula & se créva; toutefois il fut raccommodé de gabions & barricades.

Le sieur de Rufigni, avec sa Compagnie, entreprit la garde de l'éperon du Fauxbourg S. Leonard, qui étoit le meilleur, aïant ses fossés pleins d'eau de la hauteur de huit à neuf pieds, car aussi étoit-il à la queue de l'étang.

Le Capitaine Beauregard, qui commandoit à la Compagnie d'Arquebusiers à cheval de la Garnison ordinaire, entreprit de faire un Fort à l'endroit d'un coude que faisoit la Contres-

1588.

SIEGE DE LA GANACHE.

carpe du fossé de la Ville, un peu au-dessus de l'éperon susdit; mais c'étoit œuvre de deux mois, qui couta plus à garder qu'il ne servit, & ne fut entrepris que sous l'espérance que Montagu (qui étoit jà assiégé quand il fut commencé) débattroit plus long-temps qu'il ne fit: toutefois on y travailla avec peine continuelle, & n'aïant le Capitaine Beauregard qu'environ dix-huit Arquebusiers, on lui bailla de renfort la moitié de la Compagnie du sieur de S. Georges.

Les deux Capitaines des deux Compagnies de Gens de pied, ordonnées pour la garnison ordinaire, tirerent au sort, auquel demeureroit la garde de l'éperon qu'on commençoit à la Porte; il échut au Capitaine la Ferriere, qui y fit si bien travailler, qu'en dix ou douze jours, même durant le siege, il fut mis en défense, & s'en servit-on bien.

L'autre Compagnie de la Garnison, à laquelle commandoit le sieur de la Forestiere, Gentilhomme Breton, demeura pour la garde du Château de la Ville, & du colombier qui étoit au jardin.

Les Charges ainsi départies, chacun travaille; les uns démolissent les Fauxbourgs, les autres requêtent par les champs des hommes pour le travail (car il n'y étoit demeuré de tous les Habitans qu'un Boucher). Il n'y avoit un seul artisan; restoient seulement en cette Bicocque une vingtaine de maisons, pour tout.

Le sieur du Plessis aïant eu avis de la capitulation de Montagu, envoïa des Coureurs pour prendre langue. Ils rapporterent le Mercredi 14 de Décembre, que déja partie de l'Armée étoit logée à Legé & ès environs; & le lendemain on découvrit un gros de Cavalerie qui parut au-dessus des moulins des Pourrieres, pour reconnoître la Ville.

Le sieur de la Perrine, Lieutenant de la Compagnie de Chevaux-legers du Gouverneur (qui s'étant auparavant retiré en sa maison, pensant y passer une partie de l'hiver, se jetta dans la Ville deux ou trois jours avant le siege), monta aussi-tôt à cheval, & avec quatre ou cinq les alla reconnoître.

Et le Vendredi suivant, 16 du mois, monta derechef de grand matin à cheval; mais il ne passa pas les Pourrieres (lieu distant de la Ville d'un quart de lieue), qu'il trouva les Coureurs de l'Ennemi, de quoi il avertit le Gouverneur. Sur les onze heures parut un gros de Cavalerie de l'Ennemi, qui étoient Gendarmes & Arquebusiers à cheval, conduits par le sieur de

1588. Sagonne, ſuivi de pluſieurs Régimens, de la Chaſteigneray (1), de Brigneux, de Leſtelle (2), & autres qui s'avançoient pour regagner le Fauxbourg S. Leonard. Ces Troupes découvertes par le ſieur de la Perrine, il tourna vers elles pour les amuſer, & donner le temps à ceux de la Ville de ſe mettre ſur leur armes; ce qui ne put toutefois ſe faire ſi à temps, que lorſqu'on commença à ſonner la cloche pour l'allarme, l'Ennemi ne fût à l'entrée du Fauxbourg.

SIEGE DE LA GANACHE.

Le ſieur de Rufigni leur alla au-devant, l'épée à la main & fort réſolument, ſuivi par le Capitaine la Vignoles & des Marets, enfans de Sablonniere, & quelques Soldats de leurs Compagnies, qui lors ſe trouverent près d'eux. Mais Rufigni n'aïant eu loiſir de prendre ſa cuiraſſe, entrant en une maiſon, où il voïoit que l'Ennemi ſe logeoit, reçut une arquebuſade dans l'eſtomac, dont il mourut (aïant été emporté) deux heures après.

Cette mort fut occaſion qu'on perdit le Fauxbourg juſqu'à la Chapelle, plutôt qu'on n'eût fait. Le Capitaine Jean & quinze Soldats (ſans les bleſſés) de la part de l'Ennemi y furent ſemblablement tués, tant dans la ſuſdite maiſon, qu'au Fauxbourg, comme depuis ceux de l'Ennemi même le confirmerent.

Pour ſoutenir ceux de la Ville qui combattoient au Fauxbourg, ſurvinrent le Baron de Vignoles & le Capitaine la Foreſterie (3) avec environ quarante Arquebuſiers, qui diſputerent tout le jour ce qui reſtoit du Faubourg entre la Chapelle & la Ville. Et y fut bleſſé le ſieur de la Mothe, Enſeigne du ſieur de Vignoles, d'une arquebuſade au haut de la cuiſſe, dont il mourut peu de jours après.

Il y avoit devant la Porte de la Ville, au-delà d'un vieux chemin creux, quelques maiſons qu'on avoit aucunement ruinées; le ſieur de S. Georges (l'allarme étant donnée) s'alla loger dedans les maſures, aſſiſté, tant des ſiens que de quelques Gendarmes de la Compagnie du Gouverneur, pour ſoutenir les Arquebuſiers, ſi on les vouloit forcer. Là auſſi l'Ennemi ſe préſenta en gros & envoïa attaquer l'eſcarmouche, laquelle fut ſoutenue & continuée juſqu'à la nuit, de ſorte que l'Ennemi ne ſe pouvant loger dans les maſures, ſans grande perte, & voïant l'opiniâtreté de ceux de dedans à les défen-

(1) De la Châteigneraie.

(2) De l'Eſtelle.

(3) La Foreſtiere.

1588.

SIEGE DE LA GANACHE.

dre, se logerent en un Village, sur le chemin de Maschecou: ceux de la Ville y perdirent un Soldat, & y fut blessé le sieur de la Coulée.

Le reste du jour & la nuit suivante les Régimens de Brigueux & de la Chastaigneraye, qui avoient gagné le Fauxbourg S. Leonard, se logerent ès maisons prochaines de la Chapelle qu'on avoit ruinées; & toutefois ne purent dresser aucunes barricades, pour les continuelles arquebusades qui se tiroient des Forts & de la Courtine; occasion qu'ils ne bougerent des maisons.

Les jours suivans se passerent en continuelles escarmouches, selon que les Régimens faisoient les approches pour se loger, & nommément à l'arrivée du Régiment du Comte de Beaupré (1), qui se voulut loger aux Planches; car là souvent s'attaquoit l'escarmouche, laquelle ne se terminoit volontiers que par la mort de quelqu'un de commandement du côté de l'Ennemi. Semblables escarmouches s'attaquoient du côté de l'étang contre un autre Régiment qui étoit logé à Guignefolle, où quelques Gascons de la Garnison vinrent aux mains avec l'Ennemi. Ces escarmouches furent si favorables à ceux de la Ville, que hormis le premier jour, ils n'y perdirent un seul homme, tant seulement y en eut-il quelques-uns de blessés, & si ne put jamais l'Ennemi, durant toutes ces escarmouches, gagner un seul avantage sur eux, non pas même les haies, à plus de quatre ou cinq cens pas près de la Courtine & des Forts: même que plus de huit ou dix jours après être assiégés ils démolirent quelques maisons à la vue de l'Ennemi, & en brûlerent d'autres; & entre icelles la maison appellée l'Escazieres, d'où l'Ennemi (qui s'y étoit logé) fut par les Assiégés chassé, & avec perte de quelques Soldats.

Les gens de cheval sortoient aussi fort souvent, & prenoient si grand nombre de Prisonniers, qu'ils furent contraints en renvoïer plusieurs des plus inutiles; ils en retinrent un bon nombre pour travailler aux Fortifications; les autres de plus grande qualité étoient mis à rançon.

Le sieur de la Chastre, accompagné de dix ou douze Chevaux, passoit le lieu des Planches, au quartier de Monsieur de Nevers; voïant quelque Cavalerie qui étoit sortie de la Ville, les voulut aller reconnoître; mais voulant avancer son cheval, il tomba dans un fossé, & n'eût été la diligence de ceux qui

(1) Il faut, de Robert de Joyeuse, Comte de Grandpré.

1588.

SIEGE DE LA GANACHE.

l'accompagnoient à le secourir, & qu'il fût couvert d'un bon nombre d'Arquebusiers qui y survinrent, cette Cavalerie de dedans l'eût pris.

Comme les choses passoient ainsi, le sieur du Plessis envoïa à diverses fois vers le Roi de Navarre, pour le tenir averti de la vérité des affaires, & par les mêmes Messagers en avoit réponse.

Le pénultieme de Décembre, le canon commença à paroître aux Assiégés du côté de Maschecou, aïant pris ce chemin pour éviter les très difficiles chemins qui étoient ailleurs. Ceux du Païs, & entre autres le sieur de Belle-Isle, se montrerent tant affectionnés à le faire conduire, qu'ils n'y omirent rien de tous leurs moïens, industrie & peine, pour l'affection qu'ils avoient de posséder cette Place.

L'hiver étoit si extrême durant ce siege, que les eaux glacées portoient partout; ce qui incommoda grandement les Assiégés, étant la terre tellement endurcie, que quand ils commencerent à se vouloir retrancher dedans (qui ne fut qu'après l'arrivée du canon), ils ne pouvoient en une heure ouvrir un pied de terre, quoique pour cet effet ils eussent fait accommoder des pics exprès. Et combien que pour cette occasion ils avançassent fort peu, encore ne fut-ce pas la plus grande incommodité. Ils travailloient jour & nuit par ces grandes froidures; le vin commença à leur faillir; sortant de garde, il leur falloit sans relâche ou repos travailler aux Retranchemens. Ce labeur extraordinaire, & en temps si âpre, en précipita beaucoup en maladie, & principalement de flux de sang. Ce qui les ennuïa le plus, fut qu'à l'arrivée du canon ils avoient salué la Ville du côté de la Porte de Maschecou, & s'étant logés dans les masures, avoient en ce même endroit planté quelques gabions, qui fit croire aux Assiégés qu'ils seroient battus de ce côté, duquel aussi ils commencerent leurs retranchemens avec beaucoup de travail, qui néanmoins leur fut inutile, car l'artillerie fut déplacée de là & remuée ailleurs.

Un Caporal de ceux de dedans fut envoïé pour reconnoître s'il y auroit moïen d'entreprendre sur l'artillerie; mais il fut tué d'une arquebusade en l'estomac.

Il y avoit douze pieces d'artillerie, six canons de batterie, quatre couleuvrines roïales & deux moïennes. Toutes ces pieces étant arrivées le dernier jour de l'an, Monsieur de Nevers fit sur le midi mettre l'Armée en bataille, & saluer la Ville de

dessus

dessus un petit côteau (devers Maschecou près la Justice), lequel commandoit à la Ville, de quatre ou cinq cens pas. Cela fait, il envoïa un Hérault d'armes sommer le sieur du Plessis de lui rendre la Ville, comme étant Lieutenant pour le Roi.

1588.

SIEGE DE LA GANACHE.

Le sieur du Plessis, par l'avis de tous les Capitaines, fit réponse qu'il étoit, comme aussi tous ses compagnons, très humble & très fidele Serviteur & Sujet de Sa Majesté, mais qu'il ne reconnoissoit en toute la Guïenne autre Lieutenant général pour le Roi, que le Roi de Navarre, auquel, & non à autre, si ce n'étoit par son exprès commandement, il ne rendroit la Place.

Le Hérault fut encore renvoïé par deux fois de la part du Baron de Paluau & du sieur de Villeneufve d'Anjou, pour tenter le moïen de parler au sieur du Plessis, qui sachant l'importance de tel parlement, le refusa tout à plat.

En même temps, & de plein jour, & à la vûe d'un chacun, un Soldat Walon, du Régiment de Picardie, aïant mis l'épée au poing, se mit à courir au travers d'un grand pré, droit au Fort du Capitaine Beauregard, criant, *Vive Navarre, Monsieur de Guise est mort, & Niort pris.* Ce cri fut si haut qu'il fut entendu de part & d'autre.

On lui tira plusieurs arquebusades, mais pas une ne porta que dans son chapeau. Les Assiégés furent par lui amplement avertis, tant de l'état de l'Armée, que des étranges accidens qui arriverent aux Etats à Blois : ils entendirent aussi les exploits que le Roi de Navarre avoit faits au haut Poitou depuis le siege. Toutes ces nouvelles réjouirent grandement les Assiégés & leur accrurent le courage.

Le Dimanche, premier jour de l'an, se passa sans beaucoup d'effet de part & d'autre; mais le Lundi suivant, sur le soir, les Assiégés apperçurent que l'Ennemi remuoit le canon du lieu où il avoit été premierement placé, sans toutefois pouvoit savoir quelle part on le menoit, jusqu'au lendemain qu'on l'apperçut à la Chapelle S. Leonard, pointé à environ deux cens pas de la Courtine, avec quantité de gabions. On apperçut aussi une autre batterie qui se préparoit au-delà de l'étang, en un champ du côté de Guignefolle, de sorte que les deux batteries se croisoient.

Sur le midi ils tirerent quelques coups perdus contre une Porte du Château, par laquelle on entroit dans le jardin, & où ils voïoient remuer de la terre.

1588. SIEGE DE LA GANACHE.

Le Mercredi, quatrieme jour de Janvier 1589, les Assiégés appercevant dès la diane le préparatif de la batterie, se trouverent en grande peine, pour n'avoir à l'endroit des batteries aucun retranchement, & qu'il étoit pour lors quasi impossible d'en faire, pour la dureté de terre par la gelée; néanmoins ils y travaillerent.

Cependant le Gouverneur & les Capitaines étant assemblés pour aviser à ce qui seroit à faire, quelqu'un de la compagnie proposa être bon, pour retarder la batterie pendant qu'on retrancheroit, faire faire une chamade par un Tambour vers la Chapelle, sous prétexte de quelque échange de Prisonniers, ce qui fut comme résolu sur l'heure; mais peu après on changea d'avis, tant pour la mauvaise consequence qui en pouvoit naître, que pour ne donner occasion à l'Ennemi de penser que les Assiégés craignant la touche, rechercheroient l'occasion de parlementer. Nonobstant cet avis, un Tambour avoit été si promptement expédié pour aller faire cette chamade, contre la meilleure & plus grande opinion, qu'on l'apperçut incontinent dehors: il ne s'en fallut gueres que ceux qui trouvoient ce fait mauvais ne le tirassent de la Courtine; mais ils furent retenus par le respect du Gouverneur, qui aussi le fit rappeller, non toutefois tant promptement qu'il n'eût jà fait une chamade, après laquelle, comme les Assiégés tiroient incessamment pour donner à connoître qu'ils ne vouloient parlementer, les deux batteries commencerent. L'une battoit l'éperon de Beauregard, & celui qui regardoit la maison de la Mesnagere, au-dessus du vieux portail mentionné ci-dessus; l'autre au-dessous dudit portail. Cette vieille muraille résista à la furie du canon plus long-temps qu'on n'espéroit; car depuis demi-heure après le soleil levé, jusqu'à un quart d'heure avant son coucher, il ne cessa de foudroïer sans aucun relâche, tellement qu'il fut tiré ce jour-là plus de huit cens coups de canon.

La nuit étant si prochaine, les Assiégés ne voïoient pas grande apparence qu'on dût venir à l'assaut, & s'étoient peu préparés pour le recevoir ce jour-là, joint que les brêches avoient à leurs flancs deux Forts qu'il falloit forcer auparavant.

On avoit néanmoins apperçu sur le midi tous les Régimens François en bataille, & même les Suisses (encore que ce fût de loin), qui fut cause qu'on divisa promptement ce peu d'hommes qu'on avoit pour garder tous les Forts, & principalement les deux qui étoient ès environs des brêches. On fit aussi un ordre de ceux qui garderoient les brêches, si on s'y présentoit.

Il n'y avoit pas plus de deux cens soixante hommes qui fussent pour lors en état de servir à la défense; le reste étoit, ou malade, ou blessé, ou occupé à garder les cinq Forts qui étoient dehors.

Le Gouverneur entreprit de garder la brêche qui étoit à la gauche, avec un trou qu'on avoit fait pour aller aux Forts battus, assisté de treize ou quatorze hommes couverts, & quelques Arquebusiers.

Le Baron de Vignoles devoit garder la brêche au-dessus du portail avec cinq Hommes armés & quinze Arquebusiers; & d'autant que ce nombre n'étoit suffisant, le Gouverneur lui donna le sieur de la Perrine pour les assister, avec cinq hommes armés.

Quand les brêches commencerent à se rendre raisonnables, aïant chacune seize bons pas d'ouverture (celle au-dessus du portail un peu moins), tout le gros de l'Armée étant en bataille commença à branler, & marchant au grand pas la tête baissée, donner deçà & delà des deux côtés des Forts, & par le milieu, passant par-dessus l'épaule du Fort Beauregard, qui étoit fort basse & de fort difficile accès.

Ils essuïerent la premiere salve que leur firent ces deux Forts, & passerent outre, encore que plusieurs des premiers fussent demeurés, tant d'arquebusades que de coups de piques. En peu d'heures ils se rendirent maîtres des deux Forts.

On les eût pu peut-être davantage débattre, mais deux causes principales le purent empêcher; l'une, le petit nombre de ceux qui les défendoient; l'autre, la mort du sieur des Marests (jeune fils de Sablonniere & frere du Capitaine la Vignoles, lequel après la mort de Rufigni commandoit à sa Compagnie & dans le Fort qui lui étoit échu), lequel sieur des Marests fut tué d'un coup de couleuvrine, de quoi son frere mena un extrême dueil, qui ne nuisit pas à occasionner les soldats à la retraite.

L'Ennemi suivant sa victoire enfila un Corradour de la Contrescarpe qui conduisoit au Fort de la Porte, & poursuivoit en gros ceux des Forts qui se retiroient en combattant. Ce qu'appercevant le Capitaine la Ferriere, & que le Fossé étoit jà plein d'épines (d'autant que la glace portoit), rallia les siens, & soutint ceux qui se retiroient si résolument, que l'Ennemi

1588. fut contraint de tourner visage & de se retirer avec perte de plusieurs qui demeurerent sur la place.

SIEGE DE LA GANACHE.

Ce fut alors à ceux qui gardoient les brêches de se défendre; mais s'ils furent furieusement assaillis, ils se défendirent encore plus courageusement; rien n'y fut épargné, arquebusades, coups de piques, grenades, cercles à feu, coups de pierres, & toute autre espece de défense. Plusieurs de l'Ennemi rencontrant la nuit favorable, se retirerent sous son ombre; ceux qui opiniâtrerent, ou y furent blessés, ou y demeurerent. La ferveur du combat dura une grosse heure, & delà en avant commença à s'allentir du côté des Assaillans; mais au contraire le courage redoubla aux Assaillis, même à aucuns qui étoient allé prendre haleine vers le Château, après s'être retirés des Forts; car voïant les brêches défendues, se joignirent de nouveau à ceux qui les défendoient, & alors se réchauffa l'escopeterie.

Il y eut du désordre sur la retraite des Assaillans, lesquels la plûpart quitterent leurs armes dans le Fossé & dans les Forts qu'ils abandonnerent. Plusieurs se noïerent dans le Fossé de l'éperon devers Menagers, s'étant la glace rompue par l'effort qu'ils faisoient en se jettant du haut du Fort dessus.

Les Fossés furent aussi-tôt éclairés par nombre de flambeaux, tant de la Ville que des éperons, car il étoit nuit.

Ceux de la Ville dépouillerent les morts dès le soir même; même aucuns pour gagner des armes sortirent des Forts, jusqu'au ruisseau qui sépare la Ville du Fauxbourg. Toutefois on usa d'une remarquable humanité envers ceux de l'Ennemi qui resterent blessés dans les brêches, car sans les dépouiller, ni faire aucun mal, on les retira au-dedans de la Ville, & les fit-on panser & traiter jusqu'au jour de la reddition de la Place.

Cette victoire est remarquable, qu'environ cinquante hommes eussent défendu deux brêches contre une telle multitude d'Assaillans; car le gros des Suisses y donna aussi, & en demeura plusieurs pour témoignage dans le Fossé.

Il fut aussi remarqué que durant l'assaut, qu'aïant ceux de dedans mis le feu dans une grenade pour la jetter dans le Fossé, elle retomba entre les jambes du Gouverneur, & se creva sans faire mal à personne.

Sur cet heureux succès le sieur du Plessis convoqua tous les Capitaines & Gentilshommes pour rendre graces à Dieu d'une si grande faveur.

1588. SIEGE DE LA GANACHE.

De la part des Assiégés, le sieur de la Perrine reçut une arquebusade en la tête, dont il mourut peu après. Le Capitaine la Forest y fut blessé de deux arquebusades aux deux bras, comme aussi fut le sieur de Saint Cosme.

Des Assiégeans, on en compta le lendemain plus de cinquante morts dans le Fossé, sans les noïés, & plusieurs qui depuis moururent à la vûe des Assiégés. Il est notoire que le jour suivant de l'assaut on en trouva à dire en l'Armée de ceux qui avoient été, plus de trois cens, & qu'un seul Capitaine en avoit perdus plus de six vingts, sans les blessés qui étoient en grand nombre, entre lesquels étoit Berigneux, Mestre de Camp.

La nuit suivante cet assaut se passa à remparer les brêches & à continuer les retranchemens, desquels la terre se jettoit vers les brêches avec quantité de fascines; il y fut tiré quelques coups de canon.

Le jour venu, qui étoit le cinquieme du mois, l'Ennemi vaqua à enterrer les morts.

Sur le soir, avant la nuit, un Tambour de l'Ennemi apporta Lettres au sieur du Plessis de la part du sieur de Paluau (1): icelles reçues, il assembla aussi-tôt le Conseil pour les ouvrir en leur présence. Elles portoient en substance le desir que le sieur de Paluau avoit de parler avec lui pour chose qui lui apporteroit beaucoup de contentement, qu'il disoit ne pouvoir écrire, & le prioit lui donner moïen & sûreté de parler à lui. Tous les Capitaines furent d'avis qu'on ne pouvoit refuser ce parlement, parceque Paluau, puîné du Comte Caravas (2), étoit fort Serviteur du Roi & de la Maison de Bourbon, ennemi de la Ligue; & que par lui-même on pourroit apprendre nouvelles du Roi de Navarre, dont ils étoient en peine, & autres particularités qui pourroient servir.

Le lendemain Paluau, accompagné du Capitaine la Grange, qui étoit du Régiment du Comte de Grandpré, se trouva à l'éperon de fer-à-cheval, vingt pas au-delà devers les contrescarpes.

Durant ce parlement, on ne laissa pas de recommencer à battre de deux pieces de canon, & avoit-on commencé dès la pointe du jour sans aucun intervalle; sur le midi on renforça la batterie de deux ou trois pieces, & continua cette batterie

(1) De la Maison de Gouffier.
(2) Claude Gouffier, Comte de Carvas.

1588. SIEGE DE LA GANACHE.

jusqu'au soir. Il y fut tiré près de huit vingts coups de canon.

Il y fut aussi tué deux Soldats, l'un desquels s'appelloit du Bourg, de la Compagnie du Baron de Vignoles, qui fut fort regretté pour sa valeur, car il étoit entre les Soldats un rare exemplaire de piété & vertu.

Le sieur du Plessis étoit sorti à ce parlement, accompagné du sieur d'Aiomont. Ils rapporterent au Conseil que le sieur de Paluau leur avoit remontré que Monsieur de Nevers étoit résolu de ne démordre, de ne départir du siege qu'il n'en fût venu à son honneur, qui l'y obligeoit, & n'y épargneroit aucun de ses amis, moïens & autorité. Que son retardement là étoit plus préjudiciable pour les affaires du Roi de Navarre qu'on ne pensoit; que le Roi, par l'exécution qu'il avoit faite, avoit assez déclaré la guerre à la Ligue; que Sa Majesté tenoit Orléans assiégé par la Citadelle, où étoit le Maréchal de Hautmont (1), & se vouloit servir des forces qu'avoit le Roi de Navarre contre les Ligués. Bref, que le sieur du Plessis & tous ceux qui lui avoient assisté avoient assez acquis d'honneur en la défense d'une méchante Place; qu'il n'y avoit plus moïen de l'opiniâtrer, étant Monsieur de Nevers assez informé des nécessités qui y étoient, tant d'hommes qui étoient fort harassés, que de vivres. Que s'ils vouloient entendre à lui remettre la Place entre les mains, il offroit au Gouverneur & Gendarmes, leurs armes, chevaux & bagage; aux Soldats, armes & bagage, & pour la conduite & sûreté, les sieurs Comte de Grandpré, Baron de Paluau & Bastenay, Capitaine de cent Chevaux-légers, qui les meneroient là par où ils voudroient aller.

Et leur donnoit en outre huit jours de temps, pour avertir le Roi de Navarre de la Capitulation; & en cas que ledit Sieur Roi ne leur donneroit secours dedans ledit temps, par arme, ou gain de bataille, lui en personne, ou son Lieutenant,

Ledit sieur du Plessis & les siens lui remettroient la Place & jouiroient de ladite Capitulation.

Il se fit plusieurs allées & venues sur cette proposition. Enfin les affaires remises au Conseil, on s'arrêta fort sur les offres volontaires que faisoit ledit sieur de Nevers, de donner huit jours de temps pour avertir le Roi de Navarre, qui fit croire à plusieurs que ledit Sieur Roi n'étoit, ni prêt de les secourir, ni avec forces suffisantes, qui étoit néanmoins la seule es-

(1) C'est d'Aumont.

pérance des Assiégés, lesquels autrement ne pouvoient subsister, si on les pressoit. 1588.

SIEGE DE LA GANACHE.

Le tout considéré, ils se résolurent d'entendre à une Capitulation si avantageuse, avec l'espérance de faire savoir l'état de leurs affaires audit Sieur Roi; & pour ce faire, y enverroit-on le Capitaine Robiniere avec passeport. Cela fut conclu & signé de part & d'autre, le Vendredi au soir, & le Samedi septieme, la trêve fut accordée & ôtages donnés de part & d'autre. Tout acte d'hostilité cessa. Robiniere partit avec un Trompette de Monsieur de Nevers, pour aller trouver le Roi de Navarre. Le Gouverneur cependant empêcha qu'aucun des siens s'émancipât de visiter ou fréquenter avec ceux de l'Armée, ou qu'il en entrât aucun de l'Ennemi en la Ville, pour obvier à tous inconvéniens. Fit toujours faire fort soigneuse garde près des brêches, tant de jour que de nuit; & lui-même y couchoit & prenoit ses repas, quelque incommodité qu'il y eût.

Le Capitaine Robiniere fut de retour, le Mercredi suivant, de devers le Roi de Navarre, & amena avec soi le sieur de la Rinville, de Monsieur de Nevers, lequel avant que retourner vers ledit Sieur Roi, eut permission d'entrer en la Ganache avec ledit Robiniere. Par iceux les Assiégés entendirent que le Roi de Navarre s'étoit acheminé fort avant, en intention de les secourir & hasarder le combat pour cet effet, mais qu'il étoit tombé en une grieve maladie, qui avoit empêché l'exécution de ce secours. Ledit Sieur Roi avoit envoïé les sieurs de Chastillon, de la Rochefoucaut, de la Trimouille & de Plassac, avec la plûpart de son Armée, pour essaïer d'entreprendre sur l'Ennemi; mais cela ne s'étant pu présenter qu'avec de grands desavantages, il ne profita pas.

Ledit sieur de Nevers s'étoit logé & retranché en lieu très avantageux, & ne pouvoit la Ville s'exempter de tomber entre ses mains que par le seul gain d'une bataille; ce que le temps, qui avoit été préfix, & expiroit, ne pouvoit permettre.

Les sieurs de Chastillon & de la Trimouille ce nonobstant allerent reconnoître l'Armée de si près, le Vendredi, qu'il fut la nuit tiré quelques coups de canon vers les Pourrieres, pour signal. Tout ce que Monsieur de Nevers craignoit, étoit que le sieur du Plessis voïant ce secours près, n'en reçût quelques-uns au-dedans, interprétant à son avantage les termes de la Capitulation; mais le sieur du Plessis n'eut rien voulu faire de

1588. dangereuse conséquence pour l'avenir, encore moins contraire à sa parole.

SIEGE DE LA GANACHE.

Le Samedi, quatorzieme jour, venu, le sieur de Nevers reconnut qu'on marchoit avec lui à la bonne foi, car chacun se disposa de sortir : aussi usa t-il envers les Assiégés de beaucoup de courtoisie, les accommodant des chariots dont ils avoient besoin pour emporter, tant le bagage, que les blessés ; & sortirent hors à la vue de l'Armée, pour n'être molestés de personne. Ledit sieur de Nevers se trouva en personne à leur issue, peu accompagné, & fit rallumer les mêches aux Soldats, saluant humainement un chacun. Il y avoit quelques Soldats blessés qu'on ne pouvoit mener, il les fit demeurer, avec assurance de les faire panser & accommoder. Toute la Troupe fut sûrement conduite jusqu'à l'Abbaïe de Breilleibault (1), étant les Troupes du Roi de Navarre logées à Paluau, qui n'est qu'à une lieue de par de-là, auxquelles ils se joignirent aisément. Le Régiment du Comte de Grandpré fut laissé en Garnison à la Ganache. L'Armée du Roi de Navarre se retira vers Niort & Fontenay.

Il est à remarquer que le Baron de Vignoles avoit en l'Armée un ami, nommé Poisson, Commissaire des guerres. L'assaut étant prêt à être livré, Poisson fort sollicité de la conservation de son ami, & desireux de le sauver, pria un Capitaine du Régiment de la Chasteignerai (duquel l'Enseigne étoit malade) de lui donner son Enseigne pour ce jour-là seulement, aïant résolu d'entrer des premiers, pour sauver son ami le Baron de Vignoles : ce Capitaine lui donna son Enseigne, selon sa requête. Poisson, lors de l'assaut, se présenta des premiers à la brêche que Vignoles même gardoit; mais n'étant Poisson reconnu de son ami Vignoles, il fut reçu de deux arquebusades, qui le porterent par terre, & fut aussi-tôt emporté.

Ce qui a été dit ci-dessus de la maladie du Roi de Navarre est véritable; car étant parti de Niort avec une bonne partie de ses forces, il s'achemina vers la Ganache, en intention, ou de secourir les Assiégés, ou de combattre Monsieur de Nevers, s'il l'en vouloit empêcher ; mais Dieu rompit ce dessein par cette grande maladie qui lui survint. Les froids étoient grands, & comme il est Prince laborieux, aïant été longuement à cheval tout armé, le froid le saisit, tellement qu'il fut contraint de mettre pied à terre & cheminer avec violent mouvement pour

(1) C'est Breuil-Herbaut, Ordre de Saint Benoît, Diocèse de Luçon.

s'échauffer;

s'échauffer; mais peu après aïant mangé, un grand froid extraordinaire & étrange le saisit, avec une grosse fievre, environ le neuvieme de Janvier 1589. On reconnut incontinent après que c'étoit une pleuresie. Cela advint en un petit Village appellé Saint Peré, où il fut contraint de demeurer, & n'y eut moïen, pour la violence de la maladie, de le transporter ailleurs qu'en un petit Château prochain de ce Village, où étant, la maladie se renforça tellement, que plusieurs douterent de sa vie. Lui aussi de sa part se résolvoit constamment à subir la volonté de Dieu, prêt à librement mourir (si elle étoit telle); seulement regrettoit-il le besoin que pourroit avoir de sa présence, ou l'Eglise de Dieu en France, (s'il lui failloit) ou tout le Roïaume, de sa fidélité, & si au milieu de tels troubles & si grandes confusions, il lui étoit ravi. Il ne laissa toutesfois, autant que le mal qui étoit aigu & violent lui permettoit, de pourvoir & ordonner des affaires de l'Armée, selon les occurrences. Il fut saigné & dignement servi & secouru par ceux qui étoient près de lui, autant que l'incommodité du lieu le pouvoit permettre. Il manda par-toutes les Eglises circonvoisines qu'on priât extraordinairement Dieu pour lui; ce qui fut fait de tous, avec autant de ferveur que de deuil.

1588.

SIEGE DE LA GANACHE.

Cette nouvelle fut apportée à la Rochelle sur le soir du 13 Janvier 1589, qui pouvoit être sur le quatrieme jour de sa maladie. On convoqua tout promptement au son de la cloche tout le Peuple, pour convenir aux Temples à la priere: c'étoit sur les sept heures du soir (heure indue pour telles convocations) la nécessité toutesfois le requérant, & chacun étant averti de la cause, on ne vit oncques en cette Ville là, une telle affluence de Peuple en tous les Temples. Tous indifféremment, jusqu'aux enfans & servans, quittoient les maisons pour y courir: la foule & multitude du Peuple étoit telle, que plusieurs ne pouvant entrer aux Temples (qui regorgeoient) s'en retournerent fort tristes, & néanmoins répondans par prieres particulieres, aux publiques qui se faisoient avec beaucoup de deuil & de larmes. Car peu ignoroit la grandeur de l'affliction pour toute la France en général, si Dieu, en cette saison si troublée & confuse, eût retiré ce premier Prince du Sang, doué de tant de graces. Les prieres extraordinaires furent aussi continuées plusieurs jours, jusqu'à tant qu'on entendit certainement le commencement de sa santé. Le bruit de sa mort fut divulgué en divers lieux, même en la Cour du Roi; pour

1588. lequel bruit tous les bons François s'affligeoient grandement. Le contentement qu'en avoient les plus passionnés de la Ligue ne dura pas long-temps, car le Roi reçut tout aussi-tôt nouvelles de sa convalescence.

SIEGE DE LA GANACHE.

L'exécution qui avoit été faite à Blois en la personne de Monsieur de Guise, fut aux Ligués de l'Armée de Monsieur de Nevers (desquels elle étoit pour la plus grande part composée) comme un coup de foudre. Tellement, qu'aïant Monsieur de Nevers reçu la Ganache, de la mode ci-dessus écrite, en un moment cette grande & furieuse Armée s'en alla en pieces, comme frappée du doigt de Dieu. Plusieurs étoient morts & blessés, ceux de la Ligue mal assurés, ou déguisoient leurs actions, ou se retiroient ès lieux qu'ils estimoient de sûreté pour eux. L'artillerie retourna ès divers lieux d'où on l'avoit amenée. Monsieur de Nevers s'achemina à Blois, avec ce qui restoit du gros, dont une partie fut envoïée pour favoriser Monsieur de Hautmont (1) qui combattoit dans la Citadelle, contre les Habitans d'Orléans. Peu de jours après, Monsieur de Nevers se retira de la Cour en sa maison à Nevers. Tout le haut & bas Poitou, qui avoient été tant menacés de cet orage, en furent délivrés par cet inopiné changement, qui induira la postérité à craindre & admirer les jugemens de Dieu.

(1) D'Aumont.

1588.

MORT DU DUC DE GUISE.

MORT DU DUC DE GUISE.

PENDANT que l'Armée faisoit au bas Poitou les exécutions ci-dessus récitées, les Etats se continuoient à Blois, mais non sans d'étranges défiances, qui naissoient d'heure à autre entre les Partisans. Le Roi recevoit de toutes parts avertissemens, qu'il étoit sur le moment d'un grand péril de la vie, ravissement & subversion de sa couronne & son Etat, par une conspiration inaudite, faite & infailliblement proche de son exécution, s'il n'y pourvoïoit bientôt. Le prétexte de la ruine de ceux de la Religion roulant toujours entre ceux de la Ligue; leur vie & leur état (comme ils disoient) ne pendoit plus qu'à un filet pourri. Monsieur de Guise étoit sur le dernier échellon de son dégré, ou pour être Roi, ou à tout le moins le premier Commandant sous le nom du Roi en France. Mais voilà en un moment peu après, le 23 Décembre 1588, le bruit vole par tous les endroits de la France, Monsieur de Guise a été tué à Blois. Cette premiere nouvelle, ridicule à ceux qui le craignoient, émut aucunement ceux qui le desiroient. Une si haute & hardie entreprise est incroïable à tous, jusqu'à tant que par les Provinces sont apportées Lettres de Sa Majesté aux Gouverneurs, desquelles la teneur, comme aussi l'histoire, se verra au Tome suivant.

SENTENCE

Du Chapitre de Reims, en faveur de la Ligue (2).

LES Prévôt, Doïen, Chantre, Chanoines & Chapitre de l'Eglise & Diocèse de Reims, représentans l'Archevêque, le Siege vacant par la mort de feu Monseigneur Révérendissime Cardinal de Guise; A tous Doïen, Chapitres, Communautés, Curés & Vicaires du Diocèse de Reims: Nous vous mandons que comme ainsi soit que par le discours des affaires d'aujour-

(1) Henri de Lorraine, Duc de Guise, né le 31 Déc. 1550, tué à Blois le 23 Déc. 1588.
(2) Cette Sentence n'avoit point encore paru dans les Mémoires de la Ligue.

1589.

Sentence du Chapitre de Reims.

d'hui, il est très évident que les actions de Henri de Valois, tant par le massacre dernierement perpétré à Blois en la personne dudit feu Révérendissime Cardinal, notre Pasteur, & de feu Monseigneur le Duc de Guise, son frere, notre Gouverneur, que par ses autres déportemens, tendent du tout à la ruine de la Religion Catholique, Apostolique & Romaine en ce Roïaume de France; pour lesquelles occisions il auroit encouru les censures & excommunications Ecclésiastiques, en vertu desquelles seroit le Peuple François, non-seulement quitte & absous de tout serment de fidélité qu'il lui auroit prêté, ains aussi obligé, sous peine de pareille peine d'excommunication, de se pourvoir & déclarer contre ledit Henri & ses Adhérans, tant pour mette fin à ses cruels & impies desseins, que pour poursuivre la justice des parjures, cruautés & barbaries par lui commises. C'est ensorte que dans le mois après la connoissance du forfait, les Villes mêmes avec les Habitans, tant en général qu'en particulier, sont interdits par les Saints Canons, au cas qu'ils favorisent ou ne se déclarent à l'encontre de ceux qui en sont les auteurs; ce qui ne se peut autrement faire qu'en entrant dans l'Union générale des Catholiques de la France, & en la jurant solemnellement suivant le formulaire qui en a été arrêté & juré par MM. les Princes Catholiques, Conseil général de la France & la Cour des Pairs du Parlement de Paris.

Ainsi que sur toutes choses il faut se donner de garde de donner le Saint aux chiens, & profaner les Sacremens de l'Eglise par l'abus qu'en feroient ceux qui se présenteroient indignement : Pour ces causes, & ensemble pour obvier au péril éminent, tant de la cause publique de notre sainte Religion Catholique, Apostolique & Romaine, que des ames, particulierement de ceux qui, faute de s'acquitter de ce devoir, encourroient une damnation plus grande, par l'indigne communion qu'ils feroient du Corps & du Sang de Jesus-Christ, & aussi pour les retenir au sein & giron de leur Mère, & les conduire à ce à quoi, non-seulement la profession de Chrétien & leur baptême, ains aussi le nom de très Chrétien & de François les obligent, qui est d'emploïer tout ce qui est en eux, corps & biens, pour la défense de notre Religion : aïez à publier ou faire publier à à vos prônes & prédications, tant par vous que par vos Commis, à toutes personnes de quelque qualité & condition qu'ils soient, l'obligation qu'ils ont d'obéir aux susdites Constitutions Ecclésiastiques portées par les Canons *L.* 5. *Sent. Decretal. tit. de homicid. cap. pro humani redempt. generis.* Ibid. *tit. de pœnit. cap. fel. record. apud Grat.* 15. *quæst.* 6. *can. vos sanctorum*, *&c.* & autres, à ce qu'ils n'en prétendent cause d'ignorance, avec défenses & inhibition expresse à ceux qui n'auront juré ladite Union, & en la maniere qui a été dite, ou, qui pis est, donné faveur & secours au Parti contraire, tant par ports d'armes & intelligences, qu'autres voies quelconques, comme excommuniés & anathématisés qu'ils sont, & indignes d'avoir part aux graces chrétiennes, qu'ils n'aient à se présenter aux Sacremens de l'Eglise : Vous ordonnons expressément, comme tels, les leur refuser, même à ces Fêtes de Pâque, tant pour l'absolution que pour la Communion du Corps & du Sang de Jesus-Christ. Nous vous enjoignons au surplus, tant que faire se pourra, d'exhorter le Peuple Chrétien, commis particulierement à vos charges à cette Fête, d'implorer l'aide de Dieu par une sainte conversion & amendement de leurs fautes passées, comme de blasphêmes, parjures, paillardises, haines, rancunes, larcins, tromperies, détraction, ivrogneries, superfluités & toutes autres dissolutions, qui sont les vraies étincelles de l'ire de Dieu contre nous, & avoir recours à lui par une sainte pénitence & rénovation de vie, par prieres, processions, aumônes & autres œuvres de charité ; à ce que se rendant dignes de la miséricorde de Dieu qui nous tend les bras pour nous secourir, nous allant vers lui & épousant sa querelle, nous puissions détourner la fureur de son très juste courroux contre nous, & voir la paix de son Eglise remise en ce pauvre & affligé Roïaume, & nous faire la grace de nous donner un bon Archevêque, propre pour s'acquitter dignement du régime & administration d'icelle sienne Eglise en ce Roïaume. Et ne faudrez au jour de Cêne prochain, chacun de vous respectivement en son endroit, de nous informer de ce que vous aurez fait pour ce regard, & fidellement nous rapporter les noms, surnoms, qualités & demeurance de ceux qui étant sous votre charge, auront été par vous rebutés de la communion du Saint Sacrement, pour les raisons susdites, sans aucune acception de quelque personne que ce soit. Donné à Reims, ce Lundi 20 Mars 1589. Par l'Ordonnance de Mesdits Sieurs du Chapitre, le Siege Archiépiscopal de présent vacant (1).

1589.

SENTENCE DU CHAPITRE DE REIMS.

Signé, GUÉRIOT.

(1) Ce Mandement, qu'on ne lit point dans les Mémoires de la Ligue, & que nous

1585.

Lettre de Henri III.

(*) LETTRE DE HENRI III,

A Monsieur le Compasseur, sieur Dalcheu.

Monsieur de Dalcheux (1), vous avez assez oui parler des remuemens d'Armes qui se font par aucuns Princes & Seigneurs de mon Roïaume en plusieurs & en divers endroits, sans mon commandement; mais plutôt contre mon autorité & pour l'interruption du repos que j'ai essaïé d'établir parmi mes Sujets, dequoi portant un infini regret en mon cœur, & desirant pour y résister d'être assisté de mes bons & affectionnés Serviteurs, je vous ai voulu écrire ce mot, comme à celui que je sais être de ce nombre, & qui par plusieurs bons déportemens a rendu assez témoignage de la bonne dévotion qu'il a au bien de mon service, vous priant que vous vous prépariez & mettiez en équipage pour me venir servir en ces affaires, ainsi que doit faire tout bon Serviteur & Sujet bien zélé, affectionné envers son Roi; ce que me promettant de vous, je ne vous en dirai rien davantage, mais prierai Dieu, Monsieur de Dalcheux qu'il vous ait en sa sainte garde.

Signé, HENRI.

Et plus bas, Brulart.

Ecrite à Paris, le 12 d'Avril 1585.

y insérons ici pour la premiere fois, avoit déja paru en 1739, d'après une copie authentique, à la suite d'une *Consultation de MM. les Avocats du Parlement de Paris*, *sur le pouvoir des Juges séculiers de connoître des faits de Schisme, & de réprimer les attentats des Ecclésiastiques qui le fomentent par le refus des Sacremens.* C'est le titre & l'objet de cette Consultation, faite pour le sieur le Marois, Procureur du Roi de Police, & premier Echevin de la Ville de Baïeux. Le Mandement du Chapitre de Reims est un des plus furieux de ceux qu'on vit paroître au temps malheureux de la Ligue. La Ville étoit alors trahie par son Lieutenant, & le Chapitre étoit dominé par son Doïen, homme fougueux & emporté, capable de toutes les violences & de toutes les perfidies qui intimident les pacifiques, & toujours prêt à lâcher contre eux les Satellites de sa fureur, dont ce Mandement fut, sans doute, l'ouvrage. C'est le portrait qu'en fait M. *Anquetil*, Chanoine régulier de la Congrégat. de France, & Correspondant de l'Académie des Inscriptions & Belles-Lettres, dans son excellente *Hist. de Reims*, Liv. IV, page 182. Il faut voir, dans le même Livre IV, toute l'Histoire de ce Mandement & ses suites.

(*) Les cinq pieces suivantes n'ont jamais été imprimées. On les a fait copier sur les originaux. Quoiqu'elles soient de dates différentes, on a cru devoir les mettre ici de suite, parcequ'elles concernent la même famille, qui a rendu de grands services aux Rois Henri III & Henri IV, sur-tout durant les troubles de la Ligue.

(1) M. le Compasseur, sieur Dalcheu, avoit été Homme d'arme en la Compagnie du Maréchal de Tavanne; & il fut emploïé en plusieurs occasions sous Henri III. Le Roi avant que de quitter Paris, écrivit beaucoup d'autres Lettres que celle-ci à différentes personnes, qu'il savoit affectionnées à son service.

1584.

BREVET DE HENRI IV.

BREVET DE HENRI IV,

Accordé à Claude le Compasseur.

AUJOURD'HUI onze Juillet 1595, le Roi étant en son Camp & Armée à Dijon, desirant reconnoître les bons & fideles services que lui a faits le Sieur Claude le Compasseur, à la prise des Ville & Château de Troye, comme aussi à celle de Sens en Bourgogne, même en la négociation & la réduction des Ville & Château d'Auxonne, & icelui bien & favorablement traiter, lui a accordé de pouvoir faire ériger, ce dans un an prochain, sa Seigneurie de Courtivron, en Baronnie; sans, pour ce, païer aucun droit; & de ce, Sa Majesté m'a commandé lui faire expédier toutes Lettres & provisions nécessaires, en vertu du présent Brevet qu'Elle a voulu signer de sa main & fait contresigner par moi son Conseiller Sécretaire d'Etat (1)

HENRI.

RUZÉ.

EXTRAIT

Des Registres du Conseil du Roi.

SUR ce qui a été remontré au Roi en son Conseil, par les Sieurs de Tavanne, Président Frémiot, de Frenoy, dit Saint Herans, qui s'étoient rendus caution, envers les sieurs de Perceval, de Crespy & le Compasseur, qui avoient pris le sieur Senecey pour rançon du Maréchal d'Ornano, auquel Sa Majesté avoit baillé le premier Maréchal de Brissac, prisonnier de

(1) Après le combat de Fontaine-Françoise, Henri IV établit un Camp devant Dijon où il s'arrêta. Il y accorda quelques graces à des Gentilshommes qui l'avoient bien servi. Claude le Compasseur fut du nombre, comme on le voit par ce Brevet. Il étoit fils aîné de Claude-François le Compasseur de Créqui Montfort. C'est par Benigne le Compasseur, sieur de Vitrey, frere puîné du sieur de Vitrey, qu'a été continuée la postérité de ceux qui subsistent, auxquels la Terre de Courtivron appartient encore, avec titre de Marquisat érigé en 1698.

1596.

Extrait des Registres du Conseil du Roi.

guerre, pour le dédommager de ladite rançon, avec lequel il auroit traité à la somme de vingt-huit mille écus, dont le sieur Duc de Mayenne s'étoit obligé avec lui audit sieur d'Ornano; Sa Majesté avoit agréable de l'acquitter de vingt mille écus qui avoient été emploïés en l'Etat, des parties desquelles il avoit plû à Sadite Majesté décharger ledit sieur Duc de Mayenne; requérant qu'il plût à Sadite Majesté destiner lesdits vingt mille écus pour emploïer à la décharge de la caution par eux prêtée pour le paiement de la rançon du sieur d'Ornano. Le Roi en son Conseil a ordonné & ordonne que la somme de vingt mille écus, dont ledit sieur Duc de Mayenne s'est obligé en son nom audit sieur d'Ornano, & dont Sa Majesté a promis l'acquitter & décharger, demeurera saisie à la requête des sieurs de Tavanne, Président Frémiot, de Frénoy & Saint Henan, pour être emploïée à la décharge de la caution par eux prêtée, & non à autre effet; auxquels sieurs ci-dessus nommés Sa Majesté accorde surséances de toutes contraintes & poursuites qu'on pourroit faire contre eux, pour raison de ladite caution prétée pour le même temps que Sadite Majesté a accordé au sieur Duc de Mayenne. Fait au Conseil du Roi, tenu à Paris le vingt-sixieme jour de Mars 1596 (1).

Signé, HUILLYER.

(1) Cet Arrêt peut faire juger de la maniere dont les Princes, Seigneurs & Gentilshommes, dans le temps de la Ligue, se donnoient ou recevoient entre eux, pour rançon réciproque, des gens pris & donnés par les Partis contraires. Les sieurs de Perceval, de Cresoi & le Compasseur se trouverent par succession de temps avoir affaire à Henri IV pour être payés de la rançon du Maréchal Alphonse d'Ornano, dont il est si souvent parlé dans ces Mémoires de la Ligue.

LETTRE

1596.

LETTRE DE HENRI DE BOURBON.

LETTRE DE HENRI DE BOURBON,

A Monsieur le Compasseur, Sieur Dalcheu.

MONSIEUR de Dalcheu, se présentant maintenant quelques affaires concernant le service du Roi, mon Seigneur, & bien particulier de la Province, où ceux de la Noblesse ont le principal intérêt, j'estimerois obmettre ce qui est de l'affection que j'ai toujours eue à leur conservation, si je ne conviois les plus nécessaires & notables Gentilshommes du Païs pour aviser ensemble aux moïens les plus salutaires & tels que l'importance de ce fait leur touche, & vous en particulier, Monsieur de Dalcheu, pour vous prier, par ce mot, me venir trouver en cette Ville dans le dix-huitieme jour de ce mois, afin que par l'avis que nous prendrons tous, je puisse plus diligemment pourvoir à ce qui sera jugé à propos; & m'assurant que vous ne voudrez demeurer des derniers à faire paroître ce qui est de votre affection, je veux croire que vous ne serez moins diligent à effectuer la priere que je vous fais, comme étant

Votre bien assuré ami,

HENRI DE BOURBON (1).

Ce 9 Juin 1596.

LETTRES ROYAUX

Pour dispense d'Arriere-Ban.

HENRI, par la grace de Dieu, Roi de France & de Navarre: A tous nos Baillifs, Sénéchaux, Prévôts ou leurs Lieutenans, & à nos autres Justiciers, Officiers, Sujets qu'il appartiendra, salut: Notre amé & féal le sieur Benigne le Compasseur aïant montré qu'après avoir été grandement blessé & laissé pour mort sur la place, le sieur de Seffelle lui auroit fait

(1) Cette Lettre est de Henri de Bourbon, Duc de Montpensier. Elle est écrite à Benigne le Compasseur, Sieur de Dalcheu, à qui, comme on le voit, elle fait beaucoup d'honneur, en lui rendant la justice qu'il méritoit.

1594. LETTRES ROYAUX.

promettre, que s'il recouvroit ſanté, il ſe rendroit priſonnier; ce qu'il auroit fait ſans notre jugement, taxé à la ſomme de douze cens écus, laquelle, au moïen des grandes pertes qu'il a ſouffertes pour notre ſervice, il n'auroit encore pû païer pour ſadite rançon, étant par ce moïen tenu de ſa foi, n'oſant porter les armes contre les Ennemis, & par conſéquent il n'auroit pû ſe trouver en l'Arriere Ban dernier: toutesfois ſes biens ont été ſaiſis pour les Arriere-Bans . . . . ne fait refus lui pourvoir, s'il ne lui étoit par nous pourvu. A ces cauſes, bien mémoratif de la priſon dudit Expoſant, qu'il n'eſt libre de ſa foi que depuis la réduction de la Ville de Beauvais en notre obéiſſance, & par pluſieurs juſtes conſidérationss à ce nous mouvant, Mandons & ordonnons à chacun de vous en droit ſoi, ſi comme à lui appartiendra faire à icelui ſieur le Compaſſeur comme avons fait, & laiſſons par ces préſentes pleines & entieres main-levées de tous ces biens, ſur lui ſaiſis pour leſdits Arriere-bans, quelque part qu'ils ſoient aſſis. Car tel eſt notre plaiſir: nonobſtant quelconque, ordonnons, mandons, reglons, défendons Lettres à ce contraire.

Donné à Saint Germain, le cinquieme jour de Novembre l'an de grace 1594.

Et de notre regne le ſixieme (1).

Par le Roi. POTIER.

(1) Ces Lettres ſont très honorables à M. Benigne le Compaſſeur. Par elles le Roi le diſpenſe d'Arriere-Ban, comme priſonnier du ſieur de Seſſele, ou Scicelles, qui lui avoit laiſſé la vie, ſous promeſſe de rançon, qu'il n'avoit pû encore païer.

FIN.

TABLE

DES PIECES CONTENUES EN CE VOLUME.

Fin de la Table.

www.ingramcontent.com/pod-product-compliance
Lightning Source LLC
Chambersburg PA
CBHW052343020726
47503CB00001B/88

* 9 7 8 2 0 1 9 5 2 9 1 5 4 *